SPERVUUR

Van Lee Child zijn verschenen:

Jachtveld*
Lokaas*
Tegendraads*
De bezoeker*
Brandpunt*
Buitenwacht*
Spervuur*

*(Ook) in POEMA-POCKET verschenen

LEE CHILD

SPERVUUR

JACK REACHER THRILLER

POEMA POCKET

Voor meer informatie: kijk op **www.boekenwereld.com**

Alle personages in dit boek zijn verzonnen, en elke gelijkenis met bestaande personen, hetzij levend of dood, berust op toeval.

POEMA-POCKET is een onderdeel van Luitingh ~ Sijthoff

Derde druk

Oorspronkelijke titel: *Persuader*
Vertaling: Bob Snoijink
Omslagontwerp: Edd, Amsterdam
Omslagfotografie: Brooke Slezak/Getty Images, profile © Michael Wildsmith.
By arrangement with Transworld Publishers, a division of the Random House Group Ltd.

ISBN 90 245 5010 6

Voor Jane en de zeevogels

I

De rechercheur werd precies vier minuten nadat hij uit zijn auto was gestapt neergeschoten. Hij bewoog zich alsof hij zijn lot al kende. Hij duwde het portier door de weerstand van een stugge scharnier, draaide traag op het versleten kunstleer en zette beide voeten stevig op de grond. Daarna greep hij de deurlijst met beide handen vast en hees zich eruit en overeind. Hij bleef even in de koude, heldere lucht staan. Toen draaide hij zich om en deed het portier dicht. Hij bleef nog even staan. Vervolgens liep hij naar voren en leunde vlak bij de koplamp tegen de motorkap.

De auto was een Chevrolet Caprice van zeven jaar oud. Hij was zwart en er stond geen politiemarkering op. Maar er zaten drie antennes op en hij had gewone wieldoppen van chroom. De meeste politiemensen zweren bij de Caprice. Zo zag deze man er ook uit. Hij zag eruit als een door de wol geverfde rechercheur die het hele wagenpark van de politie tot zijn beschikking had. En alsof hij in de oude Chevrolet reed omdat hij dat wilde. Omdat hij geen belangstelling voor de nieuwe Fords had. Ik zag die koppige oudgediende-persoonlijkheid in zijn houding. Hij was breed en zwaar en droeg een onopvallend donker pak van de een of andere dikke wol. Hij was groot maar ietwat gebogen. Een oude man. Hij keek in noordelijke en zuidelijke richting de weg af en vervolgens reikhalzend over zijn schouder naar de poort van de universiteit. Hij was een kleine dertig meter bij me vandaan.

Het hek van de universiteit was zuiver ornamenteel. Twee hoge zuilen van baksteen rezen op uit een uitgestrekt grasveld achter het trottoir. Tussen de zuilen hing een hoog, dubbel hek van fraai gekruld, glanzend zwart smeedijzer. Het zag eruit alsof het pas was geverfd. Waarschijnlijk kreeg het na elke winter een nieuw jasje. Het had geen beveiligingsfunctie. Wie eromheen wilde kon zo het gras op rijden. Het stond trouwens wijd open. Erachter was een oprijlaan met aan weerskanten een ijzeren paaltje tot kniehoogte dat bijna drie meter naar achteren stond. Daaraan zaten sluitingen. Elk hek zat aan zo'n paaltje vast. Wijd open. De oprijlaan voerde naar een groepje gebouwen van lichtgekleurde baksteen een meter of honderd verderop. De gebouwen hadden steile, bemoste daken waarboven takken hingen. Overal stonden bomen. Ze begonnen net uit te botten. De kleine, gekrulde blaadjes waren heel groen. Over zes maanden zouden ze groot en rood en goud zijn, en zou het er wemelen van de fotografen om ze vast te leggen voor de universiteitsbrochure.

Twintig meter voorbij de politieman en zijn auto stond een pick-up aan de overkant. Hij stond vlak tegen de stoeprand met zijn neus naar me toe op vijftig meter afstand. Hij zag er een tikje ongerijmd uit. Hij was verschoten rood en voorop zat een dikke *bullbar*. Die was dofzwart en zag eruit alsof hij een paar keer een deuk had opgelopen en weer rechtgeslagen was. In de cabine zaten twee mannen. Ze waren jong, groot en blond en zagen er netjes uit. Ze zaten roerloos voor zich uit naar niets in het bijzonder te staren. Ze keken niet naar de politieman. Ze keken ook niet naar mij.

Ik stond een eindje naar het zuiden. Ik had een anoniem bruin busje dat voor een muziekwinkel geparkeerd stond. Het was het soort winkel dat je doorgaans in de buurt van een universiteitspoort vindt. Op de stoep stonden rekken met tweedehands cd's en in de etalage erachter hingen posters van bands waarvan niemand ooit had gehoord. De achterdeuren van het busje stonden open. In de laadruimte stonden dozen. In mijn handen had ik een stapel formulieren. Ik droeg een jas, omdat het een koude ochtend in april was. Ik droeg handschoenen, omdat de dozen achterin losse nietjes hadden waar ze opengescheurd waren. Ik had een wapen, omdat ik dat gewend ben. Het stak achter in mijn broeksband. Het was een Colt Anaconda, een kolossale revolver van roestvrij staal, geschikt voor een .44 Magnum-patroon. Het was bijna vijfendertig centimeter lang en woog meer dan achttienhonderd gram. Niet mijn voorkeurswapen. Het was hard, zwaar en koud en ik was me er voortdurend van bewust.

Midden op de stoep bleef ik staan, keek op van mijn papieren en hoorde de motor van de pick-up in de verte aanslaan. Hij ging nergens heen. Hij bleef met draaiende motor staan. Wit uitlaatgas verzamelde zich bij zijn achterwielen. De lucht was koud. Het was nog vroeg, en de straat was uitgestorven. Ik ging achter het busje staan en wierp een blik langs de muziekwinkel op de universiteitsgebouwen. Voor een van de gebouwen zag ik een Lincoln Town Car. Ernaast stonden twee mannen. Ze waren honderd meter bij

me vandaan, maar geen van tweeën zag eruit als een limousinechauffeur. Limousinechauffeurs zijn nooit met zijn tweeën, zien er niet jong en potig uit en gedragen zich niet nerveus en argwanend. Die gasten leken precies op lijfwachten.
Het gebouw waarvoor de Lincoln stond te wachten zag eruit als een kleine studentenflat. Boven een grote, houten deur stonden Griekse letters. Ik zag de grote houten deuren opengaan en een jonge, magere knaap naar buiten komen. Hij leek me een student. Hij had lang, slordig haar, was gekleed als een dakloze, maar droeg een tas van zo te zien duur, glanzend leer. Een van de lijfwachten stond op de uitkijk, terwijl de andere het achterportier openhield. De jonge knaap gooide zijn tas op de achterbank en schoof er zelf achteraan. Hij trok het portier zelf achter hem dicht. Op honderd meter hoorde ik het vaag en gedempt dichtslaan. De lijfwachten keken even om zich heen, stapten vervolgens voorin, en even later reed de auto weg. Dertig meter daarachter volgde een auto van de bewakingsdienst van de universiteit, die langzaam dezelfde kant op reed, alsof hij niet van plan was in konvooi te rijden maar daar toevallig ook moest zijn. Er zaten twee particuliere bewakers in. Ze hingen onderuitgezakt en keken doelloos en verveeld.
Ik deed mijn handschoenen uit en gooide ze achterin. Ik liep de weg op, waar ik beter kon zien. Ik zag de Lincoln met gematigde snelheid uit de oprijlaan komen. Hij was zwart, glanzend en onberispelijk. Er zat een heleboel chroom op en hij stond goed in de was. De universiteitsbewakers reden er een flink eind achter. De wagen bleef even bij het ornamentele hek staan, sloeg links af en reed in zuidelijke richting de kant van de zwarte politie-Caprice op. Mijn kant op.
Wat er vervolgens gebeurde, duurde acht seconden, maar voelde als een oogwenk.
De verschoten pick-up maakte zich twintig meter terug van de stoeprand los en trok hard op. Hij haalde de Lincoln precies ter hoogte van de politiewagen in en passeerde de rechercheur op dertig centimeter van zijn knieën. Daarna gaf hij nog meer gas, de chauffeur gaf een ruk aan het stuur en ramde met de bullbar tegen de voorbumper van de Lincoln. De chauffeur van de pick-up hield het stuur gedraaid, de voet op het gas en dwong de Lincoln de berm in. Het gras werd omgeploegd, de Lincoln vertraagde aanmerkelijk en botste vervolgens frontaal tegen een boom. Er klonk een klap van indeukend en scheurend metaal en van koplampglas

dat aan scherven ging, er ontsnapte een grote stoomwolk en de groene boomblaadjes schudden en trilden heftig in de stille ochtendlucht.

Vervolgens stapten de twee mannen schietend uit de pick-up. Ze hadden zwarte machinepistolen en vuurden op de Lincoln. Het kabaal was oorverdovend en ik zag lege hulzen in een boogje op het asfalt regenen. Daarna rukte het tweetal de portieren van de Lincoln open. Een van hen boog zich achterin om de jongen naar buiten te slepen. De ander vuurde nog steeds voorin. Daarna stak hij zijn linkerhand in zijn zak en haalde een soort granaat te voorschijn. Wierp die in de Lincoln, sloeg de portieren dicht, greep zijn makker en de jongen bij de schouder, draaide ze weg en duwde ze in een hurkhouding. Er volgde een harde, felle explosie in de Lincoln. Alle zes de ramen werden verbrijzeld. Ik stond op meer dan twintig meter afstand en voelde de dreun lijfelijk. Daarna krabbelde de man die de granaat had gegooid overeind en sprintte naar de passagierskant van de pick-up. De ander duwde de jongen in de cabine en kroop erachteraan. De portieren gingen met een klap dicht en ik zag dat de jongen in het midden van de voorbank gevangenzat. Ik zag de doodsangst op zijn gezicht. Hij was bleek van de shock en door de smerige voorruit zag ik zijn mond wijd opengaan voor een geluidloze schreeuw. Ik zag de chauffeur schakelen, hoorde de motor razen en de banden gillen, en vervolgens kwam de pick-up recht op me af.

Het was een Toyota. Ik zag TOYOTA op de radiateur onder de bullbar. Hij stond hoog op de wielen en ik kon het grote, zwarte differentieel op de vooras zien. Het was zo groot als een voetbal. Vierwielaandrijving. Grote, brede banden. Deuken en verbleekte lak die niet was gewassen sinds hij de fabriek had verlaten. Hij kwam recht op me af.

Ik had nog geen seconde voor een beslissing.

Ik sloeg mijn jas open en trok de Colt. Richtte nauwkeurig en schoot op de radiateur van de Toyota. Het grote wapen gaf een flits en een enorme knal en steigerde in mijn hand. De enorme .44-kogel verbrijzelde de radiateur. Ik schoot een tweede kogel op de linkervoorband af. Hij klapte met een spectaculaire explosie van zwarte rubberflarden. Meters kapotgeslagen band slingerden door de lucht. De pick-up maakte een scherpe bocht en stopte met de chauffeurskant naar mij toe. Op tien meter afstand. Ik dook achter het busje, sloeg de achterdeuren dicht, sprong op de stoep en schoot een derde kogel af op de linkerachterband. Zelfde resultaat. Rubber alom. De pick-up stortte in een steile hoek op zijn velgen. De chauffeur maakte zijn portier open, sprong op het asfalt en krabbelde op een knie. Hij had zijn wapen in de verkeerde hand. Hij goochelde hem in zijn andere hand en ik wachtte af tot ik vrij zeker wist dat hij op mij ging richten. Daarna ondersteunde ik de bijna twee kilo zware Colt door mijn linkerhand onder mijn rechterpols te leggen, mikte nauwkeurig op de centrale massa zoals me lang geleden was geleerd en haalde de trekker over. De borst van de man leek wel in een enorme wolk bloed te exploderen. Het magere joch keek verstijfd van afschuw en schrik in de cabine toe. Maar de tweede man was eruit gesprongen, haastte zich om de motorkap en de loop van zijn wapen zwaaide mijn kant op. Ik wendde me naar links en wachtte een tel om mijn pols te steunen. Mikte op zijn borst. Schoot. Zelfde resultaat. Hij smakte in een rode wolk op zijn rug achter het spatbord.

Nu bewoog het magere joch zich in de cabine. Ik holde op hem af en trok hem over het lijk van nummer een. Holde met hem terug naar mijn busje. Hij was slap van schrik en verwarring. Ik duwde hem op de passagiersstoel, sloeg het portier dicht, draaide me vliegensvlug om en liep naar de chauffeurskant. Vanuit mijn ooghoeken zag ik een derde man recht op me af komen. Zijn hand ging in zijn jasje. Een of andere lange vent. Donkere kleren. Ik ondersteunde mijn arm, schoot en zag de grote, rode explosie in zijn borst precies op het moment dat ik besefte dat het de oude agent van de Caprice was en dat hij met zijn hand naar zijn legitimatie had gereikt. De legitimatie was een gouden schild in een versleten leren houder. Hij vloog uit zijn hand, wentelde door de lucht en viel met een klap tegen de stoeprand vlak voor mijn busje.

De tijd stond stil.

Ik staarde naar de rechercheur. Hij lag op zijn rug in de goot. Zijn hele borst was rauwe biefstuk. Hij zat onder het bloed. Er pulseerde geen bloed meer uit de wond. Geen spoor van een hartslag. Er zat een groot, ruw gat in zijn overhemd. Hij lag roerloos. Zijn gezicht lag afgewend en zijn wang lag hard op het asfalt. Hij had zijn armen wijd en ik zag de bleke aderen in zijn handen. Ik was me bewust van de zwarte weg, het felle groen van het gras en de strakblauwe lucht. Ik hoorde het geritsel van de verse blaadjes in de wind boven het geraas uit van de schoten die nog in mijn oren naklonken. Ik zag het magere joch door mijn voorruit naar de doodgeschoten politieman en vervolgens naar mij kijken. Links zag ik de patrouillewagen van de bewakingsdienst van de universiteit uit het hek komen. Hij reed langzamer dan hij had moeten rijden. Misschien vroegen ze zich ongerust af waar hun jurisdictie begon en eindigde. Misschien waren ze gewoon bang. Ik zag hun lichtroze gezichten achter de voorruit. Ze keken mijn kant op. Ze reden niet veel harder dan twintig. Hij kroop recht op me af. Ik wierp een blik op het gouden schild in de goot. Het metaal was glad gesleten door levenslang gebruik. Ik wierp een blik op mijn busje. Bleef doodstil staan. Lang geleden was ik erachter gekomen dat het vrij gemakkelijk is om iemand om te leggen. Maar dat je dat met geen mogelijkheid weer ongedaan kunt maken.

Ik hoorde de universiteitsauto langzaam op me af komen. Hoorde zijn banden over het gruis op het asfalt knarsen. Voor de rest was er alleen maar stilte. Daarna begon de tijd weer te draaien, een stem in mijn hoofd schreeuwde *weg weg weg*! en ik zette het op een lopen. Ik dook in mijn busje, gooide het wapen op de middelste stoel, startte en maakte zo'n scherpe U-bocht dat we even op twee wielen reden. Het magere joch slingerde alle kanten op. Ik trok het stuur recht. Trapte op het gas en scheurde in zuidelijke richting. Ik had maar een beperkt overzicht in mijn spiegeltje, maar zag dat het daklicht op de auto van de universiteitspolitie aanging en dat ze de achtervolging inzetten. De jongen naast me zei geen woord. Zijn mond hing open. Hij moest zijn best doen om op zijn plaats te blijven. Ik deed mijn best om zo snel mogelijk ervandoor te gaan. Het was goddank niet druk. Het was een slaperig plaatsje in New England en vroeg in de ochtend. Ik joeg het busje op tot ruim honderdtien, klemde het stuur in mijn handen tot mijn knokkels wit zagen en staarde strak op de weg voor me, alsof ik niet wilde zien wat er achter me was.

'Hoe ver zitten ze achter me?' vroeg ik.

De jongen gaf geen antwoord. Hij was verslapt van de shock en zat in elkaar gedoken in een hoekje van zijn stoel, zo ver mogelijk bij mij vandaan. Hij staarde naar het dak. Hij had zijn rechterhand schrap gezet tegen de deur. Lichte huid, lange vingers.

'Hoe ver zitten ze achter me?' vroeg ik weer.

'Je hebt een politieagent doodgeschoten,' zei hij. 'Die oude man was van de politie, weet je dat?'

'Ja.'

'Je hebt hem doodgeschoten.'

'Per ongeluk,' zei ik. 'Hoe ver zitten die lui achter ons?'
'Hij wilde je zijn legitimatie laten zien.'
'Hoe ver zítten die lui?'
Hij kwam in beweging, draaide zich om en boog het hoofd een beetje zodat hij uit de achterraampjes kon kijken.
'Dertig meter,' zei hij. Hij klonk vaag en bang. 'Heel dichtbij. Een van hen hangt met een pistool uit het raam.'
Tegelijkertijd hoorde ik in de verte de knal van een handwapen boven het geraas van de motor en de banden uit. Ik pakte de Colt van de stoel naast me. Liet hem weer vallen. Hij was leeg. Ik had al zes schoten afgevuurd. Een radiateur, die twee knapen, twee banden. En een politieman.
'Handschoenenkastje.'
'Je moet stoppen,' zei hij. 'En het uitleggen. Je hielp mij. Het was een vergissing.' Hij keek me niet aan. Hij staarde uit de achterraampjes.
'Ik heb een agent neergeschoten,' zei ik. Ik hield mijn stem volledig neutraal. 'Meer weten ze niet. Meer willen ze niet eens weten. Het hoe of wat zal ze niets kunnen schelen.'
De jongen zei niets.
'Handschoenenkastje,' herhaalde ik.
Hij draaide zich weer om en trok het kastje onhandig open. Daarin lag nog een Anaconda. Identiek. Roestvrij staal. Volle cilinder. Ik pakte hem van de jongen aan. Draaide mijn raampje helemaal open. De koude wind stormde naar binnen. Op het geraas van de wind kwam het geluid van een pistool achter ons dat snel en regelmatig werd afgevuurd.
'Shit,' zei ik.
De jongen zei niets. Het schieten ging maar door, hard, dof en ritmisch. Hoe kon het dat ze misten?
'Op de grond,' zei ik.
Ik schoof zijwaarts tot mijn linkerschouder hard tegen de deurlijst geklemd zat en stak mijn rechterarm om me heen tot de nieuwe revolver naar achteren wees. Ik vuurde een kogel af. De jongen staarde me met afgrijzen aan, liet zich vervolgens in de beenruimte zakken en sloeg zijn armen om zijn hoofd. Een tel later explodeerde het achterraampje drie meter achter de plek waar zijn hoofd had gezeten.
'Shit,' zei ik weer. Ik stuurde naar de kant van de weg voor een betere schootshoek en vuurde nog een keer naar achteren.
'Jij moet kijken,' zei ik. 'Maar blijf zo laag mogelijk.'

De jongen bewoog zich niet.
'Kom op,' zei ik. 'Nu. Je moet kijken.'
Hij kwam een klein stukje omhoog en draaide zich om zodat zijn hoofd net hoog genoeg zat om door de achterruit te kijken. Ik zag hem de verbrijzelde achterruit in zich opnemen. Ik zag dat hij besefte dat zijn hoofd precies in de vuurlinie had gezeten.
'Ik ga een beetje langzamer rijden,' zei ik. 'En een beetje naar rechts, zodat zij ons inhalen.'
'Niet doen,' zei de jongen. 'Je kunt dit nog steeds rechtzetten.'
Ik negeerde hem. Nam gas terug tot een kilometer of tachtig, ging rechts rijden en de universiteitsauto zwenkte automatisch naar links om langszij te komen. Ik schoot mijn laatste vier kogels af. De voorruit ging aan diggelen en de wagen schoot in een schuine bocht de hele weg over alsof de chauffeur was geraakt, of een band. Hij ploegde zich in de berm aan de overkant, vloog door een rij aangeplante struiken en verdween uit het gezicht. Ik liet de lege revolver op de stoel naast me vallen, draaide het raampje omhoog en gaf plankgas. De jongen zei niets. Hij staarde slechts achter in het busje. Het kapotte raampje maakte daar een vreemd, kreunend geluid door de lucht die erdoor naar buiten werd gezogen.
'Oké,' zei ik. Ik was buiten adem. 'Nu kunnen we gaan.'
De jongen draaide zich naar me toe.
'Ben je gek geworden?' vroeg hij.
'Weet je wat ze met mensen doen die politielui neerschieten?' vroeg ik.
Daar had hij niets op te zeggen. Een seconde of dertig reden we zwijgend door, bijna een kilometer, knipperend met de ogen en buiten adem. We keken gebiologeerd naar de weg voor ons. Het interieur van het busje rook naar kruitdamp.
'Het was een ongeluk,' zei ik. 'Ik kan hem niet tot leven wekken. Dus leg je er maar bij neer.'
'Wie bén jij eigenlijk?'
'Nee, wie ben jíj?'
Hij zweeg. Hij hijgde. Ik keek in mijn spiegeltje. De weg achter ons was volledig uitgestorven. Voor ons uit ook. We waren ergens op het platteland, een minuut of tien van het dichtstbijzijnde klaverblad.
'Ik ben een doelwit,' zei hij. 'Voor ontvoering.'
Het was een vreemde formulering.
'Ze probeerden me te kidnappen,' zei hij.

'Denk je?'
Hij knikte. 'Het zou de eerste keer niet zijn.'
'Waarom?'
'Geld,' zei de jongen. 'Wat dacht je.'
'Ben je rijk?'
'Mijn vader.'
'Wie is hij?'
'Gewoon, een man.'
'Maar een rijk man,' zei ik.
'Hij importeert kleden.'
'Kleden?' vroeg ik. 'Je bedoelt tapijten?'
'Oosterse tapijten.'
'Kun je rijk worden met het importeren van oosterse tapijten?'
'Zeer,' zei de jongen.
'Heb je een naam?'
'Richard,' zei hij. 'Richard Beck.'
Ik keek nog eens in het spiegeltje. De weg achter ons was nog steeds leeg. Voor ook. Ik nam wat gas terug en ging, als de eerste de beste chauffeur kalm in het midden van de rijstrook rijden.
'Wie zijn die lui dan?' vroeg ik.
Richard Beck schudde zijn hoofd. 'Ik heb geen idee.'
'Ze wisten waar ze je konden vinden, en wanneer.'
'Ik ging naar huis voor mijn moeders verjaardag. Die is morgen.'
'Wie weet daarvan?'
'Ik weet het niet. Iedereen die mijn familie kent. Iedereen in het tapijtwereldje, denk ik. We zijn bekend.'
'Bestaat er zoiets als een tapijtwereldje?' vroeg ik.
'We zíjn allemaal concurrenten,' zei hij. 'Zelfde bronnen, zelfde markt. We kennen elkaar allemaal.'
Ik zei niets. Reed gewoon door, met negentig kilometer.
'Heb jíj een naam?' vroeg hij.
'Nee,' zei ik.
Hij knikte alsof hij het begreep. Slimme jongen.
'Wat ga je doen?' vroeg hij.
'Ik zet je af in de buurt van de snelweg,' zei ik. 'Dan kun je liften of een taxi bellen en me vervolgens helemaal vergeten.'
Hij werd heel stil.
'Ik kan je niet naar de politie brengen,' zei ik. 'Dat kan gewoon niet. Dat snap je toch wel, hè? Ik heb er een gedood. Misschien wel drie. Jij hebt het me zien doen.'

Hij bleef zwijgen. Tijd voor een beslissing. De snelweg was nog zes minuten rijden.
'Ze sluiten me op en gooien de sleutel weg,' zei ik. 'Ik heb een fout gemaakt, het was een ongeluk, maar daar gaan ze niet naar luisteren. Dat doen ze nooit. Dus vraag me niet om onder de mensen te komen. Niet als getuige, als niets. Ik ben hier weg alsof ik nooit heb bestaan. Is dat helemaal duidelijk?'
Hij zei niets.
'En je geeft ze geen signalement,' zei ik. 'Zeg maar dat je je mij niet herinnert. Zeg maar dat je in shock was. Anders weet ik je te vinden en maak ik je dood.'
Hij gaf geen antwoord.
'Ik zal je ergens afzetten,' zei ik. 'Alsof je me nooit hebt gezien.'
Hij bewoog zich. Draaide zich opzij en keek me recht aan.
'Breng me naar huis,' zei hij. 'Helemaal. We zullen je geld geven en helpen. We zullen je verbergen, als je wilt. Mijn ouders zullen je dankbaar zijn. Ik bedoel, ík ben je dankbaar. Neem dat maar van mij aan. Je hebt mijn hachje gered. Dat met die agent was toch een ongeluk? Je hebt gewoon pech gehad. Het was onder druk. Dat snap ik best. We houden het geheim.'
'Ik heb je hulp niet nodig,' zei ik. 'Ik moet je alleen lozen.'
'Maar ik moet naar huis,' zei hij. 'We zouden elkaar een dienst bewijzen.'
Nog vier minuten voor de snelweg.
'Waar woon je?'
'In Abbot.'
'Abbot waar?'
'Abbot, Maine,' zei hij. 'Aan de kust. Tussen Kennebunkport en Portland.'
'Dan gaan we de verkeerde kant op.'
'Je kunt op de snelweg naar het noorden afslaan.'
'Het moet minstens driehonderd kilometer zijn.'
'We geven je geld. Het zal de moeite waard zijn.'
'Ik kan je wel bij Boston afzetten,' zei ik. 'Er moet een bus naar Portland gaan.'
Hij schudde heftig zijn hoofd, alsof hij een toeval kreeg.
'Geen sprake van,' zei hij. 'Ik kan niet met de bus. Ik kan gewoon niet alleen zijn. Zeker nu niet. Ik heb bescherming nodig. Die gasten kunnen er nog zijn.'
'Die gasten zijn dood,' zei ik. 'Net als die verrekte smeris.'

'Ze hebben misschien handlangers.'
Weer zo'n merkwaardig woord. Hij zag er klein, mager en bang uit. Er klopte een ader in zijn nek. Met beide handen trok hij zijn haar van zijn hoofd weg en draaide zijn hoofd naar het raam om me zijn linkeroor te laten zien. Dat was er niet. Er zat alleen maar een hard knobbeltje littekenweefsel. Het zag eruit als een stukje ongekookte deegwaar. Als een rauw stukje tortellini.
'Dat hebben ze eraf gesneden en opgestuurd,' zei hij. 'De eerste keer.'
'Wanneer?'
'Toen ik vijftien was.'
'Wilde je vader niet over de brug komen?'
'Niet snel genoeg.'
Ik zei niets. Richard Beck bleef gewoon zitten met zijn litteken naar me toe. Hij zag er geschokt en bang uit en ademde als een machine.
'Alles goed met je?' vroeg ik.
'Breng me naar huis,' smeekte hij. 'Ik kan nu niet alleen zijn.'
Het was nog twee minuten naar de snelweg.
'Help me, alsjeblieft,' zei hij.
'Shit,' zei ik voor de derde keer.
'Alsjeblieft. We kunnen elkaar helpen. Jij moet ergens onderduiken.'
'Dit busje kunnen we niet houden,' zei ik. 'We moeten aannemen dat er al een signalement door de hele staat is verspreid.'
Hij staarde me hoopvol aan. De snelweg was nog een minuut.
'We moeten een auto zien te vinden,' zei ik.
'Waar?'
'Maakt niet uit. Auto's heb je overal.'
Ten zuidwesten van het klaverblad was een enorm winkelcentrum. Ik zag het uit de verte al liggen. Er stonden hoge, bruine gebouwen met neonreclame en zonder ramen. Er waren gigantische parkeerterreinen die ongeveer halfvol auto's stonden. Ik sloeg af en maakte een hele ronde. Het was zo groot als een flink dorp. Overal waren mensen. Ze maakten me nerveus. Ik kwam weer bij het uitgangspunt en reed langs een rij vuilniscontainers naar de achterkant van een groot warenhuis.
'Waar gaan we heen?' vroeg Richard.
'Personeelsterrein,' zei ik. 'Het is hier de hele dag een komen en gaan van klanten. Onvoorspelbaar. Maar winkelpersoneel zit de hele dag binnen. Dat is veiliger.'

Hij keek me aan alsof hij het niet begreep. Ik reed naar een rij van acht auto's die met de neus naar een blinde muur stonden. Naast een Nissan Maxima met een saaie kleur van een jaar of drie was een leeg vak. Die was wel geschikt. Een vrij anoniem voertuig. Het parkeerterrein was achteraf, het was er stil en privé. Ik reed voorbij het lege vak en parkeerde er achteruit in. Ik zette de achterdeuren vlak tegen de muur.

'Ik moet dat kapotte raampje verbergen,' zei ik.

De jongen zei niets. Ik stopte beide lege Colts in mijn jaszak en gleed uit de auto. Probeerde de portieren van de Maxima.

'Zoek jij eens een stukje draad voor me,' zei ik. 'Dik elektriciteitsdraad of een kleerhanger.'

'Ga je deze auto pikken?'

Ik knikte. Zei niets.

'Is dat wel verstandig?'

'Dat zou jij ook doen als je per ongeluk een agent had doodgeschoten.'

De jongen keek even glazig. Daarna leefde hij op en ging op zoek. Ik leegde de Anaconda's en gooide de twaalf hulzen in een container. De jongen kwam terug met een meter elektriciteitsdraad uit een berg afval. Ik beet de isolatie eraf, maakte een haakje aan het eind en schoof de draad langs de rubber afdichtstrip om het raam van de Maxima.

'Jij gaat op de uitkijk,' zei ik.

Hij liep weg om het parkeerterrein in de gaten te houden en ik duwde de draad in de auto, viste wat rond tot hij om de deurknop zat, en trok tot hij openging. Ik gooide de draad weer op de berg, bukte me onder de stuurkolom en trok het plastic hoesje van de bedrading. Ik zocht door de draden tot ik de twee had gevonden die ik nodig had en bracht ze bij elkaar. De startmotor jankte, de motor draaide, sloeg aan en bleef regelmatig draaien. De jongen was gepast onder de indruk.

'Slechte jeugd,' zei ik.

'Is dit wel verstandig?' herhaalde hij.

Ik knikte. 'Verstandiger kan het niet. Ze zullen de auto niet missen voor zes uur en misschien wel acht uur vanavond. Als de winkel dichtgaat. Dan ben jij allang thuis.'

Hij aarzelde even met zijn hand op het portier aan de passagierskant. Daarna schudde hij zich min of meer door elkaar en dook de auto in. Ik schoof de chauffeursstoel helemaal naar achteren,

stelde het spiegeltje bij en reed achteruit het vak uit. Reed kalmpjes over het parkeerterreintje. Op ongeveer honderd meter maakte een politieauto met een slakkengangetje zijn ronde. Ik schoof weer in het eerste vrije vak en bleef met draaiende motor staan tot de politieauto weg was. Daarna reed ik snel naar de uitgang, het klaverblad rond, en even later zaten we op de brede, gave snelweg en reden we met een eerzaam gangetje van honderd kilometer per uur naar het noorden. De auto rook sterk naar parfum en er stonden twee dozen Kleenex. Tegen de achterruit zat een wollig beertje gekleefd met zuignapjes op de plek waar zijn pootjes hadden moeten zitten. Op de achterbank lag een juniorhonkbalhandschoen en in de kofferbak hoorde ik een aluminium honkbalknuppel rammelen.
'Mammies taxi,' zei ik.
De jongen gaf geen antwoord.
'Maak je geen zorgen,' zei ik. 'Ze is waarschijnlijk verzekerd, een degelijke burger denk ik.'
'Heb je geen rotgevoel?' vroeg hij. 'Over die politieman?'
Ik wierp een blik opzij. Hij was mager en bleek en zat weer zo ver als hij kon bij me vandaan in elkaar gedoken. Zijn hand rustte tegen het portier. Door zijn lange vingers had hij iets van een musicus. Ik denk dat hij me wel sympathiek wilde vinden, maar voor mij was dat niet per se noodzakelijk.
'Zulke dingen gebeuren nu eenmaal,' zei ik. 'Daar hoef je niet overstuur van te raken.'
'Wat is dat nou voor antwoord, verdomme?'
'Het enige dat ik je kan geven. Waar gehakt wordt, vallen spaanders. Het betekent niets, tenzij het ons blijft achtervolgen. Per slot van rekening kunnen we het niet veranderen, dus gaan we niet bij de pakken neerzitten.'
Hij zei niets.
'Bovendien was het je vaders schuld.'
'Omdat hij rijk is en een zoon heeft?'
'Omdat hij een waardeloze lijfwacht in dienst heeft genomen.'
Hij wendde het hoofd af. Zei niets.
'Dat wáren toch lijfwachten?'
Hij knikte. Zei niets.
'Heb jíj dan geen rotgevoel?' vroeg ik. 'Over die lui?'
'Een beetje, denk ik,' zei hij. 'Ik kende ze niet zo goed.'
'Ze waren geen knip voor de neus waard,' zei ik.

'Het ging allemaal zo snel.'
'Die gangsters zaten daar te wachten,' zei ik. 'Zo'n smerige oude pick-up die daar gewoon maar staat, in zo'n nuffig universiteitsstadje? Hadden ze nog nooit van risico-evaluatie gehoord?'
'Wil je soms zeggen dat jij het wel in de gaten had?'
Ik knikte. 'O, jawel.'
'Niet kwaad voor een chauffeur van een bestelauto.'
'Ik heb in het leger gezeten. Bij de militaire politie. Ik heb verstand van bewaking. Ik weet alles van bijkomstige schade.'
De jongen knikte onzeker.
'Heb je al een naam?' vroeg hij.
'Hangt ervan af,' zei ik. 'Ik moet jouw standpunt weten. Ik kan me allerlei moeilijkheden op de hals halen. Er is minstens één politieagent dood en daarnet heb ik een auto gestolen.'
Hij zweeg. Ik volgde zijn voorbeeld. Kilometer na kilometer. We waren Massachusetts bijna uit.
'Mijn ouders stellen loyaliteit erg op prijs,' zei hij. 'Je hebt hun zoon een dienst bewezen. En je hebt hún een dienst bewezen. Je hebt ze op zijn minst wat geld bespaard. Ze zullen wel blijk van hun dankbaarheid geven. Ik weet zeker dat jou verraden wel het laatste is wat ze zullen doen.'
'Moet je ze niet bellen?'
Hij schudde zijn hoofd. 'Ze verwachten me. Zolang ik maar kom, hoef ik ze niet te bellen.'
'De politie zal ze bellen. Die denken dat je in de nesten zit.'
'Ze hebben het nummer niet. Dat heeft niemand.'
'De universiteit heeft je adres toch? Daar kunnen ze achter je nummer komen.'
Hij schudde weer zijn hoofd. 'De universiteit heeft dat adres niet. Niemand heeft het. Met dat soort dingen zijn we heel voorzichtig.'
Ik haalde mijn schouders op en deed er nog een paar kilometer het zwijgen toe.
'En jij?' vroeg ik. 'Ga jij me verlinken?'
Ik zag hem aan zijn rechteroor voelen. Het oor dat er nog zat. Het was duidelijk een volslagen onbewust gebaar.
'Je hebt mijn leven gered,' zei hij. 'Ik zal je niet verlinken.'
'Oké,' zei ik. 'Ik heet Reacher.'

In een paar minuten waren we een minuscuul hoekje van Vermont door en daarna reden we in noordoostelijke richting New Hampshire in. We maakten ons op voor een heel lange rit. De adrenaline verdween, de jongen raakte over zijn shock heen en uiteindelijk waren we allebei een beetje somber en slaperig. Ik zette het raampje op een kier om wat frisse lucht binnen en de parfumlucht eruit te krijgen. Het was lawaaiig, maar het hield me wel wakker. We praatten wat. Richard Beck vertelde dat hij twintig was. Hij was eerstejaars. Zijn hoofdvak was de een of andere hedendaagse kunstuiting die me in de oren klonk als vingerverven. Hij was niet goed in relaties. Hij was enig kind. Hij was erg ambivalent over zijn gezin. Het was duidelijk een hecht soort gemeenschap. Een deel van hem wilde eruit en een ander deel had hen nodig. Het lag voor de hand dat de vorige ontvoering hem behoorlijk getraumatiseerd had. Ik vroeg me af of ze hem soms nog meer hadden aangedaan dan dat oor afsnijden. Misschien nog iets veel ergers.

Ik vertelde hem over het leger. Ik legde mijn lijfwachtkwalificaties er een beetje dik op. Ik wilde dat hij zich in goede handen zou voelen, althans tijdelijk. Ik reed snel en gelijkmatig. De Maxima was net bijgetankt. We hoefden niet te stoppen voor benzine. Hij hoefde niet te lunchen. Ik stopte een keer om naar de wc te gaan. Ik liet de motor draaien zodat ik niet meer met de ontstekingsdraadjes hoefde te friemelen. Toen ik bij de auto terugkwam, trof ik hem lusteloos aan. We reden weer verder, passeerden Concord in New Hampshire en koersten af op Portland in Maine. De tijd verstreek. Hoe dichter we bij zijn huis kwamen, des te meer hij zich ontspande. Maar hij werd ook stiller. Ambivalentie.

We staken de staatsgrens over en een kilometer of dertig voor Portland draaide hij zich om in zijn stoel om de weg achter ons nauwkeurig te bestuderen. Daarna zei hij dat ik de volgende afslag moest nemen. We sloegen af op een smalle weg die in oostelijke richting naar de Atlantische Oceaan voerde. Hij ging onder de I-95 door en doorkliefde vervolgens bijna vijfentwintig kilometer granietlandschap naar de zee. Het was het soort landschap dat er in de zomer geweldig uit zou zien, maar het was nog koud en ruig. Er stonden bomen die waren beknot door de zoute zeewind en kale rotspartijen waar storm en springvloed de aarde hadden weggevreten. De weg slingerde en kronkelde alsof hij zijn uiterste best moest doen om zo ver mogelijk naar het oosten te komen. Ik ving een glimp op van de zee in de verte. Hij was staalgrijs. We reden door langs kleine inhammen links en rechts. Ik zag strandjes van gruizig zand. Vervolgens maakte de weg een bocht naar links en meteen weer naar rechts en naar boven, een kaap op die de vorm van een handpalm had. De palm versmalde abrupt tot een dunne vinger die recht in zee wees. Het was een stenen schiereiland van zo'n honderd meter breed en achthonderd meter lang. Ik voelde de wind aan de auto rukken. Ik reed het schiereiland op en zag een rijtje gebogen en onvolgroeide naaldbomen die een hoge granieten muur aan het oog probeerden te onttrekken, maar de juiste hoogte en dikte misten. De muur was zo'n tweeëneenhalve meter hoog. Bovenop zaten dikke rollen scheermesprikkeldraad. Met tussenpozen stonden er beveiligingslichten op. Hij liep over de volle honderd meter breedte van de vinger. Aan het uiteinde boog hij opeens scherp af en daalde helemaal naar het water, waar hij op een massieve fundering van kolossale stenen stond. De blokken waren overdekt met zeewier. Precies in het midden van de muur was een gesloten, ijzeren poort.

'We zijn er,' zei Richard. 'Hier woon ik.'

De weg voerde recht naar de poort. Daarachter ging hij over in een lange, rechte oprijlaan. Aan het eind van de oprijlaan stond een huis van grijze natuursteen. Ik zag dat het helemaal aan het eind van de vinger in zee stond. Net binnen het hek was een gelijkvloerse portierswoning. Hij had dezelfde vorm en was van hetzelfde materiaal als het huis, alleen veel kleiner. Hij was tegen de muur aan gebouwd. Ik nam gas terug en stopte voor de poort.

'Toeteren,' zei Richard Beck.

De Maxima had een logootje in de vorm van een waldhoorn op de deksel van de airbag. Ik drukte er met een vinger op en hij claxonneerde beleefd. Ik zag een bewakingscamera op de zuil van de poort schuin zakken en draaien. Het was alsof er een glazen oogje naar me keek. Het duurde een poosje voordat de deur van de portierswoning opengingiging. Er kwam een man in een donker pak naar buiten. Het was duidelijk dat het pak uit een winkel voor bijzondere maten kwam, en waarschijnlijk de grootste maat was die er ooit was verkocht, en toch zat het de eigenaar erg krap om de schouders en waren de mouwen te kort. Hij was een stuk groter dan ik, waardoor hij ook prima als kermisattractie kon dienen. Hij was een reus. Hij kwam aan zijn kant van het hek dichterbij en staarde naar buiten. Hij keek een hele poos naar mij en maar even naar de jongen. Daarna ontsloot hij het hek en trok het open.

'Rij maar meteen door naar het huis,' zei Richard. 'Niet stoppen. Ik mag die vent niet zo.'
Ik reed door de poort. Stopte niet. Maar ik reed langzaam en keek om me heen. Het eerste wat je doet als je ergens komt, is kijken hoe je weer weg kunt komen. De muur liep aan beide kanten helemaal tot aan het ruwe water. Hij was te hoog om overheen te springen en door het scheermesprikkeldraad bovenop kon je er niet overheen klimmen. Erbinnen was een lege strook van een meter of dertig breed. Als een soort niemandsland. Of een mijnenveld. De beveiligingslampen waren zo ingesteld dat het hele gebied werd bestreken. Je kon er alleen via het hek uit. De reus deed het achter ons dicht. Ik zag hem in mijn spiegeltje.
Het was een flink eind rijden naar het huis. Grauwe zee aan drie kanten. Het huis was een grote, oude kast. Misschien het huis van de een of andere kapitein uit de tijd dat de walvisvangst die mensen nog een aanzienlijk fortuin opleverde. Het was helemaal van natuursteen, met barokke dak- en parellijsten en nissen. Alle vlakken aan de noordkant waren bedekt met grijze korstmos. De rest was groen gevlekt. Het had twee verdiepingen en een tiental schoorstenen. De daklijn was ingewikkeld. Overal zaten gevels met korte dakgoten en tientallen dikke buizen om het regenwater af te voeren. De voordeur was van eiken met ijzeren beslag. De oprijlaan eindigde in een parkeerlus. Ik volgde de cirkel tegen de klok in en stopte voor de voordeur. De deur ging open en er kwam een andere man in een donker pak naar buiten. Hij was ongeveer even groot als ik, wat hem een stuk kleiner dan nummer een maakte. Maar hij beviel me net zomin. Hij had een onbewogen gezicht en nietszeggende ogen. Hij trok het portier van de Maxima open alsof hij de auto had verwacht, wat waarschijnlijk zo was omdat de grote vent in de portierswoning gebeld moest hebben.
'Wil je hier even wachten?' vroeg Richard.
Hij glipte de auto uit en verdween in het halfduister van het huis. De man in het pak deed de deur van buiten dicht en ging ervoor op wacht staan. Hij keek niet naar mij, maar ik wist dat ik ergens in zijn perifere gezichtsveld was. Ik verbrak de draadverbinding onder de stuurkolom om de motor uit te schakelen en wachtte.
Het duurde redelijk lang, waarschijnlijk zo'n veertig minuten. Zonder de draaiende motor werd het koud. De auto wiebelde een beetje in de zeewind die om het huis kolkte. Ik staarde recht voor me

uit. De auto stond met zijn neus naar het noordoosten en het zicht was helder. Ik zag de kustlijn van links in een boog dichterbij komen. Op een kilometer of dertig zag ik een vage bruine veeg in de lucht. Waarschijnlijk luchtvervuiling van Portland. De stad zelf ging schuil achter een kaap.

De eikenhouten deur ging weer open. De bewaker deed beleefd een stap opzij en er kwam een vrouw naar buiten. Het was Richard Becks moeder. Geen twijfel mogelijk. Dat zag je zo. Ze had dezelfde tengere gestalte en hetzelfde bleke gezicht. Dezelfde lange vingers. Ze droeg een spijkerbroek en een dikke visserstrui. Haar kapsel was verwaaid en ze was een jaar of vijftig. Ze zag er moe en gespannen uit. Ze bleef een meter of twee voor de auto staan, alsof ze me de gelegenheid wilde geven om te beseffen dat het wel zo beleefd zou zijn als ik uit zou stappen om haar halverwege tegemoet te komen. Dus deed ik het portier open en stapte uit. Ik was stijf en verkrampt. Ik liep op haar af en ze gaf me een hand. Die was ijskoud en een en al bot en pees.

'Mijn zoon heeft me verteld wat er is gebeurd,' zei ze. Haar stem was laag en een beetje hees. Misschien rookte ze veel of had ze een flinke huilbui gehad. 'Ik heb geen woorden om te zeggen hoe dankbaar ik ben dat u hem hebt geholpen.'

'Is alles goed met hem?' vroeg ik.

Ze trok een grimas, alsof ze het niet zeker wist. 'Hij is even gaan liggen.'

Ik knikte. Liet haar hand los. Ze liet hem hangen. Er viel een korte, ongemakkelijke stilte.

'Ik ben Elizabeth Beck,' zei ze.

'Jack Reacher,' zei ik.

'Mijn zoon heeft uw hachelijke situatie uitgelegd,' zei ze.

Het was een mooi, neutraal woord. Ik zei niets.

'Mijn man komt vanavond thuis,' zei ze. 'Hij weet wel wat ons te doen staat.'

Ik knikte. Er viel weer een ongemakkelijke stilte. Ik wachtte.

'Wilt u niet binnenkomen?' vroeg ze.

Ze draaide zich om en ging weer naar binnen. Ik volgde haar. Toen ik door de deuropening ging, klonk er een piepje. Ik keek nog eens en zag dat er vlak tegen de binnenstijl een metaaldetector was geïnstalleerd.

'Wilt u zo vriendelijk zijn?' vroeg Elizabeth Beck. Ze maakte een schaapachtig, verontschuldigend gebaar naar mij en vervolgens

naar de grote lelijkerd in het pak. Hij kwam naderbij en maakte aanstalten om me te fouilleren.
'Twee revolvers,' zei ik. 'Ongeladen. In mijn jaszak.'
Hij haalde ze te voorschijn met de soepele, geoefende bewegingen van iemand die waarschijnlijk tal van mensen had gefouilleerd. Hij legde ze op een zijtafeltje, hurkte en ging met zijn handen langs mijn broekspijpen omhoog, kwam overeind en voelde langs mijn armen, mijn middel, mijn borst en mijn rug. Hij was erg grondig en weinig zachtzinnig.
'Het spijt me,' zei Elizabeth Beck.
De man in het pak deed een stap naar achteren en er viel weer een ongemakkelijke stilte.
'Hebt u ergens behoefte aan?' vroeg Elizabeth Beck.
Daar kon ik me van alles bij voorstellen, maar ik schudde mijn hoofd.
'Ik ben nogal moe,' zei ik. 'Lange dag. Ik moet echt een tukje doen.'
Ze glimlachte even, alsof ze blij was. Alsof het feit dat haar persoonlijke politiemoordenaar ergens ging slapen haar van een sociale verplichting onthief.
'Natuurlijk,' zei ze. 'Duke zal u naar een kamer brengen.'
Ze keek me nog een seconde aan. Onder de bleke spanning school een mooie vrouw. Ze had tere botten en een mooie huid. Dertig jaar geleden moest zij ze met een stok van het lijf gehouden hebben. Ze draaide zich om en verdween in de ingewanden van het huis. Ik draaide me op mijn beurt om naar de man in het pak. Ik nam aan dat hij Duke was.
'Wanneer krijg ik mijn revolvers terug?' vroeg ik.
Hij gaf geen antwoord. Wees alleen naar de trap en volgde me naar boven. Wees naar de volgende trap en we belandden op de tweede verdieping. Hij ging me voor naar een deur en duwde hem open. Ik ging naar binnen en bevond me in een kale, vierkante ruimte met eikenhouten lambrisering. Er stonden zware, oude meubels. Een bed, een linnenkast, een tafel, een stoel. Op de grond lag een oosters tapijt. Het zag er dun en sleets uit. Misschien was het een onbetaalbaar stuk antiek. Duke liep langs me door de kamer om me de badkamer te laten zien. Hij gedroeg zich als een piccolo in een hotel. Hij liep weer langs me en ging naar de deur.
'Het avondeten is om acht uur,' zei hij. Meer niet.
Hij liep de gang op en deed de deur dicht. Ik hoorde niets, maar toen ik ging kijken, bleek de deur aan de buitenkant op slot. Bin-

nen zat geen sleutelgat. Ik liep naar het raam en keek naar buiten. Ik bevond me aan de achterkant van het huis, en het enige dat ik zag was zee. Ik zag uit op het oosten en er was niets tussen mij en Europa. Ik keek omlaag. Een meter of zeventien onder me waren rotsen waar de golven omheen schuimden. Het zag ernaar uit dat het vloed werd.

Ik liep weer naar de deur en legde mijn oor ertegenaan. Hoorde niets. Ik bestudeerde het plafond, het lijstwerk en het meubilair, heel nauwkeurig, centimeter voor centimeter. Niets. Geen camera's. Microfoons konden me niets schelen. Ik zou geen geluid maken. Ik ging op het bed zitten en trok mijn rechterschoen uit. Draaide hem ondersteboven en trok met mijn nagels een pennetje uit de hak. Draaide de rubberhak als een luikje, draaide de schoen weer rechtop en schudde. Er viel een plastic rechthoekje op het bed dat een keer stuiterde. Het was een draadloos e-mailapparaatje. Niets bijzonders. Het was gewoon een commercieel product, maar het was geherprogrammeerd om boodschappen maar naar één adres te sturen. Hij was ongeveer even groot als een forse pieper. Het had een heel klein toetsenbordje met nietige toetsen. Ik zette het aan en tikte een korte boodschap. Daarna drukte ik op SEND NOW. De boodschap luidde: *Ik ben binnen.*

2

In werkelijkheid was ik er tegen die tijd al elf hele dagen mee bezig, sinds een klamme, glimmende zaterdagavond in Boston, toen ik een dode over de stoep had zien lopen en in een auto zag stappen. Het was geen hallucinatie. Het was geen griezelige gelijkenis. Het was geen dubbelganger, tweelingbroer, broer of neef. Het was een man die tien jaar geleden was gestorven. Dat was boven alle twijfel verheven. Het was geen gezichtsbedrog. Hij zag er net zoveel ouder uit en droeg de littekens van de wonden die hem het leven hadden gekost.

Ik liep over Huntington Avenue en had nog ruim anderhalve kilometer te gaan naar een café waarover ik iets had gehoord. Het was laat. Symphony Hall liep net uit. Ik was te koppig om over te steken en de menigte te mijden. Ik slalomde er gewoon doorheen. Het was een hele massa goed geklede en welriekende mensen en de meesten waren oud. Aan de stoeprand stonden dubbel geparkeerde auto's en taxi's met draaiende motor en onregelmatig zwiepende ruitenwissers. Ik zag de man uit de hal links van me komen. Hij droeg een zware kasjmier jas, handschoenen en een sjaal. Hij was blootshoofds. Hij was een jaar of vijftig. We liepen bijna tegen elkaar aan. Ik bleef staan. Hij ook. Hij keek me recht aan. Er ontstond een van die situaties die wel meer voorkomen op een drukke stoep: beiden aarzelden en vervolgens kwamen beiden weer in beweging en daarna stopten we allebei weer. Eerst dacht ik dat hij me niet had herkend. Vervolgens gleed er een schaduw over zijn gezicht. Niets doorslaggevends. Ik deed een stapje terug en hij passeerde me om vervolgens achter in een zwarte Cadillac DeVille te stappen die aan de stoeprand stond te wachten. Ik bleef staan kijken hoe de auto zich voorzichtig van de stoep losmaakte en zich in het verkeer voegde.

Ik onthield het kenteken. Ik was niet in paniek. Ik zette nergens vraagtekens bij. Ik was bereid mijn eigen ogen te geloven. In een seconde waren tien jaar geschiedenis op zijn kop gezet. De man lééfde. En dat bezorgde me een kolossaal probleem.

Dat was dag een. Ik vergat dat hele café. Ik ging meteen naar mijn hotel terug en begon half vergeten nummers uit mijn tijd bij de Militaire Politie te draaien. Ik moest iemand hebben die ik kende en vertrouwde, maar ik was er inmiddels zes jaar uit en het was zaterdagavond laat, dus veel kans maakte ik niet. Uiteindelijk nam ik genoegen met iemand die beweerde van me gehoord te hebben, wat het eindresultaat misschien heeft beïnvloed, misschien ook niet. Hij was een onderofficier genaamd Powell.

'Ik zou graag willen dat je een burgerkenteken voor me natrekt,' zei ik. 'Puur als vriendendienst.'

Hij wist wie ik was, dus hij deed niet moeilijk. Ik gaf hem de bijzonderheden. Ik zei dat ik vrij zeker wist dat het een particulier nummer was, geen huurauto. Hij schreef mijn telefoonnummer op en beloofde me de volgende ochtend op te bellen, wat dag twee zou zijn.

Hij belde niet. In plaats daarvan verlinkte hij me. Volgens mij zou iedereen dat onder de gegeven omstandigheden hebben gedaan. Dag twee was zondag en ik was vroeg op. Ik liet roomservice mijn ontbijt brengen en zat op het telefoontje te wachten. Maar er werd alleen maar geklopt. Ik keek door het kijkgaatje en zag twee mensen vlak bij elkaar staan zodat ze goed zichtbaar waren voor de lens. Een man en een vrouw. Donkere jasjes. Geen overjas. De man droeg een attachékoffertje. Ze hielden allebei een legitimatie schuin omhoog, zodat hij goed leesbaar was in het licht van de gang.

'Federale agenten!' riep de man, net hard genoeg om hem door de deur te kunnen horen.

In zo'n situatie heeft het geen zin om te doen alsof je er niet bent. Ik had vaak genoeg in hun schoenen gestaan. Een van hen blijft daar staan en de ander gaat naar de manager beneden om een loper te halen. Dus deed ik gewoon open en een stap naar achteren om ze binnen te laten.

Ze waren even op hun hoede. Ze ontspanden zich zodra ze zagen dat ik ongewapend was en er niet uitzag als een gevaarlijke gek. Ze overhandigden hun legitimatiebewijs en schuifelden beleefd rond terwijl ik ze ontcijferde. Bovenaan stond UNITED STATES DEPARTMENT OF JUSTICE. Onderaan stond DRUG ENFORCEMENT ADMINISTRATION. Daartussen waren allerlei zegels en handtekeningen en watermerken. Er zaten foto's met getypte namen op. De

man stond te boek als Steven Eliot met één l, net zoals de oude dichter. *April is the cruellest month.* Verdomd als het niet waar was. De foto was een goede gelijkenis. Steven Eliot leek me ergens tussen de dertig en veertig. Hij was zwaargebouwd en had dun, donker haar en een vriendelijke glimlach die er in het echt nog beter uitzag dan op de foto. De vrouw heette Susan Duffy. Susan Duffy was iets jonger dan Steven Eliot. Ze was ook iets groter dan hij. Ze was bleek, slank en heel aantrekkelijk, en sinds de foto was gemaakt had ze haar kapsel veranderd.
'Ga je gang,' zei ik. 'Doorzoek de kamer maar. Het is lang geleden dat ik iets had dat de moeite van het verbergen waard was voor lui als jullie.'
Ik gaf ze hun legitimatiebewijs terug, die ze weer in hun binnenzak stopten, waarbij ze er zorg voor droegen om te laten zien dat ze gewapend waren. Ze zaten in keurige schouderholsters. Ik herkende de geribbelde kolf van een Glock 17 onder Eliots oksel. Duffy had een 19, hetzelfde wapen, alleen iets kleiner. Het zat dicht tegen haar rechterborst. Ze moest linkshandig zijn.
'We willen de kamer niet doorzoeken,' zei ze.
'We willen het over dat kenteken hebben,' zei Eliot.
'Ik heb geen auto,' zei ik.
We stonden nog steeds in een keurig driehoekje bij de deur. Eliot had nog altijd zijn attachékoffertje in zijn hand. Ik probeerde uit te vogelen wie de baas zou zijn. Misschien geen van beiden. Misschien hadden ze dezelfde rang. En betrekkelijk hoog. Ze waren goed gekleed, maar zagen er een beetje moe uit. Misschien hadden ze het grootste deel van de nacht doorgewerkt en waren ze ergens vandaan komen vliegen. Misschien uit Washington D.C.
'Mogen we gaan zitten?' vroeg Duffy.
'Ja hoor,' zei ik. Maar een goedkope hotelkamer maakte dat een beetje lastig. Er was maar één stoel. Die stond onder een bureautje geschoven dat tussen de muur en de kast met de tv stond. Duffy trok hem te voorschijn en draaide hem om zodat hij naar het bed toe stond. Ik ging op de kussens zitten. Eliot nam op het voeteneind plaats en legde zijn koffertje op het bed. Hij glimlachte me nog steeds vriendelijk toe, en ik bespeurde er niets onechts in. Duffy zag er geweldig uit op die stoel. De hoogte van de zitting was precies goed. Ze droeg een korte rok en donkere nylons die lichter werden op de plek waar ze haar knieën had gebogen.
'Jij heet Reacher, hè?' vroeg Eliot.

Ik wendde mijn blik af van Duffy's benen en knikte. Ik had de indruk dat ze dat inmiddels wel konden weten.
'Deze kamer staat op naam van iemand die Calhoun heet,' zei Eliot. 'Contant betaald, voor maar één nacht.'
'Macht der gewoonte,' zei ik.
'Vertrek je vandaag weer?'
'Ik leef met de dag.'
'Wie is Calhoun?'
'De vice-president van John Quincy Adams,' zei ik. 'Dat leek me wel gepast voor deze lokatie. Ik ben allang door de presidenten heen. Nu doe ik de vice-presidenten. Calhoun was ongebruikelijk. Hij nam ontslag om een gooi naar de Senaat te doen.'
'Gelukt?'
'Dat weet ik niet.'
'Vanwaar die valse naam?'
'Macht der gewoonte,' herhaalde ik.
Susan Duffy keek me recht aan. Niet alsof ik niet spoorde, maar of ik haar interesseerde. Waarschijnlijk vond ze dat een waardevolle verhoortechniek. In de tijd dat ik zelf mensen ondervroeg, deed ik dat ook. Negentig procent van het stellen van vragen bestaat uit naar de antwoorden luisteren.
'We hebben een militaire politieman genaamd Powell gesproken,' zei ze. 'Je had hem gevraagd een nummerbord na te trekken.'
Ze had een zware, warme en een beetje hese stem. Ik zei niets.
'Wij hebben signalering in de computer voor dat nummerbord,' zei ze. 'Zodra dat verzoek om informatie op het net ging, wisten we er alles van. We hebben hem gebeld om te vragen waarom hij het wilde weten. Hij zei dat de belangstelling bij jou vandaan kwam.'
'Met tegenzin, mag ik hopen,' zei ik.
Ze glimlachte. 'Hij had zich snel genoeg hersteld om ons een vals telefoonnummer te geven. Dus je hoeft niet bang te zijn voor de aloude legerloyaliteit.'
'Maar uiteindelijk heeft hij jullie toch het juiste nummer gegeven.'
'We hebben hem een beetje onder druk gezet,' zei ze.
'Dan is de MP veranderd sinds ik daar zat.'
'Het is belangrijk voor ons,' zei Eliot. 'Dat zag hij in.'
'Dus nu ben jij belangrijk voor ons,' zei Duffy.
Ik keek de andere kant op. Ik heb het klappen van de zweep vaker gehoord dan me lief is, maar de toon waarop ze dat zei wond

me nog steeds een beetje op. Ik begon te denken dat zij misschien wel de baas was. En een geweldige ondervrager.
'Een particulier wil een kenteken natrekken,' zei Eliot. 'Waarom zou hij dat doen? Misschien had hij een deuk opgelopen van de auto met dat kenteken. Misschien was het doorrijden-na-aanrijding. Maar zou hij daarvoor dan niet naar de politie gaan? En je hebt trouwens net gezegd dat je geen auto hebt.'
'Dus misschien heb je wel iemand ín die auto gezien,' zei Duffy. Ze liet de rest in de lucht hangen. Het was een fraaie strikvraag. Als de persoon in de auto een vriend van me was, was ik waarschijnlijk haar vijand. Als de persoon in de auto mijn vijand was, wilde zij wel vriendschap met me sluiten.
'Hebben jullie al ontbeten?' vroeg ik.
'Ja,' zei ze.
'Ik ook,' zei ik.
'Dat weten we al,' zei ze. 'Roomservice, een stapeltje pannenkoeken met een ei erop, dubbelzijdig lichtgebakken. Plus een grote pot zwarte koffie. Die was besteld voor twintig voor acht en is bezorgd om zestien voor acht, je hebt contant betaald en de kelner drie dollar fooi gegeven.'
'Vond ik het lekker?'
'Je hebt het op.'
Eliot knipte zijn koffertje open en tilde de deksel op. Hij haalde er een stapel papieren uit met een elastiek eromheen. Het papier zag er nieuw uit, maar het handschrift erop was vaag. Fotokopieën van faxen, waarschijnlijk die nacht gemaakt.
'Je staat van dienst,' zei hij.
Ik zag ook foto's in zijn koffertje. Glanzende zwart-witfoto's van twintig bij vijfentwintig. Een of andere surveillancetoestand.
'Je bent dertien jaar militair politieman geweest,' zei Eliot. 'Als een komeet gepromoveerd van tweede luitenant tot majoor. Onderscheidingen en medailles. Ze waren op je gesteld. Je was goed. Erg goed.'
'Dank je.'
'In feite meer dan erg goed. Je hebt bij talrijke gelegenheden hun bijzondere klussen opgeknapt.'
'Blijkbaar.'
'Maar ze hebben je toch laten gaan.'
'Ik was een krimper,' zei ik.
'Een krimper?' herhaalde Duffy.

'Slachtoffer van de inkrimpingen. Ze korten zulke dingen graag af. De koude oorlog was ten einde, er werd bezuinigd op defensie, het leger werd kleiner. Dus hadden ze niet zoveel speciale troubleshooters meer nodig.'

'Het leger bestaat nog steeds,' zei Eliot. 'Ze hebben niet iedereen afgevloeid.'

'Nee.'

'Dus waarom jou in het bijzonder dan wel?'

'Dat zou je niet begrijpen.'

Hij drong niet aan.

'Je kunt ons helpen,' zei Duffy. 'Wie heb je in die auto gezien?'

Ik gaf geen antwoord.

'Was er sprake van drugs in het leger?' vroeg Eliot.

Ik glimlachte.

'Legers zijn dol op drugs,' zei ik. 'Dat is altijd zo geweest. Morfine, benzedrine. Het Duitse leger heeft ecstasy uitgevonden. Dat was een eetlustonderdrukker. De CIA heeft LSD uitgevonden en op het Amerikaanse leger uitgeprobeerd. Legers marcheren op hun aderen.'

'Recreatieve?'

'De gemiddelde leeftijd van een rekruut is achttien. Wat dacht je?'

'Was het een probleem?'

'We maakten er niet zo'n probleem van. De een of andere infanterist gaat met verlof en rookt een paar joints in de slaapkamer van z'n meisje. Dat kon ons niets schelen. We zagen ze liever met een paar stickies dan met een paar sixpacks bier. Buiten de poort zagen we ze liever gedwee dan agressief.'

Duffy wierp een blik op Eliot en die krabde met zijn nagel de foto's uit zijn koffertje. Hij gaf ze aan mij. Het waren er vier. Ze waren alle vier een beetje korrelig en vaag. Op alle vier stond dezelfde Cadillac DeVille die ik de avond tevoren had gezien. Ik herkende het kenteken. Hij stond in een soort parkeergarage. Bij de kofferbak stonden twee knapen. Op twee van de foto's was de kofferdeksel dicht. Op twee was hij open. De twee keken naar iets in de kofferbak. Uit niets viel af te leiden wat. Een van de knapen was een Latijns-Amerikaanse zware jongen. De andere was een oudere man in een pak die ik niet kende.

Duffy moest op mijn gezicht hebben gelet.

'Niet de man die je hebt gezien?' vroeg ze.

'Ik heb niet gezegd dat ik iemand heb gezien.'

'De Latino is een grote dealer,' zei Eliot. 'Hij is zelfs dé belangrijkste dealer van het grootste deel van Los Angeles County. Dat is natuurlijk niet te bewijzen, maar we weten alles van hem. Zijn winsten moeten in de miljoenen per week lopen. Hij leeft als een keizer. Maar hij is helemaal naar Portland in Maine gekomen om die andere knaap te ontmoeten.'
Ik tikte op een van de foto's. 'Is dit in Portland, Maine?'
Duffy knikte. 'Een parkeergarage in het centrum. Een week of negen geleden. Ik heb die foto's zelf gemaakt.'
'Wie is die andere vent dan?'
'Dat weten we niet precies. We hebben het nummer van die Cadillac natuurlijk nagetrokken. Hij is van een bedrijf dat Bizarre Bazaar heet. Hoofdkantoor is in Portland, Maine. Voor zover we kunnen nagaan, is het begonnen als een soort hippie-import/exportbedrijfje dat handel dreef met het Midden-Oosten. Tegenwoordig zijn ze gespecialiseerd in oosterse tapijten. Voor zover we weten, is de eigenaar een vent die Zachary Beck heet. We nemen aan dat hij de man op de foto is.'
'Wat wil zeggen dat hij kolossaal is,' zei Eliot. 'Als die man uit L.A. bereid is helemaal naar de oostkust te vliegen om hem te ontmoeten, moet hij een paar treden hoger op de ladder staan. En iedereen die een paar treden hoger op de ladder staat dan die vent uit L.A., is in de stratosfeer, neem dat maar van mij aan. Dus is Zachary Beck een topfiguur en hij steekt de draak met ons. *Rug*-importeur,* drugsimporteur. Hij maakt geintjes.'
'Het spijt me,' zei ik. 'Ik heb hem nog nooit gezien.'
'Dat hoeft je niet te spijten,' zei Duffy. Ze schoof wat naar voren op haar stoel. 'Voor ons is het beter dat hij niet de man is die je hebt gezien. Van hem weten we al. Het is beter als je een van zijn handlangers hebt gezien. Op die manier kunnen we proberen bij hem te komen.'
'Kan dat niet rechtstreeks?'
Er viel een korte stilte. Ik had de indruk dat er iets van gêne in de lucht hing.
'Er zijn wat problemen,' zei Eliot.
'Lijkt me dat jullie een geval van redelijke grond hebben tegen die jongen uit L.A. En je hebt foto's waarmee je hem in verband kunt brengen met die Beck.'

* *Rug* = tapijt, vert.

'De foto's deugen niet,' zei Duffy. 'Ik heb een fout gemaakt.'
Nog meer stilte.
'De garage is privédomein,' zei ze. 'Hij is onder een kantoor. Ik had geen gerechtelijk bevel. Vierde Amendement maakt die foto's ontoelaatbaar.'
'Kun je niet liegen? Zeggen dat je buiten de garage was?'
'De geografie maakt dat onmogelijk. De verdediging zou dat in een minuut doorhebben en dat zou het einde van de zaak zijn.'
'We moeten weten wie je hebt gezien,' zei Eliot.
Ik gaf geen antwoord.
'Dat moeten we echt,' zei Duffy. Ze zei het op die zachte toon die maakt dat mannen over hoge gebouwen willen springen. Maar er was niets kunstmatigs aan. Geen pretenties. Ze was zich er niet van bewust hoe goed ze klonk. Ze wilde het echt weten.
'Waarom?' vroeg ik.
'Omdat ik dit recht wil zetten.'
'Iedereen maakt weleens een fout.'
'We hebben een agente achter Beck aan gestuurd. Een infiltrante. Ze is verdwenen.'
Stilte.
'Wanneer?' vroeg ik.
'Zeven weken geleden.'
'Heb je haar gezocht?'
'We weten niet waar we moeten zoeken. We kennen Becks gangen niet. We weten niet eens waar hij woont. Hij heeft geen onroerend goed op zijn naam. Zijn huis moet het eigendom zijn van het een of andere verzonnen bedrijf. Het is een naald in een hooiberg.'
'Hebben jullie hem niet gevolgd?'
'Wel geprobeerd. Hij heeft lijfwachten en chauffeurs. Die zijn veel te goed.'
'Voor de DEA?'
'Voor ons. We zijn op onszelf aangewezen. Justitie heeft afgehaakt na die fout.'
'Ook al wordt er een agente vermist?'
'Dat weten ze niet. We hebben haar ingezet nadat ze hadden afgehaakt. Zij is niet officieel.'
Ik staarde haar aan.
'Deze hele toestand is niet officieel,' zei ze.
'Hoe gaan jullie dan te werk?'

'Ik ben teamleider. In het dagelijks leven kijkt er niemand over mijn schouder mee. Ik doe alsof ik ergens anders aan werk. Maar dat is niet zo. Ik werk hieraan.'
'Dus niemand weet dat die vrouw vermist wordt.'
'Alleen mijn team,' zei ze. 'Zeven man. En nu jij ook.'
Ik zei niets.
'We zijn rechtstreeks hierheen gekomen,' zei ze. 'We zitten te springen om een doorbraak. Waarom zouden we hier anders op zondag heen vliegen?'
Het werd stil. Ik keek van haar naar Eliot en weer naar haar. Ze hadden me nodig. Ik hen ook. En ik mocht ze wel. Ik mocht ze heel graag. Het waren eerlijke, innemende mensen. Ze hadden iets van de beste mensen met wie ik vroeger had samengewerkt.
'Ruilen en gelijk oversteken,' zei ik. 'Informatie voor informatie. We zien wel hoe we het rooien. En dan kijken we verder.'
'Wat heb jij nodig?'

Ik zei dat ik een ziekenhuisdossier van tien jaar oud wilde hebben uit de plaats Eureka in Californië. Ik vertelde haar om wat voor soort dossier het ging. Ik zei dat ik in Boston zou blijven tot ik weer van haar hoorde. Ik voegde eraan toe dat ze niets op papier moesten zetten. Daarna vertrokken ze en dat was dat voor dag twee. Op dag drie gebeurde er niets. Noch op dag vier. Ik hing wat rond. Boston is wel te pruimen voor een paar dagen. Het is wat ik een achtenveertiguursplaats noem. Na twee etmalen begint het te vervelen. Natuurlijk zijn de meeste steden in mijn ogen zo. Ik ben rusteloos van aard. Dus toen dag vijf aanbrak, begon ik gek te worden. Ik was bereid te geloven dat ze me helemaal vergeten waren. Ik stond op het punt om er een streep onder te zetten en weer verder te reizen. Ik dacht aan Miami. Daar zou het een stuk warmer zijn. Maar aan het eind van de ochtend ging de telefoon. Het was haar stem. Prettig om te horen.
'We komen eraan,' zei ze. 'We spreken af bij dat grote standbeeld van wie het ook is op een paard, halverwege de Freedom Trail. Om drie uur.'
Het was geen nauwkeurige afspraak, maar ik wist wat ze bedoelde. Het was ergens in North End, bij een kerk. Het was lente en nog te koud om daar zonder doel heen te willen, maar ik ben er hoe dan ook vroeg heen gegaan. Ik ging op een bankje zitten naast een oude dame die huismussen en duiven voerde met broodkorst-

jes. Ze keek me aan en ging op een ander bankje zitten. De vogels zwermden om haar voeten en pikten in het gruis. In de lucht wedijverde een waterig zonnetje met regenwolken. De man te paard was Paul Revere.

Duffy en Eliot waren precies op tijd. Ze droegen een zwarte regenjas met lusjes en gespen en een ceintuur. Ze hadden net zo goed een bordje om hun hals kunnen hangen met FEDERALE AGENTEN UIT WASHINGTON D.C. Ze gingen zitten. Duffy links van me en Eliot rechts. Ik leunde naar achteren en zij naar voren met hun ellebogen op de knieën.

'Ambulancepersoneel heeft een vent uit de branding van de Stille Oceaan gehaald,' zei Duffy. 'Tien jaar geleden, even ten zuiden van Eureka in Californië. Blanke man, jaar of veertig. Hij was tweemaal in zijn hoofd geschoten en een keer in zijn borst. Klein kaliber kogel, waarschijnlijk een .22. Vervolgens komen ze erachter dat hij waarschijnlijk van een rots in zee is gegooid.'

'Leefde hij nog toen ze hem uit het water haalden?' vroeg ik, hoewel ik het antwoord al wist.

'Amper,' zei ze. 'Er zat een kogel vlak bij zijn hart en hij had een schedelbasisfractuur. Bovendien waren een arm, beide benen en zijn bekken door de val gebroken. En hij was half verdronken. De operatie heeft vijftien uur geduurd. Hij heeft een maand op intensive care gelegen en nog eens zes maanden in het ziekenhuis om te herstellen.'

'Identiteit?'

'Hij had niets bij zich. Hij staat te boek als meneer X.'

'Hebben ze geprobeerd hem te identificeren?'

'Zijn afdrukken zaten niet in het systeem,' zei ze. 'Hij stond niet op de lijst van vermiste personen. Niemand is hem komen opeisen.'

Ik knikte. Vingerafdrukcomputers onthullen alleen wat ze is opgedragen.

'En toen?' vroeg ik.

'Hij kwam er weer bovenop,' zei ze. 'Er waren zeven maanden verstreken. Ze probeerden te bedenken wat ze met hem aan moesten toen hij zichzelf opeens ontsloeg. Daarna hebben ze nooit meer iets van hem gehoord.'

'Heeft hij ze iets over zichzelf verteld?'

'De diagnose was amnesie. In elk geval voor de tijd rond het trauma, want dat is bijna niet te vermijden. Maar ze meenden wel dat hij zich iets van voor die tijd moest kunnen herinneren en ze kregen sterk de indruk dat hij maar deed alsof. Het dossier is vrij uitgebreid. Psychiaters, de hele mikmak. Ze hebben regelmatig met hem gepraat. Hij was heel beslist. Heeft nooit een woord over zichzelf losgelaten.'

'Hoe was hij er lichamelijk aan toe toen hij verdween?'

'Vrij redelijk. Hij had zichtbare littekens van de schotwonden, maar meer ook niet.'

'Oké,' zei ik. Ik leunde naar achteren en keek naar de lucht.

'Wie was hij?'

'Wat denk je?' vroeg ik.

'Kleine kogels in hoofd en borst?' vroeg Eliot. 'In zee gelazerd? Georganiseerde misdaad. Een afrekening. Hij is gepakt door de een of andere huurmoordenaar.'

Ik zei niets. Keek naar de lucht.

'Wie was hij?' herhaalde Duffy.

Ik bleef naar de lucht kijken en sleurde mezelf tien jaar terug in de tijd naar een totaal andere wereld.

'Weet je iets van tanks?' vroeg ik.

'Militaire tanks? Met rupsbanden en kanonnen? Niet echt.'

'Veel valt er niet te weten,' zei ik. 'Ik bedoel, je wilt ze graag snel en betrouwbaar en je hebt geen bezwaar tegen iets van zuinigheid qua brandstof. Maar als ik een tank heb en jij hebt een tank, wat is dan het enige dat ik wil weten?'

'Nou?'

'Kan ik je beschieten voordat je mij kunt beschieten? Dat wil ik weten. Als we anderhalve kilometer van elkaar staan, kan mijn kanon jou dan treffen? Of jouw kanon mij?'

'Dus?'

'Natuurkunde blijft natuurlijk natuurkunde, dus is het waarschijnlijk dat als ik jou van anderhalve kilometer kan raken, jij mij ook kunt raken. Dus is het een kwestie van munitie. Als ik tweehonderd meter verder sta, zodat jouw granaat afketst zonder mij te beschadigen, kan ik dan een granaat ontwikkelen die dat niet bij jou doet? Dat is het hele eieren eten met tanks. De man in zee was van de militaire inlichtingendienst die een wapenspecialist van het leger had gechanteerd.'

'Waarom lag hij in zee?'

'Heb je de Golfoorlog op tv gevolgd?' vroeg ik.

'Ik wel,' zei Eliot.

'Vergeet die slimme bommen maar,' zei ik. 'De ster die de show echt heeft gestolen was de belangrijkste fronttank, de M1A1 Abrams. Hij scoorde vierhonderd-nul tegen de Iraki's, die het beste materiaal gebruikten dat wie dan ook ze ooit had geleverd. Maar die oorlog op tv betekende dat we ons door de hele wereld in de kaart hadden laten kijken, dus moesten we gauw iets nieuws bedenken voor de volgende keer. En dat hebben we gedaan.'
'En?' vroeg Duffy.
'Als je een granaat verder wilt laten vliegen en harder wilt laten aankomen, kun je er meer brandstof in proppen. Of hem lichter maken. Of allebei. Als je er meer brandstof in propt, moet je natuurlijk elders iets behoorlijk radicaals doen om hem lichter te maken. En dat hebben ze gedaan. Ze hebben de explosieve lading eruit gehaald. Dat klinkt raar, hè? Want wat doet zo'n ding dan? *Beng* zeggen en ketsen? Maar ze hebben de vorm veranderd. Ze hebben een ding bedacht dat eruitziet als een kolossale dart. Met ingebouwde vinnen en al. Hij is gegoten van wolfraam en afgewerkt uranium. De hardste metalen die er te vinden zijn. Hij gaat erg hard en erg ver. Die noemden ze de lange-roedepenetrator.'
Duffy glimlachte, keek me met geloken ogen aan en bloosde tegelijkertijd. Ik glimlachte terug.
'Die naam hebben ze veranderd,' zei ik. 'Nu heet hij de APFSDS. Ik zei al dat ze gek op afkortingen zijn. *Armour Piercing Fin Stabilized Discarding Sabot.* Hij wordt in feite aangedreven door zijn eigen raketmotortje. Hij raakt de vijandige tank met een kolossale kinetische energie. Die kinetische energie wordt omgezet in hitte, zoals ze je bij natuurkunde op de middelbare school leren. Hij smelt zich in een fractie van een seconde een weg door het pantser van de vijandelijke tank en besproeit het interieur met een straal gesmolten metaal die de bemanning doodt en alles wat explosief of brandbaar is laat ontploffen. Het is een fraai stukje werk. En hoe dan ook, als je schiet, scoor je, want als het vijandelijke pantser te dik is, of je hebt van een te grote afstand geschoten, blijft het projectiel er gewoon een eindje in steken en versplintert, wat betekent dat de binnenste laag van het pantser wordt verbrijzeld en scherven gloeiend metaal in het interieur rondvliegen als bij een handgranaat. De vijandelijke bemanning desintegreert als kikkers in een mixer. Het was een briljant nieuw wapen.'
'En die vent in zee?'

'Die had de blauwdrukken van de man die hij chanteerde,' zei ik. 'Stukje bij beetje over een lange periode. We hielden hem in de gaten. We wisten precies wat hij deed. Hij wilde ze aan de Irakese inlichtingendienst verkopen. De Iraki's wilden het spel de volgende keer wat gelijkwaardiger maken. Het Amerikaanse leger wilde dat voorkomen.'

Eliot staarde me aan. 'Dus hebben ze die man laten vermoorden?'

Ik schudde mijn hoofd. 'We hebben een paar MP's gestuurd om de man te arresteren. Standaardprocedure, helemaal volgens de wet en niets onderhands, neem dat maar van mij aan. Maar het ging mis. Hij ontsnapte. Hij stond op het punt te verdwijnen. Het Amerikaanse leger wilde dat helemáál niet.'

'Dus hebben ze hem tóén laten vermoorden?'

Ik keek naar de lucht. Gaf geen antwoord.

'Dat was geen standaardprocedure,' zei Eliot. 'Of wel soms?'

Ik zei niets.

'Het was stiekem,' zei hij. 'Niet dan?'

Ik gaf geen antwoord.

'Maar hij is niet doodgegaan,' zei Duffy. 'Hoe heette hij?'

'Quinn,' zei ik. 'Hij bleek de allergrootste schurk die ik ooit ben tegengekomen.'

'En die heb je zaterdag in Becks auto zien stappen?'

Ik knikte. 'Hij reed weg van de Symphony Hall in een auto met chauffeur.'

Ik gaf ze alle bijzonderheden waarover ik beschikte. Maar ondertussen wisten we allemaal dat de informatie onbruikbaar was. Het was ondenkbaar dat Quinn zijn oude identiteit zou gebruiken. Dus het enige dat ik te bieden had was een lichamelijk signalement van een onopvallende blanke man van een jaar of vijftig met twee littekens van .22-kogels op zijn voorhoofd. Beter dan niets, maar ze schoten er niet echt veel mee op.

'Waarom zaten zijn vingerafdrukken niet in het systeem?' vroeg Eliot.

'Ze hebben hem gewist,' zei ik. 'Alsof hij nooit heeft bestaan.'

'Waarom is hij niet gestorven?'

'Gedempte .22,' zei ik. 'Ons standaardwapen voor geheime operaties op kleine afstand. Maar geen erg krachtig wapen.'

'Is hij nog gevaarlijk?'

'Niet voor het leger,' zei ik. 'Hij is prehistorie. Dit speelde allemaal tien jaar geleden. De APFSDS zal eerdaags in het museum staan. De Abrams-tank ook.'

'Waarom probeer je hem dan op het spoor te komen?'

'Afhankelijk van wat hij zich precies herinnert, kan hij gevaarlijk zijn voor de man die hem moest omleggen.'

Eliot knikte. Hij zweeg.

'Zag hij er belangrijk uit?' vroeg Duffy. 'Zaterdag? In Becks auto?'

'Hij zag er rijk uit,' zei ik. 'Dure kasjmier jas, leren handschoenen, zijden sjaal. Hij zag eruit als iemand die gewend is om in een auto met chauffeur rond te rijden. Hij sprong er zo in alsof hij niets anders deed.'

'Groette hij de chauffeur?'

'Dat weet ik niet.'

'We moeten hem plaatsen,' zei ze. 'We moeten een context hebben. Hoe gedroeg hij zich? Hij gebruikte Becks auto, maar had je de indruk dat hij daar recht op had? Of dat iemand hem een dienst bewees?'

'Alsof hij er recht op had,' zei ik. 'Alsof hij die auto elke dag van de week gebruikt.'

'Dus is hij Becks gelijke?'

Ik haalde mijn schouders op. 'Hij kon weleens Becks baas zijn.'

'Hoogstens een partner,' zei Eliot. 'Onze man in L.A. zou die reis niet maken om een ondergeschikte te ontmoeten.'

'Ik zie Quinn niet als iemands partner,' zei ik.

'Wat was hij voor iemand?'

'Gewoon,' zei ik. 'Voor een officier van de inlichtingendienst. In de meeste opzichten.'

'Behalve wat de spionage betreft,' zei Eliot.

'Ja,' zei ik. 'Behalve dat.'

'En datgene wat hem een geheim eliminatiebevel heeft opgeleverd.'

'Ook dat.'

Duffy was stil geworden. Ze dacht hard na. Ik wist vrij zeker dat ze een manier probeerde te bedenken om me te gebruiken. En daar had ik geen enkel bezwaar tegen.

'Blijf je in Boston?' vroeg ze. 'Waar ik je kan vinden?'

Ik zei ja, ze vertrokken en dat was het eind van dag vijf.

In een sportcafé vond ik een verkoper van zwarte kaartjes en het grootste deel van dag zes en zeven bracht ik door in Fenway Park om te zien hoe de Red Sox zich door een serie eerste thuiswedstrijden van het seizoen sloeg. De match van vrijdag duurde zeventien innings en eindigde erg laat. Dus dag acht versliep ik grotendeels en 's avonds ging ik weer terug naar de Symphony Hall om het publiek gade te slaan. Misschien had Quinn kaartjes voor een concertserie. Maar hij kwam niet opdagen. Ik haalde me weer voor de geest hoe hij naar me had gekeken. Misschien was het gewoon zo'n onhandig stoeptafereeltje. Maar het kon ook meer zijn geweest.

Susan Duffy belde me de ochtend van dag negen. Zondag. Ze klonk anders. Ze klonk als iemand die nog veel meer had nagedacht. Ze klonk als iemand met een plan.

'Hotelreceptie, twaalf uur,' zei ze.

Ze kwam met een auto. Alleen. De auto was een Taurus zonder poespas. Vanbinnen was hij groezelig. Een dienstvoertuig. Ze droeg een verschoten spijkerbroek met een paar goede schoenen en een haveloos leren jack. Ze had haar haar net gewassen en naar achteren gekamd. Ik stapte in aan de passagierskant, ze maakte een U-bocht over zes rijstroken en reed recht op de ingang van een tunnel af die naar de Mass Pike voerde.

'Zachary Beck heeft een zoon,' zei ze.

Ze ging hard door een ondergrondse bocht, de tunnel eindigde en we kwamen in het zwakke aprillicht vlak achter Fenway weer te voorschijn.

'Hij is eerstejaarsstudent,' zei ze. 'Aan een kleine faculteit voor vrije kunsten, toevallig niet zo ver hiervandaan. We hebben met een jaargenoot gepraat, in ruil voor het door de vingers zien van een cannabisprobleem. Die zoon heet Richard Beck. Geen populair iemand, een beetje merkwaardig. Lijkt erg getraumatiseerd door iets wat een jaar of vijf geleden is voorgevallen.'

'Wat?'

'Hij was ontvoerd.'

Ik zei niets.

'Snap je wel?' vroeg Duffy. 'Weet je hoe vaak gewone mensen tegenwoordig ontvoerd worden?'

'Nee,' zei ik.

'Het komt niet voor,' zei ze. 'Het is een uitgestorven misdrijf. Dus moet het een onderlinge machtsstrijd zijn geweest. Het is praktisch het bewijs dat zijn pa een gangster is.'

'Dat is een grote sprong.'

‘Oké, maar het is heel overtuigend. En het is nooit aangegeven. De FBI heeft er geen dossier van. Wat er ook is voorgevallen, ze hebben het zelf afgehandeld. En niet zo best. Volgens die klasgenoot mist Richard een oor.’
‘Dus?’
Ze gaf geen antwoord. Ze bleef gewoon in westelijke richting rijden. Ik strekte me uit op de passagiersstoel en sloeg haar uit mijn ooghoeken gade. Ze zag er goed uit. Ze was lang, slank en knap en had een levendig stel ogen. Ze had geen make-up op. Ze was een van die vrouwen die dat hoegenaamd niet nodig hadden. Ik was erg blij dat ze mijn chauffeuse was. Maar ze reed niet zomaar wat rond. Ze bracht me ergens heen. Dat was wel duidelijk. Ze voerde iets in haar schild.
‘Ik heb je hele staat van dienst gelezen,’ zei ze. ‘Alle bijzonderheden. Je bent een indrukwekkend iemand.’
‘Niet echt,’ zei ik.
‘En je hebt grote voeten,’ zei ze. ‘Dat is ook goed.’
‘Hoezo?’
‘Dat zul je wel zien,’ zei ze.
‘Zeg eens,’ zei ik.
‘We lijken erg op elkaar,’ zei ze. ‘Jij en ik. We hebben iets met elkaar gemeen. Ik wil dicht bij Zachary Beck komen om mijn agente terug te krijgen. Jij wilt bij hem in de buurt komen om Quinn te vinden.’
‘Die agente van jou is dood. Zeven weken, dat zou een mirakel zijn. Dat moet je onder ogen zien.’
Ze zei niets.
‘En Quinn kan me niets schelen.’
Ze keek me even van opzij aan en schudde haar hoofd.
‘Jawel hoor,’ zei ze. ‘Dat wil je echt. Dat zie ik van hier. Het vreet aan je. Het is iets onafs. En volgens mij ben jij het type dat een hekel heeft aan onafgemaakte zaken.’ Ze dacht even na. ‘En ik ga ervan uit dat mijn agente nog leeft, totdat jij me het bewijs van het tegendeel levert.’
‘Ik?’ vroeg ik.
‘Mijn eigen mensen kan ik niet gebruiken,’ zei ze. ‘Dat snap je toch wel? Deze hele toestand is illegaal, voor zover het Justitie aangaat. Dus al mijn volgende stappen zijn onofficieel. En volgens mij ben jij het type dat begrip heeft voor onofficiële operaties. En dat er niet nerveus van wordt. Ze misschien zelfs prefereert.’

'Dus?'
'Ik heb iemand nodig die bij Beck thuis infiltreert. En ik heb besloten dat jij dat wordt. Jij gaat mijn particuliere lange-roedepenetrator worden.'
'Hoe?'
'Richard Beck gaat je erheen brengen.'

Een kilometer of zestig ten westen van Boston verliet ze de tolweg en reed ze het platteland van Massachusetts in noordelijke richting op. We reden door koektrommelplaatjes van dorpjes in New England. Op de stoep waren spuitgasten bezig hun brandweerwagens op te poetsen. Vogels zongen. Mensen waren met hun gazon bezig en snoeiden hun struiken. Er hing een geur van houtvuur.
We stopten bij een motel ver van de bewoonde wereld. Het was een smetteloze gelegenheid met een onopvallende voorgevel van baksteen en een hagelwitte afwerking. Er stonden vijf auto's op het parkeerterrein die de toegang tot de laatste vijf kamers blokkeerden. Het waren allemaal dienstauto's. In de middelste kamer wachtte Steven Eliot met vijf mannen. Ze hadden de bureaustoelen uit hun eigen kamer gehaald en zaten in een keurige halve cirkel. Duffy ging me voor naar binnen en knikte naar Eliot. Ik nam aan dat het knikje betekende: *Ik heb met hem gepraat en hij heeft geen nee gezegd. Althans nog niet.* Ze liep naar het raam en draaide zich om naar de kamer. Het daglicht achter haar was schel. Het maakte haar moeilijk te zien. Ze schraapte haar keel. Het werd stil.
'Oké, mensen, luister,' zei ze. 'Ik zeg het nog een keer: dit is onofficieel, niet gesanctioneerd en we doen het in onze vrije tijd en op eigen risico. Als iemand daar bezwaar tegen heeft, kan hij nu vertrekken.'
Niemand bewoog. Niemand ging weg. Het was een slimme tactiek. Het toonde mij dat zij en Eliot minstens vijf man hadden die voor ze door het vuur zouden gaan.
'We hebben nog geen achtenveertig uur,' zei ze. 'Overmorgen gaat Richard Beck naar huis voor de verjaardag van zijn moeder. Volgens onze bron doet hij dat ieder jaar. Slaat colleges over en zo. Zijn vader stuurt een auto met twee professionele lijfwachten omdat de knaap als de dood is voor een tweede ontvoering. Die angst gaan we exploiteren. We gaan die lijfwachten omleggen en hem ontvoeren.'

Ze zweeg. Niemand zei iets.
'De bedoeling is om bij Zachary Beck binnen te komen,' zei ze. 'We mogen aannemen dat de ontvoerders zelf daar niet bepaald welkom zullen zijn. Dus Reacher bevrijdt dat joch onmiddellijk uit handen van die ontvoerders. Het zal een strakke timing worden: ontvoering, redding, dat werk. De jongen is een en al dankbaarheid en Reacher wordt als een held bij de thuishaard binnengehaald.'
De mensen zaten eerst een poosje stil. Daarna kwamen ze in beweging. Het plan zat zo vol gaten dat een Emmentaler er massief bij leek. Ik staarde Duffy recht aan. Daarna keek ik uit het raam. Die gaten konden gedicht worden. Ik voelde mijn hersens op gang komen. Ik vroeg me af hoeveel gaten Duffy zelf al had gezien. Ik vroeg me af hoeveel antwoorden ze al had. Ik vroeg me af hoe ze wist dat ik dol op dit soort vraagstukken was.
'We hebben een eenkoppig publiek,' zei ze. 'Het enige dat ertoe doet, is wat Richard Beck denkt. De hele toestand zal van a tot z nep zijn, maar hij moet er volledig van overtuigd zijn dat het echt is.'
Eliot keek naar mij. 'Zwakke plekken?'
'Twee,' zei ik. 'Hoe schakel je die lijfwachten uit zonder ze echt schade te berokkenen? Ik neem aan dat jullie niet zó ver buiten je boekje gaan.'
'Snelheid, shock, verrassing,' zei hij. 'Het ontvoeringsteam heeft machinepistolen met een heleboel losse flodders. Plus een verdovingsgranaat. Zodra de jongen uit die auto is, gooien we dat ding erin. Hoop lawaai en geweld. Ze worden verdoofd, dat is alles. Maar de jongen zal ervan uitgaan dat ze in tartaartjes zijn veranderd.'
'Oké,' zei ik. 'Maar in de tweede plaats wordt dit allemaal toneelspel, nietwaar? Ik ben een passant en toevallig blijk ik het soort persoon dat hem kan redden. Ik ben dus een slim en competent iemand. Waarom breng ik hem dan niet naar het dichtstbijzijnde politiebureau? Of wacht ik niet tot de politie komt? Waarom zou ik niet rond blijven hangen om te getuigen en allerlei verklaringen af te leggen? Waarom zou ik hem direct helemaal naar huis willen brengen?'
Eliot keek naar Duffy.
'Hij zal als de dood zijn,' zei ze. 'Hij zal niets liever willen.'
'Maar waarom zou ik daarmee instemmen? Het maakt niet uit wat

hij wil. Wat wel uitmaakt is wat ik een logische stap zal vinden. Omdat we niet een eenkoppig publiek hebben. We hebben een tweekoppig publiek. Richard Beck en Zachary Beck. Richard Beck ter plaatse en Zachary Beck later. Hij zal erop terugblikken. We zullen hem net zo goed moeten overtuigen.'

'Misschien vraagt de jongen je om niet naar de politie te gaan. Net als de vorige keer.'

'Maar waarom zou ik me iets van hem aantrekken? Als ik Jan-in-de-straat was, zou de politie het eerste zijn waaraan ik zou denken. Ik zou alles strikt volgens de regels willen doen.'

'Hij zou je proberen te overtuigen.'

'En daar zou ik me niets van aantrekken. Waarom zou een intelligente, competente volwassene naar een mal joch luisteren? Het is een gat. Het is allemaal te glad, te doelgericht, te onecht. Te diréct. Zachary Beck zal het meteen doorhebben.'

'Misschien krijg je hem in de auto en word je achternagezeten.'

'Ik zou meteen naar het politiebureau rijden.'

'Shit,' zei Duffy.

'Het is een plan,' zei ik. 'Maar we moeten wel realistisch blijven.' Ik keek weer naar buiten. Het was zonnig. Ik zag een heleboel groen. Bomen, struiken, beboste heuvels in de verte besprenkeld met jong groen. Uit mijn ooghoeken zag ik Duffy en Eliot naar de grond kijken. De vijf anderen zaten stil. Ze zagen eruit als een bekwaam stelletje. Twee waren iets jonger dan ik, lang en blond. Twee waren ongeveer van mijn leeftijd en zagen er gewoon uit. En een was een heel stuk ouder, gebogen en grijs. Ik dacht lang en hard na. Ontvoering, redding, Becks huis. Ik moet bij Beck zien binnen te komen. Echt. Omdat ik Quinn moet vinden. Denk na over het hele spel. Ik bekeek de hele toestand door de ogen van de jongen. Daarna bekeek ik het vanuit zijn vaders standpunt.

'Het is een plan,' zei ik, 'maar het moet geperfectioneerd worden. Dus moet ik het type zijn dat niet naar de politie gaat.' Ik dacht na. 'Nee, nog beter is dat ik voor de ogen van die jongen het type wórdt dat niet naar de politie kán gaan.'

'Hoe?' vroeg Duffy.

Ik keek háár recht aan. 'Ik moet iemand verwonden. Per ongeluk, in de verwarring. Een andere voorbijganger. Een onschuldige partij. Een of andere tweeslachtige omstandigheid. Misschien kan ik iemand overrijden. Een oud dametje dat haar hond uitlaat. Misschien rijd ik haar wel dood. Ik raak in paniek en ga ervandoor.'

'Te lastig in scène te zetten,' zei ze. 'En trouwens niet echt genoeg om je op de vlucht te jagen. Ik bedoel, ongelukken gebeuren nu eenmaal onder dergelijke omstandigheden.'
Ik knikte. Het bleef stil. Ik deed mijn ogen dicht, dacht nog wat na en zag de omtrekken van een vaag tafereeltje voor mijn geestesoog gestalte krijgen.
'Oké,' zei ik. 'Wat dacht je hiervan? Ik schiet een politieman dood. Per ongeluk.'
Niemand zei iets. Ik deed mijn ogen open.
'Het is een meesterzet,' zei ik. 'Zien jullie het? Het is helemaal perfect. Het zal Zachary Beck geruststellen over de vraag waarom ik niet naar de politie ben gegaan. Je gaat niet naar de politie als je er net een van hen hebt omgelegd, ook al is het een ongeluk. Hij zal dat begrijpen. En naderhand zal het een reden voor me zijn om bij hem thuis te blijven. Dat zal ik wel moeten. Hij zal denken dat ik onderduik. Hij zal dankbaar zijn vanwege de redding en hij is toch een crimineel, dus zijn geweten zal hem niet in de weg zitten.'
Er kwamen geen bezwaren. Alleen maar stilte en vervolgens een langzaam, ondefinieerbaar, taxerend gemompel en instemmend geknik. Ik liet het plan nog eens de revue passeren. Denk na over het hele spel. Ik glimlachte.
'En het wordt nog beter,' zei ik. 'Misschien neemt hij me wel in dienst. Ik denk zelfs dat hij erg in de verleiding zal komen om me in dienst te nemen. Omdat we de illusie scheppen dat zijn gezin opeens wordt belaagd. Hij is twee lijfwachten kwijt en weet dat ik hoe dan ook beter ben dan zij, omdat zij het hebben afgelegd en ik niet. En hij zal me graag in dienst nemen, want zolang hij in de waan is dat ik een politieagent heb omgelegd en hij me laat onderduiken, zal hij denken dat hij me in zijn zák heeft.'
Duffy glimlachte ook.
'Laten we dan maar aan het werk gaan,' zei ze. 'We hebben nog geen achtenveertig uur.'

De twee jongere knapen moesten het ontvoeringsteam spelen. We besloten dat ze een Toyota pick-up zouden besturen van het in beslag genomen wagenpark van de DEA. Ze zouden geconfisqueerde uzi's gebruiken met losse 9mm-flodders. Ze zouden een verdovingsgranaat pikken uit de voorraad van het arrestatieteam van de DEA. Vervolgens begonnen we mijn rol als reddende engel te repeteren. Net zoals alle goede oplichters besloten we zo dicht mogelijk bij de waarheid te blijven. Dus zou ik een afgezwaaide zwerver zijn die toevallig op het juiste moment op de juiste plek was. Ik zou gewapend zijn, wat onder de gegeven omstandigheden wettelijk gezien illegaal zou zijn in Massachusetts, maar aannemelijk bij de rol zou passen.

'Ik heb een grote, ouderwetse revolver nodig,' zei ik. 'Ik moet iets hebben dat bij een burger past. Bovendien moet de hele toestand van a tot z een groot toneelstuk zijn. De Toyota komt op me af, ik moet hem uitschakelen. Ik moet erop schieten. Dus heb ik drie echte kogels nodig en drie flodders, strikt in die volgorde. De drie echte kogels voor de pick-up, de drie flodders voor de mensen.'

'We kunnen ieder pistool zo laden,' zei Eliot.

'Maar ik moet de kamers zien,' zei ik. 'Vlak voordat ik schiet. Ik schiet geen gemengde lading voordat ik een visuele controle heb uitgevoerd. Ik moet weten dat ik op de juiste plek begin. Dus heb ik een revolver nodig. Geen kleintje, maar een grote, zodat ik het goed kan zien.'

Hij begreep wat ik bedoelde. Maakte een aantekening. Daarna benoemden we de oudste als de plaatselijke politieman. Duffy stelde voor dat hij domweg in mijn vuurlinie moest lopen.

'Nee,' zei ik. 'Het moet de juiste soort vergissing zijn. Niet zomaar een onachtzaam schot. Beck senior moet op de juiste manier van mij onder de indruk raken. Ik moet het opzettelijk doen, maar roekeloos. Alsof ik een gek ben, maar wel een gek die kan schieten.'

Duffy was het ermee eens. Eliot nam uit zijn hoofd een lijstje van beschikbare voertuigen door en bood me een oud, gesloten bestelbusje. Hij zei dat ik bij een besteldienst kon werken. Hij vond dat het me een geldige reden zou verschaffen om me daar te bevinden. We maakten lijstjes, op papier en uit ons hoofd. De twee knapen van mijn leeftijd zaten daar zonder een rol te spelen en vonden dat niet leuk.

'Jullie zijn back-uppolitie,' zei ik. 'Stel dat die jongen niet eens ziet dat ik nummer een neerleg? Hij kan wel flauwgevallen zijn of zoiets. Jullie moeten ons achternazitten in een auto, en ik leg jullie neer als ik zeker weet dat hij kijkt.'

'We kunnen geen back-uppolitie gebruiken,' zei de oude man. 'Ik bedoel, wat is hier aan de hand? Wemelt het daar zonder aanleiding opeens van de politie?'

'Universiteitspolitie,' zei Duffy. 'Je kent toch wel die gehuurde

agenten op universiteiten? Die zijn daar toevallig. Ik bedoel, waar zou je ze anders vinden?'
'Uitstekend,' zei ik. 'Die kunnen binnen de campus beginnen. Zij kunnen de hele toestand vanuit de achterhoede via de radio regelen.'
'Hoe ga je ze uitschakelen?' vroeg Eliot, alsof het een probleem was.
Ik knikte. Ik snapte het probleem. Ik zou inmiddels zes schoten hebben afgevuurd.
'Ik kan niet opnieuw laden,' zei ik. 'Niet onder het rijden. Niet met losse flodders. Dat ziet die jongen misschien.'
'Kun je ze niet rammen? Ze van de weg af dwingen?'
'Niet met een waardeloos oud busje. Ik zal nog een revolver moeten hebben. Geladen en wel, in het busje. In het handschoenenkastje misschien.'
'Loop je met twee revolvers rond?' vroeg de oude man. 'Dat is nogal raar, vooral in Massachusetts.'
Ik knikte. 'Het is een zwakke plek. We zullen er een paar moeten riskeren.'
'Dan moet ik in burger zijn,' zei de oude man. 'Een rechercheur. Op een geüniformeerde agent schieten is meer dan roekeloos. Dat zou ook een zwakke plek zijn.'
'Oké,' zei ik. 'Mee eens. Uitstekend. Jij bent een rechercheur, je trekt je legitimatie en ik denk dat het een pistool is. Dat gebeurt wel meer.'
'Maar hoe gaan we sterven?' vroeg hij. 'Grijpen we naar onze maag en vallen we gewoon voorover zoals in een ouderwetse wildwestfilm?'
'Dat is niet overtuigend,' zei Eliot. 'De hele toestand moet net echt lijken. In de ogen van Richard Beck.'
'Dan hebben we Hollywood-spullen nodig,' zei Duffy. 'Kogelvrije vesten met condooms vol nepbloed die exploderen op een radiosignaal.'
'Is daar aan te komen?'
'Misschien in New York of Boston.'
'We zitten krap in onze tijd.'
'Vertel mij wat,' zei Duffy.

Dat was het eind van dag negen. Duffy wilde dat ik een kamer in het motel nam en bood aan me door iemand naar mijn hotel in

Boston te laten brengen om mijn bagage op te halen. Ik zei dat ik geen bagage had, ze keek me even van opzij aan maar zei niets. Ik nam een kamer naast de oude man. Iemand ging pizza's halen. Iedereen rende rond en hing aan de telefoon. Mij lieten ze met rust. Ik ging op bed liggen om de hele situatie opnieuw van a tot z vanuit mijn standpunt de revue te laten passeren. Ik maakte een lijst in mijn hoofd van alle dingen waar we niet aan hadden gedacht. Het was een lange lijst. Maar één onderdeel zat me vooral dwars. Het stond niet precies óp de lijst, maar liep er min of meer parallel aan. Ik kwam van mijn bed en ging Duffy zoeken. Ze was buiten op het parkeerterrein en haastte zich net terug van haar auto naar haar kamer.

'Het gaat hier niet om Zachary Beck,' zei ik. 'Dat kan niet. Als Quinn er iets mee te maken heeft, is hij de baas. Die zou geen tweede viool spelen. Behalve als Beck nog erger is dan Quinn en dáár durf ik niet eens aan te denken.'

'Misschien is Quinn veranderd,' zei ze. 'Hij is tweemaal in zijn hoofd geschoten. Misschien heeft hij daar een tic van gekregen. Is hij op de een of andere manier verzwakt.'

Ik zei niets. Ze haastte zich weg. Ik ging terug naar mijn eigen kamer.

Dag tien begon met de komst van voertuigen. De oude man kreeg een zeven jaar oude Chevrolet Caprice als ongemarkeerde politieauto. Dat was het exemplaar met de Corvette-motor, uit het laatste jaar dat General Motors ze nog maakte. Hij zag er precies goed uit. De pick-up was een groot geval met verschoten rode lak. Voorop zat een bullbar. Ik zag de jonge knapen praten over de wijze waarop ze die zouden gebruiken. Mijn auto was een gewoon, bruin bestelbusje. Het was de meest anonieme bestelwagen die ik ooit had gezien. Het was een gesloten busje met twee raampjes aan de achterkant. Ik keek of er een dashboardkastje in zat. Dat zat er.

'Oké?' vroeg Eliot.

Ik gaf een klap op de zijkant zoals chauffeurs van bestelwagens doen en hij antwoordde met een vaag hol geluid.

'Perfect,' zei ik. 'Ik wil twee grote .44 Magnum-revolvers. Ik wil drie kogels met een zachte punt en negen losse flodders. Die flodders moeten een zo hard mogelijke klap geven.'

'Oké,' zei hij. 'Waarom een zachte punt?'

'Ik ben bang voor ketsen,' zei ik. 'Ik wil niemand per ongeluk raken. Zachte punten vervormen en blijven op de plek die ze raken. Ik ga er een op de radiateur schieten en twee op de banden. Ik wil dat je de banden hard oppompt zodat ze exploderen als ik ze raak. We moeten er een spektakel van maken.'
Eliot haastte zich weg en Duffy kwam naar me toe.
'Dit zul je nodig hebben,' zei ze. Ze had een jas en een paar handschoenen bij zich. 'Je zult er realistischer uitzien als je dit draagt. Het zal koud zijn. En de jas zal de revolver verbergen.'
Ik pakte de spullen van haar aan en probeerde de jas. Hij paste vrij goed. Ze had kennelijk een oog voor maten.
'De psychologie wordt een beetje lastig,' zei ze. 'Je zult flexibel moeten zijn. Misschien wordt die jongen wel catatonisch. Misschien moet je iets van een reactie uit hem zien te krijgen. Maar ideaal zou zijn als hij wakker is en praat. In dat geval moet je iets van tegenzin aan den dag leggen om er nog verder bij betrokken te raken. Het mooiste zou zijn als je je door hém moet laten overhalen om hem helemaal naar huis te brengen. Maar tegelijkertijd moet je een dominante rol spelen. Je moet vaart in de gebeurtenissen houden, zodat hij geen tijd krijgt om stil te staan bij wat hij ziet.'
'Oké,' zei ik. 'In dat geval ga ik mijn munitievereisten veranderen. Kogel twee in revolver twee wordt een echte. Ik zal zeggen dat hij op de grond moet duiken en daarna schiet ik de achterruit achter zijn hoofd eruit. Hij zal denken dat het de universiteitspolitie is die op ons schiet. Daarna zeg ik dat hij weer rechtop kan gaan zitten. Dat zal zijn gevoel voor gevaar versterken, dan raakt hij gewend om te doen wat ik hem opdraag en zal hij zich makkelijker neerleggen bij het feit dat die universiteitspolitie ervan langs krijgt. Ik wil namelijk niet dat hij zich tegen mij gaat keren en zal proberen me ergens van te weerhouden. Dat kan het eind van het busje en van ons allebei zijn.'
'Je zult zelfs een band met hem moeten krijgen,' zei ze. 'Hij moet later hoog van je opgeven. Want ik ben het met je eens dat we de jackpot winnen als ze je daar in dienst nemen. Dat zou je toegang verschaffen. Dus probeer indruk op die jongen te maken. Maar hou het heel subtiel. Je moet niet bij hem in de gunst willen komen. Je hoeft er alleen maar voor te zorgen dat hij denkt dat je een harde jongen bent die weet wat hij doet.'
Ik ging Eliot opzoeken en vervolgens kwamen de twee mannen die voor universiteitspolitie zouden spelen naar me toe. We spraken

af dat ze eerst losse flodders op me af zouden vuren. Daarna zou ik een losse flodder op hen afschieten, vervolgens de achterruit eruit schieten, dan nog een losse flodder afschieten en tot slot mijn laatste drie losse flodders met gelijke tussenpozen. Na mijn laatste schot zouden ze hun eigen voorruit eruit schieten met een van hun eigen wapens en vervolgens van de weg af zeilen alsof ze een lekke band hadden of een van hen was geraakt.
'Niet scherp en losse flodders met elkaar verwarren,' zei een van hen.
'Jullie ook niet,' antwoordde ik.
Voor de lunch aten we weer pizza en gingen vervolgens de bewuste omgeving verkennen. Anderhalve kilometer van de universiteit parkeerden we om ons over een stel kaarten te buigen. Vervolgens riskeerden we het om de poort van de universiteit drie keer met twee verschillende auto's te passeren. Ik had liever meer tijd aan voorstudie besteed, maar was bang dat het op zou vallen. We reden zwijgend terug naar het motel en kwamen weer in Eliots kamer bijeen.
'Ziet er goed uit,' zei ik. 'Welke kant gaan ze op?'
'Maine is naar het noorden,' zei Duffy. 'We mogen aannemen dat hij ergens in de buurt van Portland woont.'
Ik knikte. 'Maar ik denk dat ze naar het zuiden zullen gaan. Kijk maar naar de kaart. Zo ben je vlugger bij de snelweg. En de standaard beveiligingsdoctrine is zo snel mogelijk op brede, drukke wegen te komen.'
'Dat is een gok.'
'Ze gaan naar het zuiden,' zei ik.
'Nog iets?' vroeg Eliot.
'Ik zou wel gek zijn als ik in dat busje bleef rijden,' zei ik. 'Ouweheer Beck zal ervan uitgaan dat ik hem zou dumpen en een auto zou stelen als dit niet gespeeld zou zijn.'
'Waar?' vroeg Duffy.
'Volgens de kaart moet er een winkelcentrum bij het klaverblad zijn.'
'Oké, dan zetten we er daar wel een.'
'Reservesleutels onder de bumper?' vroeg Eliot.
Duffy schudde haar hoofd. 'Niet echt genoeg. Deze hele maskerade moet absoluut overtuigend zijn. Hij zal hem echt moeten pikken.'
'Ik zou niet weten hoe,' zei ik. 'Ik heb nog nooit een auto gestolen.'

Het werd stil.
'Het enige dat ik weet, is wat ik in het leger heb geleerd,' zei ik. 'Militaire voertuigen zijn nooit op slot. En ze hebben geen contactsleutels, maar een startknop.'
'Oké,' zei Eliot. 'Geen enkel probleem is onoverkomelijk. We laten hem van het slot. Maar je doet alsof hij wel op slot zit. Je doet net alsof je de deur forceert. We leggen wel wat ijzerdraad en kleerhangers in de buurt. Misschien kun je die jongen vragen om iets voor je te zoeken. Geef hem het gevoel dat hij meedoet. Dat is goed voor de illusie. Daarna scharrel je wat en hup, hij is open. We maken de verpakking van de bedrading aan de stuurkolom los. De juiste draden maken we kaal, en alleen de juiste. Die zoek je op, druk je tegen elkaar en je bent een instant-autodief.'
'Briljant,' zei Duffy.
Eliot glimlachte. 'Ik doe mijn best.'
'Pauze,' zei Duffy. 'Na het eten gaan we verder.'

De laatste puzzelstukjes vielen na het eten op hun plaats. Twee teamleden kwamen terug met de laatste onderdelen van de uitrusting. Ze hadden een identiek stel Colts Anaconda voor me. Het waren grote bruten die er duur uitzagen. Ik vroeg maar niet waar ze die vandaan hadden. Er zaten een doosje echte .44 Magnums bij en een doosje losse flodders. Ik maakte de cilinder van elke Anaconda open en kraste met een nagelschaartje een x op de kamer die het eerst zou worden gevuurd. Ik draaide hem op tien uur waar ik hem kon zien. De eerste keer dat ik de trekker overhaalde zou hij voor de haan klikken.
Duffy bracht me een paar schoenen. Ze waren mijn maat. De rechter had een holle hak. Ze gaf me een draadloos e-mailapparaatje dat er precies in paste.
'Daarom ben ik blij dat je zulke grote voeten hebt,' zei ze. 'Dan past het er makkelijker in.'
'Is het betrouwbaar?'
'Ik mag het hopen,' zei ze. 'Het is een nieuw overheidsexemplaar. Alle diensten doen er tegenwoordig hun geheime communicatie mee.'
'Geweldig,' zei ik. Tijdens mijn eigen loopbaan waren er meer dingen misgegaan door gebrekkige communicatie dan door welke andere oorzaak ook.
'Iets beters hebben we niet voor je,' zei ze. 'Iets anders zouden ze

vinden. Ze gaan je natuurlijk fouilleren. En de theorie is dat ze alleen maar een korte stoot modemgesnerp zullen horen als ze radiofrequenties scannen. Dan zullen ze waarschijnlijk denken dat het statische elektriciteit is.'

Ze hadden drie bloedtrucages van een toneelwinkel in New York. Ze waren groot en omslachtig. Het waren stukken van kogelvrij materiaal van dertig centimeter lengte dat op de borst van het slachtoffer moest worden geplakt. Er zat een rubber reservoir met 'bloed' aan, een radio-ontvanger, een ontstekingsmechanisme en een batterij.

'Wijde overhemden dragen, jongens,' zei Eliot.

De radiografische ontstekingen waren losse knoppen die ik op mijn rechterpols moest plakken. Ze zaten aan een draadje dat verbonden was met batterijen die ik in mijn binnenzak moest dragen. De knoppen waren groot genoeg om door de stof van overjas, jasje en overhemd te voelen en ik dacht dat het er wel goed uit zou zien als ik het gewicht van de Colt met mijn linkerhand ondersteunde.

We repeteerden de volgorde. Eerst de chauffeur van de pick-up. Die knop zat het dichtst bij mijn pols. Ik zou hem met mijn wijsvinger indrukken. Twee, de bijrijder van de pick-up. Die knop was de middelste. Middelvinger. Drie, de oude man die voor rechercheur speelde. Die knop zat het dichtst bij mijn elleboog. Ringvinger.

'Die dingen zul je naderhand moeten weggooien,' zei Eliot. 'Ze zullen je zeker fouilleren bij Beck. Je moet ergens stoppen en naar de wc gaan om ze te dumpen.'

We repeteerden eindeloos op het parkeerterrein van het motel. Tegen middernacht kon het er niet beter in zitten. We berekenden dat de hele show van het begin tot het eind acht seconden zou gaan duren.

'De kritieke beslissing is aan jou,' zei Duffy tegen mij. 'Het is jouw verantwoording. Als er iets misgaat wanneer de Toyota op je af komt, wat dan ook, dan blaas je de toestand af en laat je hem passeren. Wij breien er dan op de een of andere manier wel een eind aan. Maar je gaat drie scherpe kogels afvuren in het openbaar, en ik wil niet dat er een verdwaalde voetganger wordt geraakt, of een fietser, of een jogger. Je hebt nog geen seconde om een beslissing te nemen.'

'Begrepen,' zei ik, hoewel ik geen makkelijke manier zag om er een eind aan te breien als de zaak al in zo'n gevorderd stadium was.

Vervolgens pleegde Eliot nog een aantal laatste telefoontjes om te bevestigen dat ze een patrouillewagen van de universiteitspolitie konden lenen en dat er een geloofwaardige oude Nissan Maxima achter het grootste warenhuis van het winkelcentrum zou staan. De Maxima was in beslag genomen bij een kleine wietkweker in de staat New York. Daar hadden ze nog steeds strenge drugswetten. Ze bevestigden er valse nummerborden van Massachusetts op en gooiden er troep in die je van een doorsnee winkeljuffrouw zou verwachten.

'Nu naar bed,' zei Duffy. 'Morgen is de grote dag.'

Dat was het eind van dag tien.

Op dag elf bracht Duffy 's morgens in alle vroegte donuts en koffie naar mijn kamer. Zij en ik alleen. We namen de hele operatie nog een keer door. Ze liet me foto's zien van de agente die ze achtenvijftig dagen daarvoor had laten infiltreren. Ze was een blonde vrouw van dertig die onder de naam Teresa Daniel een kantoorbaantje bij Bizarre Bazaar had aangenomen. Ze was klein van stuk en zag er slim uit. Ik keek goed naar de foto's om haar gezicht in me op te nemen, maar voor mijn geestesoog zag ik een andere vrouw.

'Ik ga ervan uit dat ze nog leeft,' zei Duffy. 'Ik moet wel.'

Ik zei niets.

'Doe je best om aangenomen te worden,' zei ze. 'We hebben je recente verleden nageplozen, wat Beck ook zou kunnen doen. Het beeld dat we krijgen is behoorlijk vaag. Er ontbreekt een heleboel dat mij dwars zou zitten, maar ik denk niet dat hij daarover zal vallen.'

Ik gaf haar de foto's terug.

'Het zou een makkie moeten zijn,' zei ik. 'De illusie bouwt zichzelf op. Hij komt mensen te kort en ligt tegelijkertijd onder vuur. Maar ik ga niet al te hard mijn best doen. Ik ga zelfs een beetje tegenstribbelen. Iets anders zal volgens mij zijn argwaan wekken.'

'Oké,' zei ze. 'Je hebt zeven opdrachten, waarvan nummer een, twee en drie zijn dat je heel erg voorzichtig moet zijn. We mogen aannemen dat dit uiterst gevaarlijke mensen zijn.'

Ik knikte. 'We kunnen het niet alleen aannemen. Als Quinn erbij betrokken is, kan ik het je absoluut garanderen.'

'Dus moet je je daarnaar gedragen,' zei ze. 'Van meet af aan op je qui-vive zijn.'

'Ja,' zei ik. Ik legde mijn arm over mijn borst en masseerde mijn linkerschouder met mijn rechterhand. Ik stopte er verrast mee. Een legerpsychiater had me eens verteld dat zo'n gebaar onbewuste gevoelens van kwetsbaarheid vertegenwoordigt. Het is defensief. Het heeft te maken met bedekken en verstoppen. Het is de eerste stap naar jezelf tot een bal opkrullen op de grond. Duffy moest dezelfde boeken hebben gelezen. Omdat ze het merkte en me recht aankeek.
'Je bent bang voor die Quinn, hè?'
'Ik ben voor niemand bang,' zei ik. 'Maar ik zou er zeker de voorkeur aan geven dat hij dood was.'
'We kunnen het nog afblazen,' zei ze.
Ik schudde mijn hoofd. 'Ik zou graag een kans hebben om hem te vinden, neem dat maar van mij aan.'
'Wat ging er mis bij die arrestatie?'
Ik schudde mijn hoofd weer.
'Daar praat ik niet over,' zei ik.
Ze zweeg even. Maar ze drong niet aan. Ze wendde het hoofd af, dacht even na, keek me weer aan en nam de draad van de instructies weer op. Zachte stem, efficiënte dictie.
'Opdracht vier is mijn agente zoeken,' zei ze. 'En haar terugbrengen.'
Ik knikte.
'Vijf: harde bewijzen waarmee ik Beck kan pakken.'
'Oké,' zei ik.
Ze dacht weer even na. 'Zes: zoek die Quinn en doe met hem wat je nodig vindt. En tot slot zeven: je gaat er vervolgens als de sodemieter vandoor.'
Ik knikte. Zei niets.
'We volgen je niet,' zei ze. 'Anders krijgt die jongen ons misschien in de gaten. Tegen die tijd zal hij behoorlijk paranoïde zijn. En we plakken ook geen zendertje op de Nissan, want die vinden ze waarschijnlijk. Je zult ons je lokatie moeten e-mailen zodra je die weet.'
'Oké,' zei ik.
'Zwakke plekken?' vroeg ze.
Ik dwong mezelf niet aan Quinn te denken.
'Ik zie er drie,' zei ik. 'Twee kleine en een grote. De eerste kleine is dat ik het achterraampje uit het busje ga schieten en de jongen ongeveer tien minuten zal hebben om in de gaten te krijgen dat het glas aan de verkeerde kant ligt en er geen corresponderend gat in de voorruit zit.'

'Niet doen dan.'
'Ik denk dat het echt moet. Ik vind dat we het paniekniveau hoog moeten houden.'
'Oké, we zullen een paar dozen achterin zetten. Die moet je trouwens toch hebben, want je bent tenslotte leverancier. Misschien kunnen die zijn gezichtsveld belemmeren. Zo niet, hoop dan maar dat hij niet binnen tien minuten een en een bij elkaar optelt.'
Ik knikte. 'In de tweede plaats zal ouweheer Beck op een zeker moment de politie hier gaan bellen. De krant misschien ook. Hij zal ondersteunende informatie zoeken.'
'De politie krijgt een script van ons. En zij geven de pers weer iets. Ze zullen het spel meespelen voor zolang als het nodig is. Wat is de grootste zwakke plek?'
'Die lijfwachten,' zei ik. 'Hoe lang kunnen jullie die vasthouden? Je kunt ze niet in de buurt van een telefoon laten, anders bellen ze Beck. Dus je kunt ze niet officieel arresteren. Je kunt ze niet in het systeem invoeren. Je zult ze incommunicado moeten houden, volledig illegaal. Hoe lang kun je dat volhouden?'
Ze haalde haar schouders op. 'Vier, hooguit vijf dagen. Langer kunnen we je niet beschermen. Dus je moet echt snel zijn.'
'Dat ben ik ook van plan,' zei ik. 'Hoe lang houdt de batterij van dat e-mailding het?'
'Een dag of vijf,' zei ze. 'Dan ben je weg. We kunnen je geen lader meegeven. Dat zou verdacht zijn. Maar je kunt een oplader van een mobiele telefoon gebruiken als je er een kunt vinden.'
'Oké,' zei ik.
Ze keek me alleen maar aan. Er viel niets meer aan toe te voegen. Daarna kwam ze dichterbij om me een kus op de wang te geven. Dat was onverwacht. Haar lippen waren zacht. Ze lieten een spoortje poedersuiker achter.
'Veel geluk,' zei ze. 'Ik denk niet dat we iets over het hoofd hebben gezien.'
Maar we hadden een heleboel dingen over het hoofd gezien. Er waren enorme fouten in onze manier van denken en ze zouden stuk voor stuk komen spoken.

3

Lijfwacht Duke kwam om vijf voor zeven naar mijn kamer, wat veel te vroeg voor het avondeten was. Ik hoorde zijn voetstappen op de gang en een zachte klik toen het slot openging. Ik zat op mijn bed. Het e-maildingetje zat weer in mijn schoen en die schoen zat weer aan mijn voet.

'Uitgeslapen, eikel?'

'Waarom zit ik opgesloten?' vroeg ik.

'Omdat je een politiemoordenaar bent,' zei hij.

Ik keek de andere kant op. Misschien was hij ooit bij de politie geweest voordat hij voor zichzelf begon. Dat kon best. Een heleboel politiemensen komen bij bewakingsdiensten, als consulent, of privédetective, of lijfwacht. Hij had in elk geval een soort agenda en dat kon een probleem voor me worden. Maar het betekende ook dat hij het verhaal van Richard Beck slikte, en dat was weer een voordeel. Hij keek me even uitdrukkingsloos aan. Daarna ging hij me voor de kamer uit en twee trappen af naar de parterre en door donkere gangen naar de noordkant van het huis. Ik rook zoute lucht en vochtig tapijt. Overal lagen tapijten. Op sommige plekken lagen er wel twee op elkaar. Ze glansden van de gedempte kleuren. Hij bleef staan voor een deur, duwde hem open en deed een stap naar achteren, zodat ik naar binnen kon. Het was een grote, vierkante kamer met donkere, eikenhouten lambrisering. Nog meer tapijten. In diepe nissen zaten kleine ramen. Buiten waren schemering, rotsen en een grauwe zee. Er stond een eikenhouten tafel. Mijn twee Colts Anaconda lagen er ongeladen op. De cilinders stonden open. Aan het hoofd van de tafel zat een man. Hij zat op een eikenhouten stoel met armleuningen en een hoge rug. Het was de man van Susan Duffy's surveillancefoto's.

In het echt was hij voornamelijk onopvallend. Niet groot, niet klein. Ongeveer een meter tachtig en negentig kilo. Grijs haar, niet dik, niet dun, niet kort, niet lang. Hij was een jaar of vijftig. Hij droeg een grijs pak dat zonder enige poging tot stijl van dure stof was gesneden. Hij had een wit overhemd aan en zijn das had helemaal geen kleur, zoals benzine. Hij had bleke handen en huid, alsof nachtelijke ondergrondse parkeergarages om proefmonsters van het een of ander uit de kofferbak van zijn Cadillac te venten zijn natuurlijke biotoop waren.

'Ga zitten,' zei hij. Zijn stem was zacht en gespannen, alsof hij hoog uit zijn keel kwam. Ik ging tegenover hem aan het andere eind van de tafel zitten.

'Ik ben Zachary Beck,' zei hij.

'Jack Reacher,' zei ik.

Duke deed de deur zachtjes dicht en leunde er aan de binnenkant tegenaan. Het werd stil. Ik hoorde de zee. Het was niet het ritmische geluid van de golven zoals op het strand. Het was een constant, willekeurig stukslaan en gesis van de branding op de rotsen. Ik hoorde de rotspoelen leeglopen, het grind ratelen en de golven met explosieve geluiden breken. Ik probeerde ze te tellen. Ze zeggen weleens dat elke zevende golf een grote is.

'Zo,' zei Beck. Voor hem stond een glas op tafel. Een soort amberkleurige vloeistof in een laag, dik glas. Viscose, zoals whisky of bourbon. Hij knikte naar Duke. Duke pakte een tweede glas. Dat had daar op een zijtafeltje klaargestaan. Hij bracht het onhandig met zijn duim en wijsvinger aan de onderkant. Hij liep door de kamer en boog een beetje om het voor me neer te zetten. Ik glimlachte. Ik wist waar dat voor was.

'Zo,' herhaalde Beck.

Ik wachtte af.

'Mijn zoon heeft me uw hachelijke situatie uitgelegd,' zei hij. Die woorden had zijn vrouw ook gebruikt.

'De wet van de onbedoelde consequenties,' zei ik.

'Het zadelt me op met problemen,' zei hij. 'Ik ben maar een gewone zakenman en probeer uit te vissen waar mijn verantwoordelijkheid ligt.'

Ik wachtte.

'Natuurlijk zijn we u dankbaar,' zei hij. 'Begrijpt u me alstublieft niet verkeerd.'

'Maar?'

'Er zijn juridische aspecten, nietwaar?' Er klonk iets van ergernis in zijn stem, alsof hij het slachtoffer was van iets ingewikkelds dat buiten zijn macht lag.

'Het is geen raketwetenschap,' zei ik. 'Ik wil dat u een oogje toe-

knijpt. Althans tijdelijk. Zoals de ene dienst de andere waard is. Als uw geweten zich daarmee kan verenigen.'
Het werd weer stil. Ik luisterde naar de zee. Ik hoorde daarbuiten een volledig spectrum van geluid. Ik hoorde het broze zeewier over graniet slepen en een langdurige onderstroom die weer terug naar zee werd gezogen. De ogen van Zachary Beck gingen overal naartoe. Hij keek naar de tafel, toen naar de grond en daarna in de ruimte. Hij had een smal gezicht. Weinig kaaklijn. Zijn ogen stonden vrij dicht bij elkaar. Hij fronste van de concentratie. Hij had zijn dunne lippen getuit. Zijn hoofd bewoog een beetje. Het was allemaal een redelijke weergave van een gewone zakenman die met gewichtige thema's worstelt.
'Was het een vergissing?' vroeg hij.
'Die politieman?' zei ik. 'Terugblikkend natuurlijk wel. Maar op dat moment probeerde ik alleen maar een klus te klaren.'
Hij dacht nog even na en daarna knikte hij.
'Oké,' zei hij. 'Onder de gegeven omstandigheden zijn we misschien bereid u de helpende hand te bieden. Als we dat kunnen. U hebt de familie een grote dienst bewezen.'
'Ik heb geld nodig.'
'Waarom?'
'Ik zal op reis moeten.'
'Wanneer?'
'Nu meteen.'
'Is dat wel verstandig?'
Ik schudde mijn hoofd. 'Niet echt. Ik zou hier liever een paar dagen blijven wachten tot het eerste stof wat is gedaald. Maar ik wil niet te veel risico lopen hier.'
'Hoeveel?'
'Vijfduizend dollar is misschien voldoende.'
Hij zei niets. Begon weer rond te staren. Deze keer met iets meer concentratie in zijn ogen.
'Ik heb een paar vragen voor u,' zei hij. 'Voordat u weggaat. Als u weggaat. Twee dingen zijn van het grootste belang. In de eerste plaats: wie waren het?'
'Weet u dat niet?'
'Ik heb veel rivalen en vijanden.'
'Die zóver zouden gaan?'
'Ik ben tapijtimporteur,' zei hij. 'Dat ben ik nooit van plan geweest, maar zo is het uitgepakt. Misschien denkt u dat ik alleen

maar te maken heb met warenhuizen en binnenhuisarchitecten, maar in werkelijkheid heb ik met allerlei soorten louche figuren te maken in verschillende buitenlandse negorijen waar kinderslaven achttien uur per dag moeten werken tot hun vingers bloeden. Hun eigenaars zijn er allemaal van overtuigd dat ik ze het vel over de neus haal en hun cultuur verkracht, en in werkelijkheid is dat misschien wel zo, maar niet meer dan zijzelf. Het zijn geen vrolijke partners. Ik moet over een zekere hardheid beschikken om te bloeien. En mijn concurrenten evenzo; dat is waar het om draait. Dit is in alle opzichten een hard wereldje. Dus onder mijn concurrenten en leveranciers kan ik zo een stuk of vijf verschillende mensen aanwijzen die mijn zoon zouden kunnen ontvoeren om mij te grazen te nemen. Ten slotte heeft een van hen dat ook gedaan, zoals mijn zoon u vast wel verteld zal hebben.'

Ik zei niets.

'Ik moet weten wie het zijn,' zei hij, alsof hij dat echt meende. Dus dacht ik even na en vertelde hem de hele gebeurtenis, van seconde tot seconde, meter voor meter, kilometer voor kilometer. Ik beschreef de twee blonde knapen van de DEA in de Toyota nauwkeurig en tot in de kleinste bijzonderheden.

'Ze zeggen me niets,' zei hij.

Ik gaf geen antwoord.

'Heb je het nummerbord van de Toyota gezien?' vroeg hij.

Ik dacht na en vertelde hem de waarheid.

'Ik heb alleen de voorkant gezien,' zei ik. 'Daar zat geen nummerbord.'

'Oké,' zei hij. 'Dus kwamen ze uit een staat die geen nummerbord aan de voorkant verplicht stelt. Dat brengt ons misschien een stapje dichterbij.'

Ik zei niets. Na een poosje schudde hij zijn hoofd.

'Veel informatie hebben we niet,' zei hij. 'Een medewerker van me heeft contact met de politie daar opgenomen, zonder al te rechtstreeks te zijn. Een rechercheur van de gemeentepolitie is dood, een agent van de universiteitspolitie is dood, twee onbekende vreemdelingen in een Lincoln Town Car zijn dood en twee onbekenden in een Toyota pick-up zijn dood. De enige overlevende ooggetuige is een tweede agent van de universiteitspolitie en die is nog steeds buiten westen na een ongeluk op een kilometer of acht afstand. Dus momenteel weet geen mens wat er is gebeurd. Niemand weet waarom het is gebeurd. Niemand heeft verband gelegd met

een poging tot ontvoering. Het enige dat ze daar weten, is dat zich zonder aanwijsbare reden een bloedbad heeft afgespeeld. Er wordt gespeculeerd over een bendeoorlog.'
'Wat gebeurt er als ze het nummerbord van de Lincoln natrekken?' vroeg ik.
Hij aarzelde.
'Die staat op naam van een bedrijf,' zei hij. 'Hij voert niet rechtstreeks hierheen.'
Ik knikte. 'Oké, maar ik wil aan de westkust zijn als die andere politieman wakker wordt. Hij heeft mij goed kunnen zien.'
'En ik wil weten wie hier over de schreef is gegaan.'
Ik wierp een blik op de Anaconda's op tafel. Ze waren schoongemaakt en licht geolied. Ik was opeens heel blij dat ik de lege hulzen had weggegooid. Ik pakte mijn glas in mijn volle hand en rook aan de inhoud. Ik had geen idee wat het was. Ik had liever een kop koffie gehad. Ik zette het glas weer op tafel.
'Hoe is het met Richard?' vroeg ik.
'Die overleeft het wel,' zei Beck. 'Ik wil graag weten wie mij precies onder vuur heeft.'
'Ik heb u verteld wat ik heb gezien,' zei ik. 'Ze hebben zich niet gelegitimeerd. Ik kende ze niet persoonlijk. Ik was daar toevallig. Wat is uw tweede belangrijke punt?'
Er viel een lange stilte. Buiten klonk het geraas van de branding.
'Ik ben een voorzichtig mens,' zei Beck. 'En ik wil u niet voor het hoofd stoten.'
'Maar?'
'Maar ik vraag me af wie u precies bent.'
'Ik ben de man die het andere oor van uw zoon heeft gered.'
Beck wierp een blik op Duke, die kordaat naderbij kwam om mijn glas weg te halen. Hij deed dat met dezelfde voorzichtige pincetbeweging met duim en wijsvinger, helemaal onderaan.
'En nu hebt u mijn vingerafdrukken,' zei ik. 'Mooi en duidelijk.'
Beck knikte weer, als iemand die een weloverwogen besluit neemt. Hij wees op de revolvers op tafel.
'Mooie wapens,' zei hij.
Ik zei niets. Hij stak zijn hand uit en gaf een tikje tegen de een met zijn knokkels. Daarna sjoelde hij hem over de houten tafel naar me toe. Het zware metaal maakte een hol, weergalmend geluid op het eikenhout.
'Kun je me vertellen waarom er een tekentje bij een van de kamers is gekrast?'

Ik luisterde naar de zee.
'Ik weet niet waarom,' zei hij. 'Zo heb ik ze gekregen.'
'Heb je ze tweedehands gekocht?'
'In Arizona,' zei ik.
'In een wapenwinkel?'
'Op een wapenmarkt,' zei ik.
'Waarom?'
'Ik hou er niet van als ze mijn doopceel lichten,' zei ik.
'Heb je niet geïnformeerd naar die krassen?'
'Ik nam aan dat het merktekentjes waren,' zei ik. 'Ik dacht dat de een of andere revolverfanaat ze had getest en de meest nauwkeurige kamer had gemarkeerd. Of de minst nauwkeurige.'
'Verschillen kamers dan van elkaar?'
'Alles verschilt,' zei ik. 'Dat ligt nu eenmaal in de aard van fabricage.'
'Zelfs bij revolvers van achthonderd dollar?'
'Hangt ervan af hoe pietluttig je wilt zijn,' zei ik. 'Als je de behoefte voelt om alles tot op een vijftigduizendste centimeter nauwkeurig te hebben, dan verschilt alles.'
'Maakt het wat uit?'
'Voor mij niet,' zei ik. 'Als ik een revolver op iemand richt, kan het mij niets schelen welk afzonderlijk bloedlichaampje ik raak.'
Hij bleef even stil zitten. Daarna haalde hij een kogel uit zijn zak. Glimmende koperen huls, doffe loden kogel. Hij zette hem rechtop voor zich als een minigranaat. Daarna liet hij hem vallen en rolde hem met zijn vinger over de tafel. Daarna legde hij hem goed neer en gaf er een tikje met zijn vinger tegen zodat hij helemaal over de tafel mijn kant op rolde. Hij rolde met een traag, gonzend geluid in een fraaie, wijde boog op me af. Ik liet hem van het eind van de tafel rollen en ving hem op in mijn hand. Het was een Remington .44 Magnum, met loden kogelpunt. Zwaar, zo'n twintig gram. Een wreed projectiel. Kostte waarschijnlijk bijna een dollar. Hij was nog warm van zijn zak.
'Heb je ooit Russisch roulette gespeeld?' vroeg hij.
'Ik moet de auto kwijt die ik heb gestolen,' zei ik.
'Daar hebben wij al voor gezorgd,' zei hij.
'Waar?'
'Waar ze hem niet zullen vinden.'
Hij zweeg. Ik zei niets. Ik keek hem alleen maar aan alsof ik me afvroeg: is dat iets wat een gewone zakenman zou doen? Net als

de registratie van zijn limousines via brievenbusfirma's? En die zich onmiddellijk de prijs van een Colt Anaconda herinnert? En die de vingerafdrukken van zijn gast op een whiskyglas vangt?
'Heb je ooit Russisch roulette gespeeld?' herhaalde hij.
'Nee,' zei ik. 'Nooit.'
'Ik lig onder vuur,' zei hij. 'En ik heb net twee man verloren. In een tijd als deze moet ik er juist mensen bij hebben, niet kwijtraken.'
Ik wachtte. Vijf seconden, tien. Ik deed alsof ik met een idee worstelde.
'Wilt u mij in dienst nemen?' vroeg ik. 'Ik weet niet of ik hier wel kan blijven.'
'Ik vraag niets,' zei hij. 'Ik ben bezig een besluit te nemen. Je ziet eruit als een bruikbaar iemand. Ik kan je die vijfduizend dollar geven om te blijven. Niet om weg te gaan. Misschien.'
Ik zei niets.
'Hé, als ik zou willen, heb ik je al,' zei hij. 'In Massachusetts is een dode politieman, ik weet hoe je heet en ik heb je vingerafdrukken.'
'Maar?'
'Maar ik weet niet wat voor vlees ik in de kuip heb.'
'Wen d'r maar aan,' zei ik. 'Hoe weet je ooit wat voor vlees je met iemand in de kuip hebt?'
'Daar kom ik achter,' zei hij. 'Ik test mensen. Stel dat ik je zou vragen om nog een agent om te leggen? Als gebaar van goed vertrouwen?'
'Dan zou ik nee zeggen. Ik zou herhalen dat de eerste een betreurenswaardig ongeluk was dat me zeer spijt. En ik zou me afvragen wat voor gewone zakenman u eigenlijk bent.'
'Mijn zaken zijn mijn zaken. Die gaan jou niets aan.'
Ik zei niets.
'Speel Russisch roulette met me,' zei hij.
'Wat zou dat bewijzen?'
'Een federaal agent zou dat niet doen.'
'Waarom maakt u zich bezorgd om federale agenten?'
'Dat gaat jou ook niets aan.'
'Ik ben geen federaal agent,' zei ik.
'Bewijs het dan maar. Speel Russisch roulette met me. Ik bedoel, ik speel eigenlijk al Russisch roulette met je, bij wijze van spreken. Ik laat je in mijn huis zonder precies te weten wie je bent.'
'Ik heb uw zoon gered.'

'En daar ben ik erg dankbaar voor. Dankbaar genoeg om nog steeds beschaafd met je te zitten praten. Dankbaar genoeg om je een schuilplaats en werk aan te bieden. Omdat ik van mensen hou die hun werk goed doen.'
'Ik ben niet op zoek naar werk,' zei ik. 'Ik zoek een onderduikadres voor een etmaal of twee en dan wil ik weer weg.'
'We zouden goed voor je zorgen. Niemand zou je vinden. Je zou hier helemaal veilig zijn. Als je voor je toelatingsexamen slaagt.'
'En dat is Russisch roulette?'
'De waterdichte test,' zei hij. 'In mijn ervaring.'
Ik zei niets. Het was stil. Hij boog zich naar voren in zijn stoel.
'Je bent ofwel voor me of tegen me,' zei hij. 'Je staat hoe dan ook op het punt om of het een of het ander te bewijzen. Ik hoop van harte dat je de juiste keus maakt.'
Duke ging voor de deur staan. De vloer kraakte onder zijn voeten. Ik luisterde naar de zee. Druppels schuim werden omhooggeworpen, de wind maakte zich er meester van en wierp ze in een luie boog tegen het raam. De zevende golf kwam met veel kabaal, zwaarder dan de rest. Ik pakte de Anaconda die voor me lag. Duke trok een pistool onder zijn jasje vandaan en richtte het op me, voor het geval ik iets anders dan Russisch roulette in gedachten had. Het was een Steyr SPP, dat grotendeels hetzelfde is als een Steyr TMP-machinepistool, maar dan in de vorm van een gewoon pistool. Een zeldzaam Oostenrijks wapen en in zijn handen zag het er groot en akelig uit. Ik wendde mijn blik af en concentreerde me op de Colt. Met mijn duim drukte ik de kogel in een willekeurige kamer, klapte de cilinder dicht en gaf er een draai aan. Hij ratelde zachtjes.
'Ga je gang,' zei Beck.
Ik gaf nog een draai aan de cilinder en zette de loop tegen mijn slaap. Het metaal voelde koud. Ik keek Beck recht aan, hield de adem in en haalde de trekker voorzichtig naar achteren. De cilinder draaide en de haan werd gespannen. Het mechanisme werkte soepel, als zijde op zijde. Ik haalde de trekker helemaal over. De haan viel. Het was een harde klik. Ik voelde de klap van de haan helemaal door het staal tegen de zijkant van mijn hoofd trekken. Maar verder voelde ik niets. Ik ademde uit, liet de revolver zakken en hield hem vast terwijl mijn hand op de tafel rustte. Daarna draaide ik mijn hand om en trok mijn wijsvinger uit de trekkerbeugel.

'Uw beurt,' zei ik.
'Ik wilde het je alleen maar zien doen,' zei hij.
Het werd stil. Ik glimlachte.
'Nog een keer?' vroeg ik.
Beck zei niets. Ik pakte de revolver weer, gaf een draai aan de cilinder en liet hem tot stilstand komen. Bracht de loop naar mijn hoofd. Die was zo lang dat ik mijn elleboog opzij moest tillen. Ik haalde de trekker snel en beslist over. De stilte werd verbroken door een harde klik. Het was het geluid van een precisiestuk van achthonderd dollar dat precies zo werkte als het moest werken. Ik liet de revolver zakken en gaf voor de derde maal een draai aan de cilinder. Hief het wapen. Haalde de trekker over. Niets. Ik deed het voor de vierde keer, snel. Niets. Vijfde keer, ook niets.
'Oké,' zei Beck.
'Vertel eens iets over oosterse tapijten,' zei ik.
'Valt niet veel over te vertellen,' zei hij. 'Ze liggen op de grond. Mensen kopen ze. Soms voor een heleboel geld.'
Glimlachend hief ik de revolver weer op.
'De kans is een op zes,' zei ik. Ik draaide de cilinder voor de zesde keer. Het werd doodstil in de kamer. Ik zette de revolver tegen mijn hoofd. Haalde de trekker over. Ik voelde de klap van de hamer op een lege kamer vallen. Verder niets.
'Genoeg,' zei Beck.
Ik liet de Colt zakken, klapte de cilinder open en liet de kogel op de tafel vallen. Legde hem voorzichtig neer en liet hem helemaal terug naar Beck rollen. Hij gonsde over het hout. Hij hield hem tegen met de muis van zijn hand en bleef een minuut of drie zwijgend zitten. Hij keek me aan alsof ik een beest in de dierentuin was. Alsof hij misschien wel tralies tussen hem en mij wilde.
'Volgens Richard heb je bij de militaire politie gewerkt,' zei hij.
'Dertien jaar.'
'Was je goed?'
'Beter dan die eikels die u hebt gestuurd om hem op te halen.'
'Hij geeft hoog over je op.'
'Dat snap ik,' zei ik. 'Ik heb zijn hachje gered. En dat heeft me voldoende gekost.'
'Gaan ze je ergens missen?'
'Nee.'
'Familie?'

'Heb ik niet.'
'Baan?'
'Dat kan ik nu niet meer gaan doen, hè?'
Hij speelde even met de kogel en rolde hem onder het kussentje van zijn wijsvinger. Daarna schepte hij hem in zijn handpalm.
'Wie kan ik bellen?'
'Waarvoor?'
Hij schudde de kogel als een dobbelsteen in zijn hand.
'Voor referenties,' zei hij. 'Je hebt toch zeker wel een baas gehad?'
Fouten die nu kwamen spoken.
'Ik was eigen baas,' zei ik.
'Vergunning en verzekering?' vroeg hij.
'Niet echt,' zei ik.
'Waarom niet?'
'Daarom niet,' zei ik.
'Kentekenbewijs van je busje?'
'Ben ik misschien wel kwijt.'
Hij rolde de kogel onder zijn vingers. Staarde me aan. Ik zag hem denken. Er ging van alles door zijn hoofd. De informatie werd verwerkt. Hij probeerde die tegen zijn eigen vooroordelen af te wegen. Ik dwong hem verder te denken. Een gewapende spierbundel met een oud busje dat niet van hem is. Autodief. Politiemoordenaar. Hij glimlachte.
'Tweedehands platen,' zei hij. 'Ik ken die winkel.'
Ik zei niets. Keek hem alleen maar aan.
'Laat me eens een gokje doen,' zei hij. 'Je bent een heler van gestolen cd's.'
Zijn type.
'Illegale kopieën,' zei ik. 'Ik ben geen dief. Ik ben een oud-militair die het hoofd boven water probeert te houden. En ik geloof in vrije expressie.'
'Vast,' zei hij. 'Je gelooft in geld verdienen.'
Zijn type.
'Dat ook,' zei ik.
'Ging het goed?'
'Redelijk.'
Hij schepte de kogel weer van tafel en wierp hem naar Duke. Die ving hem met een hand op en stopte hem in de zak van zijn jasje.
'Duke is hoofd van de bewaking,' zei Beck. 'Je werkt voor hem. Met onmiddellijke ingang.'

Ik wierp een blik op Duke en keek toen weer naar Beck.
'En als ik niet voor hem wil werken?' vroeg ik.
'Je hebt geen keus. In Massachusetts zitten ze met een dode politieman en wij hebben je naam en je vingerafdrukken. Je bent op proef tot we precies weten wat voor iemand je bent. Maar bekijk het van de zonnige kant. Denk maar aan die vijfduizend dollar. Dat zijn een heleboel illegale kopieën.'

Het verschil tussen een eregast en een werknemer op proef was dat ik in de keuken met het andere personeel at. De reus uit de portierswoning liet zijn gezicht niet zien, maar wel Duke en een andere vent die me een soort monteur of manusje-van-alles leek. Verder waren er een dienstmeisje en een kokkin. We zaten met zijn vijven om een kale kaarttafel en het eten was even goed als de maaltijd die de familie in de eetkamer at. Misschien wel beter omdat de kokkin in het hunne gespogen kon hebben en ik betwijfelde of ze in dat van ons zou spugen. Ik had genoeg tijd tussen onderofficieren en infanteristen doorgebracht om te weten wat die uitspoken.
Er werd niet veel gepraat. De kokkin was een zure vrouw van een jaar of zestig. Het dienstmeisje was verlegen. Ik kreeg de indruk dat ze vrij nieuw was. Ze wist niet goed hoe ze zich moest gedragen. Ze was jong en onaantrekkelijk. Ze droeg een katoenen overgooier en een wollen vest. Ze had lompe platte schoenen. De monteur was een magere, grijze, stille man van middelbare leeftijd. Duke was ook zwijgzaam, want hij dacht na. Beck had een probleem op zijn bord gelegd en hij wist niet goed wat hij ermee aan moest. Kon hij me gebruiken? Was ik wel te vertrouwen? Hij was niet op zijn achterhoofd gevallen. Dat was wel duidelijk. Hij zag alle haken en ogen en was bereid die een poosje onder de loep te nemen. Hij was ongeveer van mijn eigen leeftijd. Misschien iets jonger of iets ouder. Hij had het soort harde, lelijke, uit de klei getrokken gezicht dat leeftijd moeilijk te schatten maakt. Hij was ongeveer even groot als ik. Ik had waarschijnlijk zwaardere botten, hij was misschien iets zwaarder. Ons gewicht zou niet veel schelen. Ik zat naast hem te eten en probeerde het soort vragen dat een normaal persoon zou stellen juist te timen.
'Nou, vertel eens wat over de tapijthandel,' zei ik, op het juiste toontje, om aan te geven dat ik vermoedde dat Beck zich met iets heel anders bezighield.

'Niet nu,' zei hij, alsof hij wilde zeggen: *niet waar het personeel bij is*. En daarna keek hij me aan alsof hij zeggen wilde: *bovendien weet ik niet of ik wel iets wil loslaten tegen iemand die gek genoeg is om zes keer de kans te lopen zichzelf voor zijn raap te schieten.*
'Die kogel was zeker nep, hè?' vroeg ik.
'Wat?'
'Er zat geen kruit in,' zei ik. 'Waarschijnlijk alleen een propje watten.'
'Waarom zou hij nep zijn?'
'Ik had hem zo om kunnen leggen.'
'Waarom zou je dat willen?'
'Ik zou het niet willen, maar hij is een voorzichtig iemand. Hij zou het risico niet willen lopen.'
'Ik hield je onder schot.'
'Ik had jou eerst kunnen raken. En dan jouw pistool gebruiken voor hem.'
Hij verstrakte een beetje maar zweeg. Rivaliteit. Ik mocht hem niet zo. Wat ik prima vond, want waarschijnlijk zou hij toch binnen niet al te lange tijd zijn uitgeschakeld.
'Hou eens even vast,' zei hij.
Hij haalde de kogel uit zijn zak en gaf hem aan me.
'Wacht maar,' zei hij.
Hij stond op en ging de keuken uit. Ik zette de kogel rechtop voor me, net als Beck had gedaan. Ik at mijn bord leeg. Ik kreeg geen toetje. Geen koffie. Duke kwam terug met een van mijn Anaconda's aan zijn wijsvinger. Hij liep langs me naar de achterdeur en maakte een hoofdgebaar dat ik hem moest volgen. Ik pakte de kogel en liep hem achterna. De achterdeur piepte toen we naar buiten gingen. Nog een metaaldetector, netjes in de deurlijst weggewerkt. Maar ze hadden geen inbraakalarm. De beveiliging vertrouwde op de zee, de muur en het scheermesdraad.
De achterdeur gaf toegang tot een koud, klam portaal en vervolgens kwamen we via een gammele stormdeur op het erf, dat niets anders was dan het puntje van de rotsvinger. Die was honderd meter breed en vormde een halve cirkel. Het was donker en het licht vanbinnen viel op het grijze graniet. Het waaide en ik zag de witte schuimkoppen op de golven in de verte oplichten. De branding stortte zich kolkend op de rotsen. De maan scheen en lage wolkenflarden joegen langs de hemel. De horizon was immens en

zwart. Ik keek over mijn schouder omhoog en zag het raam van mijn kamer hoog boven me.
'Kogel,' zei Duke.
Ik draaide me weer om en gaf hem de kogel.
'Kijk,' zei hij.
Hij stopte hem in de Colt, gaf een ruk met zijn hand om de cilinder te sluiten. Tuurde in het maanverlichte halfduister en klikte de cilinder rond tot de geladen kamer op tien uur stond.
'Kijk,' herhaalde hij.
Hij mikte de Colt met zijn arm recht en richtte iets omlaag op de vlakke granieten platen op de grens van de zee. Hij haalde de trekker over. De cilinder draaide, de haan viel en de revolver schokte, flitste en gaf een enorme knal. Tegelijkertijd sprong er een vonk van de rotsen en hoorde ik het onmiskenbare *pjeng* van een ketsende kogel die in de stilte verdwijnt. Waarschijnlijk sprong de kogel zo'n honderd meter verder in de Atlantische Oceaan. Misschien had hij wel een vis gedood.
'Het was geen nepkogel,' zei hij. 'Ik ben snel genoeg.'
'Oké,' zei ik.
Hij maakte de cilinder open en schudde de lege huls eruit. Hij tinkelde op de stenen bij zijn voeten.
'Je bent een eikel,' zei hij. 'Een eikel en een politiemoordenaar.'
'Heb jij bij de politie gezeten?'
Hij knikte. 'Ooit.'
'Is Duke je voornaam of je achternaam?'
'Achternaam.'
'Waarom heeft een tapijthandelaar een gewapende lijfwacht nodig?'
'Dat heeft hij al gezegd. Het is een ruige handel. Er zit een boel geld in.'
'Wil jij mij hier wel?'
Hij haalde zijn schouders op. 'Misschien. Als er iemand rondsnuffelt, hebben we misschien kanonnenvlees nodig. Liever jij dan ik.'
'Ik heb die jongen gered.'
'Nou en? Ga maar in de rij staan. We hebben die jongen allemaal wel een keer gered. Of mevrouw Beck, of meneer Beck zelf.'
'Hoeveel man heb je?'
'Niet genoeg,' zei hij. 'Zeker niet als we onder schot liggen.'
'Wat is dit, oorlog?'

Hij gaf geen antwoord. Hij liep gewoon langs me heen naar het huis. Ik draaide de rusteloze zee de rug toe en volgde hem.

In de keuken was niets te doen. De monteur was verdwenen en de kokkin en het dienstmeisje ruimden op. Ze stopten borden in een afwasmachine die groot genoeg was voor een restaurant. Het dienstmeisje was onhandig. Ze wist niet wat waar moest. Ik keek vergeefs om me heen of ik koffie zag. Duke ging aan de lege kaarttafel zitten. Er was geen activiteit. Geen haast. Ik voelde de tijd me ontglippen. Ik had weinig vertrouwen in de vijf dagen speling die Susan Duffy had geschat. Vijf dagen is lang als je twee gezonde individuen illegaal moet bewaken. Ik zou blijer zijn geweest als ze drie dagen had gezegd. Dan zou ik meer onder de indruk van haar realisme zijn geweest.

'Ga maar naar bed,' zei Duke. 'Je hebt vanaf halfzeven morgenochtend dienst.'

'Wat moet ik doen?'

'Wat ik je opdraag.'

'Gaat mijn deur weer op slot?'

'Zeker weten,' zei hij. 'Ik maak hem om kwart over zes weer open. Om halfzeven ben je hier beneden.'

Ik ging op mijn bed zitten wachten tot ik iemand achter me aan hoorde komen om de deur op slot te doen. Daarna wachtte ik nog even tot ik zeker wist dat hij niet terugkwam. Vervolgens trok ik mijn schoen uit om te kijken of ik berichten had. Het kleine apparaatje werd opgestart en het groene schermpje vulde zich met de vrolijke cursieve boodschap: *You've got mail!* Er was maar één bericht. Het was van Susan Duffy. Een vraag van één woord: *Lokatie?* Ik drukte op *reply* en tikte *Abbot, Maine, kust, 30 km tzv Portland, eenzaam huis op lange rotsvinger*. Daar moesten ze het maar mee doen. Ik had geen postadres of exacte GPS-gegevens. Maar als ze met een gedetailleerde kaart van de omgeving aan het werk ging, zou ze in staat moeten zijn om het te vinden. Ik drukte op *send now*.

Daarna staarde ik naar het scherm. Ik wist niet precies hoe e-mail werkte. Was de communicatie net zo direct als een telefoontje? Of zou mijn antwoord ergens in niemandsland wachten voordat ze het kreeg? Ik nam aan dat ze erop wachtte. Waarschijnlijk wisselden zij en Eliot elkaar klokjerond af.

Negentig seconden later verscheen er weer: *You've got mail!* op het scherm. Ik glimlachte. Dit zou weleens kunnen werken. Deze keer was haar boodschap langer. Slechts twintig woorden, maar ik moest het nietige schermpje scrollen om alles te kunnen lezen. Er stond: *Bedankt, we kijken wel op de kaart. Volgens vingerafdrukken zijn 2 gevangen lijfwachten ex-leger. Alles onder controle hier. Jij? Vooruitgang?*
Ik drukte op *reply* en tikte: *Waarschijnlijk aangenomen.* Ik dacht even na, stelde me Quinn en Teresa Daniel voor en voegde eraan toe: *Verder nog geen vooruitgang.* Ik dacht nog even na en schreef: *Mbt 2 lijfwachten vraag MP Powell specifiek van mij '10-29, 10-30, 10-24, 10-36'.* Daarna drukte ik op *send now.* Ik zag de aankondiging *your message has been sent* en keek naar de duisternis buiten. Ik hoopte dat Powells generatie nog dezelfde taal sprak als de mijne, *10-29, 10-30, 10-24* en *10-36* waren vier standaardradiocodes van de militaire politie die op zich niet zoveel betekenden. *10-29* betekende: *Zwak radiosignaal.* Het was een procedurele klacht over falend materiaal. *10-30* betekende: *Ik verzoek niet-dringende assistentie. 10-24* wilde zeggen: *Verdacht persoon. 10-36* wilde zeggen: *Stuur svp mijn berichten door.* Het niet-dringende verzoek om assistentie betekende dat de hele reeks niemand anders onder de aandacht mocht komen. Hij zou ergens voor eeuwig worden opgeslagen. Maar in zijn geheel was de reeks een soort ondergronds jargon. Althans dat placht hij te zijn in de tijd dat ik nog een uniform droeg. Het deel over het zwakke signaal betekende: *Hou dit geheim.* Het verzoek om niet-dringende assistentie diende ter ondersteuning: *Hou dit buiten de veelgelezen bestanden. Verdacht persoon* sprak voor zich. *Stuur svp mijn berichten door* betekende: *Breng me op de hoogte.* Dus als Powell dat allemaal begreep, wist hij dat de hele boodschap wilde zeggen: *Controleer die gasten in het geheim en breng me op de hoogte.* En ik hoopte maar dat hij het begreep, want hij stond bij me in het krijt. Hij stond enorm bij me in het krijt. Hij had me verraden. Ik had het gevoel dat hij zat te wachten op een kans om het weer goed te maken.
Ik keek weer op mijn schermpje. *You've got mail!* Het was Duffy die zei: *Oké, snel wezen.* Ik antwoordde: *Doe m'n best*, schakelde het apparaatje uit en stopte het weer in mijn hak. Daarna controleerde ik het venster.
Het was een standaard schuifraam van twee delen. Het onderste

schoof voor het bovenste. Er was geen hor. De verf aan de binnenkant was dun en keurig. De verf aan de buitenkant was dik en slordig waar hij constant was bijgewerkt om het klimaat het hoofd te bieden. Er zat een koperen sluiting. Het was een ouderwets geval. Geen moderne beveiligingsmaatregelen. Ik maakte de sluiting open en duwde het raam omhoog. Het bleef vastzitten op de dikke verf. Maar het bewoog wel. Ik kreeg het een centimeter of dertien open en de koude wind uit zee blies in mijn gezicht. Ik bukte me om alarmkussentjes te zoeken Die zaten er niet. Er was überhaupt geen spoor van een beveiligingssysteem. Dat was begrijpelijk. Het raam zat zeventien meter boven de rotsen en het water. En het huis zelf was onbereikbaar vanwege de hoge muur en het water.

Ik boog me uit het raam en keek omlaag. Ik zag de plek waar ik had gestaan toen Duke de kogel afschoot. Leunend op mijn ellebogen hing ik een minuut of vijf half in en half uit het raam en staarde naar de oceaan. Ik rook de zoute lucht en dacht aan de kogel. Ik had de trekker zes keer overgehaald. Hij zou een vreselijke troep hebben veroorzaakt. Mijn hoofd zou zijn geëxplodeerd. De kleden zouden geruïneerd zijn en de lambrisering versplinterd. Ik geeuwde. Het nadenken en de zoute zeelucht maakten me slaperig. Ik trok mijn hoofd weer naar binnen, schoof het raam dicht en ging naar bed.

Toen ik Duke de deur de volgende ochtend om kwart over zes van het slot hoorde doen, was ik al op, gedoucht en aangekleed. Het was dag twaalf, woensdag, de verjaardag van Elizabeth Beck. Ik had mijn e-mail al gecontroleerd. Er waren geen berichten. Ik maakte me niet druk en stond tien minuten kalmpjes voor het raam. Recht voor me uit begon de dag en de zee was rustig. Het water was grauw, olieachtig en kalm. Het was laag tij. Rotsen staken boven het water uit. Hier en daar hadden zich poelen gevormd. Op de kust zag ik vogels. Het waren zwarte zeekoeten. Ze begonnen hun lenteveren te krijgen. Grijs maakte plaats voor zwart. Ze hadden felrode poten. In de verte zag ik aalscholvers en jan-van-gents cirkelen. Zilvermeeuwen doken naar het water op zoek naar ontbijt.

Ik wachtte tot ik Dukes voetstappen hoorde wegsterven en ging naar de keuken beneden, waar ik de reus uit de portierswoning tegen het lijf liep. Hij stond bij het aanrecht een glas water te drinken. Waarschijnlijk had hij net zijn steroïden geslikt. Hij was kolossaal. Ik ben zelf een meter vijfennegentig en moet nauwkeurig in het midden lopen om door een standaarddeuropening van vijfenzeventig centimeter breedte te kunnen. Deze knaap was minstens vijftien centimeter groter dan ik en zijn schouders waren zo'n vijfentwintig centimeter breder. Waarschijnlijk woog hij een dikke negentig kilo zwaarder. Meer misschien. Ik kreeg die huivering die ik altijd krijg naast iemand die me een gevoel van nietigheid geeft. De wereld lijkt dan een beetje te hellen.

'Duke is in de fitnessruimte,' zei hij.

'Is er een fitnessruimte?' vroeg ik.

'Beneden,' zei hij. Hij had een lichte, hoge stem. Hij moest jarenlang steroïden hebben geslikt alsof het snoepjes waren. Hij had doffe ogen en een slechte huid. Ik schatte hem halverwege de dertig. Hij had vet blond haar, droeg een mouwloos T-shirt en een trainingsbroek. Zijn armen waren dikker dan mijn benen. Hij leek wel een spotprent.

'We trainen voor het ontbijt,' zei hij.

'Prima,' zei ik. 'Ga je gang.'

'Jij ook.'

'Ik train nooit,' zei ik.

'Duke verwacht je. Als je hier werkt, train je.'

Ik keek op mijn horloge. Vijf voor halfzeven. De tijd verstreek.

'Hoe heet jij?' vroeg ik.

Hij gaf geen antwoord. Hij keek me alleen maar aan alsof ik hem erin wilde laten lopen. Dat is ook het probleem met steroïden. Te veel daarvan kunnen je hoofd aantasten. En het hoofd van deze knaap zag eruit alsof het al niet best begonnen was. Hij zag er vals en dom uit. Beter kon je het niet zeggen. Het was een ongunstige combinatie. Er was iets met dat gezicht. Ik mocht hem niet. Wat genegenheid voor mijn nieuwe collega's aanging scoorde ik niet hoog.

'Het is geen moeilijke vraag,' zei ik.

'Paulie,' zei hij.

Ik knikte. 'Aangenaam, Paulie. Ik heet Reacher.'

'Dat weet ik,' zei hij. 'Jij hebt in het leger gezeten.'

'Zit dat je dwars?'

'Ik heb iets tegen officieren.'

Ik knikte. Ze hadden me nagetrokken. Ze wisten wat voor rang ik had gehad. Ze hadden een of ander contact.

'Waarom niet?' vroeg ik. 'Gezakt voor je officiersexamen?'
Hij gaf geen antwoord.
'Kom, dan gaan we Duke opzoeken,' zei ik.
Hij zette zijn glas water neer en ging me voor naar een gang achterin, een deur door en een houten trap af. Onder het hele huis was een kelder. Die moest met springstof uit de massieve rots zijn gemaakt. De wanden waren van ruwe steen die met cement was opgelapt en glad gemaakt. De lucht was een beetje klam en muf. Kale peertjes zaten in traliekooitjes dicht tegen het plafond. Er waren talrijke ruimten. Een was een flink vertrek dat helemaal wit was geschilderd. Er lag wit linoleum op de grond. Er hing een lucht van oud zweet. Er stonden een hometrainer, een steps-apparaat en een machine met gewichten, en aan een plafondbalk hing een zware zak met daarnaast een boksbal. Op een plank lagen bokshandschoenen. In wandrekken hingen halters en op de grond naast een drukbank lagen losse gewichten op een stapel. Duke stond ernaast. Hij droeg zijn donkere pak. Hij zag er uitgeput uit, alsof hij de hele nacht op was geweest. Hij had niet gedoucht. Zijn haar zat door de war en zijn pak zat onder de vouwen en de kreukels, vooral laag op zijn rug.
Paulie ging meteen de een of andere ingewikkelde stretchroutine doen. Hij was zo'n kleerkast dat zijn armen en benen vrij vormloos waren. Zijn vingers konden zijn schouders niet raken. Zijn spierballen waren te dik. Ik keek naar de gewichtenmachine. Er zaten allerlei hendels en stangen en grepen aan. Hij had sterke, zwarte kabels die door katrollen naar een hoge stapel loden platen liepen. Als je die allemaal van de grond wilde krijgen, moest je zo'n tweehonderddertig kilo optillen.
'Train je?' vroeg ik aan Duke.
'Heb je niets mee te maken,' antwoordde hij.
'Ik ook niet,' zei ik.
Paulie draaide zijn kolossale nek en wierp een blik op me. Daarna ging hij op zijn rug op de bank liggen en schoof een beetje rond tot zijn schouders onder de stang lagen die op de steun lag. Aan weerskanten van de stang hing een stel gewichten. Hij gromde een beetje, sloeg zijn handen om de stang en liet zijn tong in en uit gaan alsof hij zich op een superieure krachtsinspanning voorbereidde. Daarna drukte hij omhoog en tilde de stang van de steun. De stang boog door en wiebelde. Er ging zoveel gewicht aan de stang, dat hij aan de uiteinden omlaag boog, zoals in een oude film

over Russische gewichtheffers op de Olympische Spelen. Hij gromde weer en drukte de stang omhoog totdat zijn armen recht omhoog en op slot stonden. Daar hield hij hem even en liet hem vervolgens terug op de steun storten. Hij wendde zijn hoofd en keek me recht aan, alsof ik onder de indruk moest zijn. Dat was ik wel en niet. Het was een heel gewicht en hij had een heleboel spieren. Maar steroïde spieren zijn domme spieren. Ze zien er indrukwekkend uit en als je ze inzet tegen dood gewicht, werken ze prima. Maar ze zijn traag en zwaar en je wordt alleen al moe van het rondsjouwen.

'Kun jij honderdtachtig kilo drukken?' riep hij. Hij was een beetje buiten adem.

'Nooit geprobeerd,' zei ik.

'Zo'n watje als jij kan er spieren van krijgen.'

'Ik ben van de officiersklasse,' zei ik. 'Ik hoef geen spieren te krijgen. Als ik wil dat er honderdtachtig kilo wordt gedrukt, zoek ik gewoon een grote, domme aap om het voor me te doen.'

Hij keek me vuil aan. Ik negeerde hem en keek naar de zware zak. Het was standaarduitrusting in de fitness. Niet nieuw. Ik duwde ertegen met de palm van mijn hand en liet hem zachtjes aan zijn ketting zwaaien. Duke sloeg me gade. Daarna wierp hij een blik op Paulie. Hij had iets opgevangen wat mij was ontgaan. Ik duwde nog een keer tegen de zak. Bij de training voor van-man-tot-mangevechten hadden we die zware zakken dikwijls gebruikt. Dan droegen we ons gala-uniform om straatkleding te simuleren en die zakken gebruikten we om te leren trappen. Jaren geleden had ik eens zo'n zware zak met de rand van mijn hak gespleten. Het zand stortte allemaal op de grond. Ik dacht dat zoiets wel indruk op Paulie zou maken. Maar ik ging het niet opnieuw proberen. Dat e-mailding zat in mijn hak en dat wilde ik niet beschadigen. Ik nam me absurd genoeg voor om tegen Duffy te zeggen dat ze het in mijn linkerschoen had moeten stoppen. Maar aan de andere kant was ze links. Misschien had ze gedacht dat ze het juist goed had gedaan.

'Ik mag jou niet,' riep Paulie. Hij keek me recht aan, dus ik nam aan dat hij het tegen mij had. Hij had kleine oogjes. Zijn huid glom. Hij was de vleesgeworden chemische onevenwichtigheid. Exotische substanties welden uit zijn poriën.

'We zouden armpje moeten drukken.'

'Wat?'

'Armpje drukken,' herhaalde hij. Lichtvoetig en met zachte tred kwam hij vlak naast me staan. Hij torende boven me uit. Hij ontnam me bijna alle licht. Hij had een scherpe zweetlucht om zich heen.
'Ik heb geen zin in armpje drukken,' zei ik. Ik zag dat Duke me gadesloeg. Daarna keek ik naar Paulies handen. Die waren tot vuisten gebald, maar niet groot. En steroïden doen niets voor iemands handen, behalve als hij ze traint en de meeste mensen denken daar niet aan.
'Mietje,' zei hij.
Ik zweeg.
'Mietje,' herhaalde hij.
'Wat krijgt de winnaar?' vroeg ik.
'Bevrediging,' zei hij.
'Oké.'
'Oké, wat?'
'Oké, laten we het maar doen,' zei ik.
Hij leek verrast, maar was vrij snel terug bij de gewichtsbank. Ik trok mijn jasje uit en hing het over de hometrainer. Maakte mijn rechtermanchet los en rolde mijn mouw op tot mijn schouder. Mijn arm zag er erg dun uit naast de zijne. Maar mijn hand was iets groter. Mijn vingers waren langer. En het beetje spieren dat ik had was zuiver genetisch, niet uit een apothekersflesje.
We hurkten aan weerskanten van de bank en zetten onze elleboog neer. Zijn onderarm was een tikje langer dan de mijne, wat een knik in zijn pols zou maken en dat was in mijn voordeel. We sloegen de handpalmen ineen en grepen elkaars hand vast. Zijn hand voelde koud en vochtig. Duke ging aan het hoofdeinde van de bank staan, als een scheidsrechter.
'Toe maar,' zei hij.
Ik speelde meteen vals. Het doel van armpje drukken is de kracht in arm en schouder gebruiken om je hand met die van je tegenstander helemaal omlaag te brengen. Tegen deze knaap was ik kansloos. Ik had zelfs geen schijn van kans. Het was al heel wat als ik mijn hand op zijn plaats kon houden. Dus probeerde ik niet eens te winnen. Ik kneep alleen. Een miljoen jaar evolutie heeft ons een tegengestelde duim gegeven, wat betekent dat hij met de andere vier vingers als een tang kan werken. Ik zorgde dat zijn knokkels op een rijtje zaten en kneep ze genadeloos tegen elkaar. En ik heb erg sterke handen. Ik concentreerde me op het over-

eind houden van mijn arm. Staarde in zijn ogen en kneep in zijn hand tot ik zijn knokkels voelde kraken. Daarna kneep ik harder. En nog harder. Hij gaf het niet op. Hij was ontzaglijk sterk. Hij bleef drukken. Ik zweette en hijgde, alleen maar van de poging om niet te verliezen. Zo bleven we een hele minuut zitten en spanden onze spieren sidderend aan in de stilte. Ik kneep nog harder. Ik liet de pijn in zijn hand toenemen. Zag hem zich op zijn gezicht aftekenen. Daarna kneep ik nog harder. Dat doet het 'm meestal. Ze denken dat het niet erger kan, en dan wordt het nog erger. En nog erger, alsof je krikt. Steeds erger, alsof ze een oneindigheid van pijn voor de boeg hebben die steeds maar erger en erger wordt, genadeloos. Ze gaan zich op hun eigen rampspoed concentreren. En vervolgens begint er een besluit in hun ogen te flikkeren. Ze weten dat ik vals speel, maar beseffen dat ze er niets tegen kunnen doen. Ze kunnen niet hulpeloos opkijken en: 'Hij doet me pijn, dat is vals!' zeggen. Dat degradeert hen tot mietje, niet mij. En dat kunnen ze niet aan. Dus slikken ze het en vragen ze zich af of het nog erger wordt. En ja hoor. Natuurlijk. Er zit nog een heleboel in het vat. Dat blijft zo. Ik staarde Paulie in de ogen en kneep nog harder. Het zweet maakte zijn huid nat, dus gleed mijn hand makkelijk over de zijne, steeds strakker. Er waren geen frictiewonden om hem af te leiden. Alle pijn zat in zijn knokkels.
'Genoeg,' riep Duke. 'Het is remise.'
Ik liet niet los. Paulie bleef drukken. Zijn arm was zo massief als een boom.
'Ik zei genoeg,' riep Duke. 'Jullie moeten aan het werk, eikels.'
Ik hief mijn elleboog hoog op zodat hij me niet kon verrassen met een laatste krachtsinspanning. Hij wendde zijn hoofd af en sleepte zijn arm van de bank. We lieten elkaar los. Zijn hand was vuurrood en wit. De bal van mijn duim voelde alsof hij in brand stond. Hij ging staan en liep meteen de ruimte uit. Ik hoorde zijn zware tred op de houten trap.
'Dat was heel stom,' zei Duke. 'Je hebt zojuist weer een vijand gemaakt.'
Ik was buiten adem. 'Hoezo, had ik hem dan moeten laten winnen?'
'Dat was wel beter geweest.'
'Dat is mijn stijl niet.'
'Dan ben je niet goed wijs.'

'Jij bent hoofd van de bewaking,' zei ik. 'Jij moet hem vertellen dat hij zich naar zijn leeftijd moet gedragen.'
'Dat is niet zo makkelijk.'
'Dan moet je hem lozen.'
'Dat is ook niet zo makkelijk.'
Ik kwam langzaam overeind. Rolde mijn mouw af en knoopte de manchet dicht. Keek op mijn horloge. Bijna zeven uur. De tijd verstreek.
'Wat doe ik vandaag?' vroeg ik.
'Een busje besturen,' zei Duke. 'Dat kun je toch?'
Ik knikte omdat ik moeilijk nee kon zeggen. Ik had een busje bestuurd toen ik Richard Beck redde.
'Ik moet weer douchen,' zei ik. 'En ik moet een stel schone kleren hebben.'
'Zeg dat maar tegen het dienstmeisje,' zei hij. Hij was moe. 'Wat denk je dat ik ben? Je knechtje?'
Hij keek me even aan. Daarna liep hij naar de trap en liet me aan mijn lot over. Ik stond op, rekte me hijgend uit en schudde mijn pols los om de spanning te verminderen. Vervolgens pakte ik mijn jasje en ging Teresa Daniel zoeken. Theoretisch kon ze daar beneden opgesloten zitten, maar ik vond haar niet. De kelder was een doolhof van vertrekken die uit de rots waren gehakt, of met springstof gemaakt. De meeste vertrekken spraken voor zich. Er was een ketelhuis met een razende boiler en een heleboel buizen. Er was een wasserij met een grote wasmachine hoog op een houten tafel. Zodat hij zich middels de zwaartekracht kon legen in een pijp die op kniehoogte in de muur verdween. Er waren voorraadkamers. Twee kamers waren afgesloten. Ze hadden een zware deur. Ik luisterde met gespitste oren, maar binnen hoorde ik niets. Ik klopte zachtjes, maar hoorde geen reactie.
Ik ging weer naar boven en liep in de gang op de parterre Richard Beck en zijn moeder tegen het lijf. Richard had zijn haar gewassen, laag aan de rechterkant een scheiding aangebracht en het opzij gekamd om zijn ontbrekende oor aan het oog te onttrekken. Het had iets van wat oude heren doen om een kale plek op hun kruin te verbergen. Zijn gezichtsuitdrukking was nog tweeslachtig. Hij leek op zijn gemak in de veiligheid van het donkere huis, maar ik zag ook dat hij zich een beetje gevangen voelde. Hij leek tamelijk blij om me te zien. Niet alleen omdat ik hem had gered,

maar misschien ook omdat ik een willekeurige vertegenwoordiger van de buitenwereld was.
'Hartelijk gefeliciteerd, mevrouw Beck,' zei ik.
Ze glimlachte naar me alsof ze zich gevleid voelde dat ik me haar verjaardag herinnerde. Ze zag er beter uit dan de vorige dag. Ze was minstens tien jaar ouder dan ik, maar ik had misschien aandacht aan haar besteed als we elkaar ergens bij toeval waren tegengekomen, zoals in een café, of een club of tijdens een lange treinreis.
'U zult een poosje bij ons blijven,' zei ze. Daarna scheen het tot haar door te dringen waarom ik een poosje zou blijven. Ik was bij ze ondergedoken omdat ik de dood van een politieman op mijn geweten had. Ze keek verward de andere kant op en verdween in de gang. Richard ging met haar mee en keek een keer over zijn schouder. Ik ging weer naar de keuken. Paulie was er niet. Zachary Beck zat wel op me te wachten.
'Wat voor wapens hadden ze?' vroeg hij. 'Die lui in de Toyota?'
'Uzi's,' zei ik. Hou je bij de waarheid, zoals alle goede oplichters. 'En een granaat.'
'Wat voor uzi's?'
'De micro's,' zei ik. 'Kleintjes.'
'Magazijnen?'
'Korte. Twintig kogels.'
'Weet je dat heel zeker?'
Ik knikte.
'Ben jij een deskundige?'
'Ze zijn ontworpen door een Israëlische legerluitenant,' zei ik. 'Genaamd Uziel Gal. Hij was een knutselaar. Hij maakte allerlei verbeteringen op de oude Tsjechische modellen 23 en 25 tot hij een heel nieuw wapen had. Dat was in 1949. De oorspronkelijke uzi ging in 1953 in productie. België en Duitsland namen het patent over. Ik heb er een stuk of wat gezien, hier en daar.'
'En weet je absoluut zeker dat het micro's met een kort magazijn waren?'
'Ja.'
'Oké,' zei hij, alsof dat hem iets zei. Daarna liep hij de keuken uit en verdween. Ik bleef staan en dacht na over zijn dringende vragen en de kreukels in Dukes pak. De combinatie vond ik zorgelijk.
Ik zocht het dienstmeisje en zei dat ik kleren nodig had. Ze liet me

een lange boodschappenlijst zien en zei dat ze op weg was naar de kruidenier. Ik zei dat ze ze niet voor me hoefde te gaan kopen. Ik wilde ze alleen maar van iemand lenen. Ze werd rood, knikte en zweeg. Daarna kwam de kokkin ergens van terug en kreeg met me te doen. Ze bakte eieren met spek voor me en zette koffie, wat de hele dag in een beter licht plaatste. Ik at en dronk en ging vervolgens de twee trappen naar mijn kamer op. Het dienstmeisje had een keurig gevouwen stapeltje kleren bij mijn deur gelegd. Een zwarte spijkerbroek met een bijpassend overhemd. Zwarte sokken en wit ondergoed. Alles was gewassen en gestreken. Ik nam aan dat ze van Duke waren. De kleren van Beck of Richard zouden me te klein zijn geweest en in die van Paulie zou het lijken alsof ik in een tent liep. Ik pakte ze op en ging ermee naar binnen. Sloot me op in de badkamer, trok mijn schoen uit en controleerde de e-mail. Er was een bericht. Het was van Susan Duffy: *Je lokatie op kaart gevonden. Verhuizen naar motel bij I-95 ten z.w. van jou. Antwoord van Powell 'strikt voor jou alleen: beiden DD na 5, 10-2, 10-28'. Vooruitgang?*

Ik glimlachte. Powell sprak de taal dus nog. *Beiden DD na 5* betekende dat beide knapen na vijf jaar dienst oneervol waren ontslagen. Vijf jaar is veel te lang om het ontslag te relateren aan onbekwaamheid of fouten tijdens de training. Dat soort dingen komt heel vroeg aan het licht. De enige manier om na vijf jaar te worden ontslagen is door louche praktijken. En *10-2, 10-28* liet daar geen enkele twijfel over bestaan. *10-28* was een standaardreactie van de radiocontrole en betekende: *Luid en duidelijk. 10-2* was een standaardradio-oproep voor *ambulance dringend gewenst.* Maar tezamen gelezen was het geheim MP-jargon. *Ambulance dringend gewenst, luid en duidelijk* betekende: *Die knapen moeten een kopje kleiner worden gemaakt, vergis je niet.* Powell was in de dossiers gedoken, en wat hij had gezien was hem niet bevallen.

Ik drukte op het *reply*-icoontje en tikte: *Nog geen vooruitgang, hou contact.* Daarna drukte ik op *send now* en stopte het apparaatje weer in mijn schoen. Ik stond maar even onder de douche. Spoelde alleen het zweet van de fitness af en trok de geleende kleren aan. Ik trok mijn eigen schoenen en jasje aan en de overjas die ik van Susan Duffy had. Ik ging naar beneden en trof Zachary Beck en Duke in de gang. Ze hadden een jas aan. Duke had autosleuteltjes in zijn hand. Hij had nog altijd niet gedoucht. Hij zag er nog steeds moe uit en fronste. Misschien vond hij het niet prettig dat ik zijn

kleren aanhad. De voordeur stond open en ik zag het dienstmeisje langsrijden in een stoffige, oude Saab om boodschappen te gaan doen. Misschien ging ze wel een verjaardagstaart kopen.
'Kom op,' zei Beck, alsof er werk aan de winkel was, waarvoor ze niet veel tijd hadden. Ze gingen me voor naar buiten. De metaaldetector piepte twee keer, voor allebei maar niet voor mij. Buiten was het koud. Het was onbewolkt. Becks zwarte Cadillac wachtte op de parkeerlus. Duke hield het achterportier open en Beck ging achterin zitten. Duke kroop achter het stuur. Ik ging op de passagiersstoel zitten; dat leek me gepast. Er werd niet gesproken. Duke startte, schakelde naar *drive* en snelde de oprijlaan af. Ik zag Paulie in de verte de poort opendoen voor het dienstmeisje. Hij had zijn pak weer aan. Hij bleef op ons staan wachten, we passeerden hem met een flinke vaart en reden naar het westen, weg van de zee. Ik draaide me om en zag hem het hek weer sluiten.
We reden ruim twintig kilometer landinwaarts voordat we naar het noorden afsloegen op de snelweg naar Portland. Ik staarde voor me uit en vroeg me af waar ze me precies heen zouden brengen. En wat ze met me voorhadden als we er waren.

Ze brachten me helemaal naar de grens van het havengebied buiten de eigenlijke stad. Ik zag de bovenkant van de schepen en overal kranen. Op terreinen vol onkruid stonden stapels verlaten containers. Er stonden lange, lage kantoren. Vrachtwagens reden af en aan. In de lucht wemelde het van de meeuwen. Duke reed door een hek een terreintje van gebarsten beton en opgelapt asfalt op. Er stond niets anders dan een busje eenzaam in het midden. Het was een middelgroot voertuig, gemaakt van een pick-up waarop een grote, vierkante carrosserie was gebouwd. Die was breder dan de cabine en was eroverheen gebouwd. Het was het soort voertuig dat je bij verhuurbedrijven vindt. Niet de kleinste uit de voorraad en niet de grootste. Er stond niets op geschreven. Geen enkel logo. Hij was blauw en hier en daar zaten strepen roest. Het was een oud busje dat zijn leven aan zee had doorgebracht.
'De sleutels zitten in het deurvakje,' zei Duke.
Beck boog zich naar voren om me een strookje papier te geven met een routebeschrijving naar de een of andere lokatie in New London, Connecticut.
'Breng dat busje naar dit exacte adres,' zei hij. 'Het is een parkeerterrein dat veel van dit hier weg heeft. Er staat daar een iden-

tiek busje. Met de sleutels in het deurvak. Deze laat je achter en je komt met de andere hier weer terug.'
'En in geen van beide kijken,' zei Duke.
'En langzaam rijden,' zei Beck. 'Hou je aan de maximumsnelheid. Geen aandacht trekken.'
'Waarom?' vroeg ik. 'Wat zit er dan in?'
'Tapijten,' zei Beck achter me. 'Ik denk aan jou, anders niet. Je wordt gezocht. Het is beter om niet op te vallen. Dus neem alle tijd. Neem koffiepauzes. Gedraag je gewoon.'
Verder zeiden ze niets. Ik stapte uit. Het rook er naar de zee, olie, dieseluitlaatgas en vis. Het waaide. Overal klonk onbestemd industrieel kabaal en het gekrijs en gesnater van meeuwen. Ik liep naar het blauwe busje. Liep achterlangs en zag dat de sluitstang gezekerd was met een loodzegeltje. Ik liep door en maakte het portier aan de chauffeurskant open. Vond de sleutels in het deurvak. Stapte in en startte. Deed mijn veiligheidsgordel om, maakte het me gemakkelijk, schakelde en reed het terreintje af. Ik zag Beck en Duke in de Cadillac uitdrukkingsloos naar me kijken. Ik wachtte even bij de eerste afslag, en sloeg links af naar het zuiden.

4

De tijd verstreek. Daarvan was ik me bewust. Dit was een soort proefopdracht die me minstens tien kostbare uren ging kosten. Tien uur die ik niet kon missen. En het busje reed beroerd. Het was oud en onhandelbaar, de motor maakte constant herrie en de versnellingsbak maakte een hoog, gierend geluid. De vering was slap en versleten en het hele voertuig deinde en slingerde. Maar de spiegeltjes waren grote, rechthoekige gevallen die aan de portieren geklonken zaten en me een goed uitzicht gaven op alles wat zich verder dan tien meter achter me bevond. Ik reed op de I-95 in zuidelijke richting en het was rustig op de weg. Ik wist vrij zeker dat niemand me volgde, maar niet voor honderd procent.

Ik nam zoveel gas terug als ik durfde, verschoof een beetje op mijn stoel, zette mijn linkervoet op het gas en dook omlaag om mijn rechterschoen uit te trekken. Goochelde hem op schoot en haalde met één hand het e-mailapparaatje te voorschijn. Ik drukte het tegen de rand van het stuur, stuurde en tikte tegelijkertijd: *Dringend kom direct naar eerste rustplaats op de I-95 ten zuiden van de afslag Kennebunk richting zuid, neem soldeerbout en loodsoldeer mee van een Radio Shack of ijzerwinkel.* Daarna drukte ik op *send now* en gooide het ding op de passagiersstoel. Schoof mijn voet weer in de schoen, zette hem weer op de gaspedaal en ging goed zitten. Keek weer in mijn spiegeltjes. Niets te zien. Ik maakte een hoofdrekensommetje. Van Kennebunk naar New London was een afstand van zo'n driehonderd kilometer, misschien wat meer. Vier uur met een snelheid van tachtig. Twee uur en vijftig minuten met een snelheid van honderdtien en harder ging dat busje waarschijnlijk niet. Dus had ik een maximale speling van zeventig minuten om te doen wat ik besloot te moeten doen.

Ik reed door. Ik bleef kalmpjes tachtig rijden op de rechterrijstrook. Iedereen passeerde me. Niemand bleef achter me. Ik werd niet gevolgd. Ik wist niet of dat een goed of een slecht teken was. Het alternatief kon erger zijn. Negenentwintig minuten later passeerde ik de afslag Kennebunk en anderhalve kilometer later zag ik een bordje dat over elf kilometer een rustplaats met eten, benzine en wc's beloofde. Die elf kilometer kostten me achteneenhalve minuut. Vervolgens was er een afslag die rechtsaf door een groepje bomen een lichte glooiing op boog. Het uitzicht was niet goed. Het waren kleine, nieuwe blaadjes maar het waren er zoveel dat ik maar weinig kon zien. Het parkeerterrein zelf was onzichtbaar. Ik liet het busje uitrijden, ging een heuveltje over en reed omlaag een standaard pleisterplaats van de Interstate Highways op. Het was gewoon een brede rijstrook met aan beide kanten diagonale parkeervakken en rechts een groepje lage stenen gebouwtjes. Voorbij de gebouwtjes was een benzinestation. In de buurt van de toiletten stond een tiental auto's. Een daarvan was de Taurus van Susan Duffy. Het was de laatste auto in de linkerrij. Ze stond ernaast met Eliot aan haar zijde.

Ik reed er langzaam langs, gebaarde *wacht even* met mijn hand en zette de auto vier vakken verder. Ik zette de motor uit en bleef een ogenblik dankbaar in de plotselinge stilte zitten. Ik stopte het e-mailapparaatje weer in mijn hak en knoopte mijn veter dicht. Daarna probeerde ik eruit te zien als een normaal mens. Ik rekte mijn armen uit, opende het portier, stapte uit en liep een beetje heen en weer, als een chauffeur die zijn stijve benen losmaakt en van de frisse boslucht geniet. Ik maakte een paar keer een volledige cirkel om het hele terrein te bestuderen en vervolgens bleef ik staan met mijn blik op de oprit. Er kwam niemand. Ik hoorde het weinige verkeer op de snelweg. Het was dichtbij en klonk vrij hard, maar het feit dat het zich allemaal achter de bomen afspeelde gaf me een gevoel van privacy en isolement. Ik telde tweeënzeventig seconden af, wat neerkomt op ruim anderhalve kilometer bij een snelheid van tachtig kilometer per uur. Niemand kwam de oprit op. En niemand volgt op een afstand die groter is dan anderhalve kilometer. Dus holde ik recht op de plek af waar Duffy en Eliot op me stonden te wachten. Hij was in vrijetijdskleding en zag eruit alsof hij er zich een tikje slecht op zijn gemak in voelde. Zij droeg een versleten spijkerbroek en hetzelfde haveloze leren jasje dat ik al eerder had gezien. Ze zag er spectaculair uit. Geen van beiden verspilde tijd met begroetingen, wat me welkom was.

'Waar moet je heen?' vroeg Eliot.

'New London, Connecticut,' zei ik.

'Wat zit er in dat busje?'

'Ik weet het niet.'

'Je wordt niet gevolgd,' zei Duffy. Het was een vaststelling, geen vraag.
'Misschien elektronisch,' zei ik.
'Waar zou het zitten?'
'Achterin, als ze verstandig zijn. Heb je de soldeerbout?'
'Nog niet,' zei ze. 'Hij komt eraan. Waar hebben we die voor nodig?'
'Er zit een loodzegel op,' zei ik. 'Dat moeten we kunnen herstellen.'
'Laten we de bereikbare delen vast controleren,' zei Eliot. 'We moeten toch wachten.'
We gingen in looppas terug naar het blauwe busje. Ik zakte op de grond voor een blik op de onderkant. Er zat een dikke, grijze laag oeroude modder aangekoekt met strepen van lekkende olie en remvloeistof.
'Hier zal hij niet zitten,' zei ik. 'Je hebt een beitel nodig om bij het metaal te komen.'
Eliot vond hem na vijftien seconden zoeken in de cabine. Hij zat met een kleine haak-en-lussluiting aan het schuimrubber onder de passagiersstoel. Het was een klein, kaal metalen blikje dat iets groter was dan een kwartje en ruim een centimeter dik. Er hing een dun draadje van een centimeter of twintig aan dat waarschijnlijk de verzendantenne was. Eliot sloot het geheel in zijn vuist, kwam snel uit de cabine en staarde naar de ingang van de oprit.
'Wat is er?' vroeg Duffy.
'Raar,' zei hij. 'Zo'n gevalletje werkt op de batterij van een gehoorapparaat, meer niet. Weinig energie, klein bereik. Buiten drie kilometer hoor je niets. Waar is de man die het volgt dan?'
De oprit bleef leeg. Ik was de laatste die erop was gekomen. We stonden een poosje naar niets te staren met ogen die traanden van de koude wind. Achter de bomen raasde het verkeer voorbij.
'Hoe lang ben je hier nu?' vroeg Eliot.
'Minuut of vier, vijf,' zei ik.
'Slaat nergens op,' zei hij. 'Dat zou betekenen dat de man een kilometer of zes, zeven achter je zit. Op die afstand hoor je dit ding niet.'
'Misschien is er niemand,' zei ik. 'Misschien vertrouwen ze me.'
'Waarom doen ze dit ding er dan in?'
'Misschien hebben ze dat niet gedaan. Misschien zit het daar al jaren. Misschien zijn ze het vergeten.'

'Te veel misschiens,' zei hij.
Duffy draaide zich met een ruk naar rechts en staarde naar de bomen.
'Misschien zijn ze in de berm van de snelweg gestopt,' zei ze. 'Precies op gelijke hoogte met ons, snap je.'
Eliot en ik draaiden ons ook met een ruk naar rechts om te kijken. Dat klonk logisch. Het was geen slimme surveillancetechniek om ook een parkeerplaats op te rijden en vlak naast je doelwit te gaan staan.
'Laten we een kijkje nemen,' zei ik.
Er was een smalle strook gemaaid gras en vervolgens een even smalle strook waar de snelweglui de bosrand hadden getemd met struiken en schorssnippers. Daarna waren er alleen maar bomen. In het oosten waren ze voor de snelweg omgehakt en voor de pleisterplaats waren ze in het westen verwijderd, maar ertussen was een bos van een meter of dertien breed dat er al vanaf het begin der tijden had kunnen staan. Er waren slingerplanten en braambossen en lage takken. Maar het was april. In juli of augustus zou er geen doorkomen aan zijn geweest.
Vlak voordat de bomen dunner werden en in lagere struiken overgingen, bleven we staan. Verderop was alleen het gras van de berm. We kropen zo ver als we durfden en tuurden naar links en naar rechts. Er stond helemaal niemand geparkeerd. Voor zover we in beide richtingen konden zien, was er geen mens te bekennen. Het was alles behalve druk. Eliot haalde zijn schouders op alsof hij er niets van begreep, we maakten rechtsomkeert en baanden ons een weg terug.
'Slaat nergens op,' herhaalde hij.
'Ze hebben gebrek aan mankracht,' zei ik.
'Nee, ze zitten op Route One,' zei Duffy. 'Kan niet anders. Die loopt langs de hele kust parallel aan de I-95. Van Portland helemaal naar het zuiden. Hij loopt waarschijnlijk voor het merendeel op nog geen drie kilometer van deze weg.'
We keerden ons weer naar het oosten, alsof we door de bomen een auto met draaiende motor in de berm van de verre snelweg konden zien.
'Zo zou ik het doen,' zei Duffy.
Ik knikte. Het was een heel geloofwaardig scenario. Er zouden wel technische nadelen aan verbonden zijn. Met een laterale verwijdering tot drie kilometer en een lichte discrepantie naar voren en naar

achteren vanwege het verkeer zou je het signaal maar bij tijd en wijle opvangen. Maar aan de andere kant wilden ze alleen maar mijn algemene richting volgen.
'Kan,' zei ik.
'Nee, het is waarschijnlijk,' zei Eliot. 'Duffy heeft gelijk. Het is gewoon een kwestie van gezond verstand gebruiken. Ze willen zo lang mogelijk uit je spiegeltje blijven.'
Ik knikte weer. 'We moeten er hoe dan ook van uitgaan dat ze er zijn. Hoe ver blijft Route One in de buurt van de I-95?'
'Voor eeuwig,' zei Duffy. 'Nog veel verder dan New London, Connecticut. Bij Boston splitsen ze zich, maar daarna komen ze weer bij elkaar.'
'Oké,' zei ik. Ik keek op mijn horloge. 'Ik ben hier nu een minuut of negen. Lang genoeg voor de wc en een kop koffie.'
Ik zei tegen Eliot dat hij de zender in zijn zak moest doen en met Duffy's Taurus met een regelmatig gangetje van tachtig in zuidelijke richting moest rijden. Ik zei dat ik hem ergens voor New London met het busje zou inhalen. Ik bedacht dat ik me later wel zorgen kon maken over de manier waarop ik de zender weer op zijn plaats moest krijgen. Eliot vertrok en ik bleef alleen met Duffy achter. We zagen haar auto in zuidelijke richting verdwijnen en daarna draaiden we een halve slag om het verkeer op de oprit in de gaten te houden. Ik had nog eenenzestig minuten en moest die soldeerbout hebben. De tijd verstreek.
'Hoe is het daar?' vroeg Duffy.
'Een nachtmerrie,' zei ik. Ik vertelde haar over de granieten muur van tweeëneenhalve meter met het scheermesdraad, de poort, de metaaldetectors in de deurlijsten en de kamerdeur zonder sleutelgat aan de binnenkant. Ik vertelde haar over Paulie.
'Enig spoor van mijn agente?' vroeg ze.
'Ik ben er maar net,' zei ik.
'Ze is in dat huis,' zei ze. 'Dat moet ik geloven.'
Ik zei niets.
'Je moet vorderingen maken,' zei ze. 'Met ieder uur dat je daar doorbrengt, worden je moeilijkheden groter. En de hare.'
'Dat weet ik,' zei ik.
'Wat is Beck voor iemand?' vroeg ze.
'Fout,' zei ik. Ik vertelde haar over de vingerafdrukken op het glas en de manier waarop de Maxima was verdwenen. Daarna over het Russisch roulette.

'Heb je dat gedaan?'
'Zes keer,' zei ik, kijkend naar de oprit.
Ze staarde me aan. 'Je bent niet goed wijs. Een op zes, je had dood moeten zijn.'
Ik glimlachte. 'Heb jij het ooit gespeeld?'
'Ik zou het niet doen. Ik hou niet van die kansverhouding.'
'Jij bent net als de meeste mensen. Beck ook. Hij dacht dat de kans een op zes was. Maar het is meer in de buurt van een op zeshonderd. Of zesduizend. Als je een zware kogel in zo'n goed gemaakt en goed onderhouden wapen als de Anaconda doet, zou het een wonder zijn als de kamer met de kogel bovenaan tot stilstand komt. De vaart van de draai brengt hem altijd naar onderen. Precisiemechaniek, beetje olie en de zwaartekracht komt je te hulp. Ik ben niet achterlijk. Russisch roulette is heel wat veiliger dan mensen denken. En het was het risico waard om aangenomen te worden.'
Ze bleef even stil.
'Wat is je gevoel?' vroeg ze.
'Hij ziet eruit als een tapijtimporteur,' zei ik. 'Waar je verdomme ook kijkt, zie je tapijten.'
'Maar?'
'Maar hij is het niet,' zei ik. 'Daar zou ik mijn pensioen om verwedden. Ik informeerde naar de tapijten en hij zei er niet veel over. Alsof ze hem niet zo interesseerden. De meeste mensen vinden het leuk om over hun werk te praten. De meeste mensen weten niet van ophouden.'
'Heb jij een pensioen?'
'Nee,' zei ik.
Op dat moment kwam er net zo'n Taurus als die van Duffy, alleen met een andere kleur over de heuvel van de oprit. Hij nam even gas terug terwijl de chauffeur om zich heen keek, en daarna kwam hij met een flink vaartje recht op ons af. Aan het stuur zat de oude man, die ik in de goot bij de poort van de universiteit had laten liggen. Vlak naast mijn blauwe busje kwam hij met een ruk tot stilstand, opende zijn portier en hees zich net zo naar buiten als toen hij uit de geleende politie-Caprice stapte. In zijn hand had hij een grote zwart-met-rode tas van Radio Shack. Die zat vol dozen. Hij hield hem glimlachend omhoog en kwam naar me toe om me een hand te geven. Hij had een schoon overhemd aan, maar zijn pak was nog hetzelfde. Ik zag vlekken waar hij had geprobeerd het nepbloed weg te sponzen. Ik zag hem al voor me, voor

de wastafel in zijn motelkamer, druk in de weer met de handdoek. Het was niet erg gelukt. Het zag eruit alsof hij bij het eten met de tomatenketchup had gemorst.
'Moet je nu al boodschappen voor ze doen?' vroeg hij.
'Ik heb geen idee wat ze me laten doen,' zei ik. 'We hebben een probleempje met een loodzegel.'
Hij knikte. 'Dat dacht ik al. Wat kon het anders zijn met zo'n boodschappenlijstje?'
'Heb je dit dan al eens eerder bij de hand gehad?'
'Ik ben nog van de oude school,' zei hij. 'Ooit, lang geleden, deden we er wel tien op een dag. Overal op parkeerterreinen van vrachtwagens; we hadden het gepiept voordat de chauffeur zijn soep had besteld.'
Hij hurkte en leegde de tas van Radio Shack op het asfalt. Hij had een soldeerbout en een spoel matte soldeer. En een hulpstuk zodat hij de elektriciteit van de sigarenaansteker op zijn dashboard kon gebruiken. Dat betekende dat hij de motor moest laten draaien, dus hij startte en zette de auto iets naar achteren zodat de kabel lang genoeg was.
Het zegel was in feite een uitgerekte loden draad met loodjes aan beide uiteinden. De loodjes waren samengeperst met een of ander verhittingsapparaat zodat ze tot een groot zegel in reliëf waren gesmolten. De oude man liet dat versmolten uiteinde met rust. Het was duidelijk dat hij dit al eerder had gedaan. Hij schakelde de bout in om hem op te laten warmen. Hij testte hem door op het uiteinde te spugen. Toen hij tevreden was, veegde hij met het uiteinde over de mouw van zijn jasje en daarna raakte hij de draad op een dunne plek aan. De draad smolt en kwam van elkaar. Hij maakte de opening voorzichtig groter alsof hij een minuscule handboei opende en trok het zegel uit zijn kanaal. Hij dook in zijn auto om het op zijn dashboard te leggen. Ik pakte de deurkruk en draaide.
'Oké,' zei Duffy. 'Wat hebben we hier?'
We hadden tapijten. De deur ging ratelend omhoog en het daglicht viel in de laadruimte. We zagen zo'n tweehonderd tapijten die stuk voor stuk netjes opgerold rechtop stonden met een touwtje erom. Ze waren allemaal van verschillende afmetingen. De grootste stonden tegen de wand van de cabine en de kortste aan het eind bij de deur. Ze kwamen terrasgewijs op ons af als de een of andere oude rotsformatie. Ze waren met de bovenkant naar bin-

nen gerold, zodat we alleen maar de ruwe, doffe achterkant zagen. Het touw eromheen was van ruwe sisal, oud en vergeeld. Er hing een sterke lucht van ruwe wol en een wat lichtere lucht van plantaardige verf.
'We moeten ze controleren,' zei Duffy. Ze klonk teleurgesteld.
'Hoeveel tijd hebben we?' vroeg de oude man.
Ik keek op mijn horloge.
'Veertig minuten,' zei ik.
'Dan kunnen we maar beter een paar proefmonsters nemen,' zei hij.
We sleepten er een paar uit de eerste rij. Ze waren strak opgerold. Er zat geen kartonnen koker in. Ze zaten gewoon opgerold en daarna waren ze strak dichtgebonden. Eentje had franje. Hij rook oud en bedompt. De knopen in het touw waren oud en plat. We pulkten eraan met onze nagels, maar kregen ze niet los.
'Zij snijden het waarschijnlijk gewoon door,' zei Duffy. 'Dat kunnen wij niet doen.'
'Nee,' zei de oude man. 'Dat kan niet.'
Het was ruw touw en zag er buitenlands uit. Zulk touw had ik lang niet gezien. Het was van de een of andere natuurlijke vezel. Misschien jute, of hennep.
'Wat doen we nu?' vroeg de oude man.
Ik trok nog een tapijt te voorschijn. Woog het in mijn handen. Hij woog zo'n beetje zoals een tapijt hoort te wegen. Ik kneep erin. Het gaf een beetje mee, precies zoals je van een strak opgerold kleed zou verwachten.
'Het zijn gewoon kleden,' zei ik.
'Zit er iets onder?' vroeg Duffy. 'Misschien zijn de lange achterin helemaal niet zo lang en staan ze ergens op.'
We trokken de tapijten eruit en legden ze op het wegdek in de volgorde waarin ze ook weer terug moesten. We maakten een willekeurige zigzagtunnel door de laadruimte. De hoge waren precies wat ze leken: grote kleden, strak opgerold, touwtje eromheen, rechtopstaand. Er was niets onder verborgen. We stapten uit het busje, stonden in de kou te midden van een idiote collectie tapijten en keken elkaar aan.
'Het is een neplading,' zei Duffy. 'Beck is ervan uitgegaan dat je een manier zou vinden om erin te komen.'
'Misschien,' zei ik.
'Of anders wilde hij je gewoon uit de weg hebben.'

'Om wat te doen?'
'Om je te controleren,' zei ze. 'Voor de zekerheid.'
Ik keek op mijn horloge. 'Tijd om in te laden. Ik moet toch al als een gek rijden.'
'Ik ga met je mee,' zei ze. 'Totdat we Eliot hebben ingehaald, bedoel ik.'
Ik knikte. 'Dat wil ik ook. We moeten praten.'
We laadden de tapijten weer in en schopten en schoven net zo lang totdat ze keurig op hun oorspronkelijke plaats stonden. Daarna trok ik de roldeur omlaag en ging de oude man aan het werk met de soldeerbout. Hij schoof het verbroken zegel terug door zijn kanaal en drukte de uiteindjes voorzichtig dicht. Hij verhitte de bout, overbrugde de opening met de punt en raakte hem aan met het vrije uiteinde van de soldeerspoel. De opening vulde zich met een grote, glanzende druppel. Het was de verkeerde kleur en hij was veel te groot. De draad zag eruit als een spotprent van een slang die net een konijn heeft ingeslikt.
'Maak je geen zorgen,' zei hij.
Hij gebruikte de punt van de bout als een penseeltje en streek de bult dunner en dunner. Hij schudde af en toe met de bout om de overtollige soldeer af te slaan. Hij was heel secuur. Het kostte hem drie lange minuten, maar uiteindelijk zag het geheel er vrijwel uit zoals we het voor zijn komst hadden aangetroffen. Hij liet het een beetje afkoelen en blies er vervolgens hard op. De nieuwe zilverkleur werd op slag grijs. Het was de meest onzichtbare reparatie die ik ooit had gezien. In elk geval beter dan ik het zelf had gekund.
'Oké,' zei ik. 'Heel goed. Maar je zult het nog een keer moeten doen. Ik word geacht met een ander busje terug te komen. Die moesten we ook maar bekijken. We spreken af op de eerste rustplaats in noordelijke richting na Portsmouth, New Hampshire.'
'Wanneer?'
'Zorg dat je daar over vijf uur bent.'

Duffy en ik lieten hem daar staan en we reden zo hard als het oude busje kon in zuidelijke richting. Veel harder dan honderdtien ging het niet. Hij had de vorm van een baksteen en de weerstand van de wind weerstond iedere poging om hem sneller te laten gaan. Maar honderdtien was goed genoeg. Ik kon nog op tijd inlopen.
'Heb je zijn kantoor gezien?' vroeg ze.

'Nog niet,' zei ik. 'Dat moet gebeuren. We moeten trouwens zijn hele havenoperatie onder de loep nemen.'
'Er wordt aan gewerkt,' zei ze. Ze moest hard praten. Het razen van de motor en het gieren van de versnellingsbak waren met honderdtien een keer zo erg als bij tachtig. 'Gelukkig is Portland niet zo'n gekkenhuis. Het is maar de vierenveertigste haven van Amerika. Er komt ongeveer veertien miljoen ton per jaar binnen. Dat is ongeveer een kwart miljoen per week. Daarvan krijgt Beck er een stuk of tien; twee à drie containers.'
'Worden zijn spullen gecontroleerd door de douane?'
'Zoals bij iedereen. Hun huidige trefkans is ongeveer twee procent. Als hij honderdvijftig containers per jaar krijgt, zullen er zo'n drie onderzocht worden.'
'Hoe lapt hij het 'm dan?'
'Misschien verkleint hij de kans door de smokkelwaar te beperken tot zeg maar een op tien. Dat brengt de feitelijke trefkans terug tot nul-komma-twee procent. Zo kan hij het jaren volhouden.'
'Hij redt het al jaren. Hij moet iemand hebben omgekocht.'
Ze knikte en zweeg.
'Kun je het onderzoek niet laten opvoeren?'
'Niet zonder redelijke grond,' zei ze. 'Vergeet niet dat deze hele toestand ongeautoriseerd is. We zitten te springen om harde bewijzen. En de mogelijkheid dat er iemand is omgekocht, maakt de situatie trouwens tot een mijnenveld. Wie weet benaderen we de verkeerde ambtenaar.'
We reden door. De motor brulde en de vering zwaaide. We passeerden alles wat we zagen. Nu hield ik het spiegeltje in de gaten voor de politie, niet om te zien of we werden gevolgd. Waarschijnlijk zouden Duffy's DEA-documenten specifieke juridische problemen wel omzeilen, maar ik wilde de tijd niet verliezen die het gesprek zou kosten.
'Hoe reageerde Beck?' vroeg ze. 'Eerste reactie?'
'Hij was verbaasd,' zei ik. 'En een beetje nijdig. Dat was zijn eerste reactie. Heb je gemerkt dat Richard Beck niet werd bewaakt op school?'
'Veilige plek.'
'Niet echt. Je kunt een kind zo uit de universiteit ontvoeren. Koud kunstje. Geen bewaking wil zeggen geen gevaar. Volgens mij zijn die lijfwachten voor het ritje naar huis een soort doekje voor het bloeden omdat die jongen paranoïde is. Ik denk dat het zuiver een

gebaar is. Als je het mij vraagt, kan de oude Beck het niet echt nodig hebben gevonden, anders zou hij ook wel voor bewaking op school hebben gezorgd. Of hem helemaal niet naar school hebben laten gaan.'

'Dus?'

'Dus denk ik dat er ergens in het verleden een overeenkomst is gesloten. Misschien ten gevolge van de oorspronkelijke ontvoering. Iets wat een mate van stabiliteit garandeerde. Daarom geen lijfwacht in het studentenhuis. Daarom was Beck nijdig, alsof iemand opeens een afspraak had geschonden.'

'Denk je?'

Ik knikte. 'Hij was verrast, verbaasd en verbolgen. Zijn grote vraag was: wie?'

'Natuurlijk.'

'Maar het was op een toon van hoe-durven-ze. Uit de hoogte. Alsof iemand over de schreef was gegaan. Het was meer dan een vraag. Daar werd ergernis naar iemand tot uitdrukking gebracht.'

'Wat heb je gezegd?'

'Ik heb de truck beschreven. Ik heb je medewerkers beschreven.'

Ze glimlachte. 'Dat kan geen kwaad.'

Ik knikte. 'Hij heeft iemand in dienst die Duke heet. Voornaam onbekend. Oud-politieman. Hoofd van zijn beveiliging. Ik heb hem vanmorgen gezien. Hij was de hele nacht op geweest. Hij zag er moe uit en had niet gedoucht. Zijn jasje was helemaal gekreukt, laag op de rug.'

'Dus?'

'Dat wil zeggen dat hij de hele nacht achter het stuur heeft gezeten. Volgens mij is hij daarheen gegaan om een blik op de Toyota te werpen. Om het nummerbord achterop te bekijken. Waar heb je hem gelaten?'

'Die hebben we laten meenemen door de State Police. Vanwege de geloofwaardigheid. We konden hem niet mee terugnemen naar de garage van de DEA. Hij zal wel ergens op een terrein staan.'

'Waar is dat nummerbord van?'

'Hartford, Connecticut. We hebben een kleine ecstasybende opgerold.'

'Wanneer?'

'Vorige week.'

Ik reed door. Het werd drukker op de weg.

'Fout nummer een,' zei ik. 'Beck gaat dat natrekken. En vervolgens vraagt hij zich af waarom een stelletje kleine ecstasydealers uit Connecticut zijn zoon willen ontvoeren. En vervolgens vraagt hij zich af hóé een stelletje kleine ecstasydealers uit Connecticut zijn zoon kúnnen ontvoeren, een week nadat ze in de bak zijn gegooid.'

'Shit,' zei Duffy.

'En dat is nog niet alles,' zei ik. 'Volgens mij heeft Duke ook een blik op de Lincoln geworpen. Die heeft een ingedeukte voorkant en geen voorruit meer, maar geen kogelgaten. En het ziet er ook niet naar uit dat er een echte granaat in is ontploft. Die Lincoln is het levende bewijs dat deze hele toestand een maskerade is.'

'Nee,' zei ze. 'De Lincoln is verstopt. Die is niet met de Toyota meegegaan.'

'Zeker weten? Want het eerste dat Beck vanmorgen wilde weten was het naadje van de kous over de uzi's. Het was net alsof hij me vroeg mijn eigen veroordeling uit te spreken. Twee uzi's micro, magazijnen van twintig patronen, veertig kogels afgevuurd en geen krasje op de auto?'

'Nee,' herhaalde ze. 'Geen sprake van. De Lincoln is verstopt.'

'Waar?'

'In Boston. In onze garage, maar wat de officiële papieren betreft, is het in het gebouw van het gerechtelijk laboratorium. Officieel is hij een plaats delict. De lijfwachten zitten zogenaamd over de hele binnenkant uitgesmeerd. We hebben op geloofwaardigheid gemikt. We hebben er goed over nagedacht.'

'Behalve dan het nummerbord van de Toyota.'

Ze zag er verslagen uit. 'Maar de Lincoln is oké. Die is honderdvijftig kilometer van de Toyota. Die Duke zou de hele nacht gereden moeten hebben.'

'Volgens mij heeft hij dat ook gedaan. En waarom was Beck zo gebeten op die uzi's?'

Ze zweeg.

'We moeten de zaak afblazen,' zei ze. 'Vanwege de Toyota. Niet vanwege de Lincoln. De Lincoln is oké.'

Ik keek op mijn horloge. Tuurde de weg voor me af. Het busje raasde verder. We konden Eliot ieder ogenblik in het vizier krijgen. Ik berekende de tijd en de afstand.

'We moeten de zaak afblazen,' herhaalde ze.

'En die agente van jou dan?'

'Als jij sneuvelt, schiet zij daar niets mee op.'

Ik dacht aan Quinn.
'Daar hebben we het later wel over,' zei ik. 'Voorlopig gaan we gewoon verder.'

Acht minuten later haalden we Eliot in. Zijn Taurus reed kalmpjes met een bescheiden gangetje van tachtig in de binnenstrook. Ik haalde hem in en nam gas terug tot zijn snelheid en hij kwam achter me rijden. We reden helemaal om Boston heen en stopten op de eerste de beste rustplaats ten zuiden van de stad. Het was daar heel wat drukker. Ik bleef stil zitten met Duffy aan mijn zij en zag vier auto's achter me aan de oprit op komen. Geen van de chauffeurs schonk me de geringste aandacht. Een aantal had passagiers. Ze deden allemaal de gewone rustplaats-dingen zoals blijven staan, geeuwen, rondkijken en vervolgens naar de wc of cafetaria gaan.
'Waar staat het volgende busje?' vroeg Duffy.
'Op een terrein in New London.'
'Sleuteltjes?'
'Erin.'
'Dus daar zullen ook mensen zijn. Niemand laat zomaar een busje met sleutels en al achter. Ze wachten je op. We weten niet wat hun instructies zijn. We moeten overwegen om er een punt achter te zetten.'
'Ik loop niet in de val,' zei ik. 'Dat is mijn stijl niet. En in het volgende busje zit misschien iets beters.'
'Oké,' zei ze. 'In New Hampshire nemen we een kijkje. Als je dat haalt.'
'Je mag me je Glock lenen.'
Ik zag haar hand omhooggaan en onder haar arm voelen. 'Hoe lang?'
'Zolang ik hem nodig heb.'
'Wat is er met je Colts gebeurd?'
'Die hebben ze ingepikt.'
'Ik mag het niet,' zei ze. 'Ik mag mijn dienstwapen niet afstaan.'
'Je gaat toch al ver buiten je boekje.'
Ze dacht even na.
'Shit,' zei ze. Ze haalde de Glock uit haar holster en gaf hem aan mij. Hij was warm van haar lichaam. Ik hield hem waarderend in mijn hand. Ze haalde twee reservemagazijnen uit haar tasje. Die deed ik in de ene zak en het pistool in de andere.

'Dank je,' zei ik.
'Tot in New Hampshire,' zei ze. 'We nemen een kijkje in dat busje en dan besluiten we wat we doen.'
'Oké,' zei ik, al had ik al een besluit genomen. Eliot kwam naar ons toe en haalde het zendertje uit zijn zak. Duffy stapte uit en hij bevestigde het weer onder haar stoel. Daarna liepen ze samen naar hun dienst-Taurus. Ik wachtte een geloofwaardig poosje alvorens weer op weg te gaan.

Zonder problemen arriveerde ik in New London. Het was een rommelige, oude stad. Ik was er nog nooit geweest. Er was nooit aanleiding voor geweest. Volgens mij bouwen ze er onderzeeërs. Of ergens in de buurt. Misschien in Groton. Volgens de instructies die Beck me had gegeven, moest ik al gauw van de snelweg en zigzaggend de weg zoeken door bouwvallige industrieterreinen. Een heleboel oude, vochtige, berookte en verrotte baksteen. Ongeveer anderhalve kilometer voor de plek waar ik het bewuste terreintje vermoedde, stopte ik aan de kant van de weg. Daarna sloeg ik rechts- en linksaf in een poging om eromheen te cirkelen. Ik zette het busje bij een kapotte meter en controleerde Duffy's pistool. Het was een Glock 19 van ongeveer een jaar oud, geheel geladen. De reservemagazijnen waren ook vol. Ik stapte uit. Ik hoorde misthoorns loeien in de Sound. Een veerboot voer binnen. De wind blies rommel schrapend over straat. Een hoer stapte glimlachend uit een portiek. Het was een marinestad. Zij kon geen leger-MP ruiken zoals haar vakzusters elders.
Ik sloeg een hoek om en kon een deel van het terrein waar ik heen moest vrij goed overzien. Het land glooide omlaag naar de zee en ik stond vrij hoog. Ik zag het busje dat voor me klaarstond. Het was een tweelingbroer van het exemplaar waarmee ik was gekomen. Even oud, zelfde type. Zelfde kleur. Hij stond helemaal in zijn eentje pal in het midden van het terrein, dat gewoon een verlaten vierkant van verpulverd baksteen en onkruid was. Twintig jaar geleden was er een of ander oud gebouw tegen de vlakte gegaan en er was niets voor in de plaats gekomen.
Ik zag geen mens, al waren er duizend vuile ramen binnen schootsafstand en in theorie konden overal mensen loeren. Maar ik voelde niets. Voelen is lang niet zo goed als weten, maar er zijn momenten dat je niets anders hebt. Ik bleef staan, kreeg het koud en liep vervolgens terug naar het busje. Reed het blokje om en het

terrein op. Zette het neus aan neus met zijn tweelingbroer. Haalde het sleuteltje uit het contact en deed het in het deurvak. Keek nog een laatste keer om me heen en stapte uit. Ik stak mijn hand in mijn zak en greep de kolf van Duffy's pistool. Luisterde met gespitste oren. Niets anders dan opwaaiend zand en in de verte de geluiden van een aftandse stad die zich door de dag heen worstelt. Alles was in orde, tenzij iemand van plan was me van grote afstand met een geweer om te leggen. En met die Glock die ik in mijn zak omklemde was daar weinig tegen te beginnen.
Het was koud en stil in het nieuwe busje. Het portier zat niet op slot en de sleutel zat in het deurvakje. Ik zette de stoel naar achteren en stelde de spiegeltjes bij. Liet de sleutel op de grond vallen alsof ik onhandig was en keek onder de stoelen. Geen zendertje. Alleen een paar kauwgompapiertjes en stofvlokken. Ik startte. Reed achteruit weg van het busje dat ik net had geparkeerd, beschreef met het nieuwe busje een cirkel over het terrein en reed terug in de richting van de snelweg. Ik zag niemand. Geen mens kwam me achterna.

Het nieuwe busje reed een beetje beter dan het eerste. Het was iets rustiger en wat sneller. Misschien had hij maar twee keer de teller rond gereden. Kilometers verslindend bracht het me terug naar het noorden. Ik staarde voor me uit en had het gevoel alsof ik het eenzame huis op de rotskaap met de minuut groter zag worden. Het trok me aan en boezemde tegelijkertijd evenzeer weerzin in. Dus zat ik daar maar roerloos met een hand aan het stuur en mijn ogen wijd open. Rhode Island was rustig. Niemand volgde me daar. Massachusetts was grotendeels een wijde lus om Boston en vervolgens nog een rukje door de noordoostknobbel met gaten als Lowell aan mijn linkerhand en snoezige plaatsjes als Newburyport, Cape Ann en Gloucester in de verte rechts. Niemand volgde me. Daarna kwam New Hampshire. De I-95 loopt daar nog zo'n dertig kilometer door, met Portsmouth als laatste halte. Ik passeerde het en keek uit naar bordjes die een rustplaats aankondigden. Even voorbij de staatsgrens van Maine zag ik er een. Het kondigde aan dat Duffy en Eliot en de oude man met het gevlekte pak twaalf kilometer verderop op me wachtten.

Het waren niet alleen Duffy en Eliot en de oude man. Ze hadden ook een hondenbrigade van de DEA bij zich. Als je die lui van de overheid maar genoeg tijd geeft om na te denken, komen ze met iets op de proppen wat je niet verwacht. Ik stopte op een parkeerterrein dat vrijwel identiek was aan dat van Kennebunk en zag de twee Taurussen aan het eind van de rij naast een onopvallend busje met een draaiende ventilator in het dak staan. Ik zette het busje vier vakken bij ze vandaan en doorliep de voorzichtige routine van wachten en kijken, maar niemand kwam me achterna. Over de berm van de snelweg maakte ik me niet druk. De bomen maakten me onzichtbaar. Overal stonden bomen. Maine heeft verdomd veel bomen, dat was zeker.

Ik stapte uit en de oude man zette zijn auto er vlak naast en toog meteen aan het werk met de soldeerbout. Duffy trok me aan mijn elleboog met zich mee.

'Ik heb wat rondgebeld,' zei ze. Ze stak haar Nokia omhoog als om het te bewijzen. 'Goed nieuws en slecht nieuws.'

'Eerst het goede nieuws,' zei ik. 'Om me op te vrolijken.'

'Volgens mij is dat met die Toyota misschien wel in orde.'

'Misschien?'

'Het is ingewikkeld. We hebben Becks transportlijst van de Amerikaanse douane. Al zijn spullen komen uit Odessa. Dat is in de Oekraïne aan de Zwarte Zee.'

'Dat weet ik.'

'Geloofwaardige plek voor de herkomst van tapijten. Die gaan vanuit allerlei plaatsen via Turkije naar het noorden. Maar in ons boekje is Odessa een heroïnehaven. Alle heroïne die niet rechtstreeks uit Colombia komt, gaat door Afghanistan en Turkmenistan over de Kaspische Zee en de Kaukasus. Dus als Beck Odessa gebruikt, wil dat zeggen dat hij in de heroïne zit, en als hij in de heroïne zit, wil dat zeggen dat hij geen ecstasydealers uit Adam kent. Niet in Connecticut, nergens. Er kan geen relatie bestaan. Geen sprake van. Hoe zou dat kunnen? Dat is een heel ander deel van de branche. Dus wat uitzoekerij betreft, begint hij helemaal met niets. Ik bedoel, dat nummerbord van de Toyota verschaft hem wel een naam en een plaats, maar die informatie zal hem niets zeggen. Het zal een paar dagen duren voordat hij erachter komt wat het voor mensen zijn en wat er met ze is gebeurd.'

'Is dat het goede nieuws?'

'Vrij goed. Neem maar van mij aan dat het twee verschillende werelden zijn. En je hebt toch maar een paar dagen. We kunnen die lijfwachten niet eeuwig vasthouden.'

‘Wat is het slechte nieuws?’
Ze wachtte even. ‘Het is niet uitgesloten dat iemand een kijkje bij de Lincoln heeft genomen.’
‘Wat is er gebeurd?’
‘Niets specifieks. Alleen was de bewaking van die garage misschien niet zo goed als hij had kunnen zijn.’
‘Wat wil dat zeggen?’
‘Dat we niet zeker weten of er iets verkeerds is gebeurd.’
We hoorden hoe de roldeur van het busje omhoogging. Hij stopte met een klap tegen de bovenkant en even later riep Eliot ons nadrukkelijk. We liepen erheen in de verwachting beet te hebben, maar vonden weer een zendertje. Het was hetzelfde kleine blikje met dezelfde draadantenne van twintig centimeter. Hij zat ongeveer op hoofdhoogte aan de binnenkant van het plaatijzer bij de roldeur gelijmd.
‘Geweldig,’ zei Duffy.
De laadruimte stond vol met tapijten, net zoals we de eerste keer hadden gezien. Het had hetzelfde busje kunnen zijn. Ze waren strak opgerold, dichtgebonden met ruw touw en stonden in afnemende hoogte opgesteld.
‘Gaan we ze controleren?’ vroeg de oude man.
‘Geen tijd,’ zei ik. ‘Als er iemand aan de andere kant van die zender luistert, zullen ze me hier tien minuten geven, meer niet.’
‘Zet de hond erin,’ zei Duffy.
Een knaap die ik nog niet kende maakte de achterdeur van het DEA-busje open en kwam eruit met een beagle aan een lijn. Het was een mollig beestje dat laag op de poten stond en een werkhondentuigje droeg. Hij had lange oren en een ijverige uitdrukking. Ik hou wel van honden. Ik denk er weleens over om er een te nemen, om me gezelschap te houden. Hij negeerde me volledig. Hij liep met zijn verzorger mee naar het blauwe busje en vervolgens wachtte hij op instructies. De man tilde hem in de laadruimte en zette hem op de trap van tapijten. Hij knipte met zijn vingers, gaf een of ander commando en maakte hem los. De hond scharrelde de kleden op en neer en van zijkant naar zijkant. Door zijn korte poten had hij wat moeite de hoogteverschillen te overbruggen. Maar hij speurde elke centimeter af en kwam vervolgens terug naar het beginpunt en bleef met pientere ogen en een absurde natte grijns staan kwispelen alsof hij zeggen wilde: *Waar heb je de buit dan verstopt?*

'Niets,' zei de verzorger.
'Legitiem spul,' zei Eliot.
Duffy knikte. 'Maar waarom gaat het weer terug naar het noorden? Niemand exporteert tapijten terug naar Odessa. Waarom zou je?'
'Het was een proef,' zei ik. 'Voor mij. Ze dachten dat ik misschien een kijkje zou nemen, en misschien ook niet.'
'Maak dat zegel maar weer in orde,' zei Duffy. De nieuwe man haalde de beagle eruit en Eliot rekte zich uit om de deur weer omlaag te trekken. De oude man pakte zijn soldeerbout en Duffy nam me weer apart.
'Besluit?' vroeg ze.
'Wat zou jij doen?'
'Afnokken,' zei ze. 'De Lincoln is een risico dat je je leven kan kosten.'
Ik keek over mijn schouder om de oude man aan het werk te zien. Hij was al bezig de soldeervoeg dunner te maken.
'Ze hebben het verhaal geslikt,' zei ik. 'Dat kan niet anders. Het is een geweldig verhaal.'
'Misschien hebben ze een kijkje bij de Lincoln genomen.'
'Ik zie niet in waarom.'
De oude man was klaar. Hij bukte zich om op de voeg te blazen en de draad dofgrijs te maken. Duffy legde haar hand op mijn arm.
'Waarom informeerde Beck naar de uzi's?' vroeg ze.
'Ik weet het niet.'
'Gepiept,' zei de oude man.
'Besluit?' vroeg Duffy.
Ik moest aan Quinn denken. Aan de manier waarop zijn blik over mijn gezicht was gegaan, niet snel, niet langzaam. Aan de .22-littekens als twee extra ogen links op zijn voorhoofd.
'Ik ga weer terug,' zei ik. 'Volgens mij is het redelijk veilig. Als ze getwijfeld hadden, zouden ze me vanmorgen al te grazen hebben genomen.'
Duffy zei niets. Ze protesteerde niet. Ze haalde haar hand van mijn arm en liet me gaan.

5

Ze liet me wel gaan, maar vroeg haar pistool niet terug. Misschien ging dat onbewust. Misschien wilde ze wel dat ik het meenam. Ik stopte het op mijn rug in mijn broeksband. Het voelde beter dan die grote Colt. Ik verstopte de reservemagazijnen in mijn sokken. Daarna vervolgde ik mijn weg en bevond me weer in het havengebied van Portland exact tien uur nadat ik er weg was gegaan. Niemand wachtte me daar op. Geen zwarte Cadillac. Ik reed het terreintje op en parkeerde. Stopte de sleutel in het deurvak en stapte uit. Ik was moe en een tikje doof na achthonderd kilometer snelweg.
Het was zes uur 's avonds en de zon was al helemaal achter de stad aan mijn linkerhand gezakt. Het was koud en van zee kwam een vochtige bries. Ik knoopte mijn jas dicht en bleef een poosje staan voor het geval ik in de gaten werd gehouden. Daarna kuierde ik weg. Ik probeerde doelloos te lijken. Maar ik liep zo'n beetje in noordelijke richting om een goeie blik op de gebouwen voor me te werpen. Er stonden lage kantoren aan de rand van het terrein. Ze zagen eruit als stacaravans. Goedkoop gebouwd en slecht onderhouden. Ze hadden rommelige parkeerterreintjes. Die stonden vol middenklasseauto's. Het zag er allemaal bedrijvig en gewoon uit. Hier voltrok zich alledaagse handel. Dat was duidelijk. Geen chic hoofdkwartier, geen marmer, geen beeldhouwwerk, gewoon een stelletje mensen die hard voor de kost werkten achter vuile ramen met kapotte luxaflex.
Sommige kantoren waren geïmproviseerde aanleunconstructies tegen de zijkant van een loods. De loodsen zelf waren moderne, geprefabriceerde, metalen bouwwerken. Ze hadden betonnen laadplatforms op taillehoogte. Ze hadden smalle parkeerterreintjes afgezet door dikke betonnen palen. Op die paaltjes zaten alle kleuren afgekraste autolak van de regenboog.
Binnen een minuut of vijf had ik Becks zwarte Cadillac gevonden. Hij stond op een rechthoek gebarsten asfalt schuin tegen de zijkant van een opslagloods, bij een kantoordeur. De deur zag eruit

alsof hij van een huis in een buitenwijk was. Het was een koloniaal model van hardhout. Hij was nooit geverfd en grijs en generfd van de zeelucht. Er zat een verbleekt bord op geschroefd met *Bizarre Bazaar*. De letters waren met de hand geschilderd en zagen eruit als iets van Haight-Ashbury in de jaren zestig. Alsof het een reclamebord van een concert in de Fillmore West was, alsof Bizarre Bazaar een band uit het voorprogramma van Jefferson Airplane of The Grateful Dead was, die één hit had gescoord.
Ik hoorde een auto naderen en trok me terug achter een belendend gebouw en wachtte. Het was een grote auto die langzaam aan kwam rijden. Ik hoorde brede, zachte banden in natte gaten zakken. Het was een glanzend zwarte Lincoln Town Car, identiek aan het exemplaar dat we bij de poort van de universiteit hadden vernield. Het tweetal was waarschijnlijk achter elkaar van de lopende band gerold. Hij reed langzaam langs de Cadillac van Beck, ging de hoek om en parkeerde achter de loods. Er kwam een man achter het stuur vandaan die ik nog niet eerder had gezien. Hij rekte zich uit en gaapte alsof hij net ook achthonderd kilometer op de snelweg had gezeten. Hij was middelmatig groot, zwaargebouwd en had zwart, gemillimeterd haar. Ingevallen wangen, slechte huid. Hij fronste alsof hij gefrustreerd was. Hij zag er gevaarlijk uit. Maar op de een of andere manier laag in de hiërarchie. En alsof hij daardoor des te gevaarlijker kon zijn. Hij bukte zich de auto in en kwam weer te voorschijn met een draagbare radioscanner. Die had een lange antenne van chroom en een luidspreker achter een rooster die zou gieren en kwaken als de juiste zender zich binnen een afstand van zo'n drie kilometer bevond.
Hij liep de hoek om en ging door de ongeverfde deur naar binnen. Ik bleef op mijn plek. Nam de hele afgelopen tien uur in mijn hoofd door. In termen van radiosurveillance was ik drie keer gestopt. Elke keer was kort genoeg geweest om plausibel te zijn. Visuele surveillance zou iets heel anders zijn geweest. Maar ik wist vrij zeker dat ik de hele tocht geen zwarte Lincoln had gezien. Duffy had waarschijnlijk gelijk. De man had met zijn scanner op Route One gezeten.
Ik bleef even staan. Daarna kwam ik te voorschijn en liep naar de deur. Duwde hem open. Een gangetje ging meteen in een rechte hoek naar links naar een kleine ruimte met bureaus en archiefkasten. Daar was niemand. De bureaus waren verlaten. Maar daarnet was dat nog niet zo. Dat was duidelijk. Ze maakten deel uit

van een functionerend kantoor. Het waren drie bureaus waarop dingen lagen die mensen aan het eind van een werkdag achterlaten. Half voltooid papierwerk, afgespoelde kopjes, memo's, souvenirbekers met potloden en pakjes papieren zakdoekjes. Aan de wand hingen elektrische kachels, het was er erg warm en het rook vaag naar parfum.

Achter in de open ruimte was een dichte deur waarachter zware stemmen klonken. Ik herkende die van Beck en Duke. Ze praatten met een derde man, waarschijnlijk die van de volgapparatuur. Ik hoorde niet wat er werd gezegd. De toon was evenmin duidelijk. Het klonk een beetje dringend. Als een discussie. Ze spraken niet met stemverheffing, maar het was duidelijk dat ze het niet over een personeelsuitje hadden.

Ik bekeek de spullen op de bureaus en aan de wand. Op prikborden zaten twee kaarten. De een was van de hele wereld. De Zwarte Zee lag min of meer in het midden. Links van het schiereiland De Krim lag Odessa. Op het papier was niets aangetekend, maar ik kon in gedachten de route volgen die een stoombootje van de wilde vaart zou nemen: door de Bosporus, de Egeïsche Zee, de Middellandse Zee, langs Gibraltar en vervolgens de Atlantische Oceaan over naar Portland in Maine. Een reis van twee weken waarschijnlijk, misschien drie. De meeste schepen zijn vrij traag.

De andere kaart was van de Verenigde Staten. Portland zelf was gewist door een uitgesleten, vette vlek. Waarschijnlijk hadden mensen daar hun vingertop gezet om met de hand de afstand uit te meten en tijd en afstand te berekenen. De gespreide hand van een klein persoon zou ongeveer op een dagreis neerkomen. In dat geval was Portland niet de beste plek voor een distributiecentrum. Het was ver van de rest.

De papieren op de bureaus zeiden me niets. Ik kon hoogstens iets afleiden over data en ladingen. Ik zag een aantal prijzen. Sommige hoog, sommige laag. Tegenover de prijzen stonden codes van het een of ander. Die konden van tapijten zijn geweest. Of van iets anders. Maar op het eerste gezicht oogde de hele toestand als een onschuldig importbedrijf. Ik vroeg me af of Teresa Daniel hier had gewerkt.

Ik luisterde nog wat naar de stemmen. Nu hoorde ik kwaadheid en zorgelijkheid. Ik trok me terug in het gangetje. Haalde de Glock uit mijn broeksband, deed hem in mijn zak en hield de vinger in de trekkerbeugel. Glocks hebben geen veiligheidspal, maar een soort trekker op de trekker. Het is een klein staafje dat meegeeft als je trekt. Ik oefende wat druk uit. Voelde het meegeven. Ik wilde niet voor verrassingen komen te staan. Ik besloot Duke eerst neer te schieten. Dan de man met de radio en daarna pas Beck. Die was waarschijnlijk het traagst en zo iemand bewaar je altijd voor het laatst.

Ik stak mijn andere hand ook in mijn zak. Iemand met een hand in zijn zak ziet er gewapend en gevaarlijk uit. Iemand met beide handen in zijn zak ontspannen en lui. Niet bedreigend. Ik haalde diep adem, liep de ruimte weer in en zorgde er dit keer voor wat herrie te maken.

'Hallo?' riep ik.

De deur achterin ging snel open. Het drietal dromde bijeen om naar buiten te kijken. Beck, Duke en die nieuwe. Geen wapens.

'Hoe ben jij binnengekomen?' vroeg Duke. Hij zag er vermoeid uit.

'De deur was open,' zei ik.

'Hoe wist je welke deur het was?' vroeg Beck.

Ik hield de handen in mijn zak. Ik kon niet zeggen dat ik het bordje had gelezen, omdat Duffy me de naam van zijn bedrijf had gegeven, niet hij.

'De auto staat voor,' zei ik.

Hij knikte.

'Oké,' zei hij.

Hij informeerde niet naar mijn dag. De nieuwe met de scanner had die natuurlijk al beschreven. Die stond daar maar en keek me recht aan. Hij was jonger dan Beck. Jonger dan Duke. Jonger dan ik. Een jaar of vijfendertig. Hij zag er nog steeds gevaarlijk uit. Hij had platte jukbeenderen en doffe ogen. Hij leek op al die zware jongens die ik in het leger had gearresteerd.

'Hoe was je ritje?' vroeg ik.

Hij gaf geen antwoord.

'Ik zag je daarnet met de scanner,' zei ik. 'Ik heb het eerste microfoontje gevonden. Onder de stoel.'

'Waarom heb je ernaar gezocht?' vroeg hij.

'Uit gewoonte,' zei ik. 'Waar zat nummer twee?'

'Achterin,' zei hij. 'Je bent niet gestopt voor de lunch.'

'Geen geld,' zei ik. 'Niemand heeft me nog iets gegeven.'

De man glimlachte niet.

'Welkom in Maine,' zei hij. 'Niemand geeft je hier geld. Dat wordt verdiend.'

'Oké,' zei ik.
'Ik heet Angel Doll,' zei hij, alsof hij verwachtte dat zijn naam indruk op me zou maken. Maar dat deed hij niet.
'Ik ben Jack Reacher,' zei ik.
'De politiemoordenaar,' zei hij met iets verdachts in zijn stem.
Hij keek me een poos aan en wendde toen het hoofd af. Ik kon niet uitvogelen hoe hij in het plaatje paste. Beck was de baas en Duke was het hoofd van zijn beveiliging, maar deze ondergeschikte leek er geen been in te zien om voor zijn beurt te praten.
'We zijn in vergadering,' zei Beck. 'Wacht buiten maar, bij de auto.'
Hij leidde de anderen de kamer weer in en deed de deur voor mijn neus dicht. Dat op zich betekende dat er in de secretaresseruimte niets de moeite van het besnuffelen waard was. Dus kuierde ik weer naar buiten en bekeek onderweg het bewakingssysteem. Het was eenvoudig maar doeltreffend. Op de deur en alle ramen zaten contactkussentjes. Het waren rechthoekige dingetjes. Er zat bedrading aan in de vorm en kleur van spaghetti, die met nietjes langs de plint was bevestigd. De draden kwamen bij elkaar in een metalen kastje aan de muur naast een vol prikbord. Het prikbord was bezaaid met vergeeld papier. Er hing allerlei informatie over personeelsverzekering en brandblussers en evacuatiepunten. Het alarmkastje had een toetsenpaneeltje en twee lichtjes. Een rood lichtje waaronder IN WERKING stond en een groen lichtje met BUITEN WERKING. Er waren geen afzonderlijke zones. Geen bewegingssensors. Het was maar een globale omtrekbeveiliging.
Ik ging niet bij de auto staan wachten. Ik liep wat rond om een indruk van de lokatie te krijgen. Het hele terrein was een doolhof van soortgelijke bedrijven. Er liep een ingewikkelde toegangsweg voor vrachtwagens. Waarschijnlijk was het eenrichtingsverkeer. Van de kades in het noorden werden containers gehaald die in de loodsen werden uitgeladen. Vervolgens werden bestelbusjes op hun beurt geladen die dan naar het zuiden vertrokken. Becks loods op zich was niet zo privé. Hij stond midden in een rij van vijf. Maar er was geen laadplek aan de buitenkant. Geen platform ter hoogte van je middel. In plaats daarvan was er een roldeur. Hij werd tijdelijk geblokkeerd door de Lincoln van Doll, maar was groot genoeg om een vrachtwagen door te laten. Er konden stiekeme dingen plaatsvinden.
Er was geen algemene buitenbeveiliging. Het had niets van een haventerrein van de marine. Er was geen omheining. Geen poort,

geen slagbomen, geen bewakers in een hokje. Het was gewoon een groot, rommelig gebied van zo'n veertig hectare met willekeurige gebouwen, plassen water en donkere hoekjes. Waarschijnlijk zou er continu activiteit zijn. Hoeveel wist ik niet. Maar waarschijnlijk voldoende om een paar clandestiene praktijken aan het oog te onttrekken.

Toen het drietal naar buiten kwam, stond ik alweer bij de Cadillac tegen het spatbord geleund. Eerst kwamen Beck en Duke naar buiten en Doll bleef in de deuropening hangen. Ik had nog steeds mijn handen in mijn zak. Ik was nog steeds bereid eerst Duke om te leggen. Maar in de manier waarop iedereen zich bewoog, was geen openlijke agressie te bespeuren. Geen behoedzaamheid. Beck en Duke kwamen gewoon op de auto af. Ze zagen er vermoeid en afwezig uit. Doll bleef in de deuropening staan alsof het kantoor van hem was.
'Kom op,' zei Duke.
'Nee, wacht even,' riep Doll. 'Ik moet eerst even met Reacher praten.'
Beck bleef staan, maar draaide zich niet om.
'Vijf minuten maar,' zei Doll. 'Dan sluit ik wel voor jullie af.'
Beck zei niets. Duke evenmin. Ze keken geïrriteerd, maar protesteerden niet. Ik liep met mijn handen in mijn zakken terug. Doll draaide zich om en liep door de secretaresseruimte naar het kantoor achterin. Hij ging een andere deur door naar een hokje met glazen wanden in de eigenlijke loods. Ik zag een vorkheftruck op de vloer van de loods en metalen rekken met tapijten. De rekken waren ruim zeven meter hoog en alle tapijten waren strak opgerold en met touw dichtgebonden. Het hokje had een personeelsingang naar buiten en een metalen bureau met een computer. De bureaustoel was versleten. Vuilgeel schuimrubber was zichtbaar op alle zomen. Doll ging zitten, keek me aan en er vormde zich iets om zijn lippen dat op een glimlach leek.
'Wat is er?' zei ik.
'Zie je deze computer?' vroeg hij. 'Die heeft verbinding met alle Bureaus voor Kentekenregistratie in het hele land.'
'Nou en?'
'Zo kan ik nummerborden natrekken.'
Ik zei niets. Hij haalde een pistool uit zijn zak. Fraaie beweging, snel en soepel. Maar aan de andere kant was het ook een goed

zakwapen. Het was een PSM uit het sovjettijdperk, een klein automatisch wapen dat zo glad en dun mogelijk was gemaakt om niet aan kleding te blijven hangen. Het gebruikt rare Russische munitie die moeilijk te krijgen is. Achter de afsluiter zit de veiligheidspal. Die van Doll stond naar voren. Ik kon me niet herinneren of dat *veilig* of *vuren* betekende.

'Wat moet je van me?' vroeg ik.

'Ik wil iets bevestigen,' zei hij. 'Voordat ik het openbaar maak en mezelf promotie bezorg.'

Er viel een stilte.

'Hoe zou je dat willen doen?' vroeg ik.

'Door ze iets extra's te vertellen waar ze nog niets van weten,' zei hij. 'Misschien verdien ik wel een lekkere, vette bonus. Zoals die vijfduizend dollar die voor jou klaarliggen.'

Ik drukte de trekkergrendel van de Glock in mijn zak in en wierp een blik naar links. Ik kon helemaal naar het raam van het kantoor kijken. Beck en Duke stonden bij de Cadillac. Met de rug naar me toe. Een meter of dertien. Te dichtbij.

'Ik heb de Maxima voor je gedumpt,' zei Doll.

'Waar?'

'Maakt niet uit,' zei hij.

'Wat is er dan?' vroeg ik weer.

'Die had je toch gestolen? Een willekeurige auto in een winkelcentrum?'

'Nou en?'

'Er zaten nummerborden van Massachusetts op,' zei hij. 'Valse. Die nummers zijn nooit toegewezen.'

Vergissingen die kwamen spoken. Ik zei niets.

'Dus heb ik het VIN nagetrokken,' zei hij. 'Het voertuigidentificatienummer. Dat hebben alle auto's. Op een metalen plaatje op het dashboard.'

'Dat weet ik,' zei hij.

'Dat klopte met de Maxima,' zei hij. 'Tot nu toe klopt alles. Maar hij stond geregistreerd in New York. Op naam van een zware jongen die vijf weken geleden is aangehouden. Door justitie.'

Ik zei niets.

'Heb je daar een verklaring voor?' vroeg hij.

Ik gaf geen antwoord.

'Misschien mag ik je zelf wel overhoop schieten,' zei hij. 'Dat zou ik misschien wel leuk vinden.'

'Denk je?'
'Het zou niet de eerste keer zijn,' zei hij, alsof hij iets moest waarmaken.
'Hoe vaak?'
'Vaak genoeg.'
Ik wierp een blik door het raam van het kantoor. Ik liet de Glock los en haalde mijn handen uit mijn zak. Leeg.
'De lijst van kentekenregistratie in New York moet achterhaald zijn,' zei ik. 'Het was een vrij oude auto. Die kan wel een jaar geleden in een andere staat zijn verkocht. Heb je de authenticiteitscode gecontroleerd?'
'Waar?'
'Rechts boven aan de voorruit. Dat moet de juiste getallen hebben om actueel te zijn. Ik heb bij de militaire politie gezeten. Ik heb vaker met het New Yorkse systeem te maken gehad dan jij.'
'Ik heb de pest aan MP's,' zei hij.
Ik hield een oogje op zijn wapen.
'Kan me niets schelen waar jij de pest aan hebt,' zei ik. 'Ik vertel je gewoon hoe die systemen werken. En dat ik dezelfde vergissing heb gemaakt. Meer dan eens.'
Hij zweeg even.
'Gelul,' zei hij.
Nu glimlachte ik.
'Ga je gang dan maar,' zei ik. 'Sta maar voor joker. Kan mij het schelen.'
Hij bleef een poosje roerloos zitten. Daarna nam hij zijn pistool van zijn rechter- in zijn linkerhand en ging aan de slag met de muis. Hij probeerde een oogje op mij te houden terwijl hij klikte en scrolde. Ik schoof een stukje naar hem toe alsof ik geïnteresseerd was in het scherm. Daarop verscheen de zoekpagina van het New Yorkse Bureau voor Kentekenregistratie. Ik schoof weer een stukje dichterbij, achter zijn schouder. Hij tikte blijkbaar het oorspronkelijke kenteken van de Maxima uit zijn hoofd in. Daarna klikte hij op *search now*. De pagina verdween. Ik schoof weer een stukje naderbij alsof ik helemaal gereed was om zijn ongelijk te bewijzen.
'Waar dan?' vroeg hij.
'Daar,' zei ik, en ik begon naar het scherm te wijzen. Maar ik wees met alle tien de vingers van beide handen en ze haalden het scherm niet. Mijn rechterhand stopte bij zijn hals. Mijn linkerhand pakte het pistool uit zijn linkerhand. Het viel op de grond en klonk pre-

cies als een pond staal dat op multiplex bedekt met linoleum valt. Ik hield mijn blik op het raam van het kantoor. Beck en Duke stonden nog steeds met de rug naar me toe. Ik sloeg beide handen om de hals van Doll en kneep. Hij sloeg wild om zich heen. Vocht terug. Ik verschoof mijn greep. De stoel onder hem viel om. Ik kneep nog harder. Zijn tong kwam uit zijn mond. Daarna deed hij iets verstandigs; hij liet mijn polsen los, reikte achter zich en viel mijn ogen aan. Ik trok mijn hoofd terug, zette een hand onder zijn kaak en zette de andere plat tegen de zijkant van zijn hoofd. Wrong zijn kaak hard naar rechts, ramde zijn hoofd hard links omlaag en brak zijn nek.

Ik zette de stoel weer rechtop, schoof hem netjes onder het bureau. Raapte het pistool op en verwijderde het magazijn. Het was vol. Acht 5,45mm sovjetpistoolpatronen met flessenhals. Ze zijn ongeveer even zwaar als een .22 kaliber en traag, maar worden geacht hard aan te komen. De Russische veiligheidstroepen waren er in elk geval heel blij mee. Ik controleerde de kamer. Er zat een kogel in. Ik keek naar het veiligheidsmechanisme. Dat stond op vuren. Ik zette het hele geval weer in elkaar en stopte hem gespannen en op veilig in mijn linkerbroekzak.
Daarna fouilleerde ik hem. Hij had de gewone dingen op zak. Een portefeuille, een mobiele telefoon, een geldclip zonder veel geld en een grote sleutelbos. Dat liet ik allemaal met rust. Maakte de dienstingang aan de achterkant open en keek om me heen. Beck en Duke waren nu door de hoek van het gebouw aan het zicht onttrokken. Zij konden mij evenmin zien. Er was niemand anders in de buurt. Ik liep naar Dolls Lincoln en deed het portier aan de chauffeurskant open. Vond de hendel van de kofferbak. De hendel maakte een zacht klikje en de deksel van de kofferbak ging een paar centimeter omhoog. Ik ging weer naar binnen en sleepte het lijk aan zijn kraag naar buiten. Deed de deksel helemaal omhoog en zeulde het lichaam in de bak. Deed de deksel voorzichtig dicht en sloot het portier aan de chauffeurskant. Keek op mijn horloge. De vijf minuten waren om. Grof huisvuil wegbrengen zou later moeten. Ik liep door het glazen hokje, het kantoor, de secretaresseruimte en door de voordeur naar buiten. Beck en Duke hoorden me en draaiden zich om. Beck zag eruit alsof hij het koud had en zich ergerde door het uitstel. Ik dacht: waarom sta je dan stil? Duke rilde een beetje, zijn ogen traanden en hij geeuwde. Hij zag er pre-

cies uit als iemand die zesendertig uur niet heeft geslapen. Ik dacht: Daar zie ik een driedubbel voordeel in.
'Ik rij wel,' zei ik. 'Als je wilt.'
Hij aarzelde. Zei niets.
'Je weet dat ik kan rijden,' zei ik. 'Je hebt me net de hele dag laten rijden. Ik heb gedaan wat je van me verlangde. Daar heeft Doll je alles over verteld.'
Hij zei niets.
'Was het soms weer een proef?'
'Je hebt de zender gevonden,' zei hij.
'Had je soms gedacht van niet?'
'Je had misschien iets anders gedaan als je hem niet had gevonden.'
'Waarom zou ik? Ik wilde gewoon zo snel en zo veilig mogelijk terugkomen. Ik was kwetsbaar, tien uur achtereen. Dat was geen lolletje. Ik heb meer te verliezen dan jullie, wat jullie ook uitspoken.'
Daar zei hij niets op.
'Je zegt het maar,' zei ik, alsof het me niets kon schelen.
Hij aarzelde nog even, ademde uit en gaf me de sleutels. Dat was het eerste voordeel. Sleutels krijgen heeft iets symbolisch. Het heeft met vertrouwen en acceptatie te maken. Het bracht me dichter bij het midden van hun kring. En het was een grote sleutelbos. Met huissleutels, kantoorsleutels en autosleutels. Een stuk of tien in totaal. Een heleboel ijzer. Een groot symbool. Beck sloeg de hele transactie zwijgend gade. Draaide zich om en nam achter in de auto plaats. Duke plofte op de passagiersstoel. Ik kroop achter het stuur en startte. Trok mijn jas zo om me heen dat beide pistolen op mijn schoot lagen. Ik was klaar om ze te trekken en gebruiken zodra er een mobiele telefoon overging. De kans was fifty-fifty dat het volgende telefoontje dat die lui kregen zou melden dat iemand Dolls lijk had gevonden. Daarom zou het volgende telefoontje dat ze kregen meteen hun laatste zijn. Een kans van een op zeshonderd of een op duizend zag ik nog wel zitten, maar een op twee was me een tikje te ruig.
Maar gedurende de hele tocht naar huis ging de telefoon niet over. Ik reed soepel en voorzichtig en vond alle juiste afslagen. Ik sloeg in oostelijke richting af naar de Atlantische Oceaan. Daar was het al pikkedonker. Ik bereikte het handvormige schiereiland en reed recht op het huis op de rotsvinger af. De lichten langs de bovenkant van de muur brandden. Het scheermesdraad glinsterde. Pau-

lie stond te wachten om het hek open te maken. Hij keek me nijdig aan toen ik langsreed. Ik sloeg geen acht op hem, reed het parkeerterrein op en stopte vlak voor de voordeur. Beck stapte meteen uit. Duke schudde zich wakker en ging hem achterna.
'Waar moet de auto?' vroeg ik.
'In de garage, eikel,' zei hij. 'Aan de zijkant.'
Dat was het tweede voordeel. Ik kreeg vijf minuten alleen.
Ik reed de hele parkeerlus om en koerste naar de zuidkant van het huis. Het garageblok stond apart op een kleine, ommuurde binnenplaats. In de tijd toen het huis werd gebouwd, was het waarschijnlijk een stal geweest. Ervoor lagen granieten keien en op het dak stond een ventilatiekoepel om de stank uit te laten. Van de paardenstallen waren vier garages gemaakt. Op de hooizolder was een appartement gebouwd. Daar woonde die zwijgzame monteur waarschijnlijk.
De deur van de linkergarage stond open en er stond geen auto in. Ik reed de Cadillac erin en zette de motor uit. Het was halfdonker. Er waren schappen vol met de troep die zich nu eenmaal in een garage ophoopt. Blikken olie, emmers en oude flessen autowas. Er stond een elektrische bandenpomp en er lag een stapel vuile lappen. Ik stopte de sleutels in mijn zak en stapte uit. Luisterde naar het geluid van een telefoon in huis. Niets. Ik liep naar de schap en bekeek de lappen. Pakte er een ter grootte van een handdoek. Hij was zwart van de viezigheid, smeer en olie. Ik gebruikte hem om een denkbeeldig vlekje van de voorbumper van de Cadillac te vegen. Keek om me heen. Geen mens. Ik rolde Dolls PSM en Duffy's Glock en haar twee reservemagazijnen in de lap. Stopte de hele bundel onder mijn jas. Ik zou de pistolen mee naar binnen kunnen nemen. Misschien. Ik zou de achterdeur in kunnen gaan, de metaaldetector zou overgaan, ik zou even verbaasd kijken en vervolgens de grote sleutelbos te voorschijn halen. Die zou ik omhoog kunnen houden alsof hij alles verklaarde. Klassiek trucje. Het kon lukken. Misschien. Het zou van hun mate van argwaan afhangen. Maar het zou hoe dan ook heel lastig worden om de wapens weer naar buiten te krijgen. Vooropgesteld dat er op korte termijn geen paniektelefoontjes zouden komen, was er een vlotte kans dat ik op een gewone manier met Beck of Duke zou vertrekken en het was niet zeker dat ik de sleutels weer zou krijgen. Dus had ik een keus. Het risico nemen of op veilig spelen? Ik besloot op veilig te spelen en de wapens buiten te houden.

Ik liep de binnenplaats van de garage op en kuierde naar de achterzijde van het huis. Bij de hoek van de muur op de binnenplaats bleef ik even staan. Ik wachtte en maakte vervolgens een hoek van negentig graden om de muur tot de rotsen te volgen alsof ik een blik op de zee wilde werpen. Die was nog rustig. Uit het zuidoosten kwam een lange, glimmende deining. Het water zag er zwart en eindeloos diep uit. Ik staarde er even naar, dook vervolgens omlaag en verstopte de pistolen in een kuiltje tegen de muur. Daar groeide wat armetierig onkruid. Iemand zou erover moeten struikelen om ze te vinden.
Ik slenterde met opgetrokken schouders terug, als een contemplatief persoon die enkele ogenblikken rust krijgt. Het was stil. De zeevogels waren verdwenen. Het was te donker voor ze. Die zouden veilig op hun nachtplek zitten. Ik draaide een kwartslag en liep naar de achterdeur. Liep door het portaal en de keuken in. De metaaldetector piepte. Duke, de monteur en de kokkin draaiden zich allemaal naar me om. Ik wachtte even en haalde de sleutels te voorschijn. Hield ze omhoog. Ze draaiden zich weer om. Ik ging naar binnen en gooide de sleutels op tafel voor Duke. Hij liet ze daar liggen.

Het derde voordeel van Dukes uitputting openbaarde zich langzaam maar zeker tijdens de maaltijd. Hij kon zijn ogen amper openhouden en zei geen stom woord. Het was warm en vochtig in de keuken en we aten het soort voedsel dat iedereen in slaap zou brengen. We kregen dikke soep en biefstuk met aardappels. Er was meer dan genoeg. De borden waren hoog opgetast. De kokkin werkte alsof ze aan de lopende band stond. Er was een reservebord met een heel portie van alles op het aanrecht. Misschien was er iemand gewend twee keer te eten.
Ik at snel en luisterde met gespitste oren naar eventuele telefoontjes. Ik kon waarschijnlijk de sleutels grijpen en buiten zijn voordat de telefoon een keer was overgegaan. In de Cadillac zitten voor de tweede. Halverwege de oprijlaan voor de derde. Ik kon het hek rammen. Paulie overrijden. Maar de telefoon ging niet. Er klonk helemaal geen geluid in huis, behalve van kauwende mensen. Er was geen koffie. Ik was op het punt om dat persoonlijk op te vatten. Ik hou van koffie. Maar ik dronk water. Het kwam uit de kraan boven de gootsteen en smaakte naar chloor. Het dienstmeisje kwam binnen uit de eetkamer voordat ik mijn tweede glas op had. Ze liep onhandig op me af op haar onmodieuze schoenen. Ze was

verlegen. Ze zag er Iers uit, alsof ze net helemaal uit Connemara naar Boston was gekomen, en daar geen baan had kunnen vinden.
'Meneer Beck wil u spreken,' zei ze.
Het was pas de tweede keer dat ik haar iets hoorde zeggen. Ze klonk ook een beetje Iers. Ze had haar vest strak om zich heen geslagen.
'Nu?' vroeg ik.
'Ik denk het,' zei ze.
Hij wachtte op me in de vierkante eetkamer met de eikenhouten tafel waar ik Russisch roulette voor hem had gespeeld.
'De Toyota komt uit Hartford, Connecticut,' zei hij. 'Angel Doll heeft vanmorgen het nummerbord nagetrokken.'
'Geen bord aan de voorkant in Connecticut,' zei ik, om maar iets te zeggen.
'We weten wie de eigenaars zijn,' zei hij.
Er viel een stilte. Ik keek hem recht aan. Het kostte een fractie van een seconden om hem te begrijpen.
'Hoe ken je ze?' vroeg ik.
'Het is een zakenrelatie.'
'In de tapijthandel?'
'De aard van de relatie gaat je niets aan.'
'Wie zijn het?'
'Dat gaat je ook niets aan,' zei hij.
Ik zweeg.
'Maar er is wel een probleem,' zei hij. 'De mensen die jij hebt beschreven zijn niet de lui van wie die pick-up is.'
'Weet je dat zeker?'
Hij knikte. 'Je hebt ze beschreven als lang en blond. De eigenaars van die pick-up zijn Spanjaarden. Klein en donker.'
'Wie waren die lui dan die ik heb gezien?' vroeg ik, om iets te vragen te hebben.
'Twee mogelijkheden,' zei hij. 'Een: misschien heeft iemand hun pick-up gestolen.'
'Of?'
'Twee: misschien hebben ze hun personeel uitgebreid.'
'Kan allebei,' zei ik.
Hij schudde zijn hoofd. 'Niet de eerste. Ik heb ze gebeld. Ze namen niet op. Dus heb ik wat rondgevraagd. Ze zijn verdwenen. Er is geen reden om te verdwijnen omdat iemand alleen maar je pickup heeft gepikt.'

'Dus hebben ze andere mensen in dienst genomen.'
Hij knikte. 'En besloten de hand te bijten die ze voedt.'
Ik zei niets.
'Weet je zeker dat ze uzi's gebruikten?' vroeg hij.
'Ik heb ze gezien,' zei ik.
'Geen MP5k's?'
'Nee,' zei ik. Ik wendde het hoofd af. Niet te vergelijken. Nog niet in de verste verte. De MP5k is een kort machinepistool van Heckler & Koch dat in het begin van de jaren zeventig is ontworpen. Hij heeft twee dikke handgrepen van duur plastic. Het ziet er heel futuristisch uit. Als iets uit een film. Daarnaast ziet de uzi eruit als iets dat door een blinde in zijn kelder in elkaar is geflanst.
'Geen twijfel mogelijk,' zei ik.
'Bestaat de kans dat het een willekeurige ontvoering was?' vroeg hij.
'Nee,' zei ik. 'Een op een miljoen.'
Hij knikte weer.
'Dus hebben ze ons de oorlog verklaard,' zei hij. 'En zijn ze ondergedoken. Ze verbergen zich ergens.'
'Waarom?'
'Ik heb geen idee.'
Er viel een stilte. De zee liet zich niet horen. De deining kwam en ging onhoorbaar.
'Ga je proberen ze op te sporen?'
'Daar kun je donder op zeggen,' zei Beck.

Duke wachtte me op in de keuken. Hij was nijdig en ongeduldig. Hij wilde me naar boven brengen en opsluiten voor de nacht. Ik protesteerde niet. Een afgesloten deur zonder sleutelgat aan de binnenkant is een erg goed alibi.
'Morgenochtend, halfzeven,' zei hij. 'Dan heb je weer dienst.'
Ik luisterde goed, hoorde het slot dichtklikken en wachtte tot zijn voetstappen verdwenen waren. Daarna ging ik in de weer met mijn schoen. Ik had een bericht. Van Duffy: *Alles kits?* Ik drukte op *reply* en schreef: *Zet een auto op anderhalve kilometer van het huis. Laat hem daar met sleutel op de stoel. Nader zonder geluid, licht uit.* Ik drukte op *send*. Er was een korte pauze. Ze gebruikte waarschijnlijk een laptop. Ze wachtte natuurlijk op haar motelkamer met dat ding aangesloten en ingeschakeld. Ze zou *ping! You've got mail!* horen.

Ze antwoordde: *Waarom? Wanneer?*
Ik schreef: *Niet vragen. Middernacht.*
Er was een lange onderbreking. Daarna stuurde ze: *Oké.*
Ik stuurde: *Stiekem om zes uur 's morgens weer ophalen.*
Ze antwoordde: *Oké.*
Ik stuurde: *Beck kent eigenaars Toyota.*
Negentig pijnlijke seconden later kwam het: *Hoe?*
Ik stuurde: *Zakenrelatie.*
Ze vroeg: *Details?*
Ik stuurde: *Niet gekregen.*
Ze antwoordde met een simpel woordje: *Shit.*
Ik wachtte. Ze stuurde niets meer. Waarschijnlijk overlegde ze met Eliot. Ik zag ze al voor me: ze praatten snel, keken elkaar niet aan en probeerden een beslissing te nemen. Ik stuurde een vraag: *Hoeveel heb je er gearresteerd in Hartford?* Ze antwoordde: *Allemaal, dus drie.* Ik vroeg: *Praten ze?* Ze antwoordde: *Geen woord.* Ik vroeg: *Advocaten?* Ze antwoordde: *Geen advocaten.*
Ik stuurde: *Kun je ze in afzondering houden?*
Ze antwoordde: *Ja, twee of drie dagen.*
Ik stuurde: *Doen.*
Er viel een lange stilte. Daarna stuurde ze: *Wat denkt Beck?*
Ik stuurde: *Dat ze hem de oorlog hebben verklaard en zijn ondergedoken.*
Ze vroeg: *Wat ga jij doen?*
Ik antwoordde: *Weet ik niet zeker.*
Ze stuurde: *Brengen een auto. Raad je aan om hem te gebruiken om hem te smeren.*
Ik antwoordde: *Misschien.*
Er viel weer een lange pauze. Daarna schreef ze: *Zet dat ding uit. Spaart batterij.* Ik glimlachte. Duffy was een zeer praktische vrouw.

Ik lag drie uur lang volledig gekleed op bed, luisterend naar de telefoon. Die hoorde ik niet. Even voor middernacht stond ik op, trok het oosterse kleed weg en ging op de grond liggen met mijn oor op de eikenhouten vloer. Dat is de beste manier om de kleine geluiden in een gebouw te horen. Ik hoorde de centrale verwarming. Ik hoorde de wind om het huis. Die kreunde zacht. De zee zelf was kalm. Het was stil in huis. Het was een solide constructie van steen. Geen gepiep, geen gekraak. Geen menselijke activiteit. Geen gepraat, geen beweging. Waarschijnlijk sliep Duke als

een os. Dat was het derde voordeel van zijn uitputting. Hij was de enige om wie ik me zorgen maakte. Hij was de enige beroeps.
Ik trok mijn schoenveters strak aan en deed mijn jasje uit. Ik droeg nog steeds de zwarte spijkerkleren die het dienstmeisje had geleverd. Ik schoof het raam helemaal omhoog en ging op de vensterbank zitten met mijn gezicht naar de kamer. Ik staarde naar de deur. Draaide me om en keek naar buiten. Er was een dun schijfje maan. Een paar sterren. Er stond een briesje. Rafelige zilveren wolkenflarden. De lucht was koud en hartig. De zee bewoog zich traag en regelmatig.
Ik zwaaide mijn benen naar buiten en schoof zijwaarts. Daarna draaide ik me op mijn buik en vervolgens tastte ik rond met mijn teen tot ik een gleuf in de bewerkte steen vond waar een accent in de gevel was aangebracht. Ik plantte mijn voeten erin, hield de vensterbank met beide handen vast en boog me naar buiten. Met een hand schoof ik het raam tot op vijf centimeter dicht. Schoof opzij en tastte naar een regenpijp die vanuit de dakgoot omlaag liep. Vond die een meter verder. Het was een dikke pijp van smeedijzer met een diameter van ongeveer vijftien centimeter. Ik kon mijn rechterhand er plat op leggen. Hij voelde stevig. Maar ook ver. Ik ben niet lenig. Bij de Olympische Spelen zou ik een worstelaar, bokser of gewichtheffer zijn. Geen atleet.
Ik trok mijn rechterhand terug en schoof zijwaarts met mijn tenen tot ik zo ver mogelijk naar rechts was. Ik trok mijn linkerhand met sprongetjes langs de vensterbank tot hij zo ver mogelijk in de hoek van het raamkozijn zat. Strekte mijn rechterarm uit. Sloeg mijn hand om de andere kant van de pijp. Het metaal was geverfd en voelde koud en een beetje glad van de nachtelijke dauw. Ik plaatste mijn duim aan de voorkant en mijn vingers erachter. Beproefde mijn greep. Rekte me nog iets verder die kant op. Ik hing met mijn armen wijd uit elkaar tegen de muur. Ik bracht de spanning tussen mijn handen in evenwicht en trok me plat tegen de muur. Schopte mijn voeten van de rand en zwaaide mijn benen opzij, aan weerskanten van de pijp. Trok me weer plat tegen de muur, liet het kozijn los en bracht mijn linkerhand naar de rechterhand. Nu had ik de afvoer in beide handen. Mijn greep hield. Mijn voeten stonden plat tegen de muur. Mijn achterwerk stak naar buiten, zeventien meter boven de rotsen. De wind speelde door mijn haar. Het was koud.
Een bokser, geen atleet. Ik kon daar de hele nacht zo blijven han-

gen. Dat was niet zo moeilijk. Maar ik wist niet goed hoe ik naar beneden moest komen. Ik spande mijn armen aan en bracht mijn lichaam naar de muur. Liet ondertussen mijn handen vijftien centimeter zakken. Schoof mijn voeten even ver omlaag. Liet mijn gewicht weer naar achteren zakken. Dat scheen te werken. Ik deed het opnieuw. Zo stuiterde ik met vijftien centimeter per keer omlaag. Droogde mijn handpalmen om beurten om de dauw te bestrijden. Ondanks de kou zweette ik. Mijn rechterhand deed pijn van mijn partijtje met Paulie. Ik bevond me nog altijd vijftien meter boven de grond. Ik schoof omlaag. Kwam ter hoogte van de eerste verdieping. Het ging langzaam maar veilig. Behalve dat ik om de paar seconden een ruk van bijna honderdvijftien kilo aan een oude ijzeren pijp gaf. Die afvoer was waarschijnlijk honderd jaar oud. En ijzer roest en rot.

Hij bewoog een beetje. Ik voelde hem sidderen, trillen en beven. En hij was glad. Ik moest mijn vingers erachter in elkaar haken om mijn greep niet te verliezen. Mijn knokkels schaafden over de muur. Ik kaatste met vijftien centimeter tegelijk omlaag. Ik kreeg een ritme. Ik trok me tegen de muur, vervolgens liet ik me terug vallen en mijn handen omlaag glijden, terwijl ik probeerde de schok op te vangen door mijn armen uit te strekken. Ik liet mijn schouders de klap opvangen. Daarna boog ik mijn middel in een kleinere hoek dan daarvoor, zodat ik mijn voeten vijftien centimeter kon laten zakken en weer van voren af aan kon beginnen. Ik bereikte de ramen van de begane grond. De pijp voelde daar steviger. Misschien stond hij verankerd in een betonnen voet. Ik stuiterde sneller omlaag. Bereikte de grond. Voelde massieve rotsgrond onder mijn voeten, haalde opgelucht adem en deed een stap naar achteren. Veegde mijn handen aan mijn broek af en bleef met gespitste oren staan. Het voelde goed om buiten te zijn. De lucht was fluweelzacht. Koud. Verfrissend. Ik hoorde niets. Nergens brandde licht. Ik voelde de kou in mijn tanden bijten en besefte dat ik glimlachte. Ik keek omhoog naar het maansikkeltje. Ik schudde mezelf door elkaar en liep stilletjes weg om de pistolen te halen.

Ze lagen nog steeds in het kuiltje achter het onkruid. Ik liet de PSM van Doll liggen. Ik had liever de Glock. Ik haalde hem uit de lap en controleerde hem heel nauwgezet. Macht der gewoonte. Zeventien kogels in het wapen, zeventien in elk reservemagazijn. Eenenvijftig 9mm-Parabellums. Als ik er een afschoot, zou ik ze waarschijnlijk allemaal moeten afvuren. Tegen die tijd zou er iemand gewonnen en iemand verloren hebben. Ik stopte de magazijnen in mijn zak en het pistool zelf in mijn broeksband en beschreef een grote boog om de verste kant van het garageblok voor een eerste blik uit de verte op de muur. Die was nog steeds helemaal verlicht. Het licht brandde felblauw en nijdig als in een stadion. De portierswoning baadde in het licht. Het scheermesdraad fonkelde. Het licht was een ononderbroken strook van dertig meter breed, zo licht als overdag, met inktzwarte duisternis daarbuiten. Het hek was met een ketting afgesloten. Het geheel zag eruit als de buitenmuur van een negentiende-eeuwse gevangenis. Of een gesticht.

Ik bleef ernaar kijken tot ik een manier had gevonden om er voorbij te komen en daarna liep ik de kinderhoofdjes van de binnenplaats op. Het appartement boven de garage was donker en stil. De garagedeuren waren allemaal dicht, maar er zaten geen sloten op. Het waren grote, ouderwetse gevallen van hout. Die waren lang geleden aangebracht toen niemand er nog over piekerde om auto's te stelen. Vier stellen deuren, vier garages. In de linker stond de Cadillac. Daar was ik al geweest. Dus inspecteerde ik de andere, langzaam en geruisloos. In de tweede stond nog een zwarte Lincoln Town Car, dezelfde als die van Angel Doll en van de lijfwachten. Hij glom van de was en de portieren zaten op slot.

De derde garage was helemaal leeg. Niets. Hij was schoon en aangeveegd. Ik zag bezemsporen in de stoffige olievlekken op de grond. Hier en daar lagen een paar tapijtvezels. Wie hier had geveegd was ze blijkbaar vergeten. Ze waren kort en stug. Er was niet genoeg licht om te zien wat voor kleur ze waren. Het leek me grijs. Ze zagen eruit alsof ze afkomstig waren van de jute onderkant van een kleed. Ze zeiden me niets. Dus ging ik verder.

In de vierde garage vond ik wat ik zocht. Ik zette de deuren wijd open om voldoende maanlicht binnen te laten om bij te kunnen zien. Daar stond de stoffige, oude Saab die het dienstmeisje voor de boodschappen had gebruikt, met zijn neus naar voren, dicht bij de werkbank. Achter de bank was een groezelig raam. Grijs maanlicht op de zee buiten. Op de werkbank stond een bankschroef en er lag allerlei gereedschap op. De handvatten waren van hout dat door leeftijd en olie donker was geworden. Ik vond een priem. Het was gewoon een botte stalen spijker in een handvat. Het handvat was van bol, gedraaid eikenhout. De punt was zo'n vijf centimeter lang. Ruim een halve centimeter zette ik in de bankschroef en

draaide hem stevig aan. Trok aan het handvat en boog een keurige rechte hoek in de punt. Maakte de bankschroef los, bekeek het resultaat en stopte hem in de zak van mijn overhemd.
Vervolgens vond ik een houtbeitel. Hij had een blad van ruim een centimeter breed en een mooi essenhouten handvat. Hij was een jaar of zeventig oud. Ik speurde rond tot ik een carborundum slijpsteen vond en een roestig blik slijpvloeistof. Deed wat vloeistof op de steen en spreidde die uit met de punt van de beitel. Schoof het metaal naar voren en naar achteren tot het glom. Een van de vele middelbare scholen die ik had bezocht was een ouderwetse instelling op Guam, waar je handarbeidcijfers waren gebaseerd op de kwaliteit van je rotklusjes, zoals het slijpen van gereedschap. We hadden allemaal hoge cijfers. Het was het soort prestatie dat onze belangstelling had. Die klas had de beste messen die ik ooit heb gezien. Ik draaide de beitel om en sleep de andere kant. Ik zorgde ervoor dat de rand exact rechthoekig was. Het zag eruit als eersteklas staal uit Pittsburgh. Ik veegde hem schoon aan mijn broek. Ik voelde niet aan de rand met mijn duim. Ik had geen zin in bloed. Ik zag zo wel dat hij zo scherp was als een scheermes.
Ik liep de binnenplaats op en hurkte in een hoek van de muren om mijn zakken te vullen. Ik had de beitel voor het stille werk en de Glock voor als het niet erg was dat ik lawaai maakte. Daarna maakte ik een prioriteitenlijstje. Eerst het huis, besloot ik. Het was zeer waarschijnlijk dat ik die kans nooit meer zou krijgen.

De buitendeur van het keukenportaal was afgesloten, maar het was een grof slot, een symbolisch geval met drie palletjes. Ik stak de gebogen priem erin als een sleutel en tastte rond naar de tuimelaars. Die waren groot en niet te missen. Binnen een minuut was ik binnen. Ik bleef weer staan om goed te luisteren. Ik wilde niet plotseling oog in oog staan met de kokkin. Misschien was ze nog laat op om een speciale taart te bakken. Of misschien was het Ierse meisje in de keuken met iets bezig. Maar het was stil. Ik liep door het portaal en hurkte voor de binnendeur. Weer zo'n grof slot. Net zo snel. Ik deed een stapje naar achteren en trok de deur wijd open. Rook keukenluchtjes. Luisterde weer. De ruimte was koud en verlaten. Ik legde de priem op de vloer voor me. Legde de beitel ernaast. Legde ook de Glock en de reservemagazijnen ernaast. Ik wilde de metaaldetector niet laten afgaan. In de stilte van de nacht zou die als een sirene hebben geklonken. Ik schoof de

priem over de vloer helemaal de keuken in. Deed hetzelfde met de beitel. Hield hem dicht tegen de vloer en rolde hem helemaal naar binnen. Bijna alle commerciële metaaldetectors hebben helemaal onderaan een blinde zone. Dat komt omdat chique mannenschoenen een metalen versteviging in de zool hebben. Die maakt de schoenen flexibel en sterk. Metaaldetectors zijn zo gemaakt dat ze schoenen negeren. Dat is logisch, omdat ze anders steeds zouden afgaan als er een man met fatsoenlijke schoenen langs zou lopen. Ik schoof de Glock door de blinde zone en liet de magazijnen er een voor een op volgen. Duwde alles zo ver mogelijk naar binnen. Daarna stond ik op en liep door de deuropening. Deed de deur zacht achter me dicht. Raapte alle spullen op en stak ze weer in mijn zak. Overwoog of ik mijn schoenen uit zou trekken. Het is makkelijker om op je sokken geruisloos rond te sluipen. Maar als puntje bij paaltje komt, zijn schoenen geweldige wapens. Schop iemand met je schoenen aan en je schakelt hem uit. Zonder schoenen breek je een teen. En het kost tijd om ze weer aan te trekken. Als ik er snel vandoor moest, wilde ik niet op mijn sokken over de rotsen hollen. Of over de muur klimmen. Ik besloot ze aan te houden en voorzichtig te lopen. Het was een stevig gebouwd huis. Het was het risico waard. Ik ging aan het werk.
Eerst zocht ik een zaklantaarn in de keuken. Vond er geen. De meeste huizen aan het eind van een lange elektriciteitsleiding hebben van tijd tot tijd last van stroomuitval, dus de meeste bewoners van zulke huizen hebben er een bij de hand. Maar de Becks blijkbaar niet. Ik vond alleen een doosje lucifers. Ik stak er drie in mijn zak en streek er een langs het doosje. Bij het flakkerende licht zocht ik naar de grote sleutelbos die ik op de tafel had gelaten. Die sleutels zouden me goed van pas zijn gekomen, maar ze waren er niet. Niet op tafel, niet aan een haakje bij de deur, nergens. Daar keek ik niet zo van op. Het zou te mooi zijn geweest om waar te zijn als ik ze wel had gevonden.
Ik blies de lucifer uit en liep op de tast in het donker naar de keldertrap. Sloop helemaal naar beneden en streek onderaan weer een lucifer af. Volgde het woud van bedrading aan het plafond naar de stoppenkast. Daar lag een zaklantaarn op een plank er pal naast. Klassieke domme plek voor een zaklantaarn. Als er een stop doorslaat, is de stoppenkast je bestemming, niet je uitgangspunt.
De zaklantaarn was een grote, zwarte Maglite met de lengte van een ploertendoder. Er zaten zes batterijen in. We gebruikten ze ook

in het leger. Ze zijn gegarandeerd onbreekbaar, maar we kwamen er wel achter dat dit afhing van wat je ermee slaat en hoe hard. Ik deed hem aan en blies de lucifer uit. Spoog op het verbrande eindje en stopte het in mijn zak. Bekeek de stoppenkast bij het licht van de zaklantaarn. Er zat een grijs metalen deurtje voor en had twintig groepen. Bij geen daarvan stond PORTIERSWONING. Die had waarschijnlijk een aparte stroomvoorziening, wat wel logisch was. Het was zinloos om de elektriciteit helemaal naar het huis te voeren om er vervolgens een deel van helemaal terug te voeren naar de portierswoning. Het was beter om de portierswoning zijn eigen vertakking van de elektriciteitsaanvoer te geven. Ik keek er niet van op, maar was wel een tikje teleurgesteld. Het zou leuk zijn geweest om de muurverlichting uit te kunnen zetten. Ik haalde mijn schouders op, deed het kastje dicht, draaide me om en ging naar de twee afgesloten deuren die ik 's ochtends had aangetroffen.
Ze waren niet meer op slot. Voordat je een slot te lijf gaat, controleer je altijd eerst of het wel op slot zit. Maar weinig dingen geven je zo'n stompzinnig gevoel als een slot openpeuteren dat niet op slot zit. Deze zaten niet op slot. Beide deuren ging zonder problemen open toen ik de knop omdraaide.
Het eerste vertrek was helemaal leeg. Het was min of meer een volmaakte kubus van ongeveer tweeëneenhalve meter lang. Ik liet het licht van de zaklantaarn erdoorheen dwalen. Stenen muren en een betonnen vloer. Geen ramen. Het zag eruit als een opslagruimte. Het was smetteloos en er was niets in te zien. Helemaal niets. Geen tapijtvezels. Zelfs geen rommel of aarde. Hij was geveegd en gezogen, waarschijnlijk eerder op de dag. Het was er een beetje muf en vochtig. Precies zoals je van een stenen kelder zou verwachten. Ik rook de typisch stoffige geur van een stofzuigerzak. En in de lucht hing nog een spoortje van iets anders. Een lichte, prikkelende geur, pal op de grens van de waarneembaarheid. Hij kwam me vaag bekend voor. Vol en met iets van papier. Iets wat ik zou moeten weten. Ik ging naar binnen en bleef even geconcentreerd in het aardedonker staan. De geur verdween. Het was alsof mijn bewegingen de luchtmoleculen hadden verstoord en het miljardste gedeelte waar ik belangstelling voor had was opgegaan in de bedompte achtergrond van ondergronds graniet. Ik deed mijn uiterste best, maar rook het niet meer. Dus gaf ik het op. Het was net als met een herinnering. De jacht erop doet hem verdwijnen. En ik had geen seconde te verliezen.

Ik knipte de zaklantaarn weer aan, ging de keldergang op en deed de deur zachtjes achter me dicht. Bleef staan en luisterde. Ik hoorde de cv-ketel. Verder niets. Ik probeerde de volgende kamer. Die was ook leeg. Maar alleen in de zin dat er momenteel niemand was. Er lagen spullen in. Het was een slaapkamer.
Hij was iets groter dan de opslagruimte. Zo'n drie bij vier meter. In de lichtbundel van de zaklantaarn zag ik rotsmuren, een betonnen vloer, geen ramen. Er lag een dun matras op de grond. De lakens waren gekreukt en er lag een oude deken overheen. Geen kussens. Het was er koud. Er hing een ranzig aroma van etenslucht, parfum, slaap, zweet en angst.
Ik doorzocht de hele kamer nauwkeurig. Hij was smerig. Maar ik vond niets van belang tot ik het matras wegtrok. Daaronder was een woord in de betonnen vloer gekrast. JUSTICE, in grillige kapitalen. Ongelijk en krijterig. Maar wel duidelijk. En nadrukkelijk. Onder de letters stonden cijfers. Zes stuks, in drie groepen van twee. Maand, dag, jaar. De datum van gisteren. Letters en cijfers waren dieper en breder gekrast dan je zou verwachten van een speld, een spijker of de punt van een schaar. Volgens mij waren ze gemaakt met de tand van een vork. Ik schoof het matras weer op zijn plek en bekeek de deur. Hij was van massief eiken. Geen sleutelgat aan de binnenkant. Geen slaapkamer. Een cel.
Ik ging de gang weer op, bleef staan en luisterde. Niets. Ik bracht een kwartier door met een onderzoek van de rest van de kelder en vond helemaal niets, al had ik niets anders verwacht. Ze zouden me die ochtend daar niet alleen hebben gelaten als er iets te vinden was geweest. Dus knipte ik de zaklantaarn uit en sloop in het donker de trap weer op. Ging terug naar de keuken en zocht net zo lang tot ik een grote plastic vuilniszak had gevonden. Daarna zocht ik een handdoek. Het beste dat ik kon vinden was een versleten, vierkante theedoek. Ik vouwde beide netjes op en propte ze in mijn zakken. Daarna liep ik de gang weer in om delen van het huis te bekijken die ik nog niet had gezien.
Er was een heleboel keus. Het hele huis was een doolhof. Ik begon bij de voordeur, waar ik daags tevoren voor het eerst binnen was gekomen. De dikke, eikenhouten deur zat potdicht. Ik liep er met een grote boog omheen omdat ik niet wist hoe gevoelig de metaaldetector was. Sommige geven een piep als je op dertig centimeter staat. De vloeren waren van massieve, eikenhouten planken, bedekt met tapijten. Ik liep voorzichtig, hoewel ik me niet zo druk

maakte om lawaai. Tapijten, gordijnen en lambrisering zouden het geluid dempen.

Ik verkende de hele benedenverdieping. Er was maar één plek die me nieuwsgierig maakte. Aan de noordkant, naast de kamer waar ik met Beck had gezeten, was nog een afgesloten deur. Hij was tegenover de eetkamer, aan de andere kant van een brede binnengang. Het was de enige deur op de hele begane grond die op slot zat. Daarom was het de enige kamer die me interesseerde. Het slot was een groot, koperen geval uit de tijd toen de dingen nog met trots en zwier werden gemaakt. Het had allerlei fraaie filigreinranden waar het in het hout was geschroefd. De schroefkoppen zelf waren gladgewreven door honderdvijftig jaar poetsen. Waarschijnlijk was het even oud als het huis zelf. Vermoedelijk had de een of andere oude handwerksman in het Portland van de negentiende eeuw het met de hand gemaakt tussen het fabriceren van scheepsbeslag door. Het kostte me ongeveer anderhalve seconde om het open te krijgen.

Het was een hobbykamer. Geen kantoor, geen werkkamer, geen huiskamer. Ik bescheen elke centimeter met het licht van de zaklantaarn. Er stond geen tv. Geen bureau, geen computer. Het was gewoon een ouderwets gemeubileerde kamer. Er hingen zware veloursgordijnen voor het raam. Er stond een grote leunstoel van rood noppenleer. Er stond een verzamelaarsvitrine. En er lagen tapijten. Ze lagen driedubbeldik op de grond. Ik keek op mijn horloge. Het was bijna een uur. Ik was al bijna een uur bezig. Ik ging de kamer in en deed de deur zachtjes achter me dicht.

De vitrine was bijna een meter tachtig hoog. Onderop zaten twee laden over de hele breedte en daarboven zaten afgesloten glazen deuren. Achter het glas waren vijf Thompson-machinepistolen tentoongesteld. Het waren de klassieke gangsterwapens met trommelmagazijnen uit de jaren twintig, de wapens die je op oude, korrelige zwart-witfoto's van Al Capones soldaten ziet. Ze waren beurtelings naar rechts en naar links opgesteld en steunden op op maat gezaagde houten klosjes die ze waterpas hielden. Ze waren allemaal identiek. En ze zagen er allemaal splinternieuw uit. Ze zagen eruit alsof er nog nooit een kogel mee was afgevuurd. Alsof ze nooit waren vastgehouden. De leunstoel stond naar de vitrine gericht. Verder bevatte de kamer niets van enig belang. Ik ging in de stoel zitten en vroeg me af waarom iemand naar vijf oude spuiten wilde gaan zitten kijken.

Toen hoorde ik voetstappen. Een lichte tred, boven, recht boven mijn hoofd. Drie stappen, vier, vijf. Snelle, stille stappen. Niet alleen uit respect voor de tijd van de nacht. Het was een echte poging tot sluipen. Ik stond op. Bleef roerloos staan. Knipte de zaklantaarn uit en nam hem in mijn linkerhand. Nam de beitel in mijn rechter. Ik hoorde een deur zacht dichtgaan. Daarna was het stil. Ik spitste de oren. Concentreerde me op het geringste geluid. De achtergrondruis van de cv werd langzaam maar zeker een geraas in mijn oren. Mijn ademhaling klonk oorverdovend. Niets van boven. Daarna gingen de voetstappen weer verder.

Ze gingen in de richting van de trap. Ik sloot mezelf op in de kamer. Ik hurkte achter de deur en wipte de tuimelaars stuk voor stuk om. Een, twee. Ik luisterde naar het kraken van de trap. Het was niet Richard Beck die naar beneden kwam. Het was geen twintigjarige. De tred had een afgemeten behoedzaamheid. Iets stijfs. Iemand die langzamer en stiller werd naarmate de voetstappen lager klonken. In de gang verdween het geluid helemaal. Ik stelde me voor hoe daar iemand, omgeven door gordijnen en lambrisering op de dikke tapijten stond, om zich heen keek en scherp luisterde. Misschien kwam hij mijn kant op. Ik raapte de zaklantaarn en de beitel weer op. De Glock zat in mijn broeksband. Ik twijfelde er niet aan dat ik me een weg uit het huis kon vechten. Dat stond als een paal boven water. Maar het zou niet eenvoudig zijn een waakzame Paulie over honderden meters open terrein en door de stadionverlichting te benaderen. En als er nu een vuurgevecht uitbrak, zou de operatie voorgoed ten einde zijn. Dan zou Quinn me weer ontglippen.

Ik hoorde niets op de gang. Alleen een verpletterende stilte. Daarna hoorde ik de voordeur opengaan. Ik hoorde een ketting ratelen en een slot openspringen, de klik van een grendel en het zuigende geluid van een koperen isolatiestrook die zijn greep op de rand van de deur loslaat. Even later ging de deur weer dicht. Ik voelde een kleine huivering in het geraamte van het huis toen de zware, eikenhouten deur zijn lijst raakte. Geen piepje van de metaaldetector. Wie naar buiten was gegaan droeg geen wapen, of zelfs maar een sleutelbos.

Ik wachtte. Duke moest diep in slaap zijn. En hij was niet het type dat vol vertrouwen zat. Waarschijnlijk zou hij 's nachts niet ongewapend rondlopen. Beck evenmin. Maar een van beiden kon slim genoeg zijn om daar gewoon in de hal te blijven staan om mij

te laten geloven dat hij naar buiten was gegaan. Terwijl dat in werkelijkheid niet zo was. Terwijl hij in werkelijkheid daar met getrokken pistool stond en in het halfduister staarde, wachtend tot ik m'n gezicht zou laten zien.
Ik ging zijwaarts in de rode leren stoel zitten. Haalde de Glock uit mijn broeksband en richtte met mijn linkerhand op de deur. Zodra die meer dan negen millimeter openging, zou ik schieten. Tot die tijd ging ik wachten. Wachten kon ik goed. Als ze soms dachten dat ze het konden winnen met wachten, hadden ze de verkeerde voor zich.

Maar een vol uur later heerste er nog steeds een doodse stilte op de gang. Niet het geringste geluid. Geen vibraties. Er was niemand. En zeker Duke niet. Die zou inmiddels zijn omgevallen van de slaap. Beck ook niet. Hij was een amateur. Het vereist enorme vaardigheid om een vol uur volmaakt stil te blijven staan. Dus dat met die deur was geen trucje geweest. Iemand was ongewapend in het donker naar buiten gegaan.
Ik hurkte en ging weer met de priem aan de slag in het slot. Ging plat op de grond liggen, stak mijn hand omhoog en trok de deur open. Uit voorzorg. Als er iemand stond te wachten tot de deur openging, zou zijn blik op hoofdhoogte zijn gericht. Die zou ik het eerst zien. Maar er stond niemand te wachten. De gang was verlaten. Ik ging staan en deed de deur achter me op slot. Liep geruisloos naar de keldertrap om de zaklantaarn weer op zijn plaats te leggen. Ging op de tast weer naar boven. Sloop naar de keuken en schoof al mijn spullen over de grond het portaal in. Deed de deur achter me op slot, hurkte, raapte alles op en inspecteerde het uitzicht achter. Zag niets anders dan een verlaten grijze wereld van rots en zee in het maanlicht.
Ik deed de portaaldeur achter me op slot en schoof dicht langs de zijkant van het huis. Dook door de pikdonkere schaduwen naar de muur om de binnenplaats. Vond het kuiltje in de rotsen, verpakte de priem en de beitel in de lap en liet ze daar achter. Die kon ik niet meenemen. Ze zouden een scheur in de vuilniszak maken. Ik volgde de muur naar de zee. Ik wilde pal achter het garageblok afdalen naar het water aan de zuidkant, helemaal uit het zicht van het huis.
Halverwege verstijfde ik.
Op de rotsen zat Elizabeth Beck. Ze droeg een witte ochtendjas

over een witte nachtjapon. Ze zag eruit als een spook, of een engel. Ze zat met haar ellebogen op haar knieën als een standbeeld naar de duisternis in het oosten te staren.
Ik bleef roerloos staan. Ik was tien meter bij haar vandaan. Ik was helemaal in het zwart gekleed, maar als ze naar links keek, zou ik tegen de horizon afsteken. En een plotselinge beweging zou me verraden. Dus bleef ik gewoon staan. De deining van de zee klotste kalm en lui af en aan. Het was een vreedzaam geluid. Trance-verwekkend. Ze staarde naar het water. Ze moest het koud hebben gehad. Er stond een lichte bries die ik door haar haar zag spelen.
Ik zakte door de knieën alsof ik met de rotsen probeerde te versmelten. Daalde met gespreide vingers in hurkhouding. Ze bewoog. Het was slechts een verwonderde wending van haar hoofd, alsof iets haar opeens te binnen was geschoten. Keek pal mijn kant op. Gaf geen blijk van verrassing. Ze keek minuten lang recht in mijn richting. Ze had haar lange vingers samengevlochten. Haar bleke gezicht werd verlicht door het maanlicht dat op het water weerkaatste. Ze had de ogen open, maar zag blijkbaar niets. Of anders zat ik diep genoeg ineengedoken om haar te laten denken dat ik een rots of een schaduw was.
Zo bleef ze nog een minuut of tien mijn kant op zitten kijken. Ze begon te rillen van de kou. Daarna wendde ze weer met een beslist gebaar het hoofd af naar de zee rechts van haar. Ze trok haar vingers uit elkaar, bracht de handen omhoog en streek haar haar naar achteren. Wendde haar gezicht naar de lucht. Ze kwam langzaam overeind. Ze was blootsvoets. Ze huiverde alsof ze het koud had, of verdrietig was. Ze hield de armen uit elkaar als een koorddanser en liep mijn kant op. De grond deed zeer aan haar voeten. Dat was duidelijk. Ze bewaarde het evenwicht met haar armen en beproefde iedere stap. Ze passeerde me op een meter afstand en liep weer terug naar het huis. Ik keek haar na. De wind speelde met haar ochtendjas. Haar nachtjapon werd plat tegen haar lichaam gedrukt. Ze verdween achter de muur van de binnenplaats. Even later hoorde ik de voordeur opengaan. Na een korte stilte klonk er een zachte plof toen hij weer dichtging. Ik liet me plat op de grond vallen, rolde op mijn rug en keek naar de sterren.

Zo bleef ik zo lang als ik durfde liggen, stond toen op en sloop de laatste zeventien meter naar de rand van de zee. Haalde de vuil-

niszak te voorschijn, trok mijn kleren uit en verpakte ze er netjes in. De Glock en de reservemagazijnen rolde ik in mijn overhemd. Propte mijn sokken in de schoenen, deed die erbij en legde de theedoek erbovenop. Daarna bond ik de zak goed dicht en hield hem bovenaan vast. Glipte het water in en trok de zak achter me aan. De zee was koud. Ik had niet anders verwacht. Ik bevond me aan de kust van Maine en het was april. Maar dit was kóúd. IJskoud. Het was een verdovende schok. Ademstokkend. Binnen een seconde was ik koud tot op het bot. Vijf meter van de kant klappertandde ik, ik schoot niet op en het zout beet in mijn ogen.
Ik trapte met mijn benen tot ik tien meter van de kant was en de muur kon zien. Hij was fel verlicht. Ik kon er niet doorheen. Ik kon er niet overheen. Dus moest ik eromheen. Ik had geen keus, hield ik mezelf voor. Ik moest vierhonderd meter zwemmen. Ik was sterk, maar niet snel en bovendien sleepte ik een zak achter me aan, dus dat zou me tien minuten kosten. Maximaal een kwartier. Niemand sterft in een kwartier aan onderkoeling. Niemand. Althans ik niet. Niet vannacht.
Ik vocht tegen de kou en de deining en bouwde een soort zijslagritme op. Ik sleepte de zak in mijn linkerhand gedurende tien slagen van de benen, daarna verwisselde ik van hand en trapte verder. Er was een lichte stroming van het opkomende getij. Die hielp. Maar de stroming was vrieskoud. Die kwam helemaal van de Grand Banks. Van de poolcirkel. Mijn huid voelde dood en glibberig. Ik haalde raspend adem. Mijn hart bonkte. Ik vreesde een thermale shock. Ik moest denken aan de boeken die ik over de *Titanic* had gelezen. De slachtoffers die de reddingsboten niet haalden waren allemaal binnen een uur dood.
Maar ik zou geen uur in het water liggen. En er waren in feite geen ijsbergen in de buurt. En het ritme werkte. Ik bevond me ongeveer ter hoogte van de muur. Ik bleef buiten de kring van licht. Ik was naakt en bleek van de winter maar voelde me onzichtbaar. Ik zwom de muur voorbij. Halverwege. Ik zwom verder. Met forse slagen. Hief mijn pols uit het water en keek op mijn horloge. Ik zwom al zes minuten.
Ik zwom nog zes minuten door. Trapte door water, hapte naar lucht, duwde de zak voor me uit en keek over mijn schouder. Ik was de muur een flink stuk voorbij. Ik veranderde van richting en koerste op de kant af. Via gladde, begroeide stenen belandde ik op een gruizig strand. Gooide de zak op het droge en kroop op

mijn knieën uit het water. Ik bleef een volle minuut hijgend en bibberend op handen en voeten zitten. Mijn tanden klapperden onbedwingbaar. Ik maakte de zak open en haalde de theedoek eruit. Droogde mezelf als een gek af. Mijn armen zagen blauw. Het aantrekken van mijn kleren ging stroef. Ik trok mijn schoenen aan en stopte de Glock weg. Vouwde de zak en de theedoek op en propte ze nat in mijn zak. Daarna zette ik het op een lopen, want ik moest weer warm worden.
Ik had bijna tien minuten gehold toen ik de auto vond. De Taurus van de oude man stond grijs in het maanlicht te wachten. Hij stond met de neus weg van het huis, startklaar, ik hoefde geen seconde te verliezen. Duffy was een praktische vrouw, dat was een ding dat zeker was. Ik glimlachte weer. Het sleuteltje lag op de stoel. Ik startte en reed behoedzaam weg. Hield de lichten uit en bleef van de rem af tot ik een eind van het handvormige schiereiland was en de eerste bocht van het vasteland achter me had. Daarna zette ik de koplampen aan, de verwarming op hoog en gaf vol gas.

Een kwartier later was ik bij het havengebied van Portland. Ik zette de Taurus in een rustig straatje op anderhalve kilometer van de loods van Beck. De rest van de weg ging ik te voet. Dit was het moment van de waarheid. Als Dolls lijk was gevonden, zou het er een heksenketel zijn en zou ik voorgoed van het toneel verdwijnen. Zo niet, dan zou ik doorvechten.
De wandeling kostte me bijna twintig minuten. Ik zag geen mens. Geen politie, geen ambulance, geen politieafzetting, geen lijkschouwers. Geen verdachte figuren in een Lincoln Town Car. Ik liep in een grote boog om de loods van Beck zelf. Ik ving er af en toe een glimp van op via steegjes en openingen tussen gebouwen. In het kantoor brandden alle lichten, maar zo had ik het ook achtergelaten. Dolls auto stond nog steeds bij de roldeur. Precies zoals ik hem daar had laten staan.
Ik verwijderde me van de loods en benaderde hem weer vanuit een andere hoek, via de blinde kant waar geen ramen waren. Ik haalde de Glock te voorschijn. Hield hem laag tegen mijn been. Dolls auto stond met zijn neus naar me toe. Links daarachter was de personeelsingang van het hokje in de loods. Daarachter bevond zich het kantoor. Ik liep langs de auto en de deur, liet me op de grond zakken en kroop naar het raam. Hief mijn hoofd op en keek naar binnen. Niemand. Ook niet in de secretaresseruimte. De kust

was veilig. Ik ademde uit en stopte het pistool weer weg. Liep terug naar Dolls auto. Opende het portier aan de chauffeurskant om de kofferbak open te maken. Hij lag er nog steeds in. Hij was nergens heen gegaan. Ik haalde de sleuteltjes uit zijn zak. Deed de kofferbak weer dicht en ging met de sleutels door de dienstingang naar binnen. Vond de juiste sleutel en deed hem achter me op slot. Ik wilde er vijftien minuten aan riskeren. Ik bracht er vijf door in het loodskantoortje, vijf in het kantoor en vijf in de secretaresseruimte. Ik veegde alles wat ik aanraakte af met de theedoek om geen vingerafdrukken achter te laten. Ik vond geen concreet spoor van Teresa Daniel. Noch van Quinn. Maar aan de andere kant werden er nergens namen genoemd. Alles was gecodeerd, zowel mensen als koopwaar. Uiteindelijk leverde de speurtocht maar een concreet feit op. Bizarre Bazaar verkocht jaarlijks tienduizenden dingen aan een paar honderd individuele klanten, in transacties die bij elkaar tientallen miljoenen dollars beliepen. Uit niets bleek wat die dingen waren, noch de identiteit van de klanten. Prijsclusters schommelden rond drie niveaus: een aantal rond vijftig dollar, een aantal rond duizend dollar en een aantal rond nog veel meer. Nergens een spoor van transportadministratie. Geen FedEx, geen UPS, geen transport per post. Het was duidelijk dat de distributie in particuliere handen was. Maar volgens een verzekeringsdossier bezat de onderneming maar twee bestelbusjes.
Ik liep terug naar het loodskantoortje en zette de computer uit. Ging weer naar het gangetje van de ingang, draaide onderweg alle lichten uit om alles netjes achter te laten. Ik probeerde Dolls sleutels op de voordeur, vond het exemplaar dat paste en hield hem apart. Ging terug naar het alarmkastje.
Doll was kennelijk de taak van afsluiten toevertrouwd, wat betekende dat hij wist hoe je het alarm moest instellen. Ik wist zeker dat Duke het af en toe zelf deed. En Beck natuurlijk. Waarschijnlijk ook een paar personeelsleden. Een heleboel mensen. Een van hen had vast een slecht geheugen. Ik keek op het prikbord naast het kastje. Bladerde door de memo's waar er drie op elkaar zaten. Vond een code van vier cijfers onder aan een twee jaar oude kennisgeving van de gemeente over parkeerverordeningen. Ik toetste hem in op het paneeltje. Het rode licht begon te knipperen en het kastje ging piepen. Ik glimlachte. Altijd prijs. Wachtwoorden voor de computer, geheime telefoonnummers, alarmcodes: er is altijd wel iemand die ze opschrijft.

Ik ging de voordeur uit en trok hem achter me dicht. Het gepiep stopte. Ik deed hem op slot en liep de hoek om en kroop achter het stuur van Dolls Lincoln. Startte en reed weg. Ik zette hem in een parkeergarage in het centrum. Het kon weleens dezelfde zijn als de garage die Susan Duffy had gefotografeerd. Ik veegde alles af wat ik had aangeraakt, deed hem op slot en stak de sleutels in mijn zak. Ik dacht erover om hem in brand te steken. Er zat benzine in de tank en ik had nog twee droge lucifers. Auto's in brand steken is leuk. Bovendien zou het de druk op Beck doen toenemen. Maar uiteindelijk liep ik gewoon weg. Het was waarschijnlijk de juiste beslissing. Het zou vrijwel een hele dag duren voordat iemand besefte dat hij daar stond. Vrijwel nog een dag om te besluiten er iets aan te doen. Vervolgens nog een dag voordat de politie iets zou doen. Ze zouden het nummerbord natrekken en op een van Becks brievenbusfirma's stuiten. Dus zouden ze hem wegslepen, hangend nader onderzoek. Ze zouden de kofferbak natuurlijk openbreken omdat ze zich zorgen maakten over terroristenbommen of vanwege de stank, maar tegen die tijd zouden er een heleboel deadlines zijn verstreken en was ik er allang vandoor.

Ik liep terug naar de Taurus en reed tot anderhalve kilometer van het huis. Bewees Duffy dezelfde dienst door een U-bocht te maken en de auto met de neus de andere kant op te zetten. Vervolgens deed ik hetzelfde als daarvoor maar dan in omgekeerde volgorde. Kleedde me uit op het gruizige strand en pakte de kleren in de vuilniszak. Waadde de zee in. Ik was er niet happig op. Het was net zo koud. Maar het tij was gekeerd. Het ging dezelfde kant op als ik. Zelfs de zee werkte mee. Ik zwom dezelfde twaalf minuten. Zwom in een bocht om het eind van de muur en klom achter het garageblok aan de kant. Ik sidderde van de kou en klappertandde weer. Maar ik voelde me goed. Ik droogde mezelf zo goed en zo kwaad als het ging af met de vochtige theedoek en kleedde me snel aan voordat ik bevroor. Verstopte de Glock, de reservemagazijnen en Dolls sleutelbos bij de PSM, de beitel en de priem. Vouwde de vuilniszak en de theedoek op en klemde ze een meter verderop onder een steen. Daarna ging ik naar de regenpijp. Ik rilde nog steeds.
Omhoogklimmen was makkelijker dan omlaag. Ik ging hand over hand langs de pijp omhoog terwijl mijn voeten over de muur liepen. Kwam ter hoogte van het raam en greep de vensterbank met

mijn linkerhand. Maakte een sprong naar de stenen rand. Trok mijn rechterhand naar me toe en schoof het raam omhoog. Hees mezelf zo geruisloos mogelijk naar binnen.
Het was koud in de kamer. Het raam had uren opengestaan. Ik deed het goed dicht en kleedde me weer uit. Mijn kleren waren vochtig. Ik legde ze op de verwarming en ging naar de badkamer. Nam een lange, hete douche. Het was klokslag zes uur. Nu haalden ze de Taurus op. Waarschijnlijk Eliot en de oude man. Duffy zou waarschijnlijk op de thuisbasis zijn gebleven. Ik haalde het e-mailapparaatje te voorschijn en stuurde: *Duffy?* Negentig seconden later antwoordde ze met: *Ja. Alles goed?* Ik schreef: *Prima. Trek deze namen na waar je maar kunt, incl. MP Powell. – Angel Doll, mog. handlanger Paulie, beiden mog. ex-militair.*
Ze antwoordde: *Komt in orde.*
Daarna stuurde ik de vraag die me al vijfeneenhalf uur achtervolgde: *Hoe heet Teresa Daniel echt?*
Het duurde nog eens negentig seconden voordat ze antwoordde: *Teresa Justice.*

6

Het had geen zin om naar bed te gaan, dus ging ik gewoon bij het raam naar de zonsopgang staan kijken. Die was weldra in volle gang. De zon kwam op boven zee. De lucht was fris en helder. Ik kon tachtig kilometer ver zien. Ik zag een sterntje dat aan kwam vliegen vanuit het noorden. Hij vloog laag en zo dicht mogelijk langs de kust. Hij scheerde in het voorbijgaan over de rotsen. Waarschijnlijk zocht hij naar een plek om te nestelen. Door de lage zon erachter wierp hij een schaduw zo groot als die van een gier. Daarna gaf hij de speurtocht op, scheerde hij lussend en cirkelend weg over zee en dook vervolgens loodrecht in het water. Het duurde even voordat hij weer bovenkwam en een zilveren druppelspoor in de lucht trok. Hij had niets in zijn snavel. Maar hij vloog verder alsof hij niets te kort kwam. Hij was beter aangepast dan ik.

Daarna was er niet veel meer te zien. In de verte waren een paar zilvermeeuwen. Ik keek met samengeknepen ogen in het felle licht om te zien of ik walvissen of dolfijnen zag, maar ontwaarde niets. Ik zag matten zeewier in trage draaikolken ronddrijven. Om kwart over zes hoorde ik Dukes voetstappen op de gang en de klik van mijn slot. Hij kwam niet binnen. Liep gewoon weer weg. Ik draaide me om naar de deur en haalde diep adem. Dag dertien. Donderdag. Misschien was dat beter dan wanneer dag dertien op een vrijdag viel. Ik kon het niet met zekerheid zeggen. Hoe dan ook, laat maar komen, dacht ik. Ik haalde nog een keer diep adem, liep de gang op en de trap af.

Alles was anders dan de vorige ochtend. Duke was fris en ik was moe. Paulie was nergens te bekennen. Ik ging naar de fitnessruimte in de kelder en daar was niemand. Duke bleef niet ontbijten. Hij verdween met onbekende bestemming. Richard Beck kwam in de keuken eten. Alleen hij en ik zaten aan tafel. De monteur was er niet. De kokkin bleef in de weer aan het fornuis. Het Ierse meisje liep op en neer naar de eetkamer. Ze had haast. Er hing iets jachtigs in de lucht. Er broeide iets.

'Er komt een grote lading binnen,' zei Richard. 'Dan is het altijd zoals nu. Iedereen wordt opgewonden over het geld dat ze gaan verdienen.'

'Ga je weer terug naar school?' vroeg ik.

'Zondag,' zei hij. Hij leek zich geen zorgen te maken. Maar ik wel. Zondag was over drie dagen. Dat was mijn vijfde volle dag hier. De uiterste deadline. Wat er ook te gebeuren stond, zou dan achter de rug zijn. De jongen zou de hele tijd in de vuurlinie zijn.

'Heb je daar geen moeite mee?' vroeg ik.

'Met weer naar school gaan?'

Ik knikte. 'Na wat er is gebeurd.'

'We weten nu wie erachter zit,' zei hij. 'Stelletje eikels uit Connecticut. Het zal niet weer gebeuren.'

'Weet je dat zeker?'

Hij keek me aan alsof ik niet goed wijs was. 'Mijn pa heeft wel vaker met dit bijltje gehakt. En als het zondag niet voor elkaar is, blijf ik gewoon hier tot het gefikst is.'

'Runt je vader de hele zaak alleen, of heeft hij een partner?'

'Helemaal alleen,' zei hij. Zijn onzekerheid was weg. Hij leek blij om thuis te zijn, veilig en op z'n gemak, trots op zijn vader. Zijn wereld was gekrompen tot een kale kwart hectare eenzaam graniet, gevangen tussen de rusteloze zee en een hoge stenen muur met scheermesdraad.

'Ik denk niet dat je die politieagent echt dood hebt gemaakt,' zei hij.

Het werd stil. Ik staarde hem aan.

'Volgens mij heb je hem alleen maar verwond,' zei hij. 'Althans, dat hoop ik. Misschien is hij momenteel aan de beterende hand, weet je. Ergens in het ziekenhuis. Dat is wat ik denk. Je moet proberen hetzelfde te doen. Positief denken. Dat is beter. Dan kun je het zilveren randje hebben zonder de wolk.'

'Ik weet het niet,' zei ik.

'Doe dan maar alsof,' zei hij. 'Gebruik de kracht van positief denken. Zeg tegen jezelf dat je iets goeds hebt gedaan zonder een schaduwkant.'

'Je vader heeft de politie gebeld,' zei ik. 'Ik denk niet dat er veel ruimte voor twijfel was.'

'Dus doe dan maar alsof,' herhaalde hij. 'Dat doe ik altijd. Akelige dingen zijn niet gebeurd, tenzij je verkiest om ze je te herinneren.'

Hij was gestopt met eten en had zijn linkerhand naar de zijkant

van zijn hoofd gebracht. Hij glimlachte opgewekt, maar zijn onderbewuste herinnerde zich op dat moment een paar akelige dingen. Dat zag je zo. Het herinnerde ze zich in hun volle omvang.
'Oké,' zei ik. 'Het was maar een vleeswond.'
'D'r in en d'r uit,' zei hij. 'Amper schade.'
Ik zweeg.
'Alle organen op een haar na gemist,' zei hij. 'Het was een wonder.'
Ik knikte. Het zou me het wonder wel zijn geweest, dat was een ding dat verdomd zeker was. Als je iemand in de borst schiet met een .44 Magnum met een zachte punt, sla je een gat ter grootte van Rhode Island. Het slachtoffer is meestal op slag dood. Het hart stopt onmiddellijk, voornamelijk omdat het er niet meer zit. Waarschijnlijk had de jongen nog nooit iemand omgelegd zien worden. Misschien ook wel, dacht ik vervolgens. En misschien had hij dat niet leuk gevonden.
'Positief denken,' zei hij. 'Dat is het geheim. Gewoon ervan uitgaan dat hij ergens warm en comfortabel helemaal de oude ligt te worden.'
'Wat zit er in die lading?' vroeg ik.
'Waarschijnlijk nep,' zei hij. 'Uit Pakistan. Daar laten we tweehonderd jaar oude tapijten maken. De mensen zijn zulke sukkels.'
'O, ja?'
Hij keek me aan en knikte. 'Ze zien wat ze willen zien.'
'Heus?'
'Altijd.'
Ik keek weg. Er was geen koffie. Na een poosje besef je dat cafeïne verslavend is. Ik was geïrriteerd. En moe.
'Wat ga je vandaag doen?' vroeg hij.
'Ik weet het niet,' zei ik.
'Ik ga gewoon wat lezen,' zei hij. 'Misschien een wandelingetje maken. Langs het strand lopen, om te kijken wat er vannacht is aangespoeld.'
'Spoelen er dingen aan?'
'Soms. Dingen die van jachten vallen, weet je wel.'
Ik keek hem aan. Probeerde hij me iets te vertellen? Ik had wel gehoord van smokkelaars die balen marihuana op geïsoleerde plekken aan laten spoelen. Waarschijnlijk zou dat met heroïne ook wel kunnen. Wilde hij me iets duidelijk maken? Of waarschuwen? Wist hij van mijn verborgen bundeltje? En wat stelde al dat gepraat over

de neergeschoten politieman voor? Psychologie van de koude grond? Of speelde hij een spelletje met me?

'Maar dat is meestal 's zomers,' zei hij. 'Nu is het te koud voor jachten. Dus ik denk dat ik maar binnen blijf. Misschien ga ik wel schilderen.'

'Schilder je?'

'Ik zit op de kunstacademie,' zei hij. 'Dat heb ik je toch verteld?'

Ik knikte. Staarde naar het achterhoofd van de kokkin alsof ik haar telepathisch kon dwingen koffie te zetten. Toen kwam Duke binnen. Hij kwam naar me toe. Zette een hand op mijn rugleuning en de andere plat op tafel. Bukte zich diep alsof hij me iets vertrouwelijks wilde zeggen.

'Je boft, eikel,' zei hij.

Ik zweeg.

'Je bent de chauffeur van mevrouw Beck,' zei hij. 'Ze wil gaan winkelen.'

'Waar?'

'Maakt niet uit,' zei hij.

'De hele dag?'

'Zeker weten.'

Ik knikte. Geen vreemden vertrouwen op de dag van een lading.

'Neem de Cadillac maar,' zei hij. Hij gooide de sleuteltjes op tafel. 'En zorg ervoor dat ze niet al te snel terugkomt.'

Of vertrouw mevrouw Beck niet als er een lading binnenkomt.

'Oké,' zei ik.

'Je zult het heel boeiend vinden,' zei hij. 'Vooral het eerste deel. Ik krijg er in elk geval een geweldige kick van, iedere keer weer.'

Ik had geen idee waarop hij doelde en ik speculeerde er ook niet over. Staarde gewoon naar de lege koffiepot. Duke vertrok en even later hoorde ik de voordeur open- en dichtgaan. De metaaldetector piepte twee keer. Duke en Beck, pistolen en sleutels. Richard stond op en liep de keuken uit, en ik bleef alleen achter met de kokkin.

'Is er nog koffie?' vroeg ik.

'Nee,' zei ze.

Ik bleef zitten tot ik uiteindelijk besefte dat een plichtsgetrouwe chauffeur hoort te wachten en paraat te zijn, dus liep ik via de achterdeur naar buiten. De metaaldetector piepte beleefd voor de sleutels. Het was laag tij en de lucht was tintelfris. Ik rook zout en zeewier. De deining was weg en ik hoorde de branding. Ik liep om

naar het garageblok, startte de Cadillac en reed achterwaarts de garage uit. Koerste naar de parkeerlus en wachtte daar met draaiende motor om de verwarming op gang te krijgen. Ik stond met de neus in noordoostelijke richting en zag aan de horizon kleine stipjes van schepen die van en naar Portland gingen. Ze kropen precies langs de lijn waar de lucht het water raakte, half verborgen en eindeloos traag. Ik vroeg me af of een daarvan van Beck was, of dat die al in de haven was, afgemeerd en klaar om gelost te worden. Ik vroeg me af of er al een douanebeambte langsliep, met de ogen recht voor zich, de kant op van het volgende schip in de rij, met een bundeltje knisperende nieuwe biljetten in zijn zak.
Tien minuten later kwam Elizabeth Beck naar buiten. Ze droeg een schotse rok tot op de knieën en een dunne witte sweater met een wollen overjas. Ze had blote benen. Geen panty. Haar haar zat naar achteren met een elastiekje. Het leek alsof ze het koud had. En ze maakte een uitdagende, berustende en zorgelijke indruk. Als een adellijke dame op weg naar de guillotine. Waarschijnlijk was ze eraan gewend dat Duke haar chauffeur was. Misschien had ze er een beetje moeite mee om in de auto te zitten met een man die een politieagent had gedood. Ik stapte uit en maakte aanstalten om het achterportier open te maken. Ze liep langs me heen.
'Ik kom voorin zitten,' zei ze.
Ze nam plaats op de passagiersstoel en ik kroop weer achter het stuur.
'Waarheen?' vroeg ik beleefd.
'Daar hebben we het wel over als we de poort uit zijn,' zei ze.
De poort was dicht en Paulie stond ervoor, pal in het midden. Hij zag er groter uit dan ooit. Zijn schouders en armen zagen eruit alsof er basketballen in zijn pak verstopt zaten. Zijn gezicht was rood van de kou. Hij had ons staan opwachten. Ik stopte twee meter voor hem. Hij maakte geen aanstalten om het hek open te maken. Ik keek hem recht aan. Hij sloeg geen acht op mij, maar liep om de auto naar het raampje van Elizabeth Beck. Glimlachte naar haar, tikte met zijn knokkels op het glas en maakte een draaiende beweging met zijn hand. Ze staarde recht voor zich uit. Probeerde hem te negeren. Hij tikte nog een keer. Ze wendde haar gezicht naar hem toe. Hij trok zijn wenkbrauwen op. Maakte weer een draaiend gebaar. Ze huiverde. De rilling die door haar heen voer was voldoende om de auto op zijn vering te laten schudden. Ze

staarde geconcentreerd naar een van haar nagels, zette die vervolgens op het knopje van het raam en drukte. Het raampje zakte. Paulie hurkte met zijn rechteronderarm tegen de portierlijst.
'Goeiemorgen,' zei hij.
Hij stak zijn hoofd naar binnen en ging met de bovenkant van zijn wijsvinger over haar wang. Ze bewoog zich niet. Staarde gewoon recht naar voren. Hij streek een losse lok achter haar oor.
'Ik heb genoten van ons avondje gisteren,' zei hij.
Ze huiverde weer. Alsof ze het ijskoud had. Hij liet zijn hand zakken. Omvatte haar borst. Kneep erin. Ze bleef roerloos zitten. Ik drukte op het knopje aan mijn kant. Haar raampje ging omhoog. Daarna bleef het steken tegen Paulies reusachtige arm, het veiligheidsmechanisme trad in werking en het zakte weer. Ik deed mijn portier open en schoof naar buiten. Liep om de motorkap. Paulie zat nog steeds gehurkt. Hij had nog steeds zijn hand in de auto. Hij was een eindje gezakt.
'Opdonderen,' zei hij tegen mij, maar hij bleef haar aankijken.
Ik voelde me net een houthakker die het zonder bijl of kettingzaag tegen een reuzensequoia moet opnemen. Waar begin je? Ik trapte hem in zijn nier. Het was het soort trap waardoor een voetbal het stadion uit en het parkeerterrein op zeilt. Een elektriciteitsmast zou ervan knappen. De meeste mannen zouden er rechtstreeks het ziekenhuis van in vliegen. Een aantal zou het niet overleven. Op Paulie had het zo'n beetje het effect van een beleefd tikje op de schouder. Hij zette gewoon beide handen tegen de portierlijst en hees zichzelf traag overeind. Draaide zich naar me om.
'Kalm aan, majoor,' zei hij. 'Dit is gewoon mijn manier om mevrouw goeiemorgen te wensen.'
Daarna verwijderde hij zich van de auto, liep om me heen en maakte het hek open. Ik sloeg hem gade. Hij was de kalmte zelve. Geen teken van een reactie. Het was net alsof ik hem helemaal niet had geraakt. Ik bleef staan om de adrenaline te laten betijen. Daarna keek ik naar de auto. Naar de kofferbak en de motorkap. Achterom lopen zou *Ik ben bang voor je* betekenen. Dus liep ik om de motorkap. Maar zag er nauwlettend op toe dat ik een eind buiten zijn handbereik bleef. Ik had geen zin om een chirurg zes maanden werk te bezorgen om mijn gezichtsbotten te reconstrueren. Ik kwam niet dichter bij hem dan anderhalve meter. Hij maakte geen aanstalten om me aan te vallen. Duwde alleen het hek helemaal open en bleef geduldig staan wachten om het weer dicht te doen.

'Over die trap hebben we het later nog wel, oké?' riep hij.
Ik gaf geen antwoord.
'En je moet niet de verkeerde indruk krijgen, majoor,' zei hij. 'Ze vindt het lekker.'
Ik stapte weer in. Elizabeth Beck had haar raampje gesloten. Bleek, zwijgend en vernederd staarde ze recht voor zich uit. Ik reed de poort uit en gaf gas in westelijke richting. Zag Paulie in mijn spiegeltje. Hij deed het hek weer dicht en verdween in de portierswoning.
'Het spijt me dat je daar getuige van moest zijn,' zei Elizabeth zacht.
Ik zei niets.
'En bedankt voor je tussenkomst,' zei ze. 'Maar het zal niets uithalen. En ik ben bang dat het jou een hoop moeilijkheden zal bezorgen. Hij haatte je toch al, weet je. En erg rationeel is hij niet.'
Ik zei niets.
'Het heeft natuurlijk met dominantie te maken,' zei ze. Het was alsof ze het voor zichzelf verklaarde, niet voor mij. 'Het is een demonstratie van macht, meer niet. Feitelijke seks speelt zich niet af. Dat kan hij niet. Te veel steroïden, denk ik. Hij zit alleen maar aan me.'
Ik zei niets.
'Ik moet me uitkleden,' zei ze. 'En voor hem rondparaderen. Hij betast me. Seks is er niet bij. Hij is impotent.'
Ik zei niets. Reed gewoon kalmpjes door en hield de auto rustig en recht door de bochten in de kustweg.
'Het duurt doorgaans een uur,' zei ze.
'Weet je man ervan?'
'Wat kan die er nou aan doen?'
'De man de laan uitsturen.'
'Uitgesloten,' zei ze.
'Waarom?'
'Omdat Paulie niet voor mijn man werkt.'
Ik keek haar even aan. Moest denken aan wat ik tegen Duke had gezegd: *Je moet hem lozen.* Duke had geantwoord: *Dat is niet zo makkelijk*.
'Voor wie werkt hij dan?'
Ze schudde haar hoofd. Het was net alsof ze de naam niet kon uitspreken.
'Het heeft met dominantie te maken,' herhaalde ze. 'Ik kan niet protesteren tegen wat ze met me doen, net zomin als mijn man be-

zwaar kan maken tegen wat ze met hem doen. Niemand kan protesteren. Tegen wát dan ook, snap je. Dat is het 'm nou juist. Jij zult ook nergens tegen kunnen protesteren. Duke zou er natuurlijk niet over piekeren om te protesteren. Hij is een beest.'

Ik zei niets.

'Goddank heb ik een zoon,' zei ze. 'En geen dochter.'

Ik zei niets.

'Afgelopen nacht was het erg,' zei ze. 'Ik hoopte dat hij me met rust zou laten. Nu ik oud word.'

Ik wierp weer een blik op haar. Er kwam niets in me op.

'Gisteren was ik jarig,' zei ze. 'Dat was Paulies verjaarscadeau.'

Ik zei niets.

'Ik ben vijftig geworden,' zei ze. 'Waarschijnlijk wil je je niet voorstellen dat er een naakte vijftigjarige voor je paradeert.'

Ik wist niet wat ik moest zeggen.

'Maar ik hou me wel in vorm,' zei ze. 'Ik ga naar de fitnessruimte als er niemand anders is.'

Ik zei niets.

'Hij piept me op,' zei ze. 'Ik moet altijd een pieper bij me hebben. Die zoemde midden in de nacht. Afgelopen nacht. Ik moest gaan, onmiddellijk. Het wordt nog veel erger als ik hem laat wachten.'

Ik zei niets.

'Ik was net op de terugweg toen je mij zag,' zei ze. 'Buiten, op de rotsen.'

Ik reed naar de kant van de weg. Remde voorzichtig en stopte. Zette de pook in de parkeerstand.

'Volgens mij werk jij voor de overheid,' zei ze.

Ik schudde mijn hoofd.

'Je hebt het mis,' zei ik. 'Ik ben zomaar iemand.'

'Dat stelt me dan teleur.'

'Ik ben zomaar iemand,' herhaalde ik.

Ze zei niets.

'Zulke dingen moet je niet zeggen,' zei ik. 'Ik zit al genoeg in de nesten.'

'Ja,' zei ze. 'Ze zouden je vermoorden.'

'Nou, ze zouden het proberen,' zei ik. Ik dacht even na. 'Heb je ze verteld wat je denkt?'

'Nee,' zei ze.

'Het zou oorlog worden,' zei ik. 'Ze zouden achter me aan komen

en ik zou me niet voetstoots laten afmaken. Er kunnen slachtoffers vallen. Misschien Richard.'
Ze staarde me aan. 'Probeer je het op een akkóórdje met me te gooien?'
Ik schudde weer mijn hoofd.
'Ik waarschuw je alleen maar,' zei ik. 'Ik ben een overlever.'
Ze glimlachte verbitterd.
'Je hebt hoegenaamd geen idee,' zei ze. 'Wie je ook bent, je zit tot je nek in de nesten. Je zou er nu vandoor moeten gaan.'
'Ik ben zomaar iemand,' zei ik. 'Ik heb niets te verbergen.'
De wind rukte aan de auto. Ik zag niets anders dan graniet en bomen. We waren ver van de bewoonde wereld.
'Mijn man is een misdadiger,' zei ze.
'Dat had ik al uitgevogeld,' zei ik.
'Hij is een harde,' zei ze. 'Hij kan gewelddadig zijn en hij is altijd genadeloos.'
'Maar hij is niet zijn eigen baas,' zei ik.
'Nee,' zei ze. 'Hij is een harde, maar hij kan letterlijk sidderen tegenover de man die zíjn baas is.'
Ik zei niets.
'Er bestaat een uitdrukking,' zei ze. 'Mensen vragen zich weleens af: waarom gebeuren er altijd slechte dingen met goede mensen? Maar in het geval van mijn man gebeuren er slechte dingen met een slecht persoon. Ironisch, hè? Maar het zíjn slechte dingen.'
'Van wie is Duke?'
'Mijn man,' zei. 'Maar Duke is op zijn manier net zo erg als Paulie. Ik zou niet weten wie ik liever had. Hij is een corrupte smeris geweest, een corrupte federale agent, en een moordenaar. Hij heeft gezeten.'
'Is hij de enige?'
'Op de loonlijst van mijn man? Nou ja, die twee lijfwachten waren ook van hem. Of die waren hem in elk geval geleverd. Maar die zijn gedood, natuurlijk. Bij de universiteit. Door die lui uit Connecticut. Dus inderdaad, Duke is nu de enige. Afgezien van de monteur natuurlijk. Maar die is gewoon een technicus.'
'Hoeveel heeft die andere vent er?'
'Dat weet ik niet precies. Die schijnen te komen en te gaan.'
'Wat importeren ze precies?'
Ze wendde haar hoofd af. 'Als je niet voor de overheid werkt, zal dat je waarschijnlijk niet interesseren.'

Ik volgde haar blik naar de bomen in de verte. Nadenken, Reacher. Dit kon weleens een ingewikkeld spelletje zijn om me uit mijn tent te lokken. Misschien was het één kliek. De hand van de portier op de borst van zijn vrouw zou voor Beck maar een kleine tol zijn voor wat cruciale informatie. En ik geloofde in ingewikkelde spelletjes. Ik speelde er zelf een.

'Ik werk niet voor de overheid,' zei ik.

'Dat stelt me dan teleur,' herhaalde ze.

Ik zette de auto in *drive*. Hield mijn voet op de rem.

'Waar gaan we heen?' vroeg ik.

'Denk je dat het mij één ruk uitmaakt waar we heen gaan?'

'Zullen we ergens koffie gaan drinken?'

'Koffie?' zei ze. 'Ja, hoor. Rij maar naar het zuiden. Laten we vandaag maar een eind uit de buurt van Portland blijven.'

Op Route One sloeg ik af in zuidelijke richting, ongeveer anderhalve kilometer voor de I-95. Het was een aangename oude weg, zoals de wegen vroeger waren. We reden door een plaats die Old Orchard Beach heette. Er waren keurige trottoirs van baksteen en Victoriaanse straatverlichting. Er stonden bordjes die links naar het strand wezen. Er hingen verschoten Franse vlaggen. Waarschijnlijk was het een vakantieoord van Frans-Canadezen uit Québec geweest voordat goedkope vluchten naar Florida en het Caribisch gebied hun voorkeur hadden veranderd.

'Wat deed je vannacht buiten?' vroeg Elizabeth Beck.

Ik zei niets.

'Je kunt het niet ontkennen,' zei ze. 'Dacht je dat ik je niet had gezien?'

'Je reageerde niet,' zei ik.

'Ik stond nog op Paulie geschakeld,' zei ze. 'Ik heb mezelf geoefend om niet te reageren.'

Ik zei niets.

'Je kamer was op slot,' zei ze.

'Ik ben uit het raam geklommen,' zei ik. 'Ik hou er niet van om opgesloten te zitten.'

'Wat heb je dan gedaan?'

'Ik heb een wandelingetje gemaakt. Ik dacht dat jij dat ook deed.'

'Daarna ben je weer naar binnen geklommen?'

Ik knikte. Zei niets.

'De muur is je grote hindernis,' zei ze. 'Natuurlijk is er het licht

en het scheermesdraad, maar er zitten ook sensors in de grond. Paulie zou je van dertig meter afstand horen aankomen.'
'Ik ging gewoon een frisse neus halen,' zei ik.
'Niet onder de oprijlaan,' zei ze. 'Onder het asfalt zouden ze niet werken. Maar er staat een camera op de portierswoning. En op het hek zelf zit een bewegingsalarm. Weet je wat een NSV is?'
'Een mitrailleur van een sovjettank,' zei ik.
'Zo eentje heeft Paulie,' zei ze. 'Die bewaart hij bij de zijdeur. Hij heeft opdracht hem te gebruiken als het bewegingsalarm afgaat.'
Ik haalde diep adem, en ademde weer uit. Een NSV is ruim anderhalve meter en weegt vijfentwintig kilo. Hij gebruikt patronen van ruim elf centimeter lang en meer dan een centimeter dik. Daarvan kan hij er twaalf per seconde afvuren. Er zit geen veiligheidsmechanisme op. De combinatie Paulie en een NSV vond ik geen feestelijk idee.
'Maar volgens mij heb je gezwommen,' zei ze. 'Ik ruik de zee aan je overhemd. Heel vaag. Je hebt jezelf niet goed afgedroogd toen je terugkwam.'
We passeerden een bordje dat het plaatsje Saco aankondigde. Ik reed naar de berm en stopte weer. Auto's en vrachtwagens gierden langs.
'Je hebt enorm geboft,' zei ze. 'Er zijn een paar akelige getijdenstromingen vanaf de punt. Sterke onderstroom. Maar je zult wel achter de garage erin zijn gegaan. In dat geval ben je er zo'n drie meter vandaan gebleven.'
'Ik werk niet voor de overheid,' zei ik.
'Nee?'
'Vind je niet dat je een geweldig risico neemt?' vroeg ik. 'Gesteld dat ik niet precies ben wat ik lijk. Gewoon ter wille van de discussie. Stel dat ik bijvoorbeeld iemand van een rivaliserende organisatie ben. Snap je het risico? Denk je dan dat je nog levend thuis zou komen? Met wat je nu allemaal zegt?'
'Dan zou dat waarschijnlijk de proef op de som zijn,' zei ze. 'Als je voor de overheid werkt, maak je me niet dood. Zo niet, dan wel.'
'Ik ben zomaar iemand,' zei ik. 'Je kunt me in moeilijkheden brengen.'
'Laten we maar koffie gaan drinken,' zei ze. 'Saco is een leuk plaatsje. Daar woonden vroeger alle grote fabriekseigenaren.'

We belandden op een eiland in het midden van de rivier de Saco. Er stond een kolossaal bakstenen gebouw dat heel vroeger een gigantische fabriek was geweest. Nu werd het verbouwd tot honderden kantoren en winkels. We vonden een koffieshop van glas en chroom die *Café Café* heette. Geen geweldige naam. Waarschijnlijk een Franse woordspeling. Maar de geur alleen al maakte de tocht de moeite waard. Ik sloeg geen acht op de *lattes* en de schuim met een smaakje en bestelde gewone koffie: heet, zwart en veel. Daarna keek ik Elizabeth Beck aan. Ze schudde haar hoofd.
'Blijf jij maar hier. Ik heb besloten wat te gaan winkelen. Alleen. Ik zie je hier weer over vier uur.'
Ik zei niets.
'Je hoeft me geen toestemming te geven,' zei ze. 'Je bent mijn chauffeur maar.'
'Ik heb geen geld,' zei ik.
Ze gaf me twintig dollar uit haar tasje. Ik rekende af en bracht de koffie naar een tafeltje. Ze liep achter me aan en keek toe toen ik ging zitten.
'Vier uur,' zei ze. 'Misschien iets langer, maar niet minder. Voor het geval er iets is wat je moet doen.'
'Ik heb niets te doen,' zei ik. 'Ik ben alleen maar je chauffeur.'
Ze keek me aan. Trok de rits van haar tasje dicht. De ruimte bij het tafeltje was krap. Ze moest een beetje kronkelen om het bandje over haar schouder te krijgen. Boog zich een beetje om te voorkomen dat ze tegen het tafeltje botste en mijn koffie eroverheen zou gaan. Er klonk een tik, alsof er iets van plastic op de grond viel. Ik keek omlaag. Er was iets onder haar rok vandaan gevallen. Ze staarde ernaar en haar gezicht kleurde langzaam donkerrood. Ze bukte zich om het ding op te rapen en klemde het in haar hand. Ging onhandig tegenover me zitten, alsof alle kracht haar verlaten had. Alsof ze totaal vernederd was. Ze had haar pieper in haar hand. Een rechthoekig ding van zwart plastic dat iets kleiner was dan mijn eigen e-mailapparaatje. Ze staarde ernaar. Haar hals was rood tot onder haar truitje.
'Ik moet het daar van hem dragen,' zei ze. 'In mijn onderbroek. Hij wil graag dat het, wat hij noemt een toepasselijk effect heeft, als het overgaat. Telkens als ik door de poort ga, controleert hij of het er wel zit. Doorgaans haal ik het eruit en stop ik het naderhand in mijn tas. Maar dat wilde ik deze keer niet doen, weet je, met jou naast me.'

Ik zei niets. Ze stond op. Knipperde twee keer met haar ogen, haalde diep adem en slikte.
'Vier uur,' zei ze. 'Voor het geval er iets is wat je moet doen.'
Daarna liep ze weg. Buiten sloeg ze links af, en ze verdween. Een ingewikkeld spelletje? Het kon zijn dat ze mij erin probeerden te luizen met haar verhaal. Het kon best zijn dat ze een pieper in haar onderbroek droeg om het geloofwaardig te maken. Het kon zijn dat ze erin was geslaagd om het op precies het juiste moment los te schudden. Dat kon allemaal best. Maar hoegenaamd uitgesloten was dat ze een donkerrode blos op bevel kon laten verschijnen. Dat kon zelfs de beste actrice ter wereld op het hoogtepunt van haar loopbaan niet. Dus Elizabeth Beck speelde geen toneel.

Ik liet de verstandige voorzorgsmaatregelen niet helemaal varen. Daarvoor zaten ze te diep geworteld. Ik dronk mijn koffie op als een onschuldig persoon die alle tijd van de wereld heeft. Daarna slenterde ik naar buiten, naar de binnentrottoirs van het winkelcentrum en sloeg willekeurig links en rechts af tot ik zeker wist dat ik niet werd gevolgd. Daarna ging ik weer naar de koffieshop terug om nog een kop koffie te drinken. Leende de sleutel van de wc en sloot mezelf op. Ging op de bril zitten en trok mijn schoen uit. Er wachtte een bericht van Duffy: *Vanwaar die belangstelling voor de ware naam van Teresa Daniel?* Ik sloeg er geen acht op en schreef: *Waar is je motel?* Negentig seconden later antwoordde ze: *Wat had je voor je ontbijt die eerste dag in Boston?* Ik glimlachte. Duffy was een praktische vrouw. Ze was bang dat ze mijn e-mailapparaatjes hadden gevonden. Het was een controlevraag. Ik schreef terug: *Stapeltje pannenkoeken met ei, koffie en een fooi van drie dollar. Alles op.* Ieder ander antwoord en ze zou naar haar auto zijn gehold. Negentig seconden later schreef ze: *Ten westen van Route One, honderd meter ten zuiden van de Kennebunk River.* Ik schreef: *Tot over tien minuten.*

Het kostte me eerder een kwartier nadat ik de auto had teruggevonden en me een weg had gebaand door de verkeersdrukte op Route One in de flessenhals van Saco. De hele weg hield ik een oog op mijn spiegeltje en zag niets om me zorgen over te maken. Ik stak de rivier over en vond een motel aan mijn rechterhand. Het was een opgewekt, fris grijs gebouw dat zich chiquer voordeed dan het was. Het was april, dus er waren weinig gasten. Ik zag de Taurus waarin ik uit Boston was meegereden bij de laatste kamer staan. Het was de enige kale auto die ik zag. Ik zette de Cadillac dertig meter verder achter een houten schuur met een grote propaantank. Het was niet verstandig om hem in het zicht van iedereen op Route One te laten staan.

Ik liep terug, klopte een keer. Susan Duffy deed snel open en we omhelsden elkaar. Het gebeurde spontaan. Ik werd er volledig door overrompeld. Zij ook, denk ik. Waarschijnlijk hadden we het niet gedaan als we er eerst over nagedacht hadden. Maar waarschijnlijk had ze zich zorgen gemaakt en was ik gestrest en gebeurde het gewoon. En het voelde prima. Ze was lang, maar tenger. Mijn hand omspande bijna haar hele rug en ik voelde haar ribben een beetje meegeven. Ze rook fris en schoon. Geen parfum. Alleen maar huid die net onder de douche was geweest.

'Wat weet je van Teresa?' vroeg ze.

'Ben je alleen?' vroeg ik.

Ze knikte. 'De rest is in Portland. Volgens de douane komt er vandaag een boot van Beck binnen.'

We lieten elkaar los. Gingen de kamer in.

'Wat zijn ze van plan?' vroeg ik.

'Alleen observeren,' zei ze. 'Maak je geen zorgen. Daar zijn ze goed in. Niemand zal ze in de gaten hebben.'

Het was een heel algemene motelkamer. Een twijfelaar, een stoel, een bureau, een tv, een raam en een airconditioningapparaat in de muur. Het enige dat hem onderscheidde van honderdduizend andere motelkamers was het vele blauw en grijs in het interieur en de afbeeldingen aan de muur van zeetaferelen die de bezoeker eraan herinnerden dat hij vlak bij de kust van New England was.

'Wat weet je van Teresa?' herhaalde ze.

Ik vertelde over de naam die op de grond van de kelderkamer was gekrast. En de datum. Duffy staarde me aan. Toen deed ze haar ogen dicht.

'Ze leeft,' zei ze. 'Dank je wel.'

'Nou, gisteren leefde ze nog.'

Ze deed haar ogen weer open. 'Denk je dat ze nog in leven is?'

Ik knikte. 'Volgens mij is de kans groot. Ze hebben haar nodig voor het een of ander. Waarom zou je haar negen weken in leven houden en haar nu om het leven brengen?'

Duffy zei niets.

'Denk je dat ze haar goed behandeld hebben?'
Ik vertelde haar maar niet wat Paulie graag met Elizabeth Beck uitspookte. Ze had al genoeg op haar bord.
'Ik denk dat ze haar naam met een vork heeft gekrast,' zei ik. 'En gisteren stond er een extra bord met biefstuk en aardappels, alsof ze haar zo haastig hadden weggebracht dat ze vergeten waren de kokkin te waarschuwen. Dus denk ik wel dat ze te eten krijgt. Volgens mij is ze domweg een gevangene.'
'Waar zouden ze haar naar toe hebben gebracht?'
'Ik denk dat Quinn haar heeft,' zei ik.
'Waarom?'
'Omdat ik de indruk heb dat we hier te maken hebben met een organisatie in een organisatie. Beck is geen lekkere jongen, dat is zeker, maar hij is overgenomen door een ergere.'
'Zoals bij bedrijven?'
'Precies,' zei ik. 'Zoals een vijandige overname. Quinn heeft Beck zijn personeel opgedrongen. Hij lift mee als een parasiet.'
'Maar waarom zouden ze Teresa ergens anders heen brengen?'
'Uit voorzorg,' zei ik.
'Vanwege jou? Maken ze zich zo druk?'
'Een beetje,' zei ik. 'Ik denk dat ze spullen hebben verplaatst om ze te verbergen.'
'Maar ze hebben je nog niet geconfronteerd.'
Ik schudde mijn hoofd. 'Ze vertrouwen me nog niet echt.'
'Waarom nemen ze dan een risico met je?'
'Omdat ik die jongen heb gered.'
Ze knikte. Zweeg. Ze zag er een beetje moe uit. Misschien had ze helemaal niet meer geslapen sinds ik haar om middernacht om een auto had gevraagd. Ze droeg een spijkerbroek en een mannenoverhemd. Het overhemd was smetteloos wit en zat goed ingestopt. De bovenste twee knoopjes waren los. Aan haar voeten had ze gympen zonder sokken. De verwarming stond hoog. Op het bureau stond een laptop naast de kamertelefoon. De telefoon was een soort console met allemaal sneltoetsen. Ik keek naar het nummer en leerde het uit mijn hoofd. De laptop zat met een ingewikkelde adapter en een dataport aan de voet van de telefoon verbonden. Er speelde een screensaver over het scherm. Het was het wapen van het ministerie van justitie. Telkens als het de rand van het scherm raakte, kaatste het weg in een willekeurige richting, zoals dat antieke videotennisspelletje. Er was geen geluid bij.

'Heb je Quinn al gezien?' vroeg ze.
Ik schudde mijn hoofd.
'Weet je waar hij zit?'
Ik schudde mijn hoofd weer. 'Ik heb eigenlijk nog niets gezien. Behalve dat hun administratie gecodeerd is en dat ze niet bepaald een distributievloot hebben om te transporteren wat ze schijnen te transporteren. Misschien komen hun klanten wel naar hen toe.'
'Dat zou krankzinnig zijn,' zei ze. 'Ze zouden hun basis niet aan hun klanten prijsgeven. In feite wéten we al dat ze dat niet doen. Beck had met de dealer uit L.A. in een parkeergarage afgesproken, weet je nog?'
'Dus misschien organiseren ze een rendez-vous op neutraal terrein. Voor de feitelijke transactie. Ergens hier in de buurt, in het noordoosten.'
Ze knikte. 'Hoe heb je hun boeken kunnen zien?'
'Ik ben vannacht in hun kantoor geweest. Daarom had ik die auto nodig.'
Ze liep naar het bureau, ging zitten en tikte op de touchpad van de laptop. De screensaver verdween. Daaronder zat mijn laatste e-mail: *Tot over tien minuten.* Ze opende de map *deleted items* en klikte een bericht open van Powell, van de MP die me had verklikt.
'We hebben die namen voor je opgespoord,' zei ze. 'Angel Doll heeft acht jaar in Leavenworth gezeten wegens aanranding. Het had levenslang moeten zijn voor verkrachting en moord, maar de auditeur had het verknald. Hij was verbindingsspecialist. Had een vrouwelijke luitenant-kolonel aangerand en liet haar doodgaan aan een interne bloeding. Hij is geen erg lieve jongen.'
'Hij is een erg dode jongen,' zei ik.
Ze keek me alleen maar aan.
'Hij had de nummerborden van de Maxima nagetrokken,' zei ik. 'En confronteerde mij ermee. Grote vergissing. Hij was slachtoffer nummer een.'
'Heb je hem gedood?'
Ik knikte. 'Zijn nek gebroken.'
Ze zei niets.
'Eigen schuld,' zei ik. 'Hij stond op het punt de operatie te verknallen.'
Ze was bleek.
'Alles goed met je?' vroeg ik.
Ze wendde haar gezicht af. 'Ik was niet voorbereid op slachtoffers.'

'Er kunnen er wel meer volgen. Ik zou er maar aan wennen.'
Ze keek me weer aan. Haalde diep adem. Knikte.
'Oké,' zei ze. Daarna dacht ze even na. 'Het spijt me van die nummerborden. Dat was een fout.'
'Nog iets over Paulie?'
Ze scrolde het scherm omlaag. 'Doll had een maatje in Leavenworth die Paul Masserella heette. Een bodybuilder die acht jaar uitdiende voor mishandeling van een officier. Zijn advocaat schoof de schuld op een woedeaanval door steroïden. Probeerde het leger de schuld te geven omdat ze zijn inname niet in de gaten hadden gehouden.'
'Hij stikt nu van de pillen.'
'Denk je dat hij dezelfde is als Paulie?'
'Moet wel. Hij heeft me verteld dat hij een hekel aan officieren heeft. Ik heb hem net een trap in zijn nier verkocht. Een schop die jij of Eliot niet zou overleven. Hij reageerde niet eens.'
'Wat gaat hij doen?'
'Daar wil ik niet eens bij stilstaan.'
'Heb je geen moeite om terug te gaan?'
'Becks vrouw weet dat ik iemand anders ben dan voor wie ik me uitgeef.'
Ze staarde me aan. 'Hoe weet ze dat?'
Ik haalde mijn schouders op. 'Misschien wéét ze het niet. Misschien wil ze dat alleen maar. Misschien probeert ze zichzelf iets aan te praten.'
'Roept ze het van de daken?'
'Nog niet. Ze heeft me vannacht buiten gezien.'
'Je kunt niet terug.'
'Ik hou niet van opgeven.'
'Je bent ook geen idioot. Het begint uit de hand te lopen.'
Ik knikte. 'Maar het is mijn verantwoordelijkheid.'
Ze schudde haar hoofd. 'Het is onze gezamenlijke verantwoordelijkheid. Je bent afhankelijk van onze back-up.'
'We moeten Teresa bevrijden. Echt waar, Duffy. Het is een vreselijke situatie voor haar.'
'Ik kan eén arrestatieteam sturen. Nu jij hebt bevestigd dat ze in leven is.'
'We weten niet waar ze momenteel is.'
'Zij is mijn verantwoordelijkheid.'
'En Quinn is de mijne.'

Ze zei niets.
'Je kunt geen arrestatieteam sturen,' zei ik. 'Je bent ongeautoriseerd bezig. Als je een arrestatieteam bestelt, kun je net zo goed je ontslag indienen.'
'Ik ben bereid mijn ontslag te riskeren als puntje bij paaltje komt.'
'Het gaat niet alleen om jou,' zei ik. 'Zes anderen zouden tegelijkertijd de laan uit vliegen.'
Ze zei niets.
'En ik ga hoe dan ook terug,' zei ik. 'Omdat ik Quinn wil. Met of zonder jou. Dus kun je me net zo goed gebruiken.'
'Wat heeft Quinn jóú misdaan?'
Ik zei niets. Ze zweeg een hele poos.
'Zou mevrouw Beck met ons willen praten?'
'Ik wil het haar niet vragen,' zei ik. 'Dat zou neerkomen op een bevestiging van haar vermoedens. Ik weet niet goed waar dat toe kan leiden.'
'Wat ben je van plan als je teruggaat?'
'Promotie krijgen,' zei ik. 'Dat is de sleutel. Ik moet Dukes baantje zien te krijgen. Dan zal ik de topjongen naast Beck zijn. Dan zal ik een soort officiële liaison met de kant van Quinn krijgen. Daar zit ik op te wachten. Zolang ik dat niet heb, tast ik in het duister.'
'We moeten vooruitgang boeken,' zei ze. 'We hebben bewijzen nodig.'
'Ik weet het,' zei ik.
'Hoe ga je voor promotie zorgen?' vroeg ze.
'Zoals iedereen dat doet,' zei ik.
Daar gaf ze geen antwoord op. Ze schakelde haar e-mailprogramma terug naar de *inbox*, stond op en liep naar het raam om naar buiten te kijken. Ik keek naar haar. Het licht achter haar viel dwars door haar overhemd. Haar haar zat naar achteren geborsteld en hing een paar centimeter over haar kraag. Het leek me een extreem dure coupe, maar waarschijnlijk deed ze het zelf, met haar DEA-salaris. Of liet ze het door een vriendin doen. Ik zag haar zo voor me ergens in iemands keuken op een stoel in het midden van de vloer, een oude handdoek om haar nek; ze had wel belangstelling voor haar uiterlijk, maar niet voldoende om er veel geld aan uit te geven in de een of andere kapsalon in de stad.
Haar achterwerk was spectaculair in die spijkerbroek. Ik zag het label achterop. Taille: 24. Lengte: 32. Dat maakte de binnenzoom

ruim twaalf centimeter korter dan de mijne, wat ik kon accepteren. Maar een taille die dertig centimeter smaller is dan de mijne, was bespottelijk. Ik heb bijna geen grammetje vet. Het enige dat in dit lijf zat waren de nodige organen, dicht opeengepakt. Zij moest er een miniatuurversie van hebben. Als ik zo'n taille zie, wil ik er alleen maar mijn handen omheen slaan en me verwonderen. Misschien mijn hoofd ergens een stukje hogerop begraven. Ik kon niet zien hoe dat zou voelen als ze zich niet omdraaide. Maar vermoedelijk zou dat heel lekker voelen.

'Hoe gevaarlijk is het nu?' vroeg ze. 'Realistisch ingeschat?'

'Dat kan ik niet zeggen,' zei ik. 'Te veel variabelen. Mevrouw Beck gaat op haar intuïtie af, meer niet. Misschien is de wens ook een beetje de vader van de gedachte. Ze heeft geen hard bewijs. In termen van hard bewijs denk ik dat ik er goed afkom. Dus zelfs als mevrouw Beck het er met iemand over zou hebben, hangt het er maar helemaal van af of ze de vrouw serieus willen nemen of niet.'

'Ze heeft je buiten gezien,' zei ze. 'Als dat geen hard bewijs is.'

'Maar waarvan? Dat ik rusteloos ben?'

'Die Doll werd gedood in de tijd dat jij buiten was.'

'Ze zullen ervan uitgaan dat ik niet voorbij de muur ben gekomen. En Doll vinden ze niet. Geen sprake van. Althans niet op tijd.'

'Waarom hebben ze Teresa ergens anders heen gebracht?'

'Voorzorg.'

'Het is uit de hand gelopen,' herhaalde ze.

Ik haalde mijn schouders op, al kon ze dat niet zien. 'Zoiets als dit loopt altijd uit de hand. Dat kun je wel uittekenen. Niets gaat ooit zoals je het voorspelt. Alle plannen vallen in duigen als er een schot gevallen is.'

Ze zweeg. Draaide zich om.

'Wat ga je nu doen?' vroeg ze.

Ik aarzelde even. Het licht was nog steeds achter haar. Lang niet slecht.

'Ik ga een tukje doen,' zei ik.

'Hoeveel tijd heb je?'

Ik keek op mijn horloge. 'Ongeveer drie uur.'

'Moe?'

Ik knikte. 'Ik ben de hele nacht op geweest. Voornamelijk gezwommen.'

'Ben je langs die muur gezwommen?' vroeg ze. 'Misschien ben je wél een idioot.'

'Ben jij ook moe?' vroeg ik.
'Erg. Ik heb wekenlang hard gewerkt.'
'Doe dan een tukje samen met mij.'
'Dat voelt niet goed. Teresa is ergens in gevaar.'
'Ik kan toch nog niet weg,' zei ik. 'Niet voordat mevrouw Beck zover is.'
Ze aarzelde even. 'Er is maar één bed.'
'Geen onoverkomelijk probleem,' zei ik. 'Jij bent smal. Je neemt maar weinig ruimte in.'
'Het zou niet juist zijn,' zei ze.
'We hoeven er niet ín,' zei ik. 'We kunnen er gewoon bovenop liggen.'
'Vlak naast elkaar?'
'Met alle kleren aan,' zei ik. 'Ik hou mijn schoenen zelfs aan.'
Ze zei niets.
'Er is geen wet tegen,' zei ik.
'Misschien wel,' zei ze. 'Sommige staten hebben rare, oude wetten. Maine is er misschien een van.'
'Ik maak me druk om andere wetten van Maine.'
'Niet nu.'
Ik glimlachte. Daarna gaapte ik. Ik ging op het bed zitten en op mijn rug liggen. Wentelde op mijn zij, draaide me af van het midden en vouwde mijn armen onder mijn hoofd. Deed mijn ogen dicht. Ik voelde dat ze daar een hele poos bleef staan. Daarna dat ze naast me kwam liggen. Ze schoof een beetje rond. Daarna lag ze stil. Maar ze bleef gespannen. Ik voelde het. Ze kwamen via de springveren tot me, heel kleine, hoogfrequente trillinkjes van zorgelijkheid.
'Geen paniek,' zei ik. 'Ik ben veel te moe.'

Maar dat was ik niet echt. De moeilijkheden begonnen toen ze iets verschoof en mijn achterwerk met de hare raakte. Het was maar een heel vaag contact, maar ze had me even goed op het lichtnet kunnen aansluiten. Ik deed mijn ogen open, staarde naar de muur en probeerde uit te vogelen of ze sliep en een onwillekeurige beweging had gemaakt, of dat ze het met opzet had gedaan. Daar dacht ik een poosje over na. Maar waarschijnlijk is doodsgevaar een afrodisiacum, omdat ik naar de optimistische kant neigde. Vervolgens wist ik niet goed hoe ik moest reageren. Hoe was de correcte etiquette? Ik besloot zelf een stukje te verschuiven om de con-

nectie te bestendigen. Waarschijnlijk zou de beurt dan weer aan haar zijn. Nu mocht zij met de interpretatie worstelen.
Een hele minuut gebeurde er niets. Ik wilde me net teleurgesteld gaan voelen toen ze zich opnieuw bewoog. Nu was de connectie behoorlijk stevig, verdomme. Als ik geen honderdvijftien kilo had gewogen, had ze me misschien over de glimmende sprei geduwd. Ik wist vrij zeker dat ik de klinknagels op haar achterzakken voelde. Nu ik weer. Ik draaide me om en vermomde de beweging met een slaperig geluid. Nu lagen we lepeltje-lepeltje en raakte mijn arm per ongeluk haar schouder. Haar haar zat tegen mijn gezicht. Het was zacht en rook naar de zomer. Het katoen van haar overhemd knisperde. Het liep helemaal omlaag naar haar taille en vervolgens golfde de stof van haar spijkerbroek weer omhoog over haar heupen. Ik tuurde naar het voeteneind. Ze had haar schoenen uit. Ik zag haar voetzolen. Tien teentjes, keurig op een rij.
Ze maakte zelf een slaperig geluidje. Ik wist vrij zeker dat het nep was. Ze nestelde zich naar achteren tot ze van top tot teen dicht tegen me aan lag. Ik legde mijn hand op haar bovenarm. Daarna schoof ik hem omlaag tot hij van haar elleboog viel en op haar taille tot rust kwam. Het puntje van mijn pink stak onder haar broeksband. Ze maakte weer een geluidje. Vrijwel zeker nep. Ik hield de adem in. Haar achterwerk zat gevangen in mijn schoot. Mijn hart ging tekeer. Ik werd duizelig. Er was geen sprake van dat ik hier weerstand tegen kon bieden. Hoegenaamd niet. Het was zo'n door hormonen gestuurd moment waarvoor ik acht jaar Leavenworth had geriskeerd. Ik schoof mijn hand naar voren en omhoog en omvatte een borst. Daarna liep de zaak volledig uit de hand.

Zij was een van die vrouwen die zonder kleren veel aantrekkelijker zijn dan met. Dat is niet met alle vrouwen het geval, maar wel met haar. Ze had een lichaam om voor te sterven. Ze was niet bruin, maar ook niet bleek. Haar huid was zijdezacht, maar niet transparant. Ze was erg slank, maar ik zag geen botten. Ze was lang en smal. Ze was gebouwd voor zo'n badpak dat aan de zijkant heel hoog opgesneden is. Ze had kleine, stevige, volmaakt gevormde borsten. Een lange, slanke hals. Ze had geweldige oren en enkels en knieën en schouders. Onder haar keel zat een kuiltje. Het was een beetje vochtig.

Sterk was ze ook. Ik moest zo'n zestig kilo zwaarder hebben gewogen, maar ze had me uitgeput. Waarschijnlijk omdat ze jong was. Zo'n tien jaar jonger dan ik. Ze had me afgemat en daar moest ze van glimlachen. Ze had een geweldige glimlach.
'Herinner je je mijn hotelkamer in Boston nog?' vroeg ik. 'De manier waarop je op die stoel zat? Toen wilde ik je al.'
'Ik zat alleen maar op een stoel. Zonder *manier*.'
'Maak jezelf maar niets wijs.'
'Herinner jij je de Freedom Trail nog?' vroeg ze. 'Toen je over die lange-roedepenetrator vertelde? Toen wilde ik jóú.'
Ik glimlachte.
'Hij maakte deel uit van een defensiecontract van een miljard dollar,' zei ik. 'Dus ben ik blij dat deze specifieke staatsburger er nog iets van meegenomen heeft.'
'Als Eliot er niet bij was geweest, zou ik het zo met je hebben gedaan in dat plantsoen.'
'Er zat een vrouw vogels te voeren.'
'We hadden in de bosjes kunnen duiken.'
'Dan zou Paul Revere ons hebben gezien.'
'Die is de hele nacht doorgereden,' zei ze.
'Ik ben Paul Revere niet,' zei ik.
Ze glimlachte weer. Ik voelde het tegen mijn schouder.
'Helemaal op, ouwe jongen?' vroeg ze.
'Dát zei ik niet.'
'Gevaar windt op, hè?' vroeg ze.
'Ik denk het.'
'Dus je geeft toe dat je in gevaar bent?'
'Ik loop het risico op een hartaanval.'
'Je zou echt niet terug moeten gaan,' zei ze.
'Ik loop het risico dat ik het niet eens kán.'
Ze ging rechtop zitten. De zwaartekracht had geen invloed op haar perfectie.
'Ik meen het, Reacher,' zei ze.
Ik glimlachte. 'Ik red het wel. Nog twee, drie dagen. Ik vind Teresa, dan Quinn en daarna ben ik weg.'
'Alleen als ik je laat gaan.'
Ik knikte.
'Die twee lijfwachten,' zei ik.
Ze knikte terug. 'Daarom kun je niet zonder ons. Vergeet al die heldhaftigheid maar. Met of zonder jou, ik steek mijn nek uit. Als

we die twee loslaten, ben je een telefoontje later ten dode opgeschreven.'
'Waar zijn ze nu?'
'In het eerste motel, in Massachusetts. Waar we de plannen hebben gemaakt. De jongens van de Toyota en die universiteitsauto passen op ze.'
'Goed, mag ik hopen.'
'Heel goed.'
'Dat is uren hiervandaan,' zei ik.
Ze schudde haar hoofd.
'Met de auto,' zei ze. 'Niet per telefoon.'
'Je wilt Teresa terug.'
'Jawel,' zei ze. 'Maar ik heb de leiding.'
'Je bent een machtswellusteling,' zei ik.
'Ik wil niet dat jou iets ergs overkomt, anders niet.'
'Mij overkomt nooit iets ergs.'
Ze boog zich over me heen en volgde met haar vingers de littekens op mijn lichaam. Borst, buik, armen, schouders, voorhoofd. 'Je hebt een heleboel schade opgelopen voor iemand wie nooit iets ergs overkomt.'
'Ik ben onhandig,' zei ik. 'Ik val dikwijls.'
Ze stond op en liep naar de badkamer, bloot, gracieus, zonder een spoortje schaamte.
'Gauw terug zijn,' riep ik.

Maar ze had geen haast. Ze was een hele tijd in de badkamer en toen ze weer te voorschijn kwam, had ze een ochtendjas aan. Haar gezicht was veranderd. Ze keek een beetje ongemakkelijk. Een beetje melancholisch.
'We hadden dat niet moeten doen,' zei ze.
'Waarom niet?'
'Het was niet professioneel.' Ze keek me recht aan. Ik knikte. Waarschijnlijk was het niet al te professioneel.
'Maar leuk was het wel,' zei ik.
'We hadden het niet moeten doen.'
'We zijn allebei volwassen. We leven in een vrij land.'
'We hebben gewoon troost bij elkaar gezocht. Omdat we allebei zo gestrest zijn als wat.'
'Daar zie ik echt niets verkeerds in.'
'Het zal de zaak ingewikkeld maken,' zei ze.

Ik schudde mijn hoofd.
'Daar zijn we zelf bij,' zei ik. 'Dit wil niet zeggen dat we moeten trouwen of zoiets. We zijn elkaar niets verschuldigd.'
'Ik wou dat we het niet hadden gedaan.'
'Ik ben blij dat we het gedaan hebben. Ik vind dat je iets moet doen als het goed voelt.'
'Is dat jouw levensbeschouwing?'
Ik wendde mijn hoofd af.
'Het is de stem van de ervaring,' zei ik. 'Ik heb ooit nee gezegd toen het ja had moeten zijn en daar heb ik nog spijt van.'
Ze trok haar ochtendjas strak om zich heen.
'Het voelde wel goed,' zei ze.
'Voor mij ook,' zei ik.
'Maar verder moesten we het maar vergeten. Het was wat het was en meer niet, goed?'
'Oké,' zei ik.
'En je moet nog eens goed nadenken of je wel teruggaat.'
'Oké,' herhaalde ik.
Ik bleef op bed liggen en moest denken hoe het voelde om nee te zeggen als je eigenlijk ja bedoelde. Nu ik de balans opmaakte, was ja de beste keuze geweest en ik had nergens spijt van. Duffy was zwijgzaam. Het was net alsof we gewoon lagen te wachten tot er iets gebeurde. Ik nam een lange, hete douche en kleedde me aan in de badkamer. Inmiddels waren we uitgepraat. Er viel niets meer te zeggen. We wisten allebei dat ik terug zou gaan. Ik stelde het op prijs dat ze me niet echt probeerde tegen te houden. Ik stelde het op prijs dat we allebei doelgericht en praktisch waren. Toen ik mijn veters vastmaakte, kwam er een e-mail voor haar binnen. De laptop zei *ping*, als een gedempt, hoog belletje. Als een magnetron wanneer je eten klaar is. Geen machinale stem die *you've got mail* zei. Ik kwam uit de badkamer en zij nam plaats voor haar computer en klikte iets aan.
'Boodschap van kantoor,' zei ze. 'In het archief zitten elf twijfelachtige smerissen die Duke heten. Ik heb het verzoek gisteren ingediend. Hoe oud is hij?'
'Jaar of veertig,' zei ik.
Ze scrolde door de lijst.
'Zuiderling?' vroeg ze. 'Noorderling?'
'Geen zuiderling,' zei ik.
'Dan blijven er drie over,' zei ze.

'Volgens mevrouw Beck is hij ook een federaal agent geweest.'
Ze scrolde nog wat.
'John Chapman Duke,' zei ze. 'Hij is de enige die later federaal agent is geworden. Begon in Minneapolis als uniformagent en vervolgens werd hij rechercheur. Drie keer het onderzoeksobject van Interne Zaken geweest. Zonder uitsluitsel. Daarna is hij bij ons gekomen.'
'Bij de DEA?' vroeg ik. 'Heus waar?'
'Nee, ik bedoel bij de federale justitie,' zei ze. 'Hij is op het ministerie van financiën beland.'
'Wat deed hij daar?'
'Staat er niet bij. Maar binnen drie jaar had hij een aanklacht aan zijn broek. Iets met corruptie. Bovendien werd hij van meervoudige doodslag verdacht, maar daarvan was geen hard bewijs. Toch is hij voor vier jaar de bak ingedraaid.'
'Signalement?'
'Blank, ongeveer jouw formaat,' zei ze. 'Maar op de foto is hij lelijker.'
'Bingo,' zei ik.
Ze scrolde wat door om de rest van het rapport te lezen.
'Uitkijken,' zei ze. 'Hij lijkt me geen lekkere jongen.'
'Wees maar niet bang,' zei ik. Bij de deur overwoog ik haar te kussen. Maar ik zag ervan af. Waarschijnlijk wilde ze het niet. Ik holde meteen naar de Cadillac.

Ik zat weer in de koffieshop en was bijna aan het eind van mijn tweede kopje koffie toen Elizabeth Beck terugkwam. Zo te zien had ze helemaal niet gewinkeld. Geen boodschappen, geen felgekleurde tassen. Ik nam aan dat ze geen enkele winkel vanbinnen had gezien. Ze had vier lange uren rondgehangen om de man van de overheid te laten doen wat hij moest doen. Ik stak mijn hand op. Ze sloeg geen acht op me en liep meteen door naar de toonbank. Kocht een grote kop koffie met melk en kwam naar mijn tafeltje. Ik had besloten wat ik haar ging vertellen.
'Ik werk niet voor de overheid,' zei ik.
'Dat stelt me dan teleur,' zei ze voor de derde keer.
'Dat kan toch ook niet?' zei ik. 'Ik heb een politieagent doodgeschoten, weet je nog?'
'Ja,' zei ze.
'Overheidsmensen doen zulke dingen niet.'

'Misschien wel,' zei ze. 'Per ongeluk.'
'Maar dan zouden ze er naderhand niet vandoor gaan,' zei ik. 'Dan zouden ze blijven om hun verantwoordelijkheid te nemen.'
Ze viel stil en zei een hele poos niets. Dronk haar koffie in trage teugjes.
'Ik ben er acht à tien keer geweest,' zei ze. 'Ik bedoel in die universiteit. Zo nu en dan organiseren ze iets voor de familie van de studenten. Bovendien probeer ik er aan het begin en eind van elk semester te zijn. In de zomer heb ik zelfs een keer een busje gehuurd om hem te helpen zijn spullen naar huis te brengen.'
'Dus?'
'Het is een kleine universiteit,' zei ze. 'Niettemin is het er erg druk op de eerste dag van het semester. Heleboel ouders, heleboel studenten, jeeps, auto's, busjes, een hele kermis. De familiedagen zijn nog erger. En zal ik je eens wat vertellen?'
'Nou?'
'Ik heb er nog nooit iemand van de politie gezien. Niet eenmaal. Zeker geen rechercheur in burger.'
Ik keek uit het raam naar het binnentrottoir.
'Toeval, waarschijnlijk,' zei ze. 'Een willekeurige dinsdagmorgen in april, 's ochtends vroeg, niet veel te doen en er staat een rechercheur zonder aanwijsbare reden bij de poort.'
'Waar wil je nou heen?' vroeg ik.
'Dat je het wel heel erg slecht hebt getroffen,' zei ze. 'Ik bedoel, hoe groot was de kans nu helemaal?'
'Ik werk niet voor de overheid,' zei ik.
'Je hebt gedoucht,' zei ze. 'En je haar gewassen.'
'O ja?'
'Ik zie het en ik ruik het. Goedkope zeep, goedkope shampoo.'
'Ik ben naar de sauna geweest.'
'Daar had je het geld niet voor. Ik heb je twintig dollar gegeven. Je hebt minstens twee koffie gekocht. Dan zou je ongeveer veertien dollar over hebben.'
'Het was een goedkope sauna.'
'Dat moet dan wel,' zei ze.
'Ik ben zomaar iemand,' zei ik.
'En dat stelt me teleur.'
'Je klinkt alsof je je man graag gearresteerd wilt zien.'
'Dat is ook zo.'
'Hij zou de bak indraaien.'

'Hij woont al in een gevangenis. En dat verdient hij ook. Maar in de gevangenis zou hij vrijer zijn dan waar hij nu is. En daar zou hij niet eeuwig zitten.'
'Je kunt toch iemand inschakelen?' zei ik. 'Je hoeft niet te wachten tot ze naar jou zouden komen.'
Ze schudde haar hoofd. 'Dat zou zelfmoord zijn. Voor mij en Richard.'
'Precies zoals wanneer je zo over mij tegen iemand anders praat. Vergeet niet dat ik niet zonder slag of stoot zou gaan. Er zouden slachtoffers vallen. Misschien jij en Richard.'
Ze glimlachte. 'Probeer je het weer op een akkoordje te gooien?'
'Ik waarschuw je alleen maar weer,' zei ik. 'Zonder iets achter te houden.'
Ze knikte.
'Ik kan zwijgen,' zei ze. Dat bewees ze vervolgens door geen woord meer te zeggen. We dronken zwijgend onze koffie op en liepen terug naar de auto. We spraken niet meer. Ik bracht haar naar huis in noordoostelijke richting en had geen idee of ik een tikkende tijdbom bij me had, of dat ik de enige hulp van binnenuit de rug toekeerde die ik ooit zou krijgen.

Paulie stond al achter het hek te wachten. Hij had de weg zeker van achter het raam in de gaten gehouden en zijn positie ingenomen zodra hij de auto in de verte zag naderen. Ik nam gas terug, stopte en hij staarde me van achter het hek aan. Daarna staarde hij naar Elizabeth Beck.
'Geef mij die pieper eens,' zei ik.
'Dat kan niet,' zei ze.
'Doe nou maar,' zei ik.
Paulie maakte de ketting los en duwde het hek open. Elizabeth ritste haar tasje open en gaf mij de pieper. Ik reed een eindje naar voren en liet mijn raampje zakken. Stopte ter hoogte van Paulie die het hek weer dichtdeed.
'Moet je kijken,' riep ik.
Ik gooide de pieper bovenhands voor de auto. Het was een linkshandige worp. Hij was zwak en niet secuur. Maar hij volstond. Het plastic rechthoekje maakte een salto door de lucht en landde midden op de oprijlaan een meter of zeven voor de auto. Paulie keek het na en verstijfde toen hij besefte wat het was.
'Hé,' zei hij.

Hij ging erachteraan. Ik ging achter hem aan. Ik trapte op het gas, de banden gilden en de auto sprong vooruit. Ik mikte de rechterhoek van de voorbumper op de zijkant van zijn linkerknie. Het scheelde maar een haar. Maar hij was ongelooflijk snel. Hij griste de pieper van het asfalt, sprong naar achteren en ik miste hem op dertig centimeter na. De auto schoot langs hem heen. Ik nam geen gas terug. Reed gewoon hard door en zag hem in mijn spiegeltje. Hij stond ons na te kijken en de blauwe rook van de banden warrelde om hem heen. Ik was diep teleurgesteld. Als ik het op moest nemen tegen een knaap die negentig kilo zwaarder was dan ik, zou ik heel wat geruster zijn als ik hem eerst kreupel had gemaakt. Of als hij tenminste niet zo verrekte snel was.

Ik stopte bij de voordeur om Elizabeth Beck uit te laten stappen. Daarna zette ik de auto in de garage en toen ik naar de keuken liep, kwamen Zachary Beck en John Chapman Duke naar buiten om me te zoeken. Ze waren geagiteerd en liepen snel. Ze waren gespannen en boos. Ik dacht dat ik op mijn lazer zou krijgen vanwege Paulie. Maar dat was het niet.
'Angel Doll wordt vermist,' zei Beck.
Ik bleef staan. Van zee blies een harde wind. De luie deining was verdwenen en de golven waren even hoog en lawaaiig als op de eerste avond. De wind voerde fijne, opgespatte druppeltjes met zich mee.
'Hij heeft het laatste met jou gesproken,' zei Beck. 'Daarna heeft hij afgesloten, is vertrokken en sindsdien heeft niemand meer iets van hem gehoord.'
'Wat moest hij van je?' vroeg Duke.
'Geen idee,' zei ik.
'Geen idee? Je bent vijf minuten binnen geweest.'
Ik knikte. 'Hij nam me mee naar het kantoortje in de loods.'
'En?'
'En niks. Hij had zich helemaal voorbereid om iets te gaan zeggen, maar zijn mobiel ging.'
'Wie was het?'
Ik haalde mijn schouders op. 'Hoe moet ik dat nou weten? Het was iets dringends. Hij was de volle vijf minuten aan de telefoon. Hij verdeed mijn tijd en die van jullie, dus heb ik het gewoon opgegeven en ben weer naar buiten gelopen.'
'Wat zei hij aan de telefoon?'

'Ik heb niet geluisterd,' zei ik. 'Dat vind ik onbeleefd.'
'Nog namen gehoord?' vroeg Beck.
Ik keek hem aan. Schudde mijn hoofd.
'Geen namen,' zei ik. 'Maar ze kenden elkaar wel. Dat was duidelijk. Ik denk dat Doll voornamelijk luisterde. Volgens mij kreeg hij instructies voor het een of ander.'
'Waarover?'
'Geen idee.'
'Iets dringends?'
'Ik denk het. Hij leek mij helemaal vergeten te zijn. Hij probeerde me in elk geval niet tegen te houden toen ik wegliep.'
'Is dat alles wat je weet?'
'Ik nam aan dat het een soort plan was,' zei ik. 'Misschien wel instructies voor de volgende dag.'
'Vandaag?'
Ik haalde mijn schouders weer op. 'Ik gok maar wat. Het was een erg eenzijdig gesprek.'
'Geweldig,' zei Duke. 'Met jou schieten we enorm op, wist je dat?'
Beck staarde naar de zee. 'Dus hij kreeg een dringend telefoontje op zijn mobiel en vervolgens heeft hij afgesloten en is hij vertrokken. Meer kun je ons niet vertellen?'
'Ik heb hem niet zien afsluiten,' zei ik. 'En ik heb hem niet zien weggaan. Toen ik naar buiten kwam, was hij nog steeds aan de telefoon.'
'Natuurlijk heeft hij afgesloten,' zei Beck. 'En natuurlijk is hij vertrokken. Vanmorgen was alles in orde.'
Ik zei niets. Beck draaide een halve slag en stond met zijn gezicht naar het oosten. De wind uit zee blies zijn kleren plat tegen zijn lichaam. Zijn broek wapperde als een vlag. Hij schoof met zijn schoenen over het gruis alsof hij warm probeerde te worden.
'Dit kunnen we nu niet gebruiken,' zei hij. 'Hier zitten we écht niet op te wachten. Er komt een belangrijk weekeinde aan.'
Ik zei niets. Ze draaiden zich om, liepen terug naar het huis en lieten mij daar alleen achter.

Ik was moe, maar ik zou geen rust krijgen. Dat was duidelijk. Er hing opschudding in de lucht en de routine die ik de twee voorgaande avonden had meegemaakt was ver te zoeken. Er was niets te eten in de keuken. Geen avondmaal. De kokkin was er niet. Ik hoorde mensen op de gang. Duke kwam de keuken in, negeerde me en liep de achterdeur uit. Hij droeg een blauwe sporttas van Nike. Ik volgde hem naar buiten, bleef hem nakijken bij de hoek van het huis en zag hem de tweede garage in gaan. Vijf minuten later zag ik de zwarte Lincoln er achterwaarts uitkomen en wegrijden. Hij had de nummerborden verwisseld. Toen ik er midden in de nacht een kijkje nam, hadden er borden met het zescijferig nummer van Maine op gezeten. Nu zag ik een zevencijferig nummer van New York. Ik ging weer naar binnen om naar koffie te zoeken. Ik vond wel het apparaat, maar geen papieren filters. Ik moest me tevreden stellen met een glas water. Dat had ik half op toen Beck binnenkwam. Hij had ook een sporttas bij zich. Uit de manier waarop de tas aan zijn hengsels hing en het geluid toen hij tegen zijn been sloeg leidde ik af dat hij vol zwaar metaal zat. Wapens waarschijnlijk. Misschien twee stuks.

'Ga de Cadillac halen,' zei hij. 'Nu meteen. Haal me op bij de voordeur.'

Hij haalde de sleutels uit zijn zak en gooide ze voor me op tafel. Daarna ging hij op zijn hurken zitten, ritste de tas open en haalde twee nummerborden van New York en een schroevendraaier te voorschijn. Gaf ze aan mij.

'Eerst deze bevestigen,' zei hij.

Ik zag de wapens in de tas. Twee Heckler & Kochs MP5K, kort en lijvig en zwart met bolle, gegoten handgrepen. Futuristisch, alsof het filmrekwisieten waren.

'Waar gaan we heen?' vroeg ik.

'We gaan Duke achterna naar Hartford, Connecticut,' zei hij. 'Daar hebben we nog iets te regelen, weet je nog?'

Hij ritste de tas dicht, stond op en ging ermee de gang in. Ik bleef even stil zitten. Daarna hief ik mijn glas water en proostte naar de kale muur voor me.

'Op bloedige oorlogen en gevreesde ziekten,' zei ik binnensmonds.

7

Ik liet de rest van het water in de keuken staan en ging naar buiten naar het garageblok. Honderdvijftig kilometer naar het oosten begon het al te schemeren boven de oceaan. Het waaide hard en de golven stortten zich met veel geraas op de rotsen. Ik bleef staan en beschreef een achteloos rondje. Zag niemand anders buiten. Dus dook ik uit het zicht langs de muur om de binnenplaats. Vond mijn verborgen bundeltje, legde de valse nummerborden en de schroevendraaier op de rotsen en pakte beide pistolen uit. Duffy's Glock ging in mijn rechter jaszak. Dolls PSM in mijn linker. De reservemagazijnen van de Glock stopte ik in mijn sokken. Verborg de lap, raapte de nummerborden en de schroevendraaier op en liep weer terug naar de ingang van de binnenplaats.

In de derde garage was de monteur aan het werk. In de lege. Hij had de deuren wijd open en smeerde de scharnieren. De ruimte achter hem was nog schoner dan toen ik hem 's nachts had gezien. Hij was smetteloos. De vloer was schoon gespoten. Ik zag hier en daar nog natte plekken. Ik knikte de man toe en hij knikte terug.

Ik maakte de linkergarage open. Hurkte en schroefde het Mainenummerbord van de kofferbakdeksel van de Cadillac en schroefde het nummerbord van New York ervoor in de plaats. Deed hetzelfde aan de voorkant. Liet de schroevendraaier en de oude nummerborden op de grond liggen, stapte in en startte. Reed achteruit naar buiten en vervolgens naar de parkeerlus. De monteur keek me na.

Beck stond al te wachten. Hij maakte het achterportier zelf open en gooide zijn sporttas op de achterbank. Ik hoorde de wapens die erin zaten bewegen. Daarna deed hij het achterportier weer dicht en stapte voorin naast me.

'Rijden,' zei hij. 'Neem de I-95 in zuidelijke richting tot Boston.'

'We moeten tanken,' zei ik.

'Oké, het eerste benzinestation dat we tegenkomen,' zei hij.

Paulie stond bij het hek te wachten. Zijn gezicht was verwrongen van woede. Dat probleem moest binnenkort opgelost worden. Hij keek me razend aan. Draaide zijn hoofd van links naar rechts en hield zijn blik op mij gericht terwijl hij het hek openmaakte. Ik negeerde hem en reed de poort uit. Ik keek niet om. Uit het oog, uit het hart. Zo wilde ik het houden, wat hem aanging.

De kustweg was totaal verlaten. Twaalf minuten nadat we van huis waren gegaan, zaten we op de snelweg. Ik raakte gewend aan de Cadillac. Het was een prima auto. Soepel en rustig. Maar hij zoop, dat was zeker. De naald van de meter wees zorgelijk laag. Ik kon hem bijna zien zakken. Voor zover ik me herinnerde, was de eerste benzinepomp ten zuiden van Kennebunk. De plek waar ik met Duffy en Eliot had afgesproken op weg naar New London. We waren er binnen een kwartier. Het voelde er heel vertrouwd. Ik reed langs het parkeerterrein waar we in het busje hadden ingebroken en koerste naar de pompen. Beck zei niets. Ik stapte uit en gooide de tank vol. Het duurde een hele poos. Tweeëntachtig liter. Ik schroefde de dop er weer op en Beck liet zijn raampje zakken om me een bundeltje contanten te geven.

'Benzine altijd contant betalen,' zei hij. 'Dat is veiliger.'

Ik hield het wisselgeld, ruim vijftien dollar. Ik vond dat ik daar recht op had. Ze hadden me nog niets betaald. Ik reed de weg weer op en maakte het me gemakkelijk voor de tocht. Ik was moe. Niets is zo erg als eindeloze kilometers snelweg als je moe bent. Beck zat zwijgend naast me. Eerst dacht ik dat hij chagrijnig was. Of verlegen, geremd. Toen besefte ik dat hij nerveus was. Waarschijnlijk was hij niet helemaal op zijn gemak door de aanstaande strijd. Vooral omdat ik zeker wist dat we niemand zouden vinden om te bestrijden.

'Hoe is het met Richard?' vroeg ik.

'Prima,' zei hij. 'Hij is sterk vanbinnen. Hij is een goeie zoon.'

'O ja?' vroeg ik, omdat ik iets moest zeggen. Ik moest hem laten praten om me wakker te houden.

'Hij is erg loyaal. Wat kan een vader nog meer verlangen?'

Daarna zweeg hij weer en moest ik mijn uiterste best doen om wakker te blijven. Acht kilometer. Zestien.

'Heb je ooit met kleine dopedealers te maken gehad?' vroeg hij.

'Nee,' zei ik.

'Die hebben iets unieks,' zei hij.

Dertig kilometer lang zei hij niets meer. Daarna pikte hij de draad weer op alsof hij al die tijd naar de juiste woorden had gezocht.

'Ze zijn volledig geobsedeerd door trends,' zei hij.

'O ja?' zei ik, alsof het me interesseerde. Dat was niet zo, maar ik moest hem aan de praat houden.
'Natuurlijk zijn designerdrugs hoe dan ook modeartikelen,' zei hij. 'Hun klanten zijn eigenlijk net zo erg als zijzelf. Ik kan het allemaal niet bijhouden, die spullen die ze verkopen. Elke week een andere rare naam.'
'Wat zijn designerdrugs?'
'Drugs uit een laboratorium,' zei hij. 'Iets wat gemaakt is, snap je wel, iets chemisch. Niet hetzelfde als wat gewoon in de natuur voorkomt.'
'Zoals marihuana.'
'Of heroïne,' zei hij. 'Of cocaïne. Dat zijn natuurlijke producten. Geraffineerd weliswaar, maar ze komen niet uit een distilleerkolf.'
Ik zei niets. Vocht tegen de slaap. Het was veel te warm in de auto. Je moet een koude luchtstroom hebben als je moe bent. Ik beet op mijn onderlip om wakker te blijven.
'Die modeobsessie besmet alles wat ze doen,' zei hij. 'Tot in de details. Schoenen bijvoorbeeld. Die gasten die we vanavond gaan opzoeken droegen elke keer als ik ze zag andere schoenen.'
'Zoals sportschoenen?'
'Ja, alsof ze basketbal speelden voor de kost. De ene keer dragen ze gloednieuwe Reeboks van tweehonderd dollar, net uit de doos. De volgende keer dat ik ze zie, zijn Reeboks helemaal uit en moeten het Nikes zijn of zoiets. Air-zus, Air-zo. Of het is opeens Caterpillar-schoenen, of Timberland. Leer, vervolgens Gore-tex, dan weer leer. Zwart, vervolgens die gele kleur van werkschoenen. De veters hangen altijd los. Dan is het opeens weer sportschoenen, alleen is het dit keer Adidas, met die streepjes. Twee, driehonderd dollar per paar. Totaal redeloos. Het is geschift.'
Ik zei niets. En maar rijden, met mijn oogleden opengesperd en prikkende oogballen.
'Weet je waarom dat is?' vroeg hij. 'Vanwege het geld. Ze hebben zoveel geld dat ze niet weten wat ze ermee moeten doen. Net als die jacks. Heb je de jacks weleens gezien die ze dragen? De ene week is het North Face, lekker glimmend en dik, vol met ganzendons, maakt niet uit of het zomer is of winter want die lui komen alleen 's nachts buiten. Een week later is glimmend uit. Misschien dat North Face nog wel kan, maar nu is het microvezel. Vervolgens zijn letterjasjes in de mode, van wol met leren mouwen. Elke stijl duurt ongeveer een week.'

'Maf,' zei ik, om maar iets te zeggen.
'Het komt door het geld,' herhaalde hij. 'Ze weten zich er geen raad mee, dus zijn ze dol op verandering omwille van de verandering. Het besmet alles. Wapens ook, natuurlijk. Zoals deze specifieke lui, die hielden van de Heckler & Koch MP5K. Nu hebben ze uzi's, als ik jou moet geloven. Snap je wat ik bedoel? Voor die gasten zijn zelfs wapens aan mode onderhevig, net als hun gympen of hun jacks. Of hun product, waardoor de cirkel rond is. Hun verlangens veranderen voortdurend, op alle gebieden. Auto's zelfs. Ze gaan meestal voor Japanners, en dat heeft weer te maken met de mode die van de Westkust over komt waaien, denk ik. Maar de ene week is het Toyota, de volgende week is het Honda. Dan weer Nissan. Twee, drie jaar geleden was de Nissan Maxima de grote favoriet. Zoals die auto die jij hebt gestolen. Dan is het weer Lexus. Het is een gekte. Horloges ook. Ze dragen Swatch, dan is het weer Rolex. Het verschil zien ze niet. Totale waanzin. Natuurlijk hoor je mij als leverancier op de markt niet klagen. Ingecalculeerde veroudering is ons streven, maar soms gaat het mij wat snel. Dan wordt het lastig om het bij te houden.'
'Dus jij zit in de business?'
'Wat dacht je?' zei hij. 'Dat ik boekhouder was?'
'Ik dacht dat je tapijten importeerde.'
'Dat doe ik ook,' zei hij. 'Ik importeer een heleboel tapijten.'
'Oké.'
'Maar dat is in wezen een dekmantel,' zei hij. Daarna lachte hij. 'Dacht je dat je tegenwoordig geen voorzorgsmaatregelen moet nemen als je sportschoenen verkoopt aan zulke lui?'
Hij bleef lachen. Er klonk een heleboel nerveuze spanning in door. Ik reed verder. Hij kwam weer tot bedaren. Keek uit het zijraampje. Keek voor zich uit. Begon weer te praten, alsof hij dat net zo nodig had als ik.
'Draag jij ooit sportschoenen?' vroeg hij.
'Nee,' zei ik.
'Ik zoek namelijk iemand die het me kan uitleggen. Er is geen rationeel verschil tussen een Reebok en een Nike, of wel soms?'
'Ik zou het niet weten.'
'Ik bedoel, ze komen waarschijnlijk uit dezelfde fabriek. Ergens in Vietnam. Het zijn waarschijnlijk identieke schoenen voordat ze het logo erop plakken.'

'Misschien,' zei ik. 'Ik zou het echt niet weten. Ik heb nooit aan sport gedaan. Zulke schoenen heb ik nooit gedragen.'
'Is er verschil tussen een Toyota en een Honda?'
'Ik zou het niet weten.'
'Waarom niet?'
'Omdat ik nooit een PV heb gehad.'
'Wat is een PV?'
'Een privévoertuig,' zei ik. 'Zo zouden ze in het leger een Toyota of een Honda noemen. Of een Nissan of een Lexus.'
'Wat weet je dan wel?'
'Ik weet het verschil tussen een Swatch en een Rolex.'
'Oké, wat is het verschil dan?'
'Dat is er niet. Ze geven allebei de tijd aan.'
'Dat is geen antwoord.'
'Ik weet het verschil tussen een uzi en een Heckler & Koch.'
Hij draaide een kwartslag op zijn stoel. 'Mooi. Geweldig. Leg maar uit. Waarom dumpen die gasten hun Heckler & Kochs in ruil voor Uzi's?'
De Cadillac zoemde voort. Ik haalde mijn schouders op. Vocht met een geeuw. Het was natuurlijk een onzinnige vraag. Die lui in Hartford hadden hun MP5K's niet voor uzi's verwisseld. Niet echt. Eliot en Duffy hadden geen idee gehad welk wapen in Hartford in was, en evenmin dat Beck iets van Hartford wist, meer niet. Dus hadden ze hun manschappen uzi's gegeven, waarschijnlijk omdat ze die bij de hand hadden.
Maar theoretisch was het een heel goede vraag. Een uzi is een prima wapen. Beetje zwaar misschien. Niet de grootste vuursnelheid ter wereld, wat sommige mensen misschien een nadeel zouden vinden. Weinig trekken in de loop, wat de zuiverheid niet echt ten goede komt. Aan de andere kant is het een heel betrouwbaar, heel eenvoudig wapen dat zichzelf uit en te na heeft bewezen, en kun je er een magazijn van veertig kogels in doen. Uitstekend wapen. Maar elke versie van de Heckler & Koch MP5 is beter. Hij schiet dezelfde munitie sneller en harder. Ze zijn uitermate nauwkeurig. In sommige handen net zo nauwkeurig als een goed geweer. Heel betrouwbaar. Domweg beter. Een geweldig model uit 1970 tegenover een geweldig model uit 1950. Dit geldt niet voor alle terreinen, maar op het gebied van de militaire bewapening is modern altijd beter.
'Er is geen reden,' zei ik. 'Voor mij slaat dat nergens op.'

'Precies,' zei Beck. 'Het heeft met mode te maken. Het is een willekeurige gril. Het is dwangmatig. Het houdt ieders winkeltje draaiende, maar je wordt er ook knetter van.'
Zijn mobiel ging. Hij toverde hem uit zijn zak en antwoordde door zijn naam kort en scherp uit te spreken. Een beetje nerveus. *Beck.* Het klonk als een kuchje. Hij luisterde een hele tijd. Liet de beller een adres en richtingaanduiding herhalen, verbrak de verbinding en stopte de telefoon weer in zijn zak.
'Dat was Duke,' zei hij. 'Hij heeft wat rondgebeld. Onze jongens zijn niet in Hartford. Maar blijkbaar hebben ze een huis op het platteland een eindje naar het zuidoosten. Volgens hem zijn ze daar ondergedoken. Dus daar gaan we heen.'
'En wat doen we als we daar zijn?'
'Niets spectaculairs,' zei Beck. 'We hoeven er niet een heel circus van te maken. Geen toeters en bellen. In een situatie als deze ben ik ervoor om ze gewoon neer te maaien. Het moet een indruk van onvermijdelijkheid maken, snap je wel? Maar achteloos. Zo van: naai je me een oor aan, dan worden er snel en afdoend maatregelen genomen, maar niet op zo'n manier dat het mij een seconde slaap kost.'
'Zo verlies je klanten.'
'Er komen wel weer nieuwe. Ze staan in de rij. Dat is echt het luisterrijke van deze handel. Vraag en aanbod helt zwaar over naar de vraag.'
'Ga je dit zelf doen?'
Hij schudde zijn hoofd. 'Daar zijn jij en Duke voor.'
'Ik? Ik dacht dat ik alleen maar chauffeur was.'
'Je hebt er al twee van hen omgelegd. Van nog een paar erbij zou je niet wakker moeten liggen.'
Ik zette de verwarming wat lager en deed mijn best om wakker te blijven.

We beschreven een boog halverwege om Boston en vervolgens kreeg ik opdracht om op de Mass Pike naar het zuidwesten af te slaan en daarna de I-84 te nemen. We reden nog eens honderd kilometer, wat ongeveer een uur kostte. Hij wilde niet dat ik al te hard reed. Hij wilde niet opvallen. Valse nummerborden, tas vol automatische wapens op de achterbank, hij wilde de Highway Patrol niet nieuwsgierig maken. Daar zag ik de logica wel van in. Ik reed als een robot. Ik had veertig uur niet geslapen. Maar ik had

er geen spijt van dat ik de kans op een tukje in Duffy's motel niet had gegrepen. Ik was blij met de wijze waarop ik mijn tijd daar had doorgebracht, al was zij dat misschien niet.
'Volgende afslag,' zei hij.
De I-84 doorkliefde meteen de stad Hartford. De wolken hingen laag en waren oranje van de stadslichten. De afslag voerde naar een brede weg die na een paar kilometer smaller werd en in zuidoostelijke richting het open platteland op voerde. Voor ons heerste duisternis. Hier en daar waren gesloten plattelandswinkels, hengelsportartikelen, ijskoud bier, motoronderdelen en vervolgens helemaal niets meer behalve de donkere silhouetten van bomen.
'Volgende rechts,' zei hij acht minuten later.
Ik sloeg af naar een smallere weg. Die was slecht en slingerde willekeurig. Alom heerste duisternis. Ik moest me concentreren. Ik verheugde me niet op de terugweg.
'Gewoon rechtdoor,' zei hij.
We reden nog eens twaalf tot vijftien kilometer. Ik had geen idee waar we waren.
'Oké,' zei hij. 'Zo meteen moeten we Duke zien die ons opwacht.'
Tweeëneenhalve kilometer verder viel het licht van mijn koplampen op het nummerbord aan de achterkant van Dukes auto. Hij stond in de berm. Zijn auto helde over omdat de berm de oever van een greppel was.
'Achter hem stoppen.'
Ik stopte vlak achter de Lincoln en zette de pook in de parkeerstand. Ik wilde slapen. Een tukje van vijf minuten zou een groot verschil hebben gemaakt. Maar Duke stapte uit zodra hij ons zag en haastte zich om de auto naar het raampje van Beck. Die liet het zakken. Duke ging op zijn hurken zitten en bracht zijn gezicht naar binnen.
'Hun huis is ruim drie kilometer verderop,' zei hij. 'Lange, slingerende oprijlaan aan de linkerkant. Niet veel meer dan een onverhard pad. Als we stil, langzaam en zonder licht rijden, kunnen we ongeveer tot halverwege komen. De rest zal te voet moeten.'
Beck zei niets. Sloot zijn raampje weer. Duke ging weer terug naar zijn auto. De wagen stuiterde van de berm en kwam recht op de weg te liggen. Ik reed drie kilometer achter hem aan. Honderd meter voor de oprijlaan deden we de lichten uit en sloegen af. Reden langzaam. Er was een beetje maanlicht. De Lincoln voor me slin-

gerde en deinde door de wielsporen. De Cadillac volgde zijn voorbeeld, uit de maat. Hij ging omhoog als de Lincoln daalde en spiraalde naar rechts als de Lincoln naar links draaide. De snelheid daalde tot een slakkengang. We lieten de wagen in z'n vrij uitrijden. Toen lichtten Dukes remlichten fel op en hij stopte. Ik parkeerde achter hem. Beck draaide zich om, sjorde de sporttas tussen de twee voorstoelen door en ritste hem op zijn knie open. Gaf me een van de MP5K's met twee reservemagazijnen van dertig patronen.

'Aan de slag,' zei hij.

'Wacht jij hier?'

Hij knikte. Ik haalde het wapen uit elkaar om het te controleren. Zette het weer in elkaar, klikte een patroon in de kamer en zette de pal op veilig. Daarna stopte ik de reservemagazijnen heel voorzichtig in mijn zakken om ze niet tegen de Glock en de PSM te laten botsen. Hees mezelf voorzichtig uit de auto. Bleef even staan om de koude nachtlucht in te ademen. Dat was een opluchting. Ik werd er wakker van. Ik rook dat er een meer in de buurt was, en bomen en humus op de grond. In de verte hoorde ik een watervalletje en de knaldempers op de uitlaat van de auto's tikten zacht door het afkoelen. Er ritselde een briesje door de bomen. Verder was er niets te horen. Alleen de absolute stilte.

Duke stond op me te wachten. Aan zijn houding zag ik dat hij ongeduldig en gespannen was. Hij had zoiets al eerder bij de hand gehad. Dat was duidelijk. Hij zag er precies zo uit als een door de wol geverfde smeris vlak voor een belangrijke arrestatie. Een zekere mate van vertrouwde routine, vermengd met het scherpe besef dat geen twee situaties ooit gelijk zijn. Hij had zijn Steyr met een lang magazijn van dertig kogels in zijn hand. Het stak ver onder de handgreep uit. Dat maakte het wapen groter en lelijker dan ooit.

'Kom mee, eikel,' zei hij.

Ik bleef anderhalve meter achter hem en liep als een infanterist aan de andere kant van de oprijlaan. Ik moest overtuigend overkomen, alsof ik bang was dat we een groepsdoelwit zouden vormen. Ik wist dat er geen mens zou zijn, maar hij niet.

We liepen de bocht door en zagen het huis voor ons opdoemen. Achter een raam brandde licht. Waarschijnlijk op een veiligheidstimer. Duke hield de pas in en bleef staan.

'Zie jij een deur?' fluisterde hij.

Ik tuurde in het halfduister. Zag een portaaltje. Wees.
'Wacht jij maar bij de deur,' fluisterde ik terug. 'Ik ga bij dat raam kijken.'
Hij vond het allang best. We slopen naar het portaaltje. Hij bleef staan wachten en ik maakte me los en liep in een boog naar het raam. Liet me op de grond zakken en kroop de laatste drie meter over de aarde. Hief mijn hoofd naar de vensterbank en gluurde naar binnen. In een tafellampje met een gele kap brandde een zwak peertje. Er stonden gehavende divans en leunstoelen. In de open haard lag koude as van een oud vuur. Grenen lambrisering aan de wand. Geen mens.
Ik tijgerde terug tot waar Duke me door de lichtval kon zien en hield twee vingers in een liggende v onder mijn ogen. Standaard sluipschutterscode voor *ik zie*. Vervolgens stak ik mijn hand op met alle vijf de vingers gestrekt. *Ik zie vijf mensen.* Daarna maakte ik een ingewikkelde reeks gebaren die misschien iets over hun positie en wapens had kunnen zeggen. Ik wist dat Duke ze niet zou begrijpen. Ik begreep ze zelf ook niet. Voor zover ik wist, hadden ze geen enkele betekenis. Ik was nooit een sluipschutter/verkenner geweest. Maar het zag er allemaal heel goed uit. Professioneel, geheimzinnig en nadrukkelijk.
Ik tijgerde nog drie meter verder, stond op en sloop terug naar de deur waar hij stond.
'Ze zijn van de wereld,' zei ik. 'Dronken of stoned. Als we ze goed bespringen, is het een fluitje van een cent.'
'Wapens?'
'Een heleboel, maar niet binnen handbereik.' Ik wees op het portaal. 'Volgens mij is er een klein gangetje aan de andere kant. Buitendeur, binnendeur, gangetje. Jij links, ik rechts. We wachten daar in het gangetje en leggen ze neer als ze op het kabaal naar buiten komen om poolshoogte te nemen.'
'Deel jij de lakens nou uit?'
'Ik heb de verkenning gedaan.'
'Als je het maar niet verknalt, eikel.'
'Jij ook niet.'
'Ik verknal nooit iets.'
'Oké,' zei ik.
'Ik meen het, hoor,' zei hij. 'Loop je in de weg, dan leg ik je met groot genoegen om, net als de rest. Net zo makkelijk.'
'We staan aan dezelfde kant.'

'O ja?' zei hij. 'Volgens mij staan we op het punt om daar achter te komen.'
'Ontspan je nou maar,' zei ik.
Hij zweeg. Verstrakte. Knikte in het donker. 'Ik neem de buitendeur, jij de binnendeur. Net haasje-over.'
'Oké,' zei ik weer. Ik wendde mijn hoofd af en glimlachte. Echt iets voor een oud-politieman. Als ik de binnendeur intrapte, zou hij eerst naar binnen springen en ik daarna, en nummer twee is doorgaans de persoon die wordt neergeschoten, gezien de normale reactietijd van de vijand.
'Wapens op vuren,' fluisterde ik.
Ik zette de H&K op een patroon per keer, en hij schoof de pal op zijn Steyr naar rechts. Ik knikte, hij knikte en trapte de buitendeur in. Ik was vlak naast zijn schouder, glipte naar binnen en trapte de binnendeur in zonder vaart te minderen. Hij glipte langs me heen en sprong naar links en ik volgde hem en sprong naar rechts. Hij was vrij goed. We vormden een heel behoorlijk team. We zaten al gehurkt voordat de ingetrapte deuren waren opgehouden met zwaaien. Hij staarde naar de deur van de kamer voor ons. Hij had zijn Steyr gefixeerd met twee handen vast, met zijn armen recht naar voren en zijn ogen wijd open. Hij ademde zwaar. Hijgde bijna. Werkte zich zo goed en zo kwaad als hij kon door een langdurig gevaarlijk moment. Ik haalde de PSM van Doll uit mijn zak. Hield hem in mijn linkerhand, krabbelde over de vloer en stootte de loop in zijn oor.
'Heel stil blijven,' zei ik. 'En een keuze maken. Ik ga je een vraag stellen. Eén maar. Als je liegt, of weigert te antwoorden, schiet ik je door je kop. Begrepen?'
Hij bleef roerloos zitten; vijf seconden, zes, acht, tien. Staarde radeloos naar de deur voor hem.
'Maak je geen zorgen, éíkel,' zei ik. 'Er is niemand. Ze zijn vorige week allemaal aangehouden. Door justitie.'
Hij bleef roerloos zitten.
'Heb je begrepen wat ik net zei? Over die vraag?'
Hij knikte, aarzelend, onhandig, door het pistool dat nog steeds in zijn oor stak.
'Je geeft antwoord, of ik schiet je door je kop. Ja?'
Hij knikte weer.
'Oké, hier komt hij,' zei ik. 'Klaar?'
Hij knikte, een keer maar.

'Waar is Teresa Daniel?' vroeg ik.
Er viel een lange stilte. Hij draaide zich half naar me toe. Ik volgde met mijn hand om de loop van de PSM op zijn plaats te houden. Er daagde iets in zijn ogen.
'Dat had je gedroomd,' zei hij.
Ik schoot hem door het hoofd. Haalde gewoon de loop uit zijn oor en vuurde met mijn linkerhand in zijn rechterslaap. De explosie in het donker was kolossaal. Bloed, hersenweefsel en stukjes bot spatten op de muur aan de andere kant. De vlam uit de vuurmond schroeide zijn haar. Daarna schoot ik twee kogels uit de H&K in het plafond en schoot linkshandig nog een kogel uit de PSM in de vloer. Zette de H&K op automatisch vuren, stond op en schoot hem van dichtbij leeg in zijn lichaam. Raapte zijn Steyr op van de plek waar hij was gevallen en schoot snel, *beng beng beng beng*, het halve magazijn leeg in het plafond, vijftien kogels. De gang hing in een oogwenk vol met bittere kruitdamp en houtsplinters en stukken pleisterwerk vlogen alle kanten op. Ik deed een nieuw magazijn op de H&K en schoot lukraak om me heen in de muren. Het lawaai was oorverdovend. Lege hulzen sprongen eruit, stuiterden over de vloer en regenden aan alle kanten. De H&K was leeg, ik schoot de PSM leeg in de muren van de gang, schopte de deur van de verlichte kamer open en schoot de tafellamp stuk met de Steyr. Ik vond een bijzettafeltje, smeet het door het raam, schoot het tweede reservemagazijn van de H&K leeg op de bomen in de verte en schoot de laatste kogels van de Steyr linkshandig in de vloer. Daarna stapelde ik de Steyr, de H&K en de PSM in mijn armen en ging er als een haas en met een nagalmend hoofd vandoor. In ongeveer vijftien seconden had ik honderdachtentwintig kogels afgevuurd. Beck moest gedacht hebben dat de Derde Wereldoorlog was uitgebroken.
Ik holde rechtstreeks naar de oprijlaan. Ik hoestte en de kruitdamp volgde me als een wolk. Ik rende op de auto's af. Beck was al achter het stuur van de Cadillac gekropen. Hij zag me aankomen en zette zijn portier op een kier. Dat ging sneller dan het raampje laten zakken.
'Hinderlaag,' stiet ik buiten adem uit. Ik hoorde mijn eigen stem hard in mijn hoofd weerklinken. 'Het waren er minstens acht.'
'Waar is Duke?'
'Dood. We moeten ervandoor. Nu metéén, Beck.'
Hij verstijfde even. Daarna kwam hij in beweging.

'Jij neemt zijn auto,' zei hij. Hij gaf gas, trok zijn portier dicht en verdween achteruit over de oprijlaan. Ik sprong in de Lincoln. Startte. Zette de pook in zijn achteruit, legde een elleboog op de stoelleuning, keek door het achterraam en gaf gas. Vlak na elkaar schoten we de weg weer op, maakten een scherpe bocht en vlogen naast elkaar in noordelijke richting alsof we een dragrace deden. We raasden door de bochten, vochten met het hellende wegdek en kwamen niet beneden de honderdtien. Namen geen gas terug voordat we de afslag naar Hartford hadden bereikt. Beck ging voor rijden en ik volgde. Hij scheurde acht kilometer door, sloeg af bij een gesloten slijterij en stopte achter op het parkeerterrein. Ik parkeerde drie meter naast hem, leunde naar achteren en liet hem naar mij toe komen. Ik was te moe om uit te stappen. Hij holde om de motorkap van de Cadillac en trok mijn portier open.

'Het was dus een hinderlaag?' vroeg hij.

Ik knikte. 'Ze zaten ons op te wachten. Acht man. Misschien wel meer. Het was een bloedbad.'

Hij zei niets. Er viel ook niets te zeggen. Ik pakte Dukes Steyr van de stoel naast me en gaf die aan hem.

'Die heb ik maar meegenomen,' zei ik.

'Waarom?'

'Ik dacht dat je dat zou willen. Ik dacht: Misschien kunnen ze hem natrekken.'

Hij knikte. 'Dat is niet zo, maar het was wel slim van je.'

Ik gaf hem de H&K ook. Hij liep terug naar de Cadillac en ik zag hem beide wapens in de tas bergen. Daarna draaide hij zich om. Hij balde beide vuisten en keek naar de zwarte lucht. Vervolgens naar mij.

'Kon je gezichten zien?' vroeg hij.

Ik schudde mijn hoofd. 'Te donker. Maar we hebben er een geraakt. Die heeft dit laten vallen.'

Ik gaf hem de PSM. Het was alsof ik hem een stomp in zijn maag gaf. Hij trok bleek weg en moest zich aan het dak van de Lincoln vastgrijpen.

'Wat is er?' vroeg ik.

Hij wendde zijn hoofd af. 'Dit geloof ik niet.'

'Wat?'

'Heb jij iemand geraakt die dit heeft laten vallen?'

'Ik denk dat Duke hem raakte.'

'Heb jij het zien gebeuren?'

'Ik zag alleen maar silhouetten,' zei ik. 'Het was donker. Een heleboel vlammende wapens. Duke schoot, raakte iemand en dit lag op de grond toen ik naar buiten kwam.'
'Dit is Angel Dolls pistool.'
'Zeker weten?'
'Een kans van een op een miljoen dat het niet zo is. Weet je wat het is?'
'Ik heb nog nooit zoiets gezien.'
'Het is een speciaal KGB-pistool,' zei hij. 'Uit de voormalige Sovjet-Unie. Heel zeldzaam in dit land.'
Daarna verdween hij in het duister van het parkeerterrein. Ik deed mijn ogen dicht. Ik wilde slapen. Zelfs vijf seconden zou al helpen.
'Reacher,' riep hij. 'Wat voor bewijs heb je achtergelaten?'
Ik deed mijn ogen open.
'Dukes lijk,' zei ik.
'Daar wordt niemand wijzer van. Ballistiek?'
Ik glimlachte in het donker. Ik stelde me de technische recherche van de politie van Hartford al voor, die wijs probeerde te worden van de kogeltrajecten. Muren, vloeren, plafonds. Ze zouden tot de conclusie komen dat de gang vol zwaar bewapende discodansers had gestaan.
'Een heleboel kogels en hulzen,' zei ik.
'Niet na te trekken,' zei hij.
Hij trok zich verder in de duisternis terug. Ik deed mijn ogen weer dicht. Ik had geen vingerafdrukken achtergelaten. Niets van mij had iets in huis aangeraakt behalve mijn schoenzolen. En Duffy's Glock had ik niet gebruikt. Ik had iets gehoord over een centrale registratie van tresporen. Misschien zat haar Glock daarin. Maar die had ik niet gebruikt.
'Reacher,' riep hij. 'Breng me naar huis.'
Ik deed mijn ogen open.
'En zijn auto?' riep ik terug.
'Hier laten.'
Geeuwend dwong ik mezelf in beweging te komen en met de pand van mijn jas wiste ik het stuur en de bediening schoon die ik had aangeraakt. De ongebruikte Glock viel bijna uit mijn zak, maar Beck had het niet in de gaten. Hij werd zo in beslag genomen dat ik hem te voorschijn had kunnen halen en ermee om mijn vinger had kunnen draaien als de Sundance Kid, en dan zou hij het nog

niet hebben gezien. Ik veegde de portierkruk af, bukte me naar binnen, haalde de sleutels uit het contact en gooide ze in de struiken aan de rand van het parkeerterrein.
'Kom op,' zei Beck.

Hij zweeg tot we vijftig kilometer ten noordoosten van Hartford waren. Toen nam hij het woord. In die tijd had hij het allemaal op een rij gezet.
'Dat telefoontje van gisteren,' zei hij. 'Toen werd het plan getrokken. Doll speelde al die tijd al met ze onder een hoedje.'
'Vanaf wanneer?'
'Vanaf het begin.'
'Dat is onlogisch,' zei ik. 'Duke is naar het zuiden gegaan voor het nummerbord van de Toyota. Daarna heb jij dat aan Doll gegeven om het na te trekken. Maar waarom zou Doll je de waarheid vertellen? Als het zijn makkers waren, zou hij er toch een draai aan hebben gegeven? Om ze te dekken? Dan had hij je in het duister laten tasten.'
Beck glimlachte superieur.
'Nee,' zei hij. 'Ze wilden een hinderlaag leggen. Vandaar dat telefoontje. Van hun kant gezien was het een goeie improvisatie. Die ontvoeringszet was mislukt, dus zijn ze van tactiek veranderd. Ze lieten Doll ons de juiste richting wijzen. Om mogelijk te maken wat er vanavond is gebeurd.'
Ik knikte langzaam, alsof ik me tot zijn standpunt liet overtuigen. De beste manier om je promotie zeker te stellen is ze laten denken dat je net iets dommer bent dan zij. In dienst had dat tot drie keer toe gewerkt.
'Wist Doll eigenlijk wat je vanavond van plan was?' vroeg ik.
'Ja,' zei hij. 'Dat stonden we gisteren met z'n drieën te bespreken. Tot in de bijzonderheden. Toen je ons zag praten, op kantoor.'
'Dus heeft hij ons erin geluisd.'
'Ja,' herhaalde hij. 'Gisteren heeft hij afgesloten en vervolgens is hij uit Portland vertrokken om helemaal daarheen te rijden en samen met hen te wachten. Hij heeft ze verteld wie eraan kwam, hoe laat en waarom.'
Ik zei niets. Moest alleen aan Dolls auto denken. Die stond maar een paar kilometer van Becks kantoor. Ik wenste dat ik hem beter had verstopt.
'Maar er is een grote vraag,' zei Beck. 'Was het alleen Dóll?'

'Of?'
Hij zweeg. Daarna haalde zijn schouders op.
'Of een van zijn handlangers,' zei hij.
De lui die je niet in de hand hebt, dacht ik. Quinns mensen.
'Of de hele kluit tezamen,' zei hij.
Hij verviel weer in overpeinzingen. Nog eens vijftig, zestig kilometer. Hij zei niets meer tot we weer op de I-95 zaten en in noordelijke richting om Boston heen reden.
'Duke is dood,' zei hij.
'Dat spijt me,' zei ik.
Nu komt het, dacht ik.
'Ik kende hem al heel lang,' zei hij.
Ik zei niets.
'Jij zult het over moeten nemen,' zei hij. 'Ik heb meteen iemand nodig. Iemand die ik kan vertrouwen. En tot nu toe ben je me goed bevallen.'
'Promotie?' vroeg ik.
'Je bent gekwalificeerd.'
'Hoofd van je beveiliging?'
'Althans voorlopig,' zei hij. 'Permanent, als je wilt.'
'Ik weet het niet,' zei ik.
'Vergeet niet wat ík weet,' zei hij. 'Ik heb je in m'n zak.'
Ik zweeg een paar kilometer. 'Krijg ik binnenkort mijn geld?'
'Je krijgt je vijfduizend dollar en daarbovenop wat Duke verdiende.'
'Ik moet wat achtergrond hebben,' zei ik. 'Zonder achtergrond kan ik je niet helpen.'
Hij knikte.
'Morgen,' zei hij. 'Morgen praten we verder.'
Daarna zweeg hij weer. Toen ik een blik opzij wierp, zag ik dat hij diep in slaap was. Een soort shockreactie. Zijn wereld was bezig in te storten. Ik moest mijn uiterste best doen om wakker te blijven en de auto op de weg te houden. En ik moest denken aan teksten die ik had gelezen over het Britse leger in India gedurende de Engelse overheersing. Jonge onderofficieren die gevangenzaten in hun lage rang hadden hun eigen eetzaal. Ze aten samen in gala-uniform en hadden het over hun promotiekansen. Maar die waren er alleen als er een hogere officier doodging. In de schoenen van de overledene, dat was de regel. Dus hieven ze hun kristallen glazen met uitstekende Franse wijn om te proosten op 'bloedige

oorlogen en gevreesde ziekten', omdat slachtoffers, hoger in hiërarchie, hun enige kans op vooruitgang waren. Wreed, maar zo is het altijd geweest in het leger.

Zuiver en alleen op de automatische piloot kwam ik weer terug in Maine. Ik kon me geen kilometer van de rit herinneren. Ik was verdoofd van uitputting. Mijn hele lichaam deed zeer. Paulie deed er een poos over om het hek open te doen. We hadden hem waarschijnlijk uit bed gehaald. Hij bleef maar naar me staren. Ik zette Beck af bij de voordeur en de auto in de garage. Voor alle zekerheid verstopte ik de Glock en de reservemagazijnen en ging door de achterdeur naar binnen. De metaaldetector piepte door de autosleutels. Ik gooide ze op de keukentafel. Ik had honger, maar was te moe om te eten. Ik ging naar boven, plofte op bed en viel in slaap met mijn kleren, jas en schoenen nog aan.

Het noodweer maakte me zes uur later wakker. De regen sloeg horizontaal tegen het raam. Het klonk alsof er grind tegen het glas werd gesmeten. Ik rolde van het bed en keek naar buiten. De wolken waren loodgrijs en de zee ging als een bezetene tekeer. Er lag een boze schuimlaag op die een kilometer buitengaats reikte. De golven onttrokken de rotsen aan het oog. Geen vogels. Het was negen uur 's morgens. Dag veertien, vrijdag. Ik ging weer op bed liggen en staarde naar het plafond en ging drie etmalen terug naar de ochtend van dag elf toen Duffy me haar zevenpuntsplan ontvouwde. Een, twee en drie: Heel goed uitkijken. Wat dat betreft verging het me niet slecht. Althans, ik leefde nog. Vier: Teresa Daniel zoeken. Geen echte vooruitgang op dat onderdeel. Vijf: Harde bewijzen tegen Beck verzamelen. Die had ik niet. Niets. Ik had hem niets verkeerds zien doen, behalve misschien een voertuig met valse nummerborden besturen en een tas met machinepistolen vervoeren die waarschijnlijk in alle vier de staten die we hadden bezocht illegaal waren. Zes: Quinn zoeken. Ook geen vooruitgang. Zeven: Er als een idioot vandoor gaan. Dat onderdeel zou nog even moeten wachten. Daarna had Duffy me op mijn wang gekust. En poedersuiker op mijn gezicht achtergelaten.
Ik stond weer op en sloot me op in de badkamer om te zien of ik mail had. Mijn slaapkamerdeur zat niet meer op slot. Waarschijnlijk zou Richard Beck niet zomaar binnenlopen. Zijn moeder evenmin. Maar zijn vader misschien wel. Hij had me in zijn

zak. Ik was weliswaar gepromoveerd, maar liep nog steeds op eieren. Ik ging op de grond zitten om mijn schoen uit te trekken. Maakte de hak open en schakelde het apparaatje in. *You've got mail!* Het was een bericht van Duffy: *Becks containers gelost en naar loods getransporteerd. Geen douane-inspectie. Vijf stuks. Grootste transport sinds enige tijd.*
Ik drukte op *reply* en schreef: *Hou je ze in de gaten?*
Negentig seconden later antwoordde ze: *Ja.*
Ik schreef: *Ik heb promotie.*
Ze antwoordde: *Uitbuiten.*
Ik schreef: *Ik heb genoten van gisteren.*
Ze antwoordde: *Spaar je batterij.*
Ik glimlachte, schakelde het apparaatje uit en stopte het weer in mijn hak. Ik moest douchen, maar eerst wilde ik ontbijten en daarna schone kleren vinden. Ik ontsloot de badkamer, liep door mijn kamer en daalde af naar de keuken. De kokkin was weer aan het werk. Ze maakte geroosterd brood en thee voor het dienstmeisje en dicteerde een lange boodschappenlijst. De sleutels van de Saab lagen op tafel. Die van de Cadillac niet. Ik scharrelde wat rond, at alles wat ik kon vinden en daarna ging ik op zoek naar Beck. Die was er niet. Elizabeth en Richard evenmin. Ik ging weer naar de keuken.
'Waar is de familie?' vroeg ik.
Het dienstmeisje keek op en zei niets. Ze had een regenjas aangetrokken en was klaar om boodschappen te gaan doen.
'Waar is meneer Duke?' vroeg de kokkin.
'Die is niet lekker,' zei ik. 'Ik ben zijn vervanger. Waar zijn de Becks?'
'Die zijn weg.'
'Waarheen?'
'Dat weet ik niet.'
Ik keek naar het weer buiten. 'Wie zat er aan het stuur?'
'Paulie,' zei ze.
'Wanneer?'
'Een uur geleden.'
'Oké,' zei ik. Ik had nog steeds mijn jas aan. Die had ik aangetrokken toen ik uit Duffy's motel was vertrokken en sindsdien niet meer uitgedaan. Ik liep de achterdeur uit, zo de storm in. De regen geselde me en smaakte zout. Hij was vermengd met het stuivende water van de zee. De golven sloegen als bommen op de rot-

sen. Wit schuim sloeg tien meter de lucht in. Ik trok mijn nek in mijn kraag en holde naar het garageblok. De ommuurde binnenplaats op. Daar was ik beschut. De eerste garage was leeg. De deuren stonden open. De Cadillac was weg. De monteur deed iets in de derde garage. Het dienstmeisje kwam de binnenplaats op hollen. Ik zag haar de deuren van de vierde garage open sjorren. Ze werd doornat. Ze ging naar binnen en even later kwam de oude Saab achteruit naar buiten. Hij schudde op de wind. De regen veranderde het vuil dat erop lag in een dun laagje grijze modder dat in beekjes van de zijkant stroomde. Ze reed weg, naar de markt. Ik luisterde naar de golven. Begon me zorgen te maken over hoe hoog ze konden komen. Dus liep ik dicht langs de muur van de binnenplaats om naar de zeekant. Vond mijn kuiltje in de rotsen. Het onkruid eromheen was nat en verzopen. Het kuiltje was vol water. Het was regenwater. Geen zeewater. Het bevond zich veilig boven de vloedlijn. De golven waren niet zo ver gekomen. Afgezien van het water zat er niets in. Geen bundeltje, geen Glock. De reservemagazijnen waren verdwenen. Dolls sleutels ook. De priem was weg, en de beitel ook.

8

Ik liep naar de voorkant van het huis, wendde me naar het westen, bleef in de geselende regen staan en staarde naar de hoge stenen muur. Op dat moment stond ik op het punt om ervandoor te gaan. Het zou een koud kunstje zijn geweest. Het hek stond wijd open. Waarschijnlijk had het dienstmeisje het zo gelaten. Was ze uitgestapt in de regen om het open te maken en had ze niet weer uit willen stappen om het dicht te doen. Paulie was er niet om het voor haar te doen. Hij was weg en zat achter het stuur van de Cadillac. Dus stond het hek open. Ik had zo weg kunnen glippen. Maar dat deed ik niet. Ik bleef.

Tijd was een deel van de reden. Voorbij het hek was zo'n twintig kilometer verlaten weg voor de eerste afslag van enige betekenis. Twintig kilometer. En er was geen auto meer die ik kon gebruiken. De Becks waren weg met de Cadillac en het dienstmeisje had de Saab. De Lincoln hadden we in Connecticut gelaten. Dus zou het te voet moeten. Drie uur flink doorlopen. De Cadillac zou vrijwel zeker binnen drie uur terugkeren. Er was geen plek om me te verstoppen op die weg. De bermen waren kaal en rotsachtig. Het was een terrein zonder dekking. Beck zou me direct zien. Ik zou lopen. Hij zou in de auto zitten. En hij had een pistool. En Paulie. Ik had niets.

Daarom was strategie ook een onderdeel van de reden. Betrapt worden als ik hem smeerde, zou bevestigen wat Beck misschien meende te weten, aangenomen dat hij de verstopte spullen had gevonden. Maar als ik bleef, had ik nog iets van een kans. Blijven zou op onschuld wijzen. Ik kon de verdenking op Duke afwentelen. Ik kon zeggen dat de spullen van Duke geweest moesten zijn. Misschien zou Beck dat plausibel vinden. Misschien. Duke had de vrijheid genoten om te gaan en staan waar hij wilde, en wanneer hij maar wilde. Ik had de hele tijd opgesloten gezeten en was in het oog gehouden. En Duke was er niet meer om een en ander te ontkennen. Maar ik zou recht tegenover Beck staan en hard en snel en overtuigend op hem inpraten. Misschien zou hij het geloven.

Hoop maakte ook deel uit van de reden. Misschien had Beck de spullen niet gevonden. Misschien Richard, op een wandeling langs de kust. Zijn reactie zou onvoorspelbaar zijn. Ik schatte de kans op fifty-fifty dat hij zijn vader of mij eerst zou benaderen. Of misschien had Elizabeth ze gevonden. Zij kende de rotsen daarbuiten. Zij kende ze goed. Kende hun geheimen. Waarschijnlijk had ze daar heel wat tijd doorgebracht vanwege het een of ander. En haar reactie zou in mijn voordeel zijn. Vermoedelijk.

De regen was ook een deel van de reden dat ik bleef. Die was te koud, te hard en te genadeloos. Ik was te moe voor een mars van drie uur in die regen. Ik wist dat het gewoon zwakheid was. Maar ik kon mijn voeten niet bewegen. Ik wilde weer naar binnen. Ik wilde warm worden, weer iets eten en uitrusten.

Faalangst was ook een deel van de reden. Als ik nu wegliep, zou ik nooit meer terugkomen. Dat wist ik. Bovendien had ik er al twee weken ingestoken. Ik was flink opgeschoten. Er werd op me gerekend. Ik was dikwijls verslagen. Maar ik had het nog nooit zomaar opgegeven. Niet één keer. Nooit. Als ik nu zou opgeven, zou dat de rest van mijn leven aan me knagen. *Jack Reacher, slappeling. Ging ervandoor toen het even tegenzat.*

Ik stond daar en de regen joeg tegen mijn rug. Tijd, strategie, hoop, het weer, faalangst. Allemaal maakten ze deel uit van de reden dat ik bleef. Ze stonden allemaal op mijn lijstje.

Maar bovenaan stond een vrouw.

Niet Susan Duffy, niet Teresa Daniel. Een vrouw uit een grijs verleden, uit een ander leven. Ze heette Dominique Kohl. Ik was kapitein in het leger toen ik haar leerde kennen. Het was een jaar voor mijn laatste promotie tot majoor. Op een ochtend kwam ik vroeg op kantoor en trof de gewone stapel papierwerk op mijn bureau. Het meeste was rommel. Maar ertussen zat een kopie van een instructie die luidde dat een E-7 sergeant eersteklas Kohl, D.E. aan mijn eenheid werd toegevoegd. In die tijd waren we in een fase waarin alle geschreven verwijzingen naar personeel geslachtloos moesten zijn. De naam Kohl klonk me Duits in de oren en ik stelde me de een of andere lelijke vent uit Texas of Minnesota voor. Met grote, rode handen, een grof rood gezicht, ouder dan ik, een jaar of vijfendertig, met een kaalgeschoren kop. In de loop van de ochtend zei de compagnie-schrijver via de intercom dat de man zich kwam melden. Gewoon voor de lol liet ik hem tien minuten wachten en vervolgens binnenkomen. Maar de 'hem' was een 'haar' en ze was niet groot en lelijk. Ze droeg een rok. Ze was een jaar of negenentwintig. Ze was niet groot, maar te atletisch om klein te heten. En ze was te knap om atletisch te heten. Het was alsof ze door een grote vakman was gekneed van het materiaal waarvan ze de binnenkant van tennisballen maken. Ze had iets elastisch. Zowel stevig als zacht. Ze leek gebeeldhouwd, maar zonder harde randen. Ze ging strak in de houding staan voor mijn bureau en salueerde kordaat. Ik salueerde niet terug, wat onbeleefd was. Ik staarde haar vijf lange seconden aan.

'Op de plaats rust, sergeant,' zei ik.

Ze gaf me een kopie van haar dienstbevelen en personeelsdossier. Die noemden we *service jackets*. Daarin stond alles wat je moest weten. Ik liet haar op de plaats rust voor me staan, terwijl ik dat van haar doorlas. Dat was ook onbeleefd van me, maar er was beslist geen andere keus. Ik had geen stoel voor bezoekers. In die tijd kreeg je die niet van het leger als je niet minstens kolonel was. Ze bleef roerloos staan met de handen op de rug en haar blik op een punt in de lucht precies dertig centimeter boven mijn hoofd.

Haar dossier was indrukwekkend. Ze had een beetje van alles gedaan en was in alles spectaculair geslaagd. Eersteklas scherpschutter, specialiste op verschillende gebieden, enorme arrestatiestaat, voortreffelijk oplossingspercentage. Ze kon goed leiding geven en had snel promotie gemaakt. Ze had twee mensen gedood, een met een vuurwapen en een ongewapend; beide incidenten waren als terecht gekwalificeerd door het navolgende comité van onderzoek. Haar ster rees. Dat was duidelijk. Ik besefte dat haar overplaatsing een aanzienlijk compliment aan mijn adres was in de opvatting van de een of andere meerdere.

'Blij je aan boord te hebben,' zei ik.

'Kapitein, dank u, kapitein,' zei ze, met de blik op oneindig.

'Aan die onzin doe ik niet,' zei ik. 'Ik ben niet bang te zullen verdampen als je me aankijkt en ik ben niet echt dol op één keer *kapitein* in een zin, laat staan twee keer, oké?'

'Oké,' zei ze. Ze was een vlotte leerling. Ze noemde me nooit meer *kapitein*, de hele rest van haar leven.

'Wil je meteen in het diepe?' vroeg ik.

Ze knikte. 'Ja, hoor.'

Ik trok een rammelende la open, haalde er een dunne map uit en

gaf die aan haar. Ze keek er niet naar. Hield hem gewoon in één hand aan haar zij en keek me aan.
'Aberdeen, Maryland,' zei ik. 'Op het proefterrein. Daar is een wapenontwerper die vreemd doet. Vertrouwelijke tip van een vriend die zich zorgen maakt over spionage. Maar volgens mij zal het eerder chantage zijn. Kon weleens een lang en delicaat onderzoek worden.'
'Geen probleem,' zei ze.
Zij was de reden dat ik niet dat open, onbewaakte hek uitliep.

In plaats daarvan ging ik naar binnen voor een lange, hete douche. Niemand riskeert graag een confrontatie als hij nat en naakt is, maar dat kon me helemaal niets meer schelen. Waarschijnlijk voelde ik me fatalistisch. Zo van: wat het ook is, laat maar komen. Daarna sloeg ik een handdoek om, ging een verdieping omlaag en vond Dukes kamer. Stal nog een stel kleren. Ik trok ze aan, maar gebruikte mijn eigen schoenen, jasje en overjas. Ging weer naar de keuken om te wachten. Daar was het warm. De manier waarop de zee tekeerging en de regen op de ramen ranselde maakte me nog warmer. Het voelde als een toevluchtsoord. De kokkin deed iets met een kip.
'Is er koffie?' vroeg ik.
Ze schudde haar hoofd.
'Waarom niet?'
'Cafeïne,' zei ze.
Ik keek naar haar achterhoofd.
'Cafeïne is nou juist waar het om gaat met koffie,' zei ik. 'Bovendien heeft thee ook cafeïne en dat heb ik je zien zetten.'
'In thee zit tannine,' zei ze.
'En cafeïne,' zei ik.
'Drink dan maar thee,' zei ze.
Ik keek om me heen. Op het aanrecht stond een verticaal houten blok waaruit in een hoek zwarte mesheften staken. Er stonden flessen en glazen. Onder de gootsteen stond misschien een spuitfles ammonia. Misschien een fles bleekwater. Voldoende provisorische wapens voor een gevecht van man tegen man. Als Beck een beetje moeite had met schieten in een volle kamer, kon ik het wel redden. Dan zou ik hem misschien te grazen kunnen nemen voordat hij mij had uitgeschakeld. Een halve seconde zou voldoende zijn.
'Wil je koffie?' vroeg de kokkin. 'Bedoel je dat?'

'Ja,' zei ik.
'Je hoeft het alleen maar te vragen.'
'Ik vroeg het toch?'
'Nee, je vroeg of er koffie was,' zei ze. 'Dat is niet hetzelfde.'
'Wil je dan koffie voor me zetten? Alsjeblieft?'
'Wat is er met meneer Duke gebeurd?'
Ik zweeg even. Misschien was ze van plan geweest met hem te trouwen, zoals in oude films waarin de kokkin met de butler trouwde en ze nog lang en gelukkig leefden.
'Hij is omgekomen,' zei ik.
'Vannacht?'
Ik knikte. 'In een hinderlaag.'
'Waar?'
'In Connecticut.'
'Oké,' zei ze. 'Ik zal koffie voor je zetten.'
Ze zette het apparaat aan. Ik keek waar ze alles vandaan haalde. De papieren filters lagen in een kastje naast de servetten. De koffie zelf zat in de diepvrieskast. Het was een oud, traag apparaat. Het maakte een luidruchtig, moeizaam, rochelend geluid. Gecombineerd met de regen die tegen de ramen sloeg en de golven die op de rotsen beukten, wilde dat zeggen dat ik de Cadillac niet terug hoorde komen. De achterdeur werd plotseling opengegooid en Elizabeth Beck stevende naar binnen met Richard vlak achter haar en Beck zelf in de achterhoede. Ze bewogen zich met het soort opgewonden, ademloze haast van mensen die een stukje door de regen hebben gehold.
'Hallo,' zei Elizabeth tegen mij.
Ik knikte zwijgend.
'Koffie,' zei Richard. 'Geweldig.'
'We zijn ergens gaan ontbijten,' zei Elizabeth. 'In Old Orchard Beach. Daar is een eethuisje waar we graag komen.'
'Paulie vond dat we je niet wakker moesten maken,' zei Beck. 'Hij vond dat je er nogal moe uitzag gisteravond. Dus bood hij aan om ons erheen te brengen.'
'Oké,' zei ik. Ik dacht: Heeft Páúlie mijn spullen gevonden? Heeft hij het ze al verteld?
'Wil jij koffie?' vroeg Richard.
'Ja graag,' zei ik. 'Zwart.'
Hij bracht me een kopje. Beck trok zijn jas uit en sloeg de druppels af.

'Neem maar mee,' riep hij. 'We moeten praten.'
Hij liep naar de gang en keek over zijn schouder alsof hij verwachtte dat ik hem zou volgen. Ik nam mijn koffie mee. Die was zo heet dat de damp er vanaf sloeg. Die kon ik zo in zijn gezicht smijten als het moest. Hij ging me voor naar de vierkante, gelambriseerde kamer die we al eerder hadden gebruikt. Ik droeg mijn kopje, en dat maakte me iets langzamer. Hij was er veel eerder dan ik. Toen ik binnenkwam, stond hij al helemaal bij het raam met zijn rug naar me toe naar de regen buiten te kijken. Toen hij zich omdraaide, had hij een pistool in zijn hand. Ik bleef gewoon staan. Ik was te ver bij hem vandaan om de koffie te gooien. Een meter of vijf. Die zou gewoon in een boog door de lucht zijn gevlogen en hem waarschijnlijk volledig missen.
Het pistool was een Beretta M9 Special Edition, een burger-Beretta 92fs, maar dan helemaal opgetuigd als de standaard militaire M9. Het gebruikte 9mm Parabellum-munitie. Er zat een magazijn voor vijftien patronen op en had een militair korrel-en-inkepingvizier. Met bizarre helderheid herinnerde ik me dat de aankoopprijs achthonderdeenenzestig dollar was. Ik had dertien jaar een M9 gedragen. Ik had er duizenden kogels mee afgeschoten op de schietbaan en meer dan een handvol als het menens was. De meeste hadden doel getroffen, omdat het een nauwkeurig wapen is. Het had me goede diensten bewezen. Ik kon me zelfs het oorspronkelijke verkooppraatje van de lui van de bevoorrading nog herinneren: *het heeft een aanvaardbare terugslag en in de praktijk is het makkelijk uit elkaar te halen.* Ze hadden het als een mantra herhaald. Keer op keer. Waarschijnlijk stonden er contracten op het spel. Er was wat controverse. De SEALS van de marine hadden er een hekel aan. Ze beweerden dat er al tientallen in hun gezicht ontploft waren. Ze hadden er zelfs een liedje over gemaakt: *No way you are a navy SEAL until you eat some Italian steel.* Maar mij had de M9 altijd goed gediend. Ik vond het een prima wapen. Becks exemplaar leek me splinternieuw. De afwerking was onberispelijk. De olie lag erop als dauwdruppels. Op het vizier zat lichtgevende verf. Het gaf een zachte gloed af in het halfduister.
Ik wachtte.
Beck bleef daar gewoon met dat pistool staan. Daarna kwam hij in beweging. Hij sloeg de loop in zijn linkerhand en trok zijn rechterhand terug. Boog zich over de eikenhouten tafel en stak het wa-

pen beleefd, met de kolf naar voren en linkshandig in mijn richting, als een winkelbediende.
'Ik hoop dat hij je bevalt,' zei hij. 'Ik dacht dat hij je wel een vertrouwd gevoel zou geven. Duke had het meer op exotische wapens, zoals die Steyr van hem. Maar ik dacht dat jij je meer op je gemak zou voelen met een Beretta vanwege je achtergrond, snap je?'
Ik deed een stap naar voren. Zette de koffie op tafel. Pakte het pistool van hem aan. Verwijderde het magazijn, inspecteerde de kamer, haalde de trekker over, keek in de loop. Er was niet mee geknoeid. Het was geen truc. Het wapen functioneerde. De Parabellums waren geen nep. Het was een gloednieuw pistool. Het was nog nooit afgevuurd. Ik zette het weer in elkaar en hield het even vast. Het was alsof ik een oude vriend een hand gaf. Daarna spande ik het, zette het op veilig en stak het in mijn zak.
'Bedankt,' zei ik.
Hij haalde twee reservemagazijnen uit zijn zak.
'Neem deze ook maar,' zei hij.
Hij stak zijn hand over de tafel. Ik pakte ze aan.
'Later krijg je er nog meer,' zei hij.
'Oké,' zei ik.
'Heb je ooit een laservizier geprobeerd?'
Ik schudde mijn hoofd.
'Er bestaat een bedrijf dat Laser Devices heet,' zei hij. 'Ze maken een universeel handwapenvizier dat je onder de loop bevestigt. Plus een zaklantaarntje dat je onder op het vizier klemt. Heel vernuftig.'
'Dat werpt zo'n rood stipje?'
Hij knikte glimlachend. 'Niemand vindt het prettig om verlicht te worden door die rode stip, dat is zeker.'
'Duur?'
'Valt wel mee,' zei hij. 'Paar honderd dollar.'
'Hoeveel gewicht voegt het toe?'
'Nog geen honderddertig gram.'
'Allemaal aan de voorkant?'
'Het is eigenlijk een voordeel,' zei hij. 'De loop steigert niet zo als je schiet. Het is ongeveer dertien procent van het gewicht van het pistool. Met het lichtje natuurlijk meer. Een totaal van ergens tussen de elf- en de dertienhonderd gram. Toch altijd nog heel wat

minder dan die Anaconda's van je. Hoeveel waren die? Een kleine zeventienhonderd gram?'
'Ongeladen,' zei ik. 'Meer met zes patronen. Krijg ik ze ooit nog eens terug?'
'Ik heb ze ergens opgeborgen,' zei hij. 'Je krijgt ze later.'
'Bedankt,' zei ik weer.
'Wil je die laser proberen?'
'Ik kan wel zonder,' zei ik.
Hij knikte weer. 'Dat is jouw zaak. Maar ik wil de beste bescherming die ik kan krijgen.'
'Maak je geen zorgen,' zei ik.
'Ik moet nu ergens heen,' zei hij. 'Alleen. Ik heb een afspraak.'
'Moet ik niet rijden?'
'Dit soort afspraken moet ik alleen doen. Jij blijft hier. We praten later wel. Neem Dukes kamer maar, oké? Ik vind het prettig als mijn lijfwacht dichter bij mijn slaapkamer is.'
Ik stak de reservemagazijnen in mijn andere zak.
'Oké,' zei ik.
Hij liep langs me heen de gang op, terug naar de keuken.

Het was het soort mentale salto waarvan je traag kan worden. Extreme spanning en vervolgens extreme verbazing. Ik liep naar de voorkant van het huis en keek uit een raam van de gang. Zag de Cadillac in de regen om de parkeerlus draaien en naar de poort rijden. Hij wachtte voor het hek en Paulie kwam naar buiten. Ze moesten hem hebben afgezet toen ze terugkwamen van het ontbijt. Beck moest het laatste stukje oprijlaan zelf hebben gereden. Of Richard, of Elizabeth. Paulie deed het hek open. De Cadillac reed erdoorheen en verdween in de regen en de mist. Paulie deed het hek weer dicht. Hij droeg een regenponcho ter grootte van een circustent.
Ik huiverde even, draaide me om en ging Richard zoeken. Hij had het soort onschuldige ogen dat niets verbergt. Hij zat nog in de keuken koffie te drinken.
'Heb je vanmorgen nog langs de zee gewandeld?' vroeg ik.
Ik vroeg het onschuldig en vriendelijk alsof ik gewoon een praatje aanknoopte. Als hij iets te verbergen had, zou ik het merken. Hij zou rood worden, wegkijken, stamelen en met zijn voeten schuifelen. Maar dat deed hij allemaal niet. Hij was totaal ontspannen. Hij keek me recht aan.

'Dat meen je niet,' zei hij. 'Heb je al naar buiten gekeken?'
Ik knikte.
'Niet best.'
'Ik hou op met die studie,' zei hij.
'Waarom?'
'Vanwege vannacht,' zei hij. 'Die hinderlaag. Die lui uit Connecticut lopen nog los rond. Het is niet veilig om terug te gaan. Ik blijf maar een poosje hier.'
'Vind je dat niet erg?'
Hij schudde zijn hoofd. 'Het was voornamelijk tijdverspilling.'
Ik keek de andere kant op. De wet van de onbedoelde gevolgen. Ik had zojuist een streep door de opleiding van die jongen gezet. Maar aan de andere kant stond ik ook op het punt zijn vader achter slot en grendel te krijgen. Of hem gewoon om zeep te helpen. Dus nam ik aan dat een titel er in verhouding niet zoveel toe deed.

Ik ging Elizabeth Beck zoeken. Die zou moeilijker te peilen zijn. Ik overwoog hoe ik haar zou benaderen en kon niets verzinnen dat gegarandeerd zou werken. Ik vond haar in de huiskamer in de noordwestvleugel. Ze zat in een makkelijke stoel. Op haar schoot lag een boek open. Het was *Dokter Zjivago* van Boris Pasternak. Pocketeditie. Ik had de film gezien. Ik herinnerde me Julie Christie en de muziek, *Lara's Theme*. Treinreizen. En een heleboel sneeuw. Ik moest erheen van een of ander meisje.
'Jij bent het niet,' zei ze.
'Wat ben ik niet?'
'Jij bent de spion van justitie niet.'
Ik haalde opgelucht adem. Dat zou ze niet zeggen als ze mijn verborgen spullen had gevonden.
'Precies,' zei ik. 'Je man heeft me net een pistool gegeven.'
'Je bent niet slim genoeg om een spion van justitie te zijn.'
'Nee?'
Ze schudde haar hoofd. 'Richard was daarnet hard aan een kop koffie toe. Toen we binnenkwamen.'
'Nou en?'
'Denk je dat hij dat zou zijn als we net hadden ontbeten? Daar had hij alle koffie kunnen krijgen die hij maar lustte.'
'Waar zijn jullie dan geweest?'
'We moesten naar een vergadering.'
'Met wie?'

Ze schudde slechts haar hoofd, alsof ze de naam niet over de lippen kon krijgen.
'Paulie heeft niet áángeboden om ons te brengen,' zei ze. 'Hij sommeerde ons. Richard moest in de auto wachten.'
'Maar jij bent mee naar binnen gegaan?'
Ze knikte. 'Ze hebben een knaap die Troy heet.'
'Rare naam,' zei ik.
'Maar een erg slimme jongen,' zei ze. 'Hij is jong en kan erg goed met computers overweg. Ik denk dat hij een zogenaamde hacker is.'
'En?'
'Hij heeft net gedeeltelijk toegang gekregen tot de overheidssystemen in Washington. Hij is erachter gekomen dat ze hier een federale agent hebben laten infiltreren. Eerst dachten ze dat jij het was. Daarna keken ze nog wat verder en kwamen erachter dat het een vrouw is die hier in feite al weken is.'
Ik keek haar niet-begrijpend aan. Teresa Daniel was ongeautoriseerd. De computers van justitie wisten daar niets van. Daarna moest ik aan Duffy's laptop denken, met het logo van Justitie als screensaver. Ik herinnerde me dat het modemsnoer over haar bureau via een complexe adapter in de muur verdween en aldus contact maakte met alle computers ter wereld. Had Duffy privérapportage gemaakt? Voor eigen gebruik? Om zich later te kunnen verdedigen?
'Ik wil er niet aan denken wat ze gaan doen,' zei Elizabeth. 'Met een vrouw.'
Ze huiverde zichtbaar en wendde het hoofd af. Ik kwam tot de gang. Toen bleef ik met een ruk staan. Er waren geen auto's. En twintig kilometer weg voordat ik ook maar ergens begon te komen. Drie uur hard doorlopen. Twee uur hollen.
'Vergeet het maar,' riep Elizabeth me na. 'Het heeft niets met jou te maken.'
Ik draaide me om en keek haar door de deuropening aan.
'Vergeet het maar,' herhaalde ze. 'Ze zullen er op dit moment mee bezig zijn. Het zal allemaal gauw achter de rug zijn.'

De tweede keer in mijn leven dat ik sergeant eersteklas Dominique Kohl zag, had ze drie dagen voor me gewerkt. Ze droeg een groene camouflagebroek en een kaki T-shirt. Het was erg heet. Dat weet ik nog. Er heerste een of andere enorme hittegolf. Ze had bruine armen. Ze had het soort huid dat er in de warmte stoffig uitziet. Ze transpireerde niet. Dat T-shirt was geweldig. Haar badges zaten erop. *Kohl* rechts en *U.S. army* links, allebei een beetje schuin door de welving van haar borsten. Ze had de map bij zich die ik haar had gegeven. Hij was wat dikker geworden door haar aantekeningen.

'Ik moet een partner hebben,' zei ze. Ik voelde me een beetje schuldig. Haar derde dag, en ik had haar nog niet eens een partner gegeven. Ik vroeg me af of ik haar al een bureau of een kledingkluisje of een slaapkamer had gegeven.

'Heb je al een knaap ontmoet die Frasconi heet?' vroeg ik.

'Tony? Gisteren. Maar hij is luitenant.'

Ik haalde mijn schouders op. 'Ik heb geen bezwaar tegen de samenwerking tussen officieren en onderofficieren. Er is geen wet tegen. En als die er wel was, zou ik er toch geen acht op slaan. Heb jij d'r moeite mee?'

Ze schudde van nee. 'Maar hij misschien wel.'

'Frasconi? Nee hoor.'

'Wilt u het hem dan zeggen?'

'Ja hoor,' zei ik. Ik maakte een aantekening op een strookje blanco papier, *Frasconi, Kohl, partners.* Ik zette er twee strepen onder zodat ik het niet zou vergeten. Daarna wees ik op de map in haar hand. 'Heb je iets?'

'Goed nieuws en slecht nieuws,' zei ze. 'Het slechte nieuws is dat hun systeem van het aftekenen van geheime documenten nergens op lijkt. Kan routine-inefficiëntie zijn, maar het is waarschijnlijker dat er opzettelijk mee is geknoeid om dingen te verbergen die niet door de beugel kunnen.'

'Wie is de verantwoordelijke?'

'Een bolleboos die Gorowski heet. *Uncle Sam* heeft hem zo bij het MIT* weggehaald. Aardige jongen, hoor. Kennelijk erg intelligent.'

'Een Rus?'

Ze schudde haar hoofd. 'Een Pool, maar een miljoen jaar geleden. Geen spoor van ideologie.'

'Was hij een fan van de Red Sox op het MIT?'

'Hoezo?'

'Ze zijn daar allemaal gek,' zei ik. 'Trek het maar na.'

'Waarschijnlijk is het chantage,' zei ze.

* *Massachusetts Institute of Technology*, vert.

'En wat is het goede nieuws?'
Ze sloeg haar map open. 'Waar ze aan werken is in wezen een klein soort raket.'
'Met wie werken ze samen?'
'Honeywell en de General Defense Corporation.'
'En?'
'Die raket moet slank zijn. Dus wordt hij subkaliber. De tanks zijn uitgerust met 120 mm-kanonnen, maar dat ding wordt veel kleiner.'
'Hoeveel?'
'Dat weet nog geen mens. Maar ze werken momenteel aan het *sabot*-ontwerp. De sabot is een soort huls om het ding heen zodat hij toch de juiste diameter krijgt.'
'Ik weet wat een sabot is,' zei ik.
Ze negeerde me. 'Het wordt een wegwerpsabot, wat wil zeggen dat hij uiteenvalt en verdwijnt zodra het ding de loop van het kanon verlaat. Ze proberen uit te vogelen of het een metalen of een plastic sabot moet worden. Sabot betekent klomp. In het Frans. Het is net alsof de raket wordt gelanceerd met een kleine klomp.'
'Dat weet ik,' zei ik. 'Ik spreek Frans. Mijn moeder was Française.'
'Zoals in sabotage,' zei ze. 'Dat komt uit de vroegere Franse arbeidsconflicten. Oorspronkelijk betekende het nieuw industrieel materiaal vernielen door het in elkaar te trappen.'
'Op je klompen,' zei ik.
Ze knikte. 'Juist.'
'Dus nogmaals, wat is het goede nieuws?'
'Van het sabotontwerp wordt geen mens wijzer,' zei ze. 'Althans niets belangrijks. Het is gewoon een sabot. Dus hebben we tijd genoeg.'
'Oké,' zei ik. 'Maar het heeft wel prioriteit. Doe het met Frasconi. Je zult hem wel mogen.'
'Wil je straks een biertje gaan drinken?'
'Ik?'
Ze keek me recht aan. 'Als alle rangen samen kunnen werken, moeten ze toch ook samen een pilsje kunnen drinken, niet dan?'
'Oké,' zei ik.

Dominique Kohl leek helemaal niet op de foto's die ik van Teresa Daniel had gezien, maar voor mijn geestesoog zag ik een mengeling van beide gezichten. Ik liet Elizabeth Beck met haar boek achter en ging naar mijn oorspronkelijke kamer. Daar voelde ik me geïsoleerder. Veiliger. Ik sloot me op in de badkamer en trok mijn schoen uit. Opende de hak en startte het e-mailapparaatje op. Er wachtte een boodschap van Duffy: *Geen activiteiten in de loods. Wat spoken ze uit?*

Ik sloeg er geen acht op en tikte: *We zijn Teresa Daniel kwijt.*

Vijf woorden, drieëntwintig letters. Ik staarde er een hele poos naar. Bracht mijn vinger naar de *send*-knop. Maar ik drukte er niet op. In plaats daarvan ging ik naar *backspace* om de boodschap te wissen. Hij verdween van rechts naar links, opgegeten door de kleine cursor. Ik zou die boodschap pas sturen als er niets anders op zat. Als ik het zeker wist.

Ik schreef: *Mogelijk is je computer gehackt.*

Het duurde lang voordat ik antwoord kreeg. Veel langer dan de gebruikelijke negentig seconden. Ik dacht dat het nooit zou komen. Ik dacht: Misschien trekt ze nu de snoeren uit de muur. Maar misschien kwam ze net onder de douche vandaan, want vier minuten later schreef ze terug: *Waarom?*

Ik schreef: *Gerucht over hacker met gedeeltelijke toegang tot systemen justitie.*

Ze antwoordde: *Mainframes of* LAN*'s?*

Ik had geen idee waar ze het over had. Ik schreef: *Weet ik niet.*

Ze vroeg: *Bijzonderheden?*

Ik antwoordde: *Alleen maar geruchten. Hou je een log bij op de laptop?*

Ze antwoordde: *Jezus, nee hoor!*

Ik schreef: *Ergens anders?*

Ze antwoordde: *Jezus, nee hoor!*

Ik schreef: *Eliot?*

Het duurde weer vier minuten voordat er antwoord kwam. Toen antwoordde ze: *Ik denk het niet.*

Ik vroeg: *Denk je het of weet je het?*

Ze antwoordde: *Denk het.*

Ik staarde naar de betegelde wand voor me. Zuchtte. Eliot had Teresa Daniel vermoord. Dat was de enige verklaring. Vervolgens ademde ik weer in. Misschien ook niet. Misschien had hij het niet op zijn geweten. Ik schreef: *Zijn deze e-mails kwetsbaar?*

We hadden in meer dan zestig uur een hectisch e-mailverkeer gehad. Zij had naar nieuws over haar agente gevraagd. Ik had haar de ware naam van Teresa Daniel gevraagd. En ik had de vraag geformuleerd op een manier die beslist niet geslachtloos was. Misschien had ík Teresa Daniel wel vermoord.

Ik hield de adem in tot Duffy antwoordde: *Onze e-mail is in code. Technisch bestaat de mogelijkheid dat ze wel zichtbaar zijn, maar onleesbaar.*

Ik herademde en schreef: *Zeker weten?*

Ze antwoordde: *Absoluut.*

Ik schreef: *Wat voor code?*

Ze schreef: *Miljardenproject* NSA.

Dat stelde me gerust, maar slechts een beetje. Een aantal miljardenprojecten van de NSA staan in de *Washington Post* voordat ze klaar zijn. En door communicatiestoornissen gaat er meer mis in de wereld dan door wat voor oorzaak dan ook.

Ik schreef: *Vraag Eliot direct over computerlogs.*

Ze antwoordde: *Goed. Vooruitgang?*

Ik tikte: *Niets.*

Daarna wiste ik dat en stuurde: *Gauw.* Misschien zou dat haar goed doen.

Ik daalde helemaal af naar de gang beneden. De deur naar Elizabeths salon stond open. Ze zat nog steeds in haar leunstoel. *Dokter Zjivago* lag omgekeerd op haar schoot en ze staarde door het raam naar de regen. Ik deed de voordeur open en liep naar buiten. De metaaldetector snerpte vanwege de Beretta. Deed de deur achter me dicht, stak de parkeerlus over en liep de oprijlaan af. De regen sloeg tegen mijn rug. Het water liep in mijn nek. Maar de wind werkte mee; hij blies me naar het westen, recht naar de portierswoning. Ik voelde me lichtvoetig. Teruggaan zou een heel stuk moeilijker worden. Dan zou ik pal tegen de wind in lopen. Aangenomen dat ik dan nog kón lopen.

Paulie zag me aankomen. Hij moest de hele tijd gebukt in het kleine gebouwtje hebben doorgebracht, sluipend van de ramen aan de voorkant naar de ramen aan de achterkant, op de loer, als een rusteloos roofdier in zijn hol. Hij kwam naar buiten in zijn poncho. Hij moest zijn hoofd intrekken en zijwaarts bewegen om door de deur te kunnen. Hij ging met zijn rug tegen de muur van zijn huis staan, waar de overhang van het dak laag zat. Maar die hielp niet veel. De regen sloeg er horizontaal onder. Ik hoorde de druppels hard en knisperend tegen de poncho slaan. Het water joeg tegen

zijn gezicht en stroomde omlaag als een stortvloed van zweet. Hij had niets op zijn hoofd. Zijn haar zat tegen zijn voorhoofd geplakt. Het was donker van het vocht.
Ik had beide handen in mijn zakken gestoken en mijn schouders naar voren gebogen en mijn hoofd in mijn kraag getrokken. Mijn rechterhand zat stevig om de Beretta. De veiligheidspal stond op vuren. Maar ik wilde hem niet gebruiken. Dat zou ingewikkelde verklaringen vergen. En ze zouden hem alleen maar vervangen. Ik wilde niet dat hij vervangen zou worden tot ik daar klaar voor was. Dus wilde ik de Beretta niet gebruiken. Maar het zou me geen moeite kosten.
Ik bleef twee meter voor hem staan. Buiten handbereik.
'We moeten praten,' zei ik.
'Ik wil niet praten,' zei hij.
'Wil je dan armpje drukken?'
Zijn ogen waren bleekblauw en zijn pupillen heel klein. Waarschijnlijk had zijn ontbijt helemaal uit capsules en poeders bestaan.
'Praten waarover?' vroeg hij.
'De nieuwe situatie,' zei ik.
Hij zei niets.
'Wat is je MOS?' vroeg ik.
MOS is een legerafkorting. Het leger is gek op afkortingen. Het betekent *Military Occupational Specialty*. En ik sprak in de tegenwoordige tijd. *Wat is* en niet *Wat was*. Ik wilde hem een regressie laten maken. Oud-militair is zoiets als ex-katholiek. Hoewel de oude rituelen ergens ver in je achterhoofd zitten, oefenen ze nog steeds een machtige aantrekkingskracht uit. Oude rituelen zoals een officier gehoorzamen.
'Elf beng-beng,' glimlachte hij.
Geen geweldig antwoord. *Elf beng-beng* was infanteristenjargon voor *11B*, wat *11-Bravo Infanterie* betekende, wat *Strijdwapens* betekende. De volgende keer dat ik tegenover een reus van honderdtachtig kilo met zijn aderen vol speed en steroïden sta, heb ik liever dat zijn MOS technisch onderhoud of typen is. Niet strijdwapens. Vooral niet als de reus van honderdtachtig kilo niet van officieren houdt en er acht jaar in Leavenworth op heeft zitten omdat hij er een heeft mishandeld.
'Laten we naar binnen gaan,' zei ik. 'Het is hier nat.'
Ik zei het op de toon die je ontwikkelt als je voorbij de rang van kapitein wordt gepromoveerd. Het is een redelijke toon, bijna een

keuveltoon. Het is niet het soort toon dat je als luitenant aanslaat. Het is een voorstel, maar ook een bevel. Hij is zwanger van implicaties. Hij bedoelt te zeggen: *Hé, we zijn maar gewone jongens. We hoeven ons niet in de wielen te laten rijden door formaliteiten zoals rang, hè?*

Hij keek me een hele poos aan. Daarna draaide hij zich om en schoof zijwaarts naar binnen. Drukte de kin op de borst zodat hij erdoor kon. Binnen was het plafond ongeveer twee meter tien hoog. Het voelde laag. Zijn hoofd kwam er bijna tegen aan. Ik hield de handen in mijn zak. Water van zijn poncho vormde een plasje op de grond.

Er hing een scherpe, dierlijke stank in huis. Het stonk naar nertsen. En het was er smerig. Er was een huiskamertje met een open keukenhoek. Achter de keuken was een gangetje met een badkamer en een slaapkamer aan het eind. Dat was het. Het was kleiner dan een appartement in de stad, maar het was aangekleed als een vrijstaand huis. Overal lag troep. Ongewassen servies in de gootsteen. De huiskamer lag bezaaid met vuile borden en kopjes en sportkleren. Tegenover een nieuwe tv stond een oude divan. De divan was doorgezakt onder zijn kolossale gestalte. Er stonden flesjes pillen op planken, tafels, overal. In een aantal zaten vitaminen. Maar niet veel.

In de kamer was een mitrailleur. De oude sovjet-NSV. Hij hoorde in de geschutskoepel van een tank. Paulie had hem aan een ketting midden in de kamer gehangen. Als een macaber kunstwerk. Zoals dat ding van Alexander Calder dat ze in elke luchthaventerminal hangen. Hij kon erachter gaan staan en hem een volledige cirkel laten beschrijven. Hij kon door het raam aan de voorkant of het raam aan de achterkant vuren alsof het schietgaten waren. Het schootsveld was beperkt, maar hij kon veertig meter weg naar het westen bestrijken en veertig meter van de oprijlaan aan de oostkant. Hij werd gevoed door een band die uit een open munitiekist op de grond kwam. Tegen de muur stonden nog zo'n twintig kisten gestapeld. De kisten waren mat olijfgroen, geheel bedekt met cyrillische letters en rode sterren.

Het wapen was zo groot dat ik me tegen de muur moest drukken om eromheen te kunnen. Ik zag twee telefoons. De ene was waarschijnlijk een buitenlijn. De andere waarschijnlijk een huistelefoon. Aan de wand zaten kastjes van de alarminstallatie. Het ene was vermoedelijk van de sensors in niemandsland. Het andere van de bewegingsdetector op het hek zelf. Er stond een monitor met een melkachtig monochroombeeld van de camera op de hekzuil.

'Je hebt me geschopt,' zei hij.

Ik zei niets.

'Daarna heb je geprobeerd me te overrijden,' zei hij.

'Schoten voor de boeg,' zei ik.

'Waarvoor?'

'Duke is weg,' zei ik.

Hij knikte. 'Dat heb ik gehoord.'

'Dus nu ben ik het,' zei ik. 'Jij het hek, ik het huis.'

Hij knikte weer. Zei niets.

'Ik zorg nu voor de Becks,' zei ik. 'Ik ben verantwoordelijk voor hun veiligheid. Meneer Beck vertrouwt me. Hij vertrouwt me zozeer dat hij me een wapen heeft gegeven.'

Onder het praten staarde ik hem de hele tijd aan. Het soort staren dat als druk tussen de ogen voelt. Dit zou het ogenblik moeten zijn waarop de speed en de steroïden moesten gaan werken om hem met een mallotige grijns te laten zeggen: *Nou, hij zal je niet meer zo vertrouwen als ik hem vertel wat ik tussen de rotsen heb gevonden, hè? Als ik hem vertel dat je al een wapen had.* Hij zou schuifelen en grijnzen en een zangerig stemmetje opzetten. Maar hij zei niets. Hij reageerde helemaal niet, afgezien van een ietwat vage blik in zijn ogen, alsof hij moeite had de implicaties tot zich door te laten dringen.

'Begrepen?' vroeg ik.

'Het was Duke en nu ben jij het,' zei hij neutraal.

Hij had mijn verborgen spullen niet gevonden.

'Ik zorg nu voor hun welzijn,' zei ik. 'Inclusief dat van mevrouw Beck. Dat spelletje is nu voorbij, oké?'

Hij zei niets. Ik kreeg een stijve nek van hem aankijken. Mijn wervels zijn veel meer gewend om naar beneden te kijken als ik met mensen praat.

'Oké?' herhaalde ik.

'En anders?'

'Anders blijven jij en ik maar kringetjes draaien.'

'Dat zou ik wel leuk vinden.'

Ik schudde mijn hoofd.

'Dat zou je niet leuk vinden,' zei ik. 'Helemaal niet. Ik zou je stukje bij beetje slopen.'

'Denk je?'
'Heb je ooit een MP geslagen?' vroeg ik. 'Toen je nog in dienst zat?'
Hij gaf geen antwoord. Keek weg en zweeg. Waarschijnlijk moest hij aan zijn arrestatie denken. Waarschijnlijk had hij enige tegenstand geboden en hadden ze hem klein moeten krijgen. Dus was hij waarschijnlijk ergens van een trap gestruikeld en had hij een redelijke hoeveelheid schade opgelopen. Ergens tussen de plaatsdelict en de arrestantencel vermoedelijk. Zuiver per ongeluk. Die dingen gebeuren onder bepaalde omstandigheden. Maar waarschijnlijk had de dienstdoende officier zes man gestuurd om hem op te halen. Ik zou er acht hebben gestuurd.
'En dan zou ik je ontslaan,' zei ik.
Zijn blik kwam weer terug, langzaam en lui.
'Je kunt me niet ontslaan,' zei hij. 'Ik werk niet voor jou. Of voor Beck.'
'Voor wie dan?'
'Iemand.'
'Heeft die iemand een naam?'
Hij schudde zijn hoofd.
'Vergeet het maar,' zei hij.
Ik hield de handen in mijn zakken en manoeuvreerde weer om de mitrailleur. Liep naar de deur.
'Begrijpen we elkaar?' vroeg ik.
Hij keek me aan. Zei niets. Maar hij was kalm. Zijn ochtenddoses waren zeker evenwichtig geweest.
'Mevrouw Beck is verboden gebied, hè?'
'Zolang jij hier bent,' zei hij. 'Je bent hier niet eeuwig.'
Ik help het je hopen, dacht ik. Zijn telefoon ging. De buitenlijn, nam ik aan. Ik betwijfelde of Elizabeth of Richard hem vanuit het huis belde. Het geluid klonk hard in de stilte. Hij nam op en zei zijn naam. Daarna luisterde hij alleen maar. Ik hoorde een spoor van een stem uit het luistergedeelte, ver en onduidelijk met plastic pieken en resonantie die onhoorbaar maakten wat er werd gezegd. De stem was nog geen minuut aan het woord. Daarna was het telefoontje voorbij. Hij legde de hoorn neer, bewoog zijn hand heel sierlijk en gaf met zijn palm een duwtje tegen de mitrailleur zodat die licht heen en weer zwaaide aan zijn ketting. Ik besefte dat het een opzettelijke imitatie was van wat ik met de zware trapzak in de fitness had gedaan op onze eerste ochtend samen. Hij grijnsde naar me.

'Ik hou je in de gaten,' zei hij. 'Ik zal je constant in de gaten houden.'
Ik negeerde hem, deed de deur open en stapte naar buiten. De regen sloeg me in het gezicht als het water uit een brandslang. Ik boog me naar voren en liep er recht tegenin. Ik hield de adem in en had een heel akelig gevoel in mijn onderrug tot ik voorbij de hele veertig meter schootsveld van het achterraam was. Daarna herademde ik.
Niet Beck, niet Elizabeth, niet Richard. Niet Paulie.
Vergeet het maar.

Dominique Kohl zei *no dice*, vergeet het maar, de avond dat we een biertje met elkaar dronken. Er was iets onverwachts tussen gekomen, en de eerste avond moest ik haar zeggen dat ik het biertje te goed hield. Vervolgens deed zij hetzelfde met de tweede afspraak, dus pas een week later kwam het ervan. Of acht dagen later. In die tijd viel het niet mee voor een sergeant om op de basis een biertje met een kapitein te drinken, omdat de clubs strikt gescheiden waren, dus gingen we naar een café in de stad. Het was een gewone gelegenheid, lang en laag, acht pooltafels, heleboel mensen, heleboel neonlicht, heleboel jukeboxlawaai, heleboel rook. Ik droeg een camouflagebroek en een oud T-shirt omdat ik geen persoonlijke kleren had. Kohl arriveerde in een jurk. Het was een simpele, mouwloze A-lijn tot op de knie, zwart met witte stipjes. Heel kleine stipjes. Niet van die grote ballen of zoiets. Een heel subtiel patroon.
'Hoe werkt het met Frasconi?' vroeg ik.
'Tony?' vroeg ze. 'Aardige jongen.'
Meer zei ze niet over hem. We bestelden Rolling Rocks en dat was prima, want dat was die zomer mijn favoriete drankje. Door het lawaai moest ze heel dicht bij me komen om te kunnen praten. Ik genoot van de nabijheid. Maar ik maakte me geen illusies. Het kwam door het niveau van decibellen, anders niet. En ik wilde het niet met haar aanleggen. Er was geen wet tegen. Waarschijnlijk waren er destijds wel gedragsregels, maar nog geen voorschriften. Het hele idee van ongewenste intimiteiten drong maar langzaam tot de strijdkrachten door. Maar ik was me al bewust van de potentiële ongelijkheid. Niet dat ik haar loopbaan op enigerlei wijze kon helpen of schaden. Haar dossier maakte duidelijk dat ze *Master Sergeant* en vervolgens *First Sergeant* zou

worden zoals de dag op de nacht volgt. Dat was maar een kwestie van tijd. Vervolgens kwam de sprong naar de E-9-status, sergeant-majoor. Die rang was ook voor haar weggelegd. Daarna kwam er een probleem. Na sergeant-majoor kwam *Command Sergeant-Major*, en daarvan heeft ieder regiment er maar een. Vervolgens kwam *Sergeant-Major of the Army* en daarvan was er überhaupt maar een. Dus ze zou rijzen en vervolgens stoppen, wat ik er ook van zei.

'We hebben een tactisch probleem. Of misschien strategisch.'

'Hoezo?'

'Die bolleboos, Gorowski? We denken niet dat het chantage is in de zin dat hij een of ander vreselijk geheim heeft of zo. We krijgen eerder de indruk dat zijn familie rechtstreeks wordt bedreigd. Dat het meer dwang is dan chantage.'

'Hoe weet je dat?'

'Zijn dossier is brandschoon. Zijn doopceel is uit-en-ter-na gelicht. Daarom gebeurt zoiets ook. Ze willen de mogelijkheid van chantage voorkomen.'

'Is hij een fan van de Red Sox?'

Ze schudde haar hoofd. 'Yankees. Hij komt uit de Bronx. Daar heeft hij op de hts gezeten.'

'Oké,' zei ik. 'Ik mag hem nu al.'

'Maar volgens de boeken moeten we hem meteen arresteren.'

'Wat doet hij?'

'We hebben hem documenten uit het lab zien meenemen.'

'Werken ze nog steeds aan de sabot?'

Ze knikte. 'Maar al publiceren ze het ontwerp van de sabot in de *Stars and Stripes*, dan nog schiet niemand daar iets mee op. Dus de situatie is nog niet kritiek.'

'Wat doet hij met die papieren?'

'Hij brengt ze naar een geheime bergplaats in Baltimore.'

'Heb je gezien wie ze ophaalt?'

Ze schudde haar hoofd.

'*No dice*,' zei ze.

'Wat vind jij van die bolleboos?'

'Ik wil hem niet arresteren. Ik vind dat we hem moeten verlossen van wie het ook is en hem met rust moeten laten. Hij heeft twee dochtertjes.'

'Wat vindt Frasconi?'

'Hij vindt dat ook.'

‘O ja?’
Ze glimlachte. ‘Nou ja, hij zal het ermee eens zijn,’ zei ze. ‘Maar de voorschriften luiden anders.’
‘Vergeet de voorschriften maar,’ zei ik. ‘Als je wilt, schrijf ik het op. Volg je instinct. Volg de keten maar helemaal naar het begin. Als het mogelijk is, houden we die Gorowski erbuiten. Dat doe ik meestal met Yankee-fans. Maar laat het je niet ontglippen.’
‘Nee,’ zei ze.
‘Maak het af voordat ze met de sabot klaar zijn,’ zei ik, ‘anders moeten we er iets op verzinnen.’
‘Oké,’ zei ze.
Daarna hadden we het over andere dingen en dronken we nog een paar biertjes. Een uur later speelde er iets goeds op de jukebox en vroeg ik haar ten dans. Voor de tweede keer zei ze die avond *no dice*. Later dacht ik nog eens over die uitdrukking na. Het was duidelijk dobbelaarsjargon. Oorspronkelijk moet het zoiets als *onreglementair* hebben betekend, iets wat je roept als de *dice*, de dobbelstenen, niet goed zijn geworpen. *No dice!* Als een honkbalscheidsrechter die een grondbal afkeurt. *Foutbal!* Daarna, veel later, werd het gewoon een ontkenning zoals geen sprake van, vergeet het maar, over m’n lijk. Maar hoe ver reikte haar etymologie terug? Bedoelde ze gewoon *nee*, of zei ze dat zoiets niet kon? Ik was er niet zeker van.

Ik was doorweekt toen ik weer in het huis kwam, dus ging ik naar boven om me Dukes kamer toe te eigenen, droogde me af en trok een schoon stel kleren aan. De kamer was aan de voorkant van het huis, min of meer in het midden. Het raam keek uit op het westen, de hele oprijlaan af. De hoogte betekende dat ik over de muur heen kon kijken. In de verte zag ik een Lincoln Town Car. Hij kwam recht op het huis af. Hij was zwart. Vanwege het weer had hij zijn koplampen aan. Paulie kwam in zijn regenponcho naar buiten om het hek op tijd open te doen zodat hij geen vaart hoefde te minderen. De auto reed met flinke snelheid door de poort. De voorruit was nat en smerig en de wissers zwiepten heen en weer. Paulie had hem verwacht. Het telefoontje had hem gewaarschuwd. Ik zag hem naderen tot hij beneden uit het zicht was. Daarna wendde ik me af.
Dukes kamer was vierkant en saai. Zoals de meeste kamers in het huis. Hij had donkere lambrisering en een groot, oosters tapijt. Er

stonden een tv en twee telefoons. Buitenlijn en binnenlijn waarschijnlijk. De lakens waren schoon en nergens waren persoonlijke spullen, op de kleren in de kast na. Vermoedelijk had Beck het dienstmeisje 's ochtends vroeg over de personeelsmutatie ingelicht. Misschien had hij gezegd dat de kleren voor mij waren.
Ik ging weer naar het raam en ongeveer vijf minuten later zag ik Beck in de Cadillac terugkomen. Paulie was ook op hem voorbereid. De grote auto hoefde amper vaart te minderen. Paulie zwaaide het hek achter hem dicht. Daarna ging het met de ketting op slot. Het hek was honderd meter bij me vandaan, maar ik zag wat hij deed. De Cadillac verdween beneden uit beeld en reed naar het garageblok. Ik ging naar beneden. Ik ging ervan uit dat het misschien lunchtijd was omdat Beck terug was. Misschien had Paulie het hek met de ketting op slot gedaan omdat hij zich bij ons zou voegen.
Maar ik had het mis.
Toen ik in de gang was, kwam Beck net de keuken uit. Zijn jas zat onder de natte vlekken van de regen. Hij zocht mij. Hij had een sporttas in zijn hand. Het was dezelfde tas als waarmee hij de wapens naar Connecticut had vervoerd.
'Werk aan de winkel,' zei hij. 'Nu meteen. Maak gebruik van het hoge water.'
'Waar?'
Hij liep weg. Keek over zijn schouder en riep: 'De man in de Lincoln zal het je wel vertellen.'
Ik liep door de keuken en ging naar buiten. De metaaldetector piepte. Ik liep de regen weer in en ging naar het garageblok. Maar de Lincoln stond om de hoek van het huis. Hij was gedraaid en iets naar achteren gereden zodat de kofferbak naar de zee toe stond. Er zat een man achter het stuur. Hij schuilde ongeduldig voor de regen. Hij trommelde met zijn duimen op het stuur. Hij zag me in het spiegeltje, liet de kofferbak opengaan, maakte zijn portier open en gleed snel naar buiten.
Hij zag eruit als iemand uit een achterstandsbuurt die ze in een pak gehesen hadden. Hij had een lange, grijzende geitensik die een slappe kin aan het oog onttrok. Zijn vettige paardenstaart werd bijeengehouden door een roze elastiekje. Het elastiekje was met glittertjes bespikkeld. Het was het soort dat je laag op draaistellingen bij de drogist ziet, zodat het oog van kleine meisjes erop valt. Hij had oude acnelittekens. In zijn hals zaten gevangenista-

toeages. Hij was lang en heel mager, als een gewoon iemand die in de lengte gehalveerd was.
'Ben jij de nieuwe Duke?' vroeg hij.
'Ja,' zei ik. 'Ik ben de nieuwe Duke.'
'Ik ben Harley,' zei hij.
Ik zei hem niet hoe ik heette.
'Aan de slag dan maar,' zei hij.
'Waarmee?'
Hij liep om de auto heen en tilde de deksel van de kofferbak helemaal op.
'Grof huisvuil dumpen,' zei hij.
In de kofferbak lag een militaire lijkenzak. Dik, zwart rubber met een rits over de hele lengte. Aan de wijze waarop hij in de kleine ruimte paste zag ik dat er een klein persoon in zat. Waarschijnlijk een vrouw.
'Wie is het?' vroeg ik, hoewel ik het antwoord al wist.
'Die trut van de overheid,' zei hij. 'Het heeft ons lang genoeg gekost, maar uiteindelijk hebben we haar toch te pakken gekregen.'
Hij bukte zich en greep zijn eind van de zak. Klemde beide hoeken in zijn handen. Wachtte op mij. Ik bleef gewoon staan, voelde de regen in mijn nek en luisterde naar de druppels die op het rubber petsten en ploften.
'We moeten gebruik maken van het tij,' zei hij. 'Het gaat keren.'
Ik bukte me en pakte de hoeken aan mijn kant. We keken elkaar aan om de inspanning te coördineren en zeulden de zak eruit. Hij was niet zwaar, maar wel onhandig, en Harley was niet sterk. We droegen hem een paar stappen naar de rand van het water.
'Leg eens neer,' zei ik.
'Waarom?'
'Ik wil haar zien,' zei ik.
Harley bleef gewoon staan.
'Ik denk niet dat je dat wilt,' zei hij.
'Leg neer,' herhaalde ik.
Hij aarzelde nog een seconde en daarna hurkten we om de zak op de rotsen te leggen. Het lijk dat erin zat bleef stil liggen met de rug in een boog omhoog. Ik bleef gehurkt en schuifelde naar het hoofdeinde. Vond de ritssluiting en trok.
'Kijk alleen maar naar het gezicht,' zei Harley. 'Dat valt nog mee.'
Ik keek. Het viel helemaal niet mee. Ze was gek van de pijn ge-

storven. Dat was wel duidelijk. Haar gezicht vertoonde een pijnexplosie. Het was nog steeds vertrokken in haar laatste, vreselijke doodsschreeuw.
Maar het was niet Teresa Daniel.
Het was Becks dienstmeisje.

9

Ik trok de rits voorzichtig een eindje omlaag tot ik dezelfde verminking zag als tien jaar geleden. Daarna stopte ik. Wendde mijn gezicht naar de regen en deed mijn ogen dicht. Het water op mijn gezicht voelde als tranen.
'Kom op,' zei Harley.
Ik deed mijn ogen weer open. Staarde naar de golven. Trok de rits weer omhoog zonder te kijken. Kwam langzaam overeind en liep naar het voeteneind van de zak. Harley wachtte. Daarna pakten we ieder de hoeken vast en tilden haar op. Droegen de last over de rotsen. Hij ging voor in zuidoostelijke richting, helemaal naar een plek aan de kust waar twee granieten richels elkaar troffen. Ertussen was een steile, v-vormige spleet. Die was vol met roerig water.
'Wacht tot de volgende grote golf,' zei Harley.
Die kwam bulderend aanrollen en we trokken allebei ons hoofd weg van de spetters. De spleet vulde zich tot aan de rand en het water liep over de rotsen bijna tot onze schoenen. Daarna trok het zich weer terug en de spleet leegde zich weer. Grind liep ratelend mee. De door de regen gepokte zee had dofgrijze schuimkoppen.
'Oké, leg maar neer,' zei Harley. Hij was buiten adem. 'Maar houd jouw eind vast.'
We legden de zak zo neer dat het hoofdeinde over de granieten richel in de spleet hing. De rits zat aan de bovenkant. Het lijk lag op zijn rug. Ik hield beide hoeken aan het voeteneinde vast. De regen deed mijn haar op mijn schedel plakken en liep in mijn ogen. Hij prikte. Harley hurkte, ging schrijlings over de zak zitten en schoof de zak met kleine rukjes verder over de rand. Ik schoof voetje voor voetje met hem mee, met kleine schuifelpasjes op de gladde stenen. De volgende golf kwam binnen en kolkte om de zak. Hij dreef een beetje omhoog. Harley maakte gebruik van de tijdelijke drijfkracht om de zak nog verder in zee te duwen. Ik liep mee. De golf trok zich terug. De spleet leegde zich weer. De zak hing naar beneden. De regen teisterde het stugge rubber. Hij geselde onze rug. Het was bitter koud.

Harley gebruikt de volgende vijf golven om de zak steeds verder over de rand te schuiven tot hij loodrecht omlaag hing. Ik hield leeg rubber in mijn handen. Door de zwaartekracht was het lijk helemaal in het hoofdeinde gezakt. Harley wachtte even, keek uit over zee en dook vervolgens omlaag om de rits helemaal open te trekken. Krabbelde snel terug en nam een hoek van de zak van me over. Hield hem goed vast. De zevende golf kwam aan razen. We werden doorweekt van het opspattende water. De spleet vulde zich, vervolgens liep de zak vol en toen de golf zich terugtrok, zoog hij het lijk zo uit de zak. Een fractie van een seconde dreef het roerloos, vervolgens maakte de onderstroom zich er meester van en sleurde het mee. Het verdween recht omlaag in de diepte. Ik zag lang blond haar in het water stromen, bleke huid groen en grijs oplichten en toen was het weg. De spleet liep rood schuimend leeg.
'Geweldige getijstroom hier,' zei Harley.
Ik zei niets.
'De onderstroom brengt ze helemaal naar open zee,' zei hij. 'Er is er althans nog nooit eentje teruggekomen. Hij zuigt ze een kilometer of drie buitengaats en steeds verder omlaag. Dan zijn daar waarschijnlijk haaien. Die verkennen de kust hier. Plus allerlei andere beesten. Je weet wel. Krabben, lampreien, dat soort beesten.'
Ik zei niets.
'Er is er nog nooit eentje teruggekomen,' herhaalde hij.
Ik keek hem even aan en hij grijnsde. Zijn mond boven de geitensik leek op een ingevallen gat. Zijn tanden waren rotte gele stompjes. Ik wendde mijn blik weer af. De volgende golf kwam binnen. Het was maar een kleintje, maar toen hij zich weer terugtrok, was de spleet schoon gewassen. Het was alsof er niets was gebeurd. Alsof er nooit iets had gelegen. Harley kwam moeizaam overeind en ritste de lege zak dicht. Roze water spoelde eruit en liep over de stenen. Hij rolde hem op. Ik wierp een blik op het huis. Beck stond in zijn eentje in de deuropening van de keuken naar ons te kijken.

Doorweekt van de regen en het zoute water liepen we naar het huis terug. Beck dook weer de keuken in. Wij volgden zijn voorbeeld. Harley bleef aan de rand van het vertrek hangen, alsof hij er niet hoorde.
'Was zij een federale agente?' vroeg ik.
'Absoluut,' zei Beck.

Zijn sporttas lag midden op de tafel, prominent, als een bewijsstuk van de officier van justitie in de rechtszaal. Hij ritste hem open en scharrelde erin.
'Kijk maar,' zei hij.
Hij legde een bundeltje op tafel. Iets wat in een vochtige, smerige lap met olievlekken ter grootte van een handdoek was gerold. Hij rolde het open en haalde Duffy's Glock 19 te voorschijn.
'Dit lag allemaal in de auto die we haar lieten gebruiken,' zei hij.
'In de Saab?' vroeg ik, om iets te zeggen te hebben.
Hij knikte. 'In de ruimte van de reserveband. Onder de vloer van de kofferbak.' Hij legde de Glock op de tafel. Haalde de twee reservemagazijnen uit de lap en legde ze naast het pistool. Vervolgens legde hij de verbogen priem ernaast en de geslepen beitel. En de sleutelring van Angel Doll.
Ik kreeg het benauwd.
'De priem is waarschijnlijk een slothaak,' zei Beck.
'Hoe bewijst dit dat ze een federale agente was?' vroeg ik.
Hij pakte de Glock weer op, draaide hem om en wees op de rechterkant van de sluiter.
'Serienummer,' zei hij. 'We hebben het nagetrokken bij Glock in Oostenrijk. Via de computer. Wij hebben toegang tot dat soort dingen. Dit specifieke pistool is ongeveer een jaar geleden aan de Amerikaanse overheid verkocht. Als onderdeel van een grote bestelling voor de korpsen van justitie. De 17 is voor mannelijke agenten en de 19 voor vrouwen. Daarom weten we dat ze een federale agente was.'
Ik staarde naar het serienummer. 'Ontkende ze?'
Hij knikte. 'Natuurlijk. Ze zei dat ze het gewoon had gevonden. Ze hing een heel verhaal op. Ze gaf jou zelfs de schuld. Ze zei dat het jouw spullen waren. Maar ja, ze zullen altijd ontkennen, nietwaar? Het hoort waarschijnlijk bij de opleiding.'
Ik wendde mijn hoofd af. Staarde door het raam naar de zee. Waarom had ze het allemaal opgeraapt? Waarom had ze het niet gewoon laten liggen? Uit een soort huishoudelijk instinct? Wilde ze niet dat het nat zou worden, of hoe zat het?
'Je lijkt wel van je stuk,' zei Beck.
En hoe had ze het trouwens gevonden? Waarom zou ze er trouwens naar zoeken?
'Je lijkt wel van je stuk,' herhaalde Beck.
Van m'n stuk was te zwak uitgedrukt. Ze was een gruwelijke dood

gestorven. En dat was mijn schuld. Waarschijnlijk was ze ervan uitgegaan dat ze me een dienst bewees. Door mijn spullen droog te houden. Zodat ze niet zouden roesten. Ze was gewoon een dom, onnozel wicht uit Ierland dat me had willen helpen. En ik had haar vermoord, bijna alsof ik erbij was geweest en haar zelf had afgeslacht.

'Ik ben verantwoordelijk voor de beveiliging,' zei ik. 'Ik had haar moeten verdenken.'

'Je bent pas sinds gisteravond verantwoordelijk,' zei Beck. 'Dus verwijt jezelf maar niets. Je bent amper aangeschoven. Duke had haar in de smiezen moeten hebben.'

'Maar ik zou haar nooit verdacht hebben,' zei ik. 'Ik dacht dat ze maar een dienstmeisje was.'

'Ik ook, hoor,' zei hij. 'Duke ook.'

Ik wendde mijn gezicht weer af. Staarde naar de zee. De deining was grauw. Ik begreep het niet echt. Ze had de spullen gevonden. Maar waarom had ze die zo goed verstopt?

'Dit heeft de doorslag gegeven,' zei Beck.

Ik keek net op tijd terug om hem een paar schoenen uit de tas te zien halen. Het waren grote, vierkante, lompe dingen, de zwarte schoenen die ik haar elke keer als ik haar zag had zien dragen.

'Moet je kijken,' zei hij.

Hij draaide de rechterschoen om en trok met zijn nagels een pen uit de hak. Daarna draaide hij de rubber hak als een deurtje en hield de schoen weer recht. Hij schudde. Er kletterde een zwart plastic rechthoekje op tafel. Het belandde ondersteboven op tafel. Hij draaide het om.

Het was een draadloos e-mailapparaatje. Identiek aan het mijne.

Hij gaf de schoen aan mij. Ik staarde er wezenloos naar. Het was een vrouwenmaat 38. Gemaakt voor een kleine voet. Maar hij had een brede, bolle neus en daarom een brede, dikke hak voor het visuele evenwicht. Een onhandig soort mode-uiting. Uit de hak was een rechthoekige ruimte gesneden. Identiek aan de mijne. Het was keurig gedaan. Geduldwerk. Maar niet machinaal. Het vertoonde dezelfde vage gereedschapsporen als de mijne. Ik stelde me de een of andere laborant voor met een rij schoenen op de werkbank voor zich, de geur van nieuw leer, een kleine boog gutsen voor zich en krullen en stukjes rubber die zich onder het werken om hem heen op de grond verzamelden. Het meeste overheidswerk is verrassend

low-tech. Het gaat niet allemaal om exploderende balpennen en camera's in horloges. Geavanceerder dan een tochtje naar het winkelcentrum om een commercieel e-mailapparaatje en een paar gewone schoenen te kopen is het meeste werk niet.
'Wat denk je?' vroeg Beck.
Ik dacht aan wat ik voelde. Ik zat op een emotionele achtbaan. Ze bleef dood, maar dat was niet langer mijn schuld. Het was weer de schuld van de overheidscomputers. Dus persoonlijk voelde ik me opgelucht. Maar ik was ook niet zo'n klein beetje boos. Waar was Duffy in godsnaam mee bezig? Wat had ze in 's hemelsnaam voor ogen? Het was een onwrikbaar protocol dat je nooit twee infiltranten op één lokatie zette als ze niet van elkaars aanwezigheid op de hoogte waren. Dat was zonder meer fundamenteel. Ze had me verteld van Teresa Daniel. Dus waarom had ze me niets over deze andere vrouw verteld?
'Ongelooflijk,' zei ik.
'De batterij is leeg,' zei hij. Hij hield het apparaatje in beide handen. Gebruikte twee duimen alsof het een videospelletje was. 'Het werkt toch niet,' zei hij.
Hij gaf het aan mij. Ik legde de schoen neer. Drukte op de bekende aan-en-uitknop. Maar het scherm bleef leeg.
'Hoe lang is ze hier geweest?' vroeg ik.
'Acht weken,' zei Beck. 'Het valt niet mee om huishoudelijk personeel te houden. Het is hier eenzaam. En dan is er nog Paulie, weet je wel. En Duke was ook niet de vleesgeworden hartelijkheid.'
'Waarschijnlijk is acht weken te lang voor een batterij.'
'Wat zouden ze nu gaan doen?' vroeg hij.
'Ik weet het niet,' zei ik. 'Ik ben nooit federaal agent geweest.'
'In z'n algemeenheid,' zei hij. 'Dit soort dingen moet je al eerder hebben meegemaakt.'
Ik haalde mijn schouders op.
'Ik denk dat ze het wel hadden verwacht,' zei ik. 'De communicatie is altijd het eerste wat eraan gaat. Als ze van het radarscherm verdwijnt, zullen ze zich niet onmiddellijk ongerust maken. Ze hebben geen andere keus dan haar hier laten. Ik bedoel, ze kunnen moeilijk contact met haar opnemen om haar opdracht te geven naar huis te gaan, hè? Dus denk ik dat ze erop vertrouwden dat ze haar batterij zo gauw mogelijk zou opladen.' Ik draaide het apparaatje op zijn kant en wees naar een aansluitinkje onderop. 'Het

ziet ernaar uit dat het een telefoonoplader of zoiets nodig heeft.'
'Zouden ze hun mensen achter haar aan sturen?'
'Uiteindelijk wel,' zei ik. 'Denk ik.'
'Wanneer?'
'Ik weet het niet. Nog niet in elk geval.'
'We zijn van plan te ontkennen dat ze hier ooit is geweest. Dat we haar ooit hebben gezien. Er is geen bewijs dat ze hier is geweest.'
'Dan kun je maar beter haar kamer heel goed schoonmaken,' zei ik. 'Het zal er wemelen van de vingerafdrukken, haren en DNA.'
'Ze was ons aanbevolen,' zei hij. 'We zetten geen advertenties in de krant of zo. Een paar bekenden van ons in Boston hebben haar aangebracht.'
Hij wierp me een blik toe. Ik dacht: een paar lui in Boston die smeken om strafvermindering en de overheid op alle mogelijke manieren helpen. Ik knikte.
'Ingewikkeld,' zei ik. 'Want wat zegt dat over hen?'
Hij knikte ook, met een zuur gezicht. Hij was het met me eens. Hij wist waar ik op doelde. Hij raapte de sleutelbos op van zijn plek naast de beitel.
'Volgens mij waren deze van Angel Doll.'
Ik zei niets.
'Dus is het een driehoeksnachtmerrie,' zei hij. 'Angel Doll had met die lui in Hartford te maken en onze vrienden in Boston hebben iets met de federale justitie te maken. Nu kunnen we Doll ook met de federale justitie in verband brengen, omdat hij zijn sleutels aan die trut van een spionne heeft gegeven. Wat betekent dat die lui in Hartford ook twee handen op een buik met de federale justitie zijn. Dankzij Duke is Doll dood, maar ik zit nog altijd in mijn maag met Hartford, Boston én justitie. Ik zal je nodig hebben, Reacher.'
Ik wierp een blik op Harley. Die stond naar de regen buiten te kijken.
'Was het alleen Doll?' vroeg ik.
Beck knikte. 'Dat heb ik al uitgezocht. Ik ben gerustgesteld. Het was alleen Doll. De rest is betrouwbaar. Die staat nog aan mijn kant. Ze deden erg verontschuldigend over Doll.'
'Oké,' zei ik.
Er viel een lange stilte. Daarna rolde Beck mijn spullen weer in de lap en gooide ze in zijn tas. Hij gooide het lege e-mailapparaatje erachteraan en legde de schoenen van het dienstmeisje erbovenop.

Ze zagen er treurig, leeg en verlaten uit.
'Eén ding heb ik wel geleerd,' zei hij. 'Ik ga eerst de schoenen van nieuwkomers onderzoeken. Dat is een ding dat verdomd zeker is.'

Op dat ogenblik stond mijn leven op het spel. Ik hield mijn eigen schoenen aan. Ik ging weer naar boven, naar Dukes kamer om zijn kast te inspecteren. Daar stonden vier paar schoenen. Niets wat ik in een schoenenwinkel voor mezelf zou hebben uitgekozen, maar ze leken me redelijk en min of meer de juiste maat. Maar ik liet ze met rust. Om zo gauw met andere schoenen aan te verschijnen zou slapende honden wakker maken. En als ik de mijne ging weggooien, zou ik het goed doen. Het had geen zin om ze in de kamer te laten, blootgesteld aan een achteloze inspectie. Ik zou ze uit het huis moeten zien te krijgen. En op dat moment viel dat niet mee. Niet na die keukenscène. Ik kon er niet mee in mijn handen de trap af komen. Wat moest ik zeggen? *Wat, deze? O, dat zijn de schoenen die ik droeg toen ik aankwam. Ik ga ze gewoon in zee gooien.* Alsof ze me plotseling de keel uit hingen? Dus hield ik ze aan.
En ik had ze trouwens nog steeds nodig. Ik kwam weliswaar in de verleiding, maar was niet klaar om het contact met Duffy te verbreken. Nog niet althans. Ik sloot me op in Dukes badkamer om mijn e-mailapparaatje te voorschijn te halen. Het was een griezelig gevoel. Ik drukte het aan en op het scherm verscheen een boodschap. *Ik moet je spreken.* Ik drukte op *reply* en schreef: *Dat is je geraden.* Daarna zette ik het ding uit, stopte het terug in mijn hak en ging weer naar beneden, naar de keuken.
'Ga maar met Harley mee,' zei Beck. 'Om de Saab op te halen.'
De kokkin was er niet. De werkbladen waren opgeruimd en schoon. Ze waren geboend. Het fornuis was koud. Ik had het gevoel alsof er eigenlijk een bordje met GESLOTEN had moeten hangen.
'Wordt er niet geluncht?' vroeg ik.
'Heb je trek?'
Ik moest denken hoe de zee de zak had gevuld en het lichaam had meegetrokken. Zag het haar onder water, golvend en heel subtiel. Ik zag het bloed wegspoelen, roze en verdund. Ik had geen trek.
'Ik verga,' zei ik.
Beck glimlachte schaapachtig. 'Je bent me ook een kouwe, Reacher.'
'Ik heb wel meer dode mensen gezien. Ik denk ook niet dat het de laatste zal zijn.'

Hij knikte. 'De kokkin heeft vrij. Ga maar ergens eten, oké?'
'Ik heb geen geld.'
Hij stak zijn hand in zijn broekzak en haalde een stapeltje bankbiljetten te voorschijn. Hij begon ze te tellen, vervolgens haalde hij zijn schouders op, gaf het op en overhandigde me de hele stapel. Het moest zo'n duizend dollar zijn.
'Onkosten,' zei hij. 'Dat salaris komt later wel.'
Ik stak het geld in mijn zak.
'Harley wacht in de auto,' zei hij.
Ik ging naar buiten en zette mijn kraag op. De wind nam af. De regen ging recht naar beneden vallen. De Lincoln stond nog bij de hoek van het huis. De kofferbak zat dicht. Harley trommelde met zijn duimen op het stuur. Ik schoof op de passagiersstoel en zette de stoel naar achteren om wat beenruimte te krijgen. Hij startte de motor, zette de ruitenwissers aan en reed weg. We moesten wachten tot Paulie de ketting van het hek had gehaald. Harley zette de verwarming hoog. Onze kleren waren nat en de ramen besloegen. Paulie was traag. Harley begon weer te trommelen.
'Werken jullie allebei voor dezelfde vent?' vroeg ik.
'Ik en Paulie?' vroeg hij. 'Ja.'
'Wie is dat?'
'Heeft Beck je dat niet verteld?'
'Nee,' zei ik.
'Dan zal ik dat ook maar niet doen.'
'Lastig om dit werk zonder inlichtingen te doen,' zei ik.
'Dat is jouw probleem,' zei hij. 'Niet het mijne.'
Hij grijnsde me weer toe met dat gele gat. Ik dacht: Als ik maar hard genoeg sla, zou mijn vuist al die gele stompjes verwijderen en pas achter in die kippennek tot stilstand komen. Maar ik sloeg hem niet. Paulie had de ketting los en trok het hek open. Harley vertrok onmiddellijk en perste de auto erdoorheen met amper drie centimeter ruimte aan weerskanten. Ik ontspande me. Harley zette de koplampen aan, trapte het gas in, en de achterwielen wierpen een waaier van opspattend water op. We reden in westelijke richting omdat er de eerste twintig kilometer geen andere keus was. Daarna sloegen we in noordelijke richting af op Route One, de tegenovergestelde kant op van waar ik met Elizabeth Beck was geweest, weg van Old Orchard Beach en Saco, in de richting van Portland. Er viel onderweg niets te bekijken omdat het weer zo belabberd was. Ik kon amper de achterlichten van het verkeer voor

ons zien. Harley zei geen woord. Hij wiegde alleen maar naar voren en naar achteren in zijn stoel, trommelde met zijn duimen op het stuur en reed. Hij was geen soepele chauffeur. Hij trapte constant op het gas of op de rem. We trokken op, minderden vaart, trokken op, minderden vaart. De dertig kilometer duurden lang. Vervolgens maakte de weg een scherpe bocht naar het westen, en vlakbij aan mijn linkerhand zag ik de I-95. Daarachter was een smalle baai van grauw zeewater en daar voorbij lag het vliegveld van Portland. Er steeg een vliegtuig op in een enorme wolk verstuivend water. Hij raasde laag over ons heen en zwaaide naar het zuiden boven de Atlantische Oceaan. Vervolgens was er een rijtje winkels aan onze linkerhand met daarvoor een lang, smal parkeerterrein. Het centrum bestond uit het soort goedkope winkels dat je bij een vliegveld en ingeklemd tussen twee wegen verwacht. Er stonden zo'n twintig auto's op een rij, allemaal met de neus naar voren en loodrecht op de stoep. De oude Saab was de vijfde van links. Harley stopte er vlak achter. Trommelde met zijn duimen op het stuur.

'Helemaal van jou,' zei hij. 'De sleutels zitten in het deurvak.'

Ik stapte uit in de regen en hij reed weg zodra ik het portier had dichtgeslagen. Maar hij ging niet terug naar Route One. Aan het eind van het parkeerterrein sloeg hij linksaf. Daarna meteen weer naar rechts. Ik zag hem de grote auto door een geïmproviseerde uitgang loodsen die naar een belendend parkeerterrein voerde. Ik zette mijn kraag weer op, keek hem na en zag hem langzaam over dat terrein rijden en vervolgens achter een rij gloednieuwe gebouwen verdwijnen. Het waren lange, lage schuren van glimmende golfplaat. Een of ander bedrijventerrein. Er lag een netwerk van smalle asfaltwegen. Ze waren nat en glommen van de regen. Ze hadden hoge, betonnen stoepranden die glad en nieuw waren. Door een opening tussen twee gebouwen zag ik de Lincoln weer. Hij bewoog traag en lui, alsof hij een parkeerplekje zocht. Daarna schoof hij achter een ander gebouw en zag ik hem niet meer.

Ik draaide me om. De Saab stond met zijn neus naar een witte slijterij. Daarnaast was aan de ene kant een winkel die autoradio's verkocht en aan de andere kant een winkel met een etalage vol kroonluchters van nepkristal. Ik betwijfelde of het dienstmeisje eropuit was gestuurd om een nieuwe plafondlamp te kopen. Of om een nieuwe cd-speler in de Saab te laten installeren. Dus moest ze naar de drankzaak zijn gestuurd. En vervolgens moest ze op een heel stel lui zijn gestuit die haar daar opwachtte. Vier stuks, misschien vijf. Op z'n minst. Na de eerste verrassing zou ze van een verbijsterd dienstmeisje zijn veranderd in een geoefende agente die voor haar leven vocht. Daar zouden ze op hebben gerekend. Het zou er niet zachtzinnig aan toe zijn gegaan. Ik keek naar links en naar rechts op de stoep. Daarna keek ik naar de drankzaak. De etalage stond vol dozen. Er was geen goed uitzicht op de voorkant. Maar ik ging toch naar binnen.

De winkel stond vol met dozen, maar er waren geen mensen. Ik kreeg de indruk dat het meestal zo was. Het was koud en stoffig. De winkelbediende achter de toonbank was een grijze man van een jaar of vijftig. Grijs haar, grijs overhemd, grijze huid. Hij zag eruit alsof hij tien jaar niet buiten was geweest. Hij had niets wat ik wilde kopen om het ijs te breken. Dus viel ik maar met de deur in huis.

'Zie je die Saab daarbuiten?' vroeg ik.

Hij keek met veel vertoon naar buiten.

'Die zie ik,' zei hij.

'Weet je wat er met de chauffeur is gebeurd?'

'Nee,' zei hij.

Mensen die meteen nee zeggen liegen meestal. Iemand die de waarheid spreekt kan heel goed nee zeggen, maar zal er doorgaans eerst over nadenken. En dan voegt hij er *het spijt me* of zoiets aan toe. Misschien stellen ze zelf wat vragen. Dat ligt in de menselijke aard. Ze zeggen: *Nee, sorry, hoezo, wat is er gebeurd?* Ik stak mijn hand in mijn zak en pelde op de tast een bankbiljet van Becks stapeltje. Haalde het te voorschijn. Het was een honderdje. Ik vouwde het dubbel en hield het tussen duim en wijsvinger omhoog.

'Heb je het nu gezien?' vroeg ik.

Hij wierp een blik naar links. Voor mij rechts. De kant van het bedrijventerrein achter zijn muren.

Het was maar een snelle, heimelijke blik, heen en weer.

'Nee,' herhaalde hij.

'Zwarte Town Car?' vroeg ik. 'Die in die richting wegreed?'

'Niet gezien,' zei hij. 'Ik had het druk.'

Ik knikte. 'Je wordt hier praktisch onder de voet gelopen, dat zie ik wel. Het is een wonder dat één man die drukte aan kan.'

'Ik was achter. Aan de telefoon waarschijnlijk.'

Ik hield dat honderdje een hele poos in mijn hand. Waarschijnlijk vertegenwoordigde honderd dollar belastingvrij een gezond deel

van zijn netto weekinkomen. Maar hij wendde zijn blik af. Dat zei me ook voldoende.
'Oké,' zei ik. Ik stak het geld weer in mijn zak en liep naar buiten.

Ik reed met de Saab tweehonderd meter in zuidelijke richting langs Route One en stopte bij het eerste benzinestation dat ik zag. Ging naar binnen om een fles mineraalwater en twee repen te kopen. Ik betaalde vier keer zoveel voor het water dan ik, omgerekend, per liter voor de benzine zou hebben betaald. Vervolgens ging ik naar buiten, schuilde bij de deur, pakte een reep uit en at hem op. Ondertussen keek ik om me heen. Geen surveillance. Dus liep ik naar de telefooncellen en belde Duffy met mijn wisselgeld. Ik had haar nummer in het motel uit mijn hoofd geleerd. Ik dook onder de plastic overkapping in elkaar in een poging om droog te blijven. Ze nam op toen de telefoon twee keer was overgegaan.
'Rij in noordelijke richting naar Saco,' zei ik. 'Nu meteen. Kom naar een koffieshop, genaamd *Café Café*, in het grote, bakstenen winkelcentrum op het eiland in de rivier. Wie er het laatst is trakteert.'
Ik at mijn reep op toen ik naar het zuiden reed. De Saab ging hard en was lawaaiig, vergeleken met Becks Cadillac of Harleys Lincoln. Hij was oud en versleten. De tapijten waren dun en los. Er stonden zes cijfers op de teller. Maar hij bracht me van A naar B. Hij had fatsoenlijke banden en de wissers werkten. Hij had geen moeite met de regen. En hij had mooie, grote spiegels. Die hield ik de hele weg in de gaten. Er kwam niemand achter me aan. Ik was het eerst in de koffieshop. Bestelde een dubbele espresso om de smaak van chocola uit mijn mond te spoelen.
Duffy arriveerde een minuut of zes later. Ze bleef in de deuropening staan, keek om zich heen en kwam vervolgens glimlachend mijn kant op. Ze had een schone spijkerbroek aan en weer een katoenen overhemd, maar dat was blauw in plaats van wit. Daarover droeg ze haar leren jack en daar weer overheen een haveloze oude regenjas die haar veel te groot was. Misschien was hij van de oude man. Misschien had ze die van hem geleend. Hij was niet van Eliot. Dat was duidelijk. Hij was kleiner dan zij. Waarschijnlijk had ze geen slecht weer verwacht toen ze naar het noorden kwam.
'Is het hier veilig?' vroeg ze.

Ik gaf geen antwoord.
'Wat is er?' vroeg ze.
'Jij trakteert,' zei ik. 'Jij was hier het laatst. Ik neem nog een espresso. En je bent me geld schuldig voor de eerste.'
Ze keek me wezenloos aan, liep vervolgens naar de toonbank en kwam terug met een espresso voor mij en een cappuccino voor zichzelf. Haar haar was een beetje nat. Ze had haar vingers erdoorheen gehaald. Waarschijnlijk had ze haar auto in de openlucht geparkeerd, was ze komen lopen en had ze haar spiegelbeeld in een etalageruit gecontroleerd. Ze telde zwijgend haar wisselgeld en gaf me biljetten en munten voor mijn eerste kop. Koffie was ook iets wat veel duurder was dan benzine, in Maine. Maar waarschijnlijk was dat overal zo.
'Wat is er?' vroeg ze.
Ik gaf geen antwoord.
'Reacher, wat is er?'
'Acht weken geleden heb je nog een agent laten infiltreren,' zei ik. 'Waarom heb je me daar niets van verteld?'
'Wat?'
'Je hebt me wel gehoord.'
'Hoezo agent?'
'Ze is vanmorgen aan haar eind gekomen. Ze heeft een radicale dubbele mastectomie ondergaan zonder het voordeel van verdoving.'
Ze staarde me aan. 'Teresa?'
Ik schudde mijn hoofd.
'Niet Teresa,' zei ik. 'Die andere.'
'Welke andere?'
'Lul niet,' zei ik.
'Wélke ándere??'
Ik keek haar aan. Hard. Toen zachter. Er was iets met dat licht in de koffieshop. Misschien de manier waarop het reflecteerde op al dat lichte hout en chroom. Het was net röntgenlicht. Als waarheidsserum. Het had me Elizabeth Becks oprechte en onbedwingbare blos laten zien. Nu verwachtte ik dat het me precies hetzelfde bij Duffy zou openbaren. Ik verwachtte een donkerrode blos van schaamte en vernedering, omdat ik haar ergens op had betrapt. Maar in plaats daarvan zag ik volslagen verrassing. Haar gezicht straalde niets anders uit. Ze was doodsbleek geworden. Ze was spierwit van de shock. Het was alsof al het bloed uit haar was

weggetrokken. En dat kan niemand op bevel, net zomin als blozen.

'Welke ándere?' herhaalde ze. 'Er was maar één Teresa. Wat bedoel je? Wil je me soms vertellen dat ze dood is?'

'Niet Teresa,' herhaalde ik. 'Er was een andere. Een andere vrouw. Ze hadden haar als dienstmeisje aangenomen.'

'Nee,' zei ze. 'Er was alleen Teresa.'

Ik schudde weer mijn hoofd. 'Ik heb het lijk gezien. Het was niet Teresa.'

'Een dienstmeisje?'

'Ze had een e-mailapparaatje in haar schoen,' zei ik. 'Precies zo een als ik heb. De hak was door dezelfde man uitgehold. Ik herkende het handwerk.'

'Dat kan niet,' zei ze.

Ik keek haar recht aan.

'Dat zou ik je gezegd hebben,' zei ze. 'Natuurlijk. En ik zou jou niet nodig hebben gehad, als ik er nog een agente had. Snap je dat niet?'

Ik wendde het hoofd af. Keek weer terug. Nu geneerde ik me.

'Wie was dat in godsnaam dan?'

Ze gaf geen antwoord. Begon haar kop rond te draaien op het schoteltje, met kleine duwtjes tegen het oor, tien graden per keer. Het dikke schuim en de chocoladepoeder bleven stil liggen terwijl het kopje draaide. Ze dacht als een gek na.

'Acht weken geleden?' vroeg ze.

Ik knikte.

'Hoe zijn ze erachter gekomen?' vroeg ze.

'Ze zijn jullie computer binnengedrongen,' zei ik. 'Vanmorgen, of misschien gisteravond.'

Ze keek op. 'Wilde je het daarom weten?'

Ik knikte zwijgend.

'Teresa zit niet in de computer,' zei ze. 'Zij is niet officieel.'

'Heb je Eliot nog gevraagd?'

'Ik heb nog iets beters gedaan. Ik heb z'n hele harddisk gecontroleerd. En al zijn dossiers in de hoofdserver in D.C. Ik kan overal bij. Ik heb gezocht onder Teresa, Daniel, Justice, Beck, Maine en infiltrant. En hij heeft nergens een van die woorden getypt.'

Ik zei niets.

'Hoe is het gebeurd?' vroeg ze.

'Ik weet het niet echt zeker,' zei ik. 'Waarschijnlijk heeft de computer ze eerst verteld dat jullie daar een infiltrant hadden en ver-

volgens vertelde hij dat het een vrouw was. Geen naam, geen bijzonderheden. Dus gingen ze haar zoeken. En volgens mij was het deels mijn schuld dat ze haar hebben gevonden.'
'Hoezo?'
'Ik had een verborgen voorraadje,' zei ik. 'Jouw Glock en wat andere spullen. Die heeft ze gevonden. Ze had ze verstopt in de auto die zij gebruikte.'
Duffy zweeg even.
'Oké,' zei ze. 'En volgens jou hebben ze de auto doorzocht en jouw spullen haar belast.'
'Ik denk het.'
'Maar misschien hebben ze háár eerst gefouilleerd en de schoen gevonden.'
Ik keek weg. 'Ik hoop het van harte.'
Ze trok een grimas. 'Neem jezelf niets kwalijk. Het is jouw schuld niet. Zodra ze in de computer zaten, was het een kwestie van tijd voor ze de eerste vrouw onder de loep namen. Ze pasten allebei in het plaatje. Ik bedoel, hoeveel vrouwen waren er om uit te kiezen? Waarschijnlijk alleen zij en Teresa. Het kon niet missen.'
Ik knikte. Elizabeth was er ook nog. En de kokkin. Maar geen van beiden zou erg hoog op de lijst van verdachte personen staan. Elizabeth omdat ze zijn vrouw was, en de kokkin was er waarschijnlijk al twintig jaar in dienst.
'Maar wie was ze dan?' vroeg ik.
Ze speelde met haar kopje tot het weer in zijn oorspronkelijke positie stond. Tot het zijn laatste volle cirkel had gemaakt. Het ongeglazuurde randje op de bodem maakte een krassend geluidje.
'Ik vrees dat het voor de hand ligt,' zei ze. 'Denk eens aan de tijdslijn. Tel maar terug vanaf vandaag. Elf weken geleden verknalde ik het met die surveillancefoto's. Tien weken geleden haalden ze me van deze zaak af. Maar omdat Beck een grote jongen is, kon ik het er niet bij laten zitten en zette ik Teresa in zonder hun medeweten. Maar eveneens omdat Beck een grote jongen is moeten ze, zonder mij daarvan in kennis te stellen, de zaak aan iemand anders hebben toegewezen, en acht weken geleden moet die ander het dienstmeisje daar hebben geplaatst, boven op Teresa. Teresa wist niet dat het meisje kwam en dat meisje wist niet dat Teresa er al was.'
'Waarom zou ze haar neus in mijn spullen hebben gestoken?'
'Waarschijnlijk wilde ze de situatie in de hand houden. Standaard-

procedure. Wat haar betrof, was jij niet koosjer. Jij was gewoon een vrijbuiter. Een soort raddraaier. Je had de dood van een politieman op je geweten en verstopte wapens. Misschien dacht ze dat je van een rivaliserende bende was. Waarschijnlijk overwoog ze om je aan Beck te verraden. Ze zou in zijn aanzien zijn gestegen. En ze wilde je uit de weg hebben, want ze zat niet op extra complicaties te wachten. Als ze je niet bij Beck zou verraden, had ze je bij ons aangegeven als een politiemoordenaar. Ik kijk ervan op dat ze het nog niet had gedaan.'

'Haar batterij was op.'

Ze knikte. 'Acht weken. Waarschijnlijk hebben dienstmeisjes niet zomaar toegang tot mobieladers.'

'Volgens Beck kwam ze uit Boston.'

'Dat klinkt logisch,' zei ze. 'Waarschijnlijk hebben ze de zaak in handen gegeven van bureau-Boston. Geografisch zou dat juist zijn. En het verklaart ook waarom we geen kantoorroddels in Washington hebben gehoord.'

'Hij zei dat ze was aanbevolen door een stel vrienden.'

Ze knikte weer. 'In ruil voor strafvermindering natuurlijk. Die gebruiken we altijd. Ze hebben er weinig moeite mee om elkaar erin te luizen. Geen zwijgcode bij die lui.'

Toen moest ik aan iets anders denken wat Beck had gezegd.

'Hoe communiceerde Teresa?' vroeg ik.

'Ze had net zo'n e-mailapparaatje als jij.'

'In haar schoen?'

Duffy knikte zwijgend. Ik hoorde Becks stem hard in mijn hoofd nagalmen: *Eén ding heb ik wel geleerd. Ik ga eerst de schoenen van nieuwkomers onderzoeken. Dat is een ding dat verdomd zeker is.*

'Wanneer heb je voor het laatst iets van haar gehoord?'

'Op dag twee was ze uit de lucht.' Ze werd stil.

'Waar woonde ze?'

'In Portland. We hadden haar in een appartement gezet. Ze werkte op kantoor, ze was geen dienstmeisje.'

'Ben je daar geweest?'

Ze knikte. 'Sinds dag twee is daar niemand geweest.'

'Heb je in haar kast gekeken?'

'Hoezo?'

'We moeten weten wat voor schoenen ze droeg toen ze haar gevangennamen.'

Duffy werd weer bleek.
'Shit,' zei ze.
'Precies,' zei ik. 'Welke schoenen waren in de kast gelaten?'
'De verkeerde.'
'Zou ze op het idee komen om het e-mailgeval weg te gooien?'
'Daar zou ze niets mee opschieten. Dan zou ze de schoenen ook moeten weggooien. De holte in de hak zou haar toch verraden?'
'We moeten haar zien te vinden,' zei ik.
'Dat mag je wel zeggen,' zei ze. Ze dacht even na. 'Vandaag heeft ze erg geboft. Ze zochten een vrouw en toevallig hebben ze eerst dat dienstmeisje onder handen genomen. We mogen er niet van uitgaan dat ze nog veel langer geluk zal hebben.'
Ik zei niets. Teresa had erg geboft, maar dat dienstmeisje niet. Ieder zilveren randje heeft een wolk. Duffy nam een slok koffie. Trok een vies gezicht alsof de smaak niet deugde en zette het kopje weer neer.
'Maar wat heeft haar eigenlijk verraden?' vroeg ze. 'Dat zou ik weleens willen weten. Ik bedoel, ze heeft het maar twee dagen volgehouden. En het heeft negen volle weken geduurd voordat ze in die computer inbraken.'
'Wat voor dekmantel heb je haar gegeven?'
'Het gewone verhaal voor dit soort werk. Ongetrouwd, geen bindingen, geen familie, geen wortels. Net als jij, alleen jij hoefde het niet te verzinnen.'
Ik knikte langzaam. Een knappe, dertigjarige vrouw die nooit gemist zal worden. Een geweldige verleiding voor jongens als Paulie of Angel Doll. Misschien wel onweerstaanbaar. Een speelpopje om bij de hand te houden. En de rest van de bende was misschien nog erger. Zoals Harley bijvoorbeeld. Die had me niet getroffen als een schoolvoorbeeld van beschaving.
'Misschien heeft niets haar verraden,' zei ik. 'Misschien is ze gewoon vermist geraakt, weet je wel. Zoals vrouwen wel vaker overkomt. Een heleboel vrouwen worden vermist. Vooral jonge vrouwen. Vrijgezelle, loslopende vrouwen. Gebeurt aan de lopende band. Duizenden per jaar.'
'Maar jij hebt de kamer gevonden waar ze haar vasthielden.'
'Al die vermiste vrouwen moeten ergens zijn. Ze worden alleen maar vermist door de rest van de wereld. Zelf weten ze waar ze zijn, en de mannen die ze hebben gepakt ook.'
Ze keek me aan. 'Denk je dat het zo ligt?'

'Kan.'
'Gaat ze het redden?'
'Ik weet het niet,' zei ik. 'Ik hoop het.'
'Zullen ze haar in leven houden?'
Ik knikte. 'Volgens mij willen ze haar in leven houden. Omdat ze niet weten dat ze een federale agente is. Ze denken dat ze alleen maar een vrouw is.'
Een speelpop om bij de hand te houden.
'Kun je haar vinden voordat ze naar haar schoenen kijken?'
'Misschien kijken ze daar nooit naar,' zei ik. 'Als ze haar als het ware in een bepaald licht zien, zou het een hele sprong zijn om haar in een ander licht te zien, snap je?'
Ze wendde haar hoofd af. Zweeg.
'In een bepaald licht,' zei ze. 'Waarom noemen we de dingen niet gewoon bij de naam?'
'Omdat we dat niet willen,' zei ik.
Ze bleef stil. Een minuut. Twee. Daarna keek ze me weer recht aan. Een heel nieuwe gedachte.
'En jouw schoenen dan?'
Ik schudde mijn hoofd.
'Dat is hetzelfde verhaal,' zei ik. 'Ze raken aan me gewend. Het zou een hele sprong zijn om mij in een ander licht te zien.'
'Het blijft een groot risico.'
Ik haalde mijn schouders op.
'Beck heeft me een Beretta M9 gegeven,' zei ik. 'Dus ik wacht wel af. Als hij zich bukt om een kijkje te nemen schiet ik hem midden in zijn voorhoofd.'
'Maar hij is toch gewoon een zakenman? In wezen? Zou hij Teresa echt iets ergs aandoen zonder te weten dat ze een bedreiging voor zijn zaken is?'
'Ik weet het niet,' zei ik.
'Heeft hij het dienstmeisje vermoord?'
Ik schudde mijn hoofd. 'Quinn.'
'Was je erbij?'
'Nee.'
'Hoe weet je dat dan?'
Ik wendde mij hoofd af.
'Ik herkende het handwerk,' zei ik.

De vierde keer dat ik sergeant eersteklas Dominique Kohl zag, was een week na die avond in het café. Het was nog steeds erg warm. Er gingen geruchten over een tropische orkaan van de kant van Bermuda. Ik had een miljoen dossiers op mijn bureau. We hadden verkrachting, moord en doodslag, wapendiefstal, mishandeling en de avond tevoren waren er rellen uitgebroken in de kantinekeuken van de vrijwilligers omdat de koelkast het had begeven en het ijs was gesmolten. Ik had net een vriendje in het Californische Fort Irwin aan de lijn gehad die me vertelde dat het daar precies eender was als de woestijnwind blies.

Kohl kwam binnen in een short en een tanktopje. Ze zweette nog steeds niet. Haar huid was nog stoffig. Ze had haar dossier bij zich, en het was inmiddels acht keer zo dik als toen ik het haar gaf.

'De sabot moet van metaal worden,' zei ze. 'Dat is de eindconclusie.'

'O ja?' zei ik.

'Ze hadden liever plastic gehad, maar volgens mij is dat maar show.'

'Oké,' zei ik.

'Ik probeer je duidelijk te maken dat ze klaar zijn met het sabotontwerp. Nu zijn ze klaar om over te gaan op het belangrijke werk.'

'Koester je nog steeds warme gevoelens voor die Gorowski?'

Ze knikte. 'Het zou een tragedie zijn om hem te arresteren. Hij is een goeie vent en een onschuldig slachtoffer. En waar het op aankomt, is dat hij goed is in zijn werk en nuttig voor het leger.'

'Wat wil je dan?'

'Het is lastig,' zei ze. 'Wat ik eigenlijk wil doen is hem aan boord halen om hem valse ontwerpen te laten geven aan de persoon die hem in z'n macht heeft. Op die manier kunnen we het onderzoek door laten lopen zonder het risico dat we iets waardevols kwijtraken.'

'Maar?'

'Het echte ding op zich ziet er al uit als nep. Het is een heel merkwaardig projectiel. Net een heel groot spelpijltje. Er zit geen explosief in.'

'Hoe werkt het dan?'

'Kinetische energie, dichte metalen, afgewerkt uranium, hitte, van alles. Heb je natuurkunde gestudeerd?'

'Nee.'

'Dan zul je het niet begrijpen. Maar ik heb de indruk dat de schurk het in de gaten zal krijgen als we met het ontwerp rotzooien. Dat

brengt Gorowski in gevaar. Of zijn dochtertjes, of wat dan ook.'
'Dus wil je de echte blauwdrukken loslaten?'
'Volgens mij zit er niets anders op.'
'Groot risico,' zei ik.
'Jouw verantwoordelijkheid. Daarom verdien je zoveel geld.'
'Ik ben kapitein,' zei ik. 'Als ik ooit tijd zou krijgen om te eten, krijg ik rantsoenbonnen.'
'Besluit?'
'Heb je de schurk al in het vizier?'
'Nee.'
'Heb je er vertrouwen in dat het je niet gaat ontglippen?'
'Volkomen.'
Ik glimlachte. Op dat moment zag ze eruit als de meest zelfbewuste persoon die ik ooit was tegengekomen. Glanzende ogen, serieus gezicht, het haar achter de oren, kort kaki short, krap kaki hemd, sokken en parachutistenschoenen, donkere, stoffige huid alom.
'Ga je gang dan maar,' zei ik.
'Ik dans nooit,' zei ze.
'Wat?'
'Het was niets persoonlijks,' zei ze. 'Eigenlijk had ik het best gewild. Ik stelde de uitnodiging op prijs. Maar ik dans nooit.'
'Waarom niet?'
'Gewoon,' zei ze. 'Ik word verlegen. Mijn coördinatie is slecht.'
'Mijne ook.'
'Misschien moeten we eerst privé oefenen,' zei ze.
'Apart?'
'Een persoonlijke mentor wil weleens helpen,' zei ze. 'Net als bij alcoholisme.'
Daarna liep ze met een knipoog de kamer uit. Ze liet een heel vaag parfumspoor achter in de warme, bedompte lucht.

Duffy en ik dronken zwijgend onze koffie op. De mijne smaakte waterig, koud en bitter. Ik lustte hem niet. Mijn rechterschoen knelde. Hij paste niet geweldig. Hij begon als een ijzeren bal aan een ketting te voelen. Aanvankelijk voelde het geniaal. Intelligent, cool en vernuftig. Ik moest denken aan de eerste keer dat ik die hak had opengemaakt, drie dagen geleden, kort nadat ik in het huis was aangekomen en Duke me op mijn kamer had opgesloten. Ik was binnen. Ik voelde me als iemand in een film. Daarna herinnerde ik me de laatste keer dat ik die hak openmaakte. In Dukes

badkamer, anderhalf uur geleden. Ik had het apparaatje aangezet en Duffy's boodschap had op me gewacht: *Ik moet je spreken.*
'Waarom wil jij mij spreken?' vroeg ik.
Ze schudde haar hoofd. 'Doet er niet meer toe. Ik gooi het roer om. Ik schrap alle doelen behalve Teresa bevrijden. Ga haar gewoon maar zoeken en zie haar vrij te krijgen, oké?'
'En Beck dan?'
'Beck krijgen we niet te pakken. Ik heb het weer verknald. Dat dienstmeisje was een legitieme infiltrant en Teresa niet. Jij evenmin. En het dienstmeisje is omgekomen, dus nu gaan ze me ontslaan omdat ik buiten mijn boekje ben gegaan met Teresa en jou, en zullen ze de zaak tegen Beck laten vallen omdat ik zo'n zooitje heb gemaakt van de procedure dat ze het nooit meer kunnen winnen in de rechtszaal. Dus zorg maar als de sodemieter dat Teresa vrijkomt, dan kunnen we allemaal naar huis.'
'Oké,' zei ik.
'Quinn zul je moeten vergeten,' zei ze. 'Laat maar lopen.'
Ik zei niets.
'Het is toch mislukt,' zei ze. 'Je hebt niets bruikbaars gevonden. Geen barst. Geen spatje bewijs. Het is van a tot z tijdverspilling geweest.'
Ik zei niets.
'Net als mijn loopbaan,' zei ze.
'Wanneer ga je het aan Justitie vertellen?'
'Over dat dienstmeisje?'
Ik knikte.
'Nu meteen,' zei ze. 'Direct. Ik zal wel moeten. Ik heb geen keus. Maar ik ga eerst de bestanden doorsnuffelen om erachter te komen wie haar daarin heeft gezet. Omdat ik het nieuws liever op mijn eigen niveau onder vier ogen vertel, denk ik. Het zal me de kans geven mijn verontschuldigingen aan te bieden. Als ik het anders doe, zal de pleuris uitbreken voordat ik maar de kans krijg. Ze zullen al mijn toegangscodes annuleren, mij een kartonnen doos geven en zeggen dat mijn bureau in een halfuur leeg moet zijn.'
'Hoe lang heb je daar gewerkt?'
'Heel lang. Ik dacht dat ik de eerste vrouwelijke directeur ging worden.'
Ik zei niets.
'Ik zou het je verteld hebben,' zei ze. 'Echt waar. Als ik er nog een agente had, had ik het je gezegd.'

'Ik weet het,' zei ik. 'Het spijt me dat ik te snel conclusies heb getrokken.'
'Het komt van de stress,' zei ze. 'Infiltreren is niet eenvoudig.'
Ik knikte. 'Het is daar net een spiegelzaal. De ene verrassing na de andere. Alles voelt onwerkelijk.'
We lieten onze halflege kopjes op tafel staan en liepen naar buiten, de binnenstoep van het winkelcentrum op en vervolgens naar buiten de regen in. We hadden de auto's vlak bij elkaar gezet. Ze kuste me op de wang. Daarna stapte zij in haar Taurus, verdween in zuidelijke richting, ik in de Saab en reed naar het noorden.

Paulie nam alle tijd om het hek voor me open te doen. Hij liet me een minuut of wat wachten voordat hij op zijn elfendertigst naar buiten kwam. Hij had nog steeds zijn regenponcho aan. Daarna ging hij een minuut staan staren voordat hij in de buurt van de heksluiting kwam. Maar dat kon me niets schelen. Ik had het druk met nadenken. Ik hoorde Duffy's stem nagalmen: *Ik gooi het roer om.* Voor het grootste deel van mijn militaire loopbaan was een zekere Leon Garber direct of indirect mijn baas geweest. Hij verklaarde alles voor zichzelf met kleine zinnetjes of uitdrukkingen. Hij had er een voor elke gelegenheid. Hij zei altijd: *Het roer omgooien is slim omdat het voorkomt dat je goed geld in iets slechts stopt.* Hij bedoelde niet letterlijk geld. Hij had het over mankracht, bronnen, tijd, wilskracht, moeite en energie. Hij placht zichzelf ook tegen te spreken. Hij zei net zo vaak: *Laat je nooit afleiden van wat je precies wilt doen.* Natuurlijk zijn spreekwoorden in het algemeen zo. *Veel koks bederven de brij; Vele handen maken licht werk; Kinderen en gekken zeggen de waarheid.* Maar als je een paar lagen tegenspraak over het hoofd zag, was Leon wel een voorstander van het roer omgooien. Een groot voorstander. Voornamelijk omdat een zaak herzien te maken heeft met denken, en hij ging ervan uit dat nadenken nog nooit iemand kwaad had gedaan. Dus dacht ik na en hard ook, omdat ik me ervan bewust was dat ik door iets onzichtbaars werd beslopen, iets wat net buiten mijn bewuste begrip was. Iets wat te maken had met wat Duffy tegen me had gezegd: *Je hebt niets bruikbaars gevonden. Geen barst. Geen spatje bewijs.*
Ik hoorde het hek openzwaaien. Keek op en zag Paulie wachten tot ik door zou rijden. De regen geselde zijn poncho. Hij had nog altijd niets op zijn hoofd. Ik nam op een benepen manier wraak

door zelf nog een minuut te wachten. Duffy's herziening kwam goed uit. Beck kon me weinig schelen. Echt niet, hoe je het ook bekeek. Maar Teresa wilde ik wel. En ik zou haar krijgen ook. En Quinn ook. Die zou ik ook krijgen, wat Duffy ook zei. Het roer ging niet helemaal om.

Ik keek weer naar Paulie. Hij stond nog steeds te wachten. Wat een malloot. Hij stond in de regen, ik zat in een auto. Ik haalde mijn voet van de rem en reed langzaam door de poort. Daarna trapte ik op het gas en reed hard naar het huis.

Ik zette de Saab terug op de plek waar ik hem een keer had zien staan en liep de binnenplaats op. De monteur was nog in garage drie. De lege. Ik zag niet wat hij uitvoerde. Misschien schuilde hij alleen maar voor de regen. Ik holde terug naar het huis. Beck hoorde de metaaldetector mijn komst aankondigen en kwam me tegemoet in de keuken. Hij wees naar zijn sporttas. Hij stond nog steeds midden op de tafel.

'Dumpen die rotzooi,' zei hij. 'Gooi het maar in zee, oké?'

'Oké,' zei ik. Hij ging de gang weer in en ik pakte de tas en draaide me om. Liep weer naar buiten en glipte naar de zeekant van het garageblok. Ik legde mijn bundeltje terug in het verborgen kuiltje. Beter mee dan om verlegen. Bovendien wilde ik Duffy haar Glock teruggeven. Ze zat al voldoende in de nesten zonder het verlies van haar dienstwapen. De meeste korpsen nemen zoiets heel ernstig. Daarna liep ik naar de rand van het granieten plateau en smeet de tas met een grote boog in zee. Hij maakte een salto in de lucht en de schoenen en het e-mailapparaatje vielen eruit. Ik zag het e-mailding het water raken. Het zonk direct. De linkerschoen raakte het water met de neus naar beneden en ging het achterna. De tas bolde een beetje op, landde zachtjes met de rits omlaag, vulde zich met water, wentelde en gleed onder de oppervlakte. De rechterschoen bleef een ogenblik als een zwart bootje drijven. Hij dook, zakte schuin en deinde gejaagd alsof hij naar het oosten trachtte te ontkomen. Hij nam een golf en zakte in het volgende dal. Daarna begon hij te kapseizen. Hij bleef nog een seconde of tien drijven en vervolgens vulde hij zich met water en zonk spoorloos.

Er was geen activiteit in huis. De kokkin was er niet. Richard zat in de eetkamer een boterham te eten die hij voor zichzelf klaargemaakt moest hebben en naar de regen buiten te staren. Elizabeth zat nog in de salon met *Dokter Zjivago*. Beck was nergens te bekennen. Door een proces van eliminatie concludeerde ik dat hij in zijn hobbykamer moest zijn. Misschien zat hij in zijn leren stoel naar zijn verzameling machinepistolen te kijken. Overal was het stil. Ik begreep het niet. Volgens Duffy hadden ze vijf containers binnen gekregen en Beck had gezegd dat er een druk weekeinde voor de deur stond, maar niemand voerde iets uit.

Ik ging naar boven naar Dukes kamer. Ik beschouwde hem niet als mijn kamer. Hopelijk zou dat ook nooit gebeuren. Ik ging op bed liggen nadenken. Probeerde de vinger te leggen op wat er in een achterkamertje van mijn brein zweefde. *Het is eenvoudig*, zou Leon Garber hebben gezegd. *Ga aan de slag met de aanwijzingen. Neem alles door wat je hebt gezien, alles wat je hebt gehoord.* Dus dat deed ik. Maar ik bleef maar op Dominique Kohl terugkomen.

De vijfde keer dat ik haar zag, bracht ze me met een olijfgroene Chevrolet naar Aberdeen, Maryland. Ik had me bedacht over het vrijgeven van echte blauwdrukken. Het was een enorm risico. Doorgaans was dat niet iets waar ik me zorgen om maakte, maar ik wilde wat meer vooruitgang zien dan we geboekt hadden. Kohl had de geheime bergplaats gelokaliseerd, de techniek geïdentificeerd en de wijze waarop Gorowski zijn contact liet weten dat de zending op zijn plek lag. Maar ze had de contactpersoon de spullen nog steeds niet zien ophalen. Ze wist nog altijd niet wie hij was.

Aberdeen was een kleine stad een kilometer of dertig ten noordoosten van Baltimore. Gorowski's methode was op zondag naar de grote stad rijden om de spullen in de omgeving van de Inner Harbor af te leveren. In die tijd was de stadsvernieuwing in volle gang en was het een prettige, lichte plek om te vertoeven. Maar het grote publiek had dat nog niet helemaal ontdekt, dus meestal was het er niet druk. Gorowski had een privéauto. Het was een felrode, twee jaar oude Mazda Miata. Een geloofwaardige auto, een en ander in aanmerking genomen. Niet nieuw, maar ook niet goedkoop omdat het in die tijd een populair model was en niemand korting op de verkoopprijs kreeg, dus bleven de tweedehandsprijzen hoog. Verder was het een two-seater, wat niet handig voor zijn dochtertjes was. Dus moest hij nog een auto hebben. We wisten dat zijn vrouw niet rijk was. Bij iemand anders had dat me misschien zorgen gebaard, maar deze man was ingenieur. Het was een typerende keus. Roken en drinken deed hij niet. Het was alleszins aannemelijk dat hij zijn reservedollars op zou sparen en

zou vallen voor iets met een leuke handversnelling en achterwielaandrijving.
De zondag dat we hem volgden, parkeerde hij op een terrein in de buurt van een van de jachthavens van Baltimore en ging hij op een bankje zitten. Hij was een gedrongen, harige man. Breed maar niet groot. Hij had een zondagskrant bij zich. Hij zat een poosje naar de zeilboten te kijken. Daarna deed hij zijn ogen dicht en hief zijn gezicht naar de lucht. Het was nog steeds schitterend weer. Een minuut of vijf zat hij als een hagedis te zonnebaden. Daarna deed hij zijn ogen en de krant open en begon hij te lezen.
'Dit is de vijfde keer,' fluisterde Kohl. 'Het derde tochtje sinds ze klaar zijn met die sabot.'
'Standaardprocedure tot nu toe?' vroeg ik.
'Identiek,' zei ze.
Hij hield zich een minuut of twintig met de krant bezig. Ik kon merken dat hij echt zat te lezen. Hij besteedde aandacht aan alle katernen behalve dat van de sport, wat ik een beetje vreemd vond voor een Yankees-fan. Maar aan de andere kant had een Yankeesfan geen zin om altijd maar verhalen over de Orioles door zijn strot geduwd te krijgen.
'Daar gaan we,' fluisterde Kohl.
Hij keek op en liet een gele envelop uit de krant glijden. Bracht zijn linkerhand omhoog om een knik uit het katern dat hij zat te lezen te tikken. En ter afleiding, want tegelijkertijd liet zijn rechterhand de envelop in de prullenbak naast hem aan het eind van de bank vallen.
'Slim,' zei ik.
'Zeker weten,' zei ze. 'Dit is geen domme jongen.'
Ik knikte. Hij was vrij goed. Hij stond niet onmiddellijk op. Hij bleef nog een minuut of tien zitten lezen. Daarna vouwde hij de krant langzaam en voorzichtig op, stond op en liep naar de rand van het water om nog een poosje naar de boten te kijken. Vervolgens draaide hij zich om en liep terug naar zijn auto, met de krant onder zijn linkerarm geklemd.
'Nu moet je opletten,' zei Kohl.
Ik zag hem met zijn rechterhand een krijtje uit zijn broekzak halen. Hij schoof langs een ijzeren lantaarnpaal en liet er een streepje op achter. Het was het vijfde streepje. Vijf weken, vijf streepjes. De eerste vier waren in afnemende mate verbleekt van ouderdom. Ik staarde ernaar door mijn verrekijker, terwijl hij doorliep naar

het parkeerterrein, in zijn sportwagentje stapte en langzaam wegreed. Ik draaide weer terug en stelde scherp op de prullenbak.
'Wat gebeurt er nu?' vroeg ik.
'Helemaal niets,' zei Kohl. 'Dit heb ik al twee keer eerder gedaan. Twee hele zondagen. Er komt niemand. Vandaag niet en vanavond niet.'
'Wanneer wordt die bak geleegd?'
'Morgenochtend vroeg.'
'Misschien is de vuilnisman een tussenpersoon.'
Ze schudde haar hoofd. 'Heb ik gecontroleerd. De vrachtwagen perst alles samen tot een solide massa als het geladen wordt, en daarna gaat het rechtstreeks naar de vuilverbranding.'
'Dus onze geheime blauwdrukken gaan in rook op in de gemeentelijke vuilverbranding?'
'Dat is vrij veilig.'
'Misschien glipt een van die zeiljongens er midden in de nacht uit.'
'Alleen als de Onzichtbare Man een jacht heeft gekocht.'
'Dus misschien is er niemand,' zei ik. 'Misschien is de hele toestand van tevoren geregeld en is de man inmiddels voor iets anders gepakt. Of heeft hij het benauwd gekregen en is hij 'm gesmeerd. Of is hij ziek geworden en doodgegaan. Misschien is het complot ter ziele.'
'Denk je?'
'Niet echt,' zei ik.
'Ga je maatregelen nemen?' vroeg ze.
Ik knikte. 'Moet wel. Ik mag dan wel een idioot zijn, maar ik ben niet op mijn achterhoofd gevallen. Dit loopt helemaal uit de hand.'
'Kan ik overgaan op plan-B?'
Ik knikte weer. 'Haal Gorowski op en bedreig hem met het vuurpeloton. Vervolgens vertel je hem dat we aardig zullen zijn als hij meewerkt en valse plannen aflevert.'
'Zal niet meevallen om ze overtuigend te maken.'
'Je laat hem ze zelf tekenen,' zei ik. 'Zijn leven staat op het spel.'
'Of dat van zijn kinderen.'
'Hoort allemaal bij het ouderschap,' zei ik. 'Het zal maken dat hij zich concentreert.'
Ze was even stil. Daarna zei ze: 'Zullen we gaan dansen?'
'Hier?'
'We zijn een heel eind van huis. Niemand kent ons hier.'
'Oké,' zei ik.

Vervolgens beseften we dat het te vroeg was om te gaan dansen, dus dronken we een paar biertjes en wachtten we tot het avond werd. Het café waar we waren was klein en donker. Het was van hout en baksteen. Gezellige tent. Er stond een jukebox. We stonden er een hele poos naast elkaar tegenaan geleund, om te proberen ons eerste nummer uit te kiezen. We discussieerden verhit. Het begon een enorm gewicht te krijgen. Ik probeerde haar voorstellen te duiden door de tempo's te analyseren. Gingen we elkaar vasthouden? Gingen we zo dansen? Of zou het dat gewone op-en-neerspringen worden, los van elkaar maar gelijkwaardig? Uiteindelijk leek het wel of er een resolutie van de Verenigde Naties voor kwam kijken, dus stopten we er gewoon een kwartdollar in, deden onze ogen dicht en drukten op willekeurige knoppen. We kregen 'Brown Sugar' van de Rolling Stones. Het was een geweldig nummer. Altijd geweest. Ze kon eigenlijk best goed dansen. Ik was vreselijk.

Naderhand waren we buiten adem, dus gingen we zitten en bestelden nog een biertje. En opeens schoot me te binnen wat Gorowski in zijn schild gevoerd had.

'Het is die envelop niet,' zei ik. 'Daar zit niets in. Het is de krant. De blauwdrukken zitten in de krant. In het sportkatern. Hij had de toto-uitslagen moeten controleren. De envelop is een afleidingsmanoeuvre voor eventuele surveillance. Ze hebben hem goed geïnstrueerd. Hij gooit de krant naderhand in een andere prullenbak. Nádat hij zijn krijtstreepje heeft gezet. Waarschijnlijk als hij van het parkeerterrein af rijdt.'

'Shit,' zei Kohl. 'Vijf weken verklooid.'

'En iemand heeft drie echte blauwdrukken.'

'Iemand van ons,' zei ze. 'Militair, CIA, of FBI.'

De krant, niet de envelop. Tien jaar later lag ik op een bed in Maine te denken aan dansen met Dominique Kohl en een knaap die Gorowski heette en langzaam en voorzichtig een krant opvouwde, starend naar honderd zeilbootmasten op het water. De krant, niet de envelop. Het leek op de een of andere manier nog altijd relevant. Dit, niet dat. Daarna moest ik aan het dienstmeisje denken dat mijn verstopte spullen onder de vloer van de Saab had verborgen. Iets anders had ze er niet verstopt, anders zou Beck het wel bij de bewijslast op de keukentafel hebben gevoegd. Maar de kleedjes in de Saab waren oud en los. Als ik het soort persoon was

dat een pistool onder een reservewiel verstopte, verborg ik misschien ook wel documenten onder een autokleedje. En ik zou misschien het type zijn om aantekeningen te maken en een administratie bij te houden.
Ik rolde van het bed en liep naar het raam. De middag was al voorbij. De totale duisternis was onderweg. Dag veertien, vrijdag, zo goed als voorbij. Ik ging naar beneden en dacht na over de Saab. Beck liep door de gang. Hij was gehaast. In beslag genomen. Hij ging de keuken in en nam de hoorn van de haak. Luisterde even en hield 'm in mijn richting.
'Geen enkele telefoon doet het,' zei hij.
Ik drukte het luistergedeelte tegen mijn oor. Niets. Geen kiestoon, geen sputterend gesis van een open circuit. Alleen maar doffe, levenloze stilte en het geluid van ruisend bloed, alsof ik een schelp tegen mijn oor hield.
'Ga de jouwe eens proberen,' zei hij.
Ik ging weer naar Dukes kamer boven. De binnenlijn werkte prima. Paulie nam op toen hij drie keer was overgegaan. Ik hing op. Maar de buitenlijn was zo dood als een pier. Ik bleef de hoorn vasthouden alsof het enig verschil kon maken en Beck verscheen in de deuropening.
'Ik krijg het portiershuisje wel,' zei ik.
Hij knikte.
'Dat is een heel ander circuit,' zei hij. 'Dat hebben we zelf aangelegd. En de buitenlijn?'
'Dood,' zei ik.
'Raar,' zei hij.
Ik legde de hoorn neer en wierp een blik naar buiten.
'Kan het weer zijn,' zei ik.
'Nee,' zei hij. Hij stak zijn mobiele telefoon omhoog. Het was een kleine, zilverkleurige Nokia. 'Deze doet het ook niet.'
Hij gaf 'm aan mij. Voorop zat een schermpje. Een streepjescode rechts gaf aan dat de batterij vol was. Maar de signaalmeter deed het helemaal niet. *Buiten dienst* stond er duidelijk met grote, zwarte letters. Ik gaf hem terug.
'Ik moet even naar de wc,' zei ik. 'Ik ben zo beneden.'
Ik sloot mezelf op. Trok mijn schoen uit. Opende de hak. Drukte op *power*. Het schermpje lichtte op. *Buiten dienst.* Ik zette het apparaatje uit en stopte het terug. Trok voor de vorm door en bleef even op de bril zitten. Ik was bepaald geen telecommunicatiedes-

kundige. Ik wist dat telefoondraden het af en toe begaven. Ik wist dat de mobiele-telefoontechnologie het weleens liet afweten. Maar hoe groot was de kans dat op één lokatie de landlijnen het op hetzelfde moment begaven als de dichtstbijzijnde mobiele-telefoontoren? Vrij klein, nam ik aan. Verrekte klein. Dus moest het een opzettelijke storing zijn. Maar op wiens verzoek? Niet van het telefoonbedrijf. Die zouden geen storend onderhoudswerk doen tijdens het spitsuur op vrijdag. Misschien zondagochtend vroeg. En ze zouden trouwens niet de landlijnen buiten werking stellen op hetzelfde tijdstip als de mobiele torens. Ze zouden die twee klussen natuurlijk afzonderlijk klaren.

Wie had het dan georganiseerd? Misschien een overheidsorganisatie met veel invloed. Zoals misschien de DEA. Misschien kwam de DEA verhaal halen voor dat dienstmeisje. Misschien rolde het arrestatieteam eerst de havenoperatie op en wilden ze niet dat Beck ervan wist voordat ze klaar waren om naar zijn huis te komen.

Maar dat was niet waarschijnlijk. De DEA had heus wel de beschikking over meer dan een arrestatieteam. Ze zouden kiezen voor gelijktijdige operaties. En al deden ze dat niet, dan nog zou het een fluitje van een cent zijn om de weg tussen het huis en de eerste bocht af te sluiten. Die konden ze voorgoed afsluiten. Er was een stuk van twintig kilometer met oneindige mogelijkheden. Beck was zo te grijpen, telefoon of geen telefoon.

Wie dan?

Duffy misschien, onofficieel. Duffy's status kon haar misschien een grote gunst opleveren, zo'n gunst die je maar één keer in je leven krijgt, onder vier ogen met de directeur van het telefoonbedrijf. Vooral als de gunst een geografisch beperkt gebied gold. Een onbeduidende landtong. En één toren. Waarschijnlijk ergens in de buurt van de I-95. Men zou gedurende een kilometer of vijftig geen bereik hebben, maar misschien had ze het geflikt. Misschien. Vooral als de gunst strikt van korte duur zou zijn. Niet voor onbepaalde tijd. Zeg maar vier à vijf uur.

En waarom zou Duffy opeens vier of vijf uur bang zijn voor telefoons? Er kon maar één antwoord zijn. Ze maakte zich bezorgd over mij.

De lijfwachten waren ervandoor.

10

Tijd. Afstand gedeeld door snelheid aangepast op richting is gelijk aan tijd. Ik had ofwel voldoende, of helemaal geen tijd. Ik wist niet welk van de twee het zou zijn. De lijfwachten waren vastgehouden in het motel in Massachusetts waar we de oorspronkelijke achtsecondenchicane hadden uitgebroed. Dat was zo'n driehonderd kilometer naar het zuiden. Dat wist ik zeker, want dat waren feiten. De rest was zuivere speculatie. Maar ik kon wel een aannemelijk scenario in elkaar flansen. Ze waren uit het motel gebroken en hadden de dienst-Taurus gestolen. Vervolgens hadden ze ongeveer een uur als bezetenen gereden, buiten adem van paniek. Ze hadden een heel eind uit de buurt willen zijn alvorens iets anders te doen. Misschien waren ze zelfs een beetje verdwaald, daar in de rimboe. Daarna hadden ze zich georiënteerd en waren ze op de snelweg beland. Hard naar het noorden gereden. Vervolgens waren ze wat tot bedaren gekomen, hadden ze in hun spiegeltje gekeken, gas teruggenomen om onder de maximumsnelheid te blijven en uitgekeken naar een telefoon. Maar inmiddels had Duffy alle telefoonverbindingen uitgeschakeld. Ze had snel gehandeld. Dus hun eerste halte was tijdverspilling geweest. Een minuut of tien: gas terugnemen, parkeren, het huis bellen, de mobiel bellen, weer vertrekken en invoegen in het verkeer op de snelweg. Vervolgens zou de hele scène zich weer hebben herhaald op de volgende pleisterplaats. De eerste mislukking zouden ze hebben geweten aan een willekeurige technische storing. Nog eens tien minuten. Daarna zouden ze het patroon hebben ontdekt of vonden ze dat ze dicht genoeg in de buurt van hun doel waren om gewoon door te scheuren. Of beide.

Van begin tot eind ongeveer vier uur in totaal. Maar wanneer waren die vier uur begonnen? Ik had geen idee. Dat was duidelijk. Het lag voor de hand dat het ongeveer tussen vier uur en een halfuur geleden was. Daarom had ik voldoende tijd of helemaal geen tijd.

Ik kwam snel uit de badkamer en keek uit het raam. Het was opgehouden met regenen. Buiten was het donker. De lichten langs de

muur brandden. Er hing een halo van mist omheen. Verderop heerste absolute duisternis. Geen koplampen in de verte. Ik ging naar beneden. Trof Beck in de gang. Hij drukte nog steeds op zijn Nokia om te kijken of hij al werkte.
'Ik ga erop uit,' zei ik. 'Een stukje de weg op.'
'Waarom?'
'Dat gedoe met de telefoon bevalt me niet. Het heeft misschien niets te betekenen, maar misschien ook wel.'
'Zoals?'
'Ik weet het niet,' zei ik. 'Misschien komt er iemand aan. Je hebt me net verteld hoeveel vijanden er zijn.'
'We hebben een muur en een poort.'
'Heb je ook een boot?'
'Nee,' zei hij. 'Hoezo?'
'Als ze in de buurt van de poort komen, zul je die nodig hebben. Ze kunnen daar blijven zitten en ons uithongeren.'
Hij zei niets.
'Ik neem de Saab wel,' zei ik.
'Waarom?'
Omdat die lichter is dan de Cadillac.
'Omdat ik jullie de Cadillac laat,' zei ik. 'Die is groter.'
'Wat ben je van plan?'
'Wat er gedaan moet worden,' zei ik. 'Ik ben nu het hoofd van je beveiliging. Misschien is er niets aan de hand, maar als er wel iets is, ga ik proberen het op te lossen.'
'Wat moet ik doen?'
'Jij zet een raam open en spitst je oren,' zei ik. 'Met al dat water in de buurt hoor je me 's nachts op een paar kilometer afstand als ik schiet. Hoor je schoten, dan zet je iedereen in de Cadillac en ga je er als een haas vandoor. Hard rijden. Niet stoppen. Ik hou ze lang genoeg op afstand om erlangs te kunnen. Kun je ergens onderduiken?'
Hij knikte. Zei niet waar.
'Ga daar dan heen,' zei ik. 'Als ik het red, ga ik naar het kantoor. Daar wacht ik in de auto. Naderhand kun je daar langsgaan om te kijken.'
'Oké,' zei hij.
'Nu bel je Paulie op de binnenlijn om te zeggen dat hij klaar moet staan om me door te laten.'
'Oké,' herhaalde hij.

Ik liet hem achter in de gang. Liep de nacht in. Ik maakte een omweg om de muur van de binnenplaats om mijn bundeltje uit het gat op te halen. Nam het mee naar de Saab en legde het op de achterbank. Daarna kroop ik achter het stuur, startte en reed achterwaarts de garage uit. Reed langzaam om de parkeerlus en trapte op het gas. De muurverlichting in de verte brandde fel. Ik zag Paulie bij het hek. Ik nam wat gas terug om niet te hoeven stoppen. Ik kon zo doorrijden. Reed in westelijke richting, staarde door de voorruit en wachtte tot me koplampen tegemoet kwamen.

Na een kilometer of zes zag ik een dienst-Taurus. Hij stond in de berm, mijn kant op. Zonder lichten. De oude man zat aan het stuur. Ik deed mijn lichten uit, nam gas terug en stopte naast hem. Draaide mijn raampje omlaag. Hij deed hetzelfde. Richtte een zaklantaarn en een pistool op mijn gezicht tot hij zag wie ik was. Daarna stopte hij beide weg.
'De lijfwachten zijn 'm gesmeerd,' zei hij.
Ik knikte. 'Dat dacht ik al. Wanneer?'
'Bijna vier uur geleden.'
Ik keek onwillekeurig voor me. Geen tijd dus.
'We zijn twee man kwijt,' zei hij.
'Dood?'
Hij knikte. Zei niets.
'Heeft Duffy dat gemeld?'
'Dat kan ze niet,' zei hij. 'Nog niet. We zijn niet officieel bezig. Deze hele toestand gebeurt niet eens.'
'Ze zal het wel moeten melden,' zei ik. 'Het zijn twee agenten.'
'Dat zal ze ook,' zei hij. 'Later. Als jij geslaagd bent. Want de oorspronkelijke doelstellingen zijn weer van kracht. Ze moet Beck nu meer dan ooit hebben, als rechtvaardiging.'
'Hoe is het gebeurd?'
Hij haalde zijn schouders op. 'Ze hebben hun kans afgewacht. Twee van hen, vier van ons. Het had een fluitje van een cent moeten zijn. Maar onze jongens zijn laks geworden, denk ik. Het valt niet mee om mensen in een motel vast te houden.'
'Welke twee hebben het voor hun kiezen gekregen?'
'De jongens van de Toyota.'
Ik zei niets. Het had ongeveer vierentachtig uur geduurd. Drieëneenhalve dag. Eigenlijk nog iets langer dan ik aanvankelijk had verwacht.

‘Waar is Duffy nu?’ vroeg ik.
‘We zijn allemaal uitgewaaierd,’ zei hij. ‘Zij is met Eliot in Portland.’
‘Ze heeft het goed gedaan met die telefoons.’
Hij knikte. ‘Heel goed. Ze geeft om je.’
‘Hoe lang zijn ze uitgeschakeld?’
‘Vier volle uren. Meer kon ze niet krijgen. Dus zo meteen doen ze het weer.’
‘Volgens mij komen ze rechtstreeks hierheen.’
‘Ik denk het ook,’ zei hij. ‘Daarom ben ik direct hiernaartoe gereden.’
‘Bijna vier uur, dan zullen ze inmiddels van de snelweg zijn. Dus waarschijnlijk doen die telefoons er niet meer toe.’
‘Zo denk ik er ook over.’
‘Heb je een plan?’ vroeg ik.
‘Ik wachtte op jou. We dachten wel dat jij het verband zou leggen.’
‘Hebben ze pistolen te pakken gekregen?’
‘Twee Glocks,’ zei hij. ‘Met een vol magazijn.’
Daarna zweeg hij even. Wendde zijn hoofd af.
‘Minus vier kogels die ter plaatse zijn afgevuurd,’ zei hij. ‘Zo is het ons beschreven. Vier schoten, twee man. Het waren allemaal hoofdschoten.’
‘Zal niet makkelijk zijn.’
‘Dat is het nooit,’ zei hij.
‘We moeten een goeie plek zien te vinden.’
Ik zei dat hij zijn auto moest laten staan en met mij mee moest rijden. Hij liep om en schoof op de passagiersstoel. Hij droeg de regenjas die Duffy in de koffieshop aan had gehad. Hij had hem weer terug. We reden ruim anderhalve kilometer verder en vervolgens begon ik naar een lokatie uit te kijken. Ik vond er een op een plek waar de weg opeens heel smal werd en een lange, flauwe bocht maakte. Het asfalt was iets verhoogd, als een lage dam. De berm aan weerskanten was nog geen dertig centimeter breed en veranderde daarna snel in rotsachtige grond. Ik stopte, maakte vervolgens een scherpe bocht, reed naar achteren en toen naar voren tot de auto haaks op de weg stond. We stapten uit om te kijken. Het was een goede wegversperring. Je kon er niet omheen. Maar het was ook een voor de hand liggende wegversperring, zoals ik had verwacht. Die twee gasten zouden de bocht om komen scheuren, op de rem trappen en schietend achteruitrijden.

'We moeten hem op z'n kop rollen,' zei ik. 'Alsof er een ernstig ongeluk is gebeurd.'
Ik pakte mijn bundeltje van de achterbank. Legde het voor de zekerheid in de berm. Daarna liet ik de oude man zijn jas op de weg uitspreiden. Ik haalde mijn zakken leeg en legde mijn jas erachter. Ik wilde de Saab op de jassen rollen. Hij moest betrekkelijk onbeschadigd terug. Daarna gingen we naast elkaar met de rug tegen de auto staan en begon hem te wiegen. Het is vrij eenvoudig om een auto op zijn kop te krijgen. Ik had het over de hele wereld zien doen. Je laat de vering en de banden het werk doen. Je wiegt hem, dan laat je hem stuiteren, je blijft net zo lang doorgaan tot hij loskomt van de grond, en vervolgens is het een kwestie van de juiste timing om hem op zijn kant te krijgen. De oude man was sterk. Hij deed zijn aandeel. We kregen hem in een hoek van vijfenveertig graden aan het stuiteren, draaiden ons vervolgens vliegensvlug om, sloegen de handen onder de treeplank en hesen hem helemaal op zijn kant. Daarna hielden we de vaart erin en kantelden hem op zijn kop.
Dankzij de jassen konden we hem vrij gemakkelijk verschuiven zonder hem te beschadigen, dus zetten we hem precies op de juiste plek. Daarna maakte ik het ondersteboven gekeerde portier aan de chauffeurskant open en zei tegen de oude man dat hij erin moest kruipen om voor de tweede keer in vier dagen dood te spelen. Hij wurmde zich naar binnen en ging voorover liggen, half in en half buiten de auto, met zijn armen boven zijn hoofd geworpen. In het donker zag het er redelijk overtuigend uit. In de scherpe schaduwen van felle koplampen zou het er niet slechter uitzien. De jassen waren onzichtbaar, tenzij je er echt naar zocht. Ik liep weg, pakte mijn bundeltje en klom langs de rotsen naast de berm omlaag en hurkte.
Daarna wachtten we.
Het wachten leek lang te duren. Vijf minuten, zes, zeven. Ik zocht stenen bijeen. Drie exemplaren, stuk voor stuk iets groter dan mijn handpalm. Ik keek naar de horizon in het westen. De lucht hing nog vol met lage bewolking. Lichtbundels van koplampen zouden er wel op weerkaatsen bij het stijgen en dalen van een auto. Maar de horizon bleef zwart. En stil. Ik hoorde niets anders dan de branding in de verte en de ademhaling van de oude man.
'Ze moeten wel komen,' riep hij.
'Ze komen wel,' zei ik.

We wachtten. Het bleef donker en stil.
'Hoe heet je?' riep ik.
'Hoezo?' riep hij terug.
'Ik wil het gewoon weten,' zei ik. 'Het klopt niet erg dat ik je twee keer van het leven heb beroofd en niet eens weet hoe je heet.'
'Terry Villanueva,' riep hij.
'Is dat Spaans?'
'Jazeker.'
'Je ziet er niet erg Spaans uit.'
'Weet ik,' zei hij. 'Mijn moeder was Ierse, mijn vader Spanjaard. Maar mijn broer en ik lijken op onze moeder. Mijn broer heeft zijn naam in Newton veranderd. Als die ouwe geleerde, of die buitenwijk. Dat betekent Villanueva namelijk, nieuwe stad. Maar ik heb de Spaanse naam vastgehouden. Uit respect voor mijn ouweheer.'
'Waar groeide je op?'
'Zuid-Boston,' zei hij. 'Dat was niet makkelijk in die tijd, een gemengd huwelijk en zo.'
We zwegen weer een poosje. Ik keek en luisterde. Niets. Villanueva verschoof. Hij zag er ongemakkelijk uit.
'Je bent een taaie, Terry,' riep ik.
'Ouwe school,' zei hij.
Toen hoorde ik een auto.
En Villanueva's mobiel ging over.
De auto was zo'n anderhalve kilometer ver. Ik hoorde het vage, lichte geluid van een zescilinder in de verte die hoge toeren maakt. Ik zag het verre schijnsel van koplampen tussen de weg en de wolken. Villanueva's mobiel ging over met een krankzinnig versnelde versie van Bachs 'Toccata en fuga in d-mineur'. Hij stopte met voor dood liggen en krabbelde half op zijn knieën om het toestel uit zijn zak te trekken. Drukte op een knop om de muziek uit te zetten en op te nemen. Het was een piepklein apparaatje dat verloren ging in zijn hand. Hij hield het tegen zijn oor. Luisterde even. Ik hoorde hem 'oké' zeggen. Daarna: 'Daar zijn we mee bezig.' Vervolgens: 'Oké.' Daarna zei hij nog een keer 'oké', verbrak de verbinding en ging weer liggen. Hij lag met zijn wang op het asfalt. Het mobieltje was half in en half uit zijn hand.
'Het telefoonverkeer is net weer hersteld,' riep hij.
En er begon een nieuwe klok te tikken. Ik wierp een blik naar rechts, naar het oosten. Beck bleef de telefoons natuurlijk probe-

ren. Waarschijnlijk zou hij me komen zoeken om te zeggen dat de paniek voorbij was zodra hij een kiestoon kreeg. Ik keek naar links, naar het westen. Ik hoorde de auto luid en duidelijk. De koplampbundels dansten en zwaaiden fel in de duisternis.
'Dertig seconden,' riep ik.
Het geluid werd sterker. Ik hoorde de banden en de automatische versnelling en de motor als afzonderlijke geluiden. Ik dook nog lager. Tien seconden, acht, vijf. De auto kwam met grote snelheid de bocht om, de lichten zwiepten over mijn gebogen rug. Daarna hoorde ik het stampende geluid van de hydraulische remmen, het snerpen van de remvoering en het gillen van geblokkeerd rubber over het asfalt. De auto kwam zeven meter van de Saab helemaal tot stilstand, ietsje schuin.
Ik keek op. Het was een Taurus. Saaie blauwe lak die grijs werd in het maanlicht. Een kegel wit licht ervoor. Opgloeiende remlichten erachter. Twee man erin. Hun gezicht lichtte op door het licht dat van de Saab weerkaatste. Ze bleven even stil zitten. Staarden voor zich uit. Ze herkenden de Saab. Die moesten ze wel honderd keer hebben gezien. Ik zag de chauffeur in beweging komen. Hoorde hem de pook in de parkeerstand zetten. De remlichten doofden. De motor draaide stationair. Ik rook uitlaatgas en de hitte van onder de motorkap.
Het tweetal deed gelijktijdig zijn portier open. Stapten uit en richtten zich op achter hun portier. Ze hadden een Glock in hun hand. Ze wachtten. Ze kwamen achter hun portier vandaan. Liepen langzaam naderbij met hun pistool omlaag. Hun groot licht verlichtte hen fel vanaf het middel tot de grond. De bovenlichamen waren moeilijker te zien. Maar ik kon hun trekken zien. Hun omtrekken. Het waren de lijfwachten, dat stond als een paal boven water. Ze waren jong en zwaargebouwd, gespannen en op hun hoede. Ze waren gekleed in een donker pak met vouwen, kreukels en vlekken. Ze droegen geen das. Hun overhemd was van wit in grauw veranderd.
Ze hurkten naast Villanueva. Hij lag in hun schaduw. Ze bewogen een beetje en draaiden zijn gezicht in het licht. Ik wist dat ze hem al eens eerder hadden gezien. Ze hadden in het voorbijgaan een glimp van hem opgevangen, vierentachtig uur geleden voor de poort van de universiteit. Waarschijnlijk zouden ze zich hem niet herinneren. En dat deden ze denk ik ook niet. Maar ze waren al eerder beduveld en dat wilden ze zich niet nog eens laten gebeu-

ren. Ze waren supervoorzichtig. Ze begonnen niet direct met eerste hulp. Ze zaten gehurkt en deden niets. Daarna stond de man die het dichtst bij mij was op.
Inmiddels was ik anderhalve meter achter hem. Ik had een steen in mijn rechterhand. Hij was iets groter dan een softbal. Ik haalde breed, vlak en snel uit alsof ik hem een klap in zijn gezicht ging geven. De vaart zou mijn arm uit de kom hebben laten schieten als ik zou missen. Maar ik miste niet. De steen raakte hem recht tegen zijn slaap en hij viel alsof hij van boven door een gewicht was getroffen. De ander was sneller. Die krabbelde weg en sprong met een draai overeind. Villanueva schopte naar zijn benen maar miste. De man danste weg en draaide zich met een ruk om. Zijn Glock kwam mijn kant op. Ik wilde alleen maar voorkomen dat hij zou schieten. Ik smeet de steen recht naar zijn hoofd. Hij draaide weer weg en werd recht in zijn nek getroffen op het punt waar zijn schedel naar zijn nekwervels welfde. Het was alsof hij een enorme stomp kreeg. Hij sloeg voorover. De Glock liet hij vallen. Hij viel als een omvallende boom op zijn gezicht en bleef roerloos liggen.
Ik stond stil en keek naar de duisternis in het oosten. Zag niets. Geen lichten. Hoorde niets anders dan de zee in de verte. Villanueva kroop op handen en knieën uit de omgekeerde auto en boog zich over nummer een.
'Deze is dood,' zei hij.
Ik controleerde het en het was zo. Het valt niet mee om een steen van bijna vijf kilo te overleven die van opzij tegen je slaap wordt geslagen. Zijn schedel was netjes ingedeukt en zijn ogen stonden wijd open, maar erachter speelde zich niet veel af. Ik voelde zijn hals en pols. Niets. Ik ging naar nummer twee. Hurkte naast hem. Die was ook dood. Zijn nek was gebroken en goed ook. Daar keek ik niet van op. Die steen woog vijf kilo en ik had hem geworpen als Nolan Ryan.
'Twee vliegen in één klap,' zei Villanueva.
Ik zei niets.
'Wat is er?' vroeg hij. 'Had je ze weer gevangen willen nemen? Na wat ze met ons hebben gedaan? Dit was zelfmoord door smeris, zo eenvoudig als wat.'
Ik zei niets.
'Heb je er problemen mee?' vroeg Villanueva.
Ik was *ons* niet. Ik was niet van de DEA en ik was geen smeris.

Maar ik moest weer denken aan Powells privéboodschap. Uitsluitend bestemd voor mij: *10-2, 10-28, die knapen moeten een kopje kleiner worden gemaakt, vergis je niet.* En ik was bereid Powell op zijn woord te geloven. Daar is legerloyaliteit voor. Villanueva had de zijne, ik de mijne.

'Geen enkel,' zei ik.

Ik vond de steen terug en gooide hem weer in de berm. Daarna richtte ik me op en bukte me naar binnen om de lichten van de Taurus te doven. Wenkte Villanueva.

'Nu moeten we heel snel zijn,' zei ik. 'Bel Duffy op en laat haar hierheen komen met Eliot. Die moet deze auto terugbrengen.'

Villanueva gebruikte een sneltoets en begon te praten en ik vond de twee Glocks op de weg en stopte ze weer in de zakken van de twee lijken. Daarna liep ik naar de Saab. Het zou heel wat moeilijker worden om hem weer op zijn wielen te krijgen dan andersom. Even was ik bang dat het niet zou lukken. De jassen verhinderden de greep op de weg. Als we hem duwden, zou hij gewoon over zijn dak glijden. Ik deed het omgekeerde portier aan de chauffeurskant dicht en wachtte.

'Ze komen eraan!' riep Villanueva.

'Kom eens een handje helpen!' riep ik terug.

We schoven de Saab zo ver als we konden over de jassen in de richting van het huis. Hij schoof van Villanueva's jas op de mijne. Schoof naar het uiteinde van de mijne en bleef liggen toen het metaal van het dak het asfalt raakte.

'Hij zal beschadigd worden,' zei Villanueva.

Ik knikte.

'Dat is een risico,' zei ik. 'Nu moet je in de Taurus gaan zitten en daarmee duwen.'

Hij reed hun Taurus naar voren tot de voorbumper tegen de Saab aan stond. Hij maakte contact net boven het midden op de zuil tussen de portieren. Ik gaf een teken om meer gas te geven, en de Saab schoof met een ruk opzij en het dak schuurde over het asfalt. Ik klom op de motorkap van de Taurus en duwde hard tegen de treeplank van de Saab. Villanueva reed langzaam maar zeker door met de Taurus. De Saab richtte zich op zijn zijkant, vijfenveertig graden, vijftig, zestig. Ik zette mijn voeten schrap tegen de onderkant van de voorruit van de Taurus, liep met mijn handen over de flank van de Saab en legde ze vervolgens vlak op het dak. Villanueva gaf gas, mijn ruggengraat werd een paar centimeter ingedrukt en de Saab kantelde een halve slag en landde met een klap op zijn wielen. Hij stuiterde een keer, Villanueva trapte op zijn rem. Ik schoot naar voren van de motorkap en stootte mijn hoofd tegen het portier van de Saab. Viel plat op de grond onder de voorbumper van de Taurus. Villanueva reed een stukje naar achteren, stopte en hees zich eruit.

'Alles goed?' vroeg hij.

Ik bleef gewoon liggen. Mijn hoofd deed zeer. Ik had een flinke opdonder gekregen.

'Hoe is het met de auto?' vroeg ik.

'Het goede of het slechte nieuws?'

'Eerst het goede,' zei ik.

'De zijspiegels zijn in orde,' zei hij. 'Die veren zo terug.'

'Maar?'

'Diepe krassen in de lak,' zei hij. 'Deukje in het portier. Ik denk van je hoofd. Het dak is ook een beetje ingedeukt.'

'Ik zeg wel dat ik een hert heb aangereden.'

'Ik weet niet of ze hier herten hebben.'

'Een beer dan,' zei ik. 'Of wat dan ook. Een gestrande walvis. Een zeemonster. Een reuzeninktvis. En wolharige mammoet die net uit het gletsjerijs is gesmolten.'

'Alles goed met je?' vroeg hij weer.

'Ik overleef het wel,' zei ik.

Ik draaide me om en ging op handen en voeten zitten. Duwde mezelf kalmpjes overeind.

'Kun jij die lijken nemen?' vroeg hij. 'Want wij kunnen dat niet.'

'Dan zal ik het moeten doen,' zei ik.

We kregen de achterklep van de Saab met enige moeite open. Hij was enigszins uit het verband omdat het dak een beetje ontzet was. We tilden de lijken een voor een in de kofferbak en ze vulden die bijna helemaal. Ik ging weer de berm in om mijn bundeltje te pakken en legde het erbovenop. De hoedenplank onttrok alles aan het oog. We kwamen er allebei aan te pas om de achterklep te sluiten. We moesten elk een kant nemen en er hard op drukken. Daarna raapten we onze jas van de weg, schudden hem uit en trokken hem aan. Ze waren vochtig en geplet en vertoonden hier en daar een scheurtje.

'Alles goed met je?' vroeg hij weer.

'Instappen,' zei ik.

We zetten de spiegels weer recht en stapten in. Ik draaide het con-

tactsleuteltje om. Hij wilde niet starten. Ik probeerde het opnieuw. Niets. Tussen twee pogingen hoorde ik de brandstofpomp gieren.
'Laat het contact maar even aan staan,' zei Villanueva. 'De benzine is uit de carburateur gelopen. Toen hij op z'n kop lag. Als je even wacht, wordt hij teruggepompt.'
Ik wachtte even en hij startte bij de derde poging. Dus schakelde ik in zijn een, draaide de neus recht en reed de anderhalve kilometer terug naar de plek waar we de andere Taurus hadden achtergelaten, de auto waarmee Villanueva was gekomen. Hij stond grijs en spookachtig in de berm te wachten.
'Nu moet je terugrijden om op Duffy en Eliot te wachten,' zei ik. 'Ik stel voor dat je er daarna als de sodemieter vandoor gaat. Ik zie jullie allemaal later wel.'
Hij gaf me een hand.
'Ouwe school,' zei hij.
'Tien-achttien,' zei ik. 10-18 was de radiocode van de MP voor *opdracht volbracht*. Maar dat wist hij waarschijnlijk niet, want hij keek me alleen maar aan.
'Hou je haaks,' zei ik.
Hij schudde zijn hoofd.
'Voicemail,' zei hij.
'Wat is daarmee?'
'Als een mobiel niet werkt word je doorgaans met de voicemail verbonden.'
'De hele toren was buiten dienst.'
'Maar dat wist het mobiele netwerk niet. Wat de techniek betrof, had Beck gewoon zijn apparaat uitgezet. Dus zullen ze zijn voicemail hebben bereikt. Ergens in een centrale server. Misschien hebben ze wel een boodschap achtergelaten.'
'Wat zou daar het nut van zijn geweest?'
Villanueva haalde zijn schouders op. 'Misschien hebben ze ingesproken dat ze onderweg waren. Misschien verwachtten ze wel dat hij onmiddellijk zijn boodschappen zou beluisteren, weet je wel. Misschien hebben ze wel het hele verhaal ingesproken. Of misschien dachten ze niet goed na en gingen ze ervan uit dat het een gewoon antwoordapparaat was en zeiden ze: "Hé, meneer Beck, neem eens op."'
Ik zei niets.
'Dus misschien hebben ze hun stem op de band gezet,' zei hij. 'Vandaag. Dat is het enige dat nu nog telt.'

'Oké,' zei ik.
'Wat ben je van plan?'
'Schieten,' zei ik. 'Schoenen, voicemail; hij hoeft nog maar één stapje te zetten.'
Villanueva schudde zijn hoofd.
'Kan niet,' zei hij. 'Duffy moet hem arresteren. Dat is nu de enige manier om haar hachje te redden.'
Ik wendde mijn gezicht af. 'Zeg maar dat ik mijn best zal doen. Maar als het hij-of-ik wordt, gaat hij eraan.'
Villanueva zei niets.
'Wat nu?' vroeg ik. 'Moet ik op het offerblok?'
'Doe gewoon maar je best,' zei hij. 'Duffy is een goeie meid.'
'Dat weet ik,' zei ik.
Hij hees zich uit de Saab met een hand aan de deurlijst en de andere op de leuning van de stoel. Hij liep naar zijn eigen auto en reed langzaam en stil zonder licht weg. Ik zag hem zwaaien. Ik keek hem na tot hij uit het gezicht was verdwenen. Daarna reed ik een stukje achteruit, draaide en zette de Saab midden op de weg met zijn neus naar het westen. Als Beck me zou komen zoeken, zou hij denken dat ik de verdediging goed had aangepakt.

Maar Beck probeerde zijn telefoons niet al te vaak of ik hield hem niet zo bezig, want ik bleef daar tien minuten zitten zonder een teken van hem. Een deel van die tijd besteedde ik aan het beproeven van mijn hypothese dat iemand die een pistool onder het reservewiel verbergt, misschien ook aantekeningen onder de matten verstopt. Die zaten al los en lagen ondersteboven gedraaid, waardoor het er niet beter op was geworden. Maar er lag niets anders onder dan roestvlekken en een vochtige laag geluidwerend materiaal, dat eruitzag alsof het van oude rood-grijze truien was gemaakt. Geen aantekeningen. Slechte hypothese. Ik legde de matten weer zo goed en zo kwaad als het ging op hun plaats en schoof ze wat rond met mijn voeten tot ze min of meer vlak lagen.
Daarna stapte ik uit om de schade aan de buitenkant op te nemen. Aan de krassen in de lak kon ik niets doen. Ze waren lelijk, maar niet rampzalig. Het was geen nieuwe auto. Aan de deuk in het portier kon ik evenmin iets doen, tenzij ik hem uit elkaar wilde halen om hem van binnen uit uit te deuken. Het dak was een beetje ingedrukt. Ik herinnerde me dat het beslist een koepelvorm had gehad. Nu was het redelijk plat. Maar misschien kon ik daar van

binnen uit iets aan doen. Ik kroop op de achterbank, zette beide handpalmen plat tegen de bekleding en drukte hard. Ik werd beloond met twee geluiden. Het ene was het ploffende geluid van plaatijzer dat weer in de vorm terugsprong. Het andere was het geritsel van papier.

Het was geen nieuwe auto, dus was de hemelbekleding niet uit één stuk gegoten en bekleed met een muiskleurig spul zoals elke auto tegenwoordig heeft. Het was het ouderwetse crèmekleurige geval van vinyl met overdwarse ribben van ijzerdraad die het in secties plooiden. De randen zaten geklemd onder een rubberpakking die de hele omtrek van de autohemel volgde. In de hoek boven de passagiersstoel was het vinyl wat ongelijkmatig. Daar zag de pakking er een beetje los uit. Waarschijnlijk kon je het vinyl rekken door het omhoog te duwen en vervolgens onder de pakking vandaan te trekken. Daarna kon je het met een rukje onder de hele lengte van het rubber wegtrekken. Zo kon je van opzij in een van de drie geplooide segmenten die je had gekozen. Vervolgens kostte het tijd en nagels om het vinyl weer onder de rubberzoom te krijgen. Met een beetje zorg kon je de ingreep vrijwel aan het oog onttrekken in een auto die zo aftands was als deze.

Ik boog me naar voren en voelde aan het segment boven de voorzetels. Ik drukte het vinyl naar boven tot ik de onderkant van het dak over de hele breedte kon betasten. Daar zat niets. Ook niet in het volgende segment. Maar in het segment boven de achterbank zat papier verborgen. Ik kon zelfs de afmeting en het gewicht voelen. Het was een stapeltje van acht à tien A-4'tjes.

Ik kwam van de achterbank, kroop achter het stuur en keek naar de rand. Ik zette het vinyl wat onder spanning en pulkte aan de rand. Ik kreeg een nagel onder het rubber en trok het voorzichtig omlaag tot er een mondje van anderhalve centimeter was ontstaan. Trok mijn andere hand zijwaarts langs de autohemel en het vinyl kwam gehoorzaam onder de pakking vandaan zodat er een gat ontstond waarin ik mijn duim kon steken.

Ik schoof mijn duim naar achteren en ik had zo'n vijfentwintig centimeter los, toen ik plotseling van achteren werd beschenen. Fel licht, harde schaduwen. De weg werd over mijn rechterschouder zichtbaar, dus wierp ik een blik in de rechterspiegel. Het glas was gebarsten. Het was gevuld met meervoudige paren koplampen. Ik las de geëtste waarschuwing: WAT U IN DE SPIEGEL ZIET IS DICHTERBIJ DAN U DENKT. Ik draaide me een halve slag en zag een stel koplampen gejaagd in de bochten heen en weer zwaaien. Vierhonderd meter achter me. Kwam snel dichterbij. Ik liet mijn raampje een paar centimeter zakken en hoorde het verre gesis van brede banden en het zachte grommen van een achtcilinder in de tweede versnelling. De Cadillac, en hij had haast. Ik drukte het vinyl weer terug op zijn plaats. Geen tijd om het onder de pakking te werken. Ik schoof het gewoon omhoog in de hoop dat het zo zou blijven zitten.

De Cadillac kwam met een ruk vlak achter me tot stilstand. De koplampen bleven aan. Ik keek in het spiegeltje, zag het portier opengaan en Beck uitstappen. Ik stak mijn hand in mijn zak en zette de Beretta op scherp. Duffy of geen Duffy, ik had geen belangstelling voor een lang gesprek over de voicemail. Maar Beck had niets in zijn handen. Geen pistool, geen Nokia. Hij kwam mijn kant op en ik stapte uit om hem tegemoet te lopen. We troffen elkaar bij de achterbumper van de Saab. Ik wilde hem uit de buurt van de krassen en de deuk houden. Ik liet hem een kleine halve meter van de knapen die hij had gestuurd om zijn zoon op te halen halt houden.

'De telefoon doet het weer,' zei hij.

'Ook je mobiel?' vroeg ik.

Hij knikte.

'Maar moet je kijken,' zei hij.

Hij haalde zijn zilveren telefoontje uit zijn zak. Buiten zijn gezichtsveld hield ik mijn hand om de Beretta. Hij zou een gat in mijn jas maken, maar een groter gat in de zijne. Hij gaf me de telefoon. Ik pakte hem met mijn linkerhand aan. Ik hield hem laag in het schijnsel van de koplampen. Tuurde naar het schermpje. Ik wist niet waar ik naar moest kijken. Sommige zaktelefoons die ik had gezien waarschuwden met een icoontje van een envelop dat er een voicemailbericht was. Andere met een icoontje van twee rondjes die van onderen met elkaar waren verbonden door een streepje, als een band die van spoel naar spoel loopt. Wat ik vreemd vond, want waarschijnlijk hadden de meeste mensen met een mobiel nooit van hun leven een spoelenbandrecorder gezien. En ik wist vrij zeker dat de mobiele-telefoonbedrijven zelf de boodschappen niet op spoelen registreerden. Dat gebeurde waarschijnlijk digitaal, zonder bewegende delen in een of ander printplaatje. Maar aan de andere kant stond er op bordjes bij spoorwegovergangen nog steeds het soort locomotief waarop Casey Jones trots zou zijn geweest.

'Zie je dat?' vroeg Beck.
Ik zag niets. Geen envelop, geen bandspoelen. Alleen de streepjes van de signaalsterkte en de batterijlading, plus die dingetjes van het menu en de *namen*.
'Wat?' vroeg ik.
'De signaalsterkte,' zei hij. 'Hij toont maar drie van de vijf. Doorgaans krijg ik vier.'
'Misschien was de toren buiten bedrijf,' zei ik. 'Misschien komt hij langzaam weer op sterkte. Iets elektrisch.'
'Denk je?'
'Het heeft met microgolven te maken,' zei ik. 'Waarschijnlijk is het ingewikkeld. Kijk later nog maar eens. Misschien is hij dan weer normaal.' Ik gaf hem de telefoon met mijn linkerhand terug. Hij nam hem aan en stopte hem weer in zijn zak. Hij keek nog steeds zorgelijk.
'Alles rustig hier?' vroeg hij.
'Als het graf,' zei ik.
'Dus het was niets,' zei hij. 'Geen onraad.'
'Denk het,' zei ik. 'Het spijt me.'
'Nee, ik stel je voorzichtigheid op prijs. Echt.'
'Ik doe gewoon m'n werk,' zei ik.
'Kom, we gaan eten,' zei hij.
Hij stapte weer in de Cadillac. Ik zette de Beretta weer op veilig en kroop achter het stuur van de Saab. Hij reed een eindje achteruit, maakte een U-bocht en bleef wachten. Waarschijnlijk wilde hij gezamenlijk door de poort rijden zodat Paulie die maar één keer open en dicht hoefde te doen. We reden terug in konvooi, bijna zeven kilometer. De Saab reed slecht en de koplampen wezen in een hoek omhoog en de besturing voelde te licht. Er lag honderdtachtig kilo in de kofferbak. En het hoekje van de plafondbekleding viel omlaag bij de eerste hobbel in de weg en wapperde de hele terugweg in mijn gezicht.

We zetten de auto's in de garage en Beck wachtte me op de binnenplaats op. Het werd vloed. Ik hoorde de golven achter de muren. Die dumpten enorme hoeveelheden water op de rotsen. Ik voelde het gebeuk aan de grond. Het was zonder meer een lichamelijke sensatie. Niet alleen maar geluid. Ik liep naar Beck en gezamenlijk gingen we door de voordeur naar binnen. De metaaldetector piepte twee keer. Een keer voor mij en een keer voor hem.

Hij gaf me een bos huissleutels. Ik aanvaardde ze als een officiële aanstelling. Daarna zei hij dat we over een halfuur zouden eten en nodigde me uit om met het gezin te eten.
Ik liep naar Dukes kamer en ging bij het hoge raam staan. Een kilometer of acht naar het westen zag ik rode achterlichten in de verte kleiner worden. Drie stel. Hopelijk waren dat Villanueva, Eliot en Duffy in hun dienst-Taurussen. *10-18, opdracht volbracht.* Maar het was moeilijk met zekerheid vast te stellen of het echt achterlichten waren vanwege het felle licht op de muur. Misschien waren het wel vlekjes van vermoeidheid op mijn netvlies, of van die klap met mijn hoofd.
Ik nam snel een douche en pikte nog een stel kleren van Duke. Hield mijn eigen schoenen en jasje aan en liet mijn kapotte jas in de kast hangen. Ik controleerde mijn e-mail niet. Duffy had het te druk gehad voor boodschappen. En in dit stadium wisten we allebei toch al evenveel. Zij kon mij niets wijzer maken. Binnenkort had ik haar iets te vertellen, zodra ik kans zou zien om de plafondbekleding uit de Saab te trekken.
Ik verdeed de rest van het halfuur pauze en ging vervolgens naar beneden. Vond de eetkamer. Die kende ik nog niet. Hij was kolossaal. Er stond een lange, rechthoekige tafel. Het was een zwaar, eikenhouten, lomp geval. Er konden wel twintig mensen aan zitten. Beck zat aan het hoofd. Elizabeth helemaal aan het andere eind. Richard zat in zijn eentje aan de lange kant met zijn gezicht naar me toe. Voor mij was er recht tegenover hem gedekt, zodat ik met mijn rug naar de deur zat. Ik overwoog om van plaats te ruilen met hem. Ik hou er niet van om met mijn rug naar de deur te zitten. Maar ik bedacht me en ging gewoon zitten.
Paulie was er niet. Die was duidelijk niet uitgenodigd. Het dienstmeisje was er natuurlijk ook niet. De kokkin moest al het vervelende werk doen en daar leek ze niet al te blij mee. Maar ze had haar best gedaan op het eten. We begonnen met Franse uiensoep. Die was vrij authentiek. Mijn moeder zou hem niet hebben goedgekeurd, maar er zijn altijd twintig miljoen Franse vrouwen die stuk voor stuk denken het volmaakte recept te hebben.
'Vertel eens iets over je loopbaan in het leger,' zei Beck, alsof hij een gesprek op gang wilde brengen. Hij was niet van plan over zijn werk te praten. Dat was duidelijk. Niet waar zijn familie bij zat. Waarschijnlijk wist Elizabeth meer dan goed voor haar was, maar Richard leek me vrij onschuldig. Of misschien wilde hij het

gewoon niet weten. Wat had hij ook weer gezegd? Slechte dingen gebeuren niet als je verkiest om ze je niet te herinneren?
'Er valt niet zoveel te vertellen,' zei ik. Ik wilde er niet over praten. Er waren slechte dingen gebeurd en ik verkoos om ze me niet te herinneren.
'Er moet toch iets zijn,' zei Elizabeth.
Ze keken me alle drie aan, dus ik haalde mijn schouders op en hing ze een verhaal op over de controle van een Pentagon-budget, waarbij ik stuitte op rekeningen van achtduizend dollar voor onderhoudsgereedschap genaamd RIMATS. Ik maakte ze wijs dat ik me voldoende verveelde om nieuwsgierig te zijn en er een paar telefoontjes aan had gewaagd. Ik kreeg te horen dat de afkorting *roterend instrument met aanpasbare torsie* betekende. Ik vertelde ze dat ik er een had opgespoord en een schroevendraaier van drie dollar had aangetroffen. Dat had weer geleid tot hamers van drieduizend dollar, wc-brillen van duizend dollar, de hele reut. Het is een goed verhaal. Het is het soort verhaal dat elk publiek leuk vindt. De meeste mensen reageren positief op de lef en toehoorders met anti-overheidsgevoelens woedend. Maar het was niet waar. Het is waarschijnlijk wel iemand overkomen, maar niet mij. Dat was een heel andere afdeling.
'Heb je ooit mensen gedood?' vroeg Richard.
Vier man in de afgelopen drie dagen, dacht ik.
'Zulke vragen moet je niet stellen,' zei Elizabeth.
'Lekkere soep,' zei Beck. 'Misschien wat weinig kaas.'
'Pap,' zei Richard.
'Ja?'
'Je moet aan je bloedvaten denken. Die slibben helemaal dicht.'
'Het zijn mijn bloedvaten.'
'En jij bent mijn vader.'
Ze wierpen elkaar een blik toe. Ze glimlachten allebei verlegen. Vader en zoon, de beste maatjes. Ambivalentie. Het ging een lange maaltijd worden. Elizabeth ging op een ander onderwerp dan cholesterol over. Ze begon over het Portland Museum of Art te praten. Ze vertelde dat er een I.M. Pei-vleugel was en dat het een collectie Amerikaanse en impressionistische meesters had. Ik wist niet of ze mij probeerde te scholen of Richard wilde verleiden om eropuit te gaan om iets te doen. Ik schonk geen aandacht aan haar. Ik wilde naar de Saab. Maar dat kon op dat moment niet. Dus probeerde ik precies te raden wat ik er zou vinden. Alsof het een

spelletje was. Ik hoorde de stem van Leon Garber in mijn hoofd zeggen: *Denk na over alles wat je hebt gezien en gehoord. Ga aan de slag met de aanwijzingen.* Veel had ik niet gehoord. Maar ik had wel een heleboel gezien. Waarschijnlijk waren dat in zekere zin allemaal aanwijzingen. De eettafel bijvoorbeeld. Het hele huis en alles wat zich daarin bevond. De auto's. De Saab was een roestbak. De Cadillac en de Lincolns waren fraaie auto's, maar geen Rolls-Royces en Bentleys. Het meubilair was allemaal oud, saai en solide. Niet goedkoop, maar aan de andere kant vertegenwoordigden ze niet het huidige uitgavepatroon. Het was allemaal lang geleden betaald. Wat had Eliot in Boston gezegd? Over die bendeleider uit L.A.? *Zijn winst moet in de miljoenen dollars per week lopen. Hij leeft als een keizer.* Beck zou nog een paar treden hoger op de ladder moeten staan. Maar Beck leefde niet als een keizer. Waarom niet? Was hij gewoon maar een voorzichtige Yankee die zich niet door consumptiegekte liet leiden?

'Kijk,' zei hij.

Ik kwam weer bij de les en zag dat hij me zijn mobiel voorhield. Ik nam hem aan en keek naar het schermpje. De signaalsterkte was weer bij streepje vier.

'Microgolven,' zei ik. 'Misschien komen ze geleidelijk op sterkte.'

Daarna keek ik nog eens. Geen envelopjes, geen spoeltjes, geen voicemailberichten. Maar het was een klein telefoontje en ik heb dikke duimen, dus drukte ik per ongeluk op het op-en-neerpijltje onder het scherm. De display veranderde direct in een lijstje namen. Waarschijnlijk zijn mobiele telefoonboek. Het schermpje was zo klein dat het maar drie namen per keer kon tonen. Bovenaan stond *huis*. Daaronder stond *poort*. Op nummer drie stond *Xavier*. Ik staarde er zo geconcentreerd naar, dat het stil werd om me heen en ik het bloed in mijn oren hoorde ruisen.

'Die soep was erg lekker,' zei Richard.

Ik gaf de telefoon weer aan Beck terug. De kokkin boog zich langs me heen om mijn kom weg te halen.

De eerste keer dat ik de naam *Xavier* hoorde was de zesde keer dat ik Dominique Kohl zag. Dat was zeventien dagen nadat we met elkaar hadden gedanst in dat café in Baltimore. Het weer was omgeslagen. De temperatuur was als aan baksteen omlaag getuimeld en buiten was het grauw en ellendig. Ze was volledig in uniform. Even dacht ik dat we een functioneringsgesprek hadden en

dat ik het helemaal vergeten was. Maar aan de andere kant had ik een compagnie-schrijver om me aan dat soort zaken te herinneren en hij had er niets over gezegd.
'Dit zul je niet leuk vinden,' zei Kohl.
'Hoezo? Ben je gepromoveerd en overgeplaatst?'
Ze glimlachte. Ik besefte dat het er meer als een persoonlijk compliment uit was gekomen dan verantwoord was.
'Ik heb de boef gevonden,' zei ze.
'Hoe?'
'Door de voorbeeldige toepassing van relevante vaardigheden,' zei ze.
Ik keek haar aan. 'Hadden we een functioneringsgesprek op de agenda?'
'Nee, maar ik vind wel dat het daar tijd voor wordt.'
'Waarom?'
'Omdat ik de boef heb gevonden. En functioneringsgesprekken gaan altijd beter na een grote doorbraak bij een onderzoek.'
'Je werkt toch nog steeds met Frasconi?'
'We zijn partners,' zei ze, wat strikt genomen geen antwoord op mijn vraag was.
'Is hij nuttig?'
Ze trok een grimas. 'Toestemming om vrijuit te spreken?'
Ik knikte.
'Hij is zijn eten niet waard,' zei ze.
Ik knikte weer. Die indruk had ik ook. Luitenant Anthony Frasconi was betrouwbaar, maar niet het slimste jongetje van de klas.
'Hij is best aardig,' zei ze. 'Ik bedoel, begrijp me niet verkeerd.'
'Maar jij doet al het werk,' zei ik.
Ze knikte. Ze had het oorspronkelijke dossier in haar hand, dat ik haar had gegeven nadat ik erachter was gekomen dat ze geen grote, lelijke vent uit Texas of Minnesota was. Het puilde uit van haar aantekeningen.
'Maar jíj bent wel nuttig geweest,' zei ze. 'Je had gelijk. Het document in kwestie zit in de krant. Gorowski gooit de hele krant in de prullenbak bij de uitgang van het parkeerterrein. Zelfde bak, twee zondagen achtereen.'
'En?'
'En twee zondagen achtereen wordt hij er door dezelfde vent weer uit gevist.'
Ik dacht even na. Het was een doordacht plan, alleen zorgde ge-

scharrel in een prullenbak voor een zekere mate van kwetsbaarheid. Een zekere mate van ongeloofwaardigheid. De truc met de prullenbak valt niet mee, als je niet bereid bent het hele spel te spelen en je als dakloze te verkleden. En dat op zich is niet makkelijk als je echt overtuigend wilt overkomen. Daklozen leggen kilometers af, de hele dag, kijken in alle prullenbakken die ze tegenkomen. Het vergt oneindig veel geduld en aandacht om hun gedrag na te bootsen.
'Wat is het voor iemand?' vroeg ik.
'Ik weet wat je denkt,' zei ze. 'Wie graaft er nu in prullenbakken behalve zwervers, hè?'
'Wie anders?'
'Stel je een doorsneezondag voor,' zei ze. 'Een luie dag, je kuiert wat, misschien is de persoon met wie je hebt afgesproken aan de late kant, misschien blijkt de impuls om een frisse neus te halen een tikje saai. Maar de zon schijnt en er is een bankje waar je op kunt zitten en je weet dat de zondagskrant altijd dik en interessant is. Maar toevallig heb je er geen bij je.'
'Oké,' zei ik. 'Ik stel het me voor.'
'Heb je weleens gemerkt dat een uitgelezen krant gemeenschappelijk eigendom wordt? Wat mensen in een trein doen, bijvoorbeeld? Of in de metro? Iemand leest zijn krant en laat hem op zijn stoel liggen als hij uitstapt. Iemand anders pakt hem meteen op. Hij zou nog liever doodgaan dan een halve chocoladereep op te rapen, maar met een gebruikte krant heeft hij geen enkele moeite.'
'Oké,' zei ik.
'Onze man is een jaar of veertig,' zei ze. 'Lang, ongeveer een meter drieëntachtig, slank, zo'n zesentachtig kilo, kort zwart haar dat grijs begint te worden, vrij chic. Hij draagt dure kleren, kakibroek, golfhemd en hij slentert min of meer het parkeerterrein op in de richting van de bak.'
'Slentert?'
'Dat is maar een woord,' zei ze. 'Alsof hij kuiert, in gedachten verzonken, totaal zorgeloos. Alsof hij net van een zondagsbrunch komt. Dan ziet hij de krant boven in de mand liggen, hij pakt hem, kijkt even naar de koppen, houdt zijn hoofd een beetje schuin en klemt de krant onder zijn arm alsof hij later nog wat meer wil lezen en kuiert weer verder.'
'Slentert verder,' zei ik.

'Het gaat ongelooflijk vanzelfsprekend,' zei ze. 'Ik was erbij, zag het gebeuren en sloeg er zowat geen acht op. Het was bijna subliminaal.'
Ik dacht erover na. Ze had gelijk. Ze was een goede student menselijk gedrag. Dat maakte haar een goede politieagent. Als het ooit tot een functioneringsbeoordeling zou komen, zou ze de hoogste cijfers scoren.
'En nog iets waar jij over speculeerde,' zei ze. 'Hij slentert door naar de jachthaven en stapt op een boot.'
'Woont hij erop?'
'Ik denk het niet,' zei ze. 'Ik bedoel, er zijn wel kajuiten en zo, maar volgens mij is het een vrijetijdsjacht.'
'Hoe weet je dat er kajuiten zijn?'
'Ik ben aan boord geweest,' zei ze.
'Wanneer?'
'De tweede zondag,' zei ze. 'Vergeet niet dat alles wat ik tot dan toe had gezien dat gedoe met die krant was. Ik had het document nog altijd niet positief geïdentificeerd. Maar hij ging varen met een stel gasten op een andere boot, dus ben ik gaan kijken.'
'Hoe?'
'Voorbeeldige toepassing van relevante vaardigheden,' zei ze. 'Ik droeg een bikini.'
'Is het dragen van een bikini een vaardigheid?' vroeg ik. Daarna wendde ik m'n hoofd af. In haar geval zou het een wereldact zijn geweest.
'Het was toen nog warm,' zei ze. 'Ik viel niet op tussen de andere jachtpoezen. Ik liep wat rond en ben zijn loopplankje op gegaan. Niemand had het in de gaten. Ik heb het slot van het luik opengepeuterd en een uur lang gezocht.'
Ik moest het vragen.
'Hoe heb je slothaken in je bikini verstopt?'
'Ik liep op schoenen,' zei ze.
'Heb je de blauwdruk gevonden?'
'Ik heb ze allemaal gevonden.'
'Had die boot een naam?'
Ze knikte. 'Die heb ik nagetrokken. Er bestaat een jachtregistratie voor die dingen.'
'Wie is onze man dan?'
'Dit zul je niet leuk vinden,' zei ze. 'Het is een hoge officier van de Militaire Inlichtingendienst. Een luitenant-kolonel, Midden-Oos-

tenspecialist. Ze hebben hem net onderscheiden voor iets wat hij in de Golf heeft gedaan.'
'Shit,' zei ik. 'Maar er kan een onschuldige verklaring zijn.'
'Kan,' zei ze, 'maar ik betwijfel het. Ik heb een uur geleden met Gorowski gesproken.'
'Oké,' zei ik. Dat verklaarde haar officiële groene uniform. Waarschijnlijk veel intimiderender dan een bikini. 'En?'
'En ik heb hem zijn kant van de deal laten uitleggen. Zijn dochtertjes zijn twaalf maanden en twee jaar. De oudste is twee maanden geleden een hele dag verdwenen. Ze wil niet praten over wat er met haar is gebeurd toen ze weg was. Ze huilt alleen maar veel. Een week later kwam onze vriend van de Militaire Inlichtingendienst langs. Hij suggereerde dat de afwezigheid van het kind wel veel langer dan een dag kon duren als hij niet gehoorzaamde. Voor dat soort dingen zie ik geen onschuldige verklaring.'
'Nee,' zei ik. 'Ik ook niet. Hoe heet die vent?'
'Hij heet Francis Xavier Quinn,' zei ze.

De kokkin diende de volgende gang op, een soort gegrild ribstuk, maar ik had er weinig oog voor, omdat ik nog steeds aan Francis Xavier Quinn moest denken. Kennelijk was hij 'm uit het ziekenhuis in Californië gesmeerd en had hij het Quinn-gedeelte van zijn naam in de prullenbak gegooid met zijn ziekenhuiskleren, verband en polsbandjes met *meneer X* erop. Hij was gewoon verdwenen en had meteen een nieuwe, kant-en-klare identiteit aangenomen. Een identiteit waarmee hij zich op zijn gemak voelde, die hij zich altijd diep vanbinnen zou herinneren, op een oerniveau van waaruit geheime mensen moesten opereren. Hij was niet langer luitenant-kolonel F.X. Quinn van het Amerikaanse leger. Vanaf dat moment was hij gewoon Francis Xavier, een anonieme burger.
'Rood of goed doorbakken?' vroeg Beck.
Hij sneed het vlees met een van de messen met het zwarte handvat uit de keuken. Die stonden daar in het messenblok en ik had overwogen om er een van te gebruiken om hem mee te vermoorden. Het exemplaar dat hij op dat moment gebruikte zou een goede keus zijn geweest. Het was ongeveer vijfentwintig centimeter lang en vlijmscherp, te oordelen naar de snelheid waarmee het door het vlees gleed. Tenzij het vlees toevallig ongelooflijk mals was.
'Rood graag,' zei ik.
Hij sneed twee plakken voor me af en ik had er direct spijt van.

In gedachten ging ik zeven uur terug naar die lijkenzak. Ik had de rits omlaag getrokken en het werk van een ander mes gezien. Het beeld was zo levendig dat ik het koude ijzeren lipje van de rits nog tussen mijn vingers voelde. Daarna ging ik in gedachten tien hele jaren terug, helemaal naar het begin met Quinn, en toen was de cirkel rond.

'Rammenas?' vroeg Elizabeth.

Ik dacht even na. Toen nam ik een volle lepel. Het aloude legermotto was *eet als je kunt en slaap als je kunt.* Je wist namelijk nooit wanneer je volgende kans kwam om een van beide te doen. Dus zette ik Quinn van me af, bediende me van de groenten en begon te eten. Ik dacht weer na. Alles wat ik had gehoord, alles wat ik had gezien. Ik bleef maar aan de jachthaven in Baltimore in het felle zonlicht denken, en aan de envelop en de krant. Niet dit, maar dat. En aan wat Duffy had gezegd: *Je hebt niets nuttigs gevonden. Helemaal niets. Geen spatje bewijs.*

'Ken je Pasternak?' vroeg Elizabeth.

'Wat vind je van Edward Hopper?' vroeg Richard.

'Vind je dat de M16 vervangen moet worden?' vroeg Beck.

Ik kwam weer bij de les. Ze keken me alle drie aan. Het was alsof ze naar conversatie snakten. Alsof ze alle drie eenzaam waren. Ik luisterde naar de golven die aan drie kanten van het huis beukten en begreep dat ze zich zo voelden. Ze woonden erg geïsoleerd. Maar dat was hun eigen keus. Ik ben dol op isolement. Ik kan drie weken m'n mond houden.

'Ik heb de film *Dokter Zjivago* gezien,' zei ik. 'Ik vind dat schilderij van Hopper van de mensen in die nachtelijke cafetaria mooi.'

'*Nighthawks*,' zei Richard.

Ik knikte. 'Die linkervent die helemaal alleen zit vind ik mooi.'

'Weet je nog hoe die cafetaria heet?'

'*Phillies*,' zei ik. 'En ik vind de M16 een prima automatisch geweer.'

'Echt?' vroeg Beck.

'Hij doet wat een automatisch geweer hoort te doen,' zei ik. 'Veel meer kun je niet verlangen.'

'Hopper was een genie,' zei Richard.

'Pasternak was een genie,' zei Elizabeth. 'In de film komt dat helaas niet uit de verf. Bovendien is hij niet goed vertaald. Solzjenitsyn is bij hem vergeleken overgewaardeerd.'

'Als je het mij vraagt is de M16 gewoon een verbeterd geweer,' zei Beck.

'Edward Hopper heeft iets van Raymond Chandler,' zei Richard, 'Hij heeft een specifieke tijd en plaats gevangen. Natuurlijk was Chandler ook een genie. Veel beter dan Hammett.'
'Zoals Pasternak beter is dan Solzjenitsyn?' vroeg zijn moeder.
Zo gingen ze een hele tijd door. Dag veertien, vrijdag, bijna voorbij, aan de biefstuk met drie gedoemde mensen, pratend over boeken, films en geweren. Niet dit, maar dat. Ik luisterde niet meer naar ze en ging in gedachten tien jaar terug naar sergeant eersteklas Dominique Kohl.

'Hij is een echte insider in het Pentagon,' zei ze, toen we elkaar voor de zevende keer spraken. 'Woont vlakbij, in Virginia. Ik denk dat zijn boot daarom in Baltimore ligt.'
'Hoe oud is hij?'
'Veertig,' zei ze.
'Heb je zijn hele dossier gezien?'
Ze schudde haar hoofd. 'Het meeste is geheim.'
Ik knikte. Probeerde de chronologie op een rij te krijgen. Iemand van veertig zou de laatste twee jaar van de Vietnam-oorlog hebben meegemaakt, op zijn achttiende of negentiende. Maar iemand die het tot overste bij de inlichtingendienst had geschopt, was vrijwel zeker afgestudeerd, misschien zelfs met een doctorstitel, wat hem vrijstelling zou hebben opgeleverd. Dus was hij waarschijnlijk niet in Indo-China geweest, wat onder normale omstandigheden zijn promotie in de weg had gezeten. Geen bloedige oorlogen, geen gevreesde ziekten. Maar zijn promotie was niet traag verlopen, omdat hij voor zijn veertigste al kolonel was geworden.
'Ik weet wat je denkt,' zei Kohl. 'Hoe komt het dat hij al twee hele loonschalen hoger zit dan jij?'
'In werkelijkheid dacht ik aan jou in bikini.'
Ze schudde haar hoofd. 'Niet waar.'
'Hij is ouder dan ik.'
'Hij is omhooggeschoten als een komeet.'
'Misschien is hij wel slimmer dan ik.'
'Dat is hij vrijwel zeker,' zei ze. 'Maar toch, hij heeft het echt ver geschopt en heel snel.'
Ik knikte.
'Geweldig,' zei ik. 'Dus nu krijgen we te maken met een grote ster uit de inlichtingenwereld.'

'Hij heeft veel contact met buitenlanders,' zei ze. 'Ik heb hem met allerlei mensen gezien. Israëli's, Libanezen, Irakezen, Syriërs.'
'Dat hoort erbij,' zei ik. 'Hij is Midden-Oostendeskundige.'
'Hij komt uit Californië,' zei ze. 'Zijn pa was spoorwegarbeider. Zijn moeder was huisvrouw. Ze woonden in een huisje in het noorden van de staat. Dat heeft hij geërfd en het is zijn enige bezit. En we mogen aannemen dat hij sinds de universiteit een militair salaris heeft.'
'Oké,' zei ik.
'Hij is een arme jongen, Reacher,' zei ze. 'Dus hoe kan hij een groot huis in Virginia huren? Hoe komt het dat hij een jacht heeft?'
'Is het een jacht?'
'Het is een grote zeilboot met slaapkamers. Dat is toch een jacht?'
'Eigen auto?'
'Splinternieuwe Lexus.'
Ik zei niets.
'Waarom stellen zijn eigen mensen die vragen niet?' vroeg ze.
'Dat doen ze nooit,' zei ik. 'Is je dat niet opgevallen? Iets kan er zo dik bovenop liggen en ze lopen er straal aan voorbij.'
'Ik begrijp echt niet hoe zoiets kan gebeuren,' zei ze.
Ik haalde mijn schouders op.
'Het zijn ook maar mensen,' zei ik. 'Dat moeten we ze maar niet al te kwalijk nemen. Er staan vooropgezette ideeën in de weg. Ze vragen zich af hoe goed hij is, niet hoe slecht.'
Ze knikte. 'Zoals ik twee dagen die envelop in de gaten heb gehouden en niet die krant. Vooropgezette ideeën.'
'Maar ze zouden toch beter moeten weten.'
'Misschien.'
'*Military Intelligence*,' zei ik.
'Het grootste oxymoron ter wereld,' zei ze. 'Zoiets als veilig gevaar.'
'Of droog water,' zei ik.

'Vond je het lekker?' vroeg Elizabeth Beck tien jaar later.
Ik gaf geen antwoord. *Vooropgezette ideeën staan in de weg.*
'Vond je het lekker?' herhaalde ze.
Ik keek haar recht aan. *Vooropgezette ideeën.*
'Pardon?' zei ik. *Alles wat ik had gehoord.*
'De maaltijd,' zei ze. 'Vond je het lekker?'
Ik keek omlaag. Ik had mijn bord helemaal leeg gegeten.

'Verrukkelijk,' zei ik. *Alles wat ik had gezien.*
'Heus?'
'Zonder meer,' zei ik. *Je hebt niets nuttigs gevonden.*
'Dat doet me deugd,' zei ze.
'Vergeet Hopper en Pasternak maar,' zei ik. 'Jullie kokkin is een genie.'
'Voel je je wel goed?' vroeg Beck. Hij had de helft van zijn vlees laten liggen.
'Ik voel me geweldig,' zei ik. *Helemaal niets.*
'Zeker weten?' *Geen spatje bewijs.*
'Ja, ik meen het echt,' zei ik.
En ik meende het ook echt. Omdat ik wist wat er in de Saab lag. Ik wist het zeker. Geen twijfel mogelijk. Dus voelde ik me geweldig. Maar ik schaamde me ook een beetje. Omdat ik heel erg traag was geweest. Pijnlijk traag. Schandelijk traag. Het had me zesentachtig uur gekost. Ruim drieëneenhalve dag. Ik was net zo dom als Quinns vroegere eenheid geweest. Iets kan er zo dik op liggen en je loopt er straal aan voorbij. Ik wendde mijn hoofd naar Beck en keek hem recht aan alsof ik hem voor het eerst zag.

11

Ik wist het, maar onder het dessert en de koffie kalmeerde ik gauw. En dat geweldige gevoel zette ik van me af. Ook het gevoel van gêne. Die emoties kwamen in de verdrukking. In plaats daarvan maakte ik me een tikje bezorgd. Ik begon namelijk de exacte omvang van het tactische probleem te zien. En die was kolossaal. Die zou een heel nieuwe definitie van solo-infiltratie afdwingen.

De maaltijd was afgelopen en iedereen schoof zijn stoel naar achteren en stond op. Ik bleef in de eetkamer. Ik liet de Saab met rust. Ik had geen haast. Dat kwam wel. Het had geen zin om risico te lopen met de bevestiging van iets wat ik al wist. In plaats daarvan hielp ik de kokkin met afruimen. Dat leek me wel zo beleefd. Misschien werd het zelfs van me verwacht. De Becks gingen ergens anders heen en ik bracht de vaat naar de keuken. Daar zat de monteur een groter portie biefstuk te eten dan ik had gekregen. Ik keek naar hem en begon me weer een beetje te generen. Ik had amper aandacht aan hem besteed. Nauwelijks aan hem gedacht. Ik had me zelfs nooit afgevraagd waar hij voor diende. Maar nu wist ik het.

Ik zette de afwas in de vaatwasser. De kokkin deed iets zuinigs met de kliekjes, veegde de werkbladen schoon en binnen een minuut of twintig was alles opgeruimd. Daarna zei ze dat ze naar bed ging, dus wenste ik haar welterusten en ging de achterdeur uit voor een wandelingetje over de rotsen. Ik wilde de zee zien om het tij te peilen. Ik had geen ervaring met de zee. Ik wist dat het tij zo'n twee keer per dag hoog en laag werd. Ik wist niet wanneer of waarom. Het kon iets met de zwaartekracht van de maan te maken hebben. Misschien veranderde die de Atlantische Oceaan in een reusachtige tobbe die heen en weer klotste tussen Europa en Amerika. Misschien was het eb in Portugal als het vloed in Maine was en andersom. Ik had geen idee. Op dat moment leek het alsof het van vloed eb werd. Van hoog tij naar laag tij. Ik keek nog een minuut of vijf naar de golven en daarna keerde ik terug naar de keuken. De monteur was weg. Ik gebruikte de sleutelbos die ik van Beck had om de binnendeur op slot te draaien. Ik liet de buitendeur open. Daarna liep ik door de gang om de voorkant te controleren. Waarschijnlijk werd dat soort dingen nu van me verwacht. De voordeur zat op slot en aan de ketting. Het was stil in huis. Dus ging ik naar Dukes kamer boven om het eindspel voor te bereiden.

In mijn schoen wachtte een boodschap van Duffy. Er stond: *Alles goed?* Ik schreef terug: *Hartelijk dank voor de telefoon. Je hebt m'n hachje gered.*
Ze antwoordde: *Ook het mijne. Even groot portie eigenbelang.*
Daar reageerde ik niet op. Verder kon ik niets bedenken. Ik bleef gewoon stil zitten. Ze had alleen maar voor een beetje uitstel gezorgd, meer niet. Ze was verloren, wat er ook gebeurde. Daar kon ik niets aan doen.
Daarna schreef ze: *Heb alle bestanden uitgeplozen en vind nergens, herhaal nergens machtiging voor tweede agent.*
Ik antwoordde: *Dat weet ik.*
Ze schreef slechts twee vraagtekens terug.
Ik tikte: *Ik moet je spreken. Ik bel je, of sta gewoon voor je neus. Hou je gereed.*
Daarna sloot ik af, stopte het apparaatje weer terug in mijn hak en vroeg me even af of ik het ooit nog te voorschijn zou halen. Ik keek op mijn horloge. Het was bijna twaalf uur. Dag veertien, vrijdag, was vrijwel voorbij. Dag vijftien, zaterdag, stond voor de deur. Twee weken nadat ik me een weg door de menigte in Boston had gebaand op weg naar een café waar ik nooit zou komen.

Ik ging met al mijn kleren aan op bed liggen. Ik ging ervan uit dat de volgende vierentwintig tot achtenveertig uur doorslaggevend zouden worden en ik wilde vijf van de eerste zes als een blok slapen. In mijn ervaring zorgt vermoeidheid voor meer blunders dan zorgeloosheid en stompzinnigheid bij elkaar. Misschien omdat vermoeidheid op zich de bakermat van zorgeloosheid en stompzinnigheid is. Dus maakte ik het mezelf gemakkelijk en deed mijn ogen dicht. Zette mijn innerlijke wekker op twee uur. Dat werkte, zoals altijd. Na een tukje van twee uur werd ik wakker en voelde me kiplekker.
Ik rolde van het bed en sloop naar beneden. Liep door de gang naar de keuken en deed de buitendeur van het slot. Ik liet al mijn meta-

len spullen op tafel. Ik wilde niet dat de metaaldetector geluid zou maken. Ik ging naar buiten. Het was pikkedonker. Er was geen maan. Geen sterren. De zee maakte kabaal. Het was koud. Het woei een beetje. Het rook vochtig. Ik liep om naar de vierde garage en trok de deur open. De Saab stond er nog, onaangeroerd. Ik deed voorzichtig de achterklep open om mijn bundeltje eruit te halen. Bracht het naar de andere kant van de muur om het in het kuiltje te verstoppen. Daarna ging ik de eerste lijfwacht halen. Hij was inmiddels een paar uur dood en de lage temperatuur had de rigor mortis vroeg doen inzetten. Hij was behoorlijk stijf. Ik sjorde hem eruit en hees hem op mijn schouder. Het was alsof ik een boomstronk van negentig kilo droeg. Zijn armen staken uit als takken. Ik bracht hem naar de v-vormige kloof die Harley me had laten zien. Legde hem op de rand en telde de golven. Wachtte op de zevende. Die kwam binnen en vlak voordat hij mij bereikte, duwde ik het lijk in de spleet. Het water spoelde eronder en duwde het weer naar me toe. Het was net alsof de man me met zijn stijve armen probeerde te grijpen om me mee te sleuren. Of net alsof hij me vaarwel wilde kussen. Hij bleef even loom dobberen en daarna trok de golf zich weer terug, de spleet liep leeg en hij was verdwenen.

Met nummer twee ging het eender. De zee nam hem net zo mee als zijn makker en het dienstmeisje. Ik bleef even gehurkt zitten, voelde de wind op mijn gezicht en luisterde naar de onvermoeibare oceaan. Daarna liep ik terug, deed de achterklep van de Saab dicht en kroop achter het stuur. Maakte het werk aan de plafondbekleding af, stak mijn hand naar achteren en haalde de aantekeningen van het dienstmeisje te voorschijn. Het waren acht A-4'tjes. Ik las ze allemaal in het vage schijnsel van het plafondlampje. Ze stonden vol bijzonderheden. Er waren meer dan genoeg details. Maar in het algemeen onthulden ze niets wat ik al niet wist. Ik las ze nog een keer en toen ik klaar was, maakte ik er een keurig stapeltje van en bracht ze naar het eind van de landtong. Ging op een steen zitten en vouwde elke bladzijde tot een bootje. Toen ik klein was, had iemand me dat geleerd. Misschien mijn vader. Ik wist het niet meer. Misschien mijn broer. Ik liet de bootjes stuk voor stuk op het uitgaande tij te water en zag ze deinend wegzeilen in het aardedonker in het oosten.

Daarna ging ik terug om de bekleding te herstellen. Toen ik klaar was, zag het er redelijk uit. Ik deed de garage dicht. Waarschijnlijk zou ik al weg zijn wanneer iemand de garage openmaakte en de schade aan de auto zou zien. Ik ging naar het huis terug. Stopte mijn spullen weer in mijn zakken, sloot de deur af en sloop naar boven. Kleedde me uit tot op mijn onderbroek en kroop in bed. Ik wilde nog drie extra uren slapen. Dus zette ik opnieuw mijn innerlijke wekker, trok mijn laken en deken over me heen, drukte een kuiltje in het kussen en deed mijn ogen dicht. Probeerde de slaap te vatten. Die wilde niet komen. In plaats daarvan kwam Dominique Kohl. Ze kwam uit de duisternis recht op me af, zoals ik wel had verwacht.

De achtste keer dat we elkaar spraken, hadden we tactische problemen te bespreken. Een officier van de inlichtingendienst aanpakken was link. Natuurlijk heeft de MP uitsluitend te maken met militairen die een scheve schaats rijden, dus een van onze eigen soort aanpakken was niets nieuws. Maar de inlichtingengemeenschap was een wereldje op zich. Die gasten waren apart en geheimzinnig en deden hun uiterste best tegenover niemand verantwoording te hoeven afleggen. Het viel niet mee ze te bereiken. In het algemeen sloten ze de rijen sneller dan de beste exercitie-eenheid die je ooit had meegemaakt. Dus Kohl en ik hadden een heleboel te bespreken. Ik had geen zin om dat op kantoor doen. Er was geen bezoekersstoel. Ik wilde niet dat ze de hele tijd moest blijven staan. Dus gingen we weer naar dat café in de stad. Dat leek me een gepaste plek. De hele toestand begon zo heavy te worden dat we al bijna een beetje paranoïde werden. De basis verlaten leek ons een slim idee. En het idee om inlichtingenaffaires te bespreken als een stelletje regelrechte spionnen – in een donker hoekje achter in een café in de stad – stond me wel aan. Kohl ook, denk ik. Ze kwam in burger. Geen jurk, maar een spijkerbroek met een wit T-shirt en een leren jasje. Ik droeg camouflagekleding. Ik bezat geen burgerkleren. Het was inmiddels koud geworden. Ik bestelde koffie. Zij nam thee. We wilden helder blijven.

'Nu ben ik blij dat we de echte blauwdrukken hebben gebruikt,' zei ze.

Ik knikte.

'Goed voorgevoel,' zei ik. Wat bewijslast aanging moesten we de hele affaire in één klap afhandelen. Met Quinn die de echte blauwdrukken in handen had, waren we al een heel eind. Met valse blauwdrukken kon hij verhalen over proefprocedures, oorlogsoefeningen en valstrikken uit eigen keuken gaan ophangen.

'Het zijn de Syriërs,' zei ze. 'En ze betalen vooruit. In termijnen.'

'Hoe?'
'Koffertjesruil,' zei ze. 'Hij ontmoet een attaché van de Syrische ambassade. Ze gaan naar een café in Georgetown. Ze hebben allebei zo'n luxe aluminium koffertje bij zich. Identiek.'
'Halliburton,' zei ik.
Ze knikte. 'Ze zetten ze naast elkaar onder het tafeltje en als hij weggaat, neemt hij dat van de Syriër mee.'
'Hij zal zeggen dat de Syriër een legitiem contact is. Hij zal zeggen dat de Syriër hém dingen toespeelt.'
'Dan zeggen we: oké, laat maar zien.'
'Dan zegt hij: dat kan niet, dat is geheim.'
Kohl zei niets. Ik glimlachte.
'Hij gaat een heel toneelstukje opvoeren,' zei ik. 'Hij legt een hand op onze schouder, kijkt ons diep in de ogen en zegt: "Hé, vertrouw me nou maar, lui. De nationale veiligheid is in het geding."'
'Heb je ooit eerder met die mensen te maken gehad?'
'Eén keer,' zei ik.
'Heb je het gewonnen?'
Ik knikte. 'Ze hebben het meestal erg hoog in de bol. Mijn broer heeft een poosje bij de MI gewerkt. Nu zit hij bij Financiën. Ze denken dat ze intelligent zijn, maar ze zijn net als ieder ander.'
'Wat doen we dan?'
'We zullen die Syriër moeten ronselen.'
'Dan kunnen we hem niet grijpen.'
'Wil je twee voor de prijs van een?' vroeg ik. 'Dat kan niet. Die Syriër doet alleen maar zijn werk. Dat kun je hem niet kwalijk nemen. Quinn is hier de schurk.'
Ze was even stil, een tikje teleurgesteld. Daarna haalde ze haar schouders op.
'Oké,' zei ze. 'Maar hoe zullen we te werk gaan? De Syriër zal gewoon weglopen. Hij is attaché op de ambassade. Hij heeft diplomatieke onschendbaarheid.'
Ik glimlachte weer. 'Diplomatieke onschendbaarheid is maar een document van Buitenlandse Zaken. Wat ik vroeger een keer heb gedaan, was een vent arresteren en tegen hem zeggen een velletje papier voor zijn buik te houden. Daarna trok ik mijn pistool en vroeg ik hem of hij dacht dat het papier een kogel tegen zou houden. Hij zei dat ik in moeilijkheden zou komen. Ik zei, hoeveel moeilijkheden ik ook zou krijgen, het zou niet van invloed zijn op de traagheid waarmee hij dood zou bloeden.'

'Deed dat hem van standpunt veranderen?'
Ik knikte. 'Hij speelde het spelletje helemaal mee.'
Ze zweeg weer een poosje. Daarna stelde ze me de eerste van twee vragen waarvan ik later wenste dat ik ze anders had beantwoord.
'Kunnen we elkaar buiten het werk ontmoeten?'
Het was een privéhokje in een donker café. Ze was niet zo'n klein beetje aantrekkelijk en zat vlak naast me. In die tijd was ik nog jong en dacht ik dat ik nog een heel leven voor me had.
'Bedoel je dat je een afspraakje met me wilt?' vroeg ik.
'Ja,' zei ze.
Ik zei niets.
'*We've come a long way, baby*,' zei ze. Daarna voegde ze eraan toe: 'Vrouwen, bedoel ik,' voor het geval ik niet op de hoogte was van de nieuwste sigarettenreclame.
Ik zei niets.
'Ik weet wat ik wil,' zei ze.
Ik knikte. Dat geloofde ik best. En ik geloofde in gelijkheid. Heilig. Niet lang daarvoor had ik kennisgemaakt met een vrouwelijke kolonel van de luchtmacht die eerste piloot was van een B-52-bommenwerper die 's nachts patrouilleerde met meer explosieve kracht aan boord dan alle bommen die in de hele geschiedenis van de mensheid zijn gevallen bij elkaar. Als haar voldoende macht werd toevertrouwd om de planeet op te blazen, ging ik ervan uit dat het sergeant eersteklas Dominique Kohl toevertrouwd kon worden te bepalen met wie ze een afspraakje wilde.
'Nou?' vroeg ze.
Vragen die ik anders had moeten beantwoorden.
'Nee,' zei ik.
'Waarom niet?'
'Onprofessioneel,' zei ik. 'Dat moet je niet doen.'
'Waarom niet?'
'Omdat het je een aantekening op je cv oplevert,' zei ik. 'Omdat je een getalenteerd persoon bent die het niet verder kan schoppen dan sergeant-majoor zonder de officiersopleiding te volgen, dus daar ga je heen en zul je uitblinken, en binnen tien jaar ben je luitenant-kolonel omdat je dat verdient, maar iedereen zal zeggen dat je het zo ver hebt geschopt omdat je ooit iets met je kapitein hebt gehad.'
Ze zei niets. Ze wenkte gewoon de serveerster om twee pilsjes te bestellen. Het werd warmer naarmate het voller werd. Ik trok mijn jasje uit, zij trok haar jasje uit. Ik droeg een dof olijfkleurig T-shirt

dat klein en dun en verschoten was geworden van het vele wassen. Haar T-shirt was een boetiekgeval. De hals was wat dieper uitgesneden dan bij de meeste T-shirts en de mouwen waren zo gesneden dat ze ietsje omhoogschoven over de kleine deltaspieren op haar armen. De stof stak sneeuwwit af tegen haar huid. En hij was een beetje transparant. Ik zag dat ze er niets onder aan had.

'Het leven van een soldaat is vol met offers,' zei ik meer tegen mezelf dan tegen haar.

'Ik kom er wel overheen,' zei ze.

Daarna stelde ze me de tweede vraag waarvan ik wilde dat ik hem anders had beantwoord.

'Mag ik hem arresteren?' vroeg ze.

Tien jaar later werd ik om zes uur 's morgens alleen wakker in Dukes kamer. Zijn kamer was aan de voorkant van het huis, dus had ik geen uitzicht op zee. Ik keek naar het westen, naar Amerika. Er was geen ochtendzon. Geen lange schaduwen van het eerste zonlicht. Slechts dofgrijs licht op de oprijlaan en de muur en het granietlandschap daarachter. De wind kwam uit zee. Ik zag de bomen bewegen. Ik stelde me zwarte stormwolken boven de Atlantische Oceaan voor die snel in de richting van de kust kwamen. Ik stelde me zeevogels voor die strijd leverden met de turbulente lucht en met een verentooi die door de storm uit de vorm werd geblazen. Dag vijftien begon grauw, koud en onhartelijk en zou waarschijnlijk niet beter worden.

Ik nam een douche, maar schoor me niet. Ik trok schone kleren van zwarte spijkerstof van Duke aan, maakte mijn veters vast en nam mijn jasje en overjas over mijn arm mee. Daalde stilletjes af naar de keuken. De kokkin had al koffie gezet. Ze gaf me een kop en ik ging ermee aan tafel zitten. Ze haalde een brood uit de vriezer en legde het in de magnetron. Ik bedacht me dat ik haar op een bepaald moment zou moeten evacueren als het erom ging spannen. En Elizabeth, en Richard. De monteur en Beck konden blijven om de poppen te zien dansen.

In de keuken kon ik de zee luid en duidelijk horen. De golven beukten op de rotsen en de genadeloze getijstroom zoog weer terug. Poelen vulden zich, liepen weer leeg en het grind ratelde over de rotsen. De wind huilde zachtjes door de spleten in de buitendeur van het portaal. Ik hoorde de meeuwen gejaagd krijsen. Ik luisterde naar ze, dronk mijn koffie en wachtte.

Richard kwam tien minuten na mij naar beneden. Zijn haar zat helemaal in de war en ik zag zijn ontbrekende oor. Hij schonk koffie in en ging tegenover me zitten. Zijn ambivalentie was weer terug. Ik zag dat hij aanhikte tegen een leven zonder studie, ondergedoken met zijn ouders. Ik nam aan dat ze ergens anders opnieuw konden beginnen als zijn moeder er zonder tenlastelegging vanaf kon komen. Afhankelijk van zijn veerkracht kon hij weer aan de studie zonder meer dan een week van het semester te hoeven missen. Als hij wilde. Behalve als het een dure school was, wat waarschijnlijk het geval was. Ze zouden geldproblemen krijgen. Ze zouden vertrekken met weinig meer dan hun kleren. Als ze überhaupt zouden vertrekken.

De kokkin ging naar de eetkamer om de ontbijttafel te dekken. Richard keek haar na. Ik sloeg hem gade, zag zijn oor en een puzzelstukje viel op zijn plaats.

'Vijf jaar geleden,' zei ik. 'Die ontvoering.'

Hij vertrok geen spier. Keek naar de tafel, keek vervolgens op naar mij en kamde zijn haar over zijn litteken met zijn vingers.

'Weet je wat je vader in werkelijkheid doet?' vroeg ik.

Hij knikte. Zei niets.

'Niet alleen tapijten, hè?' vroeg ik.

'Nee,' zei hij. 'Niet alleen tapijten.'

'Wat vind jij daar eigenlijk van?'

'Er zijn ergere dingen,' zei hij.

'Wil je me vertellen wat er vijf jaar geleden is gebeurd?' vroeg ik.

Hij schudde zijn hoofd. Wendde zijn gezicht af.

'Nee,' zei hij.

'Ik heb iemand gekend die Gorowski heette,' zei ik. 'Zijn dochtertje van twee was ontvoerd. Eén dag maar. Hoe lang was jij weg?'

'Acht dagen,' zei hij.

'Gorowski deed onmiddellijk alles wat er van hem werd verlangd,' zei ik. 'Een dag was voldoende.'

Richard zei niets.

'Jouw pa is hier niet de baas,' zei ik, als een verklaring.

Richard zei niets.

'Vijf jaar geleden is hij alles gaan doen wat er van hem werd verlangd,' zei ik. 'Nadat jij acht dagen weg was geweest. Ik denk dat het zo is gegaan.'

Richard zweeg. Ik moest aan Gorowski's dochter denken. Die was nu twaalf. Waarschijnlijk had ze internet en een cd-speler en een telefoon op haar kamer. Posters aan de muur. En een vaag pijntje in haar geest over iets wat heel lang geleden was gebeurd. Als jeuk in een reeds lang geheelde botbreuk.

'Ik hoef geen bijzonderheden,' zei ik. 'Ik wil alleen zijn naam horen.'

'Wiens naam?'

'De man die je acht dagen gevangen heeft gehouden.'

Richard schudde alleen maar zijn hoofd.

'Ik heb de naam Xavier horen vallen,' zei ik.

Richard wendde zijn hoofd af en zijn linkerhand ging rechtstreeks naar de zijkant van zijn hoofd, en meer bevestiging had ik niet nodig.

'Ik ben verkracht,' zei hij.

Ik luisterde naar de zee die op de rotsen beukte.

'Door Xavier?'

Hij schudde weer zijn hoofd.

'Door Paulie,' zei hij. 'Die was net op vrije voeten. Toen hield hij nog van dat soort dingen.'

Ik was een hele poos stil.

'Weet je vader dat?'

'Nee,' zei hij.

'Je moeder?'

'Nee.'

Ik wist niet wat ik moest zeggen. Richard deed er verder het zwijgen toe. We zeiden niets meer. Vervolgens kwam de kokkin terug om het fornuis aan te steken. Ze deed vet in een koekenpan en begon die te verhitten. De geur maakte me misselijk.

'Kom, we gaan een eindje lopen,' zei ik.

Richard volgde me naar buiten naar de rotsen. De lucht was zilt en fris en erg koud. Het was grauw. Het woei hard. De wind blies recht in ons gezicht. Richards haar stond bijna recht naar achteren. Het opspattende water vloog bijna zeven meter hoog en schuimende druppels sloegen ons als kogels tegemoet.

'Elk zilveren randje heeft een wolk,' zei ik. Ik moest met stemverheffing praten om boven het lawaai van de wind en de branding uit te komen. 'Misschien krijgen Xavier en Paulie ooit hun verdiende loon, maar je pa zal de gevangenis indraaien als dat gebeurt.'

Richard knikte. Er stonden tranen in zijn ogen. Misschien van de koude wind. Misschien ook niet.

'Dat verdient hij ook,' zei hij.
Heel loyaal, had zijn vader gezegd. De beste maatjes.
'Ik ben acht dagen weg geweest,' zei Richard. 'Een zou voldoende moeten zijn geweest. Zoals bij die andere knaap die je noemde.'
'Gorowski?'
'Wie dan ook. Met dat meisje van twee. Denk je dat ze aangerand was?'
'Ik mag oprecht hopen van niet.'
'Ik ook.'
'Kun je rijden?' vroeg ik.
'Ja,' zei hij.
'Misschien moet je hier weg,' zei ik. 'Heel gauw. Jij en je moeder en de kokkin. Dus je moet je gereed houden. Voor als ik je zeg dat je ervandoor moet gaan.'
'Wie ben jij?'
'Ik ben iemand die wordt betaald om je vader te beschermen. Evenzeer tegen zijn zogenaamde vrienden als zijn vijanden.'
'Paulie zal ons niet uit de poort laten.'
'Die zal er weldra niet meer zijn.'
Hij schudde zijn hoofd.
'Paulie maakt je dood,' zei hij. 'Je hebt geen idee. Wie je ook bent, je kunt niet met Paulie afrekenen. Dat kan niemand.'
'Ik heb ook met die gasten bij de universiteit afgerekend.'
Hij schudde weer zijn hoofd. Zijn haar golfde op de wind. Het deed me denken aan het haar van het dienstmeisje, onder water.
'Dat was flauwekul,' zei hij. 'Mijn moeder en ik hebben het besproken. Het was een valstrik.'
Ik was even stil. Vertrouwde ik hem al?
'Nee, dat was echt,' zei ik. Nee dus, ik vertrouwde hem nog niet.
'Het is maar een klein plaatsje,' zei hij. 'Ze hebben ongeveer vijf politiemensen. Die vent had ik nog nooit gezien.'
Ik zei niets.
'Die universiteitspolitie had ik ook nog nooit gezien,' zei hij. 'En ik heb er bijna drie volle jaren gezeten.'
Ik zei niets. Fouten, die kwamen spoken.
'Waarom ben je dan van school gegaan?' vroeg ik. 'Als het een valstrik was?'
Hij gaf geen antwoord.
'En hoe kunnen Duke en ik dan in een hinderlaag zijn gelopen?'

Hij gaf geen antwoord.
'Nou, wat was het?' vroeg ik. 'Doorgestoken kaart of echt?'
Hij haalde zijn schouders op. 'Ik weet het niet.'
'Je hebt me ze toch allemaal neer zien schieten?' vroeg ik.
Hij zei niets. Ik keek de andere kant op. De zevende golf kwam aan rollen. Veertig meter buitengaats bereikte hij zijn hoogtepunt en sloeg harder op de rotsen dan iemand kan rennen. De grond sidderde en het water spatte omhoog als vuurwerk.
'Heeft een van jullie dit tegen je vader gezegd?' vroeg ik.
'Ik niet,' zei hij. 'En ik ga het ook niet doen. Van mijn moeder weet ik het niet.'
En ik weet het van jou niet, dacht ik. Ambivalentie werkt naar twee kanten. De ene keer loop je warm, de andere keer niet. Nu zag hij het idee van zijn vader in een cel misschien wel zitten. Later misschien niet meer. Als puntje bij paaltje kwam, kon het vriezen of dooien.
'Ik heb je leven gered,' zei ik. 'Het bevalt me niks dat je net doet alsof dat niet zo is.'
'Hoe dan ook,' zei hij, 'je kunt er toch niets aan doen. Dit wordt een druk weekeinde. Je krijgt een vracht te verwerken. En daarna ben je toch een van hen.'
'Help me dan,' zei ik.
'Ik ga mijn pa geen oor aannaaien,' zei hij.
Heel loyaal. De beste maatjes.
'Dat hoeft ook niet,' zei ik.
'Hoe kan ik je dan helpen?'
'Je hoeft hem alleen maar te zeggen dat je mij hier wilt hebben. Zeg maar dat je nu niet alleen wilt zijn. Hij luistert naar jou met dat soort dingen.'
Hij gaf geen antwoord. Hij liep gewoon weg, terug naar de keuken en door naar de gang. Misschien ging hij ontbijten in de eetkamer. Ik bleef in de keuken. De kokkin had voor me gedekt aan de kaarttafel. Ik had geen trek, maar dwong mezelf iets te eten. Vermoeidheid en honger zijn kwaaie vrienden. Ik had geslapen, en nu ging ik eten. Ik wilde niet op het verkeerde moment slap en duizelig zijn. Ik nam geroosterd brood en nog een kop koffie. Daarna kreeg ik de smaak te pakken en at ik eieren met spek. Ik zat aan mijn derde kop koffie toen Beck me kwam halen. Hij was in vrijetijdskleding. Een spijkerbroek en een rood flanellen overhemd.
'We gaan naar Portland,' zei hij. 'Naar de loods. Nu meteen.'

Hij liep de gang weer in. Waarschijnlijk zou hij voor op me wachten. En vermoedelijk had Richard niet met hem gesproken. Hij had er geen kans toe gezien of het niet gewild. Ik veegde mijn mond af met de rug van mijn hand. Controleerde mijn zakken om me ervan te vergewissen dat de Beretta op zijn plaats zat en ik de sleutels bij me had. Daarna ging ik naar buiten om de auto te halen. Reed naar de voorkant van het huis. Beck stond op me te wachten. Hij had een canvas jack over zijn overhemd aangetrokken. Hij zag eruit als de eerste de beste inwoner van Maine die eropuit ging om hout te gaan hakken of esdoornsiroop te gaan tappen. Maar dat was niet zo.

Paulie had het hek bijna open, dus hoefde ik alleen gas terug te nemen, maar niet te stoppen. In het voorbijgaan wierp ik een blik op hem. Vandaag of morgen zou hij waarschijnlijk sterven. Of ik. Ik liet hem achter ons, gaf gas en joeg de grote auto over de bekende weg. Na anderhalve kilometer passeerde ik de plek waar Villanueva had gestaan. Zes kilometer verderop gingen we de scherpe bocht door waar we de lijfwachten in de val hadden laten lopen. Beck zei niets. Hij zat met de knieën uit elkaar en de handen ertussen en naar voren gebogen. Hij had de kin omlaag maar zijn ogen opgeslagen. Hij staarde recht voor zich uit en was nerveus.

'We hebben nog niet gepraat,' zei ik. 'Over de achtergrondinformatie.'

'Dat komt wel,' zei hij.

Ik liet Route One links liggen en in plaats daarvan nam ik de I-95 in noordelijke richting naar de stad. Het bleef grauw. De wind was zo sterk dat ik tegenstuur moest geven. Ik sloeg af naar de 295 en reed langs het vliegveld. Het lag aan mijn linkerhand, voorbij een smalle baai. Rechts was de achterkant van de winkelgalerij waar het dienstmeisje was gekidnapt en de achterzijde van het nieuwe bedrijventerrein waar ze volgens mij aan haar eind was gekomen. Ik reed rechtdoor en baande me zigzaggend een weg door het havengebied. Ik passeerde het terrein waar Beck zijn busjes stalde. Even later waren we bij zijn loods. Er stonden allemaal auto's omheen. Het waren er vijf. Ze stonden met hun neus naar de muren, als vliegtuigen aan een terminal. Als dieren aan de trog. Als lampreien aan een lijk. Er stonden twee zwarte Lincoln Town Cars en twee blauwe Chevrolets Suburban en een grijze Mercury Grand Marquis. Een van de Lincolns was de auto waarin ik had gezeten toen Harley me wegbracht om de Saab op te halen. Nadat we het dienstmeisje in zee hadden gegooid. Ik zocht naar een plekje om de Cadillac te parkeren.

'Zet me hier maar af,' zei Beck.

Ik kwam langzaam tot stilstand. 'En dan?'

'Jij gaat terug naar huis,' zei hij. 'Om een oogje op mijn gezin te houden.'

Ik knikte. Dus misschien had Richard toch met hem gepraat. Misschien zwaaide zijn ambivalentie net mijn kant op, al zou het maar tijdelijk zijn.

'Oké,' zei ik. 'Zoals je wilt. Moet ik je hier later komen ophalen?'

Hij schudde zijn hoofd.

'Iemand zal me vast wel terugbrengen,' zei hij.

Hij stapte uit en liep naar de verweerde grijze deur. Ik haalde mijn voet van de rem, reed met een boog om de loods en weer terug naar het zuiden.

Ik nam Route One in plaats van de 295 en ging rechtstreeks naar het nieuwe industrieterrein. Reed naar binnen en door het netwerk van splinternieuwe wegen. Er stond een dertigtal identieke metalen gebouwen. Ze waren erg saai. Het was niet het soort lokatie dat belang heeft bij het aantrekken van achteloze voorbijgangers. Het was geen voetgangersdomein. Er was geen detailhandel. Geen schreeuwerige reclame. Geen grote billboards. Alleen maar discrete gebouwnummers met de zakennamen in kleine letters ernaast. Er waren slotenmakers, handelaren in keramische tegels en een paar drukkerijen. Er was een groothandel in schoonheidsproducten. Gebouw 26 was een leverancier van elektrische rolstoelen. En daarnaast was Gebouw 27: Xavier eXport Company. De x-en waren veel groter dan de andere letters. Het adres van het hoofdkantoor op het bord was niet dit bedrijventerrein. Waarschijnlijk was het ergens in het centrum van Portland. Dus reed ik weer naar het noorden en stak de rivier over om wat in de stad rond te neuzen. Ik kwam via Route One binnen met een park aan mijn linkerhand. Sloeg rechts af een straat vol kantoren in. Het waren de verkeerde. Het was de verkeerde straat. Dus doorkruiste ik de zakenwijk vijf lange minuten tot ik het juiste straatnaambordje vond. Daarna telde ik de nummers af en stopte bij een brandkraan voor een kantoortoren waarop de naam over de hele breedte in roestvrij stalen letters stond: *Missionary House*. Eronder was een parkeergarage. Ik bekeek de voertuigingang en wist vrij zeker dat Susan Duffy daar elf weken geleden met een camera naar binnen was gelopen. Daarna moest ik denken aan een geschiedenisles op de middelbare school ergens in een warm land waar ze Spaans spraken. Het was een kwart eeuw geleden en de een of andere oude leraar vertelde ons over een Spaanse jezuïet genaamd Francisco Javier. Ik kon me zelfs zijn data herinneren: 1506 tot 1552. Francisco Javier, Spaans missionaris. Francis Xavier, Missionary House. Eliot had Beck in het begin in Boston ervan beschuldigd een grappenmaker te zijn. Hij had het mis. Het verwrongen gevoel voor humor was van Quinn.

Ik reed weg van de brandkraan, vond Route One weer en reed naar het zuiden. Ik reed hard, maar het kostte me een vol halfuur om de Kennebunkrivier te bereiken. Er stonden drie Fords Taurus voor het motel. Ze waren stuk voor stuk zonder tierelantijnen en op de kleur na identiek, maar toch was er weinig variatie. Ze waren grijs, grijsblauw en blauw. Ik zette de Cadillac waar ik hem al eerder had geparkeerd, achter de propaantank. Liep weer terug door de kou en klopte bij Duffy aan. Ik zag het kijkgaatje even verduisteren en daarna deed ze open. We omhelsden elkaar niet. Achter haar in de kamer zag ik Eliot en Villanueva.

'Waarom kan ik die tweede agente niet vinden?' vroeg ze.

'Waar heb je gekeken?'

'Overal,' zei ze.

Ze droeg een spijkerbroek en een wit overhemd. Andere spijkerbroek, ander overhemd. Ze had er vast een grote voorraad van. Ze droeg gympen aan haar blote voeten. Ze zag er goed uit, maar haar ogen stonden bezorgd.

'Mag ik binnenkomen?' vroeg ik.

Ze bleef even in gedachten verzonken staan, deed vervolgens een stap opzij en ik volgde haar naar binnen. Villanueva zat op de bureaustoel. Hij had hem naar achteren gekanteld. Ik hoopte dat de poten sterk genoeg waren. Hij was geen kleine jongen. Eliot zat op het voeteneind, net als in mijn kamer in Boston. Duffy had op het hoofdeinde gezeten. Dat was duidelijk. De kussens waren verticaal gestapeld en vertoonden de afdruk van haar rug.

'Waar heb je gekeken?' herhaalde ik.

'In het hele systeem,' zei ze. 'Heel Justitie van a tot z, wat zowel de FBI als de DEA betekent. En ze is er niet.'

'Conclusie?'
'Zij was ook onofficieel.'
'Wat de vraag doet rijzen wat er in godsnaam aan de hand is,' zei Eliot.
Duffy ging weer op het hoofdeinde zitten en ik naast haar. Ik kon nergens anders heen. Ze trok een kussen achter zich vandaan en schoof het achter mijn rug. Het was nog warm van haar lichaam.
'Er is niet zoveel aan de hand,' zei ik. 'Alleen zijn we twee weken geleden alle drie aan de slag gegaan als de Keystone Cops.'
'Hoezo?'
Ik trok een grimas. 'Ik was geobsedeerd door Quinn, jullie door Teresa Daniel. We waren allemaal zo geobsedeerd dat we direct een kaartenhuis hebben gebouwd.'
'Hoezo?' vroeg hij weer.
'Het was meer mijn schuld dan die van jullie,' zei ik. 'Neem het nog maar eens door vanaf het eerste begin, elf weken geleden.'
'Elf weken geleden had niets met jou te maken, omdat je er toen nog niet bij betrokken was.'
'Ik wil precies weten wat er is gebeurd.'
Hij haalde zijn schouders op. Dook in zijn herinnering. 'We kregen bericht uit L.A. dat een grote jongen een eersteklas vliegbiljet naar Portland in Maine had gekocht.'
Ik knikte. 'Dus jullie zijn hem naar zijn afspraak met Beck gevolgd. En hebben foto's gemaakt waarvan?'
'Van hem terwijl hij proefmonsters inspecteerde,' zei Duffy. 'Voor een deal.'
'In een particuliere parkeergarage,' zei ik. 'En even terzijde: als die zo particulier was dat hij jullie in moeilijkheden kon brengen met het Vierde Amendement, had je je misschien moeten afvragen hoe het kwam dat Beck daar was.'
Ze zei niets.
'En toen?' vroeg ik.
'Hebben we ons op Beck gericht,' zei Eliot. 'En geconcludeerd dat hij een grote importeur en distributeur was.'
'Wat hij zonder meer ook is,' zei ik. 'En vervolgens hebben jullie Teresa laten infiltreren om hem te grazen te nemen.'
'Onofficieel,' zei Eliot.
'Dat is maar een bijkomstigheid,' zei ik.
'Wat is er dan misgegaan?'
'Het was een kaartenhuis,' zei ik. 'Jullie hebben in het begin een

piepkleine beoordelingsfout gemaakt. Die alles wat daarop volgde nutteloos heeft gemaakt.'
'Wat was het?'
'Iets wat ik verdomd veel eerder had moeten zien.'
'Nou?'
'Vraag jezelf gewoon maar af waarom je geen computerspoor van het dienstmeisje kunt vinden.'
'Ze was onofficieel. Dat is de enige verklaring.'
Ik schudde mijn hoofd. 'Zo was zo legaal als wat. Officiëler kon het niet. Ik heb haar aantekeningen gevonden. Het staat als een paal boven water.'
Duffy keek me recht aan. 'Wat is er precies aan de hand, Reacher?'
'Beck heeft een monteur in dienst,' zei ik. 'De een of andere klusjesman. Waarvoor?'
'Ik weet het niet,' zei ze.
'Ik heb het mezelf niet eens afgevraagd,' zei ik. 'Dat had ik wel moeten doen. In feite had het niet eens nodig moeten zijn, omdat ik het al had moeten weten voordat ik die verrekte monteur ontmoette. Maar ik was in mijn groef blijven steken, net als jullie.'
'Wat voor groef?'
'Beck kende de verkoopprijs van een Colt Anaconda,' zei ik. 'Hij wist hoeveel hij woog. Duke had een Steyr SPP, wat een raar Oostenrijks wapen is. Angel Doll had een PSM, wat een raar Russisch wapen is. Paulie heeft een NSV, waarschijnlijk de enige binnen de Verenigde Staten. Beck was geobsedeerd door het feit dat we met uzi's waren aangevallen, niet met H&K's. Hij wist voldoende om precies die Beretta 92fs te bestellen die exact op de gewone, militaire M9 lijkt.'
'Nou en?'
'Hij is niet wat we dachten.'
'Wat is hij dan? Je hebt net beaamd dat hij zonder meer een grote importeur en distributeur is.'
'Dat is hij ook.'
'Nou dan?'
'Jullie hebben in de verkeerde computer gekeken,' zei ik. 'Dat dienstmeisje werkte niet voor Justitie, maar voor Financiën.'
'Geheime Dienst?'
Ik schudde mijn hoofd.
'ATF,' zei ik. 'Het Bureau voor Alcohol, Tabak en Vuurwapens.'
Er viel een stilte.

'Beck is geen drugsdealer,' zei ik. 'Hij is eén wapensmokkelaar.'

Het bleef een hele poos stil. Duffy keek naar Eliot. Eliot keek naar haar. Daarna keken ze allebei naar Villanueva. Villanueva keek naar mij. Daarna keek hij uit het raam. Ik wachtte tot het strategische probleem bij ze begon te dagen. Maar dat gebeurde niet. Althans niet direct.
'Wat deed die knaap uit L.A. dan?' vroeg Duffy.
'Proefmonsters bekijken,' zei ik. 'In de kofferbak van de Cadillac. Precies zoals je dacht. Maar het waren wapenmonsters van Becks handel. Hij heeft het me vrijwel met zoveel woorden verteld. Hij zei dat drugsdealers door mode gedreven worden. Ze zijn dol op nieuwe, dure dingen. Ze kopen altijd andere wapens, willen voortdurend het nieuwste van het nieuwste.'
'Heeft hij dat gezegd?'
'Ik luisterde niet echt,' zei ik. 'Ik was moe. En het ging ook allemaal over sportschoenen, auto's, jassen en horloges.'
'Duke heeft bij Financiën gewerkt,' zei Duffy. 'Na de politie.'
Ik knikte. 'Beck heeft hem waarschijnlijk bij een klus leren kennen en omgekocht.'
'Hoe past Quinn in dat plaatje?'
'Volgens mij was hij een concurrent,' zei ik. 'Dat is hij waarschijnlijk altijd geweest sinds hij 'm is gesmeerd uit dat ziekenhuis in Californië. Hij had een halfjaar om plannen te maken. En wapens passen veel beter bij iemand als Quinn dan drugs. Ik denk dat hij op een gegeven moment Becks handeltje als overnameobject is gaan zien. Misschien zag hij de manier waarop Beck de drugsdealersmarkt exploiteerde wel zitten. Of misschien alleen de tapijtkant van de handel. Het is een geweldige dekmantel. Dus heeft hij zijn voet tussen de deur gezet. Vijf jaar geleden heeft hij Richard ontvoerd om Becks handtekening af te dwingen.'
'Beck heeft je toch verteld dat die jongens in Hartford zijn klanten waren?'
'Dat waren ze ook,' zei ik. 'Maar alleen voor hun wapens, niet voor hun drugs. Daarom was hij zo verbaasd over de uzi's. Waarschijnlijk had hij ze net een hele zwik H&K's verkocht. En opeens gebruikten ze uzi's? Hij begreep er niets van. Hij moet hebben gedacht dat ze een andere leverancier hadden genomen.'
'We zijn behoorlijk stom geweest,' zei Villanueva.
'Ik nog erger,' zei ik. 'Ik ben superstom geweest. Overal lagen aan-

wijzingen. Beck is niet rijk genoeg voor een dopedealer. Hij verdient goed, dat zeker, maar geen miljoenen per week. Hij heeft de krasjes gezien die ik op de cilinder van de Colts had gemaakt. Hij wist de prijs en het gewicht van een laservizier voor de Beretta die hij me had gegeven. Hij stopte een stel splinternieuwe H&K's in een tas voor een klusje in Connecticut. Die had hij waarschijnlijk rechtstreeks uit de voorraad. Hij heeft een privécollectie Thompsonspuiten.'

'Waar is die monteur dan voor?'

'Hij brengt de wapens in gereedheid voor de handel,' zei ik. 'Dat vermoed ik althans. Hij probeert ze, stelt ze en controleert ze. Een aantal klanten van Beck zou tweederangs handel niet op prijs stellen.'

'Die wij kennen niet in elk geval,' zei Duffy.

'Aan tafel had Beck het over de M16,' zei ik. 'Hij converseerde goddomme over een automatisch geweer. En hij wilde mijn mening horen over uzi's tegenover H&K's, alsof het hem echt fascineerde. Ik dacht dat hij alleen maar een wapengek was, weet je wel, maar het was in feite beroepsmatige belangstelling. Hij heeft via de computer toegang tot de Glock-fabriek in het Oostenrijkse Deutsch-Wagram.'

Niemand zei iets. Ik deed mijn ogen dicht en weer open.

'Er hing een bepaalde geur in de kelder,' zei ik. 'Die had ik moeten herkennen. Het was de geur van wapenolie op karton. Die geur krijg je als je dozen vol nieuwe wapens een paar weken opslaat.'

Niemand zei iets.

'En de prijzen in de boeken van Bizarre Bazaar,' zei ik. 'Laag, middelmatig, hoog. Laag voor munitie, middelmatig voor handwapens en hoog voor geweren en exotische wapens.'

Duffy keek naar de muur. Ze dacht hard na.

'Oké,' zei Villanueva. 'Waarschijnlijk zijn we allemaal een beetje dom geweest.'

Duffy keek hem aan. Daarna keek ze naar mij. Eindelijk begon het tactische probleem te dagen.

'We hebben geen jurisdictie,' zei ze.

Niemand zei iets.

'Dit is iets voor de ATF,' zei ze, 'en niet voor de DEA.'

'Het was een eerlijke vergissing,' zei Eliot.

Ze schudde haar hoofd. 'Ik bedoel niet toen. Ik bedoel nú. We mogen hier niet zijn. We moeten ervandoor, nu meteen.'

'Ik ga niet weg,' zei ik.
'Je moet wel, want wij moeten ook weg. We moeten ons boeltje pakken en 'm smeren. En jij kunt daar niet in je eentje blijven, zonder ruggensteun.'
Een heel nieuwe definitie van solo-infiltratie.
'Ik blijf,' zei ik.

Een heel jaar nadat het was gebeurd, heb ik me suf gepiekerd en geconcludeerd dat ik niet anders had geantwoord, ook al had ze niet geurig en bloot onder een dun T-shirtje naast me aan de bar gezeten, toen ze me die noodlottige vraag stelde. *Mag ik hem arresteren?* Ik zou ja hebben gezegd, ongeacht de omstandigheden. Zonder meer. Al was ze een grote, lelijke kerel uit Texas of Minnesota geweest die in de houding voor mijn bureau had gestaan, dan nog had ik ja gezegd. Zij had het werk gedaan. Ze verdiende de eer. In die tijd was ik vagelijk geïnteresseerd in promotie, misschien wat minder dan de meeste mensen, maar iedere structuur met een rangorde nodigt nu eenmaal uit tot klimmen. Dus had ik een vage belangstelling. Maar ik was niet het type om met andermans veren te pronken. Dat deed ik nooit. Als iemand had gepresteerd, goed werk had geleverd, deed ik altijd graag een stapje terug om ze hun beloning te laten incasseren. Aan dat beginsel heb ik me mijn hele loopbaan gehouden. Ik kon me altijd troosten door me in hun roem te koesteren. Het was tenslotte mijn compagnie. Er was een zekere mate van collectieve erkenning. Soms.
Maar het idee van een onderofficier van de MP die een overste van de inlichtingendienst in z'n kraag pakte stond me wel aan. Omdat ik wist dat iemand als Quinn dat gruwelijk dwars zou zitten. Hij zou het als de ultieme vernedering zien. Iemand met een Lexus en een jacht die een golfshirt droeg, wilde niet te grazen genomen worden door een verrekte sergeant.
'Mag ik hem arresteren?' herhaalde ze.
'Ik zou niet anders willen,' zei ik.

'Het is zuiver een juridische kwestie,' zei Duffy.
'Niet voor mij,' zei ik.
'We hebben geen zeggenschap.'
'Ik werk niet voor jou.'
'Het is zelfmoord,' zei Eliot.
'Tot nu toe heb ik het overleefd.'

'Alleen omdat ze de telefoonverbinding heeft laten verbreken.'
'De telefoonkwestie is verleden tijd,' zei ik. 'Het probleem van de lijfwachten heeft zichzelf opgelost. Dus heb ik geen back-up meer nodig.'
'Iedereen heeft back-up nodig. Zonder ruggensteun kun je niet infiltreren.'
'Met de back-up van de ATF is het dienstmeisje weinig opgeschoten,' zei ik.
'We hebben je een auto geleend. We hebben je van a tot z geholpen.'
'Een auto heb ik niet meer nodig. Beck heeft me mijn eigen sleutelbos gegeven. Plus een pistool. En kogels. Ik ben zijn nieuwe rechterhand. Hij heeft me de bescherming van zijn gezin toevertrouwd.'
Ze zeiden niets.
'Ik heb Quinn zo goed als te pakken,' zei ik. 'Ik laat het er nu niet bij zitten.'
Ze zeiden niets.
'Bovendien kan ik Teresa Daniel terughalen,' zei ik.
'De ATF kan Teresa Daniel terughalen,' zei Eliot. 'Als we nu naar de ATF stappen, gaan we vrijuit bij onze eigen mensen. Het dienstmeisje was van hen, niet van ons. Geen vuiltje aan de lucht.'
'De ATF heeft geen kijk op de zaak,' zei ik. 'Teresa komt tussen twee vuren.'
Er viel een lange stilte.
'Maandag,' zei Villanueva. 'We wachten tot maandag. We zullen de ATF uiterlijk maandag moeten inlichten.'
'We moeten het ze nu meteen vertellen,' zei Eliot.
Villanueva knikte. 'Maar dat doen we niet. En zo nodig zal ik ervoor zorgen dat we dat niet doen. Ik vind dat we Reacher tot maandag de tijd moeten geven.'
Eliot zei niets meer. Hij wendde het hoofd af. Duffy legde haar hoofd weer op het kussen en staarde naar het plafond.
'Shit,' zei ze.
'Maandag is het voorbij,' zei ik. 'Ik breng Teresa hiernaartoe en vervolgens kunnen jullie weer naar huis en iedereen bellen die je maar wilt.'
Ze zweeg een volle minuut. Daarna nam ze het woord.
'Goed,' zei ze. 'Ga maar terug. En waarschijnlijk moet je nu meteen terug. Je bent al een hele tijd weg. Dat is op zich al verdacht.'
'Oké,' zei ik.

'Maar eerst goed nadenken,' zei ze. 'Weet je het absoluut zeker?'
'Ik val niet onder jouw verantwoordelijkheid,' zei ik.
'Kan me niets schelen,' zei ze. 'Geef maar gewoon antwoord. Weet je het absoluut zeker?'
'Ja,' zei ik.
'Nu nog eens nadenken. Nog steeds zeker van je zaak?'
'Ja,' herhaalde ik.
'Wij zijn hier,' zei ze. 'Bel maar als je ons nodig hebt.'
'Oké,' zei ik.
'Weet je het nog altijd zeker?'
'Ja,' zei ik.
'Ga dan maar.'
Ze stond niet op. Ze bleven allemaal zitten. Ik gleed gewoon van het bed en liep door de stille kamer. Ik was halverwege de Cadillac toen Terry Villanueva me achterna kwam. Hij gebaarde dat ik even moest wachten en kwam op me af. Hij bewoog zich stram en traag, als de oude man die hij was.
'Laat me komen,' zei hij. 'Als er een kans bestaat wil ik erbij zijn.'
Ik zei niets.
'Ik kan je van dienst zijn,' zei hij.
'Dat ben je al geweest.'
'Ik wil nog meer doen. Voor dat meisje.'
'Duffy?'
Hij schudde zijn hoofd. 'Nee, Teresa.'
'Heb je iets met haar?'
'Verantwoordelijkheid,' zei hij.
'Hoezo?'
'Ik ben haar mentor geweest,' zei hij. 'Toevallig is dat zo gelopen. Weet je hoe dat is?'
Ik knikte. Ik wist precies en helemaal wat dat was.
'Teresa heeft een poosje voor me gewerkt,' zei hij. 'Ik heb haar opgeleid. Ik heb haar in feite wegwijs gemaakt. Daarna is ze hogerop geklommen. Maar tien weken geleden kwam ze me vragen of ik vond dat ze deze opdracht moest aannemen. Ze had zo haar twijfels.'
'Maar jij hebt ja gezegd.'
Hij knikte. 'Stomme idioot die ik ben.'
'Had je haar wel tegen kunnen houden?'
Hij knikte weer. 'Ik denk het. Ze zou naar me hebben geluisterd als ik ervoor gepleit zou hebben dat ze niet moest gaan. Ze zou

zelf een beslissing hebben genomen, maar wel geluisterd hebben.'
'Ik begrijp het,' zei ik.
En dat was zo, zonder meer. Ik liet hem achter op het parkeerterrein van het motel en zag in mijn spiegeltje dat hij me nakeek.

Ik bleef helemaal door Bidderford en Saco en Old Orchard Beach op Route One en vervolgens sloeg ik af naar het oosten op de lange, eenzame weg naar het huis. Toen ik er bijna was, keek ik op mijn horloge. Ik was een volle twee uur weggeweest, waarvan maar veertig minuten legitiem. Twintig minuten naar de loods en twintig terug. Maar ik verwachtte niet dat ik tegenover iemand rekenschap zou hoeven afleggen. Beck zou niet weten dat ik niet rechtstreeks naar huis was gegaan en de anderen zouden niet weten dat ik geacht werd dat te doen. Ik dacht dat ik midden in het eindspel was en zo vrij als een vogeltje op de overwinning afstevende.
Maar daarin vergiste ik me.
Ik wist het voordat Paulie het hek halfopen had. Hij kwam zijn huis uit en liep naar de grendel. Hij droeg een pak. Geen jas. Hij tilde de grendel op door hem met gebalde vuist een klap omhoog te geven. Er was nog niets abnormaals. Ik had hem het hek een keer of tien zien opendoen en hij deed niets wat hij niet eerder had gedaan. Hij sloeg zijn vuisten om de tralies. Trok het hek open. Maar voordat hij halverwege was, liet hij het zo. Hij had net voldoende ruimte gemaakt om zijn kolossale gestalte doorheen te wringen. Daarna kwam hij naar me toe. Hij liep om de motorkap naar mijn raampje en toen hij bijna twee meter van de auto was, bleef hij glimlachend staan en haalde hij twee revolvers uit zijn zak. Hij had er nog geen seconde voor nodig. Twee zakken, twee handen, twee revolvers. Het waren mijn Colts Anaconda. Het metaal zag er dof uit in het grijze licht. Ik zag dat ze allebei geladen waren. Blinkende kogels met een platte kop in een koperen huls knipoogden me tegemoet uit alle kamers die ik kon zien. Remington .44 Magnums natuurlijk. Volmantel. Achttien dollar voor een doos van twintig stuks. Plus belasting. Vijfennegentig dollarcent per stuk. Twaalf stuks. Elf dollar veertig aan precisiemunitie in de startblokken. Vijf dollar zeventig in elke hand. En hij hield die handen heel stil. Het waren net stenen. De linker wees een tikje voor de linkervoorband van de Cadillac. De rechter op mijn hoofd. Zijn wijsvingers zaten strak op de trekker. De lopen waren trillingvrij. Ze bewogen zelfs geen fractie. Hij leek wel een standbeeld.

Ik deed alle gewone dingen. Ik draaide de hele riedel af. De Cadillac was een grote auto met lange portieren, maar hij stond net ver genoeg naar achteren om te voorkomen dat ik mijn portier open zou rukken om hem ermee te raken. En de auto draaide stationair. Als ik gas gaf, zou hij beide pistolen meteen afvuren. De kogel uit het wapen in zijn rechterhand kon best achter mijn hoofd langs schieten, maar de voorband zou getroffen worden door de kogel uit het linkerwapen. Daarna zou ik het hek rammen en vaart verliezen en vervolgens zou ik met die lekke band en waarschijnlijk een beschadigde stuurinrichting een kanjer van een doelwit zijn. Hij zou nog tien kogels afschieten, en al zou ik niet op slag dood zijn, dan nog zou ik zwaargewond en de auto ernstig verminkt zijn. Hij kon gewoon naar me toe lopen om me te zien bloeden terwijl hij de revolvers opnieuw laadde.

Ik kon stiekem in z'n achteruit schakelen en achterwaarts wegscheuren, maar de snelheid in de achteruit is bij de meeste auto's vrij laag, dus zou ik betrekkelijk langzaam gaan. En ik zou in een kaarsrechte lijn bij hem wegrijden. Geen laterale speling. Geen van de gewone voordelen van een bewegend doelwit. En een Remington .44 Magnum verlaat de loop met een snelheid van zo'n dertienhonderd kilometer per uur. Die blijf je niet makkelijk voor.

Ik kon mijn Beretta proberen. Dat zou een supersnel schot door het raampje moeten worden. Maar het raampje van een Cadillac is vrij dik. Die maken ze zo om het binnen stil te houden. Al zou ik het pistool kunnen trekken en sneller vuren dan hij, dan nog zou het puur toeval zijn als ik hem raakte. Het glas zou natuurlijk verbrijzeld worden, maar als ik niet alle benodigde tijd nam om ervoor te zorgen dat de baan van de kogel volmaakt haaks op het raam stond, zou de kogel afwijken. Misschien zelfs radicaal. Ik kon hem helemaal missen. En al zou hij geraakt worden, dan nog zou het puur toeval zijn als hij gewond zou raken. Ik moest aan de trap in zijn nieren denken. Als ik hem niet in zijn oog of recht door het hart schoot, zou hij denken dat hij door een bij was gestoken.

Ik kon het raampje laten zakken. Maar dat ging heel langzaam. Ik kon wel uittekenen wat er dan zou gebeuren. Terwijl het raampje zakte, zou hij zijn arm uitstrekken en de Colt tot op een meter van mijn hoofd brengen. Zelfs als ik de Beretta supersnel zou trekken, zou hij nog een geweldige voorsprong hebben. De kansen lagen niet best. Helemaal niet best. *Blijf leven*, placht Leon Garber te

zeggen. *Blijf leven en kijk maar wat de volgende minuut brengt.* Paulie dicteerde de volgende minuut.
'Zet 'm in de parkeerstand!' riep hij.
Ik hoorde hem duidelijk, ondanks het dikke glas. Ik zette de pook in de parkeerstand.
'Rechterhand zo dat ik hem kan zien!' riep hij.
Ik legde mijn rechterhandpalm tegen het raampje, met gestrekte vingers, net zoals toen ik Duke het teken had gegeven dat er vijf mensen waren.
'Portier openmaken met je linker,' riep hij.
Ik tastte blind met mijn linkerhand en trok aan de deurhendel. Duwde met mijn rechterhand tegen het glas. Het portier zwaaide open. De koude lucht stroomde naar binnen. Ik voelde hem om mijn knieën.
'Beide handen zo dat ik ze kan zien,' zei hij. Hij praatte minder hard nu het glas er niet meer tussen zat. Hij richtte de Colt in zijn linkerhand ook op mij, nu de auto niet meer in de versnelling stond. Ik keek naar de twee lopen. Het was alsof ik op het voordek van een oorlogsschip naar een paar marinekanonnen zat te kijken. Ik hield beide handen zo dat hij ze kon zien.
'Voeten naar buiten,' zei hij.
Ik draaide langzaam met mijn achterwerk over het leer. Plantte mijn voeten op het asfalt. Ik voelde me net Terry Villanueva bij het hek van de universiteit, 's ochtends vroeg op dag elf.
'Opstaan,' zei hij. 'En weg van de auto.'
Ik hees mezelf overeind. Verwijderde me een paar passen van de auto. Hij richtte beide revolvers op mijn borst. Hij was anderhalve meter bij me vandaan.
'Heel stil blijven staan,' zei hij.
Ik stond heel stil.
'Richard,' riep hij.
Richard Beck kwam uit de portierswoning. Hij was bleek. Achter hem in de schaduw zag ik Elizabeth Beck. Haar blouse was aan de voorkant open. Ze hield hem strak dicht. Paulie grijnsde naar me. Een plotselinge, waanzinnige grijns. Maar de pistolen bewogen niet. Nog geen fractie. Ze bleven roerloos op me gericht.
'Je bent iets te vroeg teruggekomen,' zei hij. 'Ik wilde hem net seks met zijn moeder laten bedrijven.'
'Ben je niet goed wijs?' vroeg ik. 'Wat is er in godsnaam aan de hand?'

'Ik heb een telefoontje gekregen,' zei hij. 'Dat is wat er aan de hand is.'
Ik had een uur en twintig minuten geleden terug moeten zijn.
'Heeft Beck gebeld?'
Hij schudde zijn hoofd.
'Niet Beck,' zei hij. 'Mijn baas.'
'Xavier?' vroeg ik.
'Menéér Xavier,' zei hij.
Hij staarde me uitdagend aan. De pistolen bleven roerloos.
'Ik ben wezen winkelen,' zei ik. Blijf in leven. Kijk maar wat de volgende minuut brengt.
'Kan me niet schelen wat je hebt uitgespookt.'
'Ik kon niet vinden wat ik moest hebben. Daarom ben ik laat.'
'Dat verwachtten we ook.'
'Hoezo?'
'We hebben nieuwe informatie.'
Ik zei niets.
'Loop naar achteren,' zei hij. 'Door het hek.'
Hij hield beide wapens honderdtwintig centimeter van mijn borst en liep voorwaarts terwijl ik achterwaarts door het hek liep. Hij liep gelijk met me op. Een meter of zeven op het terrein bleef ik midden op de oprijlaan staan. Hij deed een stap opzij en draaide zich halfom zodat hij mij links en Richard en Elizabeth rechts onder schot kon houden.
'Richard,' riep hij. 'Doe het hek dicht.'
Hij hield de linker-Colt op mij gericht en zwaaide de rechter naar Richard. Richard zag dat het wapen op hem werd gericht, liep naar het hek en duwde het dicht. Het viel met een harde, metalen klap op zijn plek.
'Nu de ketting erom.'
Richard scharrelde met de ketting. Ik hoorde hem rammelen en ratelen tegen het ijzer. Ik hoorde de Cadillac zacht en gehoorzaam stationair draaien op zeventien meter aan de verkeerde kant van het hek. Ik hoorde de golven achter me op de kust beuken, traag, regelmatig en veraf. Ik zag Elizabeth Beck in de deuropening van de portierswoning staan. Ze stond drie meter van de grote mitrailleur die aan zijn ketting hing. Die had geen veiligheidspal. Maar Paulie stond op een blinde plek. Door het achterraam was hij niet te zien.
'Op slot doen,' riep Paulie.

Richard drukte het hangslot dicht.
'Nu gaan jij en je moeder achter Reacher staan.'
Ze kwamen voor de deur van de portierswoning bij elkaar. Liepen naar me toe. Liepen langs me heen. Ze waren allebei bleek en beefden. De wind blies door Richards haar. Ik zag zijn litteken. Elizabeths blouse stond nog steeds open. Ze hield haar armen stijf gekruist voor haar borst. Ik hoorde dat ze achter me bleven staan. Hoorde hun schoenen over het asfalt schuiven toen ze zich omdraaiden met hun gezicht naar mijn rug. Paulie liep naar het midden van de oprijlaan. Draaide zich met zijn gezicht naar me toe. Hij was drie meter bij me vandaan. Beide lopen waren op mijn borst gericht, een links, de ander rechts. Kaliber .44 volmantelpatronen zouden dwars door me heen gaan en waarschijnlijk ook dwars door Richard en Elizabeth. Misschien zouden ze het hele traject naar het huis afleggen en een paar ramen op de benedenverdieping vernielen.
'Nu houdt Reacher zijn armen een eindje van zich af,' riep Paulie.
Ik hield ze stijf en recht een stukje van mijn lichaam.
'Nu trekt Richard Reachers jas uit!' riep Paulie. 'Hij trekt hem omlaag vanaf de kraag.'
Ik voelde Richards handen in mijn nek. Ze waren koud. Ze grepen mijn kraag en trokken de jas naar beneden. Hij gleed van mijn schouders en armen. Hij trok eerst langs mijn ene pols, vervolgens langs de andere.
'Maak er een prop van!' riep Paulie.
Ik hoorde Richard de jas oprollen.
'Hier brengen!' riep Paulie.
Richard kwam met de opgerolde jas achter me vandaan. Anderhalve meter van Paulie bleef hij staan.
'Gooi hem maar over het hek,' zei Paulie. 'Zo ver mogelijk.'
Richard gooide hem over het hek. Een heel eind. De mouwen wapperden in de lucht. Hij kwam met een boog neer en ik hoorde de Beretta die in de zak zat met een doffe, gedempte klap op de motorkap van de Cadillac landen.
'Je doet hetzelfde met zijn jasje.' Het landde naast de jas op de motorkap van de Cadillac, gleed van de glanzende lak en eindigde in een verkreukeld hoopje op de weg. Ik kreeg het koud. Het woei en mijn overhemd was dun. Ik hoorde Elizabeth achter me snel en oppervlakkig ademhalen. Richard bleef anderhalve meter van Paulie op zijn volgende instructies staan wachten.

'Nu doen jij en je moeder vijftig stappen,' zei Paulie, 'in de richting van het huis.'
Richard draaide zich om, liep terug en passeerde me weer. Ik hoorde zijn moeder met hem oplopen. Hoorde ze samen weglopen. Ik keek over mijn schouder en zag ze dertig à veertig meter achter me stilstaan en zich weer omdraaien in de richting van de poort. Paulie liep achteruit naar het hek; een stap, twee, drie. Anderhalve meter van het hek bleef hij met zijn rug ernaartoe staan. Hij stond vijf meter bij me vandaan en waarschijnlijk kon hij Richard en Elizabeth over mijn schouders zien, een meter of dertig achter me. We stonden allemaal in een keurige rechte lijn op de oprijlaan. Paulie bij het hek met zijn gezicht naar het huis, Richard en Elizabeth halverwege het huis met hun gezicht naar hem, ik daartussenin. Ik trachtte in leven te blijven om te zien wat de volgende minuut zou brengen. Ik stond met mijn gezicht naar Paulie en keek hem recht aan.
Hij glimlachte.
'Oké,' zei hij. 'Nu moet je goed opletten.'
Hij bleef de hele tijd met zijn gezicht naar me toe en hield oogcontact. Hij hurkte en legde beide pistolen voorzichtig op het asfalt bij zijn voeten en schoof ze vervolgens naar het hek. Ik hoorde het metaal over de ruwe oppervlakte schuren. Zag ze een meter achter hem tot stilstand komen. Zag zijn handen leeg terugkomen. Hij stond op en liet me zijn handpalmen zien.
'Geen wapens,' zei hij. 'Ik ga je doodslaan.'

12

Ik hoorde de Cadillac nog steeds. Hij draaide zachtjes stationair. Ik hoorde zijn achtcilinder rommelend fluisteren en zijn uitlaten licht gorgelen. Ik hoorde de aandrijfriemen langzaam draaien onder de motorkap. Ik hoorde de knalpot tikken om zich aan de nieuwe temperatuur aan te passen.

'Regels!' riep Paulie. 'Als je me weet te passeren, krijg jij de pistolen.'

Ik zei niets.

'Als je ze te pakken krijgt, mag je ze gebruiken,' riep hij.

Ik zei niets. Hij glimlachte.

'Begrepen?' riep hij.

Ik knikte. Hield zijn ogen in de gaten.

'Oké,' zei hij. 'Ik raak de pistolen niet aan, tenzij je weg gaat hollen. Als je dat zou doen, raap ik ze op om je in de rug te kunnen schieten. Dat is eerlijk, vind je niet? Nu moet je je mannetje staan en vechten.'

Ik zei niets.

'Als een kerel!' riep hij.

Ik zei nog altijd niets. Ik had het koud. Geen overjas, geen jasje.

'Als een officier en een heer,' zei hij.

Ik lette op zijn ogen.

'Zijn de regels duidelijk?' vroeg hij.

Ik zei niets. De wind blies tegen mijn rug.

'Zijn de regels duidelijk?' herhaalde hij.

'Glashelder,' zei ik.

'Ga je op de loop?' vroeg hij.

Ik zei niets.

'Ik denk het wel,' zei hij. 'Omdat je een schijterd bent.'

Ik reageerde niet.

'Schijtofficier,' zei hij. 'Achterhoedehoer. Lafaard.'

Ik bleef gewoon staan. Hij mocht me alles noemen wat hij wilde. *Schelden doet geen pijn.* En ik betwijfelde of hij woorden kende die ik niet al honderdduizend keer eerder had gehoord. Militaire

politieagenten zijn nooit zo populair. Ik sloeg geen acht op zijn stem. In plaats daarvan hield ik zijn ogen, handen en voeten in de gaten. Dacht hard na. Ik wist heel wat van hem. Niets daarvan was positief. Hij was groot, gek en snel.
'Verrekte ATF-spion.'
Niet helemaal, dacht ik.
'Ik kom eraan, hoor!' riep hij.
Hij bewoog zich niet. Ik ook niet. Ik bleef gewoon staan. Hij zat boordevol speed en steroïden. Zijn ogen laaiden.
'Ik kom je pakken,' zong hij.
Hij kwam niet in beweging. Hij was zwaar. Zwaar en sterk. Erg sterk. Als hij me een klap gaf, zou ik omgaan. En als ik omging, zou ik nooit meer overeind komen. Ik hield hem in de gaten. Hij verhief zich op de bal van zijn voeten. Maakte een snelle schijnbeweging naar links en stopte. Ik bleef roerloos op mijn plek. Hield hem in de gaten. Dacht hard na. Hij was zwaarder dan de natuur bedoeld had, misschien wel vijftig tot zeventig kilo zwaarder. Of nog meer. Hij was snel. Maar hij kon niet snel blijven.
Ik haalde diep adem.
'Elizabeth zegt dat je 'm niet overeind kunt krijgen,' zei ik.
Hij staarde me aan. De Cadillac hoorde ik nog steeds. De golven hoorde ik nog steeds. Ze beukten op de kust, een heel eind achter het huis.
'Grote jongen,' zei ik. 'Maar niet overal.'
Geen reactie.
'Ik durf te wedden dat de pink van mijn linkerhand groter is,' zei ik.
Ik stak hem naar voren, half naar mijn palm toe gekruld.
'En stijver,' zei ik.
Zijn gezicht betrok. Hij leek wel op te zwellen. Hij kwam als een explosie op me af. Lanceerde zich gewoon voorwaarts terwijl zijn rechterarm als een zeis een gigantische rechtse beschreef. Ik deed een stap opzij, dook onder zijn arm door, veerde overeind en draaide me vliegensvlug om. Hij bleef met een ruk met stijve benen staan en wendde zich snel mijn kant op. We waren van plaats verwisseld. Nu bevond ik me dichter bij de revolvers dan hij. Hij raakte in paniek en deed weer een uitval. Zelfde uithaal. Zijn rechterarm zwaaide door de lucht. Ik deed een stap opzij, dook, en we waren weer terug bij af. Maar hij hijgde iets meer dan ik.
'Je bent de blouse van een dikke meid,' zei ik.

Het was een verwensing die ik ergens in Engeland had opgepikt, denk ik. Ik had geen idee wat die betekende. Maar bij een bepaald type werkte die heel goed. In ieder geval bij Paulie. Hij stormde zonder nadenken op me af. Maakte precies dezelfde beweging. Ditmaal stootte ik uit alle macht een elleboog in zijn zij toen ik onder zijn arm door dook. Het had geen effect. Hij stuiterde haaks opzij, zette zijn knieën schrap en sprong meteen weer op me af. Ik ontweek hem weer en voelde de wind van zijn vuist, die mijn hoofd op twee centimeter miste.

Hij bleef hijgend staan. Het was een prima warming-up. Ik begon het gevoel te krijgen dat ik iets van een kans maakte. Hij was een armzalige vechter. Net als een heleboel van die kleerkasten. Ze zijn ofwel puur door hun omvang zo intimiderend dat het gewoon nooit tot een gevecht komt, of anders hebben ze altijd met één rake vuistslag gewonnen. Hoe dan ook, veel oefening krijgen ze niet. Ze krijgen geen kans iets van subtiliteit te ontwikkelen. En geen conditie. Van gewichts- en steps-apparaten krijg je niet het soort jachtige, gespannen, ademloze, beklemde, supersnelle, van adrenaline doortrokken fitness dat je nodig hebt voor een straatgevecht. Volgens mij was Paulie een schoolvoorbeeld. Ik had de indruk dat Paulie zichzelf uit zijn verband had getild met al dat gewichtheffen.

Ik wierp hem een kushand toe.

Hij stormde op me af als een heimachine. Ik week naar links en plantte een elleboog in zijn gezicht. Hij raakte me met zijn linkerhand en sloeg me opzij alsof ik helemaal niets woog. Ik viel op een knie en was net op tijd weer overeind om met een boog zijn volgende waanzinnig uithaal te ontwijken. Zijn vuist miste mijn buik op een centimeter en door de wilde snelheid vloog hij langs me heen en iets omlaag zodat zijn hoofd zich keurig aanbood voor een linkse hoek. Ik legde er vanaf mijn tenen al mijn energie in. Mijn vuist ramde zijn oor, hij wankelde naar achteren en ik liet er een kolossale rechtse tegen zijn kaak op volgen. Daarna danste ik naar achteren om adem te halen en te ontdekken wat voor schade ik had aangericht.

Niets.

Ik had hem vier keer getroffen en het was net alsof ik hem helemaal niet had geraakt. De twee ellebogen waren massieve stoten geweest en de twee vuistslagen harder dan alles wat ik in mijn leven bij elkaar had gestompt. Er zat bloed op zijn bovenlip van de

tweede elleboog, maar verder mankeerde hem hoegenaamd niets. Theoretisch zou hij bewusteloos moeten zijn geweest. In coma. Waarschijnlijk was het dertig jaar geleden sinds ik iemand meer dan vier keer had geslagen. Maar hij gaf geen krimp. Geen greintje onzekerheid. Hij was niet bewusteloos. Hij was niet in coma. Hij danste glimlachend om me heen. Hij was ontspannen. Bewoog zich soepel. Hij was enorm. Onkwetsbaar. Er was geen sprake van dat ik hem iets kon aandoen. Hij keek me aan en wist wat ik dacht. Zijn glimlach werd breder. Hij balanceerde op de bal van zijn voeten, trok zijn schouders naar voren en hield zijn handen voor zich als klauwen. Hij stampte met zijn voeten. Links, rechts, links, rechts. Alsof hij over de grond schraapte als een stier. Alsof hij op me af wilde komen om me aan stukken te rukken. De glimlach vertrok tot een vreselijke, brede grijns van leedvermaak.
Hij kwam recht op me af en ik dook naar links. Maar op die manoeuvre was hij bedacht en hij gaf me een rechtse hoek tegen mijn borst. Die voelde precies alsof ik werd geraakt door een gewichtheffer van honderdtachtig kilo die met een snelheid van tien kilometer per uur op je afkomt. Mijn middenrif leek te barsten en even dacht ik dat mijn hart het zou begeven van de shock. Ik werd de lucht in getild en landde op mijn rug. Daarna ging het om de keus of ik wilde leven of sterven. Ik verkoos te leven. Ik wentelde me twee keer om en drukte me op mijn handen omhoog. Sprong schuin naar achteren om een rechte stoot te ontwijken die een eind aan mijn leven had gemaakt.
Daarna ging het erom in leven te blijven en te kijken wat de volgende halve seconde zou brengen. Mijn borst deed ernstig zeer en mijn mobiliteit was niet honderd procent, maar een seconde of zestig wist ik al zijn stoten te ontwijken. Hij was snel, maar het ontbrak hem aan talent. Ik plantte een elleboog in zijn gezicht. Die brak zijn neus. Die neus had zijn achterhoofd moeten verlaten. Maar hij begon tenminste te bloeden. Hij moest zijn mond opendoen om adem te halen. Ik ontweek en danste en wachtte af. Kreeg een verschrikkelijke rechtse op mijn linkerschouder die mijn arm bijna verlamde. Daarna miste hij me op een haar na met een rechtse en een fractie van een seconde gaf hij me een open doel. Zijn mond hing open vanwege het bloed in zijn neus. Ik gaf hem een sigaretstoot. Dat is een trucje voor een kroeggevecht dat ik lang geleden heb geleerd. Je biedt iemand een sigaret aan, hij accepteert, brengt hem naar zijn lippen, opent zijn mond een kleine twee

centimeter. Waarop je hem een goed getimede ram onder zijn kin geeft. De mond klapt dicht, zijn kaak breekt, zijn tanden verbrijzelen en misschien bijt hij zijn tong wel af. Dank je wel en slaap zacht. Ik hoefde Paulie geen sigaret aan te bieden omdat zijn mond al openhing. Dus liet ik die uppercut gewoon vliegen. Ik legde er alles in wat ik in huis had. Het was een perfecte stoot. Ik kon nog nadenken, stond nog altijd stevig op mijn benen en hoewel ik klein was vergeleken bij hem, ben ik in wezen een erg grote knaap met een heleboel training en ervaring. Ik trof hem precies op de plek waar zijn kaak tot zijn kin versmalt. Onverdund bot-op-botcontact. Ik ging op mijn tenen staan en sloeg een hele meter door. De klap had niet alleen zijn kaak, maar ook zijn nek moeten breken. Zijn kop had eraf moeten vliegen en weg moeten rollen in het stof. Maar de klap richtte niets uit. Helemaal niets. Hij zwaaide alleen maar een paar centimeter naar achteren. Hij schudde een keer met zijn kop en sloeg me in het gezicht. Ik zag de stoot aankomen en trof alle juiste voorzorgsmaatregelen. Ik rukte mijn hoofd naar achteren en deed mijn mond wijd open zodat ik geen tanden in beide helften van mijn kaak zou verliezen. Omdat mijn hoofd naar achteren bewoog, haalde ik iets van de vaart uit de klap, maar het bleef een kolossale dreun. Alsof ik door een trein werd aangereden. Als een auto-ongeluk. De lichten gingen uit, ik ging om, verloor mijn oriëntatievermogen en het asfalt raakte me als een tweede gigantische stoot in de rug. De lucht werd uit mijn longen geslagen en ik zag een fontein van bloed uit mijn mond vliegen. Mijn achterhoofd raakte de oprijlaan. De lucht boven me vervaagde.
Ik probeerde me te bewegen, maar mijn lichaam was net een auto die niet wil starten als je het sleuteltje omdraait. Klik… niets. Ik verspeelde een halve seconde. Mijn linkerarm was zo slap dat ik mijn rechter moest gebruiken. Wist half overeind te komen. Bracht mijn voeten onder me en zeulde mezelf overeind. Ik was duizelig. Ik was nergens meer. Maar Paulie stond gewoon stil naar me te kijken. En te grijnzen.
Ik besefte dat hij alle tijd zou nemen. Ik besefte dat hij zich echt ging vermaken.
Ik keek naar de revolvers. Die lagen nog achter hem. Daar kon ik niet bij. Ik had hem zes keer geraakt en hij lachte me uit. Hij had mij drie keer geraakt en ik lag in de kreukels. Ik was danig van mijn stuk. Ik ging eraan. Ik besefte het plotseling glashelder. Ik

ging sterven in Abbot, Maine, op een grauwe zaterdagochtend eind april. En een deel van me zei: *Hé, we moeten allemaal een keer dood. Wat doet waar en wanneer er nou toe?* Maar een ander deel laaide van het soort arrogante furie dat zo'n groot deel van mijn leven heeft aangedreven. Laat je je klein krijgen door deze specifieke knaap? Ik volgde geconcentreerd de innerlijke dialoog, maakte een keuze, spoog bloed, haalde diep adem en jaste mezelf nog één keer in vorm. Mijn mond deed zeer. Mijn hoofd deed pijn. Mijn schouder ook. Mijn borst deed pijn. Ik was misselijk en duizelig. Ik spoog nog een keer. Ging met mijn tong langs mijn tanden. Het gaf me het gevoel dat ik glimlachte. *Bekijk het maar van de positieve kant.* Ik had geen noodlottige verwondingen. Nog niet althans. Ik was niet neergeschoten. Dus glimlachte ik echt, spoog een derde keer en zei tegen mezelf: *Oké, laten we dan maar in het harnas sterven.*

Paulie grijnsde ook nog steeds. Er zat bloed op zijn gezicht, maar verder zag hij er ongewijzigd uit. Zijn das zat nog goed. Hij had nog steeds zijn jasje aan. Hij zag er nog steeds uit alsof hij basketballen als schoudervulling gebruikte. Hij zag mij mezelf weer bij elkaar rapen, zijn glimlach werd breder, hij ging op zijn hurken zitten, herhaalde het klauwstukje met zijn handen en begon weer over de grond te harken. Ik zou hem waarschijnlijk nog een keer kunnen ontwijken, misschien twee keer, misschien drie keer als ik heel erg bofte, en dan zou het allemaal voorbij zijn. Dood, in Maine. Op een zaterdag in april. Ik haalde me Dominique Kohl voor de geest en dacht: ik heb mijn best gedaan, Dom. Echt. Ik keek recht naar voren. Ik zag Paulie inademen. Daarna zag ik hem in beweging komen. Hij wendde zich af. Liep drie meter. Draaide zich weer om. Daarna kwam hij met grote snelheid recht op me af. Ik ontweek hem. Zijn jasje raakte me in het voorbijgaan. Vanuit mijn ooghoeken zag ik Richard en Elizabeth in de verte toekijken. Met open mond, alsof ze wilden zeggen: *zij die gaan sterven groeten wij.* Paulie veranderde snel van richting en kwam met volle snelheid op me af gerend.

Maar toen ging hij voor de show en zag ik dat ik het uiteindelijk toch ging winnen.

Hij probeerde me een karatetrap te verkopen, wat zo'n beetje het stomste is dat je kunt doen in een straatgevecht van man tot man. Zodra je een been van de grond hebt, ben je uit evenwicht en kwetsbaar. Je smeekt gewoon om te verliezen. Hij kwam snel naar me toe met zijn lichaam zijwaarts, als de eerste de beste kungfu-idioot op tv. Zijn voet schoot hoog de lucht in met de hak naar voren en zijn reusachtige schoen evenwijdig aan de grond. Als hij me had geraakt, zou ik dood zijn. Zonder enige twijfel. Maar hij trof me niet. Ik veerde naar achteren, greep zijn voet met beide handen vast en zeulde hem gewoon omhoog. Kon ik honderdtachtig kilo drukken? Nou, daar komen we wel achter, eikel. Ik legde er alle kracht in die ik had, rukte hem van de grond, bracht zijn voet hoog de lucht in en liet hem op zijn hoofd vallen. Hij zakte in als een verdoofde berg vlees met zijn gezicht naar me toe. De basisregel van een straatgevecht is dat je het gevecht beslecht zodra hij op de grond ligt. Niet aarzelen, niet wachten, geen gêne, geen ridderlijk gedrag. Je zet er een streep onder. Paulie had die regel niet in acht genomen. Ik wel. Ik trapte hem uit alle macht in zijn gezicht. Het bloed spoot en hij rolde van me weg. Ik stampte met mijn hak op zijn rechterhand en verbrijzelde alle handbeentjes, middenhandsbeentjes en kootjes die er zaten. Daarna deed ik het nog een keer en trapte ik met mijn hele honderdvijftien kilo op reeds gebroken botjes. Daarna stampte ik nog een keer om zijn pols te breken. Vervolgens zijn onderarm.

Hij was bovenmenselijk. Hij draaide weg en drukte zich omhoog met zijn linkerhand. Hij krabbelde overeind en deed een stap naar achteren. Ik danste op hem af. Hij probeerde me een enorme linkse hoek te geven, maar die weerde ik af en ik gaf hem een korte linkse op zijn gebroken neus. Hij veerde naar achteren en ik gaf hem een knietje in zijn kruis. Zijn hoofd knakte naar voren en ik gaf hem weer een sigaretstoot met een harde rechtse. Zijn hoofd knakte naar achteren en ik stootte een elleboog in zijn strot. Stampte een keer, twee keer op zijn wreef en stak vervolgens mijn duimen in zijn ogen. Hij wentelde bij me vandaan. Ik gaf zijn rechterknie een trap van achteren, zijn been klapte dubbel en hij ging weer neer. Ik zette mijn linkervoet op zijn linkerpols. Zijn rechterarm was totaal nutteloos. Die wapperde maar wat rond. Ik had hem tegen de grond gepind, tenzij hij honderdvijftien kilo alleen met de rug van zijn linkerhand verticaal omhoog kon drukken. En dat kon hij niet. Waarschijnlijk hadden steroïden ook hun beperkingen. Dus trapte ik op zijn linkerhand met mijn rechtervoet tot ik de verbrijzelde botjes door de huid zag steken. Daarna draaide ik me met een ruk om, sprong omhoog en landde met mijn volle gewicht op zijn middenrif. Ik stapte van hem af en trapte hard tegen zijn kruin, een, twee, drie keer. Daarna nog een vierde keer en wel zo hard dat mijn schoen uit elkaar viel, het e-mailapparaatje eruit kwam en weg stuiterde over het asfalt. Het belandde precies op de plek waar de pieper van Elizabeth Beck was geland toen ik die uit de Cadillac gooide. Paulie volgde het met zijn ogen en staarde ernaar. Ik schopte hem weer tegen zijn hoofd.

Hij ging rechtop zitten. Krikte zich gewoon omhoog met de kracht in zijn kolossale buikspieren. Beide armen hingen nutteloos langszij. Ik greep zijn linkerpols, draaide zijn elleboog binnenstebuiten tot het gewricht werd ontzet en vervolgens brak. Hij sloeg met zijn gebroken rechterpols naar me en gaf me een klap met zijn bebloede hand. Ik greep die in mijn linkerhand en kneep de verbrijzelde botjes samen. Hij gaf geen kik. Ik bleef zijn kleverige hand vasthouden, draaide zijn linkerpols binnenstebuiten, viel er met mijn knieën op en hoorde hem breken. Daarna veegde ik mijn handen aan zijn haar af en liep weg. Kwam bij het hek en raapte de Colts op.

Hij stond op. Het was een moeilijke beweging. Zijn armen waren onbruikbaar. Hij trok zijn voeten in tot zijn achterwerk en rukte zijn gewicht naar voren om zichzelf omhoog te krikken. Zijn neus was verbrijzeld en er gutste bloed uit. Zijn rode ogen stonden nijdig.

'Lopen,' zei ik. Ik was buiten adem. 'Naar de rotsen.'

Hij bleef staan als een verbijsterde os. Ik proefde bloed. Losse tanden. Ik voelde geen triomf. Helemaal niets. Ik had hem niet verslagen. Hij had zichzelf verslagen. Met die kungfu-onzin. Als hij maaiend met zijn vuisten op me af was gekomen, zou ik binnen een minuut dood zijn geweest en dat wisten we allebei.

'Lopen,' zei ik. 'Of ik schiet je neer.'

Zijn kin kwam omhoog, als een vraag.

'Je gaat het water in,' zei ik.

Hij bleef gewoon staan. Ik wilde hem niet neerschieten. Ik had geen zin om een lijk van honderdtachtig kilo honderd meter naar de zee te slepen. Hij bleef roerloos staan en ik begon het probleem te bestuderen. Misschien kon ik de ketting van het hek om zijn enkels slaan. Hadden Cadillacs een trekhaak? Ik wist het niet zeker.

'Lopen,' herhaalde ik.

Ik zag Richard en Elizabeth mijn kant op komen. Ze beschreven een wijde boog. Ze wilden achter me komen zonder Paulie al te dicht te naderen. Het was alsof hij een mythische figuur was. Als-

of hij tot alles in staat was. Ik wist hoe ze zich voelden. Hij had twee gebroken armen, maar ik hield hem in de gaten alsof mijn leven ervan afhing. En dat was ook zo. Als hij op me af sprong en me omverliep, kon hij me nog met zijn knieën dooddrukken. Ik begon te betwijfelen of de Colts iets tegen hem konden uitrichten. Ik stelde me voor hoe hij op me af zou stormen, hoe ik twaalf kogels in hem af zou vuren en zou zien hoe ze hem raakten zonder hem ook maar enigszins te vertragen.
'Lopen,' zei ik.
Hij liep. Hij draaide zich om en liep de oprijlaan op. Ik volgde hem op tien passen. Richard en Elizabeth trokken zich verder terug op het gazon. We passeerden hen en ze kwamen achter me lopen. Even overwoog ik om ze te zeggen dat ze daar moesten blijven. Maar daarna bedacht ik dat ze het recht hadden om toe te kijken, ieder op zijn eigen manier.
Hij liep om de parkeerlus. Hij scheen te weten waar ik hem hebben wilde. En het scheen hem niet te deren. Hij liep langs het garageblok en achter het huis naar de rotsen. Ik volgde op tien pas. Ik hinkte omdat de hak van mijn rechterschoen was gevlogen. De wind blies in mijn gezicht. De zee om ons heen was luidruchtig. Hij was ruw en ziedend. Hij liep helemaal naar de punt van Harleys spleet. Daar bleef hij staan en draaide zich naar me om.
'Ik kan niet zwemmen,' zei hij met dikke tong. Ik had een paar tanden gebroken en hem hard in zijn keel geraakt. De wind huilde om hem heen. Zijn haar werd opgetild en dat maakte hem nog een paar centimeter groter. De waterspetters bliezen langs hem heen, recht in mijn gezicht.
'Zwemmen is er niet bij,' antwoordde ik.
Ik schoot hem twaalf keer in de borst. Alle twaalf kogels vlogen dwars door hem heen. Grote hompen vlees en spieren spatten ze over zee. Eén man, twee revolvers, twaalf harde knallen, elf dollar veertig aan munitie. Hij viel achterover in het water. Met een geweldige plons. De zee was ruw, maar het tij was verkeerd. Het trok niet. Hij bleef gewoon in het kolkende water dobberen. Het zeewater om hem heen kleurde roze. Hij bleef statisch drijven. Daarna begon hij af te drijven, heel langzaam, hevig steigerend op de deining. Hij bleef een volle minuut drijven. Toen twee. Hij verplaatste zich drie meter. Daarna zeven. Hij wentelde met een luidruchtig zuigend geluid op zijn buik en draaide traag op de stroming. Daarna tolde hij sneller. Hij werd net onder de oppervlakte

gevangengehouden. Zijn jasje was doordrenkt en bolde op door de lucht eronder die langzaam door twaalf verschillende kogelgaten ontsnapte. De zee liet hem als een kurk op en neer dansen. Ik legde de twee lege revolvers op de stenen, hurkte en kotste in zee. Bleef gehurkt zitten, ademde diep in en uit en sloeg het drijvende lijk gade. Ik zag hem tollen. Ik zag hem afdrijven. Richard en Elizabeth bleven een meter of zeven bij me vandaan. Met mijn hand schepte ik koud zeewater tegen mijn gezicht. Deed mijn ogen dicht. Hield ze een hele poos dicht. Toen ik ze weer opendeed en uitzag over het ruwe water, zag ik dat hij er niet meer was. Hij was eindelijk gezonken.
Ik bleef op mijn hurken zitten. Zuchtte. Keek op mijn horloge. Het was pas elf uur. Ik keek een poosje naar de zee, die rees en daalde. Golven braken en de spetters maakten me nat. Ik zag het sterntje weer. Hij was weer terug, op zoek naar een plek om te nestelen. Mijn hoofd was leeg. Daarna ging ik nadenken. Begon een en ander op een rij te zetten. Begon de veranderde omstandigheden te taxeren. Ik dacht vijf volle minuten na en uiteindelijk ging ik me redelijk optimistisch voelen. Nu Paulie zo snel was uitgeschakeld, geloofde ik dat het eindspel opeens een heel stuk sneller en eenvoudiger was geworden.
Ook daarin vergiste ik me.

Het eerste dat misging was dat Elizabeth Beck niet wilde vertrekken. Ik zei dat zij en Richard er als de sodemieter met de Cadillac vandoor moesten gaan. Maar ze wilde niet weggaan. Ze bleef gewoon met wapperende kleren op de rotsen staan terwijl haar haar golfde op de wind.
'Dit is mijn huis,' zei ze.
'Nog even en het is oorlogsgebied,' zei ik.
'Ik blijf.'
'Ik kan je niet laten blijven.'
'Ik ga niet weg,' zei ze. 'Niet zonder mijn man.'
Ik wist niet wat ik moest zeggen. Ik bleef gewoon staan en kreeg het nog kouder. Richard kwam van achteren op me af, beschreef een boogje en keek uit over zee. Daarna keek hij me aan.
'Dat was cool,' zei hij. 'Je hebt gewonnen.'
'Nee, hij heeft zichzelf de das omgedaan,' zei ik.
Er vlogen luidruchtige zeemeeuwen rond. Ze moesten het opnemen tegen de wind en cirkelden boven een plek in zee op een me-

ter of veertig. Ze doken omlaag en pikten iets uit de schuimkoppen. Ze aten drijvende stukjes Paulie. Richard sloeg ze onaangedaan gade.
'Ga met je moeder praten,' zei ik. 'Je moet haar ervan overtuigen dat jullie weg moeten gaan.'
'Ik ga niet weg,' herhaalde Elizabeth.
'Ik ook niet,' zei Richard. 'Hier wonen we. We zijn een gezin.'
Ze waren in een soort shocktoestand. Er viel niet met ze te praten. Dus probeerde ik ze maar aan het werk te zetten. We liepen langzaam terug, de oprijlaan af, en zwegen. De wind rukte aan onze kleren. Ik bleef staan waar de bloedspatten begonnen en raapte het e-mailapparaatje op. Het was kapot. Het plastic schermpje was gebroken en wilde niet aangaan. Ik stak het in mijn zak. Daarna vond ik de rubberhak, ging met gekruiste benen op de grond zitten en deed hem weer terug op zijn plaats. Toen ging lopen gemakkelijker. We kwamen bij het hek, maakten de ketting los en trokken het open. Daarna pakte ik mijn jasje en overjas en trok ze weer aan. Ik knoopte de jas dicht en zette de kraag op. Vervolgens reed ik de Cadillac door het hek het terrein op en zette hem voor de deur van de portierswoning. Richard sloot het hek weer met de ketting af. Ik ging naar binnen en opende het staartstuk van de Russische mitrailleur om de munitieriem eruit te halen. Daarna tilde ik het wapen van zijn ketting. Droeg het naar buiten in de wind en zette hem zijwaarts op de achterbank van de Cadillac. Ik ging weer naar binnen, rolde de riem in zijn kist, haalde de ketting van zijn haak aan het plafond en schroefde de haak uit de balk. Droeg de kist, de ketting en de haak naar buiten en deponeerde ze in de kofferruimte van de Cadillac.
'Kan ik ergens mee helpen?' vroeg Elizabeth.
'Er staan nog twintig munitiekisten,' zei ik. 'Ik moet ze allemaal hebben.'
'Ik ga daar niet naar binnen,' zei ze. 'Van m'n leven niet meer.'
'Dan denk ik niet dat je me ergens mee kunt helpen.'
Ik bracht de kisten met twee tegelijk naar buiten, dus kostte het me tien keer op en neer lopen. Ik had het nog steeds koud en mijn hele lichaam deed zeer. Ik had nog steeds de smaak van bloed in mijn mond. Ik stapelde de kisten in de kofferbak, op de vloer achterin en in de beenruimte van de passagiersstoel voorin. Daarna kroop ik achter het stuur en draaide het spiegeltje naar me toe. Mijn lippen waren gebarsten en er zat een laag bloed op mijn tand-

vlees. De voortanden van mijn bovengebit zaten los. Dat zat me niet lekker. Ze hadden altijd een tikje scheef gestaan en waren jarenlang een beetje beschadigd geweest, maar ik had ze op mijn achtste gekregen, ik was eraan gewend en ze waren de enige die ik had.

'Alles goed met je?' vroeg Elizabeth.

Ik betastte mijn achterhoofd. Er zat een gevoelig plekje waar ik op de oprijlaan was gevallen. Aan de zijkant van mijn linkerschouder zat een ernstige blauwe plek. Mijn borst deed zeer en ademhalen ging niet helemaal pijnloos. Maar in het algemeen ging het wel goed. Ik was er beter aan toe dan Paulie en dat was het enige dat ertoe deed. Ik duwde mijn tanden terug in het tandvlees en hield ze daar vast.

'Ik heb me nog nooit zo goed gevoeld,' zei ik.

'Je lip is helemaal gezwollen.'

'Dat overleef ik wel.'

'We moeten dit eigenlijk vieren.'

Ik schoof uit de auto.

'We moeten het over jullie evacuatie hebben,' zei ik.

Daar zei ze niets op. De telefoon in het portiershuisje begon te rinkelen. Er zat een ouderwetse bel in die laag, traag en kalmerend klonk. Hij klonk vaag en ver weg, gedempt door het lawaai van de wind en de zee. Hij ging een keer over, en toen nog een keer. Ik liep om de motorkap van de Cadillac, ging naar binnen en nam op. Zei Paulies naam, wachtte even en hoorde Quinns stem voor het eerst sinds tien jaar.

'Is hij al komen opdagen?' vroeg hij.

Ik wachtte even.

'Tien minuten geleden,' zei ik. Ik hield mijn hand half over het spreekgedeelte en maakte mijn stem hoog en licht.

'Is hij al dood?' vroeg Quinn.

'Vijf minuten geleden,' zei ik.

'Oké, blijf paraat. Dit wordt een lange dag.'

Dat kun je wel zeggen, dacht ik. Daarna werd de verbinding verbroken. Ik hing op en ging weer naar buiten.

'Wie was dat?' vroeg Elizabeth.

'Quinn,' zei ik.

De eerste keer dat ik Quinns stem hoorde was tien jaar geleden, op een cassettebandje. Kohl tapte zijn telefoon af. Dat mocht eigenlijk niet, maar in die tijd was het militaire recht heel wat soepeler dan het civiele. De cassette was een doorschijnend plastic geval waarin je de spoeltjes zag zitten. Kohl had een afspeelapparaat zo groot als een schoenendoos bij zich, deed het bandje erin en drukte op een knop. Quinns stem vulde mijn kantoor. Hij sprak met een buitenlandse bank om financiële regelingen te treffen. Hij klonk ontspannen. Hij sprak duidelijk en langzaam met het neutrale, gehomogeniseerde accent dat je krijgt van een leven in het leger. Hij gaf rekeningnummers op, noemde wachtwoorden en gaf instructies over een totaal van een half miljoen dollar. Hij wilde dat het merendeel naar de Bahama's ging.

'De contanten stuurt hij per post,' zei Kohl. 'Eerst naar Grand Cayman.'

'Is dat wel veilig?' vroeg ik.

Ze knikte. 'Redelijk. Het enige risico is diefstal door ambtenaren van de posterijen. Maar het verzendadres is een postbusnummer en hij stuurt het tegen boekentarief en niemand pikt boeken uit de post. Dus lukt het hem.'

'Een half miljoen is een hoop geld.'

'Het gaat om een waardevol wapen.'

'O ja? Zo waardevol?'

'Vind jij dan van niet?'

Ik haalde mijn schouders op. 'Lijkt me een heleboel. Voor een *lawn dart*?'

Ze wees naar de cassettespeler. Naar de stem van Quinn die de ruimte vulde. 'Nou ja, dat is kennelijk wat ze hem betalen. Ik bedoel, hoe komt hij anders aan dat half miljoen? Hij heeft dat niet van zijn salaris gespaard, dat is een ding dat zeker is.'

'Wanneer ga je erop af?'

'Morgen,' zei ze. 'Dat moet wel. Hij heeft de definitieve blauwdruk. Volgens Gorowski is die de sleutel van het hele geval.'

'Hoe ga je het aanpakken?'

'Frasconi bemoeit zich met de Syriër. Hij gaat de bankbiljetten markeren, met de rechter-commissaris erbij. Daarna slaan we met zijn allen de uitwisseling gade. We maken de attachékoffer die Quinn aan de Syriër geeft direct open ten overstaan van dezelfde rechter. We registreren de inhoud, die uit de sleutelblauwdruk zal bestaan. Daarna grijpen we Quinn in zijn kraag. We arresteren hem en nemen het koffertje in beslag dat de Syriër aan hém heeft gegeven. De rechter kan er later getuige van zijn dat we dat openmaken. Daarin zullen we de gemarkeerde bankbiljetten aantreffen en daarom beschikken we over een transactie met getuigen, en daarom zal Quinn de bak indraaien en daar blijven.'

'Waterdicht,' zei ik. 'Goed gedaan.'

'Dank je,' zei ze.

'Zal Frasconi geen probleem opleveren?'

'Hij zal het moeten doen. Ik kan de Syriër niet alleen aan. Die lui zijn heel raar met vrouwen. Ze mogen ons niet aanraken en aankijken en soms mogen ze niet eens met ons praten. Dus zal Frasconi het moeten doen.'

'Wil je dat ik zijn hand vasthoud?'

'Zijn aandeel is helemaal achter de coulissen,' zei ze. 'Veel kan hij niet verknallen.'

'Ik denk dat ik zijn hand toch maar vasthoud.'

'Dank je,' herhaalde ze.

'En hij gaat met je mee voor die arrestatie.'

Ze zei niets.

'Ik kan je niet alleen sturen,' zei ik. 'Dat weet je.'

Ze knikte.

'Maar ik zal hem zeggen dat jij de leiding hebt,' zei ik. 'Ik zorg er wel voor dat hij begrijpt dat het jouw zaak is.'

'Oké,' zei ze.

Ze drukte op de stopknop van haar cassettespeler. Quinns stem stokte halverwege een woord. Het woord zou *dollar* zijn, als besluit van *tweehonderdduizend*. Maar het kwam eruit als *doll*. Hij klonk opgewekt en blij en alert, als iemand die alle kaarten in handen heeft en zich er volledig van bewust is dat hij bezig is te spelen om te winnen. Kohl haalde het bandje eruit. Stopte het in haar zak. Daarna gaf ze me een knipoog en liep het kantoor uit.

'Wie is Quinn?' vroeg Elizabeth Beck tien jaar later.

'Frank Xavier,' zei ik. 'Vroeger heette hij Quinn. Voluit heet hij Francis Xavier Quinn.'

'Kén jij hem?'

Ik knikte. 'Waarom zou ik hier anders zijn?'

'Wie ben jij?'

'Ik ben iemand die Francis Xavier kende toen hij nog Francis Xavier Quinn heette.'

'Jij werkt voor de regering.'

Ik schudde mijn hoofd. 'Dit is strikt persoonlijk.'

'Wat gaat er met mijn man gebeuren?'
'Geen idee,' zei ik. 'En het kan me eigenlijk ook niets schelen.'
Ik ging Paulies huisje weer in om de voordeur op slot te draaien. Kwam naar buiten en deed de achterdeur op slot. Daarna controleerde ik de ketting van het hek. Die zat strak. Waarschijnlijk hield die indringers wel even buiten, anderhalve minuut misschien, wat voldoende kon zijn. Ik stak de sleutel van het hangslot in mijn broekzak.
'Nu gaan we terug naar het grote huis,' zei ik. 'Ik ben bang dat jullie moeten lopen.'
Ik reed met de Cadillac de oprijlaan op, met stapels munitiekisten achter en naast me. Ik zag Elizabeth en Richard in mijn spiegeltje zich naast elkaar voortreppen. Ze wilden er niet vandoor, maar waren er ook niet happig op om alleen te worden gelaten, dat was een ding dat zeker was. Ik stopte voor de voordeur en reed een stukje achteruit om uit te laden. Ik maakte de kofferbak open, haalde de plafondhaak en de ketting te voorschijn en holde naar Dukes kamer op de eerste verdieping. Zijn kamer zag uit op de hele lengte van de oprijlaan. Hij zou een ideaal mitrailleursnest zijn. Ik haalde de Beretta uit mijn jaszak, zette de veiligheidspal op vuren en schoot een kogel in het plafond. Vijftig meter verderop zag ik Elizabeth en Richard met een ruk stilstaan en vervolgens naar het huis hollen. Misschien dachten ze wel dat ik de kokkin had doodgeschoten. Of mezelf. Ik ging op een stoel staan, stompte door het kogelgat en harkte het pleisterwerk weg tot ik een houten steunbalk zag. Daarna mikte ik zorgvuldig, vuurde weer een kogel af en boorde een keurig gat van negen millimeter in het hout. Ik schroefde de haak erin, schoof de ketting eroverheen en beproefde die met mijn gewicht. Hij hield. Ik ging weer naar beneden en maakte de achterportieren van de Cadillac open. Elizabeth en Richard arriveerden en ik droeg ze op de munitiekisten te dragen. Ik droeg de grote mitrailleur. De metaaldetector van de voordeur protesteerde heftig en dringend. Ik droeg het wapen naar boven. Hing hem aan de ketting en voerde het begin van de eerste munitieband erin. Zwaaide de loop naar de muur en opende het onderste schuifraam. Zwaaide de loop weer terug en ging ermee van de ene kant naar de andere en op en neer. Hij bestreek de hele breedte van de muur in de verte en de hele lengte van de oprijlaan tot de parkeerlus. Richard sloeg me gade.

'Blijf die kisten stapelen,' zei ik.
Daarna liep ik naar het nachtkastje en nam de hoorn van de buitentelefoon van de haak. Belde Duffy in het motel.
'Willen jullie nog helpen?' vroeg ik.
'Ja,' zei ze.
'Dan heb ik jullie alle drie in het huis nodig,' zei ik. 'Zo vlug als je kunt.'
Daarna viel er niets meer te doen tot ze arriveerden. Ik wachtte bij het raam en drukte met mijn duim de tanden in m'n tandvlees en hield de weg in de gaten. Zag Elizabeth en Richard met de zware kisten worstelen. Keek naar de lucht. Het was twaalf uur, maar het werd al donkerder. Het weer werd nog slechter. De wind wakkerde aan. De Noord-Atlantische kust, eind april. Onvoorspelbaar.
Elizabeth Beck kwam binnen om een kist op de stapel te zetten. Hijgend bleef ze staan.
'Wat gaat er gebeuren?' vroeg ze.
'Geen idee,' zei ik.
'Waar is deze mitrailleur dan voor?'
'Voorzorg.'
'Waartegen?'
'Quinns handlangers,' zei ik. 'We staan met onze rug naar de zee. Misschien moeten we ze op de oprijlaan tegenhouden.'
'Ga je ze beschieten?'
'Zo nodig.'
'En mijn man dan?' vroeg ze.
'Kan hij jou wat schelen?'
Ze knikte. 'Ja.'
'Ik ga ook op hem schieten.'
Ze zei niets.
'Hij is een misdadiger,' zei ik. 'Laat hem het risico maar dragen.'
'De wetten volgens welke hij een misdadiger is zijn ongrondwettelijk.'
'Vind je?'
Ze knikte weer. 'Het Tweede Amendement is duidelijk.'
'Breng het maar voor het Hooggerechtshof,' zei ik. 'En val mij er niet mee lastig.'
'Mensen hebben het recht om wapens te dragen.'
'Drugsdealers niet,' zei ik. 'Ik heb nog nooit een amendement gelezen waarin staat dat het goed is om een wapen in een drukke wijk af te vuren. En kogels te gebruiken die achter elkaar dwars

door een bakstenen muur heen gaan. En door onschuldige omstanders, de een na de ander. Door baby's en kinderen.'
Ze zei niets.
'Heb je ooit een kogel een baby zien raken?' vroeg ik. 'Hij glijdt er niet zomaar in als een injectienaald. Hij rausjt zich naar binnen als een knuppel. Hij vermorzelt hem en rijt hem uit elkaar.'
Ze zei niets.
'Nooit tegen een soldaat zeggen dat wapens leuk zijn,' zei ik.
'De wet is duidelijk,' zei ze.
'Ga dan maar bij de NRA*,' zei ik. 'Ik ben wel tevreden met de echte wereld.'
'Hij is mijn man.'
'Je hebt gezegd dat hij het verdiende om de gevangenis in te gaan.'
'Inderdaad,' zei ze. 'Maar niet om te sterven.'
'Denk je?'
'Hij is mijn man,' herhaalde ze.
'Hoe verkoopt hij die wapens?' vroeg ik.
'Hij gebruikt de I-95,' zei ze. 'Hij snijdt het midden uit goedkope tapijten en rolt de wapens erin. Net als buizen of cilinders. Brengt ze naar Boston of New Haven. Daar treft hij kopers.'
Ik knikte. Moest denken aan de verdwaalde tapijtvezels die ik hier en daar had gezien.
'Hij is mijn man,' zei Elizabeth.
Ik knikte weer. 'Als hij zo verstandig is niet vlak naast Quinn te gaan staan, redt hij het misschien.'
'Beloof me dat hij ongedeerd blijft. Dan ga ik weg. Met Richard.'
'Ik kan het niet beloven,' zei ik.
'Dan blijven we.'
Ik zei niets.
'Het is nooit een vrijwillig partnerschap geweest, weet je,' zei ze.
'Ik bedoel met Xavier. Dat moet je echt goed begrijpen.'
Ze liep naar het raam en staarde omlaag naar Richard. Hij zeulde de laatste munitiekist uit de Cadillac.
'Er was sprake van dwang,' zei ze.
'Ja, daar was ik al achter,' zei ik.
'Hij had mijn zoon ontvoerd.'
'Ik weet het,' zei ik.

* National Rifle Association – krachtige lobby in Amerika die tegen een wapenverbod ijvert, vert.

Daarna bewoog ze zich weer en keek me recht aan.
'Wat heeft hij jou aangedaan?' vroeg ze.

Die dag zag ik Kohl nog twee keer toen ze voorbereidingen trof voor het sluitstuk van haar opdracht. Ze deed alles goed. Ze leek wel een schaakspeelster. Ze deed nooit iets zonder twee zetten vooruit te denken. Ze wist dat de rechter-commissaris die ze vroeg om getuige van de transactie te zijn, zich zou moeten verschonen bij de bewuste zitting van de krijgsraad, dus koos ze er een van wie ze wist dat hij gehaat was bij de auditeurs-militair. Dat zou later een obstakel minder zijn. Ze had een fotograaf bij de hand voor het visuele bewijs. Ze had de rit naar Quinns huis in Virginia getimed. Het dossier dat ik haar aan het begin had gegeven, vulde nu twee kartonnen dozen. De tweede keer dat ik haar zag, was ze ermee aan het sjouwen. Ze stonden boven op elkaar en haar spierballen puilden uit van de inspanning.
'Hoe staat het met Gorowski?' vroeg ik.
'Niet best,' zei ze. 'Maar morgen is hij verlost.'
'Je gaat beroemd worden.'
'Ik hoop het niet,' zei ze. 'Dit moet voor eeuwig geheim blijven.'
'Beroemd in de geheime wereld,' zei ik. 'Een heleboel mensen zien die dingen.'
'Dus waarschijnlijk moest ik mijn functioneringsgesprek maar aanvragen,' zei ze. 'Misschien overmorgen.'
'We zouden vanavond uit eten moeten gaan,' zei ik. 'Uitgaan. Om het te vieren. Beste restaurant dat we kunnen vinden. Ik trakteer.'
'Ik dacht dat je op voedselbonnen was.'
'Ik heb gespaard.'
'Je hebt kans genoeg gehad. Het is een lange zaak geweest.'
'Stroperig traag,' zei ik. 'Dat is je enige probleem, Kohl. Je bent gedegen, maar wel langzaam.'
Ze glimlachte weer en hees de dozen iets hoger.
'Je had dat afspraakje met me moeten accepteren,' zei ze. 'Dan had ik je kunnen laten zien dat langzaam beter kan zijn dan snel.'
Ze droeg de twee dozen weg en twee uur later ontmoetten we elkaar in een restaurant in de stad. Het was een chique gelegenheid, dus had ik gedoucht en een schoon uniform aangetrokken. Zij verscheen in een zwarte jurk. Niet dezelfde als eerst. Er zaten geen stippen op. Gewoon effen zwart. Hij was heel flatteus, al had ze die ondersteuning niet nodig. Ze zag eruit als een jaar of achttien.

'Geweldig,' zei ik. 'Ze zullen denken dat je met je vader uit eten bent.'
'Mijn oom misschien,' zei ze. 'De jongste broer van mijn vader.'
Het was het soort maaltijd waarbij het eten er niet toe deed. Ik herinner me verder alles van die bewuste avond, maar niet wat ik bestelde. Biefstuk waarschijnlijk. Of ravioli. Ik weet het niet. Ik weet dat we iets aten. We praatten veel, over dingen die we waarschijnlijk niet tegen de eerste de beste zouden vertellen. Het had erg weinig gescheeld of ik was voor de bijl gegaan en had haar gevraagd of ze met me naar een motel wilde. Maar ik deed het niet. We namen ieder een glas wijn en schakelden daarna over op water. Er was een onuitgesproken afspraak dat we helder moesten blijven in verband met de volgende dag. Ik rekende af en omstreeks middernacht scheidden onze wegen. Ondanks het late uur was ze opgewekt. Ze bruiste van leven en doelgerichte energie. Ze borrelde van opwinding. Haar ogen glansden. Ik bleef op straat staan en keek haar na toen ze wegreed.

'Er komt iemand aan,' zei Elizabeth Beck tien jaar later.
Ik wierp een blik uit het raam en zag een grijze Taurus in de verte. Hij kleurde goed bij de rotsen en het weer en daardoor was de auto moeilijk te zien. Hij bevond zich op een kilometer of drie en kwam hard door een bocht in de weg. De wagen van Villanueva. Ik zei tegen Elizabeth dat ze daar moest blijven om een oogje op Richard te houden. Ik ging naar beneden en de achterdeur uit. Ik haalde de sleutels van Angel Doll uit mijn verborgen bundeltje. Stopte ze in de zak van mijn jasje. Ik pakte ook Duffy's Glock en reservemagazijnen. Ik wilde die intact teruggeven. Dat vond ik belangrijk. Ze had al moeilijkheden genoeg. Ik stopte ze in mijn jaszak bij de Beretta, liep naar de voorkant van het huis en stapte in de Cadillac. Reed naar de poort, stapte uit en wachtte uit het zicht. De Taurus stopte voor het hek. Ik zag Villanueva achter het stuur met Duffy naast hem en Eliot achterin. Ik kwam uit mijn schuilplaats, haalde de ketting van het hek en trok het open. Villanueva reed langzaam naar binnen en stopte neus aan neus met de Cadillac. Daarna gingen er drie portieren open, stapten ze allemaal uit in de kou en staarden me aan.
'Wat heb jij in godsnaam uitgespookt?' vroeg Villanueva.
Ik betastte mijn mond. Hij voelde pijnlijk gezwollen.
'Tegen een deur gelopen,' zei ik.

Villanueva wierp een blik op de portierswoning.
'Of tegen een portier,' zei hij. 'Klopt dat?'
'Gaat het?' vroeg Duffy.
'Beter dan met de portier,' zei ik.
'Wat doen we hier?'
'Plan B,' zei ik. 'We gaan naar Portland, maar als we daar niet vinden wat we zoeken, zullen we hier terug moeten komen om af te wachten. Dus twee van jullie gaan nu meteen met mij mee en de ander blijft hier om de zaak in de gaten te houden.' Ik draaide me om en wees naar het huis. 'Achter het raam in het midden van de eerste verdieping is een zware mitrailleur die de hele toegang dekt. Een van jullie moet die bemannen.'
Niemand bood zich aan. Ik keek Villanueva recht aan. Hij was oud genoeg om in Vietnam gediend te hebben. Misschien had hij wel ervaring met zware mitrailleurs.
'Doe jij het maar, Terry,' zei ik.
'Nee,' zei hij. 'Ik ga mee om Teresa te zoeken.'
Hij zei het alsof hij geen tegenspraak duldde.
'Oké, ik doe het wel,' zei Eliot.
'Dank je wel,' zei ik. 'Heb je ooit een Vietnamfilm gezien? De boordschutter van een Huey? Dat ben jij. Als ze komen, zullen ze niet proberen door het hek te komen. Ze zullen door het voorraam van de portierswoning komen en uit de achterdeur of het achterraam. Dus hou je gereed om ze neer te maaien als ze naar buiten komen.'
'En als het donker is?'
'Dan zijn we al terug.'
'Oké. Wie zijn er in huis?'
'Becks gezin. Ze hebben er niets mee te maken, maar willen niet weg. En de kokkin.'
'En Beck zelf?'
'Die zal met de rest terugkomen. Als hij 'm in de verwarring smeert, zal ik daar niet rouwig om zijn. Maar als hij per ongeluk geraakt wordt evenmin.'
'Oké.'
'Waarschijnlijk komen ze niet opdagen,' zei ik. 'Ze hebben het druk. Dit alles is alleen maar uit voorzorg.'
'Oké,' herhaalde hij.
'Hou jij de Cadillac maar,' zei ik. 'Wij nemen de Taurus.'
Villanueva kroop weer achter het stuur van de Ford en reed ach-

teruit het hek door. Ik liep met Duffy naar buiten, sloot het hek achter ons en gooide de sleutels van het hangslot naar Eliot.
'Tot straks,' zei ik.
Hij keerde de Cadillac en reed in de richting van het huis. Ik keek hem even na. Daarna stapte ik met Duffy in de Taurus bij Villanueva. Zij ging voorin. Ik haalde haar Glock en reservemagazijnen uit mijn zak en gaf ze aan haar terug, als een kleine ceremonie.
'Bedankt voor het lenen,' zei ik.
Ze stopte de Glock in haar schouderholster en de magazijnen in haar tasje.
'Heel graag gedaan,' zei ze.
'Eerst Teresa,' zei Villanueva. 'Dan Quinn. Oké?'
'Akkoord,' zei ik.
Hij keerde en gaf gas in westelijke richting.
'Dus waar gaan we kijken?' vroeg hij.
'We hebben de keus uit drie lokaties,' zei ik. 'De loods, het kantoor in het centrum en bij het vliegveld is een bedrijventerrein. In het weekeinde kun je niet iemand gevangenhouden in een kantoorgebouw in het centrum. En in de loods is het te druk. Ze hebben zojuist een grote lading binnengekregen. Dus ik stem voor het bedrijventerrein.'
'De I-95 of Route One?'
'Route One,' zei ik.
Zwijgend legden we vijfentwintig kilometer landinwaarts af en sloegen vervolgens in noordelijke richting af op Route One, de kant van Portland op.

13

Het was zaterdag en vroeg in de middag, dus was het rustig op het bedrijventerrein. De regen had het schoongespoeld en het zag er fris en nieuw uit. De metalen gebouwen glansden als matte tin onder de grijze hemel. We doorkruisten het netwerk van straten met een snelheid van een kilometer of dertig. We zagen geen mens. Quinns gebouw zag er potdicht uit. Toen we langsreden, draaide ik met mijn hoofd mee om het bordje nog eens te bestuderen: *Xavier eXport Company*. De woorden waren professioneel geëtst op dik roestvrij staal, maar de bovenmaatse x'en zagen eruit alsof ze van de hand van een amateurgraficus waren.

'Waarom staat er *export*?' vroeg Duffy. 'Hij importeert toch dingen?'

'Hoe komen we binnen?' vroeg Villanueva.

'Inbreken,' zei ik. 'Via de achterkant denk ik.'

De gebouwen stonden rug aan rug en hadden een keurig parkeerterrein aan de voorkant. De rest van het terrein was ofwel wegdek, ofwel nieuw gazon, afgebakend door nette stoepranden van gegoten beton. Nergens stond een omheining. Op het gebouw recht achter dat van Quinn stond PAUL KEAST & CHRIS MADEN PROFESSIONAL CATERING SERVICES. Het was dicht en verlaten. Als ik erlangs keek, kon ik Quinns achteringang zien; een kale, metalen rechthoek die matrood was geverfd.

'Geen mens te bekennen,' zei Duffy.

Naast de rode achterdeur van Quinn zat een raam van geribbeld glas. Waarschijnlijk een wc-raampje. Er zaten tralies voor.

'Beveiliging?' vroeg Villanueva.

'Hier?' zei ik. 'Vrijwel zeker.'

'Rechtstreeks naar de politie?'

'Ik betwijfel het,' zei ik. 'Voor iemand als Quinn zou dat niet slim zijn. Hij zal weinig trek hebben in rondsnuffelende politieagenten, telkens als de een of andere puber een raam ingooit.'

'Particuliere bewakingsdienst?'

'Ik denk het. Of zijn eigen mensen.'

'Hoe gaan we het dan doen?'
'We doen het supersnel. D'rin en d'ruit voordat iemand kan reageren. Waarschijnlijk kunnen we wel vijf à tien minuten riskeren.'
'Een aan de voorkant en twee aan de achterkant?'
'Precies,' zei ik. 'Jij neemt de voorkant.'
Ik zei dat hij de kofferbak open moest doen en daarna stapten Duffy en ik uit. Het was koud en klam en het woei. Ik haalde de bandenlichter onder het reservewiel vandaan, deed de klep van de kofferbak dicht en keek de auto na toen hij wegreed. Duffy en ik liepen langs de zijkant van het cateringbedrijf en over de strook gras die de twee bedrijven scheidde naar Quinns wc-raam. Ik legde mijn oor tegen de koude metalen beplating en luisterde. Hoorde niets. Daarna bekeek ik de tralies voor het raam. Ze maakten deel uit van een dun ijzeren vlechtwerk uit één stuk dat was bevestigd met acht schroeven, twee per kant. De schroeven staken in gelaste flenzen ter grootte van een kwartje. De schroefkoppen zelf waren zo groot als een dubbeltje. Duffy trok de Glock uit haar schouderholster. Ik hoorde hem langs het leer schuren. Ik controleerde de Beretta in mijn jaszak. Hield de bandenlichter met twee handen vast. Legde mijn oor weer op de beplating. Hoorde Villanueva's auto aan de voorkant van het gebouw stoppen. Ik hoorde het ritme van de motor door het metaal. Ik hoorde zijn portier open- en dichtgaan. Hij liet de motor draaien. Ik hoorde hem over de stoep aan de voorzijde lopen.
'Opgelet,' zei ik.
Ik voelde Duffy achter me bewegen. Hoorde Villanueva hard op de voordeur bonzen. Ik stak het uiteinde van de bandenlichter tussen de beplating naast een van de schroeven. Maakte een lichte deuk in het metaal. Duwde het ijzer er zijdelings in, onder de tralies en gaf er een ruk aan. De schroef begaf het niet. Hij zat kennelijk door de beplating in het stalen skelet. Dus verschoof ik de bandenlichter en gaf er twee hardere rukken aan. De schroefkop brak af en er kwam wat beweging in de tralies.
In totaal moest ik zes schroefkoppen breken. Kostte me bijna dertig seconden. Villanueva stond nog steeds te bonzen. Er deed niemand open. Toen de zesde schroef het begaf, greep ik de tralies zelf en trok ze in een hoek van negentig graden naar buiten, als een deur. De twee overgebleven schroeven protesteerden schril. Ik pakte de bandenlichter weer en sloeg het geribbelde ruitje in. Stak mijn hand naar binnen, vond de spanjolet en trok het raampje

open. Haalde de Beretta te voorschijn en klom met mijn hoofd naar voren de wc in.
Het was een hokje van zo'n een meter tachtig bij een meter twintig. Er was een wc en een gootsteen met een spiegeltje zonder lijst. Een prullenbak en een plank met extra rollen wc-papier en papieren handdoekjes. Een emmer met een dweil in de hoek. Schoon linoleum op de grond. Ik draaide me om en inspecteerde het raam. Op het kozijn zat een alarmpaneeltje. Maar het was nog steeds stil in het gebouw. Geen sirene. Een stil alarm. Ergens ging nu een telefoon over. Of flitste een alarm op een computerscherm.
Ik liep de wc uit en een achtergangetje in. Geen mens. Het was donker. Met mijn gezicht naar voren liep ik achterwaarts naar de achterdeur. Tastte achter mijn rug en draaide hem van het slot. Trok hem open. Hoorde Duffy binnenkomen.
Waarschijnlijk had ze zes weken tijdens haar basistraining in Quantico doorgebracht en wist ze de stappen nog. Ze schoof langs me heen met de Glock in twee handen om haar positie naast de deur die toegang gaf tot de rest van het gebouw in te nemen. Ze leunde met haar schouder tegen de deurlijst en trok haar ellebogen haaks omhoog om mij niet in de weg te zitten met haar pistool. Ik deed een stap naar voren, trapte de deur in, schoot erdoorheen en dook naar links. Zij sprong achter me aan en dook naar rechts. We bevonden ons in een andere gang. Die was smal. Hij liep door het hele gebouw naar de voorkant. Links en rechts waren vertrekken. Zes stuks, drie aan elke kant. Zes deuren, allemaal dicht.
'Naar voren,' fluisterde ik. 'Villanueva.'
Zijwaarts en rug aan rug slopen we naar voren en namen de deuren beurtelings onder schot. Ze bleven dicht. We kwamen bij de voordeur en ik deed open. Villanueva kwam naar binnen en deed de deur achter zich dicht. Hij had een Glock 17 in zijn knoestige oude hand. Hij leek ermee geboren.
'Alarm?' fluisterde hij.
'Een stil alarm,' fluisterde ik terug.
'Vlug dan maar.'
'Kamer voor kamer,' fluisterde ik.
Het voelde niet goed. We hadden zoveel kabaal gemaakt dat niemand in het gebouw enige twijfel kon hebben over onze aanwezigheid. En het feit dat ze niet naar buiten waren gestormd om ons te confronteren, wilde zeggen dat ze zo slim waren om met schiet-

klaar pistool te blijven zitten, richtend op borsthoogte op de binnenkant van hun deur. En de centrale gang was maar een meter breed. Dat gaf ons weinig ruimte om te manoeuvreren. Geen lekker gevoel. De deuren scharnierden allemaal naar links, dus zette ik Duffy aan mijn linkerhand met haar rug naar de bewuste deur om die aan de overkant in de gaten te houden. Ik wilde niet dat we allemaal dezelfde kant op keken. Ik wilde niet in de rug geschoten worden. Daarna zette ik Villanueva rechts van me. Hij moest de deuren stuk voor stuk intrappen. Ik stond in het midden. Mijn taak was om als eerste naar binnen te gaan, kamer voor kamer. We begonnen met de kamer links aan de voorkant. Villanueva gaf een harde trap tegen de deur. Het slot brak, de deurlijst versplinterde en de deur vloog met een klap open. Ik ging meteen naar binnen. De kamer was leeg. Het was een vertrek van drie bij drie met een raam, een bureau en een wand met archiefkasten. Ik ging meteen weer naar buiten, we draaiden ons om en namen de kamer aan de overkant. Duffy gaf rugdekking, Villanueva trapte de deur in en ik ging naar binnen. Ook leeg, maar er was wel een voordeel. De scheidingswand van de volgende kamer was verwijderd. Hij was drie bij zeven. Hij had twee deuren naar de gang. Er stonden drie bureaus. Er stonden computers en telefoons. In de hoek was een kapstok waaraan een damesregenjas hing.

We staken de gang over naar deur vier. Van kamer drie. Villanueva trapte de deur in en ik wentelde me om de deurlijst naar binnen. Leeg. Weer een vierkante van drie bij drie. Zonder raam. Een bureau met een groot prikbord van kurk erachter. Er hingen lijsten aan. Het grootste deel van het linoleum was bedekt met een oosters tapijt.

Vier kamers gehad. Nog twee. We kozen de rechterachterkamer. Villanueva schopte de deur in. Ik ging naar binnen. Hij was leeg. Drie bij drie, witte verf, grijs linoleum. Er was helemaal niets. Behalve bloedvlekken. Ze waren verwijderd, maar niet grondig. Er zaten bruine kringen op de grond waar een kletsnatte dweil ze had rond geveegd. Er zaten spetters op de muren. Een paar waren verwijderd. Een aantal was over het hoofd gezien. Er waren kantachtige patronen tot taillehoogte. De hoeken tussen de plinten en het linoleum zaten onder de bruine en zwarte vlekken.

'Het dienstmeisje,' zei ik.

Niemand reageerde. We bleven een lang ogenblik zwijgend staan. Daarna gingen we achteruit de gang weer op, draaiden ons om en

trapten de laatste deur hard in. Ik ging naar binnen met het pistool voor me uit. Bleef met een ruk staan.
Het was een cel. En hij was leeg.
Hij was drie bij drie. Hij had witte muren en een laag plafond. Geen ramen. Grijs linoleum op de grond. Een matras op het linoleum. Verkreukelde velletjes op het matras. Het vertrek was bezaaid met Chinese dozen van afhaalmaaltijden. Lege plastic flessen waarin bronwater had gezeten.
'Ze is hier geweest,' zei Duffy.
Ik knikte. 'Net als in de kelder in het huis.'
Ik ging helemaal naar binnen en tilde het matras op. Op de grond stond het woord *Justice*, groot en duidelijk geschreven met een vinger. Daaronder stond de datum van vandaag, zes cijfers: maand, dag, jaar. Het schrift werd af en toe onduidelijk en weer duidelijk, nadat ze haar vinger weer in iets bruin-zwarts had gedoopt.
'Ze hoopt dat we haar op het spoor komen,' zei Villanueva. 'Dag voor dag, plek voor plek. Slimme meid.'
'Is dat met bloed geschreven?' vroeg Duffy.
Ik rook ranzig voedsel en ranzige adem door de hele kamer. Ik rook angst en wanhoop. Ze had het dienstmeisje horen sterven. Twee dunne deuren zouden niet veel geluid gedempt hebben.
'Hoisinsaus,' zei ik. 'Hoop ik.'
'Hoe lang geleden hebben ze haar verhuisd?'
Ik keek in de dichtstbijzijnde dozen. 'Een uur of twee.'
'Shit.'
'Kom op dan,' zei Villanueva. 'Laten we haar gaan zoeken.'
'Nog vijf minuten,' zei Duffy. 'Ik moet iets hebben voor de ATF. Om dit alles te rechtvaardigen.'
'We hebben geen vijf minuten,' zei Villanueva.
'Twee minuten,' zei ik. 'Pak wat je pakken kunt en kijk er later maar naar.'
We liepen achterwaarts de cel uit. Niemand keek naar het knekelhuis aan de overkant. Duffy ging voor naar de kamer met het oosterse tapijt. Slimme keus, dacht ik. Het was waarschijnlijk Quinns eigen kantoor. Hij was het type dat zichzelf op een tapijt zou trakteren. Ze pakte een dikke map met LOPENDE ZAKEN uit een bureaula en trok alle lijsten van het prikbord.
'Wegwezen,' zei Villanueva.
Precies vier minuten nadat ik door het wc-raam was binnengedrongen, gingen we door de voordeur naar buiten. Het leek wel

vier uur. We stapten in de grijze Taurus en een minuut later reden we weer op Route One.
'Blijf in noordelijke richting rijden,' zei ik. 'Naar het centrum.'

Een poosje zwegen we. Niemand keek elkaar aan. Niemand zei een woord. We dachten aan het dienstmeisje. Ik zat achterin en Duffy voorin met Quinns administratie op schoot. Het verkeer op de brug ging langzaam. Mensen gingen naar de stad om te winkelen. Ze reden voorzichtig. Het wegdek was glad van de regen en het zoute water van de zee dat op de wind was meegevoerd. Duffy bladerde door de papieren en bekeek ze een voor een. Daarna verbrak ze de stilte. Dat was een opluchting.
'Dit is allemaal nogal cryptisch,' zei ze. 'We zitten met een *XX* en een *BB*.'
'Xavier Export en Bizarre Bazaar,' zei ik.
'BB importeert,' zei ze. 'XX exporteert. Maar ze houden duidelijk verband met elkaar. Als twee helften van dezelfde onderneming.'
'Het kan me niets schelen,' zei ik. 'Ik moet alleen Quinn hebben.'
'En Teresa,' zei Villanueva.
'Spreadsheet van het eerste kwartaal,' zei Duffy. 'Ze zijn dit jaar op weg naar een omzet van tweeëntwintig miljoen dollar. Dat zijn een heleboel wapens, denk ik.'
'Kwart miljoen Saturday Night Specials,' zei ik. 'Of vier Abrams-tanks.'
'Mossberg,' zei Duffy. 'ken je die naam?'
'Hoezo?' vroeg ik.
'XX heeft net een lading van ze binnengekregen.'
'O.F. Mossberg en Zonen,' zei ik. 'In New Haven, Connecticut. Wapenfabrikant.'
'Wat is een Persuader?'
'Een semi-automatisch hagelgeweer,' zei ik. 'De Mossberg M500 Persuader. Het is een paramilitair wapen.'
'XX stuurt de Persuaders ergens heen. Tweehonderd stuks. Rekening van in totaal zestigduizend dollar. Op papier in ruil voor iets wat BB ontvangt.'
'Import-export,' zei ik. 'Zo werkt het.'
'Maar de prijzen kloppen niet,' zei ze. 'BB's binnenkomende lading komt op zeventigduizend dollar. Dus is XX tienduizend dollar beter af.'
'De magie van het kapitalisme,' zei ik.

'Nee, wacht even. Er is nog iets. Nu klopt het wel. Tweehonderd Mossberg Persuaders plus een bonusartikel van tienduizend dollar om de balans sluitend te maken.'
'Wat is het bonusartikel?' vroeg ik.
'Staat er niet bij. Wat zou er tienduizend dollar waard zijn?'
'Kan me niets schelen,' herhaalde ik.
Ze bladerde nog wat door.
'Keast en Maden,' zei ze. 'Waar hebben we die namen eerder gezien?'
'Het gebouw achter dat van Quinn,' zei ik. 'De cateraars.'
'Hij heeft ze ingehuurd,' zei ze. 'Ze leveren vandaag iets af.'
'Waar?'
'Staat er niet bij.'
'Wat?'
'Staat er niet bij. Achttien dingen van vijfenvijftig dollar per stuk. In totaal voor bijna duizend dollar.'
'En hoe nu?' vroeg Villanueva.
We waren de brug over en reden in noordwestelijke richting om de stad. Links was een park.
'Tweede rechts,' zei ik.

We reden meteen de ondergrondse parkeergarage van Missionary House in. In een hokje zat een agent van een particuliere bewakingsdienst in een opzichtig uniform. Hij logde ons in zonder ons veel aandacht te schenken. Vervolgens liet Villanueva hem zijn legitimatie van de DEA zien, zei dat hij rustig op zijn plek moest blijven en niemand mocht waarschuwen. Er waren een stuk of tachtig parkeerplaatsen en er stonden nog geen tien auto's. Maar een daarvan was de grijze Grand Marquis die ik die ochtend bij de loods van Beck had gezien.
'Hier heb ik die foto's gemaakt,' zei Duffy.
We reden naar de achterzijde van de garage en parkeerden in een hoek. Stapten uit en gingen met de lift een etage hoger naar de receptie. Die was voorzien van fantasieloos marmer en er hing een plattegrond van het gebouw. De Xavier Export Company deelde de derde etage met een advocatenkantoor dat Lewis, Strange en Greville heette. Dat was prettig. Het betekende dat daarboven een binnengang zou zijn. We zouden niet plompverloren uit de lift Quinns kantoor in lopen.
We liepen weer naar de lift en drukten op drie. Gingen met ons

gezicht naar de deur staan. De deuren schoven dicht en de motor gierde. We stopten op drie. We hoorden stemmen. De bel van de lift klonk. De deuren gingen open. De hal was vol advocaten. Links was een mahoniehouten deur met een koperen bordje waarop stond LEWIS, STRANGE & GREVILLE, ADVOCATEN EN PROCUREURS. Hij stond open. Er waren drie mensen naar buiten gekomen en die stonden te wachten tot een van hen had afgesloten. Twee mannen en een vrouw. Ze droegen vrijetijdskleren en aktetassen. Ze keken allemaal opgewekt. Ze draaiden zich om en keken naar ons. Ze knikten ons glimlachend toe, zoals je dat doet tegen vreemden in een kleine gang. Of misschien dachten ze dat we hen kwamen raadplegen voor een juridische kwestie. Villanueva glimlachte terug en knikte naar de deur van Xavier Export. *We komen niet voor u.* De vrouwelijke advocaat wendde haar gezicht af en perste zich langs ons heen de lift in. Haar partners sloten hun kantoor af en voegden zich bij haar. De liftdeuren gingen dicht en we hoorden de lift naar beneden suizen.
'Getuigen,' zei Duffy. 'Shit.'
Villanueva wees naar de deur van Xavier Export. 'En daarbinnen is iemand. Die advocaten keken er niet van op dat we hier op zaterdag omstreeks deze tijd kwamen. Dus moeten ze wéten dat er iemand is. Misschien dachten ze dat we een afspraak hadden of zo.'
Ik knikte. 'Een van de auto's in de garage stond vanmorgen bij de loods van Beck.'
'Quinn?' vroeg Duffy.
'Ik mag het hopen.'
'Eerst Teresa, hebben we afgesproken,' zei Villanueva. 'Dan Quinn.'
'De plannen zijn veranderd,' zei ik. 'Ik loop niet weg. Niet als hij daarbinnen is. Deze kans laat ik me niet ontglippen.'
'Maar we kunnen hoe dan ook niet naar binnen,' zei Duffy. 'Ze hebben ons gezien.'
'Júllie kunnen niet naar binnen,' zei ik. 'Maar ik wel.'
'Wat, alleen?'
'Zo wil ik het ook. Hij en ik.'
'We hebben een spoor getrokken.'
'Ga dat dan maar wissen. Ga terug naar de garage en rij weg. De bewaker logt je uit. Bel dan vijf minuten later dit kantoor. Het garagelog en het telefoonlog zullen samen bewijzen dat er niets is gebeurd toen jullie hier waren.'

'En jij dan? Het staat zwart op wit dat we jou hier hebben achtergelaten.'
'Ik betwijfel het,' zei ik. 'Ik denk niet dat de man in de garage veel aandacht aan ons heeft geschonken. Volgens mij heeft hij geen koppen geteld of zoiets. Hij heeft alleen het nummerbord opgeschreven.'
Ze zei niets.
'Het kan me hoe dan ook niets schelen,' zei ik. 'Ik ben moeilijk op te sporen. En ik ben van plan het nog moeilijker te maken.'
Ze keek naar de deur van het advocatenkantoor. Vervolgens naar die van Xavier Export. Daarna naar de lift. Toen naar mij.
'Oké,' zei ze. 'We laten je aan je lot over. Ik wil het eigenlijk niet, maar het kan niet anders, begrijp je?'
'Helemaal,' zei ik.
'Misschien is Teresa daarbinnen bij hem,' fluisterde Villanueva.
Ik knikte. 'Zo ja, dan breng ik haar naar jullie. We spreken af aan het eind van de straat. Tien minuten na jullie telefoontje.'
Allebei aarzelden ze nog even en daarna drukte Duffy op de liftknop. We hoorden geluiden in de schacht toen het mechanisme in werking trad.
'Kijk goed uit,' zei ze.
De bel klonk en de deuren gingen open. Ze stapten naar binnen. Villanueva wierp nog een laatste blik op me, drukte op de knop van de receptie, de deuren gingen dicht als het doek in de schouwburg en weg waren ze. Ik liep naar de muur aan de andere kant van Quinns deur en leunde ertegenaan. Het voelde goed om alleen te zijn. Ik sloot mijn hand om de kolf van de Beretta in mijn zak en wachtte. Ik stelde me voor hoe Duffy en Villanueva uit de lift stapten en naar hun auto liepen. De garage uit reden. Opgemerkt werden door de bewaker. Om de hoek parkeerden en inlichtingen belden voor het nummer van Quinn. Ik draaide me om en staarde naar de deur. Stelde me voor hoe Quinn aan de andere kant achter zijn bureau zat met een telefoon voor zich. Ik staarde naar de deur alsof ik er recht doorheen kon kijken.

De eerste keer van mijn leven dat ik hem zag, was op de dag van de eigenlijke arrestatie. Frasconi had het goed gedaan met de Syriër. Het was allemaal geregeld met de man. Frasconi was heel bruikbaar in zo'n situatie. Als je hem de tijd en een duidelijke opdracht gaf, deed hij zijn werk. De Syriër had contanten meegenomen uit zijn ambassade en we gingen die met z'n allen tegenover de rechter-commissaris zitten tellen. Het was vijftigduizend dollar. Het was waarschijnlijk de laatste van talrijke betalingen. We markeerden alle bankbiljetten afzonderlijk. We markeerden zelfs het koffertje. We zetten de initialen van de rechter-commissaris met doorzichtige nagellak bij een van de scharnieren. De rechter-commissaris stelde een affidavit op voor het dossier, Frasconi hield de Syriër vast en Kohl en ik namen onze positie in voor de eigenlijke surveillance. Haar fotograaf stond al klaar voor het raam op de eerste verdieping van een gebouw tegenover het bewuste café, twintig meter naar het zuiden. Tien minuten later voegde de rechter-commissaris zich bij ons. We gebruikten een bestelbusje dat aan de stoeprand stond. Er zaten patrijspoorten met spiegelglas in. Kohl had het van de FBI geleend. Ze had drie infanteristen geleend om de illusie compleet te maken. Ze droegen een uniform van het energiebedrijf en maakten zelfs een gat in de straat.

We wachtten. Er werd niet gesproken. Het was vrij benauwd in het busje. Het was weer warm geworden. Veertig minuten later liet Frasconi de Syriër gaan. Hij kwam aan kuieren vanuit het noorden. Hij was gewaarschuwd wat er zou gebeuren als hij ons zou verraden. Kohl had het script geschreven en Frasconi had het uitgevoerd. Het waren dreigementen die we waarschijnlijk niet zouden uitvoeren, maar dat wist hij niet. Ze waren vermoedelijk wel geloofwaardig, tegen de achtergrond van wat ze met mensen in Syrië deden.

Hij ging aan een terrastafeltje zitten. Hij bevond zich drie meter bij ons vandaan. Hij zette zijn koffertje op de grond naast zijn tafeltje, als een soort tweede klant. De ober kwam zijn bestelling opnemen. Even later kwam hij terug met een kopje espresso. De Syriër stak een sigaret op. Rookte hem half op en drukte hem uit in de asbak.

'De Syriër wacht,' zei Kohl zachtjes. Er draaide een bandrecorder. Haar idee was om een bandopname van minuut-tot-minuut bij te houden als back-up. Ze droeg haar groene uniform, klaar voor de arrestatie. Ze zag er heel goed uit.

'Klopt,' zei de rechter. 'De Syriër wacht.'

De Syriër dronk zijn koffie op en gebaarde naar de ober voor nog een kopje. Hij stak weer een sigaret op.

'Rookt hij altijd zoveel?' vroeg ik.

'Hoezo?' vroeg Kohl.

'Geeft hij Quinn soms een waarschuwing?'
'Nee, hij rookt altijd,' zei Kohl.
'Oké,' zei ik. 'Maar ze hebben natuurlijk een signaal om te kappen.'
'Dat zal hij niet gebruiken. Frasconi heeft hem echt de stuipen op het lijf gejaagd.'
We wachtten. De Syriër drukte zijn tweede sigaret uit. Hij legde zijn handen plat op het tafeltje. Trommelde met zijn vingers. Hij zag er goed uit. Hij zag eruit als iemand die op iemand anders wachtte die een tikje aan de late kant is. Hij stak weer een sigaret op.
'Al dat roken bevalt me niks,' zei ik.
'Rustig maar, dat doet hij altijd,' zei Kohl.
'Maakt een nerveuze indruk. Quinn merkt dat misschien.'
'Dat is normaal. Hij komt uit het Midden-Oosten.'
We wachtten. Ik zag de drukte toenemen. Het was bijna lunchtijd.
'Nu komt Quinn eraan,' zei Kohl.
'Klopt,' antwoordde de rechter. 'Quinn komt eraan.'
Ik keek naar het zuiden. Zag een keurige man, goed verzorgd en slank, ongeveer een meter vijfentachtig lang en een kleine negentig kilo. Hij zag er jonger uit dan veertig. Hij had zwart haar met een plukje grijs bij zijn oren. Hij droeg een blauw pak met een wit overhemd en een matrode das. Zo gingen er dertien in een dozijn in D.C. Hij liep snel, maar maakte een ontspannen indruk. Zijn bewegingen waren afgemeten. Hij was duidelijk in goede conditie en atletisch. Bijna zeker een jogger. Hij droeg een Halliburtonkoffertje. Het was een replica van dat van de Syriër. Hij lichtte een beetje verguld op in het zonlicht.
De Syriër legde zijn sigaret op de asbak en maakte een vaag groetgebaar. Hij zag er wat ongemakkelijk uit, maar waarschijnlijk was dat niet ongewoon. Topspionage in het hart van de vijandelijke hoofdstad is geen kinderspel. Quinn zag hem en kwam zijn kant op. De Syriër stond op en ze gaven elkaar een hand over het tafeltje. Ik glimlachte. Ze hadden een goed systeem bedacht. Het tafereeltje was zo alledaags in Georgetown dat het bijna onzichtbaar was. Een Amerikaan in een pak die over een tafeltje met koffiekopjes en asbakken een hand gaf aan een vreemdeling. Ze gingen allebei zitten. Quinn verschoof op zijn stoel om makkelijk te gaan zitten en zette zijn attachékoffertje pal naast het exemplaar dat er al stond. Voor een oppervlakkige toeschouwer zagen ze eruit als één koffertje in een grotere maat.

'Koffertjes naast elkaar,' zei Kohl in de microfoon.
'Klopt,' zei de rechter. 'De koffertjes staan naast elkaar.'
De ober kwam terug met de tweede espresso van de Syriër. Quinn zei iets tegen hem en hij verwijderde zich weer. De Syriër zei iets tegen Quinn. Quinn glimlachte. Het was de glimlach van iemand die de touwtjes volledig in handen heeft. Pure tevredenheid. De Syriër zei iets anders. Hij speelde zijn rol. Hij meende zijn leven te redden. Quinn keek reikhalzend naar de ober. De Syriër pakte zijn sigaret weer, draaide zijn hoofd af en blies de rook recht onze kant uit. Daarna drukte hij de sigaret uit in de asbak. De ober kwam terug met Quinns bestelling. Een grote kop. Waarschijnlijk koffie met melk. De Syriër nam een slokje espresso. Quinn dronk zijn koffie. Ze praatten niet.
'Ze zijn nerveus,' zei Kohl.
'Opgewonden,' zei ik. 'Ze zijn bijna klaar. Dit is hun laatste afspraak. De eindstreep is in zicht. Voor allebei. Ze willen er gewoon een punt achter zetten.'
'Let op de koffertjes,' zei Kohl.
'Ik let op de koffertjes,' zei de rechter.
Quinn zette zijn kop op het schoteltje. Stak zijn rechterhand uit. Pakte het attachékoffertje van de Syriër.
'Quinn heeft het koffertje van de Syriër,' zei de rechter.
Quinn stond op. Zei nog een laatste woord, draaide zich om en liep weg. Hij had een verende tred. We keken hem na tot hij uit het gezicht was verdwenen. De Syriër moest afrekenen. Hij betaalde en liep weg in noordelijke richting, tot Frasconi uit een portiek stapte, zijn arm pakte en hem naar ons terugbracht. Kohl opende het achterportier van het busje en Frasconi duwde de man naar binnen. Veel ruimte hadden we niet met z'n vijven.
'Maak het koffertje open,' zei de rechter.
Van dichtbij leek de Syriër veel nerveuzer dan door het glas. Hij transpireerde en rook niet al te fris. Hij legde het koffertje plat op de grond en hurkte ervoor. Keek ons om beurten aan, klikte de sluitingen open en tilde de deksel op.
Het koffertje was leeg.

In het kantoor van Xavier Export Company hoorde ik de telefoon overgaan. De deur was dik en zwaar, en het geluid klonk gedempt en ver weg. Maar het was een telefoon en hij ging precies vijf minuten nadat Duffy en Villanueva de garage moesten hebben verlaten. Hij ging twee keer over en werd opgenomen. Ik hoorde geen gesprek. Waarschijnlijk zou Duffy een of ander verhaal over een verkeerde verbinding ophangen. Waarschijnlijk zou ze het gesprek lang genoeg gaande houden om indruk te maken in het telefoonlog. Ik wachtte nog een minuut. Niemand rekt een neptelefoontje langer dan zestig seconden.

Ik haalde de Beretta uit mijn zak en trok de deur open. Liep een grote receptieruimte met donker hout en tapijt in. Links was een afgesloten kantoor. Rechts ook. Voor me was de receptiebalie. Daarachter zat iemand die net ophing. Quinn was het niet. Het was een vrouw. Ze was een jaar of dertig. Ze had blond haar. Blauwe ogen. Voor haar stond een kunststof naamplaatje in een houten houder. Er stond EMILY SMITH op. Achter haar was een kapstok. Er hing een regenjas aan. En een zwarte cocktailjurk aan een knaapje van ijzerdraad in een plastic stomerijhoes. Ik tastte met mijn linkerhand achter me om de deur naar de gang op slot te draaien. Hield Emily's ogen in de gaten. Die keken me recht aan. Ze bewogen niet. Ze draaiden niet naar een van de kantoordeuren rechts of links. Dus waarschijnlijk was ze alleen. En ze daalden niet naar een tasje of een bureaula. Dus waarschijnlijk was ze ongewapend.

'Jij hoort dood te zijn,' zei ze.

'O ja?'

Ze knikte vaag, alsof wat ze zag niet tot haar wilde doordringen. 'Jij bent Reacher,' zei ze. 'Paulie heeft ons verteld dat hij je om zeep had geholpen.'

Ik knikte. 'Oké, ik ben een spook. Niet aan de telefoon zitten.'

Ik liep op haar af en keek naar haar bureau. Geen wapens. De telefoon was een ingewikkelde console met meerdere lijnen. Hij wemelde van de knoppen. Ik bukte me en rukte met mijn linkerhand de lijn uit de muur.

'Opstaan,' zei ik.

Ze stond op. Duwde gewoon haar stoel naar achteren en hees zichzelf overeind.

'We gaan de andere kamers inspecteren,' zei ik.

'Daar is niemand,' zei ze. Ze klonk angstig, dus waarschijnlijk sprak ze de waarheid.

'Laten we toch maar even gaan kijken,' zei ik.

Ze kwam achter haar bureau vandaan. Ze was dertig centimeter kleiner dan ik. Ze droeg een donkere rok en een donker overhemd. Chique schoenen, die volgens mij later net zo mooi bij haar cocktailjurk zouden staan. Ik drukte de loop van de Beretta tegen haar ruggengraat, greep de achterkant van haar overhemdkraag in mijn volle linkerhand en duwde haar voor me uit. Ze voelde klein en broos. Haar haar viel over mijn hand. Het rook schoon. Eerst controleerden we het linkerkantoor. Ze deed de deur voor me open, ik duwde haar helemaal naar binnen en deed een stap opzij om uit de deuropening te gaan. Ik wilde geen rugschot van de andere kant van de receptie.

Het was een gewoon kantoor. Fatsoenlijke ruimte. Geen mens. Er lag een oosters tapijt en er stond een bureau. Er was een toilet. Gewoon een klein hokje met een wc en een fonteintje. Daar was niemand. Dus draaide ik haar om en duwde haar helemaal naar de overkant van de receptie het rechterkantoor in. Zelfde inrichting. Zelfde type oosterse tapijt, zelfde soort bureau. Er zat niemand aan. Er was niemand. Geen wc. Ik hield haar kraag stevig vast en duwde haar terug naar het midden van de receptieruimte. Liet haar vlak bij haar bureau stilstaan.

'Niemand,' zei ik.

'Dat zei ik toch?' zei ze.

'Waar is iedereen dan?'

Ze gaf geen antwoord. En ik voelde haar verstrakken, alsof ze met veel vertoon niets ging zeggen.

'Met name, waar is Teresa Daniel?' vroeg ik.

Geen antwoord.

'Waar is Xavier?' vroeg ik.

Geen antwoord.

'Hoe wist je mijn naam?'

'Beck had die tegen Xavier gezegd. Hij vroeg toestemming om jou in dienst te nemen.'

'Heeft Xavier mijn doopceel gelicht?'

'Voor zover dat mogelijk was.'

'En heeft hij Beck zijn fiat gegeven?'

'Blijkbaar.'

'Waarom heeft hij vanmorgen dan Paulie tegen me opgezet?'

Ze verstrakte weer. 'De situatie was veranderd.'

'Vanmorgen? Hoezo?'

'Hij kreeg nieuwe informatie.'

'Wat voor informatie?'

'Dat weet ik niet precies,' zei ze. 'Het had iets met een auto te maken.'

De Saab? De ontbrekende aantekeningen van het dienstmeisje?
'Hij heeft bepaalde gevolgtrekkingen gemaakt,' zei ze. 'Nu weet hij alles over jou.'
'Bij wijze van spreken,' zei ik. 'Niemand weet alles over mij.'
'Hij weet dat je met de ATF hebt gesproken.'
'Zoals ik al zei: niemand weet alles van mij.'
'Hij weet wat je hier doet.'
'O ja? Jij ook?'
'Hij heeft het me niet verteld.'
'Wat doe jij hier?'
'Ik heb de dagelijkse leiding.'
Ik klemde de kraag van haar overhemd strakker in mijn linkerhand, bracht de loop van de Beretta omhoog en krabde ermee over mijn wang waar de huid strak over een blauwe plek trok. Ik dacht aan Angel Doll, en aan John Chapman Duke, en aan de twee lijfwachten wier naam ik niet eens wist, en Paulie. Waarschijnlijk zou het weinig voor me uitmaken als ik Emily Smith aan de lijst toevoegde, kosmisch gezien. Ik zette het pistool tegen haar hoofd. In de verte hoorde ik een vliegtuig van het vliegveld opstijgen. Het raasde door de lucht op nog geen anderhalve kilometer. Waarschijnlijk kon ik gewoon op de volgende wachten en de trekker overhalen. Niemand zou wat horen. En waarschijnlijk verdiende ze niet beter.
Of misschien wel.
'Waar is hij?'
'Ik weet het niet.'
'Weet je wat hij tien jaar geleden heeft uitgespookt?'
Leef of sterf, Emily. Als ze het wist, zou ze het zeggen. Zeker weten. Uit trots, of om te laten weten dat ze meetelde, of omdat ze zich belangrijk waande. Ze zou niet in staat zijn het voor zich te houden. En als ze het wist, verdiende ze de dood. Omdat op de hoogte zijn en toch voor die vent werken het zo beschikte.
'Nee, dat heeft hij me nooit verteld,' zei ze. 'Ik kende hem tien jaar geleden nog niet.'
'Zeker weten?'
'Ja.'
Ik geloofde haar.
'Weet je wat er met het dienstmeisje van Beck is gebeurd?' vroeg ik.
Een waarachtig persoon kan heel goed nee zeggen, maar in het al-

gemeen zullen ze eerst nadenken. Misschien stellen ze zelf een paar vragen. Dat is de menselijke natuur eigen.
'Wie?' vroeg ze. 'Nee. Wat dan?'
Ik ademde uit.
'Oké,' zei ik.
Ik stak de Beretta weer in mijn zak en liet haar kraag los. Draaide haar om en greep beide polsen in mijn linkerhand. Pakte het snoer van de telefoon met mijn rechter. Daarna duwde ik haar het linkerkantoor in en helemaal door naar de wc. Schoof haar naar binnen.
'De advocaten van hiernaast zijn naar huis,' zei ik. 'Tot maandagmorgen is er niemand in dit gebouw. Dus je kunt gillen en schreeuwen wat je wilt, maar niemand zal je horen.'
Ze zei niets. Ik deed de deur dicht. Bond het telefoonsnoer stevig om de knop. Deed de deur van het kantoor zo wijd mogelijk open en maakte het andere eind vast aan de kruk. Ze kon het hele weekeinde aan de binnenkant van de wc-deur sjorren zonder ergens te komen. Niemand kan telefoonsnoer breken door er in de lengte aan te trekken. Ik schatte dat ze het na een uur zou opgeven, rustig zou gaan zitten, water zou drinken uit het fonteintje, de wc zou gebruiken en de tijd op de een of andere manier zou proberen door te komen.
Ik nam plaats aan haar bureau. Ik ging ervan uit dat iemand die de dagelijkse leiding heeft over interessante documenten moet beschikken. Maar dat was niet het geval. Het beste wat ik vond, was een kopie van de bestelling bij Keast en Maden. De cateraars. Achttien keer vijfenvijftig dollar. Iemand had een aantekening onderop gekrabbeld. Een vrouwenhandschrift. Waarschijnlijk dat van Emily Smith zelf. Er stond: *Lamsvlees, geen varken!* Ik draaide haar stoel om en keek naar de ingepakte jurk aan de kapstok. Daarna draaide ik terug en keek op mijn horloge. Mijn tien minuten waren op.

Ik daalde met de lift af naar de garage en ging naar buiten via een branduitgang achterin. De bewaker zag me niet. Ik liep het blok om en benaderde Duffy en Villanueva van achteren. Hun auto stond op de hoek en ze zaten allebei voorin voor zich uit te kijken. Waarschijnlijk hoopten ze twee mensen op zich af te zien lopen. Ik maakte het portier open en glipte achterin. Ze draaiden zich met een ruk om en keken teleurgesteld. Ik schudde mijn hoofd.

'Geen van tweeën,' zei ik.
'Iemand nam op,' zei Duffy.
'Een vrouw die Emily Smith heet. Zijn manager. Ze wilde me niets vertellen.'
'Wat heb je met haar gedaan?'
'In de wc opgesloten. Die is tot maandag buiten beeld.'
'Je had haar het vuur na aan de schenen moeten leggen,' zei Villanueva. 'Je had haar nagels moeten uittrekken.'
'Dat is mijn stijl niet,' zei ik. 'Maar ga je gang, als je wilt. Voel je vrij. Ze is nog boven. Ze gaat nergens heen.'
Hij schudde alleen maar zijn hoofd en bleef zitten.
'Dus wat nu?' vroeg Duffy.

'Dus wat nu?' vroeg Kohl.
We zaten nog steeds in het busje. Kohl, de rechter-commissaris en ik. Frasconi bracht de Syriër weg. Kohl en ik dachten hard na en de rechter was bezig zijn handen van de hele toestand af te trekken.
'Ik ben hier alleen maar als waarnemer geweest,' zei hij. 'Ik kan jullie geen juridisch advies geven. Dat zou ongepast zijn. En eerlijk gezegd zou ik toch niet weten wat ik moest zeggen.'
Hij keek ons nijdig aan, liet zichzelf uit via het achterportier en liep gewoon weg. Hij keek niet om. Waarschijnlijk was dat de schaduwzijde van het feit dat we een supereikel als waarnemer hadden uitgekozen. Onvoorziene gevolgen.
'Ik bedoel, wat is er gebeurd?' vroeg Kohl. 'Waar zijn we precies getuige van geweest?'
'Er zijn maar twee mogelijkheden,' zei ik. 'Een, hij naaide die gast een oor aan. Zo eenvoudig is dat. Klassiek zwendeltje. Je geeft ze druppelsgewijs onbelangrijke informatie en het laatste hoofdstuk houd je achter. Of twee: hij was legitiem aan het werk als officier van de inlichtingendienst. Op een officiële operatie. Om te bewijzen dat Gorowski zo lek als een mandje was, om aan te tonen dat de Syriërs bereid zijn flink te schuiven voor die inlichtingen.'
'Hij heeft Gorowski's dochter ontvoerd,' zei ze. 'Dat kan onmogelijk officieel gesanctioneerd zijn.'
'Er zijn wel ergere dingen gebeurd,' zei ik.
'Hij naaide ze een oor aan.'
Ik knikte. 'Mee eens. Hij naaide ze.'
'Dus wat kunnen we daaraan doen?'

'Niets,' zei ik. 'Want als we hem ervan gaan beschuldigen dat hij ze uit winstbejag belazert, zal hij gewoon ontkennen en zeggen dat hij in feite bezig was met een undercoveroperatie en je uitnodigen om het tegendeel te bewijzen. En vervolgens zal hij ons er met weinig tact aan herinneren onze grote neus niet in inlichtingenzaken te steken.'

Ze zei niets.

'En zal ik je eens wat vertellen?' zei ik. 'Ook al nááide hij ze een oor aan, dan nog zou ik niet weten waarvan ik hem moest beschuldigen. Verbiedt het militaire wetboek je geld aan te nemen van buitenlandse mafkezen in ruil voor attachékoffers vol frisse lucht?'

'Ik weet het niet.'

'Ik ook niet.'

'Maar de Syriërs zullen hoe dan ook flippen,' zei ze. 'Ik bedoel, denk je niet? Ze hebben hem een half miljoen dollar betaald. Ze zullen moeten reageren. Hun trots staat op het spel. Ook al zou hij legitiem bezig zijn geweest, dan nog heeft hij een kolossaal risico genomen. Een risico van een half miljoen. Ze zullen hem te grazen willen nemen. En hij kan niet zomaar verdwijnen. Hij zal op zijn post moeten blijven. Hij zal een makkelijk doelwit zijn.'

Ik dacht even na. Keek haar aan. 'Als hij niet gaat verdwijnen, waarom zette hij dan al zijn geld weg?'

Ze zei niets. Ik keek op mijn horloge. Dacht: dit, niet dat. Of misschien, voor deze ene keer, dit én dat.

'Een half miljoen is te veel geld,' zei ik.

'Waarvoor?'

'Om uit de portemonnee van de Syriërs te komen. Dat is het gewoon niet waard. Eerdaags is er een prototype. Vervolgens komt er een proefhoeveelheid. Binnen enkele maanden zullen er honderd voltooide wapens op het niveau van de kwartiermeester zijn. Voor tienduizend dollar kunnen ze er waarschijnlijk daar een van kopen. De een of andere foute korporaal zal ze er een verkopen. Ze kunnen er zelfs eentje voor niks stelen. En vervolgens kunnen ze hem gewoon gaan namaken.'

'Oké, dan zijn het domme zakenlui,' zei Kohl. 'Maar we hebben Quinn op het bandje gehoord. Hij zette een half miljoen op de bank.'

Ik keek weer op mijn horloge. 'Ik weet het. Dat staat vast.'

'Dus?'

'Het blijft te veel. De Syriërs zijn niet dommer dan wie ook. Niemand schuift een half miljoen voor een dartpijltje.'
'Maar we weten dat ze dat hebben betaald. Je zei net dat het vaststaat.'
'Nee,' zei ik. 'We weten dat Quinn een half miljoen op de bank heeft. Dat is een feit. Het bewijst niet dat de Syriërs hem een half miljoen hebben betaald. Dat stuk is speculatie.'
'Wat?'
'Quinn is Midden-Oostendeskundige. Hij is slim en slecht. Volgens mij ben je te snel gestopt met kijken.'
'Waarnaar?'
'Naar hem. Waar hij heen gaat, wie hij spreekt. Hoeveel dubieuze regimes zijn er in het Midden-Oosten? Minstens vier à vijf. Stel dat hij in bed ligt met twee of drie tegelijk? Of met allemaal? Terwijl ze stuk voor stuk denken de enige te zijn? Stel dat hij hetzelfde kunstje drie of vier keer tegelijk flikt? Dat zou verklaren waarom hij een half miljoen op de bank heeft voor iets wat voor geen enkele partij op zich een half miljoen waard is.'
'En hij naait ze allemáál een oor aan?'
Ik keek weer op mijn horloge.
'Misschien,' zei ik. 'Of misschien doet hij het echt voor een van hen. Misschien is het zo begonnen. Misschien was hij van meet af aan van plan het echt te doen, voor een begunstigde klant, maar kon hij van hem niet het grote geld krijgen dat hij in gedachten had. Dus heeft hij besloten de opbrengst te vermenigvuldigen.'
'Ik had meer cafés in de gaten moeten houden,' zei ze. 'Ik had het niet bij de Syriër moeten laten.'
'Waarschijnlijk heeft hij een vaste route,' zei ik. 'Een heleboel afzonderlijke afspraken op een rij. Als een verrekte koerier.'
Ze keek op haar horloge.
'Oké,' zei ze. 'Dus op dit moment brengt hij het geld van de Syriër naar huis.'
Ik knikte. 'En daarna gaat hij meteen weer op pad voor zijn volgende afspraak. Dus je moet Frasconi halen voor wat meer surveillance. Zie Quinn op de terugweg naar de stad te vinden. Pak iedereen in de kraag met wie hij een attachékoffertje ruilt. Misschien heb je uiteindelijk alleen maar een stel lege koffertjes, maar misschien is een daarvan niet leeg, en in dat geval hebben we weer beet.'
Ze keek om zich heen en wierp een blik op haar bandrecorder.

'Laat maar zitten,' zei ik. 'Er is geen tijd voor slimmigheidjes. Jij en Frasconi zullen het alleen moeten doen, in de openlucht.'

'De loods,' zei ik. 'Die moeten we inspecteren.'
'We moeten ondersteuning hebben,' zei Duffy. 'Ze zijn daar allemaal.'
'Dat mag ik hopen.'
'Te gevaarlijk. Wij zijn maar met z'n drieën.'
'Ik denk dat ze in werkelijkheid onderweg zijn naar een andere lokatie. Het kan zijn dat ze al vertrokken zijn.'
'Waar gaan ze heen?'
'Straks,' zei ik. 'Laten we één ding tegelijk doen.'
Villanueva stuurde de Taurus van de stoeprand.
'Wacht even,' zei ik. 'Neem de eerste rechts. Ik moet even iets controleren.'
Ik liet hem twee blokken naar rechts en een naar links rijden tot we bij de openbare parkeergarage kwamen waar ik Angel Doll in de kofferbak van zijn auto had achtergelaten. Villanueva wachtte bij de brandkraan en ik glipte de auto uit. Ik liep naar beneden door de voertuigingang en liet mijn ogen aan het halfduister wennen. Liep door tot ik bij de plek kwam die ik had gebruikt. Er stond een auto. Maar het was niet de zwarte Lincoln van Angel Doll. Het was een metallic-groene Subaru Legacy. Het was een terreinversie met een imperiaal en brede banden. Op de achterruit zat een Stars and Stripes-sticker. Een vaderlandslievende chauffeur. Maar niet zo patriottisch om een Amerikaans voertuig te kopen. Ik speurde voor de zekerheid de twee gangpaden ernaast af, maar zekerheid had ik al. Niet de Saab, maar de Lincoln. Niet de ontbrekende aantekeningen van het dienstmeisje, maar de ontbrekende hartslag van Angel Doll. Nu weet hij alles van je. Ik knikte in het donker. Niemand weet alles van wie dan ook. Maar waarschijnlijk wist hij nu meer van me dan me lief was. Ik liep dezelfde weg terug. De afrit op en het daglicht in. Het was bewolkt, grauw, schemerig en overschaduwd door grote gebouwen, maar ik had het gevoel alsof er een schijnwerper op me gericht stond. Ik kroop weer in de Taurus en trok het portier zacht achter me dicht.
'Alles goed?' vroeg Duffy.
Ik gaf geen antwoord. Ze draaide zich om en keek me aan.
'Alles goed?' herhaalde ze.

'Eliot moet daar weg,' zei ik.
'Waarom?'
'Ze hebben Angel Doll gevonden.'
'Wie?'
'Quinns mensen.'
'Hoe?'
'Ik weet het niet.'
'Weet je het zeker?' vroeg ze. 'Het kan ook de politie van Portland zijn geweest. Een verdacht voertuig dat te lang geparkeerd stond?'
Ik schudde mijn hoofd. 'Die zouden de kofferbak hebben opengemaakt. En dan zouden ze de hele garage nu als een plaats-delict hebben beschouwd. Met afzettingsband en al. Het zou er wemelen van de politie.'
Ze zei niets.
'Nu is het helemaal uit de hand gelopen,' zei ik. 'Dus bel Eliot maar. Op zijn mobiel. Zeg dat hij daar weg moet. Zeg dat hij de Becks en de kokkin mee moet nemen. In de Cadillac. Zeg dat hij ze allemaal moet arresteren, zo nodig door met zijn pistool te gaan zwaaien. Zeg maar dat hij een motel moet vinden om onder te duiken.'
Ze haalde haar Nokia uit haar tasje. Drukte op een sneltoets. Wachtte. Ik timede in mijn hoofd. Hij ging een keer over. Twee keer. Drie keer. Vier keer. Duffy wierp me een bezorgde blik toe. Toen nam Eliot op. Duffy slaakte een zucht van verlichting en gaf hem instructies, luid, duidelijk en nadrukkelijk. Daarna verbrak ze de verbinding.
'Oké?' vroeg ik.
Ze knikte. 'Hij klonk erg opgelucht.'
Ik knikte ook. Dat kon ik me voorstellen. Het was geen pretje om achter de kolf van een mitrailleur gehurkt te zitten, met je rug naar de zee en je ogen op het grijze landschap, en niet te weten wat je boven het hoofd hing, en wanneer.
'Rijden maar,' zei ik. 'Op naar de loods.'
Villanueva reed weer weg van de stoeprand. Hij kende de weg. Hij en Eliot hadden de loods twee keer in de gaten gehouden. Twee lange dagen. Hij zigzagde in zuidoostelijke richting door de stad en benaderde het havengebied vanuit het noordwesten. We zwegen alle drie. Ik probeerde de schade te overzien. Die was enorm. Een ramp. Maar het had ook iets van bevrijding. Het bracht alles in het licht. Geen toneelstukjes meer. De zwendelpartij was in het

niets opgelost. Nu was ik domweg de vijand. En zij de mijne. Het was een opluchting.
Villanueva was niet op zijn achterhoofd gevallen. Hij deed alles volgens het boekje. Hij reed op een afstand van drie blokken in een boog om de loods heen. Om alle vier de kanten te bekijken. We vingen korte glimpen op door stegen en openingen tussen gebouwen. Vier kanten, vier keer een glimp. Er stonden geen auto's. De roldeur zat dicht. Er brandde geen licht achter de ramen.
'Waar zitten ze allemaal?' vroeg Duffy. 'Dit moest een groot weekeinde worden.'
'Dat is het ook,' zei ik. 'Ik denk dat het heel groot is. En volgens mij is het volstrekt logisch wat ze nu doen.'
'Wat dóén ze dan?'
'Straks,' zei ik. 'Laten we eerst die Persuaders maar eens gaan bekijken. En wat ze ervoor in ruil krijgen.'
Villanueva parkeerde de auto twee blokken naar het noordoosten voor een deur waarboven stond: BRIAN'S FINE IMPORTED TAXIDERMY. Hij deed de Taurus op slot, we liepen in zuidwestelijke richting en vervolgens met een boog om Becks loods zodat we die via de blinde kant zonder ramen konden benaderen. De personeelsingang van de loods zat op slot. Ik keek door het raam van het achterkantoor naar binnen en zag geen mens. Liep de hoek om en keek in de secretaresseruimte. Niemand. We kwamen bij de ongeverfde deur en bleven staan. Hij zat op slot.
'Hoe komen we binnen?' vroeg Villanueva.
'Hiermee,' zei ik.
Ik haalde de sleutelbos van Angel Doll te voorschijn en draaide de deur van het slot. Het inbraakalarm begon te piepen. Ik ging naar binnen om door de papieren op het prikbord te bladeren, vond de code en toetste die in. Het rode lichtje maakte plaats voor een groen lampje, het gepiep stopte en het gebouw werd stil.
'Ze zijn er niet,' zei Duffy. 'We hebben geen tijd voor verkenning. We moeten Teresa gaan zoeken.'
Ik rook de wapenolie al. Die hing in de lucht en overvleugelde de geur van het ruwe wol van de tapijten.
'Vijf minuten,' zei ik. 'Dan krijg je een medaille van de ATF.'

'Ze zouden je een medaille moeten geven,' zei Kohl.
Ze belde me uit een cel op de universiteitscampus van Georgetown.
'O ja?'

‘We hebben hem. We kunnen hem grijpen. De man is er helemaal geweest.’
‘Om wie ging het dan?’
‘Irakezen,’ zei ze. ‘Niet te geloven, hè?’
‘Eigenlijk wel logisch, denk ik,’ zei ik. ‘Ze hebben net een pak op hun donder gehad, dus willen ze zich op de volgende keer voorbereiden.’
‘Over stoutmoedig gesproken.’
‘Hoe is het gegaan?’
‘Precies zoals we al gezien hebben. Maar dit keer met Samsonite-koffertjes, niet met Halliburtons. We scoorden lege koffertjes bij een Libanees en een Iraniër. Daarna stuitten we op de goudmijn bij de Irakees. De echte blauwdruk.’
‘Zeker weten?’
‘Honderd procent,’ zei ze. ‘Ik heb Gorowski gebeld en hij heeft de echtheid vastgesteld aan de hand van het tekeningnummer onder in de hoek.’
‘Wie is er getuige geweest van de overdracht?’
‘Wij allebei. Ik en Frasconi. Plus een paar studenten en faculteitsleden. Het gebeurde in een coffeeshop van de universiteit.’
‘Welke faculteit?’
‘We hadden een hoogleraar rechten.’
‘Wat heeft hij gezien?’
‘De hele toestand. Maar hij kan geen eed doen op de feitelijke overdracht. Ze waren echt heel glad, net balletje-balletje. De koffertjes waren identiek. Voldoende?’
Vragen die ik heel graag anders had beantwoord. Het kon zijn dat Quinn zou beweren dat de Irakees de blauwdruk al had, van een onbekende bron. Misschien kon hij suggereren dat de man het gewoon leuk vond om hem bij zich te hebben. Misschien kon hij de hele uitwisseling gewoon ontkennen. Maar vervolgens dacht ik aan de Syriër, de Libanees en de Iraniër. En al dat geld op Quinns bankrekening. De belazerde slachtoffers zouden wraakzuchtig zijn. Misschien wilden ze wel getuigen achter gesloten deuren. Misschien kon Buitenlandse Zaken ze een ruilhandeltje bieden. En Quinns vingerafdrukken zaten op het koffertje dat in bezit van de Iraki was. Hij zou geen handschoenen hebben gedragen tijdens het rendezvous. Te verdacht. Alles bij elkaar dacht ik dat we wel voldoende hadden. We beschikten over een duidelijk patroon, onverklaarbaar geld op Quinns rekening, een supergeheime blauwdruk van het

Amerikaanse leger in het bezit van een Irakese spion en twee MP's en een hoogleraar rechten om te verklaren hoe hij daar was gekomen, plus vingerafdrukken op de greep van een attachékoffertje. 'Meer dan genoeg,' zei ik. 'Ga hem maar oppakken.'

'Waar moet ik zijn?' vroeg Duffy.

'Ik zal het je laten zien,' zei ik.

Ik liep langs haar heen door de open ruimte. Het achterkantoor in. De deur naar het hokje in de loods door. Angel Dolls computer stond daar nog steeds op het bureau. Zijn stoel lekte nog steeds aan alle kanten vulling. Ik vond de juiste schakelaar en deed het licht in de loods aan. Ik zag alles door de glazen scheidingswand. De rekken met tapijten waren er nog. De vorkheftruck stond er ook nog. Maar midden in de ruimte stonden vijf manshoge stapels kisten. Ze waren in twee groepen verdeeld. Het verst van de roldeur stonden drie stapels gehavende houten kisten met sjabloonletters in een onbekend vreemd alfabet, voornamelijk Cyrillisch, waaroverheen iets was gekrabbeld dat op Arabisch leek. Waarschijnlijk was dat de import van Bizarre Bazaar. Dichter bij de deur stonden twee stapels nieuwe kratten met opdruk in het Engels: *Mossberg, Connecticut.* Dat was waarschijnlijk de uitgaande lading van de Xavier Export Company. Import-export, ruilhandel op zijn best. *Eerlijke ruil is geen roof*, had Leon Garber kunnen zeggen.

'Niet kolossaal, hè?' zei Duffy. 'Ik bedoel, vijf stapels kisten? Honderdveertigduizend dollar? Ik dacht dat het om een grote transactie ging.'

'Volgens mij is het ook een grote,' zei ik. 'Misschien qua betekenis in plaats van hoeveelheid.'

'Laten we maar eens kijken,' zei Villanueva.

We liepen de loods in. Hij en ik tilden de bovenste Mossberg-kist op de grond. Hij was zwaar. Mijn linkerarm was nog steeds een beetje slap. En het midden van mijn borst deed zeer. Daarbij vergeleken was mijn kapotgeslagen mond niets.

Villanueva vond een klauwhamer op een tafel. Daarmee trok hij de spijkers uit de deksel van de kist. Vervolgens haalde hij de deksel eraf en legde hem op de vloer. De kist zat vol met schuimplastic balletjes. Ik stak mijn handen erin en haalde een lang geweer in vetvrij papier te voorschijn. Ik scheurde het papier eraf. Het was een M500 Persuader. Het Cruiser-model. Geen schouderkolf. Alleen pistoolgreep. Kaliber-12, loop van zevenenveertig centimeter, kamer van acht centimeter, zesschotsversie, blauwzwart metaal, voorgreep van zwart synthetisch materiaal, geen vizier. Het was een akelig, wreed straatwapen voor dichtbij. Ik haalde de grendel heen en weer, *krak-krak*. Hij schoof als zijde op huid. Haalde de trekker over. Net een Nikon-sluiter.

'Heb je ook munitie gezien?' vroeg ik.

'Hier!' riep Villanueva. Hij had een doos Brenneke Magnumkogels in zijn hand. Achter hem stond een open pakket met tientallen identieke dozen. Ik maakte er twee open, laadde zes kogels, wipte er een in de kamer en deed er nog een zevende bij. Daarna zette ik het wapen op veilig, want die Brennekes waren geen jachthagel. Het waren massieve koperen dertiggramskogels die de loop verlieten met een snelheid van bijna achttienhonderd kilometer per uur. Ze sloegen een gat in een muur van bouwblokken dat groot genoeg was om doorheen te kruipen. Ik legde het wapen op tafel en pakte er nog een uit. Laadde het, zette het op veilig en legde hem naast het andere op tafel. Zag Duffy naar me kijken.

'Daar zijn ze toch voor?' zei ik. 'Niemand heeft iets aan een ongeladen geweer.'

Ik stopte de lege Brenneke-dozen terug in de verpakking en deed de deksel dicht. Villanueva keek naar de kisten van Bizarre Bazaar. Hij had papieren in zijn handen.

'Vind jij dit iets van tapijten weg hebben?' vroeg hij.

'Niet zo,' zei ik.

'De Amerikaanse douane wel. Een zekere Taylor heeft ervoor getekend als zijnde handgeweven tapijten uit Libië.'

'Dat is mooi,' zei ik. 'Die Taylor kun je aangeven bij de ATF. Die kan zijn bankrekening bekijken. Misschien kun je je zo populairder maken.'

'Wat zit er dan echt in?' vroeg Duffy. 'Wat maken ze in Libië?'

'Niets,' zei ik. 'Ze kweken dadels.'

'Dit is allemaal Russisch spul,' zei Villanueva. 'Het is twee keer door Odessa gegaan. Geïmporteerd in Libië. Rechtsomkeert gemaakt en hierheen gekomen, in ruil voor tweehonderd Persuaders. Alleen omdat iemand op straat in Tripoli een stoere indruk wil maken.'

'En in Rusland maken ze een heleboel dingen,' zei Duffy.

'Laten we maar eens kijken wat precies.'

Er waren negen kisten in drie stapels. Ik tilde de bovenste kist van

de dichtstbijzijnde stapel en Villanueva ging aan de slag met zijn klauwhamer. Hij trok de deksel eraf en ik zag een stel AK-74-wapens genesteld in houtwol. Gewone, automatische kalasjnikovs, gebruikt en wel. Oersaai, straatwaarde zo'n tweehonderd dollar per stuk, afhankelijk van de persoon aan wie je ze verkocht. Ze waren niet in de mode. Ik zag geen knapen in North Face-jacks ze inruilen voor hun schitterende, matzwarte H&K's.
De tweede kist was kleiner. Hij zat vol met houtwol en AKSU-74 machinepistolen. Ze waren afgeleid van de AK-74. Efficiënt maar lomp. Die waren ook tweedehands, maar goed onderhouden. Niet opwindend. Niet beter dan een stelletje westerse equivalenten. De NAVO had er niet wakker van gelegen.
De derde kist zat vol met 9mm Makarov-pistolen. De meeste waren oud en zaten onder de krassen. Het is een grof en traag ontwerp, gepikt van de oeroude Walther PP. Het sovjetleger heeft het nooit zo op handwapens begrepen gehad. Ze schakelden het gebruik van handwapens gelijk aan stenen gooien.
'Dit is allemaal rotzooi,' zei ik. 'Het beste wat je ermee kunt doen is omsmelten om er bootankers van te maken.'
We begonnen aan de tweede stapel en troffen in de eerste kist iets veel interessanters. Die zat vol met VAL Silent Snipers. Tot 1994 waren die geheim, tot het Pentagon de hand op een exemplaar legde. Ze zijn helemaal zwart, helemaal van metaal en hebben een opengewerkte kolf. Ze schieten speciale, zware, subsonische 9mm-kogels af. Proeven wezen uit dat ze op een afstand van een kleine vijfhonderd meter iedere soort kogelvrije kleding penetreren. Ik kon me herinneren dat er destijds heel wat om te doen was. Het waren er twaalf. In de volgende kist zaten er nog eens twaalf. Het waren kwaliteitswapens. En ze zagen er goed uit. Die zouden echt goed bij North Face-jacks passen. Vooral de zwarte met het zilveren randje.
'Zijn ze duur?' vroeg Villanueva.
Ik haalde mijn schouders op. 'Moeilijk te zeggen. Hangt ervan wat de gek ervoor geeft, denk ik. Maar een gelijkwaardige Vaime of SIG zou nieuw in de Verenigde Staten op zo'n vijfduizend dollar komen.'
'Dan ligt daar de hele factuurwaarde.'
Ik knikte. 'Het zijn serieuze wapens. Maar in South Central L.A. heb je er weinig aan. Dus hun straatwaarde is misschien een stuk lager.'
'We moeten ervandoor,' zei Duffy.

Ik deed een stap naar achteren om door het glas en het raam van het achterkantoor te kijken. Het was halverwege de middag. Somber, maar nog steeds licht.

'Zo meteen,' zei ik.

Villanueva maakte de laatste kist van de tweede stapel open.

'Sodeju, wat is dit?' vroeg hij.

Ik liep erheen. Zag een nest houtwol. En een slanke, zwarte buis met een kort, houten gedeelte bij wijze van schoudersteun. In het uiteinde stak al een bol projectiel. Ik moest twee keer kijken voor ik het zeker wist.

'Dat is een RPG-7,' zei ik. 'Het is een antitank-raketlanceerder. Infanteriewapen, afgevuurd vanaf de schouder.'

'RPG betekent *rocket propelled grenade*,' zei hij.

'In het Engels,' zei ik. 'In het Russisch is het *reaktivniy protivotankovyi granatomet*, raket antitank granaatlanceerder. Maar het vuurt een projectiel af, geen granaat.'

'Net als de lange-roedepenetrator?' vroeg Duffy.

'Zoiets,' zei ik. 'Maar het is explosief.'

'Blaast het tanks op?'

'Dat is wel de bedoeling.'

'Wie gaat dit dan van Beck kopen?'

'Ik weet het niet.'

'Drugsdealers?'

'Misschien. Het zou heel effectief zijn tegen een huis. Of een gepantserde limousine. Als de concurrentie een gepantserde BMW zou aanschaffen, zou je zoiets nodig hebben.'

'Of terroristen,' zei ze.

Ik knikte. 'Of mafkezen van een particuliere militie.'

'Dit is heel ernstig.'

'Ze zijn lastig te richten,' zei ik. 'Het projectiel is groot en traag. Negen van de tien keer zal zelfs een lichte zijwind je doen missen. Maar dat is een schrale troost voor degene die per ongeluk wordt geraakt.'

Villanueva wrong de volgende deksel los.

'Nog een,' zei hij. 'Identiek.'

'We moeten de ATF waarschuwen,' zei Duffy. 'Ook de FBI waarschijnlijk. Nu direct.'

'Zo meteen,' zei ik.

Villanueva maakte de laatste twee kisten open. Spijkers snerpten en hout barstte.

'Nog meer raars,' zei hij.

Ik keek. Zag dikke metalen buizen die felgeel waren geschilderd. Eronder zaten elektronische modules met bouten bevestigd. Ik wendde het hoofd af.

'Grails,' zei ik. 'SA-7 Grails. Russische grond-luchtdoelraketten.'

'Warmtezoekers?'

'Precies.'

'Om vliegtuigen neer te halen?' vroeg Duffy.

Ik knikte. 'En heel goed tegen helikopters.'

'Wat is het bereik?' vroeg Villanueva.

'Goed voor een kleine drie kilometer,' zei ik.

'Daarmee kun je dus een lijntoestel neerhalen.'

Ik knikte.

'Bij een vliegveld,' zei ik. 'Vlak na het opstijgen. Je kunt ermee op een boot in de East River gaan zitten. Stel je voor dat je een vliegtuig raakt dat net van La Guardia opstijgt. Dat vervolgens op Manhattan neerstort. Dan zou je een herhaling van 11 september krijgen.'

Duffy staarde naar de gele buizen.

'Ongelooflijk,' zei ze.

'Dit gaat niet meer om drugsdealers,' zei ik. 'Ze hebben hun markt vergroot. Dit gaat om terrorisme. Kan niet anders. Met deze ene lading kun je een hele terreurcel bewapenen. Ze kunnen er praktisch alle kanten mee op.'

'We moeten weten wie er in de rij staat om ze te kopen. En waarom.'

Daarna hoorde ik het geluid van voetstappen in de deuropening. En het klik van een kogel die zich in de kamer van een automatisch pistool nestelt. En een stem.

'Wij vragen niet wat ze ermee willen,' zei hij. 'Dat doen we nooit. We nemen goddomme gewoon hun geld aan.'

14

Het was Harley. Zijn mond was een onregelmatig gat boven zijn geitensik. Ik zag zijn gele tanden. Hij grijnsde. Hij had een Para Ordnance P14 in zijn rechterhand. De P14 is een betrouwbare Canadese kopie van de Colt 1911 en veel te zwaar voor hem. Zijn polsen waren dun en zwak. Hij had beter een Glock 19 kunnen nemen, zoals die van Duffy.

'Ik zag licht branden,' zei hij. 'Ik vond dat ik maar even poolshoogte moest nemen.'

Daarna keek hij mij recht aan.

'Paulie heeft het zeker verknald,' zei hij. 'En waarschijnlijk heb jij zijn stem nageaapt toen meneer Xavier belde.'

Ik keek naar zijn trekkervinger. Die zat op z'n plaats. Een halve seconde was ik kwaad op mezelf omdat ik hem onaangekondigd binnen had laten komen. Daarna ging ik nadenken over hoe ik hem uit kon schakelen. Ik dacht: Villanueva gaat tegen me schreeuwen als ik hem neerleg voordat we naar Teresa hebben gevraagd.

'Ga je me niet voorstellen?' vroeg hij.

'Dit is Harley,' zei ik.

Niemand zei iets.

'Wie zijn die andere lui?' vroeg Harley aan mij.

Ik zei niets.

'Wij zijn federale agenten,' zei Duffy.

'Wat doen jullie dan allemaal hier?' vroeg Harley.

Hij vroeg het alsof hij oprecht belangstelling had. Hij droeg een ander pak. Het was glimmend zwart. Er zat een zilverkleurige das onder. Hij had gedoucht en zijn haar gewassen. Zijn paardenstaart werd bijeengehouden door een gewoon bruin elastiekje.

'We doen ons werk hier,' zei Duffy.

Hij knikte. 'Reacher heeft gezien wat we met vrouwen van de overheid doen. Met eigen ogen.'

'Je zou moeten drossen, Harley,' zei ik. 'De hele boel dondert momenteel in elkaar.'

'Denk je?'

'Ik weet het.'
'Dat gevoel krijgen we niet van de computers, zie je. Jouw en mijn vriendin in die lijkenzak had ze nog niets verteld. Ze wachten nog altijd op haar eerste rapport. Het grootste deel van de tijd heeft het er trouwens veel van weg dat ze haar glad vergeten zijn.'
'Wij hebben niets met computers te maken.'
'Nog beter,' zei hij. 'Jullie zijn dus freelancers. Niemand weet dat je hier bent en ik heb jullie allemaal onder schot.'
'Paulie had mij ook onder schot,' zei ik.
'Met een pistool?'
'Met twee pistolen.'
Zijn blik ging even naar beneden. Toen keek hij weer op.
'Ik ben slimmer dan Paulie,' zei hij. 'Leg je handen op je hoofd.'
We legden onze handen op ons hoofd.
'Reacher heeft een Beretta,' zei hij. 'Dat weet ik zeker. Volgens mij zijn er hier ook twee Glocks. Hoogstwaarschijnlijk een 17 en een 19. Ik wil ze allemaal op de grond zien, langzaam en netjes, een voor een.'
Niemand bewoog zich. Harley richtte de P14 op Duffy.
'Eerst de vrouw,' zei hij. 'Tussen duim en wijsvinger.'
Duffy stak haar linkerhand onder haar jasje en trok haar Glock te voorschijn tussen duim en wijsvinger. Ze liet hem op de grond vallen. Ik bewoog mijn arm en maakte aanstalten om mijn hand in mijn zak te steken.
'Wacht even,' zei Harley. 'Jij bent onbetrouwbaar.'
Hij deed een stap naar voren, hief zijn arm en drukte de loop van de P14 tegen mijn onderlip, precies op de plek waar Paulie me had geraakt. Daarna stak hij zijn linkerhand in mijn zak en haalde de Beretta te voorschijn. Gooide hem naast Duffy's Glock.
'Nu jij,' zei hij tegen Villanueva. Hij hield de P14 op z'n plek. Hij voelde koud en hard. Ik voelde de loop tegen mijn losse tanden drukken. Villanueva liet zijn Glock op de grond vallen. Harley harkte de drie pistolen met zijn voet naar achteren. Daarna deed hij een stap terug.
'Oké,' zei hij. 'Nu hier tegen de muur gaan staan.'
Hij liet ons draaien tot hij bij de kisten en wij op een rij tegen de muur stonden.
'Er is er nog een,' zei Villanueva. 'Die is niet hier.'
Fout, dacht ik. Harley glimlachte alleen maar.
'Bel hem dan maar op,' zei hij. 'En zeg dat hij hierheen moet komen.'

Villanueva zei niets. Het voelde als een doodlopende straat. Daarna bleek het een valstrik.

'Bel hem dan,' herhaalde Harley. 'Nu meteen, anders ga ik schieten.'

Niemand bewoog zich.

'Bel hem op, anders krijgt de vrouw een kogel in haar dij.'

'Zij heeft de telefoon,' zei Villanueva.

'In mijn tasje,' zei Duffy.

'En waar is je tasje?'

'In de auto.'

Het juiste antwoord, dacht ik.

'Waar staat de auto?' vroeg Harley.

'Dichtbij,' zei Duffy.

'Die Taurus bij die zaak waar ze dieren opzetten?'

Duffy knikte. Harley aarzelde.

'Neem de telefoon in het kantoor maar,' zei hij. 'En bel die vent op.'

'Ik weet z'n nummer niet,' zei Duffy.

Harley keek haar alleen maar aan.

'Hij zit onder een sneltoets,' zei ze. 'Ik weet het niet uit m'n hoofd.'

'Waar is Teresa Daniel?' vroeg ik.

Harley glimlachte slechts. Gevraagd en beantwoord, dacht ik.

'Maakt ze het goed?' vroeg Villanueva. 'Want dat is jullie geraden.'

'Ze maakt het prima,' zei Harley. 'Als nieuw.'

'Moet ik mijn telefoon gaan halen?' vroeg Duffy.

'We gaan met z'n allen,' zei Harley. 'Nadat jullie die kisten op orde hebben gebracht. Jullie hebben er een troep van gemaakt. Dat had je niet moeten doen.'

Hij ging naast Duffy staan en zette de loop tegen haar slaap.

'Ik wacht hier,' zei hij. 'En de vrouw mag hier ook wachten. Als mijn eigen persoonlijke levensverzekering.'

Villanueva wierp een blik op mij. Ik haalde mijn schouders op. Waarschijnlijk moesten wij het kwartiermeesterswerk doen. Ik deed een stap naar voren en raapte de hamer van de grond op. Villanueva pakte de deksel van de eerste Grail-kist. Wierp weer een blik op mij. Ik schudde mijn hoofd net voldoende dat hij het kon merken. Ik zou die hamer dolgraag in Harleys hoofd hebben begraven. Of zijn mond. Ik zou zijn gebitsproblemen definitief hebben opgelost. Maar een hamer was niet geschikt tegenover een gast

met een pistool tegen het hoofd van een gijzelaar. En bovendien had ik een beter idee. Dat hing af van een zeker vertoon van berusting. Dus hield ik gewoon de hamer vast en wachtte beleefd tot Villanueva de deksel op zijn plek had gelegd boven de dikke, gele raketbuis. Ik stompte de deksel wat heen en weer met de muis van mijn hand tot de spijkers hun oorspronkelijk gaatjes hadden gevonden. Daarna sloeg ik ze erin, deed een stap naar achteren en wachtte weer af.
De tweede Grail-kist deden we net zo. Tilden hem op en zetten hem op de eerste. Daarna deden we de RPG-7's. Spijkerden de deksels dicht en stapelden ze precies zoals we ze hadden aangetroffen. Daarna deden we de VAL Silent Snipers. Harley hield ons nauwlettend in de gaten. Maar hij ontspande zich een beetje. We werkten mee. Villanueva scheen te begrijpen wat ik in mijn schild voerde. Hij had het snel door. Hij vond de deksel van de Makarov-kist. Toen hij die half op zijn plek had, wachtte hij even.
'Kopen mensen die dingen?' vroeg hij.
Perfect, dacht ik. Hij had een keuveltoon, een tikje verwonderd. En beroepshalve geïnteresseerd, net zoals de echte man van de ATF die hij had kunnen zijn.
'Waarom zouden ze die niet kopen?' vroeg Harley.
'Omdat het rotzooi is,' zei ik. 'Heb je er ooit een geprobeerd?'
Harley schudde zijn hoofd.
'Mag ik je iets laten zien?' vroeg ik.
Harley hield het pistool hard tegen Duffy's slaap gedrukt. 'Wat?'
Ik stak mijn hand in de kist en haalde een van de pistolen eruit. Hij was oud en gekrast. Veel gebruikt.
'Heel grof mechanisme,' zei ik. 'Ze hebben het oorspronkelijke ontwerp van Walther vereenvoudigd. Geruïneerd, in feite. Twee kogels achter elkaar, net als het origineel, maar de trekker is een nachtmerrie.'
Ik richtte het pistool op het plafond, zette mijn vinger aan de trekker en drukte mijn duim tegen de achterkant van de kolf om het effect te overdrijven. Trok mijn hand samen en haalde de trekker over. Het mechanisme maakte een schrapend geluid als een protesterende versnellingspook in een oude auto en het pistool draaide onhandig in mijn greep.
'Troep,' zei ik.
Ik deed het opnieuw, luisterde naar het akelige geluid en liet het wapen tussen duim en wijsvinger draaien en kronkelen.

'Hopeloos,' zei ik. 'Je maakt geen kans er iets mee te raken, tenzij het vlak naast je staat.'
Ik gooide het pistool weer in de kist. Villanueva schoof de deksel op zijn plaats.
'Je zou ongerust moeten zijn, Harley,' zei hij. 'Je reputatie is geen reet meer waard als je deze rotzooi op de markt brengt.'
'Niet mijn probleem,' zei Harley. 'Niet mijn reputatie. Ik werk hier alleen maar.'
Ik sloeg de spijkers langzaam op hun plaats, alsof ik moe was. Daarna begonnen we met de AKSU-74-kist. De oude machinepistolen. Daarna deden we de AK-74's.
'Die kun je aan de filmstudio's verkopen,' zei Villanueva. 'Voor historische drama's. Alleen daar zijn ze goed voor.'
Ik hamerde de spijkers op hun plaats en we stapelden de kist op de rest, totdat we de hele import van Bizarre Bazaar weer op een keurige, afzonderlijke stapel hadden, net zoals we ze hadden gevonden. Harley hield ons nog steeds in de gaten. Hij hield nog steeds zijn pistool tegen Duffy's hoofd gedrukt. Maar zijn pols was moe en zijn vinger zat niet meer strak om de trekker. Hij had hem omhooggeschoven naar de onderkant van het raamwerk, om het gewicht te helpen ondersteunen. Villanueva schoof de kist van Mossberg over de grond naar me toe. Pakte de deksel. We hadden er maar een geopend.
'Bijna klaar,' zei ik.
Villanueva legde de deksel op zijn plek.
'Wacht even,' zei ik. 'Er liggen er nog twee op de tafel.'
Ik liep naar de tafel om de eerste Persuader op te rapen. Staarde ernaar.
'Zie je dit?' zei ik tegen Harley. Ik wees op de veiligheidspal. 'Ze hebben hem verscheept met de pal op veilig. Dat mag niet. Dat kan de slagpen beschadigen.'
Ik zette de pal op vuren, rolde het wapen in zijn vetvrije papier en begroef het diep in de schuimbolletjes. Liep weer terug om nummer twee te pakken.
'Deze idem dito,' zei ik.
'Jullie gaan vast en zeker failliet,' zei Villanueva. 'Je kwaliteitscontrole lijkt nergens op.'
Ik zette de pal op vuren en liep weer naar de kist. Tolde op mijn rechtervoet als een tweedehonkman bij een dubbelspel, haalde de trekker over en schoot Harley in zijn buik. Het Brenneke-patroon

klonk als een bomexplosie en de enorme kogel hakte Harley letterlijk in tweeën. Zonet was hij er nog, en nu was hij er opeens niet meer. Hij lag in twee grote stukken op de grond en de loods hing vol met scherpe kruitdamp en de warme stank van Harleys bloed en darmen. En Duffy stond te gillen omdat de man naast wie ze zojuist had gestaan gewoon was opgeblazen. Mijn oren suisden. Duffy bleef gillen en danste weg van de toenemende plas bloed bij haar voeten. Villanueva greep haar vast en hield haar stevig tegen zich aan. Ik haalde de afsluiter van de Persuader heen en weer en hield de deur in de gaten voor het geval ons nog meer verrassingen boven het hoofd hingen. Maar dat was niet zo. De loodsruimte hield op met weergalmen, mijn gehoor keerde terug en daarna was er niets anders dan stilte en Duffy's hijgende ademhaling.
'Ik stond vlak naast hem,' zei ze.
'Nu sta je niet meer vlak naast hem,' zei ik. 'Daar gaat het om.'
Villanueva liet haar los, liep naar de plek waar Harley onze pistolen had geschopt, bukte zich en raapte ze op. Ik haalde de tweede geladen Persuader uit de kist, pakte hem weer uit en zette hem op veilig.
'Heerlijke wapens,' zei ik.
'Ze schijnen te werken,' zei Villanueva.
Ik hield beide Persuaders in een hand en stopte de Beretta in mijn zak.
'Ga de auto maar halen, Terry,' zei ik. 'Iemand is waarschijnlijk nu bezig de politie te bellen.'
Hij ging door de voordeur naar buiten en ik keek door het raam naar de lucht. Er was veel bewolking, maar ook nog veel daglicht.
'Wat nu?' vroeg Duffy.
'Nu gaan we ergens wachten,' zei ik.

Ik wachtte ruim een uur aan mijn bureau, starend naar de telefoon, en verwachtte dat Kohl me zou bellen. Ze had de rit naar Maclean op vijfendertig minuten getimed. Gerekend van de universiteitscampus in Georgetown kon je daar nog vijf tot tien minuten bij optellen, afhankelijk van het verkeer. De situatie rond Quinns huis verkennen zou nog eens tien minuten extra kunnen betekenen. De arrestatie kon binnen een minuut bekeken zijn. Handboeien om en in de auto zetten: nog eens drie minuten. Negenenvijftig minuten in totaal. Maar er verstreek een heel uur zonder een telefoontje.

Na zeventig minuten werd ik bezorgd. Na tachtig begon ik me ernstig zorgen te maken. Na precies negentig minuten pakte ik een dienstauto en ging ik zelf op pad.

Terry Villanueva parkeerde de Taurus op een stukje gehavend asfalt voor de deur van het kantoor en liet de motor lopen.
'We moeten Eliot bellen,' zei ik. 'Om te horen waar hij heen is. Dan gaan we bij hem wachten.'
'Waarop?' vroeg Duffy.
'Tot het donker is,' zei ik.
Ze ging naar buiten naar de stationair draaiende auto om haar tas te pakken. Kwam ermee terug. Diepte haar telefoon op en drukte de toets in. Ik telde mee in mijn hoofd. Hij ging een keer over. Twee keer. Drie, Vier. Vijf. Zes.
'Hij neemt niet op,' zei Duffy.
Daarna klaarde ze op. Toen liet ze haar gezicht weer hangen.
'De voicemail,' zei ze. 'Er klopt iets niet.'
'Kom mee,' zei ik.
'Waarheen?'
Ik keek op mijn horloge. Daarna uit het raam naar de lucht. Te vroeg.
'De kustweg,' zei ik.
We verlieten het warenhuis nadat we de lichten hadden uitgedaan en de deuren hadden afgesloten. Er lagen te veel schatten om de loods open en toegankelijk te laten. Villanueva reed. Duffy zat naast hem voorin. Ik zat op de achterbank met de twee Persuaders naast me. We zigzagden het havengebied uit. Langs het terrein waar Beck zijn busjes parkeerde. De snelweg op, langs het vliegveld en naar het zuiden, weg van de stad.

We verlieten de snelweg en reden in oostelijke richting over de vertrouwde kustweg. Ander verkeer was er niet. De grijze wolken hingen laag en de wind uit zee was krachtig genoeg om langs de pakking van de voorruit te huilen. Er vlogen druppels door de lucht. Misschien regende het, of misschien waren het spetters van de zee die landinwaarts werden gejaagd op de storm. Het was nog veel te licht. Te vroeg.
'Probeer Eliot nog eens,' zei ik.
Duffy haalde haar telefoon te voorschijn. Drukte de sneltoets in. Hield de telefoon aan haar oor. Ik hoorde hem zes keer vaag over-

gaan en daarna het gefluister van de voicemailboodschap. Ze schudde haar hoofd. Verbrak de verbinding weer.
'Oké,' zei ik.
Ze draaide zich om in haar stoel.
'Weet je zeker dat ze allemaal in het huis zijn?' zei ze.
'Heb je Harleys pak gezien?' vroeg ik.
'Zwart,' zei ze. 'Goedkoop.'
'Voor hem was het een soort smoking. Zijn idee van avondkleding. En Emily Smith had een zwarte cocktailjurk klaar hangen in haar kantoor. Ze was van plan zich te verkleden. Ze had al een paar mooie schoenen aan. Volgens mij hebben ze een banket.'
'Keast en Maden,' zei Villanueva. 'De cateraars.'
'Precies,' zei ik. 'Banketvoedsel. Achttien mensen à vijfenvijftig dollar. Vanavond. En Emily Smith heeft een aantekening op de bestelling gemaakt. Lamsvlees, geen varken. Wie eten er geen varkensvlees?'
'Mensen die koosjer moeten eten.'
'En Arabieren,' zei ik. 'Misschien Libiërs.'
'Hun leveranciers.'
'Precies,' zei ik opnieuw. 'Volgens mij staan ze op het punt om hun handelsbetrekkingen te bezegelen. Ik denk dat al die Russische spullen in de kisten een soort symbolische zending waren. Een gebaar. De Persuaders idem. Beide kanten hebben elkaar blijk gegeven dat ze te vertrouwen zijn. Nu gaan ze samen brood breken en echt zaken doen.'
'In dat huis?'
Ik knikte. 'Het is een indrukwekkende lokatie. Afgelegen, heel dramatisch. En er staat een grote eettafel.'
Hij zette de ruitenwissers aan. Er trokken strepen en vlekken over de ruit. Het was stuifwater van zee dat horizontaal van de Atlantische Oceaan werd geslagen. Vol zout.
'En dan nog iets,' zei ik.
'Nou?'
'Volgens mij maakt Teresa Daniel deel uit van de deal,' zei ik.
'Wat?'
'Ik denk dat ze haar tezamen met de Persuaders verkopen. Een leuk blond Amerikaans meisje. Volgens mij is zij die bonus van tienduizend dollar.'
Niemand zei iets.

'Heb je gehoord wat Harley over haar zei? *Als nieuw.*'
Niemand zei iets.
'Als je het mij vraagt, hebben ze haar gevoed en in leven gehouden en niet aangeraakt.' Ik dacht: Paulie zou Elizabeth Beck met rust hebben gelaten als Teresa beschikbaar was geweest. Met alle respect voor Elizabeth.
Niemand zei iets.
'Waarschijnlijk tutten ze haar op dit moment op,' zei ik.
Niemand zei iets.
'Volgens mij gaat ze naar Tripoli,' zei ik. 'Als onderdeel van de deal. Als slagroom op de taart.'
Villanueva gaf plankgas. De wind loeide harder om de pakking van de voorruit en om de zijspiegeltjes. Twee minuten later kwamen we langs de plek waar we de lijfwachten in een hinderlaag hadden laten lopen en nam hij weer gas terug. We bevonden ons acht kilometer van het huis. Theoretisch waren we al zichtbaar door de ramen op de hoogste verdieping. We stopten midden op de weg en staarden reikhalzend naar het oosten.

Ik had een olijfgroene Chevrolet en was in negenentwintig minuten in Maclean. Op tweehonderd meter van Quinns huis stopte ik midden op de weg. Het stond in een gevestigde buitenwijk. Het hele terrein was stil, groen, besproeid en lag loom in de zon. De huizen stonden op stukken land van een halve hectare en gingen min of meer schuil achter een dikke haag oorspronkelijke naaldbomen. De oprijlanen waren gitzwart. Ik hoorde vogels zingen en een sproei-installatie maakte in de verte langzaam sissend het trottoir over zestig graden van zijn omwenteling nat. Ik zag dikke libellen rondvliegen.
Ik haalde mijn voet van de rem en reed met een slakkengang honderd meter verder. Quinns huis was betimmerd met donker cederhout. Er liep een pad van natuursteen omheen en er waren kniehoge bakken van natuursteen om aarden perken vol lage sparren en rododendrons. De ramen waren klein en de wijze waarop de overhangende dakrand over de bovenkant van de muren stak, gaf me het gevoel dat het huis met zijn rug naar me toe in elkaar gedoken zat.
Op de oprijlaan stond Frasconi's auto. Het was een olijfgroene Chevrolet, net als de mijne. Er zat niemand in. De voorbumper stond pal tegen Quinns garagedeur. De garage was een lange, la-

ge ruimte voor drie auto's. Hij zat op slot. Nergens klonk geluid, behalve de vogels en de sproei-installatie in de verte en het gonzen van insecten.

Ik parkeerde achter Frasconi's auto. Mijn banden klonken nat op het hete asfalt. Ik stapte uit en haalde mijn Beretta uit zijn holster. Zette de veiligheidspal op vuren en liep het stenen pad op. De voordeur zat op slot. Het huis was stil. Ik tuurde naar binnen door een raam van de gang. Zag niets, behalve het soort massieve, neutrale meubilair dat je in een duur huurhuis aantreft.

Ik liep om naar de achterkant. Er was een patio van flagstones met een barbecue. Een vierkante teakhouten tafel die grijs was geworden van het weer en vier stoelen. Een crèmekleurige parasol van canvas op een paal. Een gazon en een heleboel lage, wintervaste struiken die weinig onderhoud vergden. Een cederhouten schutting in dezelfde kleur gebeitst als de betimmering van het huis ontnam de buren het zicht.

Ik probeerde de keukendeur. Die zat op slot. Ik keek door het raam. Zag niets. Ik liep om de achterkant. Kwam bij het volgende raam en zag niets. Liep naar het volgende en zag Frasconi op zijn rug liggen.

Hij lag midden in de woonkamer. Er stonden een divan en twee leunstoelen bekleed met een degelijke, aardekleurige stof. Op de vloer lag kamerbreed tapijt in de olijfkleur van zijn uniform. Hij was een keer door zijn voorhoofd geschoten. Negen millimeter. Fataal. Zelfs door het raam kon ik het ene aangekoekte kogelgat en de doffe ivoorkleur van zijn schedel onder zijn huid zien. Zijn hoofd lag in een plas bloed. Dat was in het kleed getrokken en was al bezig te stollen en donker te worden.

Ik wilde niet via de begane grond naar binnen. Als Quinn er nog was, zou hij boven wachten en tactisch in het voordeel zijn. Dus sleepte ik de terrastafel naar de achterkant van de garage en gebruikte die om op het dak te klimmen. Via het dak kwam ik bij een raam op de bovenverdieping. Stootte met mijn elleboog het glas in. Vervolgens ging ik met mijn voeten eerst een logeerkamer in. Het rook er bedompt en ongebruikt. Ik liep erdoorheen en belandde op de gang van de bovenverdieping. Bleef staan en spitste de oren. Hoorde niets. Het huis klonk volledig verlaten. Er hing iets doods. Een complete afwezigheid van geluid. Geen menselijke vibraties.

Maar ik rook wel bloed.

Ik stak de gang over en vond Dominique Kohl in de grote slaapkamer. Ze lag ruggelings op bed. Ze was totaal naakt. Haar kleren waren afgerukt. Ze was vaak genoeg in haar gezicht gestompt om haar duizelig te maken en vervolgens was ze afgeslacht. Haar borsten waren met een groot mes geamputeerd. Het mes zag ik zitten. Het was door het zachte vlees onder haar kin en via haar verhemelte in haar hersens gestoken.

In dat stadium van mijn leven had ik al heel wat gezien. Na een terreuraanval was ik eens bij kennis gekomen met een deel van andermans kaakbeen in mijn buik. Ik moest eerst zijn vlees uit mijn ogen vegen voordat ik voldoende zag om weg te kunnen kruipen. Ik was twintig meter door afgerukte benen en armen gekropen en was met mijn knieën tegen afgeslagen hoofden gestoten met mijn handen stevig tegen mijn buik om te voorkomen dat mijn darmen eruit zouden vallen. Ik had slachtoffers van doodslag en ongelukken gezien, mannen die in vetes neergemaaid waren door mitrailleurs en mensen die tot roze pasta waren gereduceerd bij explosies en tot verkoolde en verwrongen klonten bij brand. Maar ik had nog nooit zoiets verschrikkelijks gezien als het geslachte lichaam van Dominique Kohl. Ik gaf over op de grond en voor het eerst in twintig jaar moest ik huilen.

'En wat nu?' vroeg Villanueva tien jaar later.

'Ik ga alleen naar binnen,' zei ik.

'Ik ga mee.'

'Niet tegenspreken,' zei ik. 'Breng me gewoon maar iets dichterbij. Heel langzaam.'

Het was een grijze auto op een grijze dag en langzaam bewegende dingen zijn minder zichtbaar dan snelle. Hij haalde zijn voet van de rem, gaf een beetje gas en liet de auto ongeveer vijftien kilometer per uur gaan. Ik controleerde de Beretta en de reservemagazijnen. Vijfenveertig kogels, minus twee die ik in Dukes plafond had geschoten. Ik controleerde de Persuaders. Veertien kogels, minus een die ik in Harleys buik had geschoten. In totaal vijfenzestig kogels tegen nog geen achttien mensen. Ik wist niet wie er op de gastenlijst stonden, maar ik wist zeker dat Emily Smith en Harley geen acte de présence zouden geven.

'Dom om het op eigen houtje te doen,' zei Villanueva.

'Dom om het überhaupt te doen,' antwoordde ik. 'Daarheen gaan is zelfmoord.'

Hij gaf geen antwoord.
'Het is beter dat jullie hierbuiten stand-by zijn,' zei ik.
Hij gaf geen antwoord. Hij wilde me rugdekking geven en hij wilde Teresa terug, maar was slim genoeg om in te zien dat een geïsoleerde vesting in het laatste daglicht benaderen geen lolletje was. Hij bleef gewoon langzaam doorrijden. Daarna haalde hij zijn voet van het gas, zette de pook in neutraal en liet de auto uitrijden. Hij wilde niet het fel oplichten van remlichten in de mist riskeren. We bevonden ons zo'n vierhonderd meter van het huis.
'Jullie wachten hier,' zei ik. 'Voor zo lang als het duurt.'
Villanueva wendde zijn gezicht af.
'Geef me een uur,' zei ik.
Ik wachtte tot ze allebei knikten.
'Dan bellen jullie de ATF,' zei ik. 'Na een uur, als ik niet terug ben.'
'Misschien moesten we dat nu meteen maar doen,' zei Duffy.
'Nee,' zei ik. 'Ik wil eerst dat ene uur.'
'De ATF zal Quinn grijpen,' zei ze. 'Ze zullen hem heus niet laten lopen.'
Ik moest denken aan wat ik had gezien en schudde alleen maar mijn hoofd.

Ik trad alle regels met voeten en negeerde alle procedures in het boek. Ik verwijderde me van de plaats delict en liet na het te rapporteren. Ik belemmerde de rechtsgang in alle opzichten. Ik liet Kohl in de slaapkamer en Frasconi in de huiskamer liggen. Liet hun auto op de oprijlaan staan. Reed gewoon terug naar mijn kantoor om een Ruger Standard .22 met een geluiddemper uit het arsenaal van de compagnie te halen en ging vervolgens de dozen met Kohls dossier zoeken. Mijn instinct zei dat Quinn een stop zou maken alvorens naar de Bahama's te vertrekken. Hij zou ergens een noodvoorraad hebben verstopt. Misschien een vals identiteitsbewijs, misschien een stapel bankbiljetten, misschien een gepakte reistas, misschien alle drie. Die voorraad zou hij niet bij de hand hebben. Niet in zijn huurhuis. Daar was hij te professioneel voor. Te voorzichtig. Die zou hij veilig en ver weg willen hebben. Ik gokte erop dat hij die in het huis in Noord-Californië had. Dat hij had geërfd van zijn vader de spoorwegarbeider en zijn moeder de huisvrouw. Dus moest ik dat adres hebben.
Kohls handschrift was keurig. De twee kartonnen dozen zaten vol met haar aantekeningen. Ze waren overzichtelijk. Ze waren

nauwgezet. Ze braken mijn hart. Ik vond het Californische adres in een biografie van acht pagina's die ze had geschreven. Het was een huisnummer van vijf cijfers aan een weg die onder het postkantoor van Eureka viel. Waarschijnlijk een afgelegen plek ver buiten de stad. Ik ging naar het bureau van mijn compagnie-schrijver om een stapeltje reismandaten voor mezelf te tekenen. Stopte mijn dienst-Beretta en de gedempte Ruger in een canvas-tas en reed naar het vliegveld. Ik moest documenten tekenen voordat ze me de geladen vuurwapens mee lieten nemen in de cabine. Ik was niet van plan ze in te klaren. Ik ging ervan uit dat er een vlotte kans was dat Quinn op dezelfde vlucht zat. Ik ging ervan uit dat ik hem ter plekke neer zou leggen als ik hem bij de gate of in het toestel zag.

Maar ik zag hem niet. Ik stapte op het vliegtuig naar Sacramento, liep na het vertrek door het gangpad om alle gezichten te bestuderen en hij was er niet bij. Dus bleef ik voor de duur van de vlucht op mijn plek zitten met de blik op oneindig. De stewardess liep met een wijde boog om me heen.

Op het vliegveld van Sacramento huurde ik een auto. Reed via de I-5 naar het noorden en vervolgens naar het noordwesten over Route 299. Het was een officiële toeristenroute. Hij slingerde door de bergen. Ik keek nergens naar behalve de gele lijn voor mijn neus. Ik had drie uur gewonnen omdat ik over drie tijdszones was gevlogen, maar toch begon het al donker te worden toen ik de bebouwde kom van Eureka bereikte. Ik vond de weg van Quinn. Het was een slingerweggetje dat van noord naar zuid liep, hoog in de heuvels boven de U.S. 101. Ver beneden me liep de snelweg. Ik zag koplampen in noordelijke richting stromen. Achterlichten naar het zuiden. Waarschijnlijk liep daar ergens beneden een spoorlijn. Misschien was er een station of een rangeerterrein in de buurt, waar Quinns oude heer gemakkelijk kon komen in de tijd dat hij nog werkte.

Ik vond het huis. Reed er voorbij zonder gas terug te nemen. Het was een ruw gebouwde, gelijkvloerse hut. Er stond een oude karnton bij wijze van brievenbus. De voortuin was al tien jaar geleden verwilderd. Vijfhonderd meter naar het zuiden keerde ik en reed zonder licht tweehonderd meter terug. Zette de auto achter een verlaten cafetaria met een ingezakt dak. Stapte uit en klom een meter of dertig de heuvels in. Liep driehonderd meter naar het noorden en benaderde zijn huis aan de achterkant.

In het halfduister zag ik een smalle achterveranda en een kale plek ervoor waar je een auto kon parkeren. Kennelijk was het zo'n huis waar je de achterdeur gebruikt in plaats van de voordeur. Binnen brandde geen licht. Ik zag stoffige, verschoten, halfdichte gordijnen voor de ramen. Het hele huis zag er leeg en ongebruikt uit. Ik kon een paar kilometer naar het noorden en zuiden kijken en er was geen verkeer op de weg.

Langzaam daalde ik de heuvel af. Liep in een boog om het huis. Luisterde bij elk raam. Er was geen mens in huis. Ik nam aan dat Quinn achter zou parkeren, dus brak ik aan de voorkant in. De deur was dun en oud en ik hoefde er alleen maar hard tegenaan te duwen tot de lijst aan de binnenkant begon mee te geven, en vervolgens gaf ik een klap met de muis van mijn hand boven het slot. Hout versplinterde en de deur zwaaide open. Ik ging naar binnen, deed hem weer dicht en klemde hem op zijn plek met een stoel. Vanbuiten zou het er ongeschonden uitzien.

Binnen was het bedompt en minstens tien graden kouder dan buiten. Het was schemerdonker. In de keuken hoorde ik een koelkast, dus wist ik dat er elektriciteit was. De muren waren bedekt met oeroud behang. Het was verschoten en geel. Er waren maar vier vertrekken. Een woonkeuken en een huiskamer. Er waren twee slaapkamers. De ene was klein en de andere nog kleiner. Waarschijnlijk was de kleinste van Quinn geweest toen hij jong was. Tussen de slaapkamers was een eenzame badkamer. Wit sanitair met roestvlekken.

Vier kamers en een badkamer maakt zoeken vrij eenvoudig. Bijna onmiddellijk vond ik wat ik zocht. Ik tilde het sleetse kleed van de huiskamervloer en vond een vierkant luik van een ruimte onder de planken. Als het in de gang had gezeten, zou ik het nog voor een inspectieluik van de kruipruimte hebben versleten. Maar het zat in de huiskamer. Ik haalde een vork uit de keuken en wrikte het open. Eronder was een ondiepe houten bak tussen de vloerbalken gemonteerd. Op die bak stond een schoenendoos in een matplastic verpakking. In de schoenendoos zaten drieduizend dollar en twee sleutels. Waarschijnlijk waren de sleutels van een bank- of bagagekluisje. Ik haalde het geld eruit en liet de sleutels liggen. Daarna deed ik het luik weer dicht, legde het kleed weer terug, koos een stoel en ging zitten wachten met mijn Beretta in mijn zak en de Ruger op schoot.

'Goed uitkijken,' zei Duffy.

Ik knikte. 'Zeker weten.'

Villanueva zei niets. Ik gleed uit de Taurus met de Beretta in mijn zak en de Persuaders in beide handen. Liep recht naar de berm, klom zo ver mogelijk langs de rotsen naar beneden en begon een weg naar het oosten te zoeken. Achter de wolken was nog steeds daglicht, maar ik was in het zwart, ik droeg zwarte wapens, bevond me niet op de weg zelf, dus had ik waarschijnlijk een kans. De wind blies hard in mijn gezicht en de lucht was vochtig. Voor me zag ik de zee. Die ging wild tekeer. Het werd laag tij. In de verte hoorde ik de golven beuken en het lange zuigende geluid van de onderstroom die zand en grind met zich mee voerde.

Ik kwam met een kleine boog dichterbij en zag de muurlichten branden. Ze laaiden blauwwit tegen de schemerige lucht. Het contrast tussen het elektrische licht en de namiddagschemering erachter hield in dat ze me slechter zouden zien naarmate ik dichterbij kwam. Dus klom ik terug naar de weg en ging in looppas verder. Ik naderde zo ver als ik durfde en daarna glipte ik weer langs de rotsen naar beneden en bleef dicht onder de kust. De zee was vlak bij mijn voeten. Ik rook zout en zeewier. De stenen waren glibberig. Golven beukten, spetters sloegen tegen mijn gezicht en het water kolkte nijdig.

Ik bleef staan. Haalde diep adem. Besefte dat ik niet om de muur kon zwemmen. Deze keer niet. Het zou waanzin zijn. De zee was veel te ruw. Ik zou kansloos zijn. Volkomen. Ik zou als een kurk heen en weer worden geslingerd en tegen de rotsen dood worden geslagen. Tenzij de onderstroom me eerst te pakken kreeg, zeewaarts sleurde, omlaag trok en verdronk.

Kan er niet omheen, kan er niet overheen. Moet erdóórheen.

Ik klauterde de rotsen weer op en stapte zo ver mogelijk van het hek in de lichtstrook. Ik was helemaal op de plek waar de muur naar het water kantelde. Daarna bleef ik heel dicht bij de muur en liep langs de hele lengte. Ik baadde in het licht. Maar ten oosten van de muur kon niemand me zien, want hij stond tussen mij en het huis en was hoger dan ik. En iedereen ten westen van de muur was op mijn hand. Het enige waarover ik me zorgen hoefde te maken, waren de sensors in de grond. Ik liep zo lichtvoetig als ik kon en hoopte maar dat ze geen exemplaren zo dicht bij de muur hadden begraven.

En waarschijnlijk was dat ook niet het geval, want ik bereikte ongemerkt de portierswoning. Ik riskeerde een blik naar binnen door een kier in de gordijnen voor het voorraam en zag een hel verlichte woonkamer en Paulies plaatsvervanger die druk bezig was te ontspannen op de ingezakte divan. Hem had ik nog niet eerder gezien. Hij was ongeveer van Dukes leeftijd en omvang. Tegen de veertig, misschien iets tengerder dan ik. Ik nam even de tijd om zijn precieze lengte te bepalen. Dat was belangrijk. Hij was zo'n vijf centimeter kleiner dan ik. Hij droeg een spijkerbroek, een wit T-shirt en een denim jack. Het was duidelijk dat hij niet naar het bal ging. Hij was Assepoester en had opdracht de poort te bewaken, terwijl de rest feestvierde. Hopelijk was hij de enige. Ik hoopte dat ze met een uitgedunde ploeg werkten. Maar ik durfde mijn hand er niet voor in het vuur te steken. Als ze ook maar de geringste voorzichtigheid aan den dag legden, zouden ze een tweede bewaker bij de voordeur van het huis hebben en misschien een derde bij het raam van Dukes kamer. Omdat ze wisten dat Paulie zijn werk niet had gedaan. Ze wisten dat ik nog ergens los rondliep.

Ik kon me het lawaai niet veroorloven dat erbij kwam kijken als ik die nieuwe vent neerschoot. De golven maakten kabaal en de wind loeide, maar geen van beide zou de Beretta camoufleren. En niets ter wereld zou een Persuader die een Brenneke Magnum afschoot verdoezelen. Dus trok ik me een paar meter terug, legde de Persuaders op de grond en trok mijn jas en colbertje uit. Daarna trok ik mijn overhemd uit en wond het strak om mijn linkervuist. Ging met mijn blote rug tegen de muur staan en schoof zijwaarts naar de rand van het kozijn. Met de nagels van mijn rechterhand tikte ik zachtjes op de onderste hoek van het vensterglas, waarvoor het gordijn hing; ik tikte met tussenpozen, roffeltjes zoals een muis maakt als hij over het plafond rent. Ik deed het vier keer en stond op het punt aan een vijfde te beginnen toen ik uit mijn ooghoek het licht achter het raam opeens zag dimmen. Dat betekende dat de nieuwe knaap van de divan was opgestaan en zijn gezicht tegen het raam drukte om te kijken wat voor wezentje daarbuiten hem lastig viel. Dus concentreerde ik me op de exacte hoogte, maakte een abrupte draai van honderdtachtig graden om een kolossale zwaaistoot met mijn omzwachtelde linkerhand uit te delen, verbrijzelde de ruit en een milliseconde later de neus van de nieuweling. Hij zakte als een voddenbaal in elkaar achter de vensterbank. Ik stak mijn hand door het gat om het venster open te maken en klom naar binnen. De man zat op zijn achterwerk op de grond. Hij bloedde uit zijn neus en uit de sneeën van het glas in zijn gezicht. Hij was duizelig. Er lag een pistool op de divan. Hij was er bijna drie meter vandaan. Hij was vier meter van de telefoons. Hij schudde zijn hoofd om zich te herstellen en keek me aan.

'Jij bent Reacher,' zei hij. Er zat bloed in zijn mond.

'Juist,' zei ik.

'Je hebt geen kans,' zei hij.

'Denk je?'

Hij knikte. 'We hebben bevel om je dood te schieten.'

'O ja?'

Hij knikte weer.

'Wie zijn we?'

'Iedereen.'

'Bevel van Xavier?'

Hij knikte weer. Bracht de rug van zijn hand onder zijn neus.

'En gaan ze die bevelen opvolgen?' vroeg ik.

'Zeker weten.'

'En jij?'

'Ik denk het niet.'

'Beloof je dat?'

'Ik denk het wel.'

'Oké,' zei ik.

Ik dacht even na en overwoog om hem nog een paar vragen te stellen. Misschien stribbelde hij tegen. Maar waarschijnlijk kon ik hem een paar klappen verkopen om alle antwoorden te krijgen die hij in huis had. Maar uiteindelijk deden die antwoorden er waarschijnlijk toch niet zo toe. Voor mij maakte het geen praktisch verschil of er tien, twaalf of vijftien tegenstanders in huis waren, of hoe ze bewapend waren. *Doodschieten.* Het was zij of ik. Dus deed ik een stap opzij en probeerde te besluiten wat ik met die vent moest doen toen hijzelf de doorslag gaf door zijn belofte te breken. Hij kwam overeind en dook naar het pistool op de divan. Ik trof hem met een wilde linkse op zijn keel. Het was een solide bofstomp, maar niet voor hem. Zijn strottenhoofd was verbrijzeld. Hij viel weer op de grond en stikte. Het ging redelijk snel. Ongeveer anderhalve minuut. Ik kon niets voor hem doen. Ik was geen dokter.

Ik bleef een minuut roerloos staan. Daarna trok ik mijn overhemd weer aan, klom uit het raam om de Persuaders, mijn colbertje en mijn jas te pakken en klom weer terug naar binnen. Ik liep door de kamer en keek door het achterraam naar het huis.

'Shit,' zei ik en ik wendde mijn hoofd af.

De Cadillac stond nog op de parkeerlus. Eliot had er niet vandoor kunnen gaan. Elizabeth, Richard en de kokkin evenmin. Dat betekende dat er drie onschuldigen bij waren. En de aanwezigheid van onschuldigen maakte een overval honderd keer zo moeilijk. Terwijl deze overval op zich al moeilijk genoeg was.

Ik keek nog eens. Naast de Cadillac stond een zwarte Lincoln Town Car. Naast de Town Car stonden twee donkerblauwe Suburbans. Er was geen cateringbusje. Misschien stond dat aan de andere kant bij de keukendeur. Misschien kwam het wel later. Of kwam het helemaal niet. Misschien was er geen feestmaal. Misschien had ik geblunderd en de hele situatie verkeerd geïnterpreteerd.

Ik staarde door het schelle licht van de muur naar het halfduister rond het huis. Ik zag geen bewaker bij de voordeur. Maar aan de andere kant was het koud en nat en zou iemand met enig benul in de gang staan en door het raam naar buiten kijken. Ik zag ook niemand achter Dukes raam. Maar het stond nog open, precies zoals ik het had achtergelaten. Vermoedelijk hing de NSV daar nog steeds aan zijn ketting.

Ik keek weer naar de auto's. Met de Town Car konden vier mensen zijn gekomen. De Suburbans zeven per stuk. Maximaal achttien mensen. Misschien vijftien à zestien medespelers en twee à drie bewakers. Een andere mogelijkheid was dat er maar drie chauffeurs waren gekomen. Misschien had ik het helemaal mis.

Er was maar één manier om erachter te komen.

En dit was het moeilijkste onderdeel. Ik moest die lichten door. Ik overwoog om de schakelaars te zoeken en ze uit te zetten. Maar dat zou de mensen in het huis onmiddellijk en voortijdig alarmeren. Ze zouden binnen vijf seconden aan de telefoon hangen om de poortwachter te vragen wat er aan de hand was. En de poortwachter kon geen antwoord geven, omdat hij dood was. Waarop er minstens vijftien mensen in het halfduister recht op me af zouden zwermen. De meesten kon ik vrij eenvoudig ontlopen. Maar de moeilijkheid was om te weten wie te ontlopen en wie ik moest grijpen. Want ik wist vrij zeker dat ik Quinn nooit meer zou zien als hij me vanavond zou ontglippen.

Dus moesten de lichten blijven branden. Twee mogelijkheden. De ene was om rechtstreeks naar het huis te hollen. Dat zou de feitelijke tijd dat ik in de schijnwerpers liep tot het minimum beperken. De andere mogelijkheid was om helemaal langs de wand naar de zee te kruipen. Een kleine zestig trage meters. Het zou zenuwslopend worden. Maar het was waarschijnlijk de beste keus.

De lichten waren namelijk op de muur gemonteerd en schenen ervandaan. Tussen de muur zelf en de achterkant van de stralen zou een donkere tunnel zijn. Het zou een smal driehoekje zijn. Ik kon erdoorheen kruipen, vlak langs de fundering van de muur. Langzaam. Dwars door het schootsveld van de NSV.

Ik duwde de deur langzaam open. Er stonden geen lichten op de portierswoning zelf. Ze begonnen zeven meter naar rechts, waar de muur van de portierswoning overging in de muur van het terrein. Ik stapte half naar buiten en hurkte. Draaide negentig graden naar rechts en zocht naar mijn tunnel. Die was er inderdaad. Op de grond was hij nog geen negentig centimeter diep. Op hoofdhoogte was hij er vrijwel niet meer. En erg donker was hij niet. De grond weerkaatste hier en daar wat licht, af en toe waren er verkeerd gerichte stralen en er kwam een gloed van de achterkant van de lampen zelf. Mijn tunnel hield het midden tussen pikkedonker en fel verlicht.

Ik schuifelde op mijn knieën naar voren, stak mijn hand naar achteren en deed de deur achter me dicht. Nam in iedere hand een Persuader, liet me op mijn buik zakken en drukte mijn rechterschouder stevig tegen de muur. Daarna wachtte ik. Net lang genoeg om iemand die de deur misschien had zien bewegen zijn belangstelling te doen verliezen. Daarna begon ik te kruipen. Langzaam.

Ik kwam een meter of drie. Daarna stopte ik weer. Met een ruk. Ik hoorde een auto buiten op de weg. Geen personenauto. Iets groters. Misschien nog een Suburban. Ik veranderde van richting. Groef mijn tenen in en kroop terug naar de deur. Richtte me half op om de deur te openen, glipte de portierswoning in en stond op. Legde de Persuaders op een stoel en haalde de Beretta uit mijn zak. Aan de andere kant van het hek hoorde ik een grote achtcilinder stationair draaien.

Beslissingen. Wie het ook was die daarbuiten wachtte, verwachtte de diensten van de portier. Tien tegen een dat die zou weten dat ik niet de echte portier was. Dus waarschijnlijk zou ik het kruipen moeten vergeten. Waarschijnlijk zou ik kabaal moeten maken. Ze neerschieten, hun voertuig kapen en als een haas naar het huis voordat de NSV-schutter pap kon zeggen. Daarna zou ik mijn kans schoon moeten zien in de daaropvolgende chaos.

Ik liep weer naar de achterdeur. Zette de Beretta op vuren en haalde diep adem. Ik had het eerste voordeel. Ik wist al precies wat me te doen stond. Alle anderen konden niet anders dan reageren. En dat zou ze een seconde te lang kosten.

Daarna herinnerde ik me de camera op de hekzuil. De videomonitor. Ik kon precies zien wie ik tegenover me had. Ik kon koppen tellen. Een gewaarschuwd man telt voor twee. Ik liep naar het scherm. Het beeld was grijs en mistig. Het toonde een wit bestelbusje. Met letters opzij. KEAST & MADEN CATERING. Ik slaakte een zucht van verlichting. Geen reden waarom zij de portier zouden kennen. Ik stopte de Beretta weer in mijn zak. Trok mijn jas en colbertje uit. Trok het denim jack van het lijk van de portier en deed het aan. Het was krap en er zat bloed op. Maar het was redelijk overtuigend. Ik ging naar buiten, bleef met mijn rug naar het huis en probeerde me vijf centimeter kleiner te maken. Liep naar het hek. Stompte de grendel met mijn vuist omhoog, net zoals Paulie dat deed. Trok het open. Het witte busje kwam op me af. De bijrijder liet zijn raampje zakken. Hij droeg een smoking. De man aan het stuur ook. Nog meer onschuldigen.

'Waarheen?' vroeg de bijrijder.

'Rechts om het huis,' zei ik. 'De keuken is helemaal aan de achterkant.'

Het raampje ging weer omhoog. Het busje passeerde me. Ik wuifde. Deed het hek weer dicht. Ging de portierswoning weer in en keek het busje na door het raam. Hij reed recht op het huis af en zwaaide vervolgens bij de parkeerlus naar rechts. Het licht van zijn koplampen spoelde over de Cadillac en de Town Car en de twee Suburbans, ik zag de remlichten opflitsen en daarna verdween hij uit beeld.

Ik wachtte twee minuten. Wilde het met alle geweld donkerder laten worden. Daarna trok ik mijn eigen colbertje en jas weer aan en pakte de Persuaders van de stoel. Duwde de deur voorzichtig open, kroop naar buiten, deed hem achter me dicht en liet me op mijn buik zakken. Drukte mijn schouder tegen de voet van de muur en begon weer helemaal opnieuw aan mijn trage kruippartij. Ik hield mijn gezicht van het huis afgewend. Er lag gruis onder me en ik voelde steentjes in mijn ellebogen en knieën steken. Maar ik voelde vooral mijn rugharen overeind staan. Die hadden een wapen tegenover zich dat twaalf 13mm-kogels per seconde af kon schieten. Er zat waarschijnlijk een of andere zware jongen achter met zijn handen licht op de grepen. Hopelijk miste hij bij het eerste salvo. Dat zou waarschijnlijk het geval zijn. Waarschijnlijk zou hij het eerste salvo veel te laag of veel te hoog afvuren. Waarop ik overeind zou springen om de duisternis in te zigzaggen voordat hij beter kon richten.

Ik kroop met een slakkengang verder. Tien meter. Vijftien. Twintig. Ik hield het tempo laag. Bleef met mijn gezicht naar de muur. In de hoop dat ik eruitzag als een vage, nietszeggende schaduw in het halfduister. Het ging volledig tegen mijn instinct in. Ik moest me uit alle macht bedwingen om op te springen en het op een rennen te zetten. Het hart bonkte me in de keel. Ik transpireerde ondanks de kou. De wind geselde me. Hij kwam uit zee, sloeg tegen de muur naar beneden en probeerde me in het felle licht te rollen. Ik bleef kruipen. Kwam tot ongeveer halverwege. Ik had een meter of dertig afgelegd. Moest nog eens zoveel. Mijn ellebogen deden zeer. Ik hield de Persuaders van de grond en mijn armen betaalden de tol. Ik stopte voor een adempauze. Drukte mezelf gewoon plat tegen de grond. Probeerde eruit te zien als een steen. Ik draaide mijn hoofd en riskeerde een blik op het huis. Het was rustig. Ik keek voor me. Keek achter me. Het *point of no return*. Ik tijgerde verder. Moest mijn snelheid beheersen. Hoe verder ik kwam, des te erger jeukte mijn rug. Ik hijgde. Raakte bijna in paniek. De adrenaline stuwde door me heen en schreeuwde: *vluchten, vluchten!* Ik hapte naar adem, hijgde en dwong mijn armen en benen om gecoördineerd te blijven. Om lángzaam te blijven gaan. Daarna kwam ik binnen tien meter van de eindstreep en begon ik te geloven dat ik een kans maakte. Ik stopte. Haalde diep adem. En nog een keer. Kroop weer verder. Daarna daalde de grond en ging ik met mijn hoofd naar beneden mee. Ik kwam bij het water. Voelde natte smurrie onder me. Ruwe golfjes rolden op me af en spetters vlogen in mijn gezicht. Ik draaide negentig graden naar links en wachtte even. Ik bevond me helemaal aan de grens van wiens blikveld dan ook, maar ik moest nog door tien meter fel licht. Ik liet alle traagheid varen. Ik trok mijn hoofd in, kwam half overeind en zette het gewoon op een hollen.

Ik was zo'n vier seconden feller verlicht dan ooit. Het voelde als vier uur. Ik werd verblind. Daarna stortte ik me weer in de duisternis, zakte op mijn hurken en spitste de oren. Hoorde niets anders dan de ruige zee. Zag niets anders dan paarse vlekken in mijn blikveld. Ik struikelde nog tien stappen verder over de rotsen en daarna bleef ik staan. Keek terug. Ik was er. Ik glimlachte in de duisternis. Nu kom ik je halen, Quinn.

15

Tien jaar geleden bleef ik achttien uur op hem wachten. Ik twijfelde er geen moment aan dat hij zou komen. Ik bleef gewoon met de Ruger op schoot in die leunstoel zitten wachten. Ik sliep niet. Ik knipperde zelfs amper met mijn ogen. Ik bleef gewoon zitten. De hele nacht. Door de zonsopgang. De volgende morgen. Lunchtijd verstreek. Ik bleef gewoon op hem zitten wachten.

Hij arriveerde klokslag veertien uur. Ik hoorde een auto gas terugnemen op de weg, stond op en bleef een eind van het raam en zag hem het erf op rijden. Hij had net zo'n huurauto als ik. Een rode Pontiac. Ik zag hem duidelijk door de voorruit. Hij was gewassen en gestreken. Zijn haar zat netjes. Hij droeg een blauw overhemd met een open kraag. Hij glimlachte. De auto flitste langs de zijkant van het huis en ik hoorde hem knarsend tot stilstand komen op het stukje grond voor de keuken. Ik liep door de gang. Drukte me ruggelings tegen de muur naast de keukendeur.

Ik hoorde zijn sleutel in het slot. Hoorde de deur openzwaaien. De scharnieren protesteerden schril. Hij liet hem openstaan. Buiten hoorde ik zijn auto stationair draaien. Hij had hem niet af gezet. Hij was niet van plan lang te blijven. Ik hoorde zijn voetstappen op het linoleum van de keukenvloer. Een snelle, lichte tred vol zelfvertrouwen. Een man die dacht dat hij speelde en aan de winnende hand was. Hij kwam door de deur. Ik gaf hem een stoot met mijn elleboog tegen zijn slaap.

Hij viel ruggelings op de grond. Ik spreidde mijn hand en greep hem bij de keel. Legde de Ruger opzij en fouilleerde hem. Hij was ongewapend. Ik liet zijn hals los, zijn hoofd kwam overeind en ik ramde het terug met de muis van mijn hand tegen zijn kin. Zijn achterhoofd raakte de grond en zijn ogen draaiden weg. Ik liep door de keuken en deed de deur dicht. Liep weer terug en sleepte hem aan zijn polsen naar de huiskamer. Kwakte hem op de grond en sloeg hem twee keer in zijn gezicht. Richtte de Ruger op het midden van zijn gezicht en wachtte tot zijn ogen opengingen.

Ze gingen open, richtten zich eerst op het pistool en daarna op mij. Ik was in uniform en zat onder de badges van rang en eenheid, dus duurde het niet lang voordat hij begreep wie ik was en wat ik daar deed.

'Wacht,' zei hij.

'Waarop?'

'Je maakt een fout.'

'O?'

'Je zit ernaast.'

'O ja?'

Hij knikte. 'Ze waren corrupt.'

'Wie?'

'Frasconi en Kohl.'

'O ja?'

Hij knikte weer. 'En daarna probeerde hij haar te belazeren.'

'Hoe?'

'Mag ik gaan zitten?'

Ik schudde mijn hoofd. Hield het pistool op z'n plek.

'Nee,' zei ik.

'Ik was bezig met een undercoveroperatie,' zei hij. 'Ik werkte samen met Buitenlandse Zaken. Tegen vijandige ambassades. Ik was aan het vissen.'

'En Gorowski's dochtertje?'

Hij schudde ongeduldig zijn hoofd. 'Er is niets gebeurd met dat verrekte kind, idioot. Gorowski moest een script volgen, anders niet. Het was een valstrik. Voor het geval de tegenstander hem na zou trekken. We spelen die dingen heel diep. Er moet een keten te volgen zijn, voor het geval iemand argwaan krijgt. We werken met echte geheime bergplaatsen en zo. Voor het geval ze ons in de gaten hielden.'

'Hoe zit het met Frasconi en Kohl?'

'Ze waren goed. Ze hadden me heel vroeg in de smiezen. Gingen ervan uit dat ik iets illegaals deed. Dat vond ik prachtig. Dat betekende dat ik mijn rol precies goed speelde. Daarna gingen ze van het rechte pad. Ze benaderden me om te zeggen dat ze het onderzoek op de lange baan zouden schuiven als ik over de brug kwam. Ze zeiden dat ze me de tijd zouden geven om het land te verlaten. Ze dachten dat ik daar voor in zou zijn. Dus dacht ik: waarom zou ik het spel niet meespelen? Want wie weet van tevoren welke schurken zo'n vispartij boven water haalt? En hoe meer des te vrolijker, nietwaar? Dus heb ik ze uitgespeeld.'

Ik zei niets.
'Het onderzoek ging toch zo traag?' vroeg hij. 'Dat kan je niet ontgaan zijn. Weken en nog eens weken. Het ging erg langzaam.'
Stroperig.
'Toen gebeurde dat van gisteren,' zei hij. 'Ik had de Syriërs, de Libanezen en de Iraniërs te grazen. Daarna de Irakezen, de echte grote jongens. Dus vond ik dat het tijd werd om jouw mensen ook te grazen te nemen. Ze kwamen naar mijn huis voor hun laatste betaling. Dat was een heleboel geld. Maar Frasconi wilde de hele poet. Hij gaf mij een klap tegen mijn hoofd. Ik kwam bij kennis en zag dat hij Kohl met een mes had bewerkt. Hij was een psychopaat, neem dat maar van mij aan. Ik wist bij een pistool in een la te komen en heb hem omgelegd.'
'Waarom ben je dan gevlucht?'
'Omdat ik in paniek raakte. Ik ben iemand van het Pentagon. Ik had nog nooit bloed gezien. Bovendien wist ik niet wie er nog meer met die lui van jou meededen. Het hadden er nog wel meer kunnen zijn.'
Frasconi en Kohl.
'Je bent erg goed,' zei hij tegen mij. 'Je bent meteen hierheen gekomen.'
Ik knikte. Moest aan zijn biografie van acht pagina's denken, in Kohls onberispelijke handschrift. *Beroep ouders, ouderlijk huis.*
'Wiens idee was het?' vroeg ik.
'Oorspronkelijk?' vroeg hij. 'Van Frasconi natuurlijk. Hij was haar meerdere in rang.'
'Hoe heette ze?'
Ik zag iets in zijn ogen flikkeren.
'Kohl,' zei hij.
Ik knikte weer. Ze was in haar groene uniform op pad gegaan voor de arrestatie. Zwart kunststof naamplaatje boven haar rechterborst. *Kohl.* Geen geslacht. *Uniform, vrouwelijke soldaat, naamplaatje wordt aangepast aan individuele verschillen in figuur en zit horizontaal in het midden aan de rechterkant tussen twee en vijf centimeter boven de hoogste jasknoop.* Dat moest hij hebben gezien zodra ze binnenkwam.
'Voornaam?'
Hij zweeg even.
'Herinner ik me niet,' zei hij.
'Frasconi's voornaam?'

Uniform, mannelijke officier, naamplaatje zit midden op de flap van de rechterborstzak op gelijke afstand tussen de zoom en de knoop.
'Weet ik niet meer.'
'Doe je best maar.'
'Ik herinner het me niet,' zei hij. 'Het is maar een detail.'
'Drie van de tien,' zei ik. 'Zeg maar een onvoldoende.'
'Wat?'
'Je prestaties,' zei ik. 'Je bent gezakt.'
'Wat?'
'Je vader was spoorwegarbeider,' zei ik. 'Je moeder was huisvrouw. Je volle naam is Francis Xavier Quinn.'
'Nou en?'
'Zo gaan onderzoeken nu eenmaal,' zei ik. 'Je bent van plan iemand in de kladden te pakken, dus licht je eerst zijn hele doopceel. Je hebt weken en nog eens weken met dat tweetal gespeeld en bent nooit achter hun voornaam gekomen? Je hebt nooit naar hun staat van dienst gekeken? Nooit aantekeningen gemaakt? Nooit een rapport ingediend?'
Hij zei niets.
'En Frasconi heeft nog nooit van zijn leven een idee gehad,' zei ik. 'Die heeft zelfs nog nooit gepoept als iemand hem er geen opdracht toe gaf. Iedereen die dat tweetal kent zou nooit *Frasconi en Kohl* zeggen. Ze zouden *Kohl en Frasconi* zeggen. Je bent van meet af aan corrupt geweest en je had mijn mensen nog nooit gezien voor het exacte moment dat ze bij je huis verschenen om je te arresteren. En je hebt ze allebei vermoord.'
Hij bewees dat ik gelijk had door een poging te doen om met me te vechten. Ik was er klaar voor. Hij maakte aanstalten om overeind te krabbelen. Ik sloeg hem weer terug, en heel wat harder dan in feite nodig was. Hij was nog steeds buiten westen toen ik hem in de kofferbak van zijn auto gooide. Nog steeds bewusteloos toen ik hem overlaadde naar mijn kofferbak achter de verlaten cafetaria. Ik reed een stukje in zuidelijke richting over de U.S. 101 en sloeg rechts af naar de Stille Oceaan. Ik stopte op een parkeerplaats van grind. Het uitzicht was adembenemend. Het was drie uur 's middags, de zon scheen en de zee was blauw. De parkeerplaats had een metalen hekje tot kniehoogte. Daarachter was nog een halve meter grind en daarna was er een diepe, verticale klif die met zijn voeten in de branding stond. Er was heel weinig verkeer.

Zo om de paar minuten een auto. De weg was gewoon een willekeurige lus die van de snelweg kwam.
Ik maakte de kofferbak open en sloeg hem meteen weer dicht voor het geval hij bij kennis was en van plan was eruit te springen. Maar dat was hij niet. Hij was in ademnood en amper bij bewustzijn. Ik sleurde hem eruit, hees hem op zijn rubberbenen en liet hem voor me uit lopen. Liet hem een poosje naar de zee kijken terwijl ik om me heen keek of er eventuele getuigen waren. Die waren er niet. Dus liet ik hem omdraaien. Deed vijf stappen naar achteren.
'Ze heette Dominique,' zei ik.
Daarna schoot ik hem neer. Twee kogels in zijn hoofd, een in de borst. Ik verwachtte dat hij recht achterover op het grind zou vallen, waarop ik naar hem toe zou lopen om een vierde kogel door zijn oogkas te jagen alvorens hem in zee te gooien. Maar hij viel niet plat op het grind. Hij wankelde naar achteren, struikelde ruggelings over het hekje, raakte de laatste halve meter Amerika met zijn schouder en rolde zo over de rand van de klif. Ik greep het hekje met een hand, boog me over de rand en keek omlaag. Ik zag hem de rotsen raken. De branding sloot zich boven hem. Ik zag hem niet meer. Ik bleef een volle minuut zo staan. Dacht: twee in zijn hoofd, een in het hart, val van veertig meter in zee, dat overleef je allemaal niet.
Ik raapte de patroonhulzen op. 'Tien-achttien, Dom,' mompelde ik toen ik terugliep naar mijn auto.

Tien jaar later werd het pijlsnel donker en zocht ik me een weg over de rotsen achter het garageblok. De zee zwoegde op en neer en beukte aan mijn rechterhand. De wind blies in mijn gezicht. Ik verwachtte niemand buiten aan te treffen. Vooral niet aan de zijkant van het huis of erachter. Dus bewoog ik me snel, met geheven hoofd, alert en een Persuader in elke hand. Ik kom je halen, Quinn.
Toen ik achter het garageblok vandaan kwam, zag ik het busje van de catering bij de hoek van de achterkant van het huis staan. Precies waar Harley de Lincoln had gezet om Becks dienstmeisje uit de kofferbak te halen. De achterdeuren van het busje stonden open en de chauffeur en de passagier pendelden op en neer om uit te laden. De metaaldetector op de keukendeur piepte bij iedere met alufolie afgedekte schaal die ze naar binnen brachten. Ik had honger. Ik rook warm eten op de wind. Beide mannen droegen een

smoking. Ze liepen wat ineengedoken door het weer. Ze hadden nergens anders oog voor dan hun werk. Maar ik bleef toch een heel eind uit hun buurt. Ik liep langs de uiterste rand van de rotsen en beschreef een wijde boog om ze heen. Sprong over Harleys spleet en liep verder.

Toen ik zo ver mogelijk van de cateraars verwijderd was, ging ik landinwaarts naar de andere hoek van de achterzijde van het huis. Ik voelde me uitstekend. Ik voelde me geruisloos en onzichtbaar. Als de een of andere oerkracht die van zee aan kwam gieren. Ik bleef staan om vast te stellen welke ramen van de eetkamer waren. Die vond ik. In de kamer brandde licht. Ik kwam dichterbij en riskeerde een blik naar binnen.

De eerste persoon die ik zag was Quinn. Hij stond rechtop in een donker pak. Hij had een glas in zijn hand. Zijn haar was helemaal grijs. De littekens op zijn voorhoofd waren klein en roze en glommen. Hij was een beetje gebogen. Iets zwaarder dan destijds. Hij was tien jaar ouder.

Beck stond naast hem. Hij droeg ook een donker pak. Hij had een glas in zijn hand. Hij stond schouder aan schouder met zijn baas. Samen stonden ze tegenover drie Arabieren. De Arabieren waren gedrongen en hadden zwart haar dat glom van het vet. Ze droegen Amerikaanse kleren. Rayon pakken, lichtgrijs en lichtblauw. Zij hadden ook iets te drinken.

Achter hen stonden Richard en Elizabeth Beck dicht bij elkaar te praten. Het had allemaal iets weg van een informele cocktailparty langs de rand van de enorme eettafel. Er was voor achttien mensen gedekt. Het was erg officieel. Voor ieder bord stonden drie glazen en er was genoeg servies voor een hele week. De kokkin liep bedrijvig rond met een dienblad vol glazen. Ik zag champagneflûtes en whiskyglazen. Ze droeg een zwarte rok en een witte blouse. Ze was tot cocktailserveerster gebombardeerd. Misschien reikte haar expertise niet tot de keuken van het Midden-Oosten.

Teresa Daniel was nergens te bekennen. Misschien waren ze van plan haar na de maaltijd uit een taart te laten springen. De anderen in de kamer waren allemaal mannen. Drie stuks. Quinns neusje van de zalm, waarschijnlijk. Het was een willekeurig trio. Een mengelmoesje. Harde koppen, maar waarschijnlijk niet gevaarlijker dan Angel Doll of Harley.

Dus voor achttien mensen gedekt, maar slechts tien eters. Acht afwezigen. Duke, Angel Doll, Harley en Emily Smith waren er vier.

De knaap die ze naar de portierswoning hadden gestuurd was waarschijnlijk nummer vijf. Dan waren er nog drie over. Een bij de voordeur, een bij Dukes raam en waarschijnlijk een bij Teresa Daniel.

Ik bleef buiten en keek naar binnen. Ik was talloze malen naar cocktailparty's en officiële etentjes geweest. Afhankelijk van de plaats waar je diende, speelden ze een grote rol in het leven op een militaire basis. Die mensen zouden daar minstens vier uur zijn. Ze zouden de kamer alleen verlaten om naar de wc te gaan. Quinn voerde het woord. Hij had scrupuleus oogcontact met de drie Arabieren. Hij oreerde. Glimlachte, gebaarde, lachte. Hij zag eruit als iemand die speelde en aan de winnende hand was. Maar dat was hij niet. Zijn plannen waren gedwarsboomd. Een banket voor achttien mensen was tot een etentje voor tien gereduceerd omdat ik nog in de buurt was.

Ik dook onder het raam en kroop naar de keuken. Bleef op mijn knieën zitten, trok mijn jas uit, rolde de Persuaders erin en liet ze liggen op een plek waar ik ze weer kon vinden. Daarna stond ik op en liep gewoon de keuken in. Daar was het tweetal van de catering. Ze deden iets met alufolie. Ik knikte ze toe alsof ik daar woonde en liep meteen de gang in. Mijn voeten maakten geen geluid op het dikke tapijt. Ik hoorde het luide geroezemoes van de cocktailgesprekken in de woonkamer. Ik zag de man bij de voordeur. Hij stond met zijn rug naar me toe en staarde uit het raam. Hij leunde met zijn schouder tegen de rand van het raamkozijn. Er hing een blauwe halo om zijn haar door het muurlicht in de verte. Ik liep tot vlak achter hem. Ze hadden de opdracht me dood te schieten. Het was zij of ik. Ik bleef een tel staan. Reikte om hem heen en greep zijn kin met mijn rechterhand. Zette de knokkels van mijn linkerhand tegen de onderkant van zijn nek. Gaf met mijn rechterhand een ruk omhoog en naar achteren en met mijn linker een stoot naar voren en omlaag. Zijn nek brak op de vierde wervel. Hij zakte achterwaarts tegen me aan. Ik ving hem onder zijn oksels op, sleepte hem naar de salon van Elizabeth Beck en gooide hem op de divan. *Dokter Zjivago* lag nog op een bijzettafeltje. Eentje uitgeschakeld.

Ik deed de deur van de salon dicht en liep naar de trap. Ging vlug en geruisloos naar boven. Bleef staan bij Dukes kamer. Eliot lag met armen en benen wijd net binnen de deuropening. Dood. Hij lag op zijn rug. Zijn jasje lag open en zijn overhemd stond stijf van het bloed en zat onder de gaten. De tapijten onder hem waren aangekookt. Ik stapte over hem heen, bleef achter de deur en wierp een blik naar binnen. Zag wat hem het leven had gekost. De NSV was geblokkeerd. Na Duffy's telefoontje moest hij op weg naar buiten een konvooi op zich af hebben zien komen. Hij moest naar het grote wapen zijn gesprongen, de trekker hebben overgehaald en gevoeld hebben hoe het blokkeerde. Het was een stuk oud roest. De monteur had hem op de grond gedemonteerd, zat eroverheen gebogen en deed een poging om het doorvoermechanisme van de munitieband te herstellen. Hij was geconcentreerd bezig. Zag me niet aankomen. Hoorde me evenmin.

Ze moesten me doodschieten. Het was zij of ik.

Twee uitgeschakeld.

Ik liet hem boven op de mitrailleur liggen. De loop stak onder hem vandaan als een derde arm. Ik inspecteerde het uitzicht. De muurlichten laaiden nog steeds. Ik keek op mijn horloge. Ik had er precies dertig minuten van mijn uur op zitten.

Ik ging weer naar beneden. Liep door de gang. Als een spook. Naar de deur van de kelder. Beneden brandde licht. Ik daalde de trap af. Door de fitnessruimte. Langs de wasmachine. Ik trok de Beretta. Zette de pal op vuren. Hield hem voor me, sloeg de hoek om en liep recht naar de twee afgesloten vertrekken. Een was leeg en de deur stond open. Het andere was dicht en er zat een jonge, magere knaap op een stoel voor. Hij had de stoel schuin naar achteren tegen de deur gezet. Hij keek me recht aan. Sperde zijn ogen wijd open. Zijn mond ging open. Er klonk geen geluid. Hij leek me geen grote bedreiging. Hij droeg een T-shirt met DELL erop. Misschien was dit Troy, de computergek.

'Hou je koest als je leven je lief is,' zei ik.

Hij hield zich koest.

'Ben jij Troy?'

Hij hield zijn mond en knikte.

'Oké, Troy,' zei ik.

Ik had de indruk dat we vlak onder de eetkamer zaten. Ik kon niet het risico nemen een pistool af te schieten in een stenen kelder recht onder die hele meute. Dus stak ik de Beretta weer in mijn zak, sloeg mijn arm om zijn nek en sloeg zijn hoofd twee keer tegen de muur om hem buiten westen te krijgen. Misschien sloeg ik zijn schedel kapot, misschien ook niet. Het kon me weinig schelen. Zijn toetsenbord was de dood van het dienstmeisje geworden.

Drie uitgeschakeld.
Ik vond de sleutel in zijn zak. Draaide de deur van het slot, duwde hem open en zag Teresa Daniel op haar matras zitten. Ze draaide zich om en keek me recht aan. Ze zag er precies uit als op de foto's die Duffy me vroeg in de morgen van dag elf op mijn motelkamer had laten zien. Ze zag er blakend gezond uit. Haar haar was gewassen en geborsteld. Ze droeg een maagdelijk witte jurk. Witte panty en witte schoenen. Haar huid was bleek en ze had blauwe ogen. Ze zag eruit als een mensenoffer.
Ik bleef even onzeker staan. Haar reactie was onvoorspelbaar. Ze moest erachter zijn gekomen wat ze van haar wilden. En mij kende ze niet. Voor zover zij wist, was ik er een van hen, klaar om haar naar het offerblok te brengen. En ze was een getrainde federale agente. Als ik haar vroeg met me mee te gaan, zou ze misschien gaan vechten. Misschien potte ze het op tot ze haar kans schoon zag. En ik wilde geen lawaai maken. Nog niet althans.
Maar toen keek ik weer naar haar ogen. Eén pupil was enorm. De andere piepklein. Ze was heel stil. Heel kalm. Slap en duizelig. Ze zat onder de dope. Misschien een of andere exotische substantie. Wat zou het zijn? De verkrachtingsdrug? Rohypnol? Rophynol? De naam wilde me niet te binnen schieten. Dat was mijn terrein niet. Eliot zou het wel geweten hebben. Duffy of Villanueva zou het nog steeds weten. Het maakte mensen passief, gehoorzaam en meegaand. Je kon ze laten liggen en alles laten ondergaan wat je wilde.
'Teresa?' fluisterde ik.
Ze gaf geen antwoord.
'Alles goed?' fluisterde ik.
Ze knikte.
'Prima,' zei ze.
'Kun je lopen?'
'Ja,' zei ze.
'Kom dan maar mee.'
Ze stond op. Ze wankelde op haar benen. Spierslapte waarschijnlijk. Ze had negen weken gevangengezeten.
'Deze kant op,' zei ik.
Ze bewoog zich niet. Ze bleef gewoon staan. Ik stak mijn hand uit. Ze pakte hem aan. Haar huid voelde warm en droog.
'Kom mee,' zei ik. 'Niet naar de man op de grond kijken.'
Buiten de kamer liet ik haar weer halt houden. Liet haar hand los, sleepte Troy de kamer in, deed de deur dicht en draaide hem op

slot. Pakte Teresa weer bij de hand en liep weg. Ze was heel suggestibel. Erg gehoorzaam. Ze keek gewoon voor zich en liep met me mee. We sloegen de hoek om en liepen langs de wasmachine. Gingen door de fitness. Haar jurk was van zijdeachtig kant. Ze hield mijn hand vast alsof we een afspraakje hadden. Ik had het gevoel alsof we naar het eindbal gingen. Zij aan zij beklommen we de trap. Kwamen bovenaan.

'Hier wachten,' zei ik. 'Nergens heen gaan zonder mij, oké?'

'Oké,' fluisterde ze.

'Geen enkel geluid maken, goed?'

'Goed.'

Ik deed de deur voor haar neus dicht en liet haar op de bovenste tree staan met haar hand licht op de leuning en een kaal peertje dat achter haar brandde. Ik keek nauwlettend de gang in en liep vervolgens weer naar de keuken. De lui van het eten waren daar nog steeds in de weer.

'Zijn jullie Keast en Maden?' vroeg ik.

Degene die het dichtstbij stond knikte.

'Paul Keast,' zei hij.

'Chris Maden,' zei z'n partner.

'Ik moet jullie busje even verplaatsen, Paul,' zei ik.

'Waarom?'

'Omdat het in de weg staat.'

De man keek me aan. 'Je hebt zelf gezegd dat ik het daar moest zetten.'

'Maar niet dat je het daar moest laten.'

Hij haalde zijn schouders op, scharrelde wat rond op het aanrecht en vond de sleutels.

'Ga je gang,' zei hij.

Ik nam de sleutels van hem aan, ging naar buiten en bekeek de laadruimte van het busje. Aan weerskanten waren metalen rekken gemonteerd. Voor schalen met eten. In het midden liep een smal gangpad. Geen raampjes. Mooi. Ik liet de achterdeuren openstaan, kroop achter het stuur en startte. Reed achteruit naar de parkeerlus, draaide en reed achteruit naar de keukendeur. Nu stond hij de goede kant op. Ik zette de motor af, maar liet de sleutels in het contact. Ging de keuken weer in. De metaaldetector piepte.

'Wat eten ze?' vroeg ik.

'Lam-kebab,' zei Maden. 'Met rijst en couscous en hummus. Gevulde druivenbladeren als voorgerecht. Baklava toe. Plus koffie.'

'Is dat Libisch?'
'Het is algemeen,' zei hij. 'Dat eten ze overal.'
'Dat at ik vroeger voor een dollar,' zei ik. 'Jullie rekenen vijfenvijftig.'
'Waar? In Pórtland?'
'In Beiroet,' zei ik.
Ik liep de keuken uit en controleerde de gang. Alles rustig. Ik maakte de kelderdeur open. Teresa Daniel stond te wachten, als een robot. Ik stak mijn hand uit.
'Kom mee,' zei ik.
Ze stapte het gangetje in. Ik deed de deur achter haar dicht. Bracht haar naar de keuken. Keast en Maden staarden haar aan. Ik sloeg geen acht op ze en liep de keuken door. De achterdeur uit. Naar het busje. Ze rilde van de kou. Ik hielp haar achterin.
'Daar blijven wachten,' zei ik. 'Muisstil, oké?'
Ze knikte zwijgend.
'Ik haal je hier zo weg,' zei ik.
'Dank je wel,' zei ze.
Ik deed de deur dicht en ging de keuken weer in. Bleef staan en spitste de oren. Ik hoorde gepraat in de eetkamer. Het klonk allemaal redelijk gezellig.
'Wanneer gaan ze eten?' vroeg ik.
'Over twintig minuten,' zei Maden. 'Als ze klaar zijn met de drankjes. Bij die vijfenvijftig dollar was de champagne ook inbegrepen, weet je.'
'Oké,' zei ik. 'Het was niets persoonlijks.'
Ik keek op mijn horloge. Er waren drie kwartier verstreken. Nog vijftien minuten.
Showtime.
Ik ging de kou weer in. Kroop in het busje en startte. Reed langzaam naar voren, langzaam om de hoek van het huis, langzaam om de parkeerlus, langzaam over de oprijlaan. Weg van het huis. Het hek door. De weg op. Ik gaf plankgas. Joeg de bochten door. Kwam met een ruk tot stilstand naast Villanueva's Taurus. Sprong eruit. Duffy en Villanueva waren in een oogwenk uitgestapt om me tegemoet te komen.
'Teresa zit achterin,' zei ik. 'Ze is in orde, maar zit onder de dope.'
Duffy pompte opgetogen met haar vuisten op en neer, besprong me en klemde me stevig tegen haar aan. Villanueva rukte de achterdeuren open. Teresa viel hem in de armen. Hij tilde haar als een

kind uit de laadruimte. Daarna griste Duffy haar uit zijn armen en hij omarmde mij op zijn beurt.
'Jullie moeten haar naar het ziekenhuis brengen,' zei ik.
'We brengen haar naar het motel,' zei Duffy. 'We zijn nog altijd onofficieel.'
'Zeker weten?'
'Het komt wel goed,' zei Villanueva. 'Zo te zien hebben ze haar *roofy's* gegeven. Waarschijnlijk van een bevriende dopedealer. Maar die zijn zo uitgewerkt. Ze worden snel afgevoerd.'
Duffy omhelsde Teresa als een zus. Villanueva was nog steeds bezig mij te omarmen.
'Eliot is dood,' zei ik.
Dat zette een flinke domper op de stemming.
'Bel de ATF vanuit het motel,' zei ik. 'Als ik jullie niet eerst bel.'
Ze keken me alleen maar aan.
'Nu ga ik weer terug,' zei ik.

Ik liet het busje een U-bocht maken en reed weer terug. Ik zag het huis voor me. Er scheen geel licht achter de ramen. De muurverlichting laaide blauw op in de mist. Het busje vocht tegen de wind. Plan-B, besloot ik. Quinn was voor mij, om de rest mocht de ATF zich bekommeren.
Ik stopte aan het andere eind van de parkeerlus en reed achteruit naar de zijkant van het huis. Parkeerde bij de keuken. Stapte uit en liep om de achterkant van het huis. Vond mijn jas terug en pakte de Persuaders uit. Trok mijn jas aan. Die kon ik wel gebruiken. Het was een koude avond en over een minuut of vijf zou ik weer onderweg zijn.
Ik liep naar de eetkamerramen om de situatie binnen te inspecteren. Ze hadden de gordijnen dichtgetrokken. Logisch, dacht ik. Het was een wilde, stormachtige avond. De eetkamer zou er beter uitzien met de gordijnen dicht. Knusser. Oosterse tapijten op de grond, houten lambrisering, tafelzilver op het linnen.
Ik raapte de Persuaders op en liep de keuken weer in. De metaaldetectors snerpten. De etenslui hadden tien borden met gevulde druivenbladeren op het aanrecht klaarstaan. De bladeren zagen er donker en vet en taai uit. Ik had honger, maar ik zou er niet een naar binnen kunnen krijgen. De toestand van mijn gebit liet dat niet toe. Waarschijnlijk zou ik dankzij Paulie een week lang ijs moeten eten.

'Wacht nog vijf minuten met het eten, oké?' zei ik.
Keast en Maden staarden naar de Persuaders.
'Je sleutels,' zei ik.
Ik gooide ze naast de druivenbladeren. Ik had ze niet meer nodig. Ik had de sleutels die Beck me had gegeven. Waarschijnlijk zou ik door de voordeur vertrekken en de Cadillac nemen. Sneller. Comfortabeler. Ik pakte een mes uit het houten blok. Maakte er een snee mee in de binnenkant van mijn rechterjaszak, net groot genoeg om er de loop van de Persuader doorheen en in de voering te steken. Ik nam het geweer waarmee ik Harley had doodgeschoten en stak het daar, als in een holster. Het andere hield ik met twee handen vast. Haalde diep adem. Liep de gang in. Keast en Maden keken me na. Eerst controleerde ik de wc. Al die poeha had geen zin als Quinn niet eens in de eetkamer was. Maar de wc was leeg. Niemand was weg voor een sanitaire onderbreking. De deur van de eetkamer was dicht. Ik haalde nog eens diep adem. En nog eens. Daarna trapte ik de deur in, liep naar binnen en schoot twee Brennekes in het plafond. Het was net alsof er verdovingsgranaten afgingen. De dubbele explosie was kolossaal. Er viel een regen van pleisterwerk en houtsplinters. Stof en kruitdamp vulden de ruimte. Iedereen stond als verstijfd. Ik richtte het geweer op Quinns borst. De echo's stierven weg.
'Weet je nog wie ik ben?' vroeg ik.
Elizabeth Beck gilde in de plotselinge stilte.
Ik deed nog een stap de kamer in en hield de loop op Quinn gericht.
'Weet je nog wie ik ben?' herhaalde ik.
Een seconde. Twee. Zijn mond begon te bewegen.
'Ik heb je in Boston gezien,' zei hij. 'Op straat. Zaterdagavond. Week of twee geleden.'
'Probeer het nog maar eens,' zei ik.
Zijn gezicht verried niets. Hij kon zich me niet herinneren. 'De diagnose was amnesie,' had Duffy gezegd. 'Zeker voor wat betreft de tijd rond het trauma, want dat is vrijwel onvermijdelijk. Ze dachten dat hij echt niets wist omtrent het incident en de voorgaande paar dagen.'
'Ik ben Reacher,' zei ik. 'Het is belangrijk dat je je mij herinnert.'
Hij wierp een hulpeloze blik op Beck.
'Ze heette Dominique,' zei ik.
Hij wendde zijn gezicht weer naar mij. Staarde me aan. Met wijd

open ogen. Nu wist hij wie ik was. Zijn gezicht veranderde. Al het bloed trok eruit weg en maakte plaats voor razernij. En angst. De .22-littekens werden spierwit. Ik overwoog er precies tussen te mikken. Het zou een lastig schot worden.
'Dacht je nou echt dat ik je niet zou vinden?' vroeg ik.
'Valt er te praten?' vroeg hij. Het klonk alsof hij een droge mond had.
'Nee,' zei ik. 'Je hebt al tien jaar te veel gepraat.'
'We zijn hier allemaal gewapend,' zei Beck. Hij klonk bang. De drie Arabieren staarden me aan. Er zat gips in hun vette haar.
'Zeg dan maar tegen iedereen dat ze niet moeten schieten,' zei ik. 'Er is geen reden voor meer dan een slachtoffer.'
Mensen weken van me terug. Het stof daalde op de tafel. Een stuk plafond had een glas gebroken. Ik draaide met de menigte mee en paste de geometrie zo aan dat de schurken bij elkaar werden gedreven aan het eind van de kamer. Tegelijkertijd probeerde ik Elizabeth en Richard en de kokkin samen te krijgen aan het andere uiteinde. Bij het raam, waar ze niets te duchten hadden. Zuiver door lichaamstaal. Ik draaide mijn schouder en schoof naar voren, en hoewel de tafel tussen mij en de meeste mensen stond gingen ze staan waar ik ze hebben wilde. De kleine verzameling verdeelde zich gehoorzaam in twee groepen van acht en drie.
'Nu moet iedereen zich van meneer Xavier verwijderen,' zei ik.
Iedereen gehoorzaamde, behalve Beck. Beck bleef pal naast hem staan. Ik staarde hem aan. Daarna besefte ik dat Quinn zijn arm in de greep hield. Hij hield hem stevig boven de elleboog vast. Trok eraan. Trok er hard aan. Hij wilde een menselijk schild.
'Deze patronen zijn een paar centimeter dik,' zei ik. 'Zolang ik nog een paar centimeter van je zie, zal dat weinig uitrichten.'
Hij zei niets terug. Bleef gewoon trekken. Beck verzette zich. In zijn ogen lag ook angst. Het was een statisch wedstrijdje in slow motion. Maar het zag ernaar uit dat Quinn ging winnen. Binnen tien seconden had hij Beck half voor zich. Becks linkerschouder overlapte Quinns rechter. Beiden beefden van de inspanning. Hoewel de Persuader een pistoolgreep in plaats van een kolf had, bracht ik hem naar mijn schouder en mikte zorgvuldig langs de loop.
'Ik zie je nog steeds,' zei ik.
'Niet schieten,' zei Richard Beck achter me.
Er was iets in z'n stem.
Ik wierp een blik achter me. Niet meer dan een korte draai van

mijn hoofd. Een flits. Heen en terug. Hij had een Beretta in zijn hand. Precies dezelfde als het exemplaar dat ik in mijn zak had. Het was op mijn hoofd gericht. Het elektrische licht werd er schel door weerkaatst. Alsof het eruit sprong. Ook al had ik maar een fractie van een seconde gekeken, ik had toch het elegante graveerwerk op de zijkant gezien. *Pietro Beretta*. Ik had ook de druppeltjes verse olie gezien. En het rode stipje dat vrij komt als de veiligheidspal op vuren is gezet.

'Leg weg, Richard,' zei ik.

'Niet zolang mijn vader hier nog is,' zei hij.

'Laat hem los, Quinn,' zei ik.

'Niet schieten, Reacher,' zei Richard. 'Ik leg jou eerst neer.'

Inmiddels had Quinn Beck helemaal voor zich getrokken.

'Niet schieten,' herhaalde Richard.

'Leg neer, Richard,' zei ik.

'Nee.'

'Leg het neer.'

'Nee.'

Ik luisterde goed naar zijn stem. Hij bewoog niet. Hij stond stil. Ik wist precies waar hij stond. Ik wist welke hoek ik zou moeten maken. Ik repeteerde de manoeuvre in mijn hoofd. Omdraaien. Schieten. Pompen. Omdraaien. Schieten. Te snel voor een reactie van Quinn.

Daarna stelde ik me Richard voor. Dat malle haar, het ontbrekende oor. De lange vingers. Ik stelde me voor hoe de Brennekekogel door hem heen zou vliegen als een verpletterende knuppel en hoe hij door de immense kinetische energie uiteengereten zou worden. Ik kon het niet.

'Leg weg,' zei ik.

'Nee.'

'Alsjeblieft.'

'Nee.'

'Je maakt jezelf medeplichtig.'

'Ik help mijn vader.'

'Ik zal je vader niet raken.'

'Dat risico neem ik niet. Hij is mijn vader.'

'Elizabeth, zeg het hem.'

'Nee,' zei ze. 'Hij is mijn man.'

Pat.

Erger dan pat. Want ik kon hoegenaamd niets doen. Ik kon niet op Richard schieten. Dat stond ik mezelf niet toe. Daarom kon ik niet op Quinn schieten. En ik kon niet zéggen dat ik niet op Quinn zou schieten omdat acht knapen dan onmiddellijk hun wapen op mij zouden leegschieten. Misschien dat ik er een paar kon raken, maar vroeg of laat zou een van hen mij treffen. En ik kon Quinn niet van Beck scheiden. Quinn zou Beck van zijn leven niet loslaten en alleen met mij de kamer uit lopen. Pat.

Plan C.

'Leg weg, Richard,' zei ik.

Luister.

'Nee,' zei hij.

Hij had zich niet bewogen. Ik repeteerde de manoeuvre weer. Draaien. Schieten. Ik haalde diep adem. Draaide me met een ruk om en schoot. Dertig centimeter rechts van Richard, op het raam. De kogel raasde door de gordijnen, raakte het kozijn en blies het weg. Ik nam drie sprongen en dook met mijn hoofd naar voren door het gat. Maakte een dubbele koprol met het afgescheurde fluwelen gordijn om me heen gewikkeld, krabbelde overeind en zette het op een lopen. Rechtstreeks naar de rotsen.

Twintig meter verder draaide ik me om en bleef staan. Het restant van het gordijn bolde op in de wind. Het flapte heen en weer door het gat. Ik hoorde de stof klappen en slaan. Erachter scheen geel licht. Ik zag silhouetten van mensen bijeendrommen achter het kapotte glas. Alles bewoog. Het gordijn, de mensen. Door het heen en weer wapperende gordijn dimde het licht en laaide op. Toen werd er mijn kant op geschoten. Met pistolen. Eerst twee, toen vier, daarna vijf. Vervolgens nog meer. De kogels floten me aan alle kanten om de oren. Troffen de rotsen, sloegen vonken en ketsten. Steenflinters vlogen alle kanten op. De schoten klonken niet hard. Ze klonken als doffe, betekenisloze plofjes. Hun lawaai ging verloren in het gehuil van de wind en het beuken van de golven. Ik liet me op mijn knieën zakken en hief de Persuader. Het schieten hield abrupt op. Ik schoot niet. Het gordijn verdween. Iemand had het weggerukt. Het licht stroomde naar buiten. Ik zag hoe Richard en Elizabeth voor de menigte bij het raam werden gedwongen. Hun arm was achter hun rug gedraaid. Ik zag Quinns gezicht achter Richards schouder. Hij richtte zijn pistool recht op mij.

'Schiet nu maar!' schreeuwde hij.

Zijn stem ging bijna verloren door de wind. Ik hoorde de zeven-

de golf achter me breken. De waterspetters vlogen omhoog, werden gevangen door de wind en sloegen hard tegen mijn achterhoofd. Ik zag een van Quinns mannen achter Elizabeth. Haar gezicht was verwrongen van pijn. Zijn rechterpols rustte op haar schouder. Zijn hoofd was achter haar hoofd. Hij had een pistool in zijn hand. Ik zag nog een pistoolkolf naar voren komen om de glasscherven uit het kozijn te slaan. Hij harkte het schoon. Daarna werd Richard naar voren gerukt. Zijn knie werd op de vensterbank geplaatst. Quinn duwde hem helemaal naar buiten. Kwam zelf achter hem aan en hield hem dicht tegen zich aan.
'Schiet nou maar!' schreeuwde hij weer.
Achter hem werd Elizabeth uit het raam getild. Er zat een dikke arm om haar middel. Haar benen schopten radeloos. Ze werd op de grond gezet en naar achteren getrokken tegen de man die haar vasthield. Ik zag haar gezicht, bleek in de duisternis. Ik schuifelde naar achteren. Er klommen nog meer mensen naar buiten. Het leek wel een zwerm. Ze drongen bijeen. Ze vormden een wig. Richard en Elizabeth werden vooraan schouder aan schouder gehouden als een stompe punt. De wig begon met schokken mijn kant op te komen. Hij was ongecoördineerd. Ik schuifelde naar achteren. De wig bleef mijn kant op komen. De pistolen begonnen weer te schieten.
Ze misten opzettelijk. Ze mikten om me in te sluiten. Ik liep naar achteren. Telde de schoten. Vijf pistolen, volle magazijnen; ze hadden bij elkaar minstens vijfenzeventig kogels. Misschien nog meer. En ze hadden er een stuk of twintig afgevuurd. Ze waren nog lang niet leeg. En het schieten gebeurde beheerst. Ze knalden er niet zomaar op los. Ze schoten links en rechts van me, op de rotsen, schoten met regelmatige tussenpozen van een paar seconden. Ze kwamen op me af als een machine. Als een tank met een menselijk pantser. Ik stond op. Liep naar achteren. De wig bleef komen.
Richard was rechts en Elizabeth links. Ik koos een man schuin rechts achter Richard en richtte. De man zag het me doen en drukte zich dicht tegen de rij. De wig versmalde zich tot een smalle colonne. Hij bleef maar komen. Ik kon niet schieten. Ik liep stapje voor stapje naar achteren.
Mijn linkerhak vond de rand van Harleys spleet.
Het water schuimde naar binnen en stroomde over mijn schoen. Ik hoorde de golven. Grind ratelde zuigend. Ik bracht mijn rechtervoet op dezelfde hoogte als mijn linker. Balanceerde op de rand.

Zag Quinn naar me grijnzen. Alleen zijn glimmende tanden in het donker.
'Zeg maar welterusten,' schreeuwde hij.
Blijf in leven. Kijk maar wat de volgende minuut brengt.
De colonne kreeg armen. Zes tot zeven stuks staken hun arm uit en draaiden hun pistool naar voren. Mikten. Wachtten op een bevel. Ik hoorde de zevende golf aan mijn voeten breken. Het water spoelde om mijn enkels en liep drie meter voor me uit. Daar bleef het even en vervolgens stroomde het terug, onverschillig als een metronoom. Ik keek naar Elizabeth en Richard. Keek naar hun gezicht. Haalde diep adem. Dacht: zij of ik. Ik liet de Persuader vallen en wierp mezelf ruggelings in het water.

Eerst voelde ik de schok van de kou en vervolgens was het net of ik van een gebouw viel. Alleen was het geen vrije val. Het was alsof ik in een ijskoude, gesmeerde buis viel en in een steile, maar beheerste hoek omlaag werd gezogen. Met toenemende snelheid. Ik hing ondersteboven. Ik daalde met mijn hoofd naar beneden. Ik was op mijn rug geland en een fractie van een seconde had ik niets gevoeld. Alleen het ijskoude water in mijn oren, ogen en neus. Het prikte mijn lip. Ik bevond me ongeveer dertig centimeter onder de wateroppervlakte. Ik hing daar maar. Ik maakte me zorgen dat ik weer boven zou komen. Dat ik vlak voor hun neus aan de oppervlakte zou dobberen. Ze stonden natuurlijk om de spleet gedromd met hun pistool op het water gericht.
Maar vervolgens voelde ik hoe mijn haar rechtop ging staan. Het was een vriendelijk gevoel. Alsof iemand het omhoogkamde en eraan trok. Vervolgens voelde ik hoe mijn hoofd werd gegrepen. Alsof een sterke man mijn gezicht tussen twee handen pakte en eraan trok, eerst heel voorzichtig en daarna wat harder. En harder. Ik voelde het in mijn nek. Het was alsof ik werd uitgerekt. Daarna voelde ik het in mijn borst en schouders. Mijn armen dreven vrij en opeens werden ze boven mijn hoofd gewrongen. Vervolgens viel ik van het gebouw. Het was een perfecte, ruggelingse snoekduik. Ik boog gewoon neerwaarts. Maar mijn snelheid nam toe. Veel sneller dan een vrije val door de lucht. Het was alsof ik werd binnengehaald door een reusachtig elastiek.
Ik zag geen steek. Ik wist niet of mijn ogen open of dicht waren. De kou was zo verdovend en de druk op mijn lichaam zo gelijkmatig, dat ik eigenlijk niet echt iets voelde. Geen fysieke kracht.

Het was geheel en al vloeibaar. Het was als de een of andere transportmethode uit een sciencefictionverhaal. Alsof ik omlaag werd gestraald. Alsof ik vloeibaar was. Alsof ik uitgerekt was. Alsof ik opeens tien meter lang en een paar centimeter dik was. Alom heerste inktzwarte kou. Ik hield de adem in. Alle spanning verliet me en ik leunde naar achteren om het water tegen mijn schedel te voelen. Strekte mijn tenen. Kromde mijn ruggengraat. Strekte mijn armen zo ver mogelijk naar voren en omhoog. Spreidde mijn vingers om het water ertussendoor te voelen stromen. Het voelde erg vredig. Ik was een kogel. Het beviel me wel.

Daarna voelde ik een paniekerige schok door mijn hele borst en wist dat ik verdronk. Dus begon ik me te verzetten. Ik wentelde een halve slag en mijn jas schoot boven mijn hoofd. Ik rukte hem af en draaide en wentelde in de ijskoude buis. De jas sloeg tegen mijn gezicht en zeilde weg. Ik gleed uit mijn colbertje. Het verdween. Opeens was ik me bewust van de bittere kou. Ik voelde de druk op mijn trommelvliezen. Ze sisten. Ik tuimelde in slow motion. Ik joeg steeds verder omlaag, sneller dan ik ooit was gegaan en rolde en tuimelde alsof ik gevangenzat in stroop.

Hoe breed was de buis? Ik wist het niet. Ik schopte radeloos om me heen en klauwde in het water. Het voelde als drijfzand. Niet omlaag zwemmen. Ik schopte en vocht en probeerde de rand te vinden. Sprak mezelf toe: concentreer je. Zoek de rand. Ga door. Blijf kalm. Laat het water je vijftien meter omlaag trekken voor elke halve meter zijwaarts. Ik stopte even, herstelde me en begon fatsoenlijk te zwemmen. En hard. Alsof de buis de vlakke oppervlakte van een zwembad was en ik aan een wedstrijd meedeed. Alsof er een meisje, een drankje en een stoel voor de winnaar op het terras wachtte.

Hoe lang was ik al onder water? Ik wist het niet. Een seconde of vijftien. Ik kon ongeveer een minuut de adem inhouden. Dus ontspan je maar. Hard zwemmen. Zoek de rand. Er moest een rand zijn. Niet de hele oceaan bewoog zich in deze richting. Dat kon niet, anders zou Portugal onder water stromen. En half Spanje. De druk raasde in mijn oren.

Welke kant keek ik uit? Maakte niet uit. Ik moest gewoon uit de stroming zien te komen. Ik zwom verder. Voelde het tij aan me trekken. Het was ongelooflijk sterk. Hiervoor was het vriendelijk geweest. Nu rukte het aan me. Alsof het kwaad was over mijn beslissing me te verzetten. Ik klemde de tanden op elkaar en schop-

te verder. Het was alsof ik over een vloer crawlde met duizend ton baksteen op mijn rug. Mijn longen zwollen en brandden. Ik liet een beetje lucht tussen mijn lippen ontsnappen. Bleef doortrappen. Klauwde in het water voor me.
Dertig seconden. Ik was bezig te verdrinken. Ik wist het. Ik verzwakte. Mijn longen waren leeg. Mijn borst werd verpletterd. Er drukte een miljard ton water op me. Ik voelde hoe mijn gezicht van pijn vertrok. Er zat een knoop in mijn maag. Mijn linkerschouder brandde waar Paulie hem had geraakt. Ik hoorde Harleys stem in mijn hoofd: *Er is er nog nooit een teruggekomen.* Ik trapte verder.
Veertig seconden. Ik boekte geen vooruitgang. Ik werd met grote snelheid de diepte in gesmeten. Ik zou op de bodem slaan. Ik schopte verder. Klauwde naar het tij. Vijftig seconden. Mijn oren sisten. Mijn hoofd stond op springen. Mijn lippen werden plat gedrukt tegen mijn tanden. Ik was razend. Quinn was uit zee gekomen. Waarom ik niet?
Ik schopte radeloos verder. Een volle minuut. Mijn vingers waren verstijfd en verkrampt. Mijn ogen voelden geraspt. Ruim een minuut. Ik sloeg en trapte. Ik ramde me een weg door het water. Trapte en vocht. Toen voelde ik een verandering in het tij. Ik was bij de rand. Het was alsof ik een telegraafpaal vanuit een voortsnellende trein moest grijpen. Ik sloeg mezelf door de huid van de buis en een ander tij greep mijn handen, sloeg me op het hoofd, de turbulentie teisterde me en opeens maakte ik een radslag en dreef ik vrij in water dat kalm en helder en ijskoud voelde.
Nu nadenken. Welke kant is omhoog? Ik moest elk grammetje zelfbeheersing bijeenrapen om te stoppen met vechten. Dreef alleen maar. Probeerde mijn richting te peilen. Ik ging nergens heen. Mijn longen waren leeg. Mijn lippen zaten stijf op elkaar. Ik kon niet ademhalen. Ik rees noch daalde. Ik bewoog me niet. Ik hing voor dood in het water. In vier kubieke kilometer inktzwarte zee. Ik deed mijn ogen open. Staarde om me heen. Boven me, onder me en opzij. Ik wentelde en draaide. Zag niets. Het was alsof ik in de ruimte was. Alles was pikkedonker. Geen sprankje licht. *Er is er nog nooit een teruggekomen.*
Ik voelde een lichte druk op de borst. Minder op mijn rug. Ik hing met mijn gezicht omlaag in het water. Als aan een touw. Ik dreef omhoog, heel traag, met de rug naar boven. Ik concentreerde me uit alle macht. Klampte me duidelijk vast aan de sensatie. Fixeer-

de mijn positie. Boog mijn ruggengraat. Grabbelde met mijn handen. Trapte met mijn benen omlaag. Strekte mijn armen naar de oppervlakte. En nu omhoog. Niet ademen.
Ik schopte als een bezetene. Maakte enorme slagen met mijn armen. Klemde de lippen op elkaar. Ik had geen lucht. Ik hield mijn gezicht in een hoek omhoog zodat mijn mond het eerste zou zijn dat boven water kwam. Hoe ver nog? Boven me was alles zwart. Daar was niets. Ik was een kilometer onder water. Ik had geen lucht. Ik ging dood. Ik opende mijn lippen. Mijn mond vulde zich met water. Ik spoog en slikte. Schopte door. Ik zag paarse vlekken voor mijn ogen. Mijn hoofd gonsde. Ik voelde me koortsachtig. Alsof ik in brand stond. Vervolgens alsof ik bevroor. Daarna alsof ik in dikke donsdekens gerold zat. Ze waren zacht. Ik voelde helemaal niets.
Op dat moment stopte ik met schoppen, omdat ik vrij zeker wist dat ik dood was. Dus deed ik mijn mond open om adem te halen. Zoog zeewater naar binnen. Mijn borst reageerde spastisch en ik hoestte het weer uit. Erin en eruit, nog twee keer. Ik ademde zuiver water. Ik schopte nog een keer. Meer kon ik niet opbrengen. En nog een laatste schop. Ik legde er alles in. Vervolgens deed ik gewoon mijn ogen dicht en ademde het koude water in.
Een halve seconde later was ik boven water. Ik voelde de lucht op mijn gezicht alsof een minnares me streelde. Ik opende mijn mond, mijn borstkas zwoegde, een fontein water spoot hoog op en ik hapte de lucht naar binnen nog voordat het weer was gevallen. Daarna vocht ik als een bezetene om mijn gezicht omhoog te houden in de koude, zoete, zuurstof. Schopte en hijgde en ademde, zoog de lucht diep in, en blies en hoestte en kokhalsde.
Ik deed mijn armen wijd en liet mijn benen omhoogkomen en mijn hoofd naar achteren rusten met mijn mond wijd open. Zag mijn borst op en neer gaan, zich vullen en zich legen. Het ging als een razende. Ik was moe. En vredig. En vaag. Ik had geen zuurstof in mijn hersens. Ik plaste een volle minuut maar wat rond in het water, alleen maar om adem te halen. Mijn blikveld trok open. Ik zag een grauwe wolk boven me. Mijn hoofd klaarde op. Ik ademde nog wat door. In, uit, in, uit met getuite lippen, blazend als een locomotief. Mijn hoofd begon zeer te doen. Ik trapte water en zocht de horizon. Kon hem niet vinden. Ik deinde op en neer op snelle, gejaagde golven, op en neer, op en neer, zo'n drie tot vijf meter per keer. Ik trapte een beetje en timede het zo dat de vol-

gende golf me meenam naar zijn hoogste punt. Keek voor me uit. Zag helemaal niets voordat ik weer in een golfdal zakte.
Ik had geen idee waar ik me bevond. Ik draaide me een kwartslag om, werd naar de volgende piek getild en keek nog eens. Naar rechts. Misschien was er wel ergens een boot. Maar die was er niet. Er was niets. Ik was alleen en dreef maar wat rond, midden op de Atlantische Oceaan. *Er is er nog nooit een teruggekomen.*
Ik draaide een halve slag, liet me naar een piek voeren en keek naar links. Niets. Ik zakte weer in een golfdal, werd naar de volgende piek getild en keek achter me.
Ik was honderd meter van de kust.
Ik zag het huis. Ik zag verlichte ramen. Ik zag de muur. Ik zag de blauwe waas van de verlichting. Ik hees mijn overhemd over mijn schouders. Het was doorweekt en zwaar. Ik haalde diep adem. Wentelde op mijn buik en begon te zwemmen.

Honderd meter. De eerste de beste redelijke mededinger naar de Olympische titel kon honderd meter in ruim vijfenveertig seconden zwemmen. En de eerste de beste redelijke middelbareschoolzwemmer deed er nog geen minuut over. Het kostte me bijna een kwartier. Het was uitgaand tij. Het voelde alsof ik achteruit zwom. Het voelde alsof ik nog steeds aan het verdrinken was. Maar uiteindelijk voelde ik de kust, sloeg mijn armen om een gladde rots die overdekt was met ijskoude smurrie en hield me stevig vast. De zee was nog steeds erg ruw. Grote golven sloegen om de haverklap op me stuk en stompten mijn wang tegen het graniet. Het deerde me niet. Ik genoot van de opdoffers. Stuk voor stuk. Ik hield van die rots.
Ik bleef er nog een minuut tegen uitrusten en kroop vervolgens diep gebukt, half in en half buiten het water naar de achterkant van het garageblok. Daarna kroop ik op handen en knieën uit het water. Rolde op mijn rug. Staarde naar de lucht. Nu is er eentje teruggekomen, Harley.
De golven rolden aan en bereikten mijn middel. Ik verschoof op mijn rug tot ze alleen maar tot mijn knieën kwamen. Wentelde weer op mijn buik. Bleef even met mijn gezicht tegen de rotsen zo liggen. Ik voelde me opgeblazen. Ik had het koud. Door en door. Mijn jas was weg. Mijn colbertje was weg. De Persuaders waren weg. De Beretta was weg.
Ik stond op. Het water gutste van me af. Ik zette een paar wankele stappen. Hoorde de stem van Leon Garber in mijn hoofd: *Wat*

je niet je leven kost, maakt je alleen maar sterker. Volgens hem had JFK dat gezegd. Ik dacht eerder dat het Friedrich Nietzsche was en hij had *vernietigt* gezegd, niet *je leven kost. Wat ons niet vernietigt, maakt ons sterker.* Ik wankelde nog twee stappen en leunde tegen de achterkant van de muur om de binnenplaats en braakte een sloot zout water. Daardoor voelde ik me een tikje beter. Ik sloeg met mijn armen en schopte om beurten met mijn benen om de bloedsomloop weer enigszins op gang en wat water uit mijn kleren te krijgen. Vervolgens veegde ik mijn kletsnatte haar naar achteren en probeerde ik een paar keer diep en langzaam adem te halen. Ik maakte me zorgen om dat hoesten. Mijn keel was rauw en deed zeer van de kou en het zout.
Daarna liep ik langs de achterzijde van de muur en sloeg een hoek om. Vond mijn kuiltje voor een laatste bezoek aan mijn geheime bundeltje. Ik kom je te grazen nemen, Quinn.

Mijn horloge deed het nog en het vertelde me dat mijn uur allang voorbij was. Duffy had de ATF natuurlijk al twintig minuten geleden gebeld. Maar die zou traag reageren. Ik betwijfelde of ze een plaatselijk bureau in Portland hadden. Boston was waarschijnlijk het meest nabij. Waar ze dat dienstmeisje vandaan hadden gestuurd. Dus ik had nog voldoende tijd.
Het cateringbusje was weg. Kennelijk was het diner afgelast. Maar de andere voertuigen stonden er nog. De Cadillac, de Town Car en de twee Suburbans. Nog altijd acht vijandelijke elementen in het huis. Plus Elizabeth en de kokkin. Ik wist niet in welke categorie Richard thuishoorde.
Ik bleef vlak bij de muur van het huis en keek in elk raam. De kokkin was in de keuken, bezig met opruimen. Keast en Maden hadden al hun spullen achtergelaten. Ik dook onder de vensterbank en liep verder. De eetkamer was een puinhoop. De wind blies door het vernielde raam naar binnen, had het tafellaken te pakken gekregen en borden en glazen alle kanten op gegooid. In de hoeken lagen duinen van pleistergruis waar de wind het had geblazen. Er zaten twee grote gaten in het plafond. Waarschijnlijk ook in het plafond van de kamer erboven, en van de kamer daar weer boven. De Brennekes waren waarschijnlijk door het dak naar buiten gevlogen, als maanlanceringen.
In de vierkante kamer waar ik Russisch roulette had gespeeld zaten de drie Libiërs en drie mannen van Quinn. Ze zaten allemaal

om de eikenhouten tafel niets te doen. Ze keken wezenloos en geschokt. Maar ze zagen er wel gekalmeerd uit. Die gingen nergens heen. Ik dook onder de vensterbank en vervolgde mijn weg. Kwam helemaal aan de andere kant bij de salon van Elizabeth Beck. Zij bevond zich daar. Met Richard. Iemand had de dode vent weggehaald. Zij zat op haar divan snel te praten. Ik hoorde niet wat ze zei, maar Richard luisterde ingespannen. Ik dook onder de vensterbank en liep verder.

Beck en Quinn zaten in Becks kamertje. Quinn zat in de rode leunstoel en Beck stond voor de vitrine met de uitstalling van machinepistolen. Beck zag er bleek, grimmig en vijandig uit en Quinn zat er zelfingenomen bij. Hij had een dikke, onaangestoken sigaar in zijn hand. Hij rolde hem tussen duim en wijsvinger en bracht een zilveren knippertje naar het mondstuk.

Toen ik de hele ronde had gemaakt, ging ik weer terug naar de keuken. Liep naar binnen. Ik maakte geen geluid. De metaaldetector gaf geen kik. De kokkin hoorde me niet aankomen. Ik greep haar van achteren. Sloeg een hand voor haar mond en sleepte haar naar een werkblad. Ik nam geen enkel risico na wat Richard me had geflikt. Ik vond een linnen handdoek in een la en propte die in haar mond. Gebruikte de volgende om haar polsen vast te binden. En nog een voor haar enkels. Ik liet haar ongemakkelijk op de grond bij de gootsteen zitten. Ik vond een vierde handdoek die ik in mijn zak stak. Daarna liep ik de gang in.

Het was stil. Ik hoorde vaag de stem van Elizabeth Beck. De deur van haar salon stond open. Verder hoorde ik niets. Ik liep rechtstreeks naar de deur van Becks hobbykamer. Deed hem open. Stapte naar binnen. Deed hem weer dicht.

Een mist van sigarenrook sloeg me tegemoet. Quinn had net opgestoken. Ik had de indruk dat hij om het een of ander had zitten lachen. Nu was hij versteend van schrik. Beck ook. Bleek en verstijfd. Ze staarden me alleen maar aan.

'Daar ben ik weer,' zei ik.

Beck had zijn mond open. Ik gaf hem een sigaretstoot. Zijn mond klapte dicht, zijn hoofd knakte naar achteren, zijn ogen draaiden weg en hij viel als een blok op de drie lagen tapijt op de grond. Het was een fatsoenlijke stoot, maar niet de beste die ik in huis had. Zijn zoon had toch zijn leven gered. Als ik niet zo moe was geweest van het zwemmen, zou een betere stoot hem het leven hebben gekost.

Quinn kwam recht op me af. Zo uit zijn stoel. Hij liet zijn sigaar vallen. Tastte naar zijn zak. Ik ramde hem in zijn maag. De lucht vloog uit zijn longen, hij klapte dubbel en zakte op zijn knieën. Ik gaf hem een stoot tegen zijn hoofd en duwde hem op zijn buik op de grond. Knielde op zijn rug met mijn knieën hoog tussen zijn schouderbladen.
'Nee,' zei hij. Hij had geen lucht. 'Alsjeblieft.'
Ik drukte een hand plat op zijn achterhoofd. Haalde mijn beitel uit mijn schoen en duwde die naar binnen achter zijn oor en zijn hersens in, langzaam, centimeter voor centimeter. Hij was dood voordat hij er half in zat, maar ik drukte door tot hij tot zijn heft begraven zat. Daar liet ik hem zitten. Ik veegde de greep schoon met de handdoek uit mijn zak. Daarna spreidde ik de handdoek over zijn hoofd en stond uitgeput op.
'Tien-achttien, Dom,' mompelde ik.
Ik trapte op Quinns brandende sigaar. Haalde Becks autosleutels uit zijn zak en glipte de gang weer in. Liep door de keuken. De kokkin volgde me met haar ogen. Ik wankelde om het huis naar de voorkant. Kroop achter het stuur van de Cadillac. Startte en reed weg in westelijke richting.

Het kostte me een halfuur om bij Duffy's motel te komen. Zij en Villanueva zaten met Teresa Justice in zijn kamer. Ze was Teresa Daniel niet meer. En ook niet meer aangekleed als een pop. Ze hadden haar een ochtendjas van het motel laten aantrekken. Ze had een douche genomen. Ze was hard op weg weer de oude te worden. Ze zag er zwak en flets uit, maar wel als een persoon. Als een federale agente. Ze staarde me vol afschuw aan. Eerst dacht ik dat ze niet goed wist wie ik was. Ze had me in de kelder gezien. Misschien dacht ze dat ik er een van hen was.
Maar daarna zag ik mezelf in de spiegel op de kastdeur en zag ik haar probleem. Ik was van top tot teen kletsnat. Ik sidderde en rilde. Mijn huid was lijkbleek. De snee in mijn lip was opengegaan en blauw geworden langs de randen. Ik had nieuwe schaafwonden waar de golven me tegen de rots hadden geslagen. Er zat zeewier in mijn haar en smurrie op mijn T-shirt.
'Ik ben in zee gevallen,' zei ik.
Niemand zei iets.
'Ik neem zo wel een douche,' zei ik. 'Is de ATF gebeld?'
Duffy knikte. 'Ze komen eraan. De politie van Portland heeft de

loods al verzegeld. Ze gaan de kustweg ook afsluiten. Je bent net op tijd weg.'
'Ben ik er ooit geweest?'
Villanueva schudde zijn hoofd. 'Jij bestaat niet. We zijn je in elk geval nooit tegengekomen.'
'Dank je wel,' zei ik.
'Oude school,' zei hij.
Na de douche voelde ik me een stuk beter. Zag er ook beter uit. Maar ik had geen kleren. Villanueva leende me een stel van hem. Ze waren een tikje te kort en te wijd. Ik nam zijn oude regenjas om dat te verbergen. Ik trok hem dicht om me heen, want ik had het nog steeds koud. We lieten pizza's bezorgen. We rammelden allemaal van de honger. Ik had enorme dorst van het zeewater. We aten en dronken. Ik kon niet in de pizzakorst bijten. Ik zoog gewoon de garnering eraf. Na een uur ging Teresa Justice naar bed. Ze gaf me een hand. Zei heel beleefd welterusten. Ze had geen idee wie ik was.
'Roofy's wissen je kortetermijngeheugen,' vertelde Villanueva.
Daarna kwamen we ter zake. Duffy was erg neerslachtig. Ze leefde in een nachtmerrie. Ze was drie agenten kwijtgeraakt in een illegale operatie. En Teresa vrij krijgen was niet echt een pluspunt. Teresa had daar namelijk überhaupt niet mogen zijn.
'Bied je ontslag dan aan,' zei ik. 'Ga bij de ATF. Je hebt ze zojuist een geweldige vangst op een presenteerblaadje aangeboden. Ze zullen je op handen dragen.'
'Ik ga met pensioen,' zei Villanueva. 'Ik ben oud genoeg en ben het zat.'
'Ik kan niet met pensioen,' zei Duffy.

De avond voor de arrestatie had Dominique Kohl me gevraagd: 'Waarom doe je dit?'
Ik wist niet goed wat ze bedoelde. 'Uit eten gaan met jou?'
'Nee, dit werk als MP. Je zou alles kunnen doen. Special Forces, Inlichtingendienst, Air Cavalry, Pantserdivisie, alles wat je maar wilt.'
'Jij ook.'
'Weet ik. En ik weet waarom *ík* dit doe. Ik wil weten waarom jij het doet.'
Het was voor het eerst dat iemand me dat vroeg.
'Omdat ik altijd bij de politie heb gewild,' zei ik. 'Maar ik was voorbestemd om soldaat te worden. Door mijn familie. Er was

geen enkele keus. Dus ben ik een militaire politieagent geworden.'
'Dat is niet echt een antwoord. Waarom wilde je überhaupt bij de politie?'
Ik haalde mijn schouders op. 'Zo zit ik nu eenmaal in elkaar. Politieagenten brengen zaken in orde.'
'Wat voor zaken?'
'Ze zorgen voor mensen. Ze zorgen ervoor dat de kleine man niet wordt ondergeschoffeld.'
'Gaat het daarom? De kleine man?'
Ik schudde mijn hoofd. 'Niet echt. De kleine man kan me eigenlijk niets schelen. Ik heb gewoon de pest aan de grote man. Ik heb een hekel aan grote, zelfgenoegzame types die denken dat ze ongestraft allerlei dingen kunnen uithalen.'
'Je boekt dus de juiste resultaten om de verkeerde redenen.'
Ik knikte. 'Maar ik probeer te doen wat juist is. Ik denk dat de redenen er niet echt toe doen. Hoe dan ook, ik hou ervan als het juiste gebeurt.'
'Ik ook,' zei ze. 'Ik probeer het juiste te doen. Ook al heeft iedereen de pest aan ons en helpt geen mens ons en krijgen we van niemand achteraf een bedankje. Volgens mij is het juiste doen een doel op zich. Zo hoort het ook eigenlijk, vind je niet?'

'Heb je gedaan wat juist is?' vroeg ik tien jaar later.
Duffy knikte.
'Ja,' zei ze.
'Zonder enige twijfel?'
'Ja,' zei ze.
'Zeker weten?'
'Honderd procent.'
'Dan kun je je ontspannen,' zei ik. 'Dat is het beste waar je ooit op kunt hopen. Niemand helpt je en je krijgt van geen mens een bedankje achteraf.'
Ze was een poosje stil.
'Heb jíj het juiste gedaan?' vroeg ze.
'Zonder enige twijfel,' zei ik.
Daar lieten we het bij. Duffy had Teresa Justice Eliots oude kamer gegeven. Dat maakte dat Villanueva in de zijne sliep en ik in die van Duffy. Ze leek een beetje onhandig over wat ze eerder had gezegd. Over gebrek aan professionaliteit. Ik wist niet goed of ze het wilde intrekken of juist onderstrepen.

'Geen paniek,' zei ik. 'Ik ben veel te moe.'

En deze keer bewees ik dat. Niet dat we het niet probeerden. Ze maakte duidelijk dat ze haar eerdere bezwaren wilde intrekken. Maakte duidelijk dat ja zeggen beter was dan nee zeggen. Daar was ik erg blij mee, want ik was erg op haar gesteld. Dus begonnen we. We trokken onze kleren uit, stapten in bed en ik weet nog dat ik haar zo hard kuste dat mijn mond er pijn van deed. Maar meer herinner ik me ook niet. Ik viel in slaap. Ik zakte in een soort coma. Elf uur achter elkaar. Toen ik wakker werd, waren ze allemaal verdwenen. Weggegaan om wat de toekomst ook voor ze in petto had onder ogen te komen. Ik was alleen op de kamer met een tros herinneringen. Het was het eind van de ochtend. Het zonlicht viel door de blinden. Stofjes dansten in de lucht. Villanueva's reservekleren waren van de rugleuning van de stoel gehaald. In plaats daarvan hing er een plastic boodschappentas vol goedkope kleren. Ze zagen eruit alsof ze me precies zouden passen. Susan Duffy kon goed de maat schatten. Er waren twee complete stellen. Een voor koud weer. Een voor warm weer. Ze wist niet waar ik heen ging. Dus had ze voor beide opties gezorgd. Ze was een heel praktische vrouw. Ik wist dat ik haar zou missen. Een poosje.

Ik trok de kleren voor de warmte aan. Liet de koudweer-kleren in de kamer achter. Waarschijnlijk kon ik wel met de Cadillac van Beck naar de I-95 rijden. Naar de pleisterplaats bij Kennebunk. Daar kon ik hem vermoedelijk wel achterlaten. Waarschijnlijk kon ik probleemloos een lift naar het zuiden krijgen. En de I-95 gaat naar allerlei plaatsen, helemaal tot aan Miami.